나인폭스 갬빗 2

Raven Stratagem

나인폭스 갬빗 2

이윤하 Yoon Ha Lee 지음

조호근 옮김

MACHINERIES
— OF EMPIRE
TRILOGY — 2

허비즈

"나는 이윤하의 작품을 사랑한다! 『나인폭스 갬빗』은 만족스럽게 묘사된 전투 신과 치밀하게 구성된 정쟁으로 가득하며, 이윤하가 아름답게 직조한 SF세계는 인간적인 동시에 지극히 이질적이다. 이윤하의 훌륭한 단편에 이미 친숙한 독자에겐 선물이나 다름없을 것이고, 이윤하의 작품을 처음 읽는 독자라면 두 배의 즐거움을 맛볼 수 있을 것이다."

— 앤 레키(휴고상, 네뷸러상, 로커스상, 아서 C. 클라크상, 영국 SF협회상 수상 작가)

"『나인폭스 갬빗』은 아름답고 무자비하며, 최고의 SF에서만 찾아볼 수 있는 독창성으로 가득한 작품이다. 이윤하의 데뷔 무대는 더할 나위 없이 패셔너블했으며, 그녀는 너무도 수월하게 독보적인 작가로 자리매김했다."

— 알레스테어 레이놀즈(영국 SF협회상 수상 작가)

"『스타쉽 트루퍼스』가 『지옥의 묵시록』을 만나고, 커츠 대령이 지휘봉을 잡았다! 이윤하의 밀리터리 스페이스 오페라는 읽는 사람으로 하여금 좀처럼 정신 못 차리게 만든다. 또한 소설 속에 깃든 개념이나 기이함의 밀도는 하누 라야니에미, 심지어 코드웨이너 스미스마저 떠오르게 만든다. 이윤하의 데뷔작은 결코 놓쳐선 안 될 대사건이다."

— 스티븐 백스터(영국 SF협회상, 존 W. 캠벨상, 필립 K. 딕상 수상 작가)

"밀리터리 스페이스 오페라와 순수한 운문이 뒤얽혀 있는 『나인폭스 갬빗』을 읽다 보면 순간 아찔해진다. 이윤하가 구축한 독창적인 세계에 존재하는 모든 단어, 이름, 개념에는 순수한 경이로움이 깃들어 있다."

— 하누 라야니에미(로커스상 수상 작가)

"뛰어난 신예 작가의 매력 넘치는 스페이스 오페라."

– 엘리자베스 비어(휴고상, 존 W. 캠벨상 수상 작가)

"이윤하는 지난 16년 동안 SF계의 그림자 제독으로, 모든 승리의 배후에 있는 냉철한 전략가로 군림했다. 그리고 마침내 대규모 작전에 직접 나서기 시작했다. 종이접기처럼 우아하고, 여우처럼 교활한, 그러면서도 단호하고 흉포하게 참신한 이 소설은 책을 읽는 독자들의 뇌수를 광선총처럼 태워버릴 것이다. 수학적으로 기발하며, 이단적으로 훌륭한 작품이다."

– 세스 디킨슨(『더 트레이터 버루 코어머런트』의 저자)

"『나인폭스 갬빗』은 무한한 독창성으로 가득한 세계를 탐험하는, 아주 활력 넘치는 작품이다. 역법이 전쟁 병기로 사용되고, 전사한 병사들이 살아남은 이들을 돕는다. 대담하게 이야기를 진행시키며, 창의력을 발휘하는 데 있어 일말의 두려움도 없다. 거기에 적절한 수준의 잔혹함까지. 이윤하의 이번 작품은 모든 수상 후보 목록에 올라 마땅한 소설이다."

– 알리에트 드 보다르(네뷸러상 수상 작가)

"눈을 뗄 수 없는 대담하고 독창적인 작품이다. 코드웨이너 스미스가 워해머 소설을 썼다면 이런 작품이 나왔을 것이다."

– 가레스 L. 파월(영국 SF협회상 수상 작가)

안녕하세요, 한국 독자 여러분!

어린 시절 스페이스 오페라와 사랑에 빠진 이래로, 저는 늘 저만의 SF세계를 창조하고 싶었습니다. 그리고 시간이 흘러, 『나인폭스 갬빗』이라는 SF세계를 구축하게 되었죠. 대규모 우주전에서부터 거대한 우주 전함, 그리고 위대한 영웅과 악당들까지! 저는 늘 이런 것들에 열광했습니다. 처음 부모님과 함께 영화 〈스타워즈〉를 보던 게 기억나는군요. 다스베이더가 루크의 팔을 자르는 장면을 보면서 얼마나 무서웠던지! 뭐, 그러고는 부모님한테서 소설판 『스타워즈』를 선물받자마자 부리나케 읽어댔지만요.

그때를 기점으로, 스페이스 오페라와 밀리터리 SF를 탐독하기 시작했습니다. 마거릿 와이스의 〈수호자의 별Star of the Guardians〉시리즈부터 더글러스 힐의 〈최후의 군단Last Legionary〉시리즈, 나아가 데이비드 웨버의

⟨아너 해링턴^{Honor Harrington}⟩시리즈를 걸쳐 애니메이션 ⟨은하영웅전설⟩까지 두루 섭렵해왔죠. SF와 함께했던 시간은 무척 즐거웠습니다. 그러나 한 가지 마음에 걸리는 게 있었어요. 제가 읽었던 SF 대부분이 서양 문화만을 그려낸다는 점이었죠. 물론 주인공이 백인이 아닌 경우도 있긴 했습니다. 예컨대, 『스타워즈』의 '란도 칼리시안'이나 마거릿 와이스가 만들어낸 '멘다하린 투스카'는 흑인이고, 데이비드 웨버의 '아너 해링턴'은 아시아계 후손이며, ⟨은하영웅전설⟩의 '양 웬리'는 아시아인이긴 했죠.

제가 어릴 적에 읽었던 영미권 SF에선 항상 저와 생김새나 문화적 배경이 다른 인물들이 활약했습니다. 또한 하나같이 서구가 세계의 중심이라는 전제가 깔려 있었고, 그보다 좀 더 오래된 소설에선 소비에트 연방이 양념처럼 곁들여지는 정도가 전부였죠. 저는 괴리감을 느낄 수밖에 없었습니다. 나아가 이전의 것들과 다른 SF세계를 만들고 싶단 욕망이 생겨났죠.

『나인폭스 갬빗』은 한국의 미래상을 비추는 거울이 결코 아닙니다. 한국적 이미지를 토대로 설계된 SF 건축물로 보시면 좋을 듯해요. 제 소설에선 한국적 이미지가 장면을 그려내는 사소한 디테일로도, 세계관을 구축하는 중요한 구성 요소로도 고루고루 쓰입니다. 켈 병사들이 '양념한 양배추 절임'(김치죠!)에 환장한다는 설정도 마찬가지예요. 이제까지 수많은 밀리터리 SF가 항상 스테이크와 감자만 입에 달고 살아왔잖아요? 저는 그게 무척 질리더라고요. 이제 딴것 좀 먹을 때가 됐다 싶었죠. 또한, 한국 민담에 등장하는 '구미호' 이미지를 차용해 세력이나 인물을 묘사하기도 했습니다. 이 경우엔 영미권 독자들도 딱히 괴리감을 느끼지 않았을 거라 생각해요. 서양에서도 '여우'를 책략가로 여기니까요.

제가 만든 SF세계에선 어떤 역법(曆法)을 믿느냐에 따라 마법을 쓰는 것처럼 물리법칙을 바꿀 수 있습니다. 이러한 '역법 전쟁'에 대한 발상엔 제 어릴 적 경험이 큰 영향을 끼쳤습니다. 저는 텍사스주 휴스턴에서 태어났지만, 어릴 적엔 한국에서 9년 넘게 살았습니다. 부모님이 미국과 한국을 오가며 생활하셨기 때문이었죠. 대부분의 시간을 서울외국인학교를 다니면서 보냈습니다. 기독교 미션스쿨이었는데, 석가탄신일 같은 국경일은 그대로 지키는 신기한 곳이었습니다. 음력 설날에 할머니 댁에 가서 떡국을 먹었던 게 기억나네요. 추석날에 온 가족이 모여 할머니 댁 대추나무에서 대추를 따 먹던 기억도 여전히 생생하고요.

그렇게 한국에서 보낸 유년 시절 덕분에, 여러 문화권에서 날짜를 다른 방식으로 계산한다는 걸 일찍부터 체득할 수 있었습니다. 그 후 한참 시간이 흘러, 마샤 애셔의 『타민족의 수학Mathematics Elsewhere』을 읽게 됐고, 그때부터 본격적으로 비(非)서구권 사회에서 사용하는 수학과 역법에 대해 공부하기 시작했습니다. 여기서 흥미로운 사실은, 나중에 알고 보니 애셔는 제 대학교 시절 친구의 형제의 대모였더군요! 어쨌든, 유대인이었던 애셔는 서구의 그레고리력이 유대의 전통 역법과 어떻게 다른지 잘 알고 있었고, 그 부분이 특히 제 상상력을 자극시켰습니다.

처음엔 그저 유혈이 낭자한 활극을 쓸 생각이었습니다. 비디오 게임, 특히 게임즈 워크숍Games Workshop의 〈워해머 40K〉와 같은 미니어처

게임에 한창 빠져 있던 시기였거든요. 그러나 쓰면 쓸수록 저의 내밀한 부분이 묻어 나오기 시작했습니다. 『나인폭스 갬빗』에선 반대 세력을 강제로 복종시키는 우주 제국인 '육두정부'가 등장하는데, 이는 제국주의와 이민족 탄압에 대한 제 생각을 소설 안에 풀어 넣은 것이죠. 그리고 주인공 체리스. 체리스는 자신을 둘러싼 거대한 세계인 육두정부에 녹아들고 싶어 하는 인물입니다. 그러나 동시에, 육두정부가 억압하는 어머니 쪽 민족 '므웬'을 자신의 일부처럼 여기는 인물이기도 하죠. 이처럼, 상충되는 두 마음 사이에서 고뇌하는 인물이 바로 체리스입니다. 저 또한 어린 시절부터, 이와 비슷한 혼란을 수도 없이 겪었습니다. 한국에도 미국에도 속하지 못하는, 양쪽 세계에 발하나씩을 걸치고 있는 한국계 미국인으로 살아야만 했으니까요.

그렇기에 제 책이 모국어인 한국어로 번역되어, 한국 독자분들과 만날 수 있게 돼 더할 나위 없이 기쁘고 영광스럽습니다. 제가 이 책을 쓰면서 느꼈던 즐거움을 여러분도 만끽하실 수 있었으면 좋겠습니다.

역법 전쟁의 동료

이윤하

켈 브레잔 중령은 자신이 모시는 장군이 하픈 침공 대응군 사령관으로 선임된 순간, 이에 뒤따를 혼란을 명확히 예상했다. 다만 문제는 혼란의 규모까지는 제대로 가늠하지 못했다는 것이다. 18일 전에 하픈이 켈 츠렌카 대장을 암살하는 바람에 예상치 못한 중책이 켈 키루에브 대장에게 넘어왔고, 대장은 황급히 함대를 소집했다. 브레잔의 경험에 의하면, 암살이란 언제나 혼란의 총량을 증가시키기 마련이었다.

브레잔은 키루에브 대장의 인사참모진 소속이었다. 그의 프로필에 꼬리표처럼 달라붙은 애매한 주석을 고려해보면, 그가 기대할 수 있는 최상의 보직이라 할 만했다. 켈 사령부에서는 예상되는 위협의 크기에 맞춰 키루에브 대장에게 상당한 규모의 함대를 할당했다. 브레잔은 순식간에 이렇게 많은 사람을 그러모으는 켈 사령부의 능력에 감탄했다. 사령부는 육두정이 보유한 가장 크고 강력한 전쟁 병기, 여섯 척의 소멸나방 중 하나인 〈축제의 위계〉호를 키루에브 대장의 기함으로 배정했다. 여기에 119척의 기치나방과 48척의 정찰나방이 배속되어 함대가 구성되었다. 켈 사령부는 하폰 침공군이 절단 공역으로 진입했다는 정보를 알려 왔다. 브레잔이 기억하기에 절단 공역은 조용한 변방이라, 이런 사태에 대한 대비가 터무니없이 부족한 곳이었다. 그런데도 지금 그들의 함대는 전환 보급 지점에서 시간을 죽이는 중이었다. 그들로선 도무지 헤아릴 길이 없는 고귀한 속뜻을 품은 켈 사령부께서, 굳이 키루에브 대장의 함대를 붙들어두면서까지 비밀 지령을 받은 대위 한 명을 합류시켜야겠다고 마음먹었기 때문이었다.

브레잔은 지난 73분 동안 그 빌어먹을 여자의 프로필을 확인하며, 동시에 단말을 걷어차고 싶은 기분을 억제하느라 전전긍긍하고 있었다. 그 여자가 역법 전쟁에 얼마나 능숙하든 대체 무슨 상관이란 말인가. 앞으로 12분 안에 그 여자가 탑승한 수송선이 나타나지 않으면, 당장 합류 지점을 벗어나자고 건의할 생각이었다. 켈 사령부 따위 엿이나 먹으라는 표현을 곁들여서. 하폰은 이미 여덟 개 행성의 인구 밀집 지역을 수정 결정으로 뒤덮인 폐허로 만들었다. 한시라도 빨리 그들의 발목을 붙들고 싸워야 마땅했다.

켈 체리스 대위라. 예전 기록을 보면 지상군 대위치고는 유능한 작자였다. 특히, 독보적인 수학 능력이 눈에 띄었다. 육두정의 기술자와 과학자 대부분이 소속되어 있는 니라이 분파에서 그 능력 때문에 그녀를 끌어들이려 했을 정도였다. 하지만 그녀는, 브레잔으로서는 이해하기 힘든 일이었지만 켈에 합류하겠다고 굳게 마음먹은 상태였고,

흔히 하는 농담대로 켈은 자원자를 거절하지 않았다.

그보다 흥미로운 건 체리스가 아무도 알지 못하는 므웬이라는 소수 민족 출신이라는 점이었다. 셀 수 없이 많은 항성계가 포함된 육두정 체제에서는 소수민족 출신이 드문 건 아니다. 중요한 것은 므웬이 모습을 숨기고 분파에 봉직하는 일을 꺼리는 민족이라는 거였다. 브레잔은 그들이 존속할 수 있는 이유를 추측해보았다. 그들은 정착한 항성계가 하나일 뿐만 아니라 사람 수 자체도 극도로 적으며, 이미 육두정에는 이단이나 이단이 될 가능성이 있는 이민족들만으로도 문제가 차고 넘치기 때문일 것이다. 체리스는 그런 열악한 배경에도 켈에 잘 적응하고 있었다.

브레잔은 이런 생각을 하면서 씁쓸함을 억누를 수 없었다. 그는 명예로운 켈 가문 출신인 데다, 누나 한 명은 그 유명한 이네세르 장군의 참모진에 속해 있었다. 그러나 브레잔 본인은 결코 높은 직급까지 올라갈 수 없었고, 본인도 그 사실을 잘 알고 있었다. 그가 여성형에서 남성형으로 신체를 개조했기 때문만은 아니었다. 일부 병사는 그가 듣지 못한다고 생각할 때마다 이 사실을 가지고서 폄훼하는 발언을 내뱉곤 했지만, 동료 장교들은 나름 예의를 차려 받아들였으니까. 그의 진급을 가로막는 중요한 장애물은 도리어 프로필에 적혀 있는 충동적이고 인습에 얽매이지 않는 사고방식 쪽이었다.

체리스 역시 훌륭한 과거 기록에도 불구하고, 결국 그와 똑같은 장애물을 넘지 못했던 모양이었다. 최근에는 하픈과 공모한 이단자들의 손에 넘어갔던 산개하는 바늘 요새의 공성전에 참가했다고 한다. 브레잔은 보고서에 뭔가 중요한 사실이 빠져 있다는 느낌을 받았지만,

관련 문서는 전부 기밀처리 되어 있었다. 심지어 키루에브 대장이 직접 정보를 요청했는데도 공개되지 않았다.

그 정도로도 부족했는지, 켈 사령부는 산개하는 바늘 요새 전역에 망령 장군 슈오스 제다오를 출전시켰다고 한다. 제다오가 전술의 천재라는 사실이야 아무도 부인할 수 없지만, 동시에 그는 지옥나선 요새에서 적과 아군 모두를, 자기가 지휘하던 이들마저 학살한 광인이기도 했다. 이제 그가 완전히 사망했다는 소식이 들려오기는 했지만, 그게 온전한 진실일지 대체 누가 알겠는가. 켈 사령부에서 지난 수 세기 동안 긴급 상황이 일어날 때마다 정체불명의 방법으로 그를 되살려 투입하기를 반복해온 마당에.

체리스는 그런 난장판에 휘말려버렸고, 그 와중에도 키루에브 대장에게 꼭 필요할 정도로 엄청난 능력을 드러내 보인 모양이었다. 적어도 켈 사령부는 그렇게 생각하는 거겠지. 정확하게 뭘 했는지는 일러주지 않았지만. 이 사안에 대한 브레잔의 의견은 차라리 추가 군화 보급이 유용하리라는 것이었다. 한동안 절대 우주선에서 내릴 일이 없다고 해도 분명 군화 쪽이 더 쓸모 있을 테니까.

브레잔은 소멸나방 사령실을 둘러보았다. 희미하게 빛나는 단말들, 초조한 얼굴의 장교들, 정비 작업을 수행하는 딱정벌레형과 세모형 서비터들이 눈에 띄었다. 키루에브 대장은 어두운 피부색에, 머리에는 희끗희끗한 백발이 군데군데 섞여 있는 여성이었다. 그녀의 얼굴 한쪽엔 지울 생각이 없어 보이는 흉측한 흉터가 허옇게 떠올라 있었다. 다른 사람들과 달리 그녀는 조금도 동요하는 기색이 없었다. 반면 기함의 함장인 켈 자나이아는 보조 두뇌의 내장 시계가 나방 그리드와 동조되어 있을 텐데도 계속 단말을 힐끔거리며 시간을 확인했다.

7분이 더 흘러갔다. 지금쯤이면 수송선에서 연락이 들어왔어야 할 텐데? 브레잔은 통신장교에게 메시지를 보내고 싶은 충동을 억눌렀다. 연락해봤자 딱히 그쪽에서 좋아할 리도 없을 테니까.

이런 상황 역시 평소와 다를 바 없는 모습이었다. 정신 복합체인 켈 사령부는 종종 의문스러운 결정을 내린다. 수 세기에 걸쳐 정신 복합 기술을 남용한 결과다. 브레잔은 정신 복합체의 일부가 되어서도 무심하게 주어진 업무를 수행하는 사람이다. 사실 그래서 전함이 아니라 행성 기지의 행정 업무에 배당되리라 예상한 적도 있었다. 그런 브레잔도 복합체의 일부가 될 때마다 머릿속을 지배하는 완벽한 신념과 소속감에 중독되곤 했다. 어쨌든 이미 상황은 최악이다. 더 나빠지지는 않겠지.

그런 기대가 무색하게도, 잠시 후 그의 상황은 훨씬 나빠졌다.

통신 담당이 장군에게 보고했다. "각하, 바늘나방 한 척이 착함을 요청하고 있습니다. 배속 예정인 켈 체리스 대위를 태우고 있다고 합니다."

일개 대위가 바늘나방 사용 승인을 받다니, 대체 무슨 짓을 벌인 거야? 브레잔도 첩보 드라마를 봐서 바늘나방이 어떻게 생겼는지는 알지만, 실물을 본 적은 없었다. 탐지장교는 중앙 화면에 바늘나방을 띄웠다. 축척 정보를 곧이곧대로 믿는다면, 성인 한 명에 아이 한 명 정도가 승선할 수 있는 함선으로 보였다.

"아직 늦지는 않았군." 키루에브 대장은 부러울 정도로 침착한 태도를 유지하며 말했다. "브레잔 중령, 필요한 준비를 하도록."

"알겠습니다." 브레잔은 이렇게 말하고 대위에게 보낼 지령을 나방 그리드에 입력했다. 지령을 대동하고 오는 것이니만큼 기함의 보병대 숙소가 아니라 조금 괜찮은 손님용 선실에 머물게 할 생각이었다.

바로 그 순간, 휘몰아치는 동전 요새로 향하는 하픈 함대를 포착했다는 보고가 들어왔다. 산개하는 바늘 요새와 마찬가지로, 휘몰아치는 동전 요새 또한 육두정부의 연결체 요새 중 하나다. 연결체 요새는 역법에 의한 이능력을 증폭시키도록 설계되었으며, 주변 영역의 역법 안전성을 유지하는 역할을 담당한다. 모든 사람이 표준 역법과 그에 연관된 행동 지침을 준수하지 않으면, 육두정의 이능력 기술은, 예를 들어 성계 간 고속 이동을 가능케 하는 나방 추진체 기술은 무용해질 것이다.

하픈도 어리석지만은 않은지 연결체 요새를 집중 공격했지만, 문제는 그쪽이 아니었다. 표준 역법이 우위를 점하는 육두정부의 영역 안에서 하픈이 자기네 이능력 기술을 사용한다는 게 진짜 문제였다. 말도 안 되는 일이었다. 키루에브 대장이 하달받은 최우선 작전 목표가 연결체 요새의 무조건 사수인 것도 당연한 일이었다. 하픈은 불가능한 일을 태연하게 해냈다. 주변의 역법 지형을 자기들 쪽으로 돌리기까지 한다면 무슨 짓을 벌일지 대체 누가 알겠는가?

"정찰나방 19번기가 탐지 잔상일 가능성도 있다고 보고해 왔습니다." 통신장교가 말했다. 동시에 누군가 사령실 안으로 들어왔다.

순간 브레잔은 깜짝 놀랐다. 브레잔은 다른 누구보다도 체리스의 프로필을 샅샅이 훑어봤다. 체리스가 바로 사령실로 찾아올 것은 짐작하고 있었지만, 몸짓언어로 봤을 때 방금 들어온 사람은 체리스가 아니었다. 의료 기록과 운동 자료에 따르면 체리스는 사관학교에서 각인하는 켈 보병대의 표준 몸짓언어를 지니고 있었다. 그러나 눈앞의 여성은 흡사 암살자처럼, 효율적이지만 의도를 숨기는 방식으로 움직였다. 브레잔은 그녀를 질책하기 위해 입을 열었다. 그러나 그의 말은 그대로 잇새에 달라붙었다.

켈 체리스 대위는 작은 키에 연노랑 빛 피부, 타원형의 얼굴과 규정에 맞춰 자른 단발머리를 가진 여성이었다. 이런 점들은 딱히 놀랍지 않았다. 적어도 프로필에 적혀 있는 정보였으니까.

거슬리는 몸짓언어 외에 제복도 눈에 띄었다. 켈의 검은색과 금색 제복은 사령실의 나머지 사람들과 다를 바 없었지만, 그녀의 계급장은 대위의 발톱 장식이 아니었다. 발톱 장식이 있어야 할 자리에 장군의 날개 계급장이 달려 있었다. 날개 아래에는 슈오스의 눈이 보였다. 장갑도 문제였다. 켈의 검은색은 맞지만, 반장갑이라 손가락이 드러나 보였다.

브레잔은 그대로 얼어붙었다. 그는 저 계급장과 손가락 없는 장갑의 의미를 잘 알고 있었다. 정보 업무에 특화된 슈오스가 켈 부대에 전속되는 일은 종종 벌어진다. 켈에 전속된 슈오스는 원 분파를 알려주는 구미호의 눈 모양을 계급장에 부착한다. 그러나 장군 계급의 슈오스가 켈에 복무한 적은 지난 4세기 동안 한 번도 없었다. 적어도 살아 있는 슈오스 장군 중에선.

키루에브 대장은 이미 자리에서 일어나 있었다. "유머 감각이 상당히 형편없군, 햇병아리." 온화한 목소리였지만, 사람들은 그녀의 입에서 나온 '햇병아리'라는 단어에 움찔했다. 켈이 그 호칭으로 부르는 대상은 생도뿐이다. 적어도 공적인 자리에서는. "계급장을 고치고 장갑을 벗도록, 지금 당장."

살아생전 슈오스 제다오는 켈이 보유한 최고의 장군이었지만, 지옥나선 요새 사건을 일으켜 대반역자가 되었다. 브레잔은 완전히 미쳐버린 제다오를 불멸 장치에 넣어 정신 치료를 시도한 일을, 켈 사령부역시 미쳐 있다는 증거로 생각했다. 이후에는 심지어 제다오를 켈 병기창에 보관하기까지 했다. 제다오가 자신들보다 두려운 존재이므로, 무기로 사용하는 것이 마땅하지 않겠느냐는 이유로.

제다오가 생전에 착용하던 손가락 없는 장갑은 이후 4세기 동안 육두정에서 유행한 적이 없었다. 그럴 만한 이유는 충분했다.

"음, 진정 좀 하게." 체리스가 말했다. 말꼬리를 길게 끄는 억양이 두드러졌다.

브레잔의 마음속에 섬뜩한 의심 하나가 영글었다. 물론 육두정에는 표준 언어 외에도 헤아릴 수 없을 정도로 많은 저급 언어가 존재했다. 브레잔은 자신이 담당하는 인물의 출신 민족을 항상 확인해두곤 했다. 므웬처럼 놀라울 만큼 알려지지 않은 소수민족인 경우에도 마찬가지였다. 브레잔은 시 따위는 자신의 고향 언어로도 진절머리를 내는 사람이었지만, 므웬의 운문 찬송 녹음을 직접 찾아서 듣기까지 했다. 므웬어는 치찰음을 빠르게 반복하는 것처럼 들렸다. 므웬족이 다른 언어를 사용할 가능성도 있었지만, 제다오의 출신 언어와 비슷한 것이 그중에 있을 확률은 크지 않았다. 방금 들은 억양은 분명히, 사관학교 시절에 먼 옛날의 기록 동영상에서 들었던, 음절을 느릿하게 끄는 제다오의 말투였다.

"교리반." 키루에브가 말했다. "저자를 사령실에서 끌고 나가서 감금해놓도록. 내가 나중에 처리하겠다. 켈 사령부에서 맞춰볼 퍼즐을 우리에게 떠넘긴 거라면, 이곳 상황이 어느 정도 정리된 다음에 해결해도 되겠지."

교리반 장교가 자리에서 일어섰지만, 체리스는 그쪽으로는 눈길조차 주지 않았다. "키루에브 대장. 현재 계급에서 15년 동안 봉직한 것으로 알고 있는데."

브레잔의 의심은 더욱 달아올랐다. 키루에브의 턱 근육이 뻣뻣해졌다. "그렇지."

"나는 슈오스 제다오다. 대장이 된 지 300년이 넘었고, 여전히 복무 중이지."

"헛소리 마." 잠시 침묵한 후, 키루에브는 이렇게 말했다.

저 말에 귀를 기울이면 안 된다고, 브레잔은 마음속으로 애걸했다.

"아, 그러지들 말라고. 켈 농담이 하고 싶어지잖아." 제다오인지 체리스인지 모를 여성은 이렇게 말했다. "지금 상황에선 선택지가 너무 많긴 하지. 그럼 내 정체를 시험해보는 건 어떤가?" 그의 입꼬리가 슬쩍 올라갔다. 브레잔은 400년 전 녹화된 동영상에서, 완벽하게 다른 얼굴 위로 매우 똑같은 표정이 떠오르는 것을 본 적이 있었다.

브레잔은 장교로서는 유능하지만, 진형 본능을 중요시하는 켈로서는 간신히 결격을 면한 존재였다. 브레잔은 진형 본능이 약했다. 진형 본능 주입의 결과는 온전히 예측할 수 없으며, 그 결과 종종 진형을 유지하지 못해서 켈 사관학교에서 퇴출당하는 생도들도 있다. 브레잔은 사관학교 재학 내내 언제 쫓겨날지 몰라 전전긍긍하며 지냈다. 켈은 계급 구조와 규율을 유지하기 위해 진형 본능이라는 정신 개조에 의지하며, 전장에서 진형을 사용해 '역장 방패'에서부터 '염동력 창날'에 이르는 온갖 역법 효과를 불러올 수 있다. 그렇기에 진형 본능이 없는 켈은 켈이라고 할 수 없다.

이번만은 그의 흠결이 장점으로 작용했다. 그는 권총으로 손을 뻗었다.

그러나 상대방이 더 빨랐다. 이후 일어난 사건은 조각난 파편처럼 느껴졌다. 총의 발포음. 가장자리부터 흐릿해지는 시야. 손에서 손목을 타고 팔로 올라오는 갑작스러운 충격, 브레잔의 권총 슬라이드에 맞아 튕겨 나간 총알, 자신의 손에서 날아가는 총, 피하려 몸을 숙이는 다른 사람들, 떨림이 멎지 않는 자신의 손.

"젠장." 브레잔은 격정적으로 내뱉었다. 총성에 귀가 먹먹했다. "체리스 대위의 정보는 전부 암기하고 있다고. 저 정도로 사격 실력이 완벽할 리가 없어."

"나 자신한테 아쉬운 점이 바로 그것일세. 지나칠 정도로 완벽을 추구하거든." 제다오의 목소리에서 겸손함 따위는 조금도 느껴지지 않았다.

사령실의 모든 켈이 그를 바라보고 있었다. 키루에브 대장도 그를 바라보고 있었다. 억누를 수 없는 갈망이 가득한 눈으로.

브레잔은 4세대 동안 켈에 봉직한 가문 출신이었다. 진형 본능이 머릿속을 휘저을 때 켈이 어떤 모습이 되는지를 누구보다도 잘 알고 있다. 이 빌어먹을 입을 열지 말았어야 했는데.

"제다오 대장 각하, 명령을 받들겠습니다." 키루에브가 말했다.

대반역자이자 대량 학살자인 슈오스 제다오와 켈 사령부 중에서 누가 더 끔찍한 주인일까? 그러나 브레잔은 지금껏 의무에 매달려 살아왔다. 그는 망가진 총을 바닥에 떨구고 전투용 단도를 칼집에서 빼 들었다.

제다오에 대항하는 게 브레잔 혼자만은 아니었다. 교리장교는 라할이라 진형 본능에 당하지 않았지만, 그는 브레잔보다도 반응이 느렸다. 순식간에 사령실의 모든 켈이, 수년 동안 함께 복무해온 사람들이, 브레잔과 교리장교에게 총을 겨누었다. 브레잔은 진형의 새로운 지휘관에게 위협이 되는 존재였다. 그와 교리장교가 순식간에 벌집이 되지 않은 것은 순전히 이 상황이 모두에게 낯설었기 때문이었다.

정말이지 우스꽝스러운 죽음이로군. 다행히도 미우잔 누나가 이 일을 끄집어내며 놀려대는 소리는 못 듣겠지만. 그는 단도를 손에서 떨어트렸다.

"기다리게." 누군가 정신을 차리고 발포하기에 앞서, 제다오가 입을 열었다. 생각에 잠긴 눈빛이었다.

브레잔은 제다오의 얼굴에서 '자네는 어느 쪽인가'라고 물어보는 표정을 알아챘다. 짧게 자른 머리를 보고 그가 남자인지, 아니면 남성적인 외양을 선호하는 여자인지를 판단하려는 눈빛이었다. 평소라면 브레잔은 이를 악물었을 것이다. 그러나 지금은 제다오에게 사소한 혼란을 줄 수 있다는 것에서 하찮은 즐거움마저 느껴졌다.

"이름이 뭔가, 병사?"

어차피 다른 켈들이 다 불어버릴 상황에서 침묵을 지킬 필요는 없었다. "켈 브레잔 중령이다." 그가 존칭을 사용하지 않는 걸 본 다른 모든 켈이 몸을 뒤틀었고, 그는 그런 모습에서도 사소한 쾌감을 느꼈다. "참모진 소속 인사장교로, 백조매듭 함대를 이끄는 켈 키루에브 대장에게 배속되어 있다. 쏠 생각이라면 빨리 끝내줬으면 좋겠군. 당신을 따르는 일은 없을 테니까."

머릿속에서 키루에브 장군의 판단을 신뢰하라고 속삭이는 목소리가 들렸다. 켈의 본성에 따라서 새로운 진형 지휘관을 섬기라고. 그는 너무도 쉽게 그 목소리를 억눌렀다. 그가 충성을 바쳐야 하는 대상은 켈 사령부지, 켈 장교에 빙의한 반역자이자 망령인 슈오스 장군이 아니었다.

"자네, 추락매일지도 모르겠군." 제다오는 모욕하듯 가볍게 말했다. 조금도 긴장하지 않은 모습이었고, 사실 흘러가는 상황을 보면 그가 긴장할 이유는 조금도 없었다. "판단하기 힘든 문제긴 하지. 여기서 자네 혼자만 다른 생각을 하는 것도 아니고…" 그는 교리장교 쪽을 슬쩍 바라보며 말을 이었다. "…다른 분파에서 전속된 친구들은 진형 본능 자체가 없으니까. 어쨌든 이런 친구들에게 뭔가를 믿고 맡길 수는 없겠군."

브레잔은 이를 악물었다. 〈축제의 위계〉호에만도 82명의 니라이가 승선 중이고, 함대 전체로 따지면 훨씬 많았다. 슈오스와 소수의 라할과 한두 명의 비도나도 있다. 만약 제다오가 그들 모두를…

"죽이지는 않겠다. 하지만 함께 데려갈 수도 없어. 배에서 내릴 사람들의 목록을 작성하도록. 수송선 수는 충분할 테지. 최소한의 생명 유지 장치만 제공하고, 항해 기능은 제거하게. 그리 시간을 벌 수는 없겠지만, 티끌 모아 태산이니까."

이대로 덤벼들 수도 있었지만, 브레잔은 이내 그만두었다. 살짝 움찔거리기만 해도 즉시 사살당할 것이 분명해 보였기에. 또한, 그로선 짐작조차 할 수 없는 모종의 이유로 제다오가 진형 본능으로 조종할 수 없는 자들을 살려줄 생각이라면, 켈 사령부에 상황을 알릴 수 있는 여지는 얼마든지 있었다. 물론 켈 사령부가 의도적으로 이런 난장판을 벌였을 가능성도 배제할 수는 없지만, 그보다 제다오가 속임수를 써서 이런 상황을 유도했을 가능성이 더 컸다.

키루에브 대장과 참모장은 차분하게 제다오에게 올릴 수송 계획을 논의하기 시작했다. 브레잔은 가슴에 횅하게 구멍이 뚫린 기분으로 그 모습을 지켜보았다.

"좋아. 브레잔 중령이 지루해하지 않게 일단 보내주는 편이 나을 것 같군." 그는 하급 장교 두 명에게 손짓했다.

브레잔은 저항하지는 않았지만, 거친 목소리로 쏘아붙이기는 했다. "축하해주지, 제다오. 빌어먹을 함대 하나를 통째로 가로챘으니 말이야. 이걸로 뭘 할 생각이지?"

병사들이 그를 끌고 몸을 돌리기 직전에, 제다오의 환한 미소가 눈에 들어왔다. "물론 하픈 침략군에 맞서 싸워야지." 뒤편에서 그의 목소리가 울렸다. "아, 그래. 자네가 켈 사령부에 대신 전해주겠나? 내 충정을 말일세."

벌거벗은 채로 진공 속을 통과해야 하더라도 반드시 네놈을 죽여주겠다고, 브레잔은 사령실에서 끌려 나가면서 생각했다. 그 정도로 쉽지 않으리라는 느낌을 받으며.

　네시테 키루에브가 표준 역법으로 열한 살이었을 때, 그녀의 어머니 중 한 명이 아버지를 죽였다.

　바로 그 직전까지는 즐거운 하루를 보내고 있었다. 키루에브는 손가락으로 꿀벌을 잡는 방법을 깨우쳤다. 그대로 짓눌러 죽일 수도 있지만, 그래선 의미가 없었다. 뒤쪽으로 조용히 접근해 부드러우면서도 단호하게 압력을 가해 엄지와 검지 사이에 붙드는 기술이 대단한 거니까. 꿀벌은 부드럽게 풀어주기만 하면 그 정도에는 크게 개의치 않는다. 그녀는 어머니들에게 자신의 기술을 자랑하고 싶었다. 아버지는 관심을 보이지 않을 것이다. 벌레를 싫어하는 사람이니까.

　키루에브는 자신의 기술을 보여주려고 평소보다 일찍 귀가했다. 집에 들어선 그녀의 귀에 공용 공간에서 어머니 중 한 명인 에케스라와 아버지인 크세로가 다투는 소리가 들렸다. 자신이 소리칠 때는 괜찮지만 남이 큰 소리를 내는 건 싫어하는, 또 다른 어머니인 알루가 얼굴을 돌린 채 평소 앉는 의자에 앉아 있었다.

크세로는 교사였고, 알루는 환경 세척 정비반에서 근무했다. 에케스라는 비도나로서, 이단자들을 재교육하는 일을 담당했다. 비도나 분파는 이단자들을 교육해 육두정의 표준 역법을 따르게 한다. 그래야 모든 사람이 표준 역법이 제공하는 이능력 기술을 안심하고 사용할 수 있기 때문이다.

알루가 그녀 쪽을 돌아보지도 않는 채로 먼저 입을 열었다. "네 방으로 가렴, 키루에브." 목멘 소리였다. "넌 상상력이 풍부한 아이니까. 잘 시간까지 혼자서도 놀 수 있겠지. 저녁 식사는 서비터한테 들려 보내마."

키루에브는 덜컥 겁이 났다. 알루는 가족이 함께 저녁을 먹는 일의 중요성을 강조하곤 했다. 오래된 게임패드를 분해하느라 바빠서 나중에 따로 먹겠다고 말해도, 그녀는 결코 용납하는 법이 없었다. 그러나 키루에브는 무슨 일이냐고 더는 캐묻지 않고, 얌전히 자기 방으로 걸음을 옮겼다. 굳이 물어보지 않더라도, 상황이 좋지 않다는 걸 알 수 있었으니까.

"안 돼." 거의 복도에 도착했을 때, 에케스라가 말했다. "저 아이도 자기 아버지가 이단자라는 사실을 알 권리가 있어."

너무 갑작스레 걸음을 멈추는 바람에, 키루에브는 그대로 넘어질 뻔했다. '이단'은 농담으로도 입에 담을 단어가 아니다. 그 사실을 모르는 사람은 없다. 에케스라가 장난을 치는 걸까? 비도나가 유머감각이 없다는 소문은 물론 사실이 아니었지만, 이단이라고 매도하는 것은 아무리 그래도 너무…

"아이는 빼줘." 크세로가 말했다. 크세로는 쉽게 목소리를 높이는 사람이 아니었다. 그 나직한 목소리에는 주변 사람들로 하여금 귀를 기울이게 하는 힘이 있었다.

에케스라는 귀를 기울일 기분이 아닌 모양이었다. 그녀는 키루에브가 특히 두려워하는 완벽한 논리의 힘을 실은 목소리로 단호하게 말했다. "아이를 끌어들이기를 원하지 않았다면 애초에 역법 이탈자들과 연루되지 말았어야지. 자기들끼리는 '재개정자'라고 부른다고 하던가? 당신, 대체 무슨 생각을 했던 거야?"

"나는 적어도 생각이란 건 하고 살았어. 이 집의 다른 누군가하고는 달리 말이야." 크세로가 대답했다.

키루에브의 발은 자기도 모르게 복도 쪽으로 조금씩 물러나고 있었다. 이런 싸움이 좋게 끝날 리가 없었다. 밖에서 기다렸어야 했는데.

"어딜 감히." 에케스라가 말했다. 그녀는 키루에브의 팔을 잡아끌어 몸을 돌리게 한 뒤, 아버지를 보게 했다. "크세로, 이 아이를 잘봐." 위협적이고 평온한 목소리였다. "우리 딸이야. 당신은 이 아이를 이단에 노출시켰어. 오염 사태라고. 당신《월간 교리 보고》를 제대로 본 적은 있는 거야?"

"질질 끌 필요 없잖아, 에케스라." 크세로가 말했다. "나를 넘길 생각이라면 얼른 끝내버리라고."

"그보다 더 좋은 해결책이 있지." 에케스라가 말했다.

키루에브는 그녀의 다음 말을 듣지 못했다. 에케스라의 딱딱하게 굳은 목소리 너머로, 그녀의 뺨을 타고 눈물이 흘러내리고 있다는 사실을 깨달았기에. 그녀로서는 이 모든 상황이 그저 당황스러울 뿐이었다.

"…따라서, 약식 재판을 시작한다." 에케스라는 이렇게 말하고 있었다. 여전히 무슨 뜻인지는 알 수 없었지만.

알루는 고개를 들었지만 아무 말도 하지 못했다. 그저 눈가를 훔칠 뿐이었다.

"아이한테는 자비를 베풀어줘. 이제 열한 살이니까." 마침내 아버지가 말했다.

에케스라의 눈이 혐오감으로 불타올랐다. 키루에브는 몸을 움츠리고 의자 밑으로 들어가고 싶어졌다. "열한 살이면 이단이 현실에 위협이 된다는 걸 이해할 나이지. 하물며 이단이 되는 순간, 대가를 치러야 한다는 점도. 여기서 더 이상 실수를 저지르지는 마, 크세로. 그랬다가는 절대 당신을 용서할 수 없을 테니까."

"그렇게 말하기에는 조금 늦었지. 저 아이는 이 일을 잊지 못할 테니까." 크세로는 굳은 얼굴로 말했다.

"바로 그게 문제야." 에케스라는 여전히 살의를 담은 목소리로 말했다. "당신이 사라진 역법체계를 연구한답시고 고개를 들이민 순간, 이미 구원받기에는 너무 늦어버린 거야. 하지만 키루에브가 당신처럼 되는 걸 막기에는 아직 늦지 않았어."

나는 구원받고 싶지 않아요. 다들 싸움을 멈췄으면 좋겠어요. 키루에브는 속으로 이렇게 생각했지만, 그녀의 말에 항변한다니 키루에브로선 상상조차 할 수 없는 일이었다.

에케스라가 어깨에 손을 올린 순간에도, 크세로는 미동조차 없었다. 처음에는 아무 일도 일어나지 않았다. 키루에브는 어쩌면 아직 화해할 수 있을지도 모른다고 생각했다.

다음 순간 모두의 귀에 톱니바퀴가 돌아가는 소리가 들렸다.

모든 곳에서, 동시에 그 어떤 곳도 아닌 곳에서, 머릿속을 뒤흔드는 소리가 울리기 시작했다. 신경에 거슬리는 수정 울리는 소리. 그 소리는 절겅거리며 타고 있던 박자에서 벗어나 망가졌고, 뒤이어 잡음으로 변했다. 불협화음이 커지면서 아버지의 몸이 진동했다. 몸의 윤곽선이 검게 바랜 은빛으로 변하고, 육신이 납작해지며 반투명한 평면이 되었다. 망가진 도형과 엉망으로 얽힌 숫자들이 그 안에 비쳐 보였다. 뼈와 혈관이 말라붙은 장식무늬로 변했다. 비도나의 능력인 '죽음의 손길'이었다.

에케스라가 손을 뗐다. 조금 전까지 크세로였던 종이가 바닥으로 떨어지면서 버석거렸다. 섬뜩한 소리. 그러나 그녀의 작업은 아직 끝나지 않았다. 그녀는 깔끔함을 신봉하는 사람이었으니까. 그녀는 무릎을 꿇고 종이를 손에 들더니, 그대로 접기 시작했다. 종이접기는 비도나의 고유 기예 중 하나다. 농시에 육두정의 모든 문화를 점유한다고 주장하는 자존심 강한 안단 분파조차도 꺼리는 몇 가지 기예들 중 하나이기도 했다.

에케스라는 서로 연결된 두 마리의 백조를 완성했다. 한때 그 존재가 누구였는지 모른다면 감탄할 만큼 훌륭했다. 그녀는 그 끔찍한 예술 작품을 바닥에 내려놓고, 알루의 품으로 몸을 던지며 진심으로 울음을 터뜨렸다.

키루에브는 거의 1시간 동안 그 자리에 서서, 시야 한쪽으로 보이는 두 마리 백조를 보지 않으려 애썼다. 물론 도저히 그럴 수 없었다. 차가워진 손에는 아예 감각이 없었다. 차라리 자기 방에 틀어박히고 싶었지만, 그건 옳은 행동이 아니었다. 그녀는 그 자리에 머물렀다.

고통스러운 시간이 흘러갔다. 키루에브는 계속 시간을 재고 있었기에 정확히 78분이 지났다는 걸 알 수 있었다. 그 78분 동안, 키루에브는 절대 어머니들을 저렇게 울게 하지 않으리라 다짐했다. 동시에 육두정에 대한 충성심을 증명해 보일 필요가 있더라도, 비도나에 들어가는 것은 상상조차 할 수 없으리라는 생각도 했다. 이후 여러 해 동안 그녀의 꿈속은 종이접기 작품으로 가득했다. 그대로 무너져 내려 인간의 축축한 심장으로 모습이 변하거나, 계속 접히고 또 접혀서 금단의 숫자 한 줄을 제외하고 모든 것이 사라져버리는 종이접기들로.

키루에브는 비도나 대신 켈로 도피했다. 항상 무엇을 해야 하는지를, 무엇이 옳은지를 알려주는 사람이 있는 곳이기 때문이었다. 불운하게도 그녀는 군대 적성 수치가 매우 높았고 필요할 때면 명령을 창의적으로 해석하는 능력까지 있었다. 자신이 너무 높은 계급까지 오르면 무엇을 해야 할지 생각해본 적조차 없는데도.

그러나 341년의 연공서열 차이는 그 계급조차 무의미하게 만들었다.

키루에브는 자기 선실에서, 벽에 기댄 채 눈앞의 잡동사니 상자에 집중하려 애쓰고 있었다. 시야가 흔들리며 초점이 흐릿해졌다. 모든 검은색은 회색으로, 천연색은 허옇게 바랬다. 자신의 운을 생각하면 다음에는 청력 차례일 것이다. 뼈를 연료로 태우는 것처럼 온몸이 뜨거웠다. 진부 예상한 대로의 증상이었지만, 지독하게 불편하다는 점은 변하지 않았다.

제다오는 다른 모든 사람에게 이 소멸나방과 함대에 대해서, 그리고 함대의 기존 목표에 대해서 질문했다. 그러고선 자신의 최종 명령을 전 함대에 하달하라고 키루에브에게 지시한 다음, 그대로 자기 선실로 물러났다. 이제 제다오가 최고위급 장교가 된 이상, 여러 선실을 바꿔야 했다. 키루에브는 딱히 신경 쓰지 않았고, 서비터들은 평소처럼 즉시 훌륭하게 임무를 수행했다. 그러나 사치스러운 생활을 즐기고 간섭을 싫어하는 자나이아 함장은 꽤 짜증이 난 것 같았다.

공용 식탁에 모일 때까지 5시간 61분이 남았다. 제다오는 그 직후에 참모진 회의를 계획해놓았다. 키루에브는 남은 시간 동안 '브라에 탈라 조항'을 발동하지 않고서 제다오를 암살할 계획을 세워야 했다. 브라에 탈라 쪽이 더 확실하기는 하겠지만, 굳이 그러지 않아도 성공할 수 있으리라는 생각이 들었다. 자살을 서두를 생각은 없었으니까.

만약 그녀가 켈이 아니었다면 제다오의 뒤통수를 쏴버리는 식의, 좀 더 직접적인 방식을 택할 수 있었을 것이다. 그랬다면 제다오가 이렇게 손쉽게 함대를 장악하는 사태 자체가 발생하지 않았을 것이다. 켈 사령부는 제다오가 체리스 대위의 몸에 들어가 돌아다니고 있다는 사실을 모르는 것이 분명했다. 모르는 것이 아니라면, 예전에 키루에브가 질문을 했을 때 어떻게든 경고를 했을 테니까.

어쨌든 진형 본능이 발동된 지금, 키루에브는 제다오를 쏠 자세를 잡는 것조차도 불가능했다. 지금처럼 제다오가 눈앞에 없을 때조차 암살을 생각하는 것만으로도 고통스러웠다. 같은 대장이라 제다오와 계급이 별로 차이가 안 나는데도 이 지경이었다. 그러나 이겨내야 한다. 함대에서 진형 본능에 저항할 가능성이라도 있는 사람은 그녀뿐이다. 제다오가 함대를 장악하는 기간이 길어질수록 진형 본능의 효과도 강해질 것이다. 조금이라도 성공 확률을 높이려면 서둘러야 했다.

키루에브는 항상 기계 만지는 일을 좋아했다. 부모님은 권장한다기보다는 용인하는 쪽에 가까웠다. 그녀는 휴가를 받을 때마다 수상쩍은 구멍가게들을 돌아다녔고, 작동을 멈춘 기계장치를 구해 다시 움직이게 하며 여가를 보내곤 했다. 상점 주인들은 그녀가 돈을 주고 반짝이는 쓰레기를 사들일 때마다 환히 웃었다. 가끔은 괜찮게 되살려 낸 기계도 있었지만, 그녀는 딱히 물건의 쓸모는 염두에 두지 않고 수리했다. 현재 그녀의 수집품 목록에는 다양하게 분해되다 만 기계장치들이 가득했다. 자나이아 함장은 서비터들이 아기 서비터들에게 "나쁜 짓을 저지르면 저런 꼴이 된단다"라고 겁을 주는 용도로 키루에브의 수집품을 사용할 거라고 말하기도 했다.

기술반에 의뢰하지 않고도 필요한 부속을 충분히 수급할 수 있다는 점은 다행이었다. 그래도 요청할 생각을 잠깐 하기는 했다. 아무리 수상쩍은 군용 장비라도 그녀가 사들인 수상쩍은 장비들보다는 보안등급이 두 단계는 높은 물건이기 때문이었다. 그래도 기술반의 병사 중에서 의심을 품고 제다오에게 보고를 올리는 자가 나올지도 모르니, 위험을 무릅쓸 수는 없었다.

키루에브는 고통을 억누르며 마음을 다잡고, 필요한 부속을 추렸다. 작을수록 좋다. 크기가 우선이다. 자꾸 물건을 떨어트리고 있어서, 작업대에 필요한 부속을 늘어놓는 데만도 상당한 시간이 들었다. 한 번은 9호 코일 하나가 책상 뒤편으로 굴러 들어갔는데, 그걸 집기 위해 세 번이나 시도해야 했다. 튼튼한 합금으로 만든 물건인데도 부러 트리고 말 거라는 생각이 머리를 떠나지 않았다.

공구는 한층 고약했다. 진형 본능이 끊임없이 반기를 들 때마다, 키루에브는 그저 잡동사니를 정리할 뿐이라고 자신을 속이려 애썼다. 그러나 부속과는 달리, 공구는 이런 식으로 속이기가 쉽지 않았다.

공용 식탁에 나가기 전에 작업을 끝내야 한다. 게다가 회복 시간도 충분히 가져야 한다. 어차피 제다오를 속일 수 있으리라 확신하기는 힘들었지만, 그러면 남은 선택지는 포기뿐이었으니까. 함대에 대한 의무를 생각할 때 그럴 수는 없었다. 브레잔이 있었다면 달랐겠지… 기회는 이미 지나가버렸지만.

키루에브는 자신이 흐종 무 전역의 생물 병기 공격에서도 살아남았다는 사실을 되새겼다. 눈구멍에서 벌레들이 눈알을 먹어치우며 빠져나오는 환각도 견뎌냈으니, 사소한 육체적 반응에 움직임이 느려질 리가 없었다. 육체적 고통 같은 건 신경 쓸 필요도 없었다. 진짜 문제는 상관을 배신하고 있다는 고통스러운 자각이 반복적으로 정신을 공격한다는 것이었다.

손바닥이 아팠다. 키루에브는 자신도 모르게 스크루드라이버로 손바닥을 찔러대고 있었고, 뒤늦게 깨닫고는 손동작을 멈추었다. 장갑에 작은 흠집이 나버렸다. 무기를 빼놓고 갈까 잠시 고민하기도 했다. 진형 본능이 계획을 실행하느니 차라리 자살을 선택하라고 강요할지도 모르니까. 아니, 어차피 별 의미 없을 것이다. 도리어 공용 식탁에서 의심만 불러오겠지. 그녀가 장갑을 바라보는 동안 흠집은 자기 수복을 거쳐 사라졌다.

그녀는 곧 조립 과정을 최대한 세세하게 나누어서 전체 과정과 최종 결과물을 생각하지 않는 쪽이 가장 효율이 높다는 것을 깨달았다. 이 방법을 가르쳐준 사람을 생각하지 않으려 애쓰면서, 그녀는 제대로 된 수치를 검출하기 위한 중간 계산 과정을 작업대 한쪽에 새겨서 끄적거려놓았다. 작업대가 몇 초 안에 원상복구되는 물질이라 조금 귀찮기는 했지만, 한시적으로나마 증거를 제거할 수는 있을 것이다. 물론 적절한 탐지 장비를 동원하면 물질에 새겨진 압력의 흔적은 어렵잖게 읽어낼 수 있고, 그것은 그녀도 할 수 있을 만큼 쉬운 일이다. 그래도 일단 의심을 받아야 탐지가 들어올 테니, 아예 쓸모 없지는 않을 것이다.

키루에브는 가슴의 통증을 견디다 못해 작업을 중단했다. 스크루드라이버를 너무 꽉 붙들고 있어서 손이 뻐근했다. 그녀는 손을 들어 드라이버로 눈 아래쪽을 겨누었다. 별로 힘을 들이지 않고도 그대로 눈에 찔러 넣을 수 있을 것 같았다.

무슨 행동을 해도 그녀가 반역자라는 사실은 변하지 않는다. 켈 사령부와 제다오한테 동시에 충성을 바칠 길은 없다. 그녀는 드라이버를 고쳐 쥐며 각도를 바꾸고…

우선 그자를 죽여야 해. 키루에브는 절망에 빠진 채 생각했다. 자신의 함대를 광인의 수중에 남기고 떠날 수는 없다. 게다가 하픈으로부터 육두정을 지키려면 이 함대가 반드시 필요하다. 키루에브는 남은 의지력을 모아 드라이버를 바닥에 떨어트렸다. 양손으로 머리를 감싼 그녀는 힘겹게 얕은 숨을 달싹였다. 무슨 일이 있어도 암살 드론을 완성해야 한다.

완성된 드론은 그녀의 최고 걸작이라기에는 무리가 있었다. 흡사 병에 걸려 비척대는 바퀴벌레처럼 보였다. 그녀는 뮤직박스에서 꺼낸 7번과 19번 회로를 이용해 바늘 발사 장치를 만들었다. 반소수 회로를 사용하는 쪽이 적절했겠지만 다른 도리가 없었다.

다음 단계는 목표를 인식하도록 드론을 프로그래밍하는 작업이었다. 수동으로 발사 명령을 내리는 쪽이 성공률이 높겠지만, 애초에 그게 가능했다면 그냥 제다오의 뒤통수를 쏴버렸을 것이다. 그녀는 드론에 기본적인 광학 인식 장치를 달아놓았다. 그리고 나방 그리드에서 가져온 가장 깔끔한 패턴 인식 루틴을 드론의 연산장치에 탑재한 다음, 체리스 대위의 프로필을 프로그램에 입력했다. 빌어먹게도 데이터를 입력하는 도중에도 진형 본능 때문에 계속 시야가 뿌옇게 변했다. 실제 조작이 별로 필요치 않은 작업이라 다행이었다. 작업을 끝내고 나니 온몸이 땀에 흠뻑 젖어 있었다. 그래도 시력은 거의 돌아왔다.

슈오스가 진형 본능을 탐내지 않은 것도 당연한 일이었다. 역사적으로 슈오스의 인기 있는 여가 생활인 슈오스 육두관 암살을 수행하지 못하게 되면, 그쪽 친구들은 전부 발광 직전이 되어버릴 테니까.

키루에브는 이를 악물고 드론을 군화 안에 쑤셔 넣었다. 행운이 따라준다면 실수로 그녀의 발을 쏘는 일은 벌어지지 않을 것이다. 공용 식탁까지는 49분밖에 남지 않았다. 정말로 이렇게 오래 걸렸다고? 굳이 답할 필요 없는 질문이었다. 그녀는 남은 시간을 쪼개 14분 동안 샤워를 했지만, 긴장을 푸는 데는 도움이 되지 않았다. 자리를 정리하는 데 29분을 사용했다. 서랍장은 전투 구역처럼 난잡한 모습이었지만, 어차피 평소에도 그리 다르지 않았다.

공용 식탁으로 걸어가는 내내 왼쪽 군화가 무겁게 느껴졌다. 드론의 질량은 전체 중량에 비하면 거의 알아차릴 수조차 없을 정도로 가벼운데도. 그녀는 정확하게 6분 전에 식탁에 도착했다. 자신이 제다오보다 16초 늦게 도착했다는 사실은 그리 위안이 되지 못했다. 언제나 살짝 태만한 구석이 있는 자나이아 함장은 그로부터 2분 후에 도착했다.

"다시 만나 반갑군, 장군." 제다오는 마치 두 사람이 정상적인 업무 관계인 것처럼 말을 건넸다. "그럼 앉을까?"

제다오가 상석에 앉았다. 그 오른쪽에는 키루에브가, 왼쪽에는 자나이아가 앉았다. 식탁의 반대편 끝에는 스찬이 앉았다. 수석 참모진은 잠시 머뭇거리다 제각기 자리를 찾아 들어갔다.

서비터들이 음식을 담은 쟁반을 날라 왔다. 자나이아는 서비터에게는 조금도 주의를 기울이지 않은 채 제다오가 공용 식탁에 가져온 잔을 몰래 힐끔거리고 있었다. 지휘관이 잔을 가지고 다니던 제다오의 시절과는 달리, 지금은 사령부에서 의식용 잔을 제공하는데도 굳이 가져온 물건이었다. 평범한 금속 잔을 보니 제다오도 컵 자체보다 전통이 중요하다는 사실을 기억하고 있는 것이 분명했다. 키루에브는 그 컵의 주인이 체리스 대위가 아니었을까 하는 끔찍한 상상을 했다.

제다오는 수저를 가져온 서비터에게 가볍게 묵례했다. 흥미로운 행동이었다. 키루에브는 서비터에게 인사하는 장교를, 아니 사람 자체를 지금껏 본 적이 없었으니까. 여분의 팔이 달린 새 형태의 서비터는 조심스레 의문을 품은 소리를 냈다. 아마 저 서비터도 지옥나선 요새에 내해서 인간들만큼이나 잘 알고 있을 것이다. 지금까지는 기계 지성이 인간의 역사에 관심이 있으리라고는 생각해본 적도 없었지만 말이다. 제다오는 서비터를 향해 한쪽 눈썹을 치켜들어 보였다. 서비터는 사려 깊게 지저귀고는 작업에 복귀했다.

"좋아." 제다오는 명확하게 들리지만 지나치게 크지는 않은 목소리로 이야기를 시작했다. "바늘나방을 타고 있던 동안에는 딱히 문제가 되지 않던 일인데, 이 음식을 먹는 데 반드시 지켜야 하는 규칙이 있다면 누가 좀 알려주겠나. 특히 이 해초를 말아 만든 요리 말이네. 혹시 손가락을 써도 되는 건가?"

자나이아는 웃음을 터트렸다. "우리는 안단이 아닙니다, 각하. 떨어트리지 않고 입에 넣을 수만 있다면 어떻게 하든 상관없죠."

"방금 말씀하신, 해초를 말아 만든 요리의 고명은 채소와 생선이 대부분입니다." 키루에브는 의무감에 이렇게 덧붙였다. "조리 담당 서비터의 실험 정신이 갑자기 투철해지지만 않았다면 말이죠."

"알려줘서 고맙네." 제다오가 말했다. "적어도 젓가락에는 창의적인 실험을 덧붙일 수 없었던 모양이로군. 딱 봐도 뭔지 알겠으니까." 그는 물병을 들어 자기 잔을 채우고 한 모금을 홀짝였다. 다른 켈들은 전부 그를 주시하고 있었다. 분명 그도 알아차렸겠지만, 표정은 고요하기만 했다.

키루에브는 당장 군화에서 드론을 끄집어내고 모든 것을 고백하고 싶은 충동에 사로잡혔다. 제다오가 그녀 쪽으로 잔을 건넸다. 손에 받아든 잔은 평범한 물건으로 느껴졌고, 물은 항상 마시던 투명하고 달콤한 액체 그대로였다. 세상에 정의가 남아 있다면 이 물이 목구멍을 태웠을 텐데. 그녀는 그런 생각은 그만두라고 자신을 다그쳤다. 그러고선 먹먹한 상태로 손가락을 움직여 잔을 오른쪽으로 돌렸다.

자나이아는 계속 잡담을 이어나가려 시도했다. "각하께서 복무하던 시절의 군대 식사도 딱히 더 낫지는 않았겠죠."

제다오의 입가에 웃음이 어렸다. "자네는 바로 전함나방에 배속되었겠지, 함장?"

"그렇습니다, 각하." 자나이아가 말했다. "운이 좋았죠. 사실 저는 행성에는 별 관심이 없습니다. 꽃은 좋지만, 그걸 가꾸기 위해서 행성 하나가 통째로 필요한 건 아니니까요."

키루에브도 자나이아를 질책할 수 없었다. 연회실에 모인 켈들은 겁에 질려 있었다. 다들 입을 꾹 다문 채 제다오의 식탁만 주시하고 있었다. 자나이아도 제다오가 얼마나 위협적인 존재인지는 다른 사람들만큼 잘 알고 있었다. 바로 그 때문에, 자나이아는 모든 상황이 정상적으로 돌아가는 것처럼 행동하려 전력을 기울이고 있었다. 다른 이들이 공황에 빠지는 것을 막아야 하기 때문이었다. 키루에브도 같은 행동을 해야 마땅했다. 아무리 동요했을지라도.

"처음 보병대에 배속되었을 때에는 정말 끔찍한 것들을 먹곤 했어. 소위 시절엔 적 전선 뒤편에 고립된 적이 있었는데, 구더기를 놓고 싸움을 벌인 병사 두 명을 총살해버려야 했지."

스찬이 입을 열었다. "저희가 아는 한 구더기가 보급으로 나올 일은 없습니다만, 서비터들 중에는 사냥을 즐기는 녀석들도 있습니다. 미우고 기술대위가 그러는데, 때론 자기 문 앞에 사냥감을 놓아두고 가기도 한답니다. 고양이처럼요. 미우고가 비위가 좋은 사람이어서 다행이죠."

"누군지 알려줄 수 있나?" 제다오가 말했다.

"저쪽에 난봉꾼처럼 생긴 남자입니다." 자나이아가 자기 숟가락을 흔들어 보이며 대답했다. "머리카락을 땋아서 틀어 올린 사람요."

"아, 누군지 알겠군." 제다오는 식탁에 앉은 나머지 참모진을 돌아보며 제대로 자기소개를 하라고 재촉했다. 그는 병참반의 나자드 대령에게 아이가 셋 있다는 사실을 알게 되었고, 둘째 아이가 비교언어학 연구자라는 사실에 진심으로 흥미를 보였다. 아니면, 아주 훌륭하게 그런 척을 했거나. 정보반 수장 대행인 류 소령은 잘 알려지지 않은 슈오스 보드게임의 시작수에 대한 친근함 넘치는 토론에 휘말려 들어갔다. 대화를 회피한 것은 작전반 장교뿐이었는데, 제다오는 불쾌하다기보다는 상황을 즐기는 것처럼 보였다.

키루에브는 문득 역사 수업 시간에 배웠던 촛불전광 전투의 승리 전술에 대한 온갖 하찮은 토막 지식을 떠올렸다. 대체 제다오가 이 정도로 수다스럽다는 사실을 어떻게 언급조차 하지 않은 걸까. 거기다 제다오는 온갖 지저분한 안단 농담에 능통하기까지 했다. 다시 생각해보면 키루에브는 검은 요람에 갇힌 망령이 어떤 식으로 존재하는지 아는 바가 거의 없었다. 그 장치가 감옥처럼 가두는 용도에 가깝다는 소문만 꾸준히 들어왔을 뿐. 어쩌면 제다오도 몇 세기 동안 갇혀 있으면서, 대화에 굶주렸는지도 모른다.

식사가 진행될수록, 연회장의 분위기는 계속 경직되어갔다. 켈은 제다오가 자기들을 어떤 식으로 학살할 생각인지를 궁금해하고 있었다. 그러나 제다오는 하픈과 싸울 생각이라고 공언했다. 과연 진심일까? 가능성이 작긴 하나 그가 선의를 품고 있다고 가정하더라도, 켈 사령부가 그를 자유롭게 설치고 돌아다니도록 놔둘 리가 없었다. 그 또한 모를 리가 없을 테고.

제다오는 식사가 끝날 때까지 밥공기를 절반 정도 비웠다. 그는 젓가락을 내려놓고 이렇게 말했다. "그대로 회의를 시작하는 게 좋겠군. 자네들 모두 뭘 해야 할지 알고 있으리라 믿네." 그는 잔을 마저 비우고 자리에서 일어나더니, 식탁에 둘러앉은 장교들을 향해 가볍게 묵례하고는 연회장을 나섰다. 잔은 허리춤에 매단 채로.

켈은 입을 다물고선 그가 나가는 모습을 지켜보았다. "나머지는 맡기겠네, 함장." 키루에브는 자나이아에게 정중하게 얘기하고는 참모진 일동을 대동하고 식당을 나섰다. 제다오가 자신에게 무슨 특별한 수작을 걸 생각인지는 짐작조차 할 수 없었다. 일부러 자신의 개인사를 캐묻지 않았다는 점은 확실히 느끼고 있었다. 그녀 자신도 가족사 쪽은 입에 담고 싶지도 없었다. 하지만 제다오가 키루에브를 무시한다는 느낌은 조금도 없었지만, 상관에게 자신의 쓸모를 증명하고 싶다는 충동 때문에 가슴이 아팠다.

키루에브는 앞으로 저지를 일을 생각하는 것조차 감당할 수 없었다. 다시 시야가 가장자리부터 흐릿해지기 시작했다. 왼발에 쥐가 나는 느낌이 들었다. 그녀는 이를 악물고 계속 걸음을 옮겼다.

지정된 회의실은 연회장에서 그리 멀지 않았다. 키루에브가 제다오를 따라잡을 수 있었던 것은 그가 벽에 걸린 작품을 감상하느라 계속해서 걸음을 멈췄기 때문이었다. 파괴된 도시에서 날아오르는 잿불매, 하늘 꼭대기 첨탑에 둥지를 튼 잿불매, 먹구름을 찢으며 날아가는 샛불매. 키루에브는 한참 전부터 켈의 실내장식을 당연한 것으로 받아들이고 있었지만, 이제 새삼 살펴보자니 금실과 호박색 구슬을 잔뜩 써서 장식한 모습이 지나치게 화려해 보였다. 제다오 생전에 켈 나방의 내부 장식이 어떤 모습이었을까? 그녀로선 짐작할 수조차 없었다. 그래도 여러 번 되살아났다는 사람인데, 여기 벽걸이가 그렇게 충격적일 리는 없지 않을까?

"계속 입을 떡 벌리고 구경하다가는 내가 여는 회의에 내가 지각하겠군." 제다오는 반 발짝 뒤로 따라붙은 키루에브에게 말했다. "내가 한때 손목시계를 차고 다녔다는 걸 알고 있나? 두어 세기 동안은 그 물건을 보지도 못했어. 음, 자네는 내가 말하는 물건이 뭔지 모를 수도 있겠지만…"

대화가 위태로운 영역으로 진입했다. "몇 개 본 적이 있습니다. 골동품 상점에서요. 부속을 전부 제거해서 역법에 이단적 영향을 끼치지 못하게 만든 물건들이었죠."

제다오는 코웃음을 쳤다. "놀랄 일은 아니군."

제다오가 다가서자 회의실 문은 자동으로 열렸다. 키루에브는 반대쪽 벽에 자신이 마지막으로 보았던 그림이 그대로 걸려 있는 모습을 보고, 그럴 이유가 없음에도 깜짝 놀라버렸다. 은행나무 수묵화였다. 원본을 그린 사람은 안단 제 나보 장군으로 알려졌지만, 실제로 그녀가 그린 것인지는 어디까지나 추측일 뿐이었다.

제다오는 자리에 앉았다. 검은 돌 위에 희미한 금빛 소용돌이가 유령의 지문처럼 새겨져 있는 자리였다. 그는 어디선가 젱자이 카드 한벌을 꺼내 섞기 시작했다. 오랜 연습으로 다져진 가벼운 손놀림이었다. 그러다 그는 스찬이 카드를 바라보는 눈빛을 알아채고 그녀를 향해 불안감을 재촉하는 미소를 지어 보인 다음 카드를 내려놓았다.

키루에브는 이번 회의도 평소와 다르지 않을 것이라 되뇌면서 제다 오의 오른편에 앉았다. 자신이 자기기만에 더 능숙했다면 좋았으리라 는 생각을 떨치지 못한 채로. 다른 참모진도 뚱한 침묵 속에서 자리 를 찾아갔다. 류 소령은 자기 담당반의 지휘자였던 슈오스 분석가가 쫓겨난 것이 진심으로 애석하다는 표정이었다. 반면 전략반의 리오주 중령은 계속 제다오를 힐끔거리고 있었다. 새롭고 흥미로운 사람을 만날 때마다 보이는 '네 뇌를 깨끗이 긁어내주겠어' 표정을 지은 채로.

제다오가 입을 열었다. "좋아. 망령으로 바쁘게 지내는 동안 켈 사 령부가 도서관 이용권을 주지 않기는 했네만, 그래도 나름대로 숙제 를 하려는 시도 정도는 했다네. 내가 잘못 파악한 것이 아니라면, 휘 몰아치는 동전 요새는 76년 전에 방어 설비를 개축한 것으로 알고 있 는데?"

다리가 간지럽군. 키루에브는 일부러 이런 생각을 했다. 자기기만 은 시간이 지나도 딱히 사그라드는 기색이 없었다. 슈오스는 이런 걸 대체 어떻게 하는 걸까? 역설적이게도, 진형 본능이 그녀가 계획을 털어놓는 것을 막고 있었다. 자신보다 서열이 위인 장군의 말을 끊어 서는 안 된다는 본능이 그녀를 옥죄고 있었다.

키루에브는 너무 눈에 띄게 얼굴을 찌푸리지 않으려 애쓰며 탁자 아래로 손을 뻗었다. 손에 경련이 일어났다. 고통보다는 경악 때문에 신음이 흘러나왔다. 무슨 일이 벌어질지 알고 있었으니 그저 한심할 뿐이었다. 그냥 간지러워서 이러는 거라고, 그녀는 생각을 가다듬었 다. 다행스럽게도 너름거리는 시간은 그리 길지 않았고, 그녀의 손가락은 이내 드론을 찾아서 스위치를 올렸다. 그녀조차도 드론이 자리를 찾아 기어가는 소리를 듣지 못했으니 다른 사람들도 전혀 듣지 못했을 것이다. 물론 드론이 아예 기동에 실패했을 가능성도 있지만, 그것까지 염두에 둘 여유는 없었다.

"…환영 지형입니다." 리오주의 목소리가 들렸다. 그녀는 자기 슬레이트를 열심히 두드리고 있었다. "요새의 화포 배치 현황은 이렇습니다. 각하께서 아시는 것과 달라진 바는 얼마 없으리라 생각합니다. 환영 지형에는 익숙하지 않으실지도 모르겠습니다만."

제다오는 자기 슬레이트에 떠오른 숫자들을 살펴보았다. "그래, 그렇군. 자네가 직접, 내가 알아야 하는 내용을 설명해보는 것은 어떻겠나. 그리드 데이터베이스에 입력하는 말라붙은 숫자가 아니라 실제 작전에 영향을 끼치는 요인을 말이네. 내가 생도라고 생각하고 설명해보게." 그는 경악하는 사람들의 얼굴을 바라보며 웃음을 지었다. "진심일세. 아마 이능력 효과겠지. 공격용인가? 방어용인가?"

"방어용 이능력입니다." 리오주가 대답했다. "강도는 반경의 제곱에 반비례로 감소하며, 나방전함의 동력 코어 정도는 가볍게 날려버릴 수 있습니다. 그러나 실제 작동 원리는 단순합니다. 이름이 암시하는 그대로, 공간에 일시적인 역법 지형 효과를 만들어내는 겁니다."

드론은 어디 있는 거지? 키루에브의 등골을 타고 식은땀이 흘러내렸다. 평소대로라면 키루에브가 더 간명하게 설명했을 것이다. 리오주는 항상 자신의 의사소통 능력을 과대평가하니 잘 모르겠지만. 키루에브는 집중하는 척을 그만두고 주변을 둘러보고 싶었지만, 도저히 그럴 엄두가 나지 않았다. 계속 드론을 생각했다간 진형 효과의 신체적인 부작용이 다시 찾아올 테니까.

제다오는 다시 카드를 손에 들었다. 그리고 카드를 부채꼴로 펼쳐 놓은 다음 맨 위의 여섯 장을 뒤집었다. 톱니바퀴의 에이스, 장미의 에이스, 눈의 에이스, 문의 에이스, 불타는 깃발, 익사한 장군. 미신을 믿는 사람이라면 매우 불운한 패라고 여길 법했다.

"지형 효과란 온갖 종류의 것들을 가리킬 수 있다네." 제다오는 매우 부드럽게 말을 이었다. "특히 이능력이 개입될 때는 말이지. 진흙 속에서 헤엄치는 것처럼 움직임에 대한 저항을 의미하는 건가, 아니면 실제로 물리적인 방어막이나 역장의 벽을…"

방 한쪽에서 가느다랗고 높은 기묘한 곡조가 흘러나왔다. 모두의 눈이 캐비닛 아래에서 기어나온 드론을 향했다. 키루에브는 즉각, 회로의 어느 부분에서 실수를 저질렀는지를 알아차렸다. 빌어먹을 뮤직박스의 부속을 사용한 자기 자신에게 아주 잠깐 욕설을 내뱉기도 했다. 공명 방사 부분에 충분히 신경을 쓰지 못한 것이 분명했다.

듣기 싫게 일그러진 음악 속에서, 드론의 발사기가 박자를 맞추어 네 번 바늘을 쏘아냈다. 순간 방 안의 모든 사람이 움직이기 시작했다. 키루에브는 반사적으로 의자를 박차고 일어나 제다오를 감쌌다. 류, 리오주, 작전장교인 켈 메리키도 마찬가지였다. 제다오는 자기 총을 빼 들었지만, 사람들에 가로막혀 사선이 나오지 않는지 쏘지는 못했다.

바늘 발사기가 막혔는지 작동을 멈췄다. 음악은 음정이 불안해지더니 곡조를 벗어나 2음계에서 그대로 고정되어버렸다. 드론은 잠시 앞뒤로 비틀거렸다. 메리키는 개의치 않고 총을 발사했다. 총탄이 튕겼다. 키루에브는 무릎이 후들거리는 걸 참을 수 없었다. 주변 사람들이 계속 총을 쏘는 것이 느껴졌다. 사람들 입이 움직이는 게 똑똑히 보이는데도 목소리는 전혀 들리지 않았다.

마침내 두 발이 명중하며 드론이 산산조각 났고, 파편이 방 안에서 사방으로 튀었다. 어차피 내구도에는 딱히 신경을 쓰지 않았다. 파편 하나가 탁자 다리에 튕기는 모습이 보였지만, 키루에브는 그 파편이 어디로 갔는지 짐작조차 할 수가 없었다. 바로 다음 순간, 키루에브는 사방에 피가 가득하다는 것을 뒤늦게 알아차렸다. 피 냄새가 코를 찌르는데도 붉은색의 스펙트럼을 거의 인지할 수 없었다. 푸른 쪽으로 치우친 시야는 차갑게 식어 있었다. 그녀는 자리에서 일어서려 애썼지만, 근육이 말을 듣지 않았다.

바닥에 쓰러져 있는 켈 류가 보였다. 메리키는 탁자 위에 엎어져 있었다.

"…의무반." 제다오의 목소리가 멀리서 들려왔다. 크고 단호한 목소리였다. "사망자 두 명, 부상자는 모르겠다. 하픈의 비밀요원이 빌어먹을 기함에까지 함정을 심었을 수 있다. 보안 수준을 올리라고 교리반에 지시를 내리도록. 체카드 대장이 어떻게 암살당했는지는 이미 들었으니까."

서비터들이 먼저 도착해서 류와 메리키의 사망 사실을 확인했다. 류는 바늘을 세 발 맞았다. 네 번째 바늘은 은행나무 그림 옆의 벽을 파고들었다. 메리키의 한쪽 눈엔 드론 파편이 박혀 있었다.

"좋아." 제다오는 여전히 단호한 목소리를 유지했다. "아르비코이 소령에게 새 정보반 권한대행이 되었다고 고지하도록. 작전반은 베리

메이 소령에게 넘긴다. 교리반에서 남은 함정이 없는지 확인을 마친 다음에 회의를 재개하겠다. 전원 퇴실하도록." 그는 잠시 생각하다 덧붙였다. "자네만 빼고, 키루에브 대장. 나를 따라오게."

의무반에는 한심한 거짓말을 늘어놓았지만, 제다오가 모를 리 없었다. "알겠습니다." 키루에브는 이렇게 말했거나, 적어도 말했다고 생각했다. 그녀는 힘겹게 몸을 일으켰다. 남은 참모들은 방을 나가는 두 사람에게 경례를 올렸다.

아무도 소리를 듣지 못할 정도로 거리를 벌린 후에야, 제다오는 입을 열었다. "좋아. 자네 방으로 갈까, 아니면 내 방으로 오겠나?"

그의 손은 총 근처에도 가지 않았다. 하지만 돌이켜보면, 브레잔을 쏠 때도 마찬가지였다.

"제 방이 안전하리라 생각합니다, 각하." 키루에브는 딱히 '안전'을 강조하지 않고 이렇게 말했다. 제다오가 분해된 기계들이 담긴 상자를 목격하면 따로 증거를 댈 필요도 없을 것이다. 이대로 끝내는 편이 나을지도 모른다.

키루에브의 선실은 제다오의 선실과 같은 복도에 있었다. 제다오는 그녀가 먼저 선실에 들어가게 했다. 두 사람이 들어서자 뒤편에서 문이 자동으로 닫혔다.

"손목시계 이야기는 농담이 아니었군, 대장." 제다오는 키루에브가 가장 마음에 드는 잡동사니를 보관하는 선반을 살피며 이렇게 말했다. "저쪽 적금색 시계는 고칠 수만 있다면 제법 괜찮아 보이겠는데? 아, 신경 쓸 필요는 없네. 내가 기술반을 호출해서 최근에 잡동사니 부속을 수문한 사람이 있는지 물어봤을 때는 자네도 깜짝 놀랐겠지.

하지만 이걸 보니 기술반의 도움조차 필요 없었겠군. 생도 시절에 기계공학을 부전공으로 이수했다지?"

키루에브는 자신의 머리에 박힐 총알과 몸을 지탱할 지팡이 중에서 어느 쪽이 더 간절한지 알 수가 없었다. 쓰러지지 않고 서 있는 것만으로도 남은 모든 집중력을 동원해야 했다. "다시 말씀해주시겠습니까?"

제다오는 그녀를 슬쩍 바라보더니 의자를 하나 가져왔다. "여우와 사냥개의 이름을 걸고 말하는데, 부디 앉아주겠나? 바닥에 대고 말하고 싶지는 않으니."

그녀는 자리에 앉았다.

제다오는 팔짱을 꼈다. "진형 본능이 자네에게 어떤 영향을 미치고 있는지는 충분히 알고 있네만, 지금부터 내가 하는 말은 자네의 실제 뇌를 사용해 주의를 기울여 들어줬으면 하네. 조금 미안한 표현이기는 한데, 죽기 직전까지 나한테 '각하'를 붙이는 뇌가 아닌 실제 뇌 말일세."

키루에브는 총집에 들어 있는 제다오의 권총을 바라보며, 헐떡이는 소리로 말했다. "저는 반역을 저질렀습니다, 각하. 부디 죽여주십시오."

"지금 문제는 그게 아닐세, 대장."

키루에브는 그 말이 무슨 뜻인지를 파악하려 애썼다. 생각해보니 제다오는 여전히 그녀를 계급으로 칭하고 있었다. 이제 그녀를 처형할 일만 남았다는 것을 생각하면 지독할 정도의 집착이었다. 대체 뭘 하려는 거지?

제다오의 눈은 매우 차가웠다. "자네는 임무를 망쳤네, 대장. 그 결과로 아군 두 명을 살해했어. 발사구가 막힌 덕분에 추가 사망자가 없었다는 점을 다행으로 여겨야 할 걸세. 자네가 제식 바늘 발사기를 사용했다면, 원래대로 열두 발이 들어갈 테지."

키루에브는 제다오의 목소리에 담긴 멸시에 몸을 떨었다.

"나도 내 명성을 모르는 것은 아닐세. 켈 함대를 도륙한 것도 사실이고. 따라서 켈이 나를 죽이고 싶은 이유가 100만 가지도 넘는다는 건 잘 알고 있지. 하지만 지금은 진심으로 하픈과 싸울 생각일세." 제다오의 입매가 뒤틀렸다. "사람 죽이는 일이야말로 내 몇 안 되는 재주 중 하나지. 내가 속죄할 방법은 그것뿐이야. 그 재주를 부리려면 시체가 아니라 병사가 필요하고."

"각하." 키루에브는 이렇게 속삭였지만, 뒤이을 말을 떠올릴 수가 없었다.

"나는 한때 슈오스 요원이었다네." 제다오가 평소에 가까운 어조로 돌아가서 이렇게 말하자, 키루에브는 심장이 얼어붙는 것만 같았다. "켈로 전속되기 전까지 그리 오래 머물지는 않았네, 하지만 종용하는 칠두관이 뒤에 붙으면 고작 8개월로도 엄청난 양의 암살 작전을 수행할 수 있더군. 그러니 내 경험에 따라 자네의 행동을 평가해보겠네. 나하고 드론 사이에는 켈 장교들이 있었고, 그중에는 자네도 포함되지. 진형 본능을 고려하면 내가 혼자 있을 때 시도하는 편이 가장 좋았을 걸세. 가능하면 내가 회의실로 이동하는 동안이 최적이었을 테고. 물론 자네가 반 발짝 뒤에서 따라오고 있었지만, 드론이 바늘을 발사하는 동안 나를 밀치거나 다른 빌어먹은 행동을 하지 않을 정도는 해볼 수 있지 않았겠나. 진형 본능을 억눌러서 말이야. 발사 장치의 관통력 부족은 적절한 부속을 구할 수 없어서였겠지. 그렇다면 내 후면을 노려 사선을 확보할 수 있었을 걸세. 자네가 반만이라도 제대로 작업을 수행했다면 자네는 함대를 되찾았을 테고, 그 장교들도 아직 살아 있었겠지."

키루에브는 이 대화가 암살 시도에 대한 비평으로 이어질 거라고는 상상조차 하지 못했다. 추가로, 성년 이후로 켈에서 지낸 400년 묵은 슈오스조차도 효율성을 향한 슈오스식 집착을 떨쳐버리지 못했다는 사실이 그저 황당하기만 했다. "그런 방법은 생각나지 않았습니다." 키루에브는 단순히 이렇게만 말했다.

"물론 그렇겠지."

"죽여주십시오."

제다오는 눈을 지그시 뜨고 그녀를 바라보았다. "바이올린과 켈을 구별하는 방법을 알고 있나?"

답을 아는 농담이었다. "켈이 더 오래 타오르죠."

"내 말 똑똑히 듣게. 아무래도 내가 대화보다 대포에 더 익숙해서, 자네에게 내 생각을 명확하게 표현하지 못한 것 같으니 말일세. 나는 자네가 죽기를 바라지 않는다네, 대장. 사람을 죽이기는 참으로 쉽네. 하지만 보통 그 결과를 돌이키기는 상당히 어렵지. 켈 사령부는 자네를 유능하다 여기고 있네. 내가 자네 프로필에 붙은 주석을 제대로 이해했다면, 저들은 자네를 진급시킬 생각을 하고 있었어."

키루에브는 자기도 모르게 자세를 바로잡았지만, 제다오는 말을 끝내지 않았다.

"내가 원하는 건 자네 생명일세, 대장. 하픈에 맞서 싸우려면 자네의 힘이 필요해. 이런 식으로 부주의하게 사람들을 죽이는 일은 앞으로 없을 거라고 약속하게. 자네가 한 번만 더 그런 일을 벌이면, 카드로 사람을 죽이는 방법을 직접 시연할 테니 말일세." 제다오는 소맷자락에서 카드 한 장을 꺼냈다. 톱니바퀴 2번 카드였다. 그의 개인 문장이었다.

"저를 필요로 하시는 한은 계속 각하를 섬기겠습니다." 키루에브는 말했다.

제다오는 그녀를 향해 환히 웃어 보였고, 그 순간 키루에브는 자신이 모든 면에서 완벽하게 패배했다는 사실을 깨달았다.

03

레즈니 브레잔은 2급 켈 사관학교의 3학년 생도 시절, 특정 사건을 통해 어째서 53번 훈련을 '보라색 피해망상'이라고 부르는지 알게 되었다. 브레잔의 학급은 훈련 예정일 직전까지도 그렇게 고약한 훈련이 걸릴 줄은 짐작도 하지 못했다. 몇 년 전 선배들이 훈련 하나를 무차별 궤도 폭격으로 손쉽게 끝내버렸기 때문에, 앞으로 한동안은 그렇게 쉬운 훈련은 걸리지 않을 것이 뻔했다. 게다가 2년 전에 새로 부임한 교장은 어느 쪽도 승리할 수 없는 시나리오를 고안하기로 명성이 자자한 사람이니, 골치 아픈 훈련 시나리오를 들이밀 것이 뻔했다.

처음에 교실로 들어온 사람은 평소 보던 교관이었다. 다부진 체구에 백발이 섞인, 절대 웃지 않는 사람이었다. 다른 생도들과 함께 교실에 앉아 있던 브레잔은 그의 번득이는 눈빛에 주목했다. 좋은 징조가 아니었다. 그의 옆자리에 앉은 오누엔 웨이도 천천히 심호흡하고 있었다. 그녀도 알아차린 듯했다.

뒤이어 늘씬한 체형의 남성형 육체가 교실로 들어섰다. 브레잔은 그 양성체의 정체를 알고 있었다. 다양하면서도 하나같이 경쾌하게 못생긴 얼굴을 사용하는 사람이었다. 그대로 드러낸 손을 목격한 브레잔은 속이 메슥거릴 정도로 긴장했다. 물론 생도 중에서도 퀠의 장갑을 착용한 사람은 아무도 없었다. 졸업 후에나 착용할 수 있겠지. 그러나 방금 들어온 사람의 초연한 태도를 보면, 생도는커녕 경험 많은 사람이 분명했다. 분파나 계급을 알려주는 표식은 아무것도 달고 있지 않았다. 달 필요도 없었다. 감히 저 사람을 거역하는 자는 없을 테니까.

방 안이 정적에 휩싸였다.

"이번 훈련에선 초청 교관의 손에 너희를 넘길 생각이다. 슈오스 육두관께서 직접 우리 쪽에 파견해주신 슈오스 제훈이다." 제훈은 슈오스 미코데즈 육두관의 최측근 보좌관이며, 동시에 슈오스 육두관 본인보다 두려운 몇 안 되는 인물 중 하나였다. 제훈은 몇 달 전에 지금의 얼굴로 바꾸었지만, 당연하게도 새로 바뀐 얼굴을 모르는 사람은 없었다. "너희가 나 또는 다른 상급 퀠에게 표하는 존경과 복종을 제훈에게도 표하는 게 좋을 거다." 교관의 웃음기 없는 얼굴에 악의가 깃들었다. "귀찮은 생도를 해체하는 방법은 나보다 이분이 더 많이 알고 계실 테니까."

굳이 그렇게 위협할 필요도 없었다. 미코데즈가 권좌에 오르자마자 재미삼아 자신의 생도 두 명을 죽였다는 소문은 모두가 알고 있었으니까.

"다들 만나서 반갑다." 슈오스 제훈이 말했다. 나직하지만 부드럽지만은 않은 목소리였다.

정규 교관은 그들에게 묵례하고 경쾌하게 휘파람을 불면서 교실을 나갔다.

"좋아, 다들 따라오도록." 제훈이 말했다.

그들은 줄지어 제훈을 따라나섰다. 긴 회랑을 지나 여러 통로를 통과한 그들은 마침내 9번 성채의 변동성 구조 영역에 도착했다. 여기서부터 브레잔은 주변을 너무 자세히 들여다보지 않기 위해 애썼다. 벽은 기묘한 각도 때문에 당장 무너질 것 같았고, 바닥은 거대한 뱀들이 쉴 새 없이 몸부림치는 듯한 느낌을 주었다. 브레잔과 함께 2층 침대를 쓰는 공학 전공 생도는 캠퍼스 구석구석을 무대로 삼는 싸구려 모험소설을 즐겨 읽었다. 매번 통제를 벗어난 살인 로봇이 튀어나왔고, 간혹 말하는 족제비나 절대 총알이 바닥나지 않는 용감한 주인공 생도들도 등장했다. 브레잔도 몇 편 읽어보긴 했는데, 부자연스러울 정도로 눈을 뗄 수 없는 독서 경험이었다. 물론 대부분의 모험은 해피엔딩으로 막을 내렸다. 그러나 지금은 달랐다. 슈오스가 끼어든 이상 해피엔딩으로 마무리될 가능성은 없었다.

마침내 그들은 문 앞에 도착했다. 브레잔은 문에 집중하지 못하고 슈오스 쪽을 힐끔거렸다. 제훈은 계속 옆구리에 오른손을 붙인 채였다. 적어도 브레잔의 눈에 무기는 보이지 않았지만, 불길했다. 어차피 그의 능력으로 발견할 수 있을 리도 없지만.

"왜 너희들 앞에 여우가 등장했는지 궁금하겠지. 솔직히 말하겠다. 너희 교장이 우리 육두관과의 도박에서 패배했다. 나로서는 도저히 이해가 안 되는 일이지만, 우리 육두관은 가벼운 대가만 받고 넘어가 주기로 했지."

그 얘기 또한 브레잔을 초조하게 만들기는 마찬가지였다.

"그래도 우리 쪽에서는 이 상황을 최대한 유용하게 이용할 생각이다. 내가 지시를 내리면 일렬로 이 문으로 들어가도록. 안에 들어가면 책상이 하나 있고, 그 위에 놓인 봉투와 필기용 펜이 보일 것이다. 즉시 봉투부터 열어볼 것을 권하겠다. 이번 훈련은 실시간이 아닌 턴제로 진행하지만, 선언에 제한 시간이 있으니까. 정확히 말하자면 한 턴당 6분씩이다."

브레잔은 잠시 생각하다 입을 열었다. "각하, 질문이 있습니다."

"관등 성명을 대라, 햇병아리."

켈이 아닌 자에게 그런 호칭으로 불리는 것은 모욕적인 일이지만, 초청 교관인 제훈은 당연히 그럴 만한 위치에 있었다. 또한, 육두관 보좌진에게 모욕이라 항변해봤자 자살행위에 불과할 뿐이다. "레즈니 브레잔 생도입니다, 각하."

"질문하도록."

"방 안에 시계가 있습니까?" 그는 보조 두뇌와 외부의 통신이 끊겼다는 사실을 이미 감지하고 있었다.

제훈이 갑작스레 미소를 지었다. "없다."

끝내주는군. 브레잔은 이대로 목을 들이밀기보다는 기다리면서 뭐든 더 듣는 편이 나을 것이라는 결론을 내렸다. 켈에 들어간 미우잔 누나가 무슨 말을 했을지는 떠올리지 않기로 마음먹었다. 어린 시절부터 그녀는 싫증이 날 정도로 이 말을 반복해왔다. '나는 다른 사람들보다 훨씬 켈다운 사람이 될 거야.' 그 도발은 이미 뇌리에 새겨진 상태였다.

"대부분의 지시 사항은 종이에 적혀 있을 것이다. 하지만 기본적인 상황 설정은 이렇다. 너희는 고립된 도시에서 일어난 반란 제압에 투입된 켈 임무 부대의 일원이다. 정보에 따르면 너희 중 한 명이 반군에 동조하는 추락매라고 하지만, 정보원은 배신자를 지목하기 전에 목숨을 잃었다. 힘내서 상황을 파악해보길 바란다."

추락매라. 진형 본능 주입에 실패한 극소수의 켈을 일컫는 말이었다. 브레잔은 혐오감을 느끼면서도 입꼬리를 올렸다. 그는 배반자를 박살 낼 기회만을 노리고 있었으니까.

웨이가 질문을 청했고, 이내 허락을 받았다. "각하, 승리 조건이 무엇입니까?"

"이렇게 말해볼까. 패배하면 즉시 알게 될 것이다." 제훈이 말했다.

다른 이들은 아무도 질문을 하지 않았다.

"좋아, 그럼 들어가도록."

문이 열렸다. 문 너머에 무엇이 있는지는 보이지 않았다. 브레잔은 아지랑이 속에서 일렁이는 자신의 소속 문장, '부서진 잿불매'를 보았다. 두통이 느껴지는 것을 보니, 모두가 자신의 문장을 보고 있을 것이 분명했다. 그는 미우잔 누나가 부서진 잿불매보다 훨씬 더 칭송받는 '눈을 부릅뜬 잿불매'의 문장을 얻었다는 사실을 떠올렸다. 둘이 함께 집에 있을 때였다. 가장 나이 많은 아버지가 미우잔에게 그림 성격 테스트 따위에 유난 떨지 말고 얼른 가서 가보로 내려오는 엄청난 양의 골동품 총기들이나 닦으라고 꾸짖었었다. 민간에 남아서 큰누나처럼 음향기술 전문가나 될걸. 그랬다면 악의를 숨긴 것이 분명한 슈오스의 유머감각 때문에 진땀을 흘릴 필요는 없었을 테니까.

줄이 움직이기 시작했다. 자기 차례가 되자 브레잔은 저도 모르게 이를 악물었다. 바짝 긴장한 것이 무색하게도, 문을 통과하는 순간 바로 고통이 습격하거나 하지는 않았다. 아주 잠시, 자기 손발이 몸 어디에 붙어 있는지조차 느낄 수 없었을 뿐이었다. 그러나 멈추면 안 된다는 정도는 브레잔도 알고 있었다. 문 사이의 공간에 끼어버렸다가 무슨 일이 벌어질지 누가 알겠는가. 이내 갑작스레 위아래 감각이 돌아왔고, 그는 어떤 방 안에 덩그러니 서 있었다.

벽은 뿌연 검은색 벽돌로 이루어져 있었다. 곁눈질로 보면 거대한 날개를 펼친 것처럼 보이는 저 물건을 벽돌이라 불러도 될까 싶긴 하지만. 브레잔은 입을 벌리고 벽을 멍하니 바라보다가, 이내 자신이 위험한 행동을 했음을 깨닫고 책상으로 향했다. 다행히도 책상과 그에 딸린 의자는 평범한 물건이었다. 그는 옅은 크림색 종이봉투를 손에 들었다. 봉투를 만진 순간 뭔가 잘못되었다는 느낌이 들었다. 이런 훈련에 이 정도 품질의 뽕나무 종이를 낭비할 필요가 있나? 사관학교에서 그리드 종이가 아닌 실제 종이를 사용할 때는 보통 유성연필로 쓸 수 있도록 밀랍을 입힌 종이를 쓴다.

봉투 속 첫 번째 물건은 도시와 주둔군의 위치를 표시한 지도였다. 예술가의 섬세함을 가진 사람이 손으로 옮겨 그린 듯했다. 도시와 병력 모두 가상의 존재가 분명했다. 물론 육두정에는 고립된 도시나 위성이 상당히 많으니 완전히 확신할 수는 없었지만. 그 외에도 출력물로 된 두 장의 지도가 더 있었다. 주요 기간시설의 예측 위치와 그에 대한 간단한 설명을 담은 지도였다. 눈을 깜빡이기라도 하면 침대 동료의 모험소설에 등장하는, 유령의 진액으로 그린 보물 지도로 변해버릴 것만 같았다.

이어지는 서류에는 반군의 정보가 담겨 있었지만, 딱히 도움이 되는 구석은 없었다. 이유는 몰라도 반군에는 '보라색'이라는 이름이 붙어 있었다. 그들의 첫 움직임도 기록되어 있었다. 도시를 방문한 안단 유력자를 암살한 것이다. 원 세상에, 하고 생각한 사람이 그만은 아닐 것이다. 물론 그 안단도 가상의 인물이겠지만. 지난 10년 동안 켈과 안단의 경직된 관계를 고려하면 거북한 기분을 떨치기가 힘들었다.

뒤이어 규칙이 등장했다. 매 턴당 6분이라는 점도 명시되어 있었다. 지도와 다른 자료는 가져도 된다고 했고, 백지가 한 장 있었다. 부대 움직임을 선언하거나 동료 생도에게 선언을 전달하는 용도로서, 모든 선언을 그 지면에 기록해야 했다. 글씨가 엉망이면 안 된다는 규칙은 없는 모양이었다. 차례가 끝나기 전에 선언을 적어서 다시 봉투에 넣으면, 봉투가 지면의 내용을 스캔해서 교관에게 전송한다. 종소리가 들리면 다시 봉투를 열어서 반군의 다음 움직임을 확인한다.

그는 마지막 남은 지령서를 펼쳤다. 훨씬 작고 고급스러운 종이에 적혀 있었다. 기품이 느껴지는 서예 솜씨였다. 필수 서예 강좌에서 기초적인 붓 놀리는 법밖에 배우지 못한 브레잔조차, 이 작품의 아름다움은 한눈에 알아볼 수 있었다. 너무도 아름다워 내용이 잠시 눈에 들어오지 않을 정도였다.

'당신이 추락매다.' 종이에는 이런 지시 사항이 적혀 있었다. 그 아래로는 보라색 말에 명령을 내리는 방법과 켈을 대상으로 허용되는 행동에 대한 규칙이 이어졌다. 규칙은 간명하고, 우아하고, 잔인했다. 다른 생도들이 어떤 역할을 배정받았을지는 짐작도 가지 않았지만, 벌써 예측 가능한 움직임이 한둘 떠오르고 있었다.

"엿이나 먹어라." 브레잔은 자신이 감시당하고 있다는 사실을 잘 알면서도 큰 소리로 말했다. 그는 배반자가 될 생각은 조금도 없었다.

진형 본능을 처음 주입받은 생도들은 모두 기초 진형 시험을 치른다. 브레잔은 그 시험을 말 그대로 간신히 통과했다. 진형을 파괴하는 추락매까지는 아니더라도, 추락매에 가장 근접한 상태인 것은 부인할 수 없었다. 빌어먹을 슈오스 제훈이 일부러 그에게 이런 역할을 맡긴 것일까? 그를 시험하려고?

네놈을 이겨주겠다고, 브레잔은 생각했다. 그러나 규칙에 따라서 이겨야 한다. 슈오스처럼 속임수로 우회해서는 안 된다. 거부하기 힘든 유혹이기는 하지만.

제훈이 거짓말을 한 게 아니라면, 아직 6분이 지났을 리는 없으니 시간은 충분했다. 브레잔의 손은 땀에 젖어 있었다. 무엇을 할지는 이미 결정했다. 시간을 끌어봤자 아무 의미도 없었다.

만약 자신이 추락매라면 자신 또한 보라색 말에 속한다.

그는 펜을 들고 이렇게 썼다. '보라색 말 레즈니 브레잔에 내리는 명령. 접촉해 오는 켈의 말을 온 힘을 다해 돕도록.'

브레잔은 종이를 봉투 안에 쑤셔 넣었다. 엄지와 검지에 잉크 자국이 묻었다. 문득 글자를 알아볼 수 있게 썼는지 불안해졌지만, 그는 다시 봉투를 열고 싶은 충동을 애써 억눌렀다.

이거면 됐어. 그는 분통을 터트리며 이렇게 생각하고, 얼른 훈련에서 퇴장당하기만을 기다렸다.

그리 오래 걸리지 않았다. 순서가 다섯 번 이어진 후에, 종이 한 장이 그가 보라색 측의 대학교 폭격에 휘말려 사망했다는 사실을 알려왔다. 데모에 맞서 치안경찰 임무를 수행하는 켈 부대를 이끄는 와중이었다. 비도나의 짓이었다. 문제는 이 훈련에는 비도나가 거의 없었다는 것이었다.

문 두드리는 소리가 들렸다. "자네 운명을 다 읽었으면 이리 나오도록." 제훈의 목소리였다. "자료는 전부 가지고 나와도 된다. 자네 선택이야."

선택권까지 주다니 정말 관대하시군. 자료를 챙겨서 문을 나오자 눈앞에 회의실이 보였다. 슈오스 제훈이 홀로 앉아서 떨어진 먹물 방울과 교통사고 현장을 섞어놓은 것 같은 화면을 힐끔거리고 있었다.

"제가 처음으로 죽은 거겠죠, 각하?" 브레잔은 부루퉁한 얼굴로 방안을 둘러보며 말했다.

"아니, 두 번째 선언 직후에 죽은 자들도 몇 명 있었다. 언제나 그런 친구들이 있지. 왜 이리 불려 왔는지 궁금한 모양이로군."

브레잔은 전신 방탄복이 간절히 필요하다는 생각을 하며 몸을 꼿꼿이 세웠다. 제훈의 입매가 슬쩍 올라갔다. "그래, 짐작 가는 건 없나?"

"저처럼 빠져나갈 구멍을 찾는 건 켈다운 행동이 아닙니다." 브레잔이 말했다. 얼른 이 대화가 끝나기만을 간절히 빌면서. "질책받아 마땅합니다."

"아, 우리 슈오스는 그렇게 생각하지 않아. 훈련을 엉망으로 만드는 생도가 나오면, 감독을 붙여서 다음 훈련을 설계하도록 지시하지. 그런 다음에는 그 훈련을 수업 시간에 써먹으면서, 모든 생도에게 그 시나리오의 설계자가 누군지를 똑똑히 일러준다."

브레잔은 켈 사관학교를 운영하는 이들이 족제비나 유령, 또는 슈오스가 아니라 언제나 규칙을 준수하는 켈이라서 다행이라고 생각했다. 그는 제훈의 검은 얼굴을, 차분한 표정을 바라봤다. 그가 어떤 반응을 기대하는지 짐작하려 애쓰면서.

"자네를 부른 건 자네의 해법이 내 관심을 끌었기 때문이야. 켈답지 않은 방법으로 켈의 정신을 견지했으니까. 자네는 규칙을 교묘하게 이용해서 동족에 대한 충성을 유지했지."

"그래도 결국 목숨을 잃었습니다, 각하." 굳이 그 점을 제훈에게 일깨워주려는 건 아니었지만, 브레잔은 말했다.

"켈이 목숨을 내던지는 게 그렇게 놀라운 일이던가?"

"저는 아직 켈이 아닙니다, 각하."

"사소한 문제지. 다른 생도들이 어떻게 하고 있는지 보고 싶은가?"

단말의 화면이 납작해지더니 회의용 탁자 위에 3차원으로 다시 등장했다. 딱히 전문 지식이 없더라도 보라색 말들이 생도들을 학살하고 있다는 점은 명백했다. 상대방이 여섯 살 때부터 정정당당하게 싸워본 적이 없는 슈오스 교관이기는 해도, 브레잔은 이 정도까지 일방적인 상황이 펼쳐지리라고는 생각지 않았다. 그의 급우 중에도 뛰어난 전술 실력의 소유자가 한둘 정도는 있었으니까. 대체 뭐가 잘못된 것일까?

"나는 자네가 모르는 정보를 하나 알고 있지. 내가 배정한 역할은 이렇다." 그는 다시 단말을 두드렸다.

똑같이 우아한 필체의 글씨가 보라색 점으로 가득한 지도 옆에 등장했다. 당신이 추락매다.

"모두 같은 역할을 맡았지." 제훈이 말했다.

움찔한 브레잔은 이내 탁자 모서리를 붙들었다. "제가 질문을 잘못했군요. 제대로 질문했다면 답해주셨을 겁니까, 각하?"

제훈은 눈가에 주름을 잡으며 대꾸했다. "그럴 일은 없었을 거다. 나는 거짓말 솜씨가 좋으니까."

"우리가 서로를 더 빨리 박살 내고 있지 못하다는 점이 놀랍습니다." 켈의 보편적인 병증 때문에, 누구도 명령에 의문을 품지 못했다. 고립된 생도들은 속임수 앞에서 손쉬운 먹잇감일 뿐이었다.

제훈은 지도에서도 특히 엉망인 구역을 확대했다. "유용한 수업이라 생각하지 않나? 하지만 한 가지 덧붙여두겠다. 몇 년 전에 최상위 슈오스 사관학교에서 비슷한 훈련 연습을 수행한 적이 있었지. 반란 억제 임무를 수행하는 주체가 이쪽 분야의 훈련을 받지 못한 켈이 아니라 잠입병이라는 점이 달랐지만, 기본 착상은 같았다. 그때는 생도들이 그 판을 따냈지."

"분명 영리한 해결책을 꾸몄겠죠, 각하." 브레잔은 최대한 평온한 목소리를 유지하며 대꾸했다. 뭘 사용한 걸까? 투명 잉크? 훈련받은 다람쥐 전령? 교관을 독살했나?

"그렇게 우울한 표정 지을 필요는 없다." 제훈의 말투는 친절했다. "생도 중 한 명이 자네와 같은 해결책을 떠올렸기 때문에 승리한 거니까. 차이점이 있다면 그는 어떤 시나리오를 사용하는지를 미리 알아냈다는 것뿐이지. 우리 쪽은 부정행위에 대한 견해가 조금 다르니까. 그가 다른 생도들에게 미리 상황을 설명했다. 모두가 그 해결책을 첫 번째 선언으로 사용했고, 그 이후로는 조를 짜 행동해서 교관을 격파해버렸지."

슈오스는 반사적으로 서로의 등을 찌르는 것으로 악명 높았기 때문에, 브레잔은 그 해결책에 감탄하지 않을 수 없었다.

"자네에게는 그럴 기회가 없었지. 켈의 편견 때문만이 아니다. 내 보안 체계가 그 어떤 해킹 시도보다도 우월했을 테니까. 하지만 그 때문에 한 가지 의문이 생기는군. 자네는 왜 켈이 되기로 마음먹은 건가?"

"가족 때문입니다, 각하." 브레잔은 고통스럽게 머뭇거리다 결국 이렇게 말했다.

"그걸론 설명이 부족하군. 자네는 분명 잘해낼 테지만, 솔직히 그러려면 평범한 켈의 행동에 만족하지 않아야만 하지. 그리고 이런 표현을 사용해 미안하지만, 교조적인 순응주의자들의 집단 안에서는 제법 힘들 테고."

브레잔은 제훈을 노려보고 싶은 충동을 억눌렀다. 이런 상황에서는 도움이 되지 않을 테니까.

"나는 기꺼이 자네를 슈오스로 맞이하고 싶다." 제훈은 자신이 얼마나 어처구니없는 말을 했는지 명백하게 안다는 분위기를 풍기고 있었다. "우리 쪽이 자네를 좀 더 유용하게 사용할 수 있을 것이며, 감정을 숨기는 훈련도 시켜줄 수 있을 테니까. 그렇게 뻔히 표정에 드러나는 걸 보니, 돈 잃을 생각이 없다면 젱자이 판에는 끼어들지 않는 게 좋겠군. 뭐, 어차피 자네 같은 사람이라면 자기 방식대로 해나가려고 굳게 마음먹었을 테지."

제훈의 앞에 펼쳐진 보조 화면에 여러 선언이 스쳐 지나갔지만, 제훈은 그 내용을 무시했다. 그러다 문득 그의 목소리에 활기가 깃들었다. "그건 그렇고, 그 슈오스 생도가 누구였는지 흥미가 생기지 않나. 그 생도의 이름은 '바우한 미코데즈'였다."

빌어먹을 생도 살인자 슈오스 미코데즈. 예의 구미호 대량 학살자를 제외하면 가장 영리한 슈오스. 브레잔으로서는 정말로 듣고 싶지 않은 사실이었다. 그 생도가 육두관이라니.

제훈은 슬레이트 쪽으로 시선을 돌렸다. 브레잔은 장갑을 끼지 않은 손을 바라보며, 자신은 온갖 켈 농담에 등장하는 지루하고 평범하고 상상력 없는 켈이 되겠다고 굳게 다짐했다.

제다오가 함대를 가로챈 다음에서야 자신이 평범한 켈인지를 다시 생각하게 되다니, 참으로 얄궂은 일이었다.

"…총살당할 위험만 감수한다면 누구든 검은 장갑과 제복 정도는 착용할 수 있는 법이거든." 고음의 목소리가 울렸다. "그러니까 일단, 제대로 작동하는 유전자 탐지기를 찾을 때까지는 기다려보자고. 삑삑거리는 괴상한 소리가 들린다고 해서 멀쩡한 물건을 분해해버리다니, 대체 하체즈는 무슨 생각을 하고 있던 거야."

브레잔은 눈을 깜빡이거나 떠보려고 애썼다. 그러나 눈꺼풀은 쇠사슬로 묶여 있는 것만 같았다. 제다오의 명령에 따라 수면 장치 안에 처박힌 뒤, 여전히 그 안에 갇혀 있다는 정도는 짐작할 수 있었다. 준비 과정을 서두르기는 했지만, 그래봤자 순간순간 느껴지던 한기와 손 닿지 않는 곳에서 울리던 음악 소리 말고는 아무것도 기억나지 않았다. 그는 시험 삼아 손을 움직이려 했다. 이번에도 움직이지 않았다.

눈꺼풀을 짓누르는 어둠에 숨이 막힐 지경이었다. 아까보다 훨씬 굵은, 두 번째 목소리가 하는 말은 거의 못 알아들을 뻔했다. "…운도 고약하지. 선상 반란이라니, 정말일까?"

"아니면 켈 사령부에서 새로 난해한 계획을 짜낸 걸 수도 있지. 그런 게 어떻게 흘러가는지는 너도 알잖아." 첫 번째 목소리가 대꾸했다.

이 말을 들은 브레잔은 켈 사령부에 급히 전갈부터 보내야 한다는 사실을 떠올렸다. 그러나 머릿속이 빙빙 돌았으며, 과호흡을 멈출 수가 없었다.

"…여기 이쪽 좀 봐. 솔직히 준비를 이 정도로 허접하게 할 거라면, 차라리 그냥 총살해버리는 쪽이 낫지 않겠어?"

브레잔 또한 그 질문에 대한 답을 듣고 싶었다. 그는 억지로 눈꺼풀을 들어 올렸다. 수면 장치 안으로 흐릿한 빛이 흘러들어 오고 있었고, 의무병 한 명의 형상이 빛으로 엮은 그물망처럼 일렁였다. 그는 장치를 두드리려 시도했지만, 자신의 팔이 실제로 움직였는지는 알수 없었다.

짐작도 안 되는 시간이 흐른 후, 의무병이 수면 장치를 개방했다. 몸을 움직일 수 있었다면 갑작스레 쏟아져 들어오는 빛에 눈을 찌푸렸을 것이다. 당연하게도 목소리조차 나오지 않았다.

"저 계급장 좀 보라고. 이 친구 장교 아닌가?" 남자 쪽이 말했다.

어디 소속 의무병인지는 몰라도, 켈이 아닌 것은 분명했다.

"저건 중령 계급장이라고, 이 바보야." 첫 번째 목소리의 주인은 조금 더 똑똑한 생물을 동료로 원하는 것이 분명했다. 이를테면 점균류라든가. "하지만 요즘은 심심해 죽어가는 꼬맹이들도 마음대로 켈 제복을 훔쳐다 해킹할 수 있거든."

브레잔은 반론을 제기하려 입을 열었다. 그러나 목소리 대신 격렬한 기침만이 쏟아져 나왔다. 입 안에 금속 맛이 가득했다. 기침이 멎을 즈음에는 자신이 숨을 쉬고 있는지조차 알 수 없었다. 너무 괴로워서 서비터들이 자신을 꺼내 운반대로 옮겼다는 사실조차 모를 지경이었다.

"…분명 그렇게 된 것 같네." 첫 번째 목소리가 말했다. "그러니까, 저들이 추락매를 그대로 내버렸을 리는 없다는 소리야. 켈은 추락매를 잡아내면 바로 총살해버리거든. 사칭범인 게 분명해. 물론 사칭범을 바로 총살하지 않을 이유도 짐작도 안 가지만. 니라이나 다른 분파 인원을 본래 분파로 돌려주고 싶다는 생각은 알겠는데, 이 친구 정체는 완전 수수께끼잖아. 앞뒤가 안 맞는 일이 너무 많아. 정말 엄청난 반란이었던 게 분명해. 관람권이 있다면 샀을 텐데."

"선상 반란이 아니었어." 브레잔은 목소리가 나온다는 사실을 깨닫기도 전에 이렇게 대꾸했다. 성대가 갈려 나간 듯한 목소리가 나왔지만, 그래도 없는 것보다는 나았다.

두 의무병은 상당한 흥미를 드러내며 그를 내려다보았다. 첫 번째 사람은 작은 키에 하얀 피부, 냉소 가득한 눈매를 지니고 있었다. 두 번째 사람은 전자 펜을 꼼지락거리고 있었다. "그러세요? 그럼 무슨 일이 일어난 건데? 말이 되는 소리를 해주는 사람이 하나도 없어서 말이야."

브레잔은 두 사람의 옷이 분파의 색 배합이 아니라는 점을 깨달을 만큼은 정신을 차렸다. 민간인에게 진실을 털어놓을 수는 없었다. 다시 기침 발작이 일어난 통에, 어차피 아무 대답도 할 수 없기는 했지만.

"다른 친구들처럼 히스테리만 일으킬걸." 첫 번째 의무병이 말했다. "그냥 재워버리면 서버터들이 알아서 처리할 거야."

브레잔은 숨을 씨근덕거리면서 간신히 말했다. "나는 퀠 브레잔 중령이다. 당장 보안 단말로 데려다주도록."

"진짜 단호하게 말하는데." 두 번째 의무병은 브레잔이 눈앞에 있지 않은 양 이렇게 말했다.

"그래서 우리한테 뭘 할 건데, 계급을 들이대기라도 하려나? 솔직히 말해서, 지금까지 여기 한심한 놈들 중 73퍼센트를 끄집어냈는데 당신이 유일한 잿불매란 말이야. 장교를 말하는 게 아니라 아예 퀠이 당신 한 사람뿐이라고, 이 많은 사람 중에서. 솔직히 너무 수상하지 않아?"

브레잔은 지금 당장 두 사람의 목을 졸라버리고 싶었지만, 지금 상태에서는 별로 좋은 생각이 아니었다. 좋아, 만약 첫 번째 의무병이 음모론을 펼치고 싶다면, 기꺼이 맞춰주면 된다. 애초에 지금 상황에서는 나름 말이 되는 소리기도 하고.

"좋아, 걸렸군." 그는 짜증을 드러내지 않으려 애쓰며 말했다. "나는 슈오스의 첩자라는 게 들통 나서 쫓겨났다. 당장 보고하게 해주지 않으면 내 허리띠 버클로 당신들 둘 다 죽여버리겠어." 한심한 위협이지만 더 나은 말이 떠오르지 않았다.

의무병들은 서로 마주 보았다. "그런 일일 거라고 했잖아." 첫 번째 의무병이 눈을 반짝이며 동료에게 말했다. 그러고선 브레잔을 향해 입을 열었다. "당신 몸 상태가 엉망이야. 보고하는 동안 내가 상태를 지켜보고 있어야겠어."

가십거리를 캐내려는 모양이군, 젠장. 켈 사령부에 진실을 알리려고 시도했다가는 보안이 누설될 뿐이겠지. 어쩌면 환각에 빠져 있다고 생각하고 마취제를 잔뜩 투여해버릴지도 모른다.

브레잔은 제대로 생각하기 힘들었다. 무언가를 집중해서 보려 하면 대상이 두 개로 보이기까지 했다. 그러나 경고를 전달해야 했다. "슈오스 제훈에게 가능한 한 최대의 긴급도로 전문을 보내줘. 백조매듭 함대의 레즈니 브레잔 이름으로." 그는 이렇게 말했다. 제훈은 자기 앞으로 떨어지는 잡동사니의 절반 정도는 무시해야 될 정도로 높은 지위였지만, 어쩌면 그이기에 수년 전 생도 훈련에서 벌어진 일을 기억할지도 모른다. 하지만 기밀을 유지하면서 얼마나 전달할 수 있을까? 보안 수준을 확신할 수 없는 통신인데? "보라색 53번 훈련을 해결할 수 있는 다른 사람을 만났는데, 그 문제로 논의하고 싶다고 전달해줘."

너무 모호한 말처럼 들리기는 했지만, 온 세상이 물결 속에서 일렁이는 것처럼 보이는 상황이라, 브레잔은 당장 다시 잠들어야 했다.

어쨌든 첫 번째 의무병은 열의가 끓어오르는 모양이었다. 빌어먹을 전문을 보내는 일은 평소의 일과에서 벗어나는 흥미진진한 모험이 될 테니까. "걱정하지 말고 쉬라고, 슈오스 요원 씨. 내가 책임지고 그 전문을 보내줄 테니까."

그녀는 말을 멈추지 않았지만, 브레잔은 서서히 의식을 잃어가느라 그 이상은 한마디도 알아들을 수 없었다.

04

최근 슈오스 미코데즈 육두관의 취미는 화분 재배였다. 지금 그는 책상의 좋은 자리를 차지하고 있는 파 화분에서 피어난, 끝내주게 못생긴 꽃을 감상하고 있었다. 동시에 남동생인 바우한 이스트라데즈와 함께 차를 마시는 중이기도 했다. 이스트라데즈는 지금 상황이 마음에 들지 않는 모양이었다. 미코데즈에 대해 암기해야 할 사소한 사실이 하나 추가된 셈이었으니까. 화분에 흙 담는 법이나 배수법에 관한 온갖 시시콜콜한 주의사항은 물론이고.

미코데즈는 유전자조작으로 손댈 필요조차 없는, 바우한 가문의 훌륭한 외모라는 축복을 받고 태어났다. 훤칠한 키, 복용하는 약물 때문에 조금 지나쳐 보일 정도로 마른 몸매, 잡티 하나 없는 어두운 피부, 윤기가 흐르는 검은 머리카락, 웃음기 가득한 눈매를 지닌 남자였다. 한때는 슈오스에 지원한 이유가 이 분파의 적색과 금색 제복이 자신의 외모와 잘 어울리기 때문이라고 말하기도 했다. 그 시점에서 가장 젊은 부모들이 그를 붙들고선 머리를 청록색으로 염색해버리겠다고 협박하기는 했지만.

이스트라데즈의 외모는 형과 똑같았지만, 이건 단순한 우연의 일치가 아니었다. 오늘 그는 미코데즈와 똑같은 육두관 제복을 입고 똑같은 토파즈 귀걸이를 걸고 있었다. 원래 미코데즈의 여동생으로 태어난 그는 미코데즈의 대역으로 활동할 수 있도록 육체 개조를 받았다. 미코데즈가 두 장소에 동시에 있는 것이나 다름없는 효과를 볼 수 있고, 그 효과에는 단점만큼이나 장점도 잔뜩 있기 때문이었다.

"그러고 보니 고맙다고 말하는 걸 깜빡했네. 이렇게 못생긴 식물을 골라줘서 말이야." 이스트라데즈는 형의 억양을 그대로 베끼며 가벼운 투로 말했다. "개나리처럼 보기에 즐거운 식물을 선택할 수는 없었어? 그 제훈조차도 눈에 거슬리는 식물이라는 점에는 동의하던데."

"그렇긴 하지." 미코데즈가 대답했다. 미코데즈는 이스트라데즈가 불평을 늘어놓는 이유를 잘 알고 있었다. 그는 방 안의 모습을 신경 쓰는 게 아니었다. 슈오스의 본부인 항성 요새, 백안의 성채에 한 달하고도 12일 동안 처박혀 있느라 짜증을 내는 것이었다.

"하지만 삼계탕이 나올 때 곁들이면 끝내준다는 점에는 동의할 수 있잖아?"

이스트라데즈는 잎이 잘려 나간 불쌍한 파를 잠시 곁눈질했다. "어떻게 그토록 뻔뻔하게 말할 수 있는지 모르겠네. 국물 요리는 거의 건드리지도 않으면서." 그는 미코데즈의 손에 처참한 최후를 맞이한 쿠키 접시를 톡톡 두드렸다.

"잠을 자지 않는 대가라고 할 수 있지." 미코데즈는 무심하게 대꾸했다. 그의 부관인 제훈은 그에게 건강에 좋은 식단을 권하려다 실패하는 일을 주기적으로 반복했다. 미코데즈는 언제나, 아직 과자 때문에 죽은 것도 아닌데, 제대로 돌아가는 걸 굳이 바꿀 필요가 있느냐고 대꾸하곤 했다.

"그래도 오늘은 기분이 좋아 보이네." 이스트라데즈는 이렇게 말하며, 미코데즈 본인의 미소로 그에게 대답했다.

미코데즈도 조금 더 편하고 사적인 자리에서는 자신조차도 누가 진짜 미코데즈인지 구별할 수 없다는 점을 인정했다. 어차피 그게 목적이었으니까. 때론 여기서까지 그럴 필요는 없다고 말하고 싶긴 했지만, 문제는 정말 연기를 멈춰서는 안 된다는 점이었다. 심지어 백안의 성채 안에서도, 쌍둥이처럼 마주 앉아 있는 이 방 안에서도, 감히 그렇게 말해줄 엄두를 낼 수가 없었다. 슬픈 일이지만, 피해망상이야말로 그의 가장 큰 무기였으니까. 만약 피해망상이 크지 않았다면, 육두관으로 42년이나 살아남지 못했을 것이다.

"삼계탕이라면 네 입맛에 맞을 줄 알았는데." 미코데즈가 말했다. 평소에 미코데즈는 켈의 음식이 진절머리가 날 정도로 소박하다고 생각했다. 그러나 미코데즈 본인이 즐긴다고 알려진 음식만 먹으면서 기나긴 임무를 마친 이후에는, 이스트라데즈는 자극적이지 않은 음식을 탐닉하곤 했다. 미코데즈 또한 가장 좋아하는 형제에게서 그런 즐거움까지 뺏고 싶지는 않았다.

이스트라데즈의 속눈썹이 미코데즈를 향해 떨렸다. "마음에 들어. 다만, 지금은 조금 까탈스럽게 굴고 있을 뿐이야."

"여우께서 우리를 구원하시길."

"여우가 건설적인 쪽으로 도움이 될 것 같진 않은데."

"상처 주는 말만 하고 있어. 여우는 제대로 훈련만 시키면 아주 유용한 동물이 될 수 있다고."

"하지만 그러면 그건 여우가 아니잖아. 사냥개일 뿐이지."

슈오스만의 독특한 분류법이었다. 분파 바깥 사람들은 모든 슈오스를 '여우'라고 부른다. 그리고 슈오스들은 여우와 '사냥개'로 구분한다. 전자는 드라마에 등장하는 화려한 '비밀' 요원들이다. 후자는 관료와 기술자와 분석가 등, 실제로 일을 처리하는 사람들이다. 관리자 훈련을 받고 분석가를 부전공으로 이수한 미코데즈의 편견일지도 모르지만.

"사냥개일 뿐이라니, 꼭 그게 나쁜 것처럼 말하는데." 미코데즈가 말했다. 그는 두 사람 사이 탁자에 놓인 그릇에서 사탕 하나를 가져와서는, 설탕을 입힌 단단한 껍질을 깨물었다. 껍질보다 달콤한, 자두맛 나는 중심부까지 그의 송곳니가 파고들었다. "여우 한 마리는 사냥개한 마리보다 영리하지. 하지만 무리 지은 사냥개는 완전히 다른 동물이야. 나는 적절하게 움직이는 관료제가 그 어떤 폭탄보다 유효하다고 믿는다고."

"문서 작업에 대한 뻔한 농담은 안 하도록 노력해볼게." 이스트라데즈는 슈오스 제다오가 등장하는 더욱 뻔한 농담을 회피하며 이렇게 대꾸했다. "내가 형 직위에 있지 않아서 정말 다행이야. 실제 정책을 맡고 있지 않은 지금도, 총알 얻어맞는 건 충분히 힘들거든."

엄밀히 말하자면, 그의 말은 사실이 아니었다. 이스트라데즈도 미코데즈의 대역을 수행하는 데서 그치지 않고 직접 정책 결정을 내리기도 했으니까. 그러나 미코데즈는 항상 이스트라데즈가 완벽하게 사전 보고를 받도록 준비해놓았고, 의지할 수 있는 보좌관 무리도 배속해놓았다. 미코데즈에게 제훈을 비롯한 참모진이 딸린 것과 비슷했다.

"그러고 보니 말인데, 나한테 줄 다른 임무는 아직 나오지 않았어?"

"때가 안 됐어." 미코데즈가 말했다. "주변 환경에 질린 모양이지? 가슴에 손을 얹고 얘기하는데, 요즘 네 집중 주기는 거의 나만큼이나 나빠졌어. 오락반에 가서 뭔가 좀 제안해보는 게 어떨까."

"미안하지만 나는 네 대역을 하면서 돈만 받으면 그만이거든. 그놈들을 위해서 의료반 역할까지 할 생각은 없어."

"그래도 나름…"

미코데즈를 향해 경보가 울렸다. 그리드의 목소리가 뒤를 따랐다. "육두관께 슈오스 제훈의 최우선 순위 전문이 왔습니다. 제훈이 즉시 단독 면담을 원하고 있습니다."

이스트라데즈는 형을 향해 유감스럽다는 듯 웃어 보였다. "최신 위기 상황한테 형을 양보해야겠네. 혹시 거울이 깨지기라도 하면 찾아와. 내가 어디 있을지는 알겠지." 그는 탁자 위로 몸을 기울여 미코데즈를 껴안고, 입술에 입을 맞추었다. 그들은 주기적으로 연인 관계가 되었고, 다른 가족은 당황해하면서도 묵인했다. 나이 많은 쪽 어머니가, 적어도 저러고 있으면 혼자서 한심한 일을 벌일 수는 없을 거라고 상황을 정리했기 때문이었다. 두 사람이 정확하게 1년 차이로 포육원에서 태어났으므로, 가문 대대로 전해져 오는 미신에 따르면 두 사람이 유달리 가까운 사이가 될 것은 정해진 일이나 다름없었다. 미코데즈는 침실의 유희에는 딱히 흥미가 없었지만, 이스트라데즈를 행복하게 해주고 싶은 마음 때문에 어울려주곤 했다.

미코데즈는 떠나는 동생을 향해 손을 흔들었다. "그래, 그래. 데이트 잘하고, 처참한 사태가 발생하면 꼬리표를 달아놓으라고. 여유가 생기면 훑어볼 테니까."

"전부 직접 알려줄 거거든." 이스트라데즈는 달콤하게 말했다. "시간 나면 우리 조카 얼굴도 좀 보고 올게."

"그래주면 고맙지."

이스트라데즈는 조금도 미코데즈스럽지 않은 느긋한 걸음으로 방을 나섰다.

이스트라데즈가 떠나고 얼마 지나지 않아, 제훈이 미코데즈의 집무실에 입실을 요청했다. 미코데즈는 요청을 허가했다. 그는 제훈이 자신보다 키가 조금 작다는 사실에 항상 놀라곤 했다. 물론 성인이 된 후에도 키가 자랐기는 했지만, 기본적으로 생도 시절의 기억이 남아 있는 모양이었다. 갑작스레 소환되어 온갖 평가를 받곤 했었지. 제훈은 밤색 모직 숄을 두르고 있었다. 나이를 먹어선지, 그는 미코데즈의 집무실이 너무 춥다고 툴툴대곤 했다.

제훈의 품 안에서 고양이 한 마리가 꼬물거렸다. 제훈의 다른 고양이들과 마찬가지로, 이 노란 얼룩무늬 고양이의 이름 또한 악명 높은 슈오스 암살자에서 따온 '지엔지'였다. 제훈이 아무리 고양이 애호가라도, 쓸 만한 암살자 이름이 떨어지려면 아직 한참 걸릴 것이다. 지엔지는 기회를 놓치지 않고 즉시 제훈의 품에서 빠져나와 미코데즈의 책상 위로 뛰어올랐다.

"이런, 그러면 못쓴다." 미코데즈는 고양이를 들어 바닥에 내려놓았다. 귀찮은 짐승 때문에 소중한 파 화분을 잃고 싶지는 않았다. "그래서 제훈, 대체 무슨 급한 일이 있어서 내가 가족과 보내는 시간을 방해한 겁니까?" 평소라면 이스트라데즈와 잡담을 나눈 후에 함께 조카를 보러 갔을 텐데.

제훈은 그의 구슬리는 말투에도 조금도 미소를 띠지 않았다. 미코데즈는 즉시 긴장을 곤두세웠다. "마음에 드는 소식일 겁니다. 니라이 쿠젠 육두관이 행방불명되었습니다."

미코데즈는 당황하느라 시간을 낭비하지 않았다. 그는 단말로 시선을 돌리며 말했다. "자세한 보고 부탁드립니다."

제훈은 파일 코드를 일러주었다. 미코데즈는 코드를 입력해서 파일을 띄웠다. 보고 내용은 그가 예상한 것보다도 심각했다.

이론적으로는 여섯 분파가 육두정을 공동 통치한다. 세 개의 상위 분파는 표준 역법을 관리하고 법을 제정하는 라할, 자본가와 외교관과 예술가들로 구성된 안단, 사람에 따라 정보 업무를 담당한다고도, 배신 전문이라고도 말하는 슈오스다. 세 개의 하위 분파는 군사 업무로 이름난 켈, 교육과 더불어 역법을 발생시키는 추도 의식의 고문을 수행하는 비도나, 기술자와 연구자로 구성된 니라이다.

'상위'와 '하위'는 먼 옛날 분류이며, 실제 권력 구도를 설명한다기보다는 전통의 문제에 가깝다. 권력은 도리어 현재 육두관들 사이에서 벌어지는 자원 분배와 모략, 그리고 상호작용에 따라 달라진다. 니라이의 경우에는 변수가 하나 있는데, 허수아비가 아닌 진짜 육두관인 쿠셴이 불멸의 몸이기 때문이다. 조금 더 정확하게 말하자면, 불멸하는 망령이지만. 쿠젠은 살아 있는 꼭두각시에 들러붙어 지속적인 영향력을 행사했다.

니라이의 표면상 지도자는 허수아비 육두관인 파이안이었다. 쿠젠은 파이안이 행정 능력과 역법 역학이라는 국소적인 분야에서 천재성을 보인다는 사실을 파악하고, 그녀를 자신의 대리자로 발탁했다. 미코데즈가 추측하기로, 애초부터 쿠젠은 파이안이 자신만의 야심을 품을 거라 확신하고 있었다. 파이안과 라할의 육두관이 서로 공모해서 새로운 불멸 장치, 즉 사용자를 정신이 온전한 상태로 불멸하게 만드는 장치를 개발하려는 계획을 세웠을 때도 쿠젠은 바로 알아차렸을 터였다. 쿠젠 본인은 '검은 요람'이라 부르는 자신의 불멸 장치에 완벽히 만족하는 듯했지만, 이미 미쳐 있으니 거리낌이 없는 것일지도 모른다. 검은 요람의 작동방식을 아는 소수의 사람들은, 대부분 그 물건을 이름만 거창한 고문 도구로 여겼다.

쿠젠은 수 세기 동안 다른 육두관들과 교착 상태를 유지했다. 육두관들이 온갖 귀찮은 행정 업무를 담당해, 쿠젠이 연구에만 열정적으로 매진할 수 있었던 덕분이었다. 그렇지 않았더라면 쿠젠은 오래전에 나머지 육두관들을 제거해버렸을 것이다. 다른 육두관들, 특히 켈의 육두관인 트소로에게는 곳곳의 항성계로 사람들을 수송하는 나방추진체와 켈 전함나방에 사용할 온갖 끔찍한 무기들이 필요했다. 따라서 다른 육두관들도 이런 상황을 용인할 수밖에 없었다.

그런 쿠젠이 행선지도 밝히지 않은 채 떠나버렸다. 공적인 행사는 허수아비 육두관에게 맡겨두고 수년씩 틀어박혀 새로운 연구에나 몰두하는 사람이 구태여 이런 일까지 벌인 것이다. 파이안은 쿠젠에게 무슨 일이 일어났는지를 알아내려 했다. 혹시라도 자신을 자리에 앉힌 사람을 몰아낼 기회가 온 건가 싶어 혼비백산하며 돌아다니는 중이었다. 미코데즈는 그녀의 행운을 빌었다. 쿠젠이 지금 같은 사태를 미리 알아차리지 못해 대비책을 세워놓지 못했다면, 도리어 그쪽이 놀랄 일이었으니까. 9세기 동안 기생 생활을 지속해온 그가, 그 정도의 기본적인 생존술도 익히지 못했을 리 없었다.

지엔지는 책상에 흥미를 잃었는지 미코데즈의 양탄자에 노란색 털을 바삐 묻히고 다녔다. 물론 양탄자는 웬만한 오물 따위는 자가 세척으로 처리할 수 있다. 또한, 양탄자가 스스로 흡수하지 못하는 이물질은 서비터들이 처리한다. 이미 서비터 한 마리가 나서서 고양이가 지나간 자리를 효율적으로 따라다니고 있었다.

"나한테 바로 보고한 건 잘한 일이로군요. 상황을 주시하는 것 말고 따로 뭘 할 수 있을지는 모르겠지만 말입니다. 가장 우려되는 건 쿠젠이 정확히 이 타이밍에 모습을 감추기로 결정했다는 것인데, 이게 우연일 리는 없겠죠."

"세상에 우연이 어디 있습니까?" 제훈이 말했다. "저는 이런 가정도 해보았습니다. 쿠젠이 제다오 대장과 그 결박 대상자를 지나칠 만큼 참신하고 잔인한 방식으로 처리하자고 주장했던 게 지금 사태 때문이 아닐까 하고요. 그러면 쿠젠이 제다오의 최후를 확인하려고 자리에 눌러앉아 있으리라 믿을 테니까요. 그리고 방심하는 틈에 도망친 겁니다."

"이루자와 파이안이 불멸을 거머쥐기 직전까지 왔다는 사실에 피해망상이 도진 거겠죠." 쿠젠은 모습을 감춤으로서 나머지 육두관들에게 이의를 제기한 셈이었다. 미코데즈 본인은 불멸성을 추구하는 음모에서는 발을 뺄 생각이었다. 쿠젠과 켈 쇼핑에서 예산 책정에 이르기까지 온갖 대화를 즐기면서 확신했기 때문이었다. 불멸성은 결국 사람의 정신을 망가트린다는 사실을. 그러나 다른 이들에게 이런 생각을 알릴 필요는 없었다.

"나머지 육두관들이 그를 제거하기로 결정한다면, 당신이 집행자로 나서리란 것을 충분히 추측하고 있었을 겁니다." 제훈이 말했다.

"그래, 그렇겠죠. 덕분에 대화가 훨씬 흥미로워지기도 했고요. 그렇다 해도 애초에 자기 연구 기지를 떠나기 싫어하는 사람인데, 홀연히 사라졌다는 게 마음에 안 들기는 하군요. 이루자는 내가 그자를 잡아 오기를 원하겠죠. 자신이 불멸성을 맛보기도 전에 그 작자가 정신 나간 초병기를 배치하는 일을 막기 위해서라도 말입니다." 파이안은 노화까지 막을 수 있다고 주장하고 있지만, 어쨌든 총알이 정통으로 박히면 죽기는 할 것이다. 미코데즈는 그 문제에서는 이루자가 이성적으로 대응하지 못하리라 확신했다.

제훈은 보고서를 훑어보며 얼굴을 찌푸렸다. "30분 후에 관련 분석가들을 소집해서 회의를 열겠습니다. 이 빌어먹을 재정 문제는 내일 아침까지 미뤄둬야겠군요."

"이런 일이 벌어지리란 것도 이미 짐작하고 있었기를 바랍니다."

"내가 언제부터 당신도 짐작하지 못하는 것들을 짐작하게 된 거죠?"

제훈은 미코데즈가 사관학교 시절부터 생생하게 기억하고 있는, 감히 얌전한 생도인 척하지 말라는 표정을 그에게 지어 보였다.

미코데즈는 쓴웃음을 지었다. "그 문제로 최악의 경우를 가정한 시나리오가 있기는 한데, 당신이라면 이미 빼내서 읽어봤겠죠. 아직 못 읽었다면 실망입니다만. 문제는 파이안이 먼저 다른 육두관들에게 그 사실을 털어놓을 것인지, 아니면 내가 선수를 칠 것인지인데요. 차라리 폭탄 문제였으면 좋았겠군요. 쿠젠은 뛰어난 무기 설계자이기는 하지만, 기습 공격을 저지르고 내빼는 쪽 경험은 부족하니까요."

"아니, 당신은 지금 육두정의 병기고에 소속된, 훨씬 덜 위험한 다른 정신병자와 쿠젠을 혼동하고 있는 겁니다." 제훈의 목소리에는 살짝 비꼬는 투가 섞여 있었다.

"부디 그런 소리는 관두시죠. 어느 쪽이 더 위험하다고 생각하는 겁니까? 우리의 모든 삶에 깊이 관여해 있는 대단한 수학자와 자폭 성향이 있을 뿐인 평범한 장군 중에서?"

"위험은 하나의 척도로만 가늠할 수 있는 것이 아닙니다." 제훈은 이렇게 되받고는 몸을 굽혔다. 그의 의도를 완벽하게 알아챈 고양이는 탁자를 노리고 뛰어올랐지만, 닿지 못한 채 근처 의자에 엉성한 자세로 착지했다. 제훈은 지엔지를 쫓아 방 안을 돌아다니다 결국 한쪽 서랍장 위에 몰아넣었다. 항상 같은 서랍장이었다. 지엔지는 고양이 치고도 멍청했다. 미코데즈는 해당 슈오스 암살자에 대한 그의 의견이 그 점에 반영되었는지를 물어본 적이 있었다. 두 사람이 만난 상황을 생각해보면 나름 흥미로운 주제였다. 그러나 제훈은 대답할 생각이 없다는 미소를 지을 뿐이었다.

"적어도 제다오는 처리되지 않았습니까. 만약 쿠젠도 은퇴한 거라면, 이제 정말로 제다오를 전장으로 보내는 일은 관두라고 켈 사령부를 설득할 수 있을지도 모르겠군요. 그러고 나면 당신도 사랑스러운 검은 새끼고양이한테 그 이름을 붙일 수 있을 테고요."

"절대 그런 일은 없을 겁니다." 제훈이 대꾸했다. "비논리적인 미신이기는 해도, 고양이한테 그 작자 이름을 붙여서 목숨을 늘려주고 싶지는 않군요. 부활하면 곤란하니까요."

이후 미코데즈는 그 말을 곱씹어볼 기회를 넉넉히 누리게 되었다.

05

참모진 회의 때의 참극 이후로도, 제다오는 키루에브를 구금하거나
하진 않았다. 물론 그녀를 신뢰해서는 절대 아닐 것이다. 그 외에도
생각할 수 있는 이유는 셀 수 없이 많았으니까. 제다오가 함대를 손
에 넣은 후로 열하루가 지났다. 제다오는 그 시간을 쪼개어 회의를 주
재하고, 전 함대에 평소 사용하지 않는 진형의 훈련을 지시했다. 지난
나흘 동안 제다오는 참모진 장교들을 하나씩 자기 선실로 불러들여
평균 1시간 37분에 걸친 토의를 벌였다. 키루에브는 온갖 불길한 생
각에 시달렸다. 나흘이라는 시간도 켈의 미신에서 이야기하는 '불운
한 4'를 의미하는 것처럼 느껴졌고, 제다오의 선실로 불려 가는 장교
들도 알루의 이야기 속 여우 요괴에게 하나씩 홀려가는 것처럼 보였
다. 제다오가 정신 복합체 연결을 끊으라고 명령한 것 또한 우연일 리
없었다. 제다오가 감시할 수 없는 사각지대에서 켈 장교들이 음모를

꾸미는 것을 원하지 않을 테니까. 제다오가 사용하는 육체에는 복합 연결 처리가 되어 있지 않았기 때문에, 그는 정신 복합체에 포함될 수 없었다. 제다오의 상황을 감안하면 수술이라는 위험을 무릅쓰고 싶지 않으리라는 점도 분명했다.

우려와는 달리, 참모진은 하나같이 아무 피해도 없이 방에서 나왔다. 많은 사람이 젊은 외모를 선호한다는 걸 감안해도 지나치게 동안인 아르비코이 소령은 당황스러울 정도로 만족한 얼굴로 방에서 나왔다. 리오주 중령은 맹수의 미소를 지어 보였다. 키루에브의 참모장이었던 스찬 대령은 그녀 주변에서는 정중한 무표정을 유지했다. 암살을 시도한 사람이 키루에브라는 사실을 알고 있는 것이 거의 확실했다.

제다오에 맞선 유일한 켈을 몰아내는 데 협력해버렸으니, 이제 믿을 사람은 아무도 없었다. 그녀는 매일 그 사실을 곱씹을 수밖에 없었다.

"도착했군." 자기 선실에 도착한 제다오는 아무것도 잘못되지 않은 것처럼 이렇게 말했다. 방 안에는 서비터 두 대가 늘씬한 금속 동체에 불빛을 깜빡이며 기다리고 있었다. 새형 한 대와 거미형 한 대였다. 키루에브가 서비터에 대해 아는 바가 없었더라면 수줍어한다고 생각했을 것이다. "서비터 둘을 끼워서 쳉자이를 해본 경험은 없겠지, 대장?"

"그런 일에 무슨 의미가 있을지 모르겠습니다, 각하." 키루에브가 말했다. 서비터들이 카드 게임에 흥미를 느끼리라고 생각해본 적도 없었거니와, 애초에 서비터들이 여가를 어떻게 보내는지 누가 알겠는가?

키루에브의 시선이 탁자 위에 떠오른 회화 작품의 영상에 머물렀다. 솔직히 말해 놓치기가 힘들었다. 제다오는 그녀의 얼굴을 슬쩍 보더니 크게 웃음을 터트렸다. "좋아, 대장. 그럼 의견을 들어볼까."

솔직하게 말하라는 명령을 받았으니… "파편 수류탄 위에 무지개를 토해놓은 것처럼 보이는군요."

"나는 색채를 좋아한다네." 제다오의 목소리에 깃든 감미로운 갈망에 키루에브는 속으로 몸서리를 쳤다. "세상에는 색깔이 참으로 많지 않은가. 하지만 이걸로 자네를 고문하는 일은 그만두도록 하지." 그가 손을 흔들자 영상은 그대로 사라졌다. "서비터들은 내 돈을 받지 않겠다고 완고하게 주장하더군. 다행스러운 일이지. 나는 완전히 빈털터리니 말일세." 그는 갑자기 웃음을 머금었다. "내가 체불된 봉급을 달라고 요구하면 켈 사령부에서 어떻게 반응할지 생각해보게나."

키루에브는 제다오가 가리키는 대로 그의 맞은편 자리에 앉았다. 서비터들은 그녀를 향해 주황색 불빛을 친근하게 깜빡여 보였다. 그들에게 차례로 묵례하자니 묘한 기분이 들었다. 하지만 여기까지 온 이상 딱히 거리낄 이유는 없었다.

거미형 서비터가 토큰을 돌렸다. "기본 규칙대로 합니까, 각하?" 키루에브가 말했다. 왜 카드 게임에 시간을 낭비하는지 묻지 않을 정도의 분별력은 있었다. 제다오는 분명 슈오스만의 뒤틀린 방식으로 가르침을 전수하려는 생각일 것이다. 키루에브는 슈오스를 붙들어 앉혀서 교육을 시키고 싶다는 생각을 종종 했다. 평범한 사람들처럼 읽기 쉬운 자막을 첨부해서 프레젠테이션을 하는 방법을 가르쳐주는 것이다. 그러면 켈과 슈오스의 관계에도 상당한 진전을 보일 텐데.

"기본 규칙이면 충분하네." 제다오는 이렇게 말하고 두 대의 서비터를 바라보았다. "너희도 규칙은 알고 있겠지?"

양쪽 모두 얌전히 동의하는 소리를 울렸다.

"이런 질문을 해도 될지 모르겠습니다만, 서비터는 왜 끼우신 겁니까?" 키루에브가 물었다. 서비터들이 그 상황을 어떻게 생각할지가 궁금해진 것은 한참 시간이 지난 후였다.

제다오는 눈을 끔뻑였다. "글쎄, 그냥 근처에 있으니까? 기계 지성은 내가 죽은 후에야 등장한 거라서, 사실 내겐 좀 낯설다네. 급한 임무가 있느냐고 물었더니 딱히 없다고 하더군."

서비터는 인간은 아니지만, 몇 세기 동안 켈과 함께 보냈으니 어울려달라는 사령관의 권유를 다른 켈들만큼이나 거부하지 못할 것이 당연했다. 서비터들은 쟁자이 상대로는 얌전한 편이었다. 거미형은 속임수를 쓰려는 시도조차도 하지 않았다. 키루에브가 확인할 방법은 없었지만, 새형은 판돈을 올릴지를 의사 난수 발생기로 결정하는 것처럼 보였다. 반면 제다오는…

제다오가 마지막 카드를 뒤집어 장미의 4를 보이자 키루에브는 고개를 저었다. 진짜 돈이 아니라 토큰을 쓰고 있어서 다행이었다. "각하. '장미의 광휘'가 그려진 안쪽 패를 연속으로 3번 뽑을 확률은…"

"…너무 작은 수라서 바늘로도 새길 수 없을 정도지. 자네 생각이 맞네." 제다오는 의자에 몸을 기대고 비뚤어진 웃음을 지으며 말했다.

새형이 작게 찍찍거리는 소리를 냈다. 거미형은 다리를 움츠렸다.

"마침내 속임수를 썼다고 항의하는 사람이 나오다니 정말 기쁘군. 켈의 철벽을 뚫고 들어가려면 대체 뭘 해야 하는지 짐작도 안 가던 참이었다네. 뭐, 실제 돈이 걸린 것도 아닌데 속임수를 쓴 것 자체가 너무 심하긴 했지. 내 급우 중에서는 조금도 개의치 않는 이들이 잔뜩 있었지만 말일세. 어쨌든 사과하겠네."

"그러실 필요 없습니다, 각하."

"사과는 당연히 해야지."

"그럼 왜 그런 일을 하셨는지 말씀해주시겠습니까?"

제다오는 카드를 전부 모아 손에 들고 정리하면서 말했다. "그건 우리가 싸우는 대상이 켈이 아니기 때문일세. 상대는 켈의 규칙을 우리 발목에 채울 족쇄로만 여기는 자들이야. 놈들은 속임수를 쓸 테지. 그러니 우리는 더 교활한 속임수를 써야 할 거고."

제다오는 다시 카드를 내려놓았다. "자네는 모르겠지만, 나도 개인적으로 하픈 놈들에게 관심이 있다네. 꽤 오래 지난 일이고 딱히 지금은 기억할 사람도 없겠지만, 내가 태어난 행성은 아주 먼 옛날, 하픈에 점령당했다네. 그러다 육두정의 지배 영역에서 벗어나버렸지."

"그런 얘기는 들어보지 못했습니다." 키루에브가 말했다.

"자네도 알다시피 알 필요가 없었으니까." 제다오의 목소리는 건조했지만, 키루에브는 그게 진심인지 확신할 수 없었다. "어쨌든 자네의 전투 기록 중 고리버들 경계 전투에서 거둔 승리가 거짓이 아니라면, 굳이 자네에게 인습에 얽매이지 않는 전투의 중요성을 설명할 필요는 없으리라 생각하네."

"제가 그 때문에 어떤 질타를 받았는지도 물론 빼놓지 않고 읽으셨겠죠." 키루에브가 말했다. 그녀는 이후 강등 처분은 간신히 모면했지만, 4년 동안 반액 감봉 처분을 받았다.

"그래도 승리하지 않았나."

"제 방식은 교리를 제대로 따랐다고는 보기 힘든 것이었습니다. 켈 사령부에는 당연히 그럴 권리가…"

제다오는 짤막한 웃음을 터트렸다. "켈 사령부는 사리에 맞는 행동으로 살아남는 사람을 인정하느니 차라리 시체에 메달을 걸어주겠지. 그래, 하지만 광인 주제에 이런 말을 한다는 것 자체가 주제넘은 짓이겠지?"

"육두정의 시민을 구해내도, 결국 그들이 이단에 빠지게 된다면 아무 소용없는 일 아닙니까." 키루에브는 조심스레 말을 골랐다.

"반란이 일어나든 말든, 맞서 싸우지 말고 기다리라는 건가? 예쁘장한 제복을 걸친 사람들이 와서 이단 문제를 처리해줄 때까지? 뭐 그런 건가? 그런 말이 교리의 어느 구석에 적혀 있나?"

"고리버들 경계의 고립 상황은 특수한 것이었습니다, 각하. 만약 다른 방법이 있었더라면…"

"슈오스 사관학교에는 '사실과 동떨어진 가정은 아무런 도움도 되지 않는다'라는 격언이 있다네. 우리가 입에 담기에는 우스운 소리니, 그 점은 일단 접어두지." 제다오는 힘차게 탁자를 내려치며 자리에서 일어섰다. 그 바람에 카드 일부가 바닥에 떨어졌다. "나방의 그리드를 이리저리 찔러본 것은 물론이고, 자네 참모장들에게 질문을 퍼붓기도 하고, 그래도 알 수 없어서 나방 함장들과 통화를 했다가 혼란만 가중시키고 다닌 뒤에, 마침내 자네에게 직접 묻고 있는 걸세. 빌어먹을 하픈에 대한 정보는 대체 어디 처박혀 있는 건가?"

"각하, 저희가 알려드린 내용이 거의 없는 것은 실제로 아는 것이 거의 없기 때문입니다." 키루에브는 자세를 바로잡으며 대답했다.

"소름 끼치게 재미없는 농담이로군."

"하지만 그게 사실입니다." 제다오를 만족하게 할 파일을 꺼내 보이고 싶은 마음이 간절했다. 그가 진짜 적에게 집중하게 하기 위해서라도. "저희가 가지고 있는 정보는 역사상의 사소한 사실들과…" 그녀는 제다오가 밝힌 과거를 떠올리고 멈칫했지만, 제다오는 어깨를 으쓱해 보이기만 했다. "몇 년 전에 안단이 문화 교류 사업에서 알아내 슬쩍 공유해준 내용뿐입니다. 행간을 읽어보면 안단도 상당히 당황한 모양입니다."

"나도 하픈이 목가적인 생활을 갈망한다는 그 대단하신 논문은 읽어보았네. 그 온갖 서정시들까지도 말이야. 우주 비행술을 가진 종족치고는 참 괴상한 일이지. 젖 짜는 기계 묘사가 괴상하기도 하고. 애초에 젖 짜는 기계로 시를 쓰는 사람이 대체 어디 있단 말인가? 어쨌든 안단이 도움이 안 된다는 점에는 동의하네. 안타까운 일이지. 접촉과 교류의 전문가들이 그 지경이라면 우리가 시도한들 딱히 나을 리 있겠나."

키루에브는 젖 짜는 기계에 대해 읽은 내용이 있는지 기억하려 애썼다. 그녀의 의문이 얼굴에 떠올랐는지, 제다오는 지친 목소리로 덧붙였다. "젖 짜는 기계가 분명하다니까. 연구시설의 기계장치가 완벽하게 작동하는데도 우리 어머니는 손으로 젖 짜는 법을 가르치셨지. 내 삶에 황당한 꼬리표가 얼마나 많이 붙어 있는지를 알면 자네는 깜짝 놀랄 걸세."

진정하자. 내가 들어본 중에서 가장 괴상한 소리도 아닌데, 뭐. 키루에브는 이렇게 마음을 추슬렀지만, 아무래도 확신할 수는 없었다.

제다오는 그녀를 보고 웃음을 머금었다. "언젠가 우리 어머니에 대해서 더 이야기해주고 싶군. 꽤나 괴짜이셨네. 촉수가 달린 거대한 괴물들이 우주 차원문을 통해 침략해 오고, 굳건한 시골 사람들과 충성스럽고 맛있는 농장 동물들이 최후의 생존자가 되는 드라마를 즐겨 보셨지. 하픈이 우리 어머니와 닮은 작자들이 아니었으면 좋겠군. 그러면 정말 거북할 테니까."

안타깝게도 서비터들은 대화의 방향을 틀어줄 생각이 조금도 없어 보였다. "각하, 저희가 중요한 정보를 숨기고 있으리라 의심하신 거라면, 그대로 저희 전원을 총살하셔도 좋습니다. 저희는 아는 것을 전부 말씀드렸습니다."

"논지를 입증하려고 자살을 시도하는 그놈의 켈 습관 좀 극복할 수 없겠나." 제다오는 이렇게 말했지만, 그 시선은 키루에브를 향하고 있지 않았다. "하픈 또한 인간이니 기본적인 동기는 크게 다르지 않겠지만, '인간'이라는 범주엔 우리 생각보다 꽤 다양한 자들이 들어간단 말일세. 내가 아는 것이라고는 산개하는 바늘 요새를 겨냥한 저들의 공세가 거의 성공했다는 것뿐이라네. 저들이 다음 빌어먹을 짓거리를 실행에 옮기기 전에 박살 내버리는 편이 좋겠지만, 그러려면 더 많은 정보가 필요하겠지. 즉, 저들이 우리에게 직접 털어놓게 해야 한다는 걸세."

"크레셴도 2. 크레셴도 3. 나이퍼." 키루에브는 경직된 목소리로 말했다.

키루에브는 지금까지 군에 복무하며 수많은 전쟁을 경험했다. 누구나 알고 있듯이, 쉴 새 없는 반란으로 육두정이 산산조각 나기 직전이었기 때문이다. 그러나 이단의 무기는 대개 작동 원리에 따른 기존의 분류체계에 끼워 넣을 수 있다. 라할의 규제와 비도나의 단속 덕분에, 이단자들은 제대로 어긋난 병기 따위는 만들어낼 여유조차 없었기 때문이다.

하픈 사회는 육두정과 완전히 다른 역법에 기반을 두고 있으며, 따라서 소속 행성의 모습 또한 무척이나 다를 것이다. 안단은 하픈 사절단이 예절에 지독하게 신경 썼다고 말했다. 하지만 사절단을 구성하는 건 전원 귀족 계급이었기에 나머지 하픈 국민들의 문화가 어떨지는 짐작조차 할 수 없었다.

크레센도 3번 행성의 침공 동영상을 처음 보았을 때, 키루에브는 드라마 작가가 그 모든 작전을 기획했을 거라고 생각했다. 수정의 탑이 겹겹이 치솟았고, 깔쭉깔쭉한 첨탑과 나선을 이루며 돌아가는 계단이 반짝이는 거미줄에 실린 채 매달려 있었다. 폭풍은 우렁찬 소리로 노래를 불렀고, 빗물은 바위 위에 타들어간 자국을 남겼다. 붉고 푸른 나무가 뒤틀리며 위로 솟구치다가 그대로 다른 나무들을 끌어들여 무너져 내렸고, 그대로 바닥을 뒹굴었다. 분석가들은 저 무너져 내리는 나무들이, 저 심장이 달린 나무들이 한때 인간이었다는 결론을 내렸다. 이러한 분석은 또 다른 질문을 불러왔다. 귀족이 아닌 하픈의 국민은 과연 육두정의 국민과 같은 형상일까? 슈오스와 안단은 육체 개조에 찬성하는 편이었지만, 그들조차도 나름의 한도는 지켰다.

"나도 나방의 그리드에서 가능한 내용은 전부 불러다 확인했다네." 제다오가 말했다. "통신도 없이 바로 선제공격해 들어오는 자들한테 협상할 생각이 있을 리가 없겠지."

제다오는 방 안을 서성거렸다. 그의 걸음걸이는 어딘가 부자연스러웠다. 마치 자신의 다리 길이에 익숙해지지 못한 것 같은 모양새였다. 상황을 생각해보면 충분히 있음직한 일이었다. "저도 동의합니다. 하지만 총을 쓴다면 강제로라도 협상 테이블에 앉힐 수 있죠. 군함으로도 할 수 있습니다. 방법만 알고 있으면 모든 것이 입 열도록 만들수…"

"사령실에서 제다오 대장 각하께." 단말에서 통신 담당의 목소리가 들려왔다. "하픈과 접촉했습니다. 자나이아 함장이 출석을 요청하고 있습니다."

"키루에브 대장과 함께 그리 가겠다." 제다오는 이렇게 말하고 서비터들을 돌아보았다. "너희 둘, 어울려줘서 고맙다. 함께 살아남으면 나중에 또 즐기는 게 어떨까?"

저런 농담에 굳이 반응할 필요가 없는 서비터가 부러웠다. 키루에브는 제다오를 따라 방을 나섰다. 서비터들은 정중하게 불빛을 반짝이더니 그가 흘린 카드를 치우기 시작했다.

사령실로 가는 경로가 가장 짧은 직선이 되도록 소멸나방이 내부 구조를 바꿨다. 키루에브는 구조 변동에 따라오는 현기증을 싫어했다. 꿈속에서 항상 바닥이 입처럼 갈라지며 톱니바퀴 이빨이 가득 드러나는 모습을 떠올릴 정도였다. 그러나 제다오는 조금도 거리끼는 기색이 없었다.

자나이아 함장이 사령실의 승무원들을 대표해 두 사람에게 경례를 올렸다. "하픈의 선견대로 보입니다, 각하. 정찰나방 7번기가 최대 탐지 범위에서 추적하고 있습니다. 구성 요소가 엉망입니다. 저들이 우리를 탐지했는지는 판별하기 힘듭니다."

"전 함대, 전투 대기상태를 유지한다." 제다오가 말했다. 모든 단말의 가장자리가 붉은빛에 휩싸였다. 그는 지휘관 자리에 앉아서 충격 흡수용 거미줄 안전장치가 몸을 감싸는 동안 탐지 결과를 확인했다. 키루에브는 잉여인간이 된 기분으로 그의 오른쪽에 자리를 잡았다.

"아, 그런 표정 짓지 말게. 나는 자네를 반드시 유용하게 써먹을 생각이니까." 제다오가 중얼거렸다.

진심으로 하는 소릴까? 키루에브가 입을 열었다. "하픈으로부터 정보를 얻어내실 생각이라면 지금이 알맞은 시기입니다. 저들도 적 함대가 근접 중이라는 정도는 짐작할 테니까요. 우리를 이미 발견했다고 가정하고 저들의 능력을 확인하는 편이 좋을 겁니다."

"나도 같은 의견일세." 제다오는 반쯤 웃음을 머금고 이렇게 말했다. "통신반, 카빈테 함장을 호출해주게."

카빈테는 5번 전술 부대의 기함인 기치나방 〈그을린 시간〉호의 함장이었다. "미리 말씀드리자면, 카빈테 함장은 따지고 들기 좋아하는 친구입니다, 각하." 키루에브가 말했다.

"그래, 나도 프로필에서 확인했네."

"〈그을린 시간〉에서 답신이 들어왔습니다." 통신반은 이렇게 말하고 제다오의 단말로 통신을 돌렸다.

카빈테 함장은 좌우대칭이 완벽한 예쁜 얼굴에, 우아한 분위기를 풍기는 사람이었다. 적어도 눈을 보기 전까지는 그랬다. 그녀의 눈빛에 내비치는 가벼운 슬픔이 제다오와 비슷한 분위기라고, 키루에브는 이제야 새삼 깨달았다. "부르셨습니까, 대장 각하." 카빈테가 말했다.

"하픈의 전함 추진체가 우리 쪽 탐지를 방해해서 적의 수를 파악할 수가 없네." 제다오는 경쾌하고 직설적으로 말했다. "참고로, 저들의 탐지 장비 유효 범위도 모르는 상황이지. 그걸 파악하게끔 도움을 줄 수 있겠나?"

카빈테는 단호하게 대답했다. "각하께서는 함대 사령관이십니다. 굳이 의사를 물으실 필요는 없습니다. 하픈이 우리 쪽의 머뭇거림을 눈치채고 증원을 요청하기 전에 얼른 명령을 내려주십시오."

"아, 딱히 의사를 물어보려 했던 건 아니라네. 다만, 자네 두뇌도 자원이고, 나는 그 자원을 제대로 이용할 생각이거든. 5번 전술 부대가 보조 목록에 얼마나 능숙한지를 증명해 보이겠나?"

기본 진형 목록에는 켈이 연습을 통해 숙련도를 확인하고 실전에서 사용하는 진형들이, 보조 진형 목록에는 주로 역사적으로 흥미롭거나 열병식 또는 축제에서 화려한 효과를 내기 위해 사용하는 진형들이 들어간다. 카빈테는 잘 알려지지 않은 진형에 대해 꾸준히 관심을 가져왔다. 키루에브는 제다오가 바로 그 이유로 그녀를 선택했다고 짐작하고 있었다.

"저희는 켈입니다, 각하. 마음에 두고 계신 바가 무엇이든 그대로 수행할 것입니다." 카빈테의 말에는 단순한 암시 이상의 도전 의지가 숨어 있었다.

"잘 말해줬네." 제다오는 전술 보조 화면의 수치 몇 개를 수정하고, 그걸 잠시 바라보다가 다시 고개를 들었다. "5번 전술 부대, '가시덤불을 극복하는 제비' 진형으로. 진형 변경을 마친 다음에는 적 선견대가 구축하는 방추형 진형의 긴 축을 따라서, 최장 탐지 거리에 들어갈 때까지 접근한다. 정찰나방 7번기는 이 지점까지 퇴각하고…" 그는 좌표를 불러주었다. "나머지 전술 부대는 전방 중심축을 비운 '흙덩이를 부수는 매' 대진형을 구축하고 기함을 주요 회전축으로 삼는다. 각 나방 함장은 응답하도록."

전술 부대와 정찰나방 편대들의 호박색 불빛 답신이 단말기 위에 말끔하게 늘어섰다. 자나이아 함장의 눈도 타오르기 시작했다. 그녀는 선임 장교들을 돌아보며 명령을 내렸다.

키루에브는 자신도 저렇게 자신감을 느낄 수 있었으면 좋겠다고 생각했다. 그녀는 '가시덤불을 극복하는 제비' 진형이 하픈을 향한 시험이라는 사실을 알고 있었다. 보조 목록에 수록된 화려한 열병식용 진형이지만, 후위의 특정 요소를 간과하면 기본 목록에 수록된 '파도 부수기'로 오인하기 쉽기 때문이었다.

5번 전술 부대는 최장 탐지 거리에 도달했으며 하픈 전함의 구성 요소가 딱히 더 명확해지지는 않았지만, 상대방의 반응 또한 확인되지 않는다고 보고해 왔다.

제다오는 단말에서 계산을 수행했다. "제다오 대장이 5번 전술 부대에. 그대로 진형을 유지하고 보조 추진체의 19퍼센트 출력으로 전진한다. 반응을 보이는 순간 내게 알린 후, 그 순간 저들의 전위 요소로부터 거리가 얼마나 되는지도 보고하도록." 그는 키루에브에게 말했다. "거리만 유지하고 있다니 묘한 일이로군. 5번 전술 부대가 보이지 않는 걸까, 아니면 함정을 파고 있는 걸까?"

그때 키루에브는 다른 생각에 정신이 팔려 있었다. 제다오가 끄적거린 계산식이 눈에 들어왔기 때문이었다. 제다오가 그리드에 계산을 부탁한 적법성 계산식 중 하나는 그 어떤 1년생 생도라도 머릿속으로 암산할 수 있는 내용이었다. 장군이 설마… 하지만 지금은 그런 질문을 할 때가 아니었다. 키루에브는 시선을 떼며 근거 없는 불안을 느낄 필요는 없다고 되뇌었지만, 솔직히 제다오가 추상대수학에 약하다니 놀랍기만 했다.

제다오는 계속 명령을 내리고 있었다. "자나이아 함장, 방금 경유 지점의 목록을 전송했다. 여기에 맞춰 전진하도록. 단, 5번 전술 부대와 함대 사이는 현재 가속 기준으로 18분 거리를 유지한다."

"알겠습니다." 자나이아는 대답한 후 항해반에 필요한 지시를 내렸다.

"카빈테 함장으로부터 전문이 들어왔습니다." 통신반이 말했다.

"연결하도록."

"각하, 선두의 탐지 요소가 49 하픈 아이얀에 들어갔을 때 반응을 보였습니다." 이어 카빈테는 하픈의 거리 단위를 육두정의 단위로 바꿔 설명했다. 더 자세한 내용을 담은 데이터가 함께 쏟아져 들어왔다. "아직 공격은 없습니다만, 이걸 보시면…"

근거리 탐지 데이터에는 하픈 선견대가 서로 자리를 잡은 모습이 보였다. 선견대는 5번 전술 부대의 전진축을 정확하게 중심축 위에 놓은 오목한 접시 형태를 갖추고 있었다. 키루에브는 탐지 관련 전문 지식은 없었지만, 그래도 탐지 요소가 예전보다 또렷해져서 개별 선견대 나방의 위치 파악이 가능해졌다는 건 알 수 있었다. 5번 전술 부대는 선견대 함선 여럿의 신호 전파를 가로챘다. 그 신호의 목적지가 어디인지를 유추하는 데는 굳이 삼각법까지 사용할 필요도 없었다.

"신호 내용을 정보부에 보내도록. 어차피 결과가 빨리 나올 거라 기대할 수는 없겠지. 카빈테 함장, 다른 진형을 하나 주문하겠네. '모든 거울은 아첨꾼' 진형을 취하고 선견대의 접시꼴 진형의 초점을 향해 접근하도록."

키루에브가 끼어들었다. "각하, 그러면 하픈 나방이 5번 전술 부대에 포격을 집중할 수 있습니다. 저들이 진짜 화포를 장착하고 있다면…" 최근 확인해본 바로는, 하픈 함대는 상당한 수준의 불변성 무기를 장착하고 있었다. "…모든 게 엉망이 될 수도 있습니다."

"걱정은 이해하네만, 요는 이걸세. 저들이 어떻게 움직이는지 알아챘나?" 제다오는 이렇게 말하며 관찰 결과의 일부를 재생했다. "나는 저 선견대가 사람이라 생각하지 않네. 놈들은 거위야."

제다오가 다시 탐지 기록으로 눈을 돌렸을 때, 키루에브는 자나이아가 자신과 제다오를 바라보고 있다는 사실을 알아챘다. 자나이아는 입 모양으로 '정신 나간 것 아닙니까?'라는 질문을 만들었다. 키루에브는 어깨를 으쓱할 수밖에 없었다.

"명령은 들었겠지, 카빈테 함장. 내 짐작이 맞다면 자네들의 진형을 보고 저 거위들은 방어 태세를 풀 걸세. 바람구멍을 내기에 딱 좋은 기회가 되겠지. 나도 자네들만큼이나 마음껏 난도질하고 싶네만, 가능하면 한두 척 정도는 손상 없이 나포해주게. 우리 기술반에게도 분해하며 가지고 놀 장난감을 전달해줘야지."

"명령 받들겠습니다, 각하." 카빈테는 체념한 투로 대답했다.

제다오는 키루에브를 향해 고개를 갸웃거리며 말했다. "자네들 내가 미쳤다고 의심하고 있겠지."

그게 아니라면, 귀찮게 구는 함장 하나를 정리하려는 걸지도 모르고. 하지만 키루에브는 이 생각을 입에 담을 수 없었다. "이게 함정이 아니라면 대체 무엇을 함정이라 부를 수 있을지 모르겠습니다, 각하. 물론 저들이 다른 역법 환경에서 작전 중이라 탐지 거리가 짧아졌을 가능성도 있습니다만." 지난 교전에서 하픈은 근거리까지 접근해서야 비로소 무기를 사용했다. 이 문제는 예전에 다룬 적이 있으니 굳이 제다오에게 일깨워줄 필요는 없을 것 같았다. "어쩌면 자신들의 능력을 우리에게 숨기려는 것일지도 모르죠." 그녀는 보조 화면에 표시되는 5번 전술 부대의 움직임에서 눈을 떼지 않았다. "뇌세포가 두 개만 남은 자라 할지라도, 〈모든 거울〉 진형 따위에 속지는 않을 겁니다."

〈모든 거울은 아첨꾼〉 진형은 환영을 만드는 효과가 있지만, 육안으로 보이는 환영이 아니라 함대의 탐지에 포착되는 탐지 요소만을 만들어낸다. 즉, 민간인들의 감탄을 이끌어내는 용도로도 사용할 수 없다는 뜻이다. 게다가 그 환영조차도 어설픈 탐지능력으로도 충분히 식별을 끝냈을 근거리에서나 효력을 발휘하기 때문에, 켈은 이 진형을 실전에서 사용할 생각조차 하지 않았다. 이 거리에서 5번 집단을 하픈으로 착각할 가능성은 없었다.

"나는 선견대가 바보라고는 하지 않았네. 거위라고 했지. 거위는 사실 상당히 뛰어난 파수꾼이라네. 아, 그런 눈으로 보지 좀 말게. 자넨 분명 막대를 휘둘러 성난 수거위를 쫓아내본 적이 없겠지." 그는 앞으로 몸을 기울였다. "다 됐군. 마지막 회전축이 자리를 찾아 들어가고 있어."

하픈 선견대는 다가오는 5번 전술집단을 다른 하픈 선견대로 생각했는지, 더 큰 진형을 구축하려고 위치를 바꾸기 시작했다. 키루에브는 그 모습에서 무리 지은 새들을 떠올릴 수밖에 없었다.

"말도 안 되는 상황입니다, 각하." 자나이아가 말했다. "초계 시스템으로 멍청한 드론을 사용하다니 그럴 리가 있습니까?"

5번 전술 부대는 유리한 상황을 놓치지 않을 정도의 능력은 충분히 있었다. 보조 화면이 갑자기 포격 보고로 빽빽하게 차버렸다. 온갖 화염과 투사체가 날아다니는 상황이라 제다오의 나포 지시가 준수될지조차 확신할 수 없을 지경이었다.

"안단에서는 하픈에 서비터가 있다는 말은 하지 않았습니다. 제대로 된 기계 지성에 이르지 못했다고 했죠. 어쩌면 하픈은 그쪽 기술 분야에 뒤떨어져 있는지도 모르겠습니다." 키루에브가 말했다.

"산개하는 바늘 요새에 진입할 수 있었으니, 불변성 기술 정도야 그리 어렵지 않게 훔쳐낼 수도 있었겠지." 그의 입가에 냉소가 떠올랐다. "적어도 지금 시점에서는 저 묘한 문화를 보고서 편견을 품지 않을 수 없군."

카빈테 함장은 주기적으로 간결한 보고를 보내왔다. 포격에 참여하지 못한 자나이아 함장의 눈에는 갈망의 빛이 떠올랐다. 무리스 참모장의 표정은 읽을 수 없었지만, 그는 언제나 그런 표정으로 일관하는, 모든 일에 사무적인 태도로 접근하는 사람이었다. 선견대는 꼼짝없이 압도당한 채 격파되었다. 키루에브는 자신의 등 뒤에서 길고 깔쭉깔쭉한 이빨을 가진 괴물이 모습을 드러낼지도 모른다고 생각했다. 그 정도는 돼야 우주의 균형이 맞을 테니까.

머지않아 키빈테의 목소리가 울렸다. "각하, 대부분의 선견대 함선은 나포되는 대신 자침을 선택했습니다. 그래도 다행히 정찰나방 편대 쪽에서 상황을 파악하지 못해 혼란에 빠진 함선 한 척을 나포하는 데 성공했습니다. 제대로 된 분석 결과가 확보되면 즉시 보고서를 전송하겠습니다."

"잘했네. 자네 부하들에게 훌륭했다고 전해주게. 나포한 물건은 직접 열어보도록 하나, 최대한 주의를 기울이도록. 안에 죽음의 포자나 유령 따위가 들어 있을지도 모르니까."

카빈테는 웃음을 터트렸다. "그러면 더 즐거워질 뿐이죠."

"작업을 진행하는 동시에 5번 전술 부대를 퇴각시켜 본 함대 사이 공역을 메우도록. 하픈의 본대가 우리 생각보다 가까이 있거나 빠를지도 모르니까."

"알겠습니다, 각하."

다음 통신은 3시간 12분 후에 들어왔다. "제다오 대장 각하, 카빈테 함장의 전문입니다. 개인 통신을 원하고 있습니다."

"좋지 않은 소식이겠군." 제다오의 어조는 걱정보다 짜증 쪽에 가까웠다. "내 선실에서 듣도록 하지. 키루에브 대장, 흥미로운 일이 생기면 즉시 알려주게."

"알겠습니다." 키루에브가 말했다.

정확히 1시간 후에, 제다오는 사령실의 키루에브를 호출했다. "나 좀 보세." 제다오는 이렇게 말했다. 그게 전부였다.

"죽음의 포자가 아니었으면 좋겠네요." 자나이아가 말했다.

"죽음의 포자가 터졌다면 이미 전 함대가 알게 되었겠지. 가서 뭐가 문제인지 확인해봐야겠어."

"확인할 사람이 제가 아니라 대장님이라 다행입니다." 자나이아가 말했다. 두 사람은 함께 키득거리며 웃었고, 무리스는 희미하게 얼굴을 찌푸렸다.

키루에브가 다가서자 제다오의 선실로 통하는 문이 열렸다. 제다오는 뒷짐을 진 채로 서서 뭔가 각진 물체의 영상을 지켜보고 있었다. 키루에브 쪽에서는 자세히 확인할 수 없었다. 그녀는 경례를 올리고 그대로 대기했다.

"편히 쉬게." 제다오가 입을 열었다. "있잖나, 나는 상관들이 얘기하는, 그 솔직히 털어놓으라는 주문이 항상 고역이었다네. 하지만 젠장, 이번만은 나도 자네에게 솔직히 털어놓으라고 말해야겠어. 나는 비정상적으로 긴 인생 대부분을 악랄한 짓을 하며 보냈네. 암살, 고문, 배신, 대량 학살, 이렇게 짤막하게 말하면 별거 아닌 것처럼 들리겠지만, 모두 실제로 존재하는 사람들에게 행한 일이었지. 정말로 마음껏 사람을 해치고 다녔단 얘기일세. 이렇게 돌려 말할 수밖에 없군. 어쨌든 끔찍한 일을 판단하는 내 기준은 상당히 뒤틀려 있다는 걸 말해주고 싶었네. 그러니 지금 보여주는 물건을 보고 이게 얼마나 잘못된 것인지를 자네가 판단해서 얘기해줬으면 하네."

키루에브는 잠시 그 말을 곱씹어보고는, 명령에 따라도 그리 나쁠 건 없으리라는 결론을 내렸다. "각하, 저 또한 장군입니다. 저도 그런 일들을 여럿 저지르며 이 자리까지 올라왔습니다."

"그냥 좀 맞춰주게, 대장. 이 빌어먹을 함대에 나보다 더 나은 인간이 존재한다고 믿고 싶단 말이야."

"그럼 그게 뭔지 좀 보여주시죠."

제다오는 키루에브에게 다가와 옆에 서라고 손짓했다. 〈그을린 시간)호의 기술반이 찍은 동영상이었다. '관' 말고는 그 물건을 표현할 마땅한 단어가 떠오르지 않았다. 제다오는 오염 제거 과정을 빠르게 넘겨서 관을 억지로 여는 부분을 틀었다. 관 뚜껑에는 금빛 금속판이 반짝였다. 그 위에는 고풍스러운 서체의 하픈어가 적혀 있었는데, 키루에브로서는 거기까지만 알아볼 뿐 무슨 내용인지는 읽을 수 없었다. 관 가장자리에는 낯선 생김새의 꽃과 과일, 그리고 깃털이 서로 뒤얽힌 모습이 문양으로 새겨져 있었다. 더 자세히 들여다보니, 뛰놀고 있는 기묘한 곤충과 실뜨기 놀이와 꼭 닮게 얽힌 복잡한 문양도 그 안에 숨어 있었다.

영상 속에서는 방호복을 착용한 기술자들이 뚜껑을 열기 위해 애쓰고 있었다. 뚜껑이 열리는 순간 청보라 색 증기가 피어올랐다. 기체의 구성 성분은 아직 분석 중이지만 기초 분석 결과 독성은 없었다는 설명이 한쪽에 떠올랐다. 키루에브는 한참을 지켜본 다음에야 관 속의 내용물을 알아볼 수 있었다. 제다오는 침묵을 지켰다.

키루에브는 관 속의 여러 구성 요소들이 아주 세심하게 배치된 점에 주목했다. 처음 보는 종류의 긴 목을 가진 새들이 차분히 누워 있었는데, 머리의 곡선형 볏까지도 문양을 그리듯 완벽하게 배치되어 있었다. 꽃잎은 숨을 쉬듯 움직였다. 금빛 수정 섬유가 꽃과 줄기를 들락거리다 이내 방향을 틀어 회로가 가득 새겨진 관의 벽면으로 들어가 모습을 감추었다.

관 한가운데에는 소년, 혹은 이제 갓 청년이 된 사람이 있었다. 소년의 몸에서 섬유가 꽂힌 부분의 살점은 하얗고 투명하게 변색되어 있었다. 투명해진 곳마다 심장과 혈관이 복잡하게 자라나, 소년과 새와 꽃과 섬유를 연결했다. 투명한 혈관 속, 작고 붉은 거미들이 끝없이 줄지어 그 안을 기어다녔다.

소년은 색 바랜 보랏빛 끈을 한쪽 손에 쥐고 있었다. 실뜨기 놀이를 하기에 적합한 길이였다. 관 속에서 지나치게 화려하지 않은 물건은 저 올가미 같은 끈이 유일했다.

제다오는 영상을 일시정지했다. "의무반을 불렀다고 하네." 거의 덤덤한 목소리였다. "하지만 저 소년은, 아니, 정확히 정체는 몰라도 저 구조물 전체는, 심장마비 또는 그에 준하는 증상을 일으켰다고 하네. 임시방편으로 수면 장치를 개조해서 밀어 넣었다고는 하네만, 살아날 가능성은 없을 것 같네."

키루에브는 제다오가 아이를 싫어하는 부류의 사람이라고 어림짐작하고 있었다. 역사서에 그가 아이를 가진 적이 없다고 적혀 있기 때문이었다. 그러나 제다오의 눈에 고뇌의 빛이 스치는 모습을 보니 아무래도 생각을 바꿔야 할 것 같았다.

제다오는 허공을 바라보았다. "말해보게, 대장. 우리는 대체 어떤 자들과 싸우고 있는 건가? 하픈의 역법은 대체 어떤 식으로 잘못되어 있길래 저런 정찰기를 대량생산하는 건가?"

"우리와 같은 상황이라면, 필수적인 이능력 기술 몇 가지 때문에 현재의 역법을 포기할 수 없는 것이겠죠. 그 때문에 다른 방면의 이능력은 끔찍한 방법으로 끌어올 수밖에 없는 겁니다."

"이걸 모르고 있었다고 말해주게." 제다오가 말했다.

"모르고 있었습니다. 이번 침공에서 새로 밝혀진 정보일 수도 있고, 알고 있었으나 전략상 이유로 우리에게 제공하지 않은 정보일 수도 있을 겁니다. 하지만 딱히 달라질 것은 없습니다. 우리는 켈입니다. 명령에 따라 싸울 뿐입니다. 각하께서 애초부터 하픈과 싸우고 싶어 하셨다고 생각했습니다만."

제다오는 동영상을 껐다. "키루에브…"

갑자기 이름으로 불리다니. 순간 불안감이 엄습했다.

"…내가 다른 사람에게 저런 짓을 하게 된다면, 바로 날 쏴주게. 내가 아무리 논리적으로 지껄이더라도 망설이지 말게나. 나는 어떤 헛소리든 아주 이성적으로 들리도록 말하는 경향이 있고, 그게 어떤 결과를 초래하는지는 우리 모두 알고 있지 않은가."

놀라운 일이었다. 제다오의 말이 진심인 것처럼 들리다니. "저 소년이 한시라도 빨리 영원한 안식을 맞이했으면 좋겠습니다, 각하." 키루에브는 말했다.

"새와 한 몸이 되어 관에 처박히는 운명이나 죽음 말고, 사람들이 더 나은 것을 추구할 수 있는 날이 왔으면 좋겠군."

"그날을 위해 싸우기를 원하신다면, 이 함대는 각하와 함께할 것입니다."

"그 충성 서약을 남용하지 않도록 노력하겠네. 하지만 이런 말을 하기에는 이미 늦어버렸지." 제다오가 대답했다.

키루에브는 그와 나란히 서 있었다. 자신이 언제부터 제다오를, 죽음의 사자가 아닌 인간으로 보기 시작했는지 새삼스레 궁금해하며.

06

22일이 지났다. 세 번째 하픈 선견대 무리를 조우하고 나자, 승무원들은 선견대가 제다오가 장담한 것만큼 단순한 거위는 아니라는 사실을 깨달았다. 저들은 그냥 거위가 아니라 소모품 거위였다. 하픈은 휘몰아치는 동전 요새 주변 지역에 선견대를 전략적으로 분산시켰다. 표준 역법의 지형 농도가 가장 강한 연결체 요새의 진입로를 차단하려 한 것이다. 적의 수는 무시무시했다. 제다오는 최대한 많은 관짝 함선을 나포하라는 명령을 내렸다. 확보한 관들은 저마다 다른 취향으로 꾸며져 있었으며, 관에 든 아이들은 하나같이 다양한 공생체와 연결되어 있었다. 덩굴에서 이끼, 전갈에서 희멀건 도롱뇽에 이르기까지 종류는 다양했지만, 그런 다양성에 무슨 의미가 있는지는 아무도 짐작할 수 없었다.

관 속의 내용물을 제외하면 가장 골치 아픈 수수께끼는 적의 보급

방식이었다. 기술반은 선견대 나방의 추진체가 암시하는 문제 때문에 벽에 머리를 박아대고 있었다. 그 관짝들은 누가 봐도 성계 내부의 이동 정도가 고작인 불변성 추진체만 장착하고 있었다. 따라서 장거리 항행이 가능한 근처의 모함에서 출격했으리라는 유추가 가능했지만, 켈의 탐지 장비가 식별한바, 해당 공역의 하픈 함대가 갖춘 수용 능력으로는 지금까지 마주친 정도의, 그리고 앞으로도 잔뜩 있을지도 모르는 거위를 실을 수 없었다. 물론 하픈 쪽 함선이 육두정에서 사용하는 것보다 몇 단계 뛰어난 내부 공간 왜곡 능력을 보유하고 있다면 이야기가 달라지겠지만.

키루에브는 거위떼를 대부분 방치하라고 지시했다. 그녀는 사령실에서 정찰나방 편대의 최신 보고를 검토하며 말했다. "켈 사령부에서는 전부 정리하기를 원하겠지만, 각하께서는 켈 사령부의 의도를 굳이 신경 쓰실 필요 없는, 누구나 부러워할 만한 위치에 있지 않으십니까."

"흠, 그건 아니지. 켈 사령부에서는 내 머리를 창끝에 꽂아두고 싶어 하는데, 신경 안 쓸 수는 없지 않겠나. 뭐 그쪽 심정이야 충분히 이해하지만. 그렇지만 나도 자네 의견에 동의하네. 자네는 하픈을 어떻게 손봐주고 싶은가, 대장?"

전투마다 승리를 거두는 남자가 그녀에게 의견을 물을 이유는 그리 많지 않았다. 더욱이 제다오가 슈오스라는 점을 감안하면, 키루에브는 이 상황에 적용될 만한 이유를 하나밖에 떠올릴 수 없었다. 어차피 그녀는 제다오의 게임판에 놓인 하나의 말에 지나지 않는다. 게임말의 입장에서는, 게임의 판돈 따위는 그저 포연의 장막 틈새로 흐릿하게 짐작할 수 있을 뿐이다.

"저라면 전술 부대 하나를 파견하겠습니다. 〈폭풍채찍 영광〉호의 게리온 함장과 2번 집단이 좋겠죠." 게리온은 자율적인 판단에 능한 함장이었다. 제다오가 고개를 끄덕이는 것을 보니 그도 동의하는 모양이었다. "이쪽에 풀어놓아서 거위 사냥을 시키는 겁니다…" 그녀는 몇 군데 요충지를 가리켰다. 감청 초소, 니라이 연구 시설, 안단 인구 비율이 높은 거주구 등이었다. "지금까지 확인한 바로는 행성을 최우선 목표로 삼는 것처럼 보이지만, 그런 취향도 언제 바뀔지 모르죠." 당연하지만 연결체 요새 본체에 너무 가깝기 때문에, 근처에 미끼로 사용할 성계는 하나도 없었다.

제다오는 그 명령을 토씨 하나 바꾸지 않고 게리온 함장에게 전송했다. 키루에브는 자나이아 함장이 이런 상황 변화를 마음에 들지 않아 하는 걸 알 수 있었다. 하지만 그가 반대한다고 해도 어쩔 수 없는 상황이었다. 게다가 자나이아는 이런 문제에서 항상 극도로 켈다운 자세를 견지하는 사람이었다. 반면 게리온은 당장에라도 전투에 뛰어들고 싶은 갈망과 제다오가 자신을 사지로 내모는 것이라는 확신 사이에서 갈등했다. 그러나 얼마 안 가, 그는 명령을 수용했다.

"나머지 여섯 개의 전술 부대는 최대한 다양한 대진형을 구축하기 위해 남겨놓은 것인가? 또 무슨 생각을 하고 있지?" 제다오가 물었다.

72세의 키루에브는 다시 생도 시절로 돌아간 듯한 거북한 기분이 들었다. 동시에 제다오도 생전에는 생도였던 시절이 있었을 것임을 새삼 떠올렸다. "요새에 다가갈수록 규모가 큰 대진형 구축에 방해되세끔 신견대기 배치되어 있군요. 주로 광역 효과를 일으키는 진형을 겨냥하고 있습니다. 하지만 필요할 때마다 선견대를 제거하면 되니

큰 문제는 아니겠죠."

"자네가 그쪽을 권한다면…"

"저는 이동용 진형인 '강물의 뱀'을 권합니다, 각하." 자나이아는 짜증 섞인 표정으로 키루에브를 바라보고 있었다. 키루에브는 그녀를 무시했다. '강물의 뱀'에는 전투 효과가 거의 없어서, 대부분의 나방 함장들은 당연히 그 진형을 싫어한다. 효율적으로 이동하는 데에만 적합한, 화려한 일렬 대형일 뿐이다.

"그럼 '강물의 뱀'으로 하지." 제다오는 이렇게 말하고, 키루에브가 전술 지도 위에서 제안한 대로 이동 명령을 내렸다. "하픈의 공업 생산력이 얼마나 좋은지는 내 알 바 아니라네. 그 물건을 공업 생산품이라고 불러도 될지는 모르겠지만. 수송 방법은 알 수 없지만, 어쨌든 거위의 공급이 무한할 리는 없지 않은가. 그랬다면 우린 이미 목까지 거위에 파묻혀 있을 테니까."

아이, 새, 벌레, 꽃을 하나로 엮어 정찰기를 만들 정도로 괴상한 종족에 직관이 얼마나 통할까. 키루에브는 다소 의구심을 품었다. 분명 그 생각이 얼굴에 드러난 모양이었다. 제다오는 눈썹 한쪽을 들어 올렸지만, 딱히 말을 덧붙이지는 않았다.

멀리 선회해서 요새에 접근하는 내내, 시간은 맺혀 있던 물방울이 떨어지듯 느리게 흘러갔다. 제다오는 가끔 키루에브에게 의견을 묻고 그 답변을 즉시 채택해 명령으로 옮겼다. 사령실의 켈들도 돌아가는 상황의 감을 잡기 시작했다. 한때 제다오에게만 향하던 말없는 의혹의 시선이 키루에브에게도 쏟아지기 시작했다. 암살 사건의 진실을 짐작한 이들은 두말할 필요도 없지만, 그렇지 않은 이들도 키루에브가 반역자 제다오로부터 자신들을 보호해주지 못하리라는 점을 확실히 깨달았다.

하폰도 키루에브가 상대라고 생각하고 있었을 테니, 이번에는 키루에브가 어울려주게 될 것이다. 아니, 적어도 제다오가 끼어들기 전까지는 그랬겠지. 하폰도 예상하고 있을 것이다. 하폰 정보부가 제다오의 등장을 모를 정도로 무능하지는 않을 테니까.

제다오가 키루에브를 비번으로 풀어줄 때면, 그녀는 머리를 비우려고 잡동사니 상자를 정리했다. 놀랍게도 제다오는 그녀의 기계 수집품을 처분하라는 명령을 내리지 않았다. 어쨌든 키루에브는 추가로 암살용 드론을 제작하는 대신 톱니바퀴를 직경에 따라 분류할지 이빨 수에 따라 분류할지 따위나 고민하고 있었으니, 제다오의 통찰력이 제대로 발휘되었다고 볼 수 있었다.

선행한 정찰기 편대가 하폰의 주력 함대를 탐지했을 때, 키루에브는 상자 정리를 포기하고 고급 창부의 횡설수설하는 회상록을 읽고 있었다. 물론 그 장광설은 사령실로 가는 동안 머릿속에서 휘발되어 사라져버렸지만. 사방에 붉은 불빛과 숨죽인 목소리가 가득했다. 제다오는 이미 흐트러짐 없는 자세로 앉아 있었다. 보는 사람이 열 받을 만큼 느긋해 보였다.

제다오 옆자리에 앉은 키루에브는 모든 함선이 지금과 동일한 경로로 움직인다면 앞으로 4시간 후에 교전 가능 거리에 돌입한다는 사실을 확인했다. 물론 경로를 유지하게 될 가능성은 별로 없겠지만.

제디오는 또렷한 목소리로 말했다. "잘 왔네, 대장. 내가 여기 없다고 생각하고 하폰을 무찌르게."

키루에브는 몸을 떨었지만, 명령은 명령이었다.

"통신, 휘몰아치는 동전 요새의 마자렛 사령관에게 전문을 보낸다. 이제 하픈 함대와 교전할 예정이다. 불꽃놀이를 감상하도록." 키루에브는 세부 사항을 어디까지 덧붙일지 잠시 고민하다가 결국 그대로 보내기로 결정했다. 제다오의 계획을 따르는 편이 나을 테니까. 혹시라도 교전 과정에서 하픈 함대를 요새의 방위 시설 사거리 안으로 몰아넣을 수도 있으니, 그 점을 이용하려면 미리 연락을 취하는 편이 좋았다.

"요새에서 승인 신호를 보냈습니다." 통신반은 이렇게 대답하고, 뒤이어 새로운 보고를 올렸다. "게리온 함장의 보고가 들어왔습니다. 휘하의 2번 전술 부대는 예정대로 탐지 음영을 최소화하는 진형을 유지하며 합류 지점으로 향하고 있다고 합니다."

하픈이 육두정과 동일한 탐지 기술을 사용하리라 생각하는 사람은 아무도 없었지만, 조심해서 나쁠 것은 없었다. 키루에브는 전술 화면의 축척을 조절한 다음 이리저리 회전하며 사용 가능한 위상 요소를 가늠했다. 제다오는 평온한 얼굴로 그 모습을 지켜보고만 있었다.

"함대에 알린다. 전 함선은 '말발굽의 우레' 진형을 취한다." 키루에브는 이렇게 말하며 중심축 관련 내용을 전송했다. "3번과 4번 전술 부대는 근처의 선견대를 제거한다." 순간 '거위'라고 말할 뻔했다. "재량껏 섬멸하도록." 이쪽의 선견대가 예전에 상대한 것들과는 다른 방어 수단을 가지고 있을지도 모르니, 방치할 여유는 없었다.

전술 화면 위에 납작한 금빛 쐐기꼴 모양으로 표현된 나방들은 서로 진형을 구축하며 움직였다. 자나이아가 항해반에 명령을 내리는 소리가 들렸다. 일반적으로 기함의 역할은 진형의 1차 중심축을 맡는 것이었다. 교리반에다 퉁명스럽게 지시를 내리는 무리스도 보였다.

하픈이 얼룩처럼 화면에 떠올랐다. 적 함선이 존재 가능한 위치를 확률 구름 형태로 표시했기 때문이었다. 탐지반에서는 정찰대의 퇴각을 알리며, 여전히 적 추진체의 탐지 요소가 해석되지 않는다고 보고해 왔다. 하픈의 발을 묶다 격멸된 〈가시 박힌 눈〉 함대의 보고에 의하면, 적 함대는 크기와 무장이 기치나방과 비슷한 정도인 라일락급 80척과 라일락급보다는 크지만 소멸나방만큼 강하지는 않은 목련급 10척으로 구성되어 있다고 했다. 48년 전, 켈 사령부는 안단과의 격론 끝에 적의 함선 등급을 꽃 이름으로 분류하는 것을 수용했다. 이럴 때마다 켈 사령부는 과연 무엇을 우선시하는지 의문이 생겼다.

이 일에 수십 년 동안 종사해왔지만, 키루에브는 나방의 느릿한 움직임에 짜증이 치밀었다. 화면을 통해 손을 뻗어서 나방을 직접 원하는 위치로 끌어오고 싶었다. 그녀는 이런 충동이 얼마나 한심한 것인지를 잘 알고 있었다. 켈 사령부에서 처음에 진형 본능을 개발한 것도 같은 이유에서가 분명했다.

정신 복합체로 작업할 때의 물 흐르는 듯한 감각도 그리웠다. 장군은 정신 복합체를 이끌어야 하기에 온전히 편안하게 흐름에 몸을 맡길 수는 없지만, 적어도 단결된 의지에 복종한다는 환상은 유지할 수 있었고, 그 정도만으로도 하나되는 감각에 빠져들기에는 충분했다. 제다오는 그런 환상에 빠져 있는 것조차도 위협으로 여겼을 것이다. 어차피 역법 농도가 갑자기 하픈 쪽에 유리하게 기울기라도 하면 복합체는 즉시 작동을 멈출 테니까. 게다가 두뇌가 절반이라도 남은 켈이라면 누구든 아는 사실이지만, 복합 기술의 주된 용도는 이단과 싸우면서 작전을 조율하는 것이 아니다. 작전 사이에 내부 규율을 유지하는 것이 가장 큰 목적이었다.

"교리반. 역법 변동이 관측되었나?"

옆에서는 제다오가 교리반이 측정한 역법 수치를 보면서 그리드에 힘겹게 질문을 입력하고 있었다. 현대적인 인터페이스에 익숙하지 못해서일까? 키루에브는 사용법을 알려주고 싶어 몸이 근질거렸지만, 다른 할 일도 잔뜩 있었다. 무엇보다도 그런 행동을 하면 제다오의 체면이 구겨질 것이다. 수수께끼는 나중에 해명해도 될 것이다.

교리반이 가라앉은 목소리로 말했다. "효과는 국지적인 것 같습니다. 이단 역법이 침입했으니 그에 따른 효과가 관측되어야 하는데, 여전히 아무것도 없습니다."

이전 보고와 일관된 내용이었지만 걱정되기는 마찬가지였다. 하픈이 육두정 공역의 역법 지형을 엉망으로 만들지 않으면서 자기네 이능력을 사용하는 방법을 알아내야 했다. 연결체 요새를 노린다는 것은 통상적인 방법으로도 하픈의 역법 지형을 확보하기를 원한다는 뜻이다. 아마도 육두정 지형에서 국지적 효과를 일으키려면 만만치 않은 대가가 필요하다거나, 그게 아니라면 자기네 역법을 주변 공역에 투사해서 육두정의 이능력 사용을 막으려는 속셈이겠지. 니라이야말로 이 수수께끼를 푸는 데 가장 적합한 자들일 텐데, 애석하게도 제다오가 전부 하선시켰으니 별수 없었다.

하픈 쪽에서도 켈의 존재를 확인한 모양이었다. 적 함대가 유연하게 방향을 틀어 꽃잎이 세 개 달린 꽃과 비슷한 형상을 만들었다. 켈의 '말발굽의 우레' 진형이 접근하는 데 맞춰 꽃잎 세 개가 제각기 길게 늘어졌다.

"전 함선, 백조매듭 깃발을 투사한다." 키루에브가 단호하게 말했다.

"각하…" 자나이아가 항의했다.

키루에브는 눈을 가늘게 뜨고 자나이아를 바라보았다. 제다오는 두 사람은 무시한 채 다른 대응 체계를 건드리기 시작했다. "명령은 변하지 않는다." 키루에브가 말했다.

이제 함대의 최고위 장성은 그녀가 아니라 제다오이므로, 키루에브의 깃발을 올리는 일은 켈의 규범에 반하는 것이다. 그러나 제다오는 자신이 여기 없는 것처럼 행동하라고 했다. 따라서 올릴 수 있는 깃발은 키루에브의 문장뿐이었다. 아예 깃발을 올리지 않는 것보다는 이 편이 나을 것이다.

하픈도 이제 깃발의 의미를 이해하는 모양이었다. 기록에 따르면, 육두정과 처음 조우한 하픈은 깃발에 아예 반응하지 않았다. 켈은 그런 무반응을 모욕으로 받아들였고, 파국이 일어났다. 이제 하픈의 목련급 전함은 하픈 정부의 문장을 투사하며 대응했다. 골동품처럼 생긴 방패, 정확히는 상단에 금빛 띠를 두른 방패 문양이었다. 금빛 띠 아래로는 복잡하게 얽힌 덩굴과 과일과 곤충이 그려져 있었고, 또한 그 형상 위로 수많은 금빛 소용돌이가 겹쳐 있었다. 육두정의 영토에서 제작했다면 형편없는 도안이라 질책할 법했다. 다만, 그 뒤얽힌 형상을 본 키루에브는 도안 그 자체가 아니라 선견대 함선에서 회수한 실뜨기 끈을 쥔 소년을 떠올릴 수밖에 없었다. 그녀는 주먹을 꽉 쥐었다.

"21분 후에 하픈이 굉격포 사거리에 들어옵니다." 병기반이 말했다.

"놈들의 장거리 공격 수단을 곧 확인하게 되겠군." 키루에브가 말했다.

하픈은 천천히 접근했다. 세 장의 꽃잎은 켈을 마주하는 세 개의 오목한 접시 형태로 변했다. 하픈의 접시 형태는 켈의 진형과 같은 역할이었다. 거위들도 접시형 진형을 구축했다. 하픈 함대가 켈 츠렌카의 '네눈박이 때까치' 함대를 상대할 때도 사용했다. 그러나 진형과는 달리 접시는 그 형태에 따라 명확한 효과가 정해져 있지는 않은 것 같았다.

키루에브는 제다오가 무얼 하는지를 살피려 슬쩍 눈을 돌리는 실수를 저질렀다. 제다오는 가소롭다는 듯 웃음을 머금은 얼굴로 그리드를 상대로 쟁자이를 치고 있었다. 키루에브와 눈을 마주치지는 않았지만, 그가 정신 나간 전술의 천재라는 점을 미루어볼 때, "자네 임무에 집중하게, 햇병아리"라고 말하는 것이 분명했다.

"하픈 함대가 거리를 유지하고 있습니다, 각하." 탐지반이 말했다.

이 시점에서 몇 가지 사실이 명확해졌다. 첫째로, 하픈은 현재 켈 진형이 가져오는 이능력 효과인 '염동력 창날' 사거리로부터, 자기네 역법으로 정확히 64분 소요되는 거리만큼 떨어져 있는데, 그 이능력 효과는 현재 활성 상태도 아닐뿐더러 목표 대상을 노리려면 여기서 종속 진형 세 가지의 위치를 계속 바꿔야 한다. 따라서 하픈의 장군은 켈의 진형 역학을 읽을 줄 아는 자다. 둘째로, 하픈의 장군이 켈 진형을 읽을 수 있다면, 우리는 적들이 원하는 방향으로 말려들 수도 있다. 셋째로, 하픈의 장군이 해당 종속 진형의 배치마저 읽어냈다는 것은, 하픈의 본대가 그 수와 소모성을 장점으로 삼는 거위들보다 탐지 거리가 길다는 뜻이 된다.

염동력 창날의 문제는 공격 의도가 사전에 드러난다는 것이다. 그렇다면 종속 진형을 정확하게 변경해서 좌우를 헤집는 공격을 아무리 빨리 실행한다고 해도 결국 한계에 봉착할 것이다. 물론 창날이 명중하면 심각한 타격을 입힐 수 있을 것이다. 그리고 사거리에서의 우위. 지금까지 하픈이 선보인 그 어떤 무기보다도 염동력 창날의 사거리가 긴 것은 명백해 보였다. 그렇지 않다면 이미 켈 함대로 공격이 날아들고 있을 테니까. 그러나 접시꼴을 유지하며 기회를 기다리는 모습을 보면서, 키루에브는 상대방이 창날 공격을 조금도 걱정하지 않는다고 직감했다. 또한 하픈이 아직 밝혀지지 않은 수단으로 켈 함대를 격멸한 적이 있으며, 다른 연결체 요새에 성공적으로 잠입한 적이 있다는 사실도 고려해야 했다. 우위를 차지했다고 자만할 상황이 아니었다.

하픈이 켈을 얼마나 제대로 연구했는지 확인할 때가 왔다. "키루에브 대장이 전 함선에. 내 지시를 정확하게 실행에 옮기도록." 그녀는 보조 화면에서 경로를 설정하며 말했다. "'둥지를 휩쓰는 들불' 진형을 구성하되 지금 보여주는 대로 1, 2, 3번 중심축은 비우도록." 그녀는 1번 중심축의 수치를 따로 자나이아에게 전달했다. "반복한다. 2, 3번 중심축은 내가 직접 명령을 내리지 않는 한 채우지 말도록. 실행하라."

지니이아의 얼굴에서 핏기가 가셨지만, 자신이 받은 명령을 수행하기 전에 키루에브를 슬쩍 보기만 할 뿐 별다른 반응은 보이지 않았다.

통신반은 네 척의 나방에서 키루에브에게 통신을 요청해 왔다고 알렸다. 그녀는 모든 요청을 묵살했다.

'둥지를 휩쓰는 들불'은 대진형이자 동시에 자살 진형이라는, 희귀한 조합의 진형이다. 전장에서 시험한 것도 한 번뿐으로, 298년 전에 켈 데세넷 대장이 침략군의 함대를 날려버리기 위해 사용했었다. 켈 사령부는 이후 그 진형을 금지 목록에 올렸는데, 진형 이능력 효과에 영향을 받은 공역에서 모든 역법이 무효화되었으며, 심지어 그런 상태가 장기간 지속되었기 때문이었다. 그중 일부는 오늘날까지도 유지되고 있다. 어쨌든 지금은 하픈이 진형 역학의 기본에 얼마나 능통한지를 파악할 때였다.

시야의 한쪽 구석으로 제다오가 카드놀이를 멈추고 상황의 진행을 주시하는 모습이 보였다. 주의를 기울여준다는 것만으로도 고마울 지경이었다.

상황이 돌아가는 모습을 보니 하픈은 어중간하게 공부한 것이 아닌 모양이었다. 켈의 진형 변경 솜씨는 그녀의 기대보다 엉망이었다. 애초에 미리 연습할 이유가 없는 진형이기는 했지만. 그러나 하픈 함대는 빠르게 퇴각하는 식으로 대응했다. 그들은 곧바로 요새 쪽으로 움직이기 시작했다.

"우리가 진심으로 자살 진형을 사용한다고 생각한 모양이로군요." 자나이아는 쓸쓸하지만 즐거운 표정이었다. "단순히 숫자만 보더라도 맞교환비율이 전혀 맞지 않다는 게 명확한데 말입니다."

"저들이 우리가 켈이라는 사실을 모를 리 없으니까. 우리가 오늘치 자살 할당량을 채우려 애쓰는 중이라고 생각했을지도 모르지. 통신,

마자렛 사령관에게 현 상황을 통지하도록. 나머지 함선은 현 상태를 유지하며 추격을 개시한다.”

하픈이 하는 생각은 뻔했다. 요새의 영향권까지 퇴각하면, 요새까지 날려버릴 수는 없으니 ‘들불’ 진형의 자폭 효과를 활성화하지 못하리라는 생각일 것이다. 요새가 가진 어떤 방어 수단도 자살 대진형의 불길까지는 막을 수는 없으니까.

정찰나방이 하픈 함대의 궤적을 따라 정체불명의 탐지 요소 생성이 포착되었다는 경고를 보냈다.

“진로를 바꾼다.” 키루에브는 진로 수정을 알렸다. 요새 도착이 늦어질 테니 문제가 발생하겠지만, 돌진하다 정체불명의 병기에 전멸당하는 것보다는 나았다. 수가 너무 많으니 확산포로 쓸어버리기에도 시간이 부족했다. 우회하는 편이 나았다.

“각하.” 통신반이 말했다. “3번 전술 부대의 기치나방 여섯 척이 일종의 역법 부식 피해를 당하고 있습니다.”

키루에브는 화면을 보며 얼굴을 찌푸리고는 다시 진로를 수정했다.

다시 통신반의 목소리가 들렸다. “기치나방 〈할퀴는 그림자〉, 〈대양 너머에서〉, 〈하나로 엮인 두 권의 책〉, 〈뱀가죽 북〉호가 격침되었다는 전술 보고가 들어왔습니다.” 잠시 후 그녀는 나머지 두 대를 목록에 추가했다.

“키루에브 대장이 나잔 함장에게.” 나잔은 3번 전술 부대의 지휘관이었다. “그쪽에서 무슨 일이 벌어진 건가?”

“저 거미줄 같은 빌어먹을 하픈 병기가 우리 쪽으로 뭔가를 뿜었습니다, 각하.” 나잔은 힘겹게 말했다. “잠깐만 기다려주십시오.” 배경에서 목소리가 들려왔다. 그의 얼굴에 붉은빛이 드리웠다. "기술반에서는 저들이 사용한 무기가 나방의 생체 조직을 내부에서부터 파열시킨다고 추정하고 있습니다. 수치로 확인한 바로는 기생체나 감염원으로 나방 내부를 엉망으로 만드는 듯합니다." 켈의 '균사체 폭탄'을 입에 담지는 않았지만, 어차피 다들 그 물건을 떠올리고 있을 것이다. "지금 상황에서는 그쪽으로 오염 제거반을 파견하기도 쉽지 않습니다."

함대는 방향을 더욱 틀었다. 이제 하폰은 상당한 거리를 확보했다. 제다오는 자신이 지휘권을 잡을 생각이 여전히 없어 보였다.

"요새에서 환영 지형을 발동했습니다." 탐지반이 말했다.

전술 화면에 환영 지형이 맺히며 어지러운 푸른색 소용돌이를 그렸다. 지형의 영향 범위 표식이 일렁이는 바닷말처럼 보여서, 마치 주변 영역이 통째로 심해 바닥으로 끌려간 것처럼 보였다. 요새의 방어 시설이 하폰을 향해 포격을 시작했다. 포격에 맞춰 지형이 변형되며 열렸다 닫히는 방어막 틈새로 포격이 날아갔다.

"핑격포 사거리까지 46분 남았습니다." 병기반이 말했다.

무리스가 고개를 들었다. "망원 진형으로 사거리를 확장해볼까요, 각하?"

"아직 아니다." 키루에브가 대답했다. 무리스는 평소에는 지나치게 보수적인 사람이지만 사거리를 이용하는 부류의 진형에는 상당히 집착하는 경향이 있다. 그러나 대부분의 망원 효과 진형에는 심각한 약점이 있다. "어차피 우리 진형을 파악하고 재빨리 거리를 벌리면 끝이다."

하폰 함대는 환영 지형에 대처할 방법이 있는 것이 분명했다. 환영 지형의 존재 자체는 딱히 비밀이 아니었다. 물론 기술의 자세한 내용

중 일부는 기밀로 분류되어 있었지만, 하픈 정보부라면 그 정도는 충분히 파헤칠 수 있었을 것이다. 그리고 어쩌면 저들이 지닌 극도로 이질적인 병기에는 애초에 환영 지형이 별 영향을 끼치지 못할 가능성도 있었다.

키루에브는 팔 하나를 대가로 내주고 함대의 진군 속도를 올릴 수 있으면 좋겠다고 생각했다. 그런 선택이 불가능해서 다행이라는 생각도 들었지만. 그런 재주가 가능했다면 젊은 시절부터 팔이 남아나지 않았을 테니까.

제다오는 상대편 그리드를 젱자이로 박살 내버린 다음 패턴스톤 게임으로 옮겨 갔다. 키루에브는 그리드가 불쌍하다는 생각이 들 지경이었다. 제다오는 그러면서도 보조 화면에다 전술 비평까지 적어 내리고 있었다. 참 대단한 작자였다.

핑격포 사거리까지 26분이 남았을 때, 탐지반에서 키루에브에게 안 좋은 소식을 알려 왔다.

"각하, 이걸 좀 보십시오."

하픈은 이제 아령 비슷한 모양으로 포진을 바꾸었다. 일반적인 아령과 달리 양 끝에 오목한 면을 밖으로 향한 접시가 달려 있었다. 한쪽 접시는 요새를 향했다. 다른 쪽 접시는 켈 함대 쪽으로 선회하는 중이었다. 두 접시 간 연결이 유지되도록 가운데 막대 부분이 휘어졌다. 키루에브는 확신할 수 있었다. 저건 절대 좋은 징조가 아니었다.

선행한 정찰대가 지형 농도를 근거리에서 계측한 결과를 전송했다. 거기에 교리반에서 일반적인 환영 지형의 모습을 주석으로 첨부해놓았다. 환영 지형은 밀도가 높은 액체와 비슷하지만, 자유자재로 형태를 바꿀 수 있다. 나방 함장이었던 시절, 키루에브는 환영 지형의 성질을 시연해 보이는 훈련 기동에 한두 번 참석했던 적이 있었다. 그녀가 포함된 전술 부대의 지휘관은 환영 지형을 '너희를 잡으려 애쓰는 우주 진흙'이라 묘사했다. 아니, 솔직히 말하자면 더 음탕한 단어를 사용하긴 했다. 키루에브는 나방의 움직임이 거의 기어가는 수준으로 느려질뿐더러 탐지 기능조차 마비된다는 것을, 그리고 지휘관으로서 그러한 상황에 처했을 때 얼마나 짜증스러웠는지 똑똑히 기억하고 있었다.

하픈이 환영 지형을 조금도 두려워하지 않은 것도 당연한 일이었다. 놀랍게도 그들의 무기가 육두정의 이능력 무기로는 불가능한 방식으로 환영 지형을 부식시켰기 때문이다. 탐지 화면에 떠오른 환영 지형은 계속해서 주변 영역을 잠식하며, 환상 속 나무와 양치류와 덤불의 뒤얽힘처럼 뻗어 나갔다. 마음속 깊은 곳 어딘가가 간질거렸지만 키루에브는 여전히 이 상황이 어떻게 위협으로 변할 수 있는지를 판별하지 못했다.

순간 선회한 하픈 함대가 퍼붓는 강렬한 공격이 4번 전술 부대를 휩쓸었다. 여전히 굉격포 사거리는 한참 부족했다. 키루에브의 단말에 붉은빛과 주황빛이 넘쳐흘렀다. "전 함선, 적 병기의 사거리에서 이탈한다! 최우선 명령이다."

죽어가는 나방들이 한 몸처럼 일제히 허공으로 정보를 쏟아냈다. 수정 섬유질, 줄지어 밀려오는 하얀 꽃잎들, 바닥을 쪼아 뚫고 들어오며 울부짖는 날지 못하는 새들, 벽을 뒤덮으며 자라나는, 축축한 숨소리를 내뱉는 입술들. 하픈의 역법 부식이 분명했다.

제다오는 여전히 전술 비평을 끼적이고 있었다.

우린 끝장이야. 키루에브는 생각했다.

꽃과 새들. 액체 속에서 자라나는 식물의 형상. 하픈은 환영 지형을 분해하고 있었다. 그들의 기묘한 진형 아닌 진형은 한쪽 접시로 빨아들인 뭔가를 반대쪽 접시로 전송하는 것처럼 보였다. 순간 그녀는 깨달았다.

"빌어먹을, 통신. 마자렛 사령관에게 명령을 전달해라. 당장 저 빌어먹을 환영 지형을 끄라고. 전부 다. 지금 당장."

켈은 퇴각하느라 진형이 흐트러진 상태였다. 어느새 사방에서 울리던 격침 보고는 잠잠해졌고, 이젠 다시 진형 구성을 시도 중이었다.

"마자렛 사령관으로부터 통신 요청이 들어왔습니다." 통신반의 태도는 놀라울 정도로 중립적이었다.

"명령의 어느 부분을 이해하지 못하겠다는 건가?" 자신이 통신 담당이었어도 똑같이 보고했을 테지만, 키루에브는 화를 내며 쏘아붙였다. "하픈이 환영 지형 그 자체를 흡수해서 자기네 장거리 병기를 발사할 수 있다고 전해라. 문제가 있으면 그쪽 교리반 분석가가 알아서 처리하겠지. 지금 그 이상은 알 필요도 없다."

켈은 환영 지형을 단순히 이능력의 한 종류일 뿐이라고 생각했다. 그러나 하픈은 행성과 그 생태계에 묘한 경외감을 품는 이들이었다. 멀리 떨어진 고향 행성을 표현하는 형체들과 정찰병을 하나로 엮어버릴 정도니 충분히 짐작할 수 있었다. 하픈은 환영 지형을 그들의 손이 닿지 않은 하나의 세계로 간주했다. 그리고 그 지형과 자신들을 연결하여 힘을 끌어오는 방법을 아는 것이 분명했다. 켈의 힘이 진형과 충성심에서 나오는 것과 마찬가지였다. 키루에브는 이런 내용을 휘갈겨 쓴 다음 교리반으로 전달했다.

전술 화면의 푸른 소용돌이와 물결이 검게 변했다. 환영 지형이 꺼진 것이다.

"좋아. 몇 분 정도 여유 있게 알아챘군." 제다오가 말했다.

제다오는 '즉시 읽을 것'이라는 꼬리표가 붙은 문서 하나를 키루에브의 단말로 전송했다. 다행스럽게도 내용은 짧았다. 제다오는 하픈의 속임수를 키루에브보다 3분 먼저 알아챈 모양이었다. 작성 시간을 보면 알 수 있었다. 그런데 한마디도 하지 않다니. 당장 제다오를 쏴버리고 싶다는 생각이 머릿속을 메웠다.

제다오는 키루에브에게 눈길조차 주지 않았다. 진형 본능이 효력을 발휘하며 시야가 좁아지기 시작한 것이 차라리 다행스러운 일이었다. "여기는 제다오 대장이다." 그가 입을 열었다. "전 함선은 그대로 전술 부대 재구성을 속행하도록. 톱니바퀴 2번 문장을 투사하라. 기술반, 우리가 열두 대 경계면 탈곡기를 보유하고 있다고 알고 있다. 모든 탈곡기를 하픈 방향으로 조준하고, 일반적으로 환영 지형이 적용되는 영역의 90퍼센트 지점에 맞춰 요새 주변 궤도에 전개하도록. 가능하겠나?"

미우고 기술대위가 사령실을 호출했다. "장군, 탈곡기 전체를 안전하게 발사하기에는 인력이 부족합니다." 그래도 그는 '장군께서 니라이를 전부 하선시켰으니까요'라고 덧붙이지는 않았다. "사용하는 탈곡기의 수를 여덟 대로 낮추기를 권장합니다."

"그래, 그걸 잊고 있었군. 명령을 똑바로 내리지 않은 내 실수일세.

조작 인원 없이 열두 대 전부 발사하게. 비상사태를 대비한 원격 가동 장치가 달려 있다고 알고 있는데?"

사령실 내부의 기온이 곤두박질쳤다.

경계면 탈곡기는 무생물에는 피해를 주지 않지만 광역 무차별 학살 병기다. 다루기 힘든 병기라 미우고가 우려하는 것도 당연했다. 게다가 지옥나선 요새의 대학살에서 경계면 탈곡기를 사용해 이 병기에 악명을 선사한 사람은 다름아닌 제다오 본인이었다.

"작동 불능으로 만들고 발사하려면 시간이 부족하지 않겠나." 제다오는 순간 사령실을 가득 메운 긴장감을 조금도 알아채지 못한 것처럼 말했다. "하지만 하푼 쪽도 실력이 있는 편이니 탈곡기를 탐지해 낼 테고, 원격 조종 장치에 대해서도 알고 있겠지. 심지어 내가 방아쇠를 당길 생각이라는 것도 알아챌 테고. 그러나 켈 사령부라면 절대 방아쇠를 당기지 못하겠지." 그의 입꼬리가 슬쩍 올라갔다. "하푼 친구들이 절망에 빠진 허세꾼이 아닌, 진짜 제다오를 상대한다고 생각해준다면 일이 훨씬 수월하게 풀리지 않겠나."

사령실의 승무원들은 침묵에 내리눌린 채로 미우고가 명령에 따르기를 기다렸다. 미우고가 굳은 어조로 띄엄띄엄 상황 보고를 하는 모습에서, 키루에브는 그가 심하게 동요했으며 제다오가 마음을 돌리기를 바라고 있다는 사실을 읽어냈다. 키루에브조차 느낀 미우고의 반응을 제다오가 알아채지 못했을 리는 없었다. 그러나 제다오는 마음을 바꿀 생각은 조금도 없어 보였다.

〈축제의 위계〉호가 탈곡기를 발사했다. 키루에브는 하푼이 즉시 그 병기의 정체를 파악했다는 사실을 깨달았다. 하푼 함대가 깔때기 진형을 해체한 후 빠르고 질서정연하게 퇴각을 시작한 것이다.

제다오는 제일 먼저 진형 비슷한 형태를 수복한 1번 전술 부대의 이동 명령을 작성하기 시작했다. "아, 이 정도면 됐겠지." 그는 혼잣말을 중얼거렸다.

게리온 함장이 2번 전술 부대를 이끌고 도착했다. "함장, 부디 나를 위해 하픈의 뒤꿈치를 깨물어주겠나?" 제다오는 농담을 던지며 더욱 상세한 지시 사항을 첨부해 송신했다. 키루에브는 마음을 달래기 위해 그 내용을 살폈다. "방금 본 무시무시한 공격이 자네를 향할 일은 없을 걸세. 진형은 자네가 보기에 적합한 것으로 사용하게나." 그는 굳이 설명을 덧붙이지 않고 이렇게만 말했다.

"즉각 착수하겠습니다, 각하." 게리온이 말했다. 2번 전술 부대는 함대의 배치 폭을 줄이더니 거리를 줄이는 망원 진형인 '검은 렌즈' 진형을 구축했다. 효과가 오래가지 않으며 나방 추진체가 손상되기 때문에 위험 부담이 있는 진형이기는 해도, 덕분에 굉격포 포격이 달아나는 하픈 무리를 정면으로 긁어버렸다. 2번 집단은 그대로 속도를 줄이면서 방어용 진형으로 변형했다.

제다오는 끊임없이 명령을 내리면서도, 가끔 말을 멈추고 상황 변화에 따라 움직임을 조율했다. 1번 전술 부대가 추격에 합류했다. 하픈은 계속 퇴각했다. 퇴각한 자리에는 파괴된 함선과 함께 거미줄 모양의 기뢰도 남았지만, 그 수는 저번보다 적었다.

마지막 하픈 함선이 요새의 화포 사거리는 물론이고 환영 지형의 효과 영역까지 벗어난 순간, 요새에서는 다시 지형 효과를 활성화했다. 키루에브는 순간 긴장에 몸을 굳혔다. 마자렛 사령관의 생각은 어렵잖게 추측할 수 있었다. 2번 전술 부대와 1번 전술 부대의 대부분은 이미 환영 지형의 영역을 벗어난 상태였지만, 함대의 나머지 함선들은 갑자기 발이 묶여버렸다.

"3번에서 7번 전술 부대에 전한다. 즉각 이 구역에서 벗어나라. 필요하다면 진형을 해체해도 좋다. 최우선 명령이다. 하픈이 전열을 재정비할 경우 여기 붙들려 있으면 위험해진다. 내가 사령관과 직접 이야기를 해보겠다. 통신, 그 여자를 호출해보도록."

추진체 출력이 압도적인 소멸나방은 비교적 쉽게 지형에서 벗어날 수 있을 것이다. 키루에브는 식물이 자라나는 형상이 주변에서 사라졌다는 사실에 안도했다. 그러나 그보다 작은 나방들은 그렇게 운이 좋지 못했다. 전술 부대의 모든 진형이 해체되었다. 아마 제다오의 명령이 없었어도 해체될 수밖에 없었을 것이다.

마자렛 사령관은 단단한 체구에 창백한 피부를 가진, 어깨에 뻣뻣하게 힘이 들어간 여성이었다. 키루에브가 앉아 있는 자리에서도 그 모습이 보였다. 그녀의 표정은 완고했다. "모르는 얼굴이로군. 하지만 톱니바퀴 2번 문장을 올렸으니 그쪽이 제다오 대장인 척하는 작자겠지?" 그녀는 제다오를 모욕하려는 생각으로 무생물을 칭하는 2인칭 대명사를 사용했다. 표준 언어의 2인칭 대명사는 각각 무생물과 생물을 가리키는 두 가지 형태가 존재한다. 물론 제다오는 인간 장교가 아니라 켈 병기창의 물품으로 등록되어 있으니, 전자를 사용해야 한다고 주장해도 근거 없는 소리는 아니었다.

"그래, 내가 제다오일세. 가장 가까운 육신에 들어가야 했거든." 제다오는 비뚤어진 미소를 지어 보이며 이렇게 대꾸했다. 이 선언이 사령실의 승무원들에게 끼치는 영향을 그가 모를 리가 없었다. 물론 다들 제다오의 정체를 짐작하고 있었지만. "사령관, 요새가 무방비 상태가 된 느낌이 영 껄끄럽겠지만, 부디 지형을 다시 비활성화하거나 우리 함대가 나갈 길을 터주지 않겠나? 자네는 지금 우리 추격을 방해하고 있단 말일세."

"정말 뻔뻔하게 말씀하시는군." 마자렛은 단어마다 악에 받쳐 말했다. "당신 함대가 아니라 키루에브 대장의 함대일 텐데." 표준 언어의 과거형과 현재형을 깔끔하게 사용하는 모습이 감탄스럽기까지 했다. "당신을 파견할 예정이었으면 켈 사령부에서 미리 언질을 줬을 테니까."

제다오도 이제는 사근사근하게 대꾸하지 않았다. "사령관, 당장 저 빌어먹을 방어 장치를 끄도록. 저 빌어먹을 뱀 자식들을 여기서 처리하지 않으면 하픈을 몰아낼 수 없다."

"그럼 키루에브 대장에게 그 일을 맡기시지."

제다오는 손가락으로 단말을 두드린 후, 통신반에 알렸다. "1번과 2번 전술 부대를 불러들이게. 본대보다 앞서 나가다가 위기에 빠지면 곤란하니까." 그는 마자렛에게 말했다. "자네의 해명을 기다리고 있네, 햇병아리."

마자렛은 눈을 가늘게 떴다. "하픈이나 당신 모두 위협적이기는 마찬가지지. 하지만 하나는 이미 도주하는 중이고. 지금 내 상대는 더 위험한 쪽의 포식자일 수밖에."

제다오는 그녀를 노려보다가, 이윽고 웃음을 터트렸다. "좋아, 그런 수모는 받아 마땅하지. 하지만 이런 식으로 적 함대의 도주를 방치하는 건 정말 황당하지 않은가. 켈 사령부에 이 사실을 보고할 때 얼마나 많은 서류작업이 필요할지. 그걸 생각하면 도저히 자네가 부럽지는 않군."

키루에브는 놀란 얼굴로 제다오를 바라보았다. 물론 마자렛의 강경한 태도가 더 놀라웠지만.

"자기 무덤을 파는 일은 그만두고 정당한 지휘관에게 얌전히 함대 통솔권을 넘겨주기를 권하지." 마자렛이 말했다.

"정말로 내 앞길을 막는 일이 두렵지 않나?"

"요새가 함락되더라도 최대한 네 발목을 붙잡고 늘어질 거다. 바로 그게 내 임무니까." 마자렛의 목소리에는 여전히 지독한 적대감이 묻어났다.

"자네가 추락매일 수도 있겠지만, 아무래도 그건 아닌 것 같군." 제다오는 그녀를 물끄러미 바라보며 말을 이었다. "어디 보자, 사령관. 켈 사령부를 얼마나 오래 속여온 건가?"

"포기를 모르는군." 마자렛은 차가운 목소리로 대꾸했다.

"슈오스 육두관에게 사과 편지라도 보내야겠네. 사탕이라도 몇 알 넣어야지. 소중한 잠입 요원을 드러내버렸으니 말이야. 그 사람이 무슨 맛 사탕을 가장 좋아하는지 알고 있나?"

마자렛 사령관을 향한 터무니없는 음해였지만, 키루에브도 그녀를 의심할 수밖에 없었다. 소문으로는, 슈오스 잠입자 중에는 원하는 대로 자기 문장을 바꿀 수 있는 자들이 있다고 한다. 마자렛의 부하들도 의심을 품기 시작했을 것이다. 제다오의 명령을 거스를 수 있다는 말은 그녀가 속임수로 켈에 잠입하거나 진짜 마자렛을 대체한 슈오스 첩자거나, 그게 아니면 추락매라는 뜻이다. 그리고 켈 사령부에서 추락매에게 연결체 요새의 통제권을 맡길 리는 없다.

추락매라고 자동으로 배반자가 되는 것은 아니다. 예를 들면 브레잔 중령처럼. 키루에브는 제다오가 등장하기 직전까지는 브레잔 본인도 자신이 추락매라는 사실을 몰랐을 거라고 확신했다. 추락매에는 선택권이 있다. 복종하는 추락매와 정상적인 켈의 차이점은 그것뿐이다. 물론 켈 사령부에서도 개인의 진형 본능 등급을 수시로 측정하지는 못한다. 주로 비용 문제 때문이다. 그렇다 해도 살아남아 중요한 지위에 오르는 추락매는 찾아보기 힘들었다.

〈축제의 위계〉호는 환영 지형에서 빠져나와 화포의 사거리를 벗어난 곳에서 요새를 선회하기 시작했다. 다른 켈 나방들도 힘겹게 그 뒤를 따라 빠져나온 후 간신히 다시 진형을 구성했다. 요새 쪽에서도 기치나방이나 정찰나방을 상대로 포문을 열지는 않았다. 어쩌면 추락매 슈오스 요원조차도 번제의 여우와 전투하는 일은 피하는 것일지도 모른다. 게다가 자신에게 이상이 발생하면 즉시 가동되도록 탈곡기를 개조해놨을 가능성도 염두에 둘 수밖에 없었을 것이다.

"우리와 싸울 생각인가?" 마자렛이 말했다.

"아니." 제다오는 의미심장한 침묵을 유지하다 이렇게 대답했다. "나는 하픈과 싸우러 온 걸세. 자네가 방해되기는 하지만 내 목표물은 아니지."

"지옥나선 요새 때 켈 사령부가 네놈을 죽여버렸어야 했어."

키루에브는 사령관의 자세에 감탄할 수밖에 없었다. 제다오 같은 학살자에게 저렇게 당당하게 말대꾸를 하다니.

"종종 그렇게들 말하더군." 제다오가 말했다.

하픈은 탐지 범위를 벗어나버렸다.

"놈들은 다른 방법으로 처리해야겠어. 자넨 이제부터 켈 사령부를 상대해야겠군. 행운을 비네." 제다오는 이렇게 말하고 마자렛이 대꾸하기 전에 통신을 끊어버렸다.

그의 얼굴을 바라보고 있던 키루에브는, 제다오의 표정이 적에게 발톱을 박아 넣을 기회를 놓친 사람치고는 위험할 정도로 즐거워 보인다는 생각을 떨칠 수가 없었다.

07

보조 두뇌에 따르면, 회의 시작까지는 아직 2분 정도 여유가 있었다. 미코데즈는 다시 파에 물을 주고 싶은 충동을 억누르고 있었다. 아침에 일정표대로 한 번 물을 줬으니, 물바다를 만들어 파를 죽이고 싶지는 않았다. 추가로 켈 육두관에게 화분 재배를 취미로 추천하고 싶은 충동도 미리 참아두는 중이었다. 물론 트소로는 힘 빼는 법을 배울 필요가 있는 사람이었지만. 심지어, 아니 특히, 최근의 이런저런 소식을 염두에 둔다면.

42년 전, 미코데즈는 거의 3세기를 통틀어 가장 젊은 슈오스 육두관이 되었다. 당시에는 누구도 그를 진지하게 받아들이지 않았다. 슈오스 육두관은 종종 상관의 등을 찌르고 권좌에 오른다. 따라서 10년 이상 자리에 머무는 육두관은 상당히 드물었고, 대다수는 그보다도 훨씬 짧은 재임 기간을 누렸다. 유달리 운이 좋은 사람은 20년 정도 버티기도 했다. 세월이 흐르자 사람들도 미코데즈를 보다 진지하게 받아들였다. '파 가꾸기'라는 훌륭한 취미는 아직 인정받지 못했지만. 어차피 자기들 손해지.

"6번 회선에 통신이 들어왔습니다. 일급 우선순위입니다." 그리드가 말했다.

미코데즈는 등받이에 몸을 기대며 미소를 머금었다. "연결해요."

나머지 다섯 육두관의 얼굴이 보조 화면에 떠올랐다. 얼굴 아래에는 갓난아기들도 아는 분파별 문양이 떠올라 있었다. 니라이의 공허 나방 위에는 라할의 예지늑대, 비도나의 독가오리 위에는 안단의 칼날장미, 쿌의 잿불매 위에는 슈오스의 눈 달린 꼬리를 가진 구미호.

전통에 따라, 라할 이루자가 가장 먼저 입을 열었다. 검은 피부에, 회색 곱슬머리를 짧게 자른 여성이었다. 그녀는 아름다웠지만, 눈빛에는 오직 가혹함만이 깃들어 있었다. 그는 그녀의 그런 점을 좋아했다. "안건은 다들 알고 있겠지. 슈오스 제다오 대장이다. 제다오는 안단과 비도나와 내가 벗어날 수 없으리라 확신했던 암살 작전에서 살아남았다."

"함대를 통째로 손에 넣고 도주하도록 내버려두다니, 어떻게 그럴 수가 있나." 큰 덩치에 어울리지 않는 창백한 피부에 좁은 어깨가 인상적인 남자, 비도나 프사가 쿌 트소로에게 말했다. 프사는 경멸하는 투를 숨길 생각도 없어 보였다. "제다오가 그냥 걸어 들어간 것만으로 쿌 장군이 계급에 굴복해버린 모양이던데."

트소로의 흉터 가득한 얼굴은 무심하기만 했다. 언제나 지울 수 있는 흉터는 허상일 뿐이지만, 사실 그녀의 존재 자체가 어떻게 보면 허상이었다. 트소로는 켈 사령부를 구성하는 정신 복합체 전체를 대변하는 사람이기 때문이다. "우리에겐 사망자의 계급을 박탈하는 전통이 없소, 비도나 육두관. 그 또한 나름의 방식으로 켈에 봉직한 자요. 게다가 그가 시체 폭탄에서 살아남으리라 생각한 사람은 없었소."

프사는 헛기침을 했다. "글쎄, 어쨌든 살아남은 건 사실이니."

"일단 제다오는 불명예제대를 시켜놓았지만, 해당 함대가 우리 공고를 수신할 수 있을지는 확신할 수 없소. 우리 쪽에서는 가능성이 적다고 여기고 있소."

"저는 그자가 〈무언의 법령〉호에서 어떻게 탈출했는지 이해가 안 되는군요." 니라이 파이안이 말했다. 니라이 쿠젠이 모습을 감췄다고 모두가 확신한 다음에 열린 긴급회의에서, 파이안은 허수아비 육두관에서 실제 육두관으로 승격되었다. 그러나 여기서 그녀에게 직급에 맞는 경의를 보이는 사람은 아무도 없었다. 그녀는 어깨까지 오는 곱슬머리가 평소에는 온화한 상앗빛 얼굴을 감싸고 있는, 조용한 풍모의 여성이었다. 그러나 지금 그녀의 얼굴에는 온화한 기색이라고는 조금도 없었다. "체리스를 설득해서 빙의해버리다니 곤란해졌습니다. 불변성 폭발물로 그 소멸나방까지 파괴해서 그녀까지 한 번에 제거해버려야 했는데요."

"그러게." 안단 샨달 옝이 불만 가득한 투로 대꾸했다. 그녀는 손가락마다 가득한 반지들을 만지작거리고 있었다. 그녀는 작은 진주 알과 흐리게 빛나는 다이아몬드를 수놓은 관능적인 새틴 드레스를 입고 있었는데, 반지마다 그 드레스와 똑같은 색조의 푸른 사파이어가 박혀 있었다. "문제는 우리가 보유한 소멸나방이 몇 척 되지 않고, 켈에서는 추가로 여섯 척쯤 건조할 자금이 없다고 징징대고 있다는 것이려나." 켈의 자금줄이 말라버린 이유 중에는 안단의 독점 거래도 포함되어 있겠지만, 트소로는 여전히 무심한 표정이었다. "솔직히 말하면, 나는 쿠젠이 그 결박 대상에 대해 지껄이던 소리가 전부 거짓말이라는 게 가장 놀라웠어. 회수해서 해부하거나 수학적인 환락의 유희를 즐기거나 뭐 그런 짓거리를 하고 싶다고 열심히 주절거렸잖아."

파이안은 쿠젠의 여가 활동에 대해 논의하고 싶은 생각은 조금도 없었다. "〈무언의 법령〉호의 양륙정과 수송선은 전부 그 자리에 있었는데, 대체 어떻게…?"

미코데즈가 입을 열었다. "분석 결과는 확인해봤습니다만, 한 척이 사라졌을 가능성을 암시하는 내용이 있었던 것 같은데요? 소멸나방이 심각하게 파괴된 상황이라, 모든 증거의 파편을 맞추는 것도 불가능해 보였습니다."

"제 분석가들 사이에서도 이견이 있어요. 하지만 그렇다고 해도, 백조매듭 함대까지 날아가거나 공모자와 접선하려면 체리스든 제다오든 양륙정 한 척은 수리해야 했을 텐데요. 양쪽 모두 그럴 만한 기술은 없다고 알고 있어요. 맞아떨어지지 않는 사항이 너무 많아요."

"그런 건 나중에 확인해도 되잖아." 샨달 옝이 말했다. "지금은 복수심으로 불타는 미친놈이 켈 함대를 거느리고 돌아다니고 있는 이 상황부터 처리해야 하지 않을까."

"제다오라면 암살 시도를 고깝게 받아들이지는 않았을 겁니다." 미코데즈가 말했다. "화려한 죽음을 갈망하는 성향에 완벽하게 맞아떨어지니까요. 자기 병사들 몇 명을 함께 날려버린 것에는 화가 단단히 났겠지만요. 생각할수록 즐겁군요."

사실 목숨을 잃은 병사의 수는 8,000명에 달했다. 니라이 쿠젠은 제다오를 죽일 수 있는 몇 안 되는 무기 중 하나를 오차 없이 명중시키기를 원했고, 함대를 함께 날려버려서 확률을 높이자고 주장했다. 미코데즈가 심하게 반대하지 않은 이유는, 그 또한 제다오가 산개하는 바늘 요새에서 거둔 승리가 위험한 영향력으로 이어질 수 있음을 깨달았기 때문이었다. 이런 상황에서 한 수 앞서나간 제다오에게는 경탄할 수밖에 없었다. 게다가 더 큰 함대까지 손에 넣다니.

프사는 코웃음을 쳤다. 비도나에 이끌린 다른 이들과 마찬가지로, 그 또한 규율에 사로잡혀 있으며 그 사고의 유연함은 판유리에 버금갈 정도로 뻣뻣한 사람이었다. 육두정 치하 사람들은 대부분 저급 이단을 상대하는 치안관 역할인 비도나 분파를 두려워했지만, 미코데즈는 프사를 피해 다니기가 지루할 정도로 쉽다고 생각했다. "미안하네만, 미코데즈. 자네 지옥나선 요새를 기억하고 있기는 한 건가?"

미코데즈는 한숨을 참았다. 실제로 기억하는 쿠젠이나 할 수 있는 비난 아닌가. 솔직히 말하자면, 미코데즈는 비난 자체는 개의치 않았다. 하지만 저급한 표현 방식은 참아주기가 힘들었다.

"고대 역사까지 다시 짚어볼 필요는 없잖아." 샨달 옝이 말했다. "우선 제다오와 그에게 복종하는 켈 함대부터 어떻게 처리할지 결정해야지." 짜증이 솟구친 것이 분명했다. 샨달 옝은 트소로를 끔찍하게 싫어하지만, 평소의 그녀라면 이보다는 교묘한 태도로 접근했을 것이다. 다만… 흐음. 어쩌면 지금 여기 있는 사람은 샨달 옝 본인이 아닐지도 모른다. 미코데즈는 그녀의 얼굴을 꼼꼼히 살피기 시작했다.

"제다오가 하폰의 주력 함대에 제대로 겁을 줬다는 사실은 인정해야 할 거요." 트소로는 무심하게 말했다.

"미코데즈, 자네 쪽 요원이 개입하지 않았더라면 육두정 영역에서 활동하는 위험 요소가 하나 줄어들었을 텐데." 이루자가 말했다.

"저는 마자렛의 판단을 지지합니다. 목표 선택은 그녀의 권한이었고, 제다오의 위험성에 대해서도 다른 사람들만큼이나 잘 알고 있었습니다. 여우와 사냥개의 명예를 걸고 말하는데, 제다오는 무슨 개조를 해놨을지 모르는 경계면 탈곡기를 요새 궤도에 배치한 상태였습니다. 지옥나선 요새 사태가 반복되지 않은 것만 해도 운이 좋은 겁니다."

"우리 요새에 첩자를 심은 이유에 대해서 논의해보아야 할 것 같은데." 트소로가 한기가 느껴지는 목소리로 말했다. "그것도 사령관의 자리에. 무얼 증명하려 했나, 슈오스 육두관?"

미코데즈는 똑같이 한기를 품은 미소로 대답했다. "그래, 그 문제가 있었죠. 송환 절차를 논의해볼까요."

"너희 말이야, 우리가 전투마다 승리를 거두는 골치 아픈 재주를 가진 미친놈을 상대하는 중이라고 굳이 상기해줘야 하는 거야? 지금 이런 상황에서 대체 무슨…" 샨달 옝이 말했다.

"바로 지금이어야 합니다. 나는 충성스러운 요원을 구금된 채로 내버려두는 사람이 아니니까요. 조건을 대보십시오, 트소로."

"나중에 처리해도 되는 문제다." 트소로가 말했다.

"지금 결론을 낼 겁니다. 제다오와 하폰을 추격하는 도중에 감청 초소가 하나씩 먹통이 되는 상황을 감내하고 싶지는 않겠죠."

"슈오스…"

"생각해보십시오. 켈이야 개인을 불쏘시개처럼 낭비하는 것으로 유명한 데다 여차하면 진형 본능으로 통제해서 전략의 말로 사용할 수도 있겠지만, 내게는 그런 수단이 없습니다. 그런 식으로 작전을 진행하면 아무도 나를 위해 일하지 않게 될 겁니다. 마자렛은 내 사람입니다, 트소로. 싸움은 내 요원이 아니라 내가 직접 받아들이죠. 내놓으세요."

이루자는 이 대화에 살짝 짜증이 난 모양이었다. "요원 하나 때문에 그렇게 성질을 낼 필요가 있나, 미코데즈? 자네 혼자서 하폰을 전부 암살해버릴 것도 아니잖나."

"아, 물론 그런 일은 엄두도 낼 수 없겠죠." 미코데즈는 정중하게 말했다. "하지만 상당한 수의 켈 감청 초소를 여러분이 짐작할 수도 없을 만큼 짧은 시간 안에 함락시킬 수는 있습니다. 다시 말하는데 그 요원은 내게 중요한 사람입니다."

이루자는 잠시 생각한 후에 다시 입을 열었다. "트소로, 여기 모인 사람들이 다들 한 번쯤 그랬듯이, 자네도 변덕의 대가로 미코데즈의 가슴을 죽창으로 후벼주고 싶으리라 생각하네. 하지만 내 얼굴을 봐서 그 요원을 돌려주게나. 이번 일의 대가는 나중에 라할이 받아내주겠네."

"원하시는 대로 하겠습니다, 라할 육두관이시여." 트소로는 묵례를 하며 말했다.

미코데즈는 트소로를 향해 웃어 보이지 않는 편이 낫겠다는 결론을 내렸다. 유머 감각은 켈 육두관의 결격사유라도 되는 걸까? "트소로가 아까 했던 발언을 고려하면, 흥미로운 가능성이 하나 더 있죠. 제다오가 하픈과 포탄을 주고받고 싶어 안달이 나 있다면, 사이좋게 포탄을 주고받으면서 전력을 소모하도록 방치하는 것은 어떻습니까?"

"최근에 제다오를 제거하는 일에 동의한 주제에, 참 흥미로운 제안을 하는군." 프사가 말했다.

"사고방식이 유연한 거겠죠."

"운이 좋으면 하픈이 우리 대신 제다오를 죽여줄 수도 있겠네." 샨달 엥이 말했다.

트소로는 헛기침을 했다. 샨달 엥이 눈썹을 치켜올리자, 트소로는 입을 열었다. "제다오를 격파한 장군을 격파하는 일도 쉽지는 않을 것이오. 전략적으로 볼 때 상황이 나아졌다고 보기는 힘들 거요."

"함대를 회수할 방법이 없다면 어차피 그렇게 되겠지." 이루자가 말했다.

파이안이 입을 열었다. "그게 흥미로운 부분인데요. 키루에브 대장에게서 떨어져 나온 참모진 장교의 말을 믿는다면, 기함의 승무원 켈들은 기묘한 부분에서 제다오를 인식했다고 합니다. 바로 제다오의 능력이죠. 원래 망령에게는 아예 불가능한 일입니다. 물론 제다오의 결박 대상자들은 시간이 흐름에 따라 제다오의 인격이 흘러들어 오면서 몸짓언어, 심지어 억양까지 계승하기도 했습니다. 켈은 그런 요소로 서로를 식별하는 일에 익숙하므로, 물론 그걸로도 동요하기는 했을 겁니다." 켈은 생도에게 진형 본능을 처음 각인할 때, 기본적인 몸짓언어도 함께 각인하기 때문이었다. "하지만 그것만으로는 아무것도 증명할 수 없죠. 숙련된 배우나 잠입자라면 몸짓언어도 억양도 꾸며낼 수 있으니까요. 정말로 걱정되는 것은, 그 육체로 제다오의 능력을 계승해서 자신을 증명했다는 점입니다."

"체리스 대위에게 조금이라도 연기력이 있었다고 생각할 증거는 하나도 없소." 트소로가 말했다. "과거 그녀의 교관과 급우들에게 확인해보았소. 심지어 2년 차가 될 때까지 저급 언어의 억양조차 떨치지 못했다더군."

"자신의 존재조차 포기할 정도로 제다오에게 모든 것을 바치다니, 그 이유가 무엇일까요?" 파이안이 말했다.

트소로는 어깨를 으쓱했다. "제다오가 체리스에게 무슨 말을 했는지는 알 수 없으니, 어차피 확신할 방법은 없소. 애초에 우리가 제다오를 선택하도록 꼬드겨서 성공했다는 점에서 불안 요소는 존재했지만, 동시에 체리스는 훌륭한 켈이 되겠다는 마음으로 가득한 장교였소. 가족의 반대에도 입대했으니까."

"그럼 가족과는 연락을 끊었겠군." 프사는 생각에 잠긴 채 말했다.

"그렇진 않소." 트소로가 말했다. "부모에게 정기적으로 편지를 썼고, 과거 급우들과도 가끔 서신을 교환한 기록이 있소."

"그렇다면 그쪽으로 압박을 가할 수 있겠군." 프사가 말했다. "이미 예비 조치로 체리스의 부모를 감시 중이지. 체리스의 부모를 그대로 구속한 다음 그 사실을 제다오에게 알리고 반응이 있는지 확인해보는 건 어떤가."

"좋은 생각은 아니라고 보는데요." 파이안은 눈살을 찌푸리며 말했다. "체리스가 일부분이라도 그 안에 살아남아 있다면, 정신적으로 안정된 상태일 리가 없습니다."

"파이안, 체리스를 자극하면 제다오를 공격할 허점이 드러날 수도 있다." 이루자가 말했다.

"더 미쳐버릴 수도 있어요."

트소로는 다른 생각을 하고 있었다. "어차피 압박을 가할 거라면, 끝장을 보는 것이 어떻소? 체리스는 자기 어머니 쪽의 므웬 민족만 사용하는 언어인 므웬-달어로 편지를 썼소. 므웬족은 장작더미 행성에서 두 번째로 큰 대륙 여기저기에 흩어져 공동체 생활을 하는데, 워낙 수가 적어서 관점에 따라 아예 멸족되었다고 간주할 수도 있는 민족이오. 그들을 인질로 삼은 다음, 함대를 켈에 돌려주지 않으면 전부 처형하겠다고 협박할 수 있을 거요. 비도나 육두관, 어차피 제물은 항상 부족하지 않소? 너무 알려지지 않은 자들이라 학살로도 역법 공격이 성립하지 않는다는 점은 애석하지만 말이오. 그래도 제다오 안에 체리스가 살아남아 있다면, 이걸로 제다오의 영향력에 저항하기 시작할지도 모르오."

"시도해서 딱히 잃을 것도 없겠네." 샨달 영이 말했다. "육두정을 헤집고 다니는 떠돌이 함대가 사라져야 발을 뻗고 쉴 수 있지 않겠어?" 저 말을 지금까지 몇 번이나 했더라? 더 정확하게 말하자면, 몰래 나누는 대화를 감추려고 돌리는 프로토콜 프로그램이 저 대사를 반복한 것이 몇 번째더라? 어차피 미코데즈는 그 사실을 알아채고 녹음하는 중이니, 회의 후에 검토해보면 될 것이다. "제대로 먹히기만 하면 난 상관없어."

이루자는 손바닥을 펼쳐 보였다. "나도 반대하지 않겠네."

"최고 우선순위로 실행하지." 프사가 말했다.

니라이 파이안은 더욱 화가 난 얼굴이었지만, 아무 말도 하지 않았다. 그녀는 자신의 위치를 아는 사람이자, 동시에 가장 세력이 약한 허수아비 육두관이기도 했으니까.

"아니. 그런 일에는 절대 동의할 수 없습니다. 하면 안 됩니다." 미코데즈가 말했다.

샨달 옝은 반지 하나를 빼서 화면 밖에 소리가 울리도록 내려찍었다. "뭐지? 갑자기 박애주의라도 끓어오르는 거야?"

"저를 뭐로 생각하시는 겁니까? 그런 쪽으로는 신경 안 씁니다. 윤리 때문에 잔혹 행위에 반대하는 것은 아닙니다. 어차피 슈오스 사관학교에서는 그런 것은 가르치지도 않지만." 그녀는 낡은 농담에 눈을 굴려 보였다. "그런 잔혹한 작전에 반대하는 이유는 정책으로서 형편없기 때문입니다. 므웬인가 하는 작자들에게 신경 쓰는 사람이 실제로 아무도 없을 수도 있지만, 우리가 홍보 내용처럼 국민을 손아귀에 꽉 쥐고 있다면 주기적으로 들불처럼 이단이 발생하는 일도 없겠지요. 체리스의 부모를 이용한 위협은 좋습니다. 하지만 놈들을 무차별 처형하는 것은 현명하지 않습니다. 아무리 작더라도 새로운 이단 집단이 생기는 결과로 이어질 겁니다."

이루자는 손을 한데 모아 세우고 한숨을 쉬었다. 순간 미코데즈는 그녀의 나이를 새삼 떠올렸다. 126세라니, 시곗바늘이 째깍거리는 소리가 남은 심장 박동을 헤아리는 것처럼 느껴질 법한 나이였다. "이번에도 떼를 쓸 생각인가?"

떼를 쓴다고 통할 리 없다는 사실은 미코데즈도 잘 알고 있었다. 앞서 이루자가 개입한 것은 회의를 계속하기 위해서였고, 어차피 요원의 정체는 드러나 있었다. 이어지는 몇 달 동안 신분 확인 절차가 부쩍 강화되는 정도로 끝날 것이다. 반면 이번 문제에서 미코데즈에 동의하는 사람은 파이안뿐이었고, 그녀조차도 신뢰할 수 있는 동맹자는 아니었다. "그런다고 제게 무슨 이득이 있겠습니까."

그녀는 건조한 웃음을 터트렸다. "그거 잘됐군. 딱히 이 문제를 표결이나 그런 쪽으로 몰고 가려는 건 아니지만, 모두 협력하는 편이 진행이 쉬울 테니 말이야."

"배려 감사합니다, 이루자."

이루자는 천천히 숨을 몰아쉬며 말했다. "좋아, 제다오에게 최종 선고를 보내겠다. 다른 무엇보다 우선 함대를 되찾아야 한다. 이번 일을 선례로 남겨서는 안 된다. 키루에브 대장이 아직 살아 있을 가능성이 얼마나 될 것 같나?"

"상관없소. 키루에브는 생존했더라도 이미 적에 넘어갔소. 제다오가 그녀의 정신을 엉망으로 만들었을 가능성이 있는 이상, 다시 그 함대의 지휘권을 넘겨줄 생각은 없소." 트소로가 말했다.

"대안이 있는 모양이로군."

"높은 유리 경계에서 켈 이네세르 대장을 소환했소. 제다오가 스스로 투항하게 만들면, 그녀의 능력으로 충분히 하폰 문제를 처리할 수 있을 거요."

이네세르는 켈의 최선임 장성이며 가장 존경받는 현장 사령관이기도 했다. 미코데즈는 코웃음을 쳤다. "당신이 지난 20년 동안 일부러 거리 두려 애써온 바로 그 여자 아닙니까?" 공식 행사에서 몇 번 만난 적이 있었다. 자신의 머리카락을 향한 집착이 아주 강하고, 십자수

이야기를 즐기며 자연스럽게 주변 사람들의 경계를 푸는 능력이 있는 여성이었다. 평범하고 무뚝뚝한 켈인 척하면서 노련하게 대화의 방향을 조종하는 모습이 인상적이었다. "이네세르의 평가 결과를 살펴봤는데, 아직 정신 복합체에 동화시키지 않았다는 점이 놀랍더군요."

트소로는 그를 노려보았다. "이네세르는 지난 200년 동안 등장한 최고의 전술가고, 전략가로서도 훌륭하다. 하지만 그 여자가 또 다른 제다오가 되는 사태는 용납할 수 없다." 그녀는 굳이 자신의 평가를 자세히 설명하려 들지 않았다. 사실 이미 과거에 머뭇거리며 미코데즈에게 조언을 구한 적이 있는 문제기도 했다. 제다오에 대한 일반적인 켈의 의견은 이러했다. 그는 계속 전장에서 승리를 거두다 보면 미래를 생각할 수 없게 된 사람이라는 것이었다. 싸울 필요가 있느냐를 따지기 전에, 일단 싸움을 통한 해결책부터 실행에 옮기는 사람이었다. 미코데즈는 그것보다는 어떤 켈 교관이 비공식적으로 남긴 간결한 표현을 선호했다. "훌륭한 전술가, 형편없는 전략가." 아마 켈 사령부에서 대신 생각해주는 큰 그림에 따라 행동하는 부류였을 것이다.

"4세기에 걸쳐 쌓인 편견을 떨치기 힘들다는 사실은 알고 있지만, 뭐든 결정을 내릴 때마다 제다오의 그림자를 두려워하는 일은 이제 그만둬야 하지 않겠습니까? 이런 식으로 몰아대면 이네세르는 아예 다른 부류의 적이 되어버릴 텐데요." 미코데즈는 말했다.

"슈오스 육두관, 그쪽에서 생도를 암살해야겠다고 마음먹었을 때도, 내가 분파 운영 방식을 놓고 훈계하는 쪽지를 보낸 적은 없을 텐데."

미코데즈는 파일을 만지작거렸다. "좋습니다. 하지만 내가 충고했다는 사실은 기억해두시기를."

"상황은 정리됐나." 이루자가 나지막하게 말했다. "미코데즈, 자네가 상황을 감시해줘야겠네. 제다오가 우리를 상대로 일을 꾸미지 않는 한 간섭을 삼가고, 특히 하픈과 싸우는 동안에는 방해하지 말도록."

"그림자나방을 넉넉히 주변에 배치하는 중입니다. 믿으셔도 됩니다. 그 함장들은 제다오와 화력전을 벌이는 일에는 저만큼이나 관심이 없으니까요."

프사는 끙 소리를 냈다. "사격장에서 자넬 본 적이 있으니 말해주겠는데, 미코데즈. 내가 보기엔 자네가 제다오와 맞붙으면 승산은 반반 정도일 것 같네."

"칭찬은 감사합니다만," 미코데즈는 점잔 빼며 말했다. "제다오는 누군가 자신에게 총을 겨누면 그 총을 맞혀 떨어트리는 식으로 대응하죠. 저는 요원들에게 그런 어리석은 방법은 감히 시도할 생각조차 말라고 가르칩니다. 물론 제 방법은 애초에 그런 작자와 같은 방에 있지 않는 거지만요."

안단 샨달 옝은 웃고 있었다. "그래도 방침이 정해져서 다행이네."

미코데즈는 태연한 표정을 유지했다. 켈 트소로가 몇 번 눈을 반짝이는 모습이 보였다. 트소로와 샨달 옝이 배후에서 대화를 나누고 있는 것이 분명했다. 양쪽 모두 동작 계측과 프로토콜을 이용해서 매끄럽게 영상을 연출했지만, 미코데즈는 한참 전부터 그런 수작을 꿰뚫어보고 있었다. 양쪽 모두 고전적인 방식으로 거짓말을 하는 편이 차라리 나았을 것이다. 그 점을 지적해줄 생각은 조금도 없었지만.

"한 가지 남았는데." 이루자가 말했다. "파이안, 불멸 장치 작업은 어떻게 되어가고 있지?"

"쿠젠의 일지는 엉망이에요." 파이안이 말했다. '쿠젠의 일지'란 한때 제다오가 갇혀 있던 검은 요람처럼 입맛 떨어지는 물건을 실수로 만들어내는 일을 막겠다는 명목으로 쿠젠에게서 훔쳐낸 기록을 말하는 것이었다. 일지가 체계적으로 정리되어 있지 않다는 소리는 아니었다. 도리어 반대였다. 쿠젠은 모든 것을 철저하게 관리했다. 그가 사라지기 전에 다른 육두관들에게 보낸 보고서만 봐도 알 수 있었다. 흠잡을 데 없는 구성에 퇴고까지 깔끔한, 가히 명징성의 표본이었다. 그러나 다른 사람들과 공유할 마음이 없는 개인 프로젝트의 기록은 해독하기가 영 쉽지 않았다. 자신만의 속기 부호를 사용하는 데다, 파이안이 전에 설명한 바로는, 천재적인 두뇌를 움직여 논리가 비약하는 부분을 따라잡기 힘들기 때문이었다.

이어 파이안은 최근 부딪친 기술적 난점을 설명했지만, 그 내용에 대한 기초적 배경을 숙지하고 있는 이루자 외에는 대부분 알아들을 수조차 없었다. 미코데즈는 주요 내용을 녹음해서 보좌진에게 분석시킬 예정이었다. 영생을 갈망하며 몸을 배배 꼬는 다른 육두관들의 모습도 나름 볼만했다. 그 사실을 말할 생각은 딱히 없었지만.

이내 회의가 끝났다. 미코데즈는 파 화분과 함께 방에 홀로 남았다. 다른 육두관들이 제다오를 조종하려다 상황을 망쳐버릴 것이 불 보듯 뻔했다. 미코데즈는 지옥나선 요새 사건 이후 모두가 제정신이 아니라고 생각하곤 했지만, 그래도 오래전에 죽은 켈과 슈오스의 칠두관들에게는 하고 싶은 질문이 가득했다. 그중 하나는 다음과 같았다. 대체 정신 나간 망령 장군을 사냥개로 부리겠다는 생각이 통하는 세계가 존재하기는 하는 걸까?

육두관들과 벌이는 논쟁에도 싫증이 나던 참이었다. 제다오의 목줄을 풀어준 덕분에 미코데즈의 눈앞에 새로운 도전이 등장했다. 미코데즈는 트소로와 샨달 옝이 나눈 대화의 기록을 훑어보면서, 먼 옛날에 니라이 쿠젠에게서 가로채 온 파일 목록을 불러왔다. 다음에는 이쪽을 살펴볼 생각이었다.

브레잔은 얕은 잠에 들었다 퍼뜩 깨어나기를 반복했다. 퍼즐 조각이 저절로 하나씩 맞아 들어가는 것처럼 정신이 돌아왔다. "뭐야?" 그는 입 안에서 느껴지는 텁텁하고 시큼한 느낌과 금속 맛에 얼굴을 찌푸리며 찬찬히 주변을 둘러보았다. 따뜻한 느낌을 주는 회색 벽에 걸려 있는 것이라고는 굳이 고개를 들지 않아도 보이는 추상화 한 점뿐이었다. 뒤이어 그는 자신이 일반 병실에 걸린 휴대용 침상에 누워 있다는 사실을 깨달았다. 거미형 구속구가 몸을 단단히 옥죄고 있었다.

좋아, 제다오가 그를 쑤셔 넣은 빌어먹을 수면 장치에 비하면 장족의 발전이었다. "이봐요." 브레잔은 목소리를 내보려 했지만 꺽꺽거리는 소리만 흘러나올 뿐이었다. 다시 시도해봤지만, 결과는 별로 다르지 않았다.

순간 브레잔은 누군가 자신의 보조 두뇌를 꺼버렸다는 사실을 깨달았다. 아주 훌륭한 기술자나 높은 보안 권한, 또는 양쪽 모두를 보유한 사람이 있는 모양이었다. 어느 쪽이든 나쁜 소식이었다. 분명 지역 그리드가 있을 것이고, 그쪽에서 대화를 거부하더라도 내장 시계를 확인하고 기본적인 신체 검진을 할 수 있는 것만으로도 도움이 될지 모른다. 얼마나 오래 정신을 잃었던 걸까? 지금 이곳은 대체 어디일까?

브레잔은 더 기다렸다. 숨 쉴 때마다 고통이 느껴지는 상황인데도 왼쪽 오금이 간지러웠다. 손을 뻗어 긁을 수 없는 위치였다.

브레잔이 마침내 거미형 구속구를 풀어보기로 마음먹은 순간, 한 여성이 들어왔다. 창백한 피부에 미소를 머금은 얼굴. 오른쪽 뺨에는 섬세한 문신이 반짝이고 있었다. 청록색 술이 잔뜩 달린 라벤더색 옷 위에 짧은 보라색 재킷을 걸쳤고, 목과 손목에 은 장신구가 반짝였다. 목 양쪽에 긴 홈이 하늘거리는 모습을 보니 아가미를 붙인 듯했다. 그녀의 신원을 파악할 수 있는 단서는 왼쪽 가슴에 반짝이는 금빛 배지뿐이었다. 배지는 슈오스의 눈 모양이었다.

"거기 안녕. 조금만 기다려봐. 내가 꺼내줄 테니까." 여자가 말했다.

"켈 사령부에 연락해야 합니다. 도와주세요." 브레잔은 자신의 임무를 떠올리며 말했다.

"그 전에 심문을 끝내야지."

그럴 줄 알았지. 슈오스는 겉모습이 아무리 살가워도 본질적으로 냉정한 자들이다. 그러나 참모부 장교로 복무한 브레잔에게는 관료주의의 절차에 머리를 숙인 경험이 충분했다. 슈오스의 처리 절차는 상당히 강제적이므로 여기서는 맞춰주는 편이 좋을 것이다.

의료 장치에서 풀려나는 과정은 말할 수 없을 정도로 고통스러웠다. 이후 여성은 이렇게 물었다. "물 한 잔 마실래?"

"그보다는 화장실에 가고 싶은데요."

"잠깐 기다려봐. 거미도 마저 풀어야 하니까." 딱히 눈에 띄게 움직이지 않았기 때문에, 브레잔은 그녀 쪽에는 제대로 작동하는 보조 두뇌가 달려 있다고 확신했다. "이제 움직일 수 있을 거야." 그녀는 문을 가리켰다. "가능하면 빨리 끝내줄래?" 그녀는 다시 매력적인 미소를 지으며 말했다. "당신을 기다리는 사람이 있거든."

살가운 태도와 '기다리는 사람'이라는 모호한 표현이 의심을 불러일으켰다. 불운하게도 지금 당장은 협력하는 수밖에 없었다. 그는 마음을 다잡고 일어나 앉았다. 고통스럽기는 해도, 수년 전 생도 시절에 시범 대상으로서 경험해본 거미 구속구의 살을 가르는 고통보다는 나았다.

"고맙습니다." 브레잔은 넘어지지 않고 간신히 나갈 수 있었다.

후들거리는 다리에 당황하며 그가 화장실에서 나오자, 여자는 물 한 잔을 권했다. 그는 아무 말 없이 물잔을 받아들고 허겁지겁 몇 번에 걸쳐 전부 들이켰다. 물에선 아무 맛도 나지 않았다. 어차피 약이나 독을 먹이고 싶었다면 그가 정신이 들기 전에 끝내버렸을 것이다.

여자는 그가 물을 전부 마시자 이렇게 말했다. "좋아, 그럼 그대로 내려놔. 서비터가 나중에 치울 테니까. 준비됐지?"

브레잔은 고개를 끄덕였다.

"매라고는 해도 놀라울 정도로 호기심이 없네." 그녀는 너무 달콤해서 기분이 상할 여지도 없는 말투로 말했다.

그는 난처한 듯 그녀를 향해 미소를 지어 보였다.

그래도 여자는 개의치 않는지 경쾌하게 말을 이었다. 아무 신경도 쓰지 않는 것이 분명했다. "뭐, 좋아. 내가 신경 쓸 일은 아니니까. 그럼 가볼까?"

과묵하게 굴어도 개의치 않는다는 점이 차라리 편했다. 그들은 승강기를 타고 다른 층으로 이동했다. 브레잔은 여전히 자신이 있는 곳이 전함나방인지 위성인지 기지인지, 아니면 완전히 다른 곳인지 짐작조차 할 수 없었다. 지나가는 통로에도 밖이 보이는 관측창은 없었다. 문에도 알아볼 만한 표식 하나 없었다. 아홉 층을 내려와서 인적이라고는 한 명도 없는 복도를 지나자, 마침내 문이 열려 있는 방이 등장해서 그들을 받아들였다.

"잿불매를 데려왔어요." 여자가 큰 소리로 말했다. 브레잔은 깜짝 놀라 뛰어오를 뻔했다. "바쁜가요, 스페니? 그냥 데리고 올라갈까요, 어쩔까요?"

"제발 씻겨서 데려왔다고 말해주게." 안에서 우렁찬 남자의 목소리가 들렸다.

"그건 의무반에서 알아서 했거든요. 취조하는 동안 지릴 거라는 생각은 안 들어요."

"잘됐군." 스페니의 어조에는 정확히 반대 의미가 담겨 있었다.

"그럼 들어가봐." 여자는 이렇게 말하며, 브레잔이 스페니의 집무실로 들어가기를 기다리지도 않고 그대로 구두 뒷굽을 축 삼아 몸을 돌렸다. 모습을 숨긴 보안 요원들이 그의 모든 움직임을 주시하고 있을 것이 분명했다. 브레잔은 사소한 위협으로 취급되었다는 사실에 내심 모욕당한 기분이 들었다. 켈과 슈오스는 명목상으로는 동맹 관계인데도.

브레잔은 자세를 바로잡고 제복을 고쳐야 할지 잠시 고민하다가, 결국 중간 정장이면 충분하다는 결론을 내렸다. 그는 방 안으로 걸음을 옮겼다.

집무실에서 브레잔의 눈을 가장 먼저 사로잡은 것은 선반들이었다. 만듦새가 훌륭하기 때문만은 아니었다. 섬세한 진줏빛 소용돌이가 박힌 일렁이는 회색 표면을 보고 있으니, 문득 진짜 구름 목재 물건인지 아니면 훌륭한 모조품인지가 궁금해지기는 했지만. 선반에는 책이 가득했다. 그것도 단순한 책들이 아니었다. 수제 장정본처럼 보였고, 낡은 종이와 풀 냄새에 거의 압도당할 지경이었다.

슈오스 스페니는 그 모든 책꽂이의 그림자에 뒤덮인, 훨씬 덜 비싸 보이는 책상 앞에 앉아 있었다. 둥글고 부드러운 얼굴이 권투선수의 각진 몸매 위에 얹힌 것처럼 영 어울리지 않았다. 브레잔이 보기에는 고서를 알파벳순으로 정리하고 우연히 마주친 켈을 처리하며 근무 시간을 죽이다가, 짬이 날 때마다 여흥 삼아 불쌍한 곰을 때려눕히며 즐기는 부류의 사람으로 보였다. 적어도 술이 치렁치렁한 복장의 여자와는 달리, 스페니는 제대로 된 슈오스 제복을 걸치고 있기는 했다.

"좀 앉지." 스페니는 책상 반대편의 의자를 가리키며 말했다. "그래, 브레잔 중령이라지?"

"그렇습니다." 브레잔은 이렇게 말하고 기다렸다.

"평소라면 슈오스 오얀이 심문했을 텐데, 어쩌다 보니 내가 대행하게 되었네. 그러니 진행이 조금 느리더라도 이해하게나. 자네가 음,

육두관의 부관에게 보낸 면담 신청은 우리가 가로챘다네."

"그렇군요." 브레잔은 이번에는 더 조심스레 대답했다. 물론 그렇게 간단하게 보안 단말을 쓸 수 있으리라고 생각하지는 않았다. 그래도 어째 조짐이 영 안 좋았다.

스페니는 성마른 미소를 지어 보였다. "우리가 자네 보고서 더미에서 추려낸 내용을 요약해서 들려주겠네."

표준 언어에서는 복수를 뜻하는 접미사를 따로 붙이지 않는다. 그러나 '더미'라는 표현만으로도 한둘이 아니라는 정도는 짐작할 수 있었다. 그동안 얼마나 많은 사람이 자신을 이리저리 넘겨댄 걸까? 배 속에 옹어리가 맺히는 기분이 들었다.

다행히도 스페니의 상황 요약은 정확했다. 말을 마친 다음, 그는 브레잔을 찬찬히 살피며 한숨을 쉬었다. "게임은 끝일세, 중령. 이리 온 진짜 이유를 털어놓게나."

'진짜 이유'라니, 대체 무슨 소릴까. "켈에서 관련 정보를 받지 못하셨다면, 제 신원이나 계급을 증명할 방법은 없습니다. 하지만 제게는 상층부와 접선해야 하는 다급한 이유가 있고, 일단 그 목표만 달성하면 더 이상 귀찮은 일은 벌이지 않을 겁니다. 슈오스를 개입시킨 일은 사과드립니다. 하지만 그 방법이 최선이었습니다." 그보다는 수면 장치의 후유증으로 정신이 혼란했다는 쪽이 정확하겠지만, 굳이 그 사실을 알릴 필요는 없었다. 스페니의 보안 등급을 짐작할 수단이 없으니 안심하고 말할 수 있는 내용에도 한계가 있었다. 같은 이유에서, 스페니에게 단말을 빌린다 해도 그게 보안 단말이라는 보장은 어디에도 없었다. 어쨌든 한 번에 하나씩 해결해나가야 하는 문제였다.

스페니는 서랍으로 손을 뻗었다. 브레잔은 긴장했지만, 스페니는 그저 알약 용기를 꺼내서 밝은 녹색 캡슐 하나를 물도 없이 삼킬 뿐이었다. 스페니는 고통스럽게 들리는 기침을 연발하고는 말을 이었다. "좋아, 잘 듣게. 서로의 입장을 밝히는 게 어떻겠나, 중령? 자네는 지금 미너 기지에 구금된 상태고…" 브레잔은 생각했다. 미너 기지가 대체 어디야? "…이곳은 이쪽 공역에서 가장 적막한 곳이었는데, 누구 덕분에 최근 상당히 활기를 띠게 되었다네. 문제는 우리 중 일부는 지루함을 선호한다는 거지."

브레잔은 이 대화가 어느 쪽으로 흘러갈지 짐작이 가기 시작했다.

"요는 이걸세, 중령. 자네가 이제 진급할 가망이 없다는 사실은, 자네도 알고 나도 알지." 브레잔은 발끈했지만 스페니는 말을 멈추지 않았다. "그러니 슈오스 쪽으로 전보되거나 괜찮은 행성 도시로 은퇴해서 에너지 시장 정보원이든 뭐든 하면서 살고 싶다는 꿍꿍이 아니겠나. 하지만 슈오스 제훈은 자기 시간을 좀먹는 사람을 절대 용서하지 않는다네. 그러면 이 동네의 상황은 매우 불편해질 텐데, 우리 중 일부는 안락한 삶을 원하는 편이라서."

스페니가 '우리 중 일부'라는 말을 저렇게 느글거리는 어조로 한 번만 더 입에 담으면, 브레잔은 그대로 상대의 목을 졸라버릴 생각이었다. "당신들 삶의 철학에는 신경 안 씁니다." 브레잔이 이렇게 말하자 스페니의 눈에는 책망하는 빛이 깃들었다. "그냥 요점만 말해주면 안 됩니까?"

"그러니까, 뭘 해도 수고는 수고인 법이라서."

스페니는 이렇게 말하고 자리에서 일어나 화려한 구름 목재인지 그에 가까운 모조품인지 모를 선반 쪽으로 어슬렁거리며 걸어갔고, 순간 브레잔은 짜증이 폭발하기 직전에 이르렀다. 프로필에 적힌 분노 조절에 관한 항목은 한동안 지워지기 힘들겠지만, 이번만은 나름 정당하다고 여겨도 되지 않을까? "뭘로 하겠나?" 그가 물었다.

아, 이런 빌어먹을… 브레잔은 치밀어오르는 욕설을 목구멍으로 밀어 넣었다. 물론 내키는 대로 술에 취할 상황은 아니었지만, 이 개자식을 구슬려 빌어먹을 단말 앞에 앉을 수 있다면 뭔들 못 하겠는가. 어차피 입 속의 맛은 지금도 충분히 역겹고. "복숭아 브랜디로." 끔찍하게 싫어하는 술이었지만, 앉은 자리에서 보이는 가장 비싼 술이 그거였다.

스페니는 디캔터 하나와 브랜디 잔 두 개를 꺼냈다. "미안하네, 내 브랜디 컬렉션이 끔찍하지. 최근 들어 보급줄이 말라버렸거든." 브레잔으로선 조금도 관심 없는 설명을 곁들이고는, 그는 과장되게 예의를 차리며 양쪽 잔에 브랜디를 부었다.

브레잔은 예의에 어긋나지 않을 만큼 브랜디를 홀짝이고는 억지웃음을 지었다. 돈값을 하는 물건인지 아닌지는 신경 쓰지 않았다. 브레잔은 이 야비한 남자의 도움이 필요했다. 지금은 스페니가 알아서 이야기를 꺼낼 때까지 기다릴 때였다.

"나는 비애국자는 아니라네." 스페니가 운을 뗐다. '비애국자'라는 표현을 욕설을 곁들이지 않고 들은 지가 너무 오래되었다. '애국자' 또한 마찬가지였지만. 브레잔은 하마터면 웃음을 터트릴 뻔했으나, 제때 자신을 다스릴 수 있었다. "하지만 미너 기지의 행정 업무를 처리하려면 관할 지역 담당국에서 배정하는 자금으로는 영 부족해서 말이지." 그는 잠시 뜸을 들이며 자기 말을 음미할 시간을 주었다.

'미녀 기지의 행정 업무'라니, 얼어 죽을. 스페니가 뇌물로 벌어들인 모든 불법 소득은 눈앞에 보이는 고서의 정원을 가꾸는 일에 쓰이는 것이 분명했다. 브레잔은 웃어야 할지, 울어야 할지, 아니면 책상을 뛰어넘어 덤벼들어야 할지 결정할 수가 없었다. 켈 사령부에서도 어쩔 수 없는 상황에서는 뇌물 같은 규율 위반에 대하여 별로 신경 쓰지 않는다. 특히 개별 수사에서 밝혀지기 전에 미리 보고한다면. 지금처럼 훌륭한 변명거리가 존재한다면 더욱 그렇다. 그러나 어쩔 수 없는 상황이라고는 해도, 이따위 작자 때문에 원칙을 어기게 된다는 생각만으로도 오장이 뒤틀렸다.

이봐, 참으라고. 네 한심한 양심의 가책 따위에 누가 신경이나 쓸 것 같아? 브레잔은 생각했다. 하지만 때론, 누구든 신경을 써주는 사람이 있었으면 좋겠다는 생각이 들었다. 어쨌든 그의 가장 중요한 임무는 변하지 않았다.

"서로 아주 솔직하게 털어놓는 상황이니 말입니다만, 저도 저금이 조금 있습니다." 키루에브 대장과는 달리, 그는 휴가 때마다 어마어마하게 비싼 골동품 잡동사니를 사 모으는 버릇이 없었다. 브레잔의 악덕은 그보다 단순하고 값싼 쪽이었다. 복숭아 브랜디를 제외한 주류, 의무이기도 한 결투 시합 참가, 가끔 참가하는 요리 교습 정도였다. 사람을 이해하려면 그 사람의 음식을 살펴보는 것이 가장 좋을 때도 있기 때문에, 그는 요리를 취미로 삼았다. 어쨌든 돈 쓸 일이 적은 덕분에 지금 그는 제법 부유했다.

"그렇다면 조금 융통할 수 있다는 뜻이겠지?"

"이체하는 방법 정도는 알고 있습니다. 추적을 막는 방법을 모를 뿐이죠." 사실은 아니지만. 지금까지 온갖 사람들과 이런저런 대화를 나누며 몇 가지 속임수를 배우기는 했다. 물론 그런 잔재주로는 제대로 된 회계 감사를 피하기 힘들 것이다.

"그거야 내가 가르쳐줄 수 있네. 하지만 나처럼 정직한 사람은…" 스페니가 말했다.

이 우스꽝스러운 잠깐의 촌극이 끝나고 나면, 브레잔은 육두정 최고의 배우로 거듭나거나, 아니면 자연발화를 일으켜 흔적도 없이 사라져버릴 것이 분명했다.

"…나름의 예방조치를 취해야 하거든." 스페니는 갑자기 눈살을 찌푸렸다. "혹시나 자네가 정직한 켈도 나름의 예방조치가 필요하다고 생각할지도 몰라서 하는 말인데, 평화롭게 합의하는 편이 좋을 걸세. 상황이 훨씬 부드럽게 흘러갈 테니."

"그런 쪽으로는 전혀 생각하지 않았습니다." 브레잔이 말했다.

스페니는 그에게 태블릿을 건네며 원하는 금액을 불렀다. 브레잔은 굳이 경멸하는 투를 숨기지 않았다. "좋습니다."

스페니의 가르침은 약속대로 따르기 쉬웠다. 브레잔은 방금 눈앞에서 펼쳐진 화려한 회계 속임수를 잘 기억해두었다. 그가 이미 알고 있던 내용을 살짝 응용한 정도라 어렵지는 않았다.

"좋아, 그럼 그동안 자네가 머물 곳을 제공해주겠네. 서로의 안전을 위한 일이니 이해하겠지. 기다리는 동안 브랜디를 조금 보내줄까?"

스페니의 수집품을 낭비하고 싶은 유혹이 강렬했지만… "그럴 필요는 없습니다." 브레잔은 최대한 신중하고 예의 바른 자세를 유지하려 애썼다. 부모님께서 이 모습을 보셨으면 분명 자랑스러워하셨을 텐데.

스페니는 단말의 호출 버튼을 눌렀다. 고통스러운 기다림의 시간이 흐르고, 술이 잔뜩 달린 옷차림의 여자가 다시 등장했다. "거기, 안녕." 그녀는 여전히 쾌활하게 말했다. "이번에는 뭘 해드려야 할까요, 스페니?"

"우리 손님을 편안한 곳으로 안내해드리게." 스페니가 말했다. "식사에 음료에, 평소 하던 대로 대접해드리고. 이젠 진짜로 그 빌어먹을 비도나 사절을 대면해야 하니까."

"알았어요." 여자는 이렇게 말하고 브레잔에게 보조개가 파이는 웃음을 지어 보였다.

젠장, 저 여자가 유혹하는 것이 아니었으면 좋겠는데. 그녀에게 끌리지 않아서가 아니라 끌리기 때문에 드는 생각이었다. 지금 당장은 집중을 방해하는 요소가 적을수록 좋았다. 다행히 여자는 그 이상 뭔가를 시도하지는 않았다.

그들은 다시 승강기를 타고 완전히 다른 층에 도착했다. 그는 불안감을 잠시라도 잊으려고 실내장식들에 집중했다. 이 층을 장식한 사람이 누군지는 몰라도, 얼음 행성의 흑백 풍경을 어지러운 프랙털 소용돌이로 둘러싸는 그림이 취향인 모양이었다. 훌륭한 작품이었다. 브레잔 본인은 예술에 소질이 없었지만, 가장 나이 어린 아버지는 아동 도서 삽화가였다. 그는 예술 작품을 볼 때마다 낱낱이 해체하지 않으면 못 배기는 만성질환을 앓는 사람이었다.

대기실에 도착해보니 이미 작은 접시들로 가득한 쟁반이 놓여 있었다. 삶은 달걀 반 개가 올라간 국수부터 잘라놓은 과일까지, 온갖 음식이 차려져 있었다. 심지어 브레잔은 손댈 생각조차 없는 작은 책꽂이도 보였다. 푸른색과 크림색으로 가득한 방 안은 편안했다. 너무 편안해서 견갑골이 근질거릴 지경이었다.

"여기서 기다리면 돼. 마음을 가라앉힐 수 있도록 내가 도와줄 만한 일이 있을까?" 여자는 다시 보조개가 파이는 미소를 지으며 말했다.

마음이 동하기는 했지만… "아뇨, 됐습니다." 그의 딜레마가 그녀 잘못은 아니었으니까.

"그럼 좋아. 나중에 데리러 올게."

브레잔은 빌어먹게 편한 의자에 몸을 던지고 이렇게 태평하게 즐기는 인생이 어떨지를 아주 잠시 생각했다. 그러다 당황스럽게도, 그대로 잠들어버렸다. 시간이 흐른 후, 그는 목이 심각하게 뻐근한 상태로 잠에서 깨어났다. 거의 입에 대지도 않은 복숭아 브랜디의 역겨운 맛이 아직 입 안에 남아 있었다. 술 달린 옷을 입은 여자는 아직 보이지 않았다.

브레잔은 억지로 몸을 일으켜 벽 쪽으로 걸어간 후, 손가락으로 이렇게 끼적였다.

여우는 완벽하게 신뢰할 수 있는 존재다

어린아이의 글쓰기 연습처럼, 쓰고 또 썼다. 글씨에도 비꼬는 투가 묻어날 수 있을까?

대기실 옆에는 작지만 깔끔한 화장실도 딸려 있었다. 그를 이곳에 얼마나 처박아둘 작정인지 대충 짐작이 되었다. 그는 책임자와 대화하고 싶다고 큰 소리로 요구했다. 아무 일도 벌어지지 않았다. 어차피 예상한 대로였다.

그는 체념하고 탁자 앞에 앉아서, 군인답게 의무적으로 꾸역꾸역 음식을 해치웠다. 그래도 당근 우유 푸딩은 맛있었다. 여기서 나갈 수 있다면 당근 우유 푸딩을 직접 만들어봐야겠다는 생각이 들었다. 갈수록 영영 탈출할 수 없으리라는 느낌만 강해졌지만.

계속되는 기다림. 계속 나오는 음식 쟁반. 쟁반은 항상, 손을 넣으면 그대로 잘라버릴 것만 같은 틈새를 통해 들어왔다. 참으려고 애써도 의자에서 잠자는 시간이 늘어갔다. 사관학교 시절 담당 하사관이 보았더라면 그를 부끄럽게 여겼을 것이다. 브레잔은 다음에 키루에브 대장을 다시 만나게 되면 손목시계 수리를 한심한 취미 활동이라 여긴 것을 사과하고 직접 기술을 전수받겠다고 다짐했다.

슈오스 건물에 갇힌 켈조차도 한심하게 여길 켈 농담 속에서나 할 법한 행동, 즉 어깨로 문을 들이받는 행동을 하기 직전이 되어서야, 술 달린 옷을 입은 여자가 다시 모습을 드러냈다.

"거기 있었네." 여자는 자신이 브레잔을 이 방에 직접 처넣은 일은 새까맣게 잊어버렸는지 이렇게 말했다. "얼른 이리 와!"

그녀는 스페니의 집무실까지 가면서 브레잔과 가벼운 잡담을 나누려 했다. 브레잔은 대답 대신 귀찮다는 듯 신음만 흘렸다. 어쨌든 이런 무례에도 조금도 개의치 않는 그녀의 능력이 부럽기는 했다.

"스페니." 여자는 책들이 뛰노는 집무실에 도착하자 이렇게 말했다. "그 사람 데려왔어요. 즐거운 시간 보내요!"

다른 때 그녀의 발랄한 목소리를 들었더라면 쓴웃음을 머금었을지도 모르지만, 오늘은 아니었다.

"문제가 하나 생겼다네." 스페니는 문이 닫히자마자 이렇게 말했다.

브레잔은 가슴이 내려앉았다. 이 개자식이 추가 뇌물을 원하는 건가? 물론 가능하기는 했다. 그 자체는 문제가 아니었다. 그러나 이런 식으로 일이 계속되면 은퇴 자금에 문제가 생기기 전에 브레잔은 분통이 터져 죽어버릴 것이다. 이런 식으로 브레잔이 빈털터리가 될 때까지 쥐어짤 생각인 것은 아닐까? 애초에 약속한 대로 접속할 단말을 제공할 생각은 있었을까?

분명 여우는 완벽하게 신뢰할 수 있는 존재다.

"이번에는 당신이 들을 차례입니다." 브레잔은 자리에 앉지도 않고 차가운 목소리로 말했다. 후들거리는 자신의 다리는 애써 무시하면서. 존댓말 동사와 어느 정도 예의를 갖춘 대명사를 유지한 것은 순전히 습관의 힘일 뿐이었다. "이제 나의 주 계좌에 얼마나 남아 있는지는 동전 한 닢까지 파악했겠죠. 의료보험과 연금 계좌와 개인 투자와 기타 온갖 빌어먹을 것들까지도 전부 알고 있을 겁니다. 그냥 전부 깔끔하게 비워서 도서관을 몇 채 사든, 아니면 빌어먹을 제책공들이 사는 행성을 통째로 사들이든 마음대로 해도 됩니다. 난 지금 당장 경보를 보내야 한단 말입니다. 액수를 말해요. 이번에는 진심으로."

브레잔이 이렇게 분통을 터트려도 스페니는 눈 하나 깜짝하지 않았다. 단순히 노회한 관료의 태연한 태도일 뿐일까? 그는 사무적인 태도로 자기 태블릿을 책상 위로 밀었다. "자네들 켈은 크고 지나치게 화려한 단말을 사용하지. 사람들이 여우 신에게 닭을 제물로 바치던 시절의 고대 신전처럼 생긴 물건 말이야. 하지만 슈오스 단말은 이렇게 생겼다네. 보안 단말이지."

태블릿의 검은 화면에서 육두정을 의미하는 분파 문장이 달린 여섯 개의 바큇살을 가진 수레바퀴가 금빛과 은빛과 청동빛으로 반짝였다. 스페니는 말을 이었다. "나는 방에서 나갈 테니 원하는 대로 통신을 하게. 계속 감시는 하겠지만, 자네가 방화를 시도하면 즉시 알람이 울리는 정도 수준일 걸세. 어쨌든 그런 돌발 행동을 추천하지는 못하겠네. 종이에 독특한 독성 물질을 사용한 책들도 있거든. 하지만 그 외에는 절대 아무도 관여하지 않을 걸세. 믿든 안 믿든 나하고는 상관없는 일이네만."

"그렇다면 '문제'란 건 대체 뭡니까?" 브레잔은 혼자 남는 상황을 견딜 수 없었다. 지금 해야 할 일은 당장 태블릿을 붙잡는 것인데도. 그걸 집는 순간 감전사할 거라고 확신하고 있는데도. 뇌물 수금원이자 책의 정원을 가꾸는 정원사, 슈오스 스페니. 대체 갑자기 뭐가 변한 걸까? "이해가 안 되는군요."

"백조매듭 함대가 변절했다는 소식은 한 달 전에 들어왔다네. 자네는 기절한 채로 몇 주를 보낸 셈이지."

브레잔은 절망스러운 신음을 내뱉었다.

"어느 날 재밌는 이야기를 들었다네. 자네가 슈오스 제훈이 부리는 개인 요원이라는 말도 안 되는 주장 말이지. 어느 분석가가 몰아치는 헛소리 보고들 속에서 자기 팀원들에게 말해줄 재미난 내용을 찾다가 발견했더군. 자네 이야기가 너무 터무니없어서 내가 직접 살펴봤지. 자네를 켈에 넘기기에 앞서 우리 쪽에서는 먼저 자네의 동기를 평가할 필요가 있다는 결론을 내렸다네. 자네가 정신적인 파국을 경험한 것은 분명했으니까. 까놓고 말하자면, 정신이 망가진 잿불매를 켈의무반이 처리하는 방법은 스튜 냄비에 던져버리는 것이지 않나."

"그렇다면⋯?" 브레잔은 멍한 채로 되물었다.

"내 추측을 말해보겠네. 추락매의 말을 아무도 믿어주지 않아서⋯" 브레잔은 굳이 그의 착각을 바로잡지 않았다. "⋯사관학교 시절에 슈오스 제훈과 스쳐 지나가며 가졌던 연줄을 이용해 경고를 보내려 한 거겠지. 번제의 여우 문제야. 내 말이 맞지?"

세상이 색을 잃기 시작했다. "제다오 대장 말이죠. 제다오가 이미 움직이기 시작했군요. 내가 너무 늦어버렸어."

"그렇게 생각하지 말게." 스페니의 말투는 친절했다. "자네가 제공하는 정보가 그 매와 붙어먹는 작자를 제거하는 데 도움이 될 수도 있지 않나. 자, 그럼 이제 보고를 올리게나. 맛이 지독한 쓰레기를 즐기는 취향이 아니라면 서랍의 녹색 알약에는 손대지 말게. 진짜 항불안제도 아니고, 왠지 자네한테는 플라세보 효과가 제대로 듣지 않을 것 같거든."

09

　육두관 회의 바로 다음 날, 미코데즈는 하픈의 움직임에 대한 제다오의 대응을 토대로 그가 다음에 취할 행동을 예측한 보고서를 훑어보고 있었다. 가장 훌륭한 예측은 제훈이 꾸준히 해고하려 벼르고 있는 분석가에게서 나왔다. 물론 제훈의 판단이 옳았다. 그 분석가는 가히 최고의 시나리오만을 내놓는 사람이었으니까. 그녀의 최신 분석은 제다오가 유령 군단을 소환해 함대에 빙의시켰으며, 이제 엔트로피의 법칙 자체를 무너트리려 시도하고 있다는 것이었다. 이런 인재를 정보 부서에 박아놓다니 인력 낭비였다. 드라마 대본을 써야 마땅한 사람인데. 그러나 미코데즈는 너무 이기적이라 도저히 그녀를 놓아줄 수가 없었다.

　미코데즈가 내다본 제다오의 다음 수를 언급한 보고서는 하나도 없었다. 반면 제훈은 제다오가 완벽하게 기분 내키는 대로 행동할 것이며, 따라서 아무도 그를 설득할 수 없으리라는 의견을 내비쳤다. 그러는 동안 3번 회선이 그의 시선을 빨아들이듯 깜빡이기 시작했다. 그가 기다리던 통신이었다. 미코데즈는 제훈과 이스트라데즈에게 최상급의 즐거움을 제공해줄 만한 사건이 아니면 연락하지 말라고 미리 당부해놓았다. 제훈은 그 말에 매우 관대하게 반응했다. 이스트라데즈는 크게 웃으며 반드시 도중에 끼어들어 혼란을 일으켜주겠다고 위협했다.

"좋아요, 준비됐습니다. 연결해요." 미코데즈가 그리드에 말했다.

깔끔한 단발머리의 여성 얼굴이 단말에 떠올랐다. 미코데즈는 속아넘어가지 않았다. 체리스 명예 대장이 마지막 작전에서 올린 보고에 비하면, 제다오가 깃든 육체는 조금 마른 것처럼 보였다. 상황을 고려해보면 이상한 일은 아니었다. 그는 제다오에게, 훔친 육체를 제대로 관리하라는 충고를 건넬까 생각해보았다. 다른 사람도 아니고 미코데즈가 식사를 제대로 챙겨 먹으라는 충고를 한다니, 제훈과 이스트라데즈가 알았다가는 면전에서 웃음을 터트릴 일이었다. 제다오는 완전 정장 차림이었다. 그럴 필요까진 없었지만 진지한 태도가 나름 감동적이기는 했다.

"잘 지냈습니까, 제다오." 미코데즈는 옛날에 사라진 언어로 말했다. 사용한 지 너무 오래되었기 때문에, 제대로 발음했기를 바랄 수밖에 없었다.

제다오는 눈을 끔뻑였다. "쉬파르어를 들어본 것도 정말 오랜만이로군요, 슈오스-조." 수십 년 전에 검은 요람이 있는 기지에서 처음 만났을 때와 똑같은, 길게 끄는 쉬파르식 억양이 담긴 표준 언어였다.

미코데즈는 제다오의 사관학교 시절 언어학 성적을 알고 있었다. 따라서 그가 원하면 언제나 억양 없이 말할 수 있으리라고 짐작하고 있었지만, 굳이 지금 캐물을 문제는 아니었다. 그러고 보면 먼 옛날 육두관에게, 그리고 그 전에는 칠두관에게 붙이던 경칭인 '조'를 사용하는 것 또한 제다오의 연륜을 과시하는 순전한 겉치레일 뿐이었다. "예의상 사용해본 것뿐입니다." 미코데즈가 말했다.

"정말 사려 깊으십니다, 슈오스-조. 하지만 이제는 제 쪽이 쉬파르어로 말하기 힘들 것 같군요. 원하신다면 시도는 해보겠습니다만."

"뭐든 편한 언어를 사용하시죠. 제가 알아서 들을 테니. 당신이 발음한 적 있는 모든 언어를 통역할 수 있는 사람을 항상 곁에 두고 있으니까요. 심지어 티엔-과어까지도."

"솔직히 말하자면 저와 대화를 원하시는 이유를 모르겠습니다. 제가 함대를 켈 사령부에 넘기지 않으리라는 건 이미 알고 계시겠죠. 제가 가지고 있는 무력은 그게 전부니까요."

'함대를 넘기지 않는다'라는 이야기 직전까지, 제다오는 35년 전 미코데즈와 나눈 대화를 거의 토씨 하나 틀리지 않고 반복했다. 니라이 쿠젠의 말이 진실이라면, 제다오는 이제 그 대화를 기억하지 못할 것이다. '사려깊다' 대신 다른 단어를 사용했었다는 점이 유일한 차이였다. 덕분에 예전의 대화보다 비꼬는 뉘앙스가 적어지기는 했지만, 거의 똑같은 대화가 눈앞에 펼쳐지는 모습은 놀랍기만 했다. 이번만은 죽은 사람의 기억을 조작하는 일에 비정상적인 집착을 보이는 쿠젠의 말을 믿고 싶었다. 물론 쿠젠이 실수로 기억을 남겼고, 제다오가 체리스에게 과거 나눈 대화를 알려줄 시간이 있었을지도 모른다. 아니면 제다오 본인이 속임수를 쓰는지도 모른다. 미코데즈는 양쪽 모두 가능성이 적다고 생각했다.

"아니, 그런 기대를 한 것은 아닙니다." 미코데즈는 이렇게 말하며 생각했다. 자신 역시 쿠젠이 유일한 대화 상대인 상태로 4세기가량을 컴컴한 상자 속에 틀어박힌 채 보내고 나면 딱히 돌아갈 마음이 들지 않을 거라고.

"제가 그쪽 백안의 성채에 있지 않은 것을 다행으로 여겨주십시오." 제다오는 차가운 목소리로 덧붙였다. "저를 쏘고 싶었던 거라면 그건 괜찮습니다. 하지만 저를 해치우려고 함대를 학살할 필요는 없었잖습니까. 병사들에 기술자에 의무관까지… 그들을 죽일 필요는 없었습니다."

"지금 내게 죄책감을 지우려는 건가요?" 미코데즈는 믿을 수 없다는 듯 말했다. "그런 수작은 양심을 가진 사람들에게만 통할 텐데요. 우리는 둘 다 무감각해졌고요."

제다오는 다시 입을 열었지만, 미코데즈가 손을 들어 말문을 막자 그대로 입을 다물었다. "당신이 미쳤다는 건 잘 알겠습니다. 하지만 이 상황을 이성적으로 해석해보는 건 어떨까요. 어린 학생까지도 당신이 지옥나선 요새에서 저지른 일은 모두 알고 있습니다. 당신의 완벽한 전투 이력은 물론이고."

"이제 완벽하지는 않죠."

"겸손한 척은 관두시죠. 하픈 함대를 격멸하지는 못했지만 쫓아낸 것은 사실 아닙니까. 어쨌든 당신이 켈 사령부의 조종에서 벗어났다는 증거는 계속 들어오고 있었습니다. 당신이 달아나서 또 100만 명의, 아니 어쩌면 그보다 더 많은 목숨을 앗아 갈지도 모른다는 생각에 속이 뒤틀리더군요. 그렇게 생각하면 잔혹하고 솜씨 좋은 살인마를 확실하게 사살하기 위해서 8,000명을 희생시키는 정도는 할 만한 거래라고 느껴졌습니다."

"그럼 왜 저를 검은 요람에서 썩도록 놔두지 않은 겁니까?"

"그야 산개하는 바늘 요새를 되찾아야 하기도 했고, 흠… 이 이야기는 켈 트소로에게는 들려주지 마십시오. 그 여자는 이미 나를 충분히 싫어하니까." 그건 분명 사실이었다. "지금의 켈에서 불변성 얼음 방어막을 격파하고 상황을 타개할 수 있는 장성은 켈 이네세르 한 명뿐입니다. 그런데 켈 사령부에서는 그녀에게 그런 승리를 안겨주고 싶지 않았나 봅니다. 휘하 장병들에게 너무 인기가 좋다 보니, 자기네한테 잠재적 위협이 된다고 여기고 있어서."

제다오는 뒤틀린 웃음을 머금었다. "슈오스-조. 딱히 편을 들려는 것은 아닙니다만, 켈 사령부는 지난 4세기 동안 아무것도 배우지 못한 모양이로군요. '신뢰할 수 없는 장군은 전장에 내보내지 않는 편이 낫다'라는 점도 깨우치지 못하다니."

"나는 군인이 아니니 대답을 줄 적임자는 아니겠군요." 이건 거짓말이었다. "훌륭한 대응책이라 할 수는 없지만, 산개하는 바늘 요새를 하픈의 손에 넘기는 것보다는 훨씬 낫지 않겠습니까. 물론 일을 끝낸 다음에 당신이 그 정체불명의 매력을 발휘해 탈주하는 상황보다도 나았겠죠. 솔직히 켈이 소모품이라는 점을 머리로는 알아도 당신처럼 활용하는 방법은 상상도 못 했는데 말입니다. 휘하 함장을 인질로 삼다니."

제다오는 미끼를 물지 않았다. 생각해보면 지난 대화에서도 그의 통제력은 나쁘지 않았다. 하지만 미코데즈는 보다 힘든 질문에도 답하면서 지금의 지위까지 올라온 사람이었다. "저와 대화를 나누어서 무엇을 얻으시려는 겁니까, 슈오스-조?"

"내가 당신의 안위에 신경을 쓴다고 주절거릴 생각은 없습니다. 사실이 아니기도 하고, 애초에 슈오스의 입에서 그런 안일한 대사가 나오면 대체 누가 믿겠습니까." 제다오가 빈정대며 대꾸하고 싶은 마음을 참는 모습이 빤히 보였다. "하지만 당신이 슈오스인 것은 분명 사실이고, 심지어 켈 사령부에서도 당신과 슈오스 제복이 잘 어울린다는 것 정도는 인정하지 않습니까. 따라서 당신은 내 휘하의 사람입니다. 당신이 잘못된 길로 들어설 때마다 내 책임이 되죠."

"슈오스-조, 굳이 저를 위해 쉬운 말로 바꿔주실 필요는 없습니다. 그런 수작은 4세기 전에도 사관학교에서 가르치고 있었으니까요."

미코데즈는 슬쩍 눈썹을 들어 보였다. "이걸로 둘 다 슈오스어에 능통하다는 게 밝혀졌으니, 그럼 제대로 대화를 시작해볼까요."

제다오는 의자에 등을 기댔다. "확신을 얻고 싶으신 겁니까? 제 대포가 그쪽의 함선이나 도시가 아니라 하픈을 겨누고 있었다는 점은 분명하지 않습니까. 그쪽이 보내신 슈오스 첩자 사령관에게 보고는 들으셨겠지만, 모든 경계면 탈곡기를 발사했으니 이제 함대에는 남은 탈곡기가 없습니다. 사람들이 그 기계에 뭐랄까, 예민하다는 점은 잘 알고 있습니다. 물론 평생을 잠복 요원으로 살아온 사람이니, 직설적으로 그 점을 지적하리라 기대하는 것은 조금 과한 처사겠지만요." 그는 잠시 비꼬는 웃음을 지었다.

"아니, 솔직히 말하더군요." 미코데즈가 말했다. 그는 마자렛의 훌륭한 임무 수행에 대한 대가로 그녀가 원하는 보직을 찾아주라고 제훈에게 지시를 내렸다. "하지만 제다오, 당신을 '신뢰하는' 사람은 결국 다른 선택지가 없는 사람뿐입니다. 당신도 그 사실은 알고 있을 텐데요. 내가 당신의 진심을 받아들이리라 생각하는 건 아니겠죠. 나는 쿌이 아니고, 우리 둘 다 피해망상으로 담금질당한 몸이니까요."

"저도 압니다." 제다오는 매우 나직하게 말했다. "하지만 상관없는 일입니다. 요람으로 돌아가는 일은 단호하게 거부하겠습니다. 그 안에는 빛이 없습니다. 육두정에서 도망쳐서 용병이 되어야 한다면, 뭐 어쩔 수 없죠. 그쪽을 택할 수밖에."

"그러면 훨씬 많은 사람을 죽이게 되겠죠. 당신에겐 재능이 있으니까요."

"저도 압니다."

"당신이 평가를 요구한 것은 아니지만, 내가 한번 해보죠. 혹시라도 당신이 선견지명을 가진 사방에 눈을 두른 구미호가 아니라 우리 정상적인 여우들처럼 무사태평한 소시오패스였다면, 훨씬 많은 사람이 살아 있을 것이고 세상의 악한 행위도 줄어들었을 거라고 생각하지는 않습니까?"

사방에 눈을 두른 구미호는 제다오의 개인 문장이었다. 그 문장은 제다오 생전에는 그의 영리함을 나타내는 표식으로 여겨졌다. 그러나 선견지명은 때론 광기와 함께 모습을 드러낸다. 이젠 그런 인물이 어떤 결과를 불러오는지를 누구나 알고 있었다.

"당신도 '정상적인 여우들처럼 무사태평한 소시오패스'였다면 사람이 죽든 살든 신경 쓰지 않았겠죠." 제다오는 이렇게 반박하며 시선을 한쪽으로 옮겼다. "여우와 사냥개의 이름으로, 원 세상에, 슈오스-조, 당신 책상 위에서 채소를 키우는 겁니까? 성채에 식량 부족 사태라도 일어난 겁니까? 저라면 조금 더 영양가 있는 작물을 권하겠습니다만."

미코데즈가 예측한 대로, 뻔한 주제 전환 시도였다. 어쨌든 제다오가 대포 외의 다른 것에 관심을 기울이는 모습은 나쁘지 않았다. 잎을 조금 잘라서 저쪽 함대에 보내주는 건 어떨까? "내 부관도 그런 말을 하더군요. 가끔 잎을 따서 국물에 넣기는 합니다. 아 참, 켈 음식은 마음에 듭니까? 당신이 먹던 것과는 꽤 맛이 다르겠죠?"

"채소 절임에 무슨 짓을 한 건지 모르겠더군요." 제다오는 건조하게 말했다. "게다가 생선 중에는 질문조차 두려워지는 것들이 좀 있었습니다. 애초에 그게 생선이 아닐지도 모르지만요. 그래서 그쪽 부관은 몇 명의 육두관을 섬겼던 겁니까?"

적어도 제다오는 아직 슈오스의 권력 구조를 알고는 있는 모양이었다. 육두관의 자리를 놓고 다툼을 벌이는 슈오스는 언제나 여우 부류였다. 그중에서도 가장 허영심이 강하거나, 야심을 주체하지 못하거나, 도저히 지루함을 견딜 수 없게 된 자들만이 자신의 계획을 실행에 옮겼다. 하지만 미코데즈는 자신을 세 번째 부류로 여겼다. 지속적인 영향력을 원하는 사람은 그런 짓을 하지 않는다. 극적인 요소는 집어치우고 관료의 길을 택해서, 숙청해버리기에는 너무 귀중한 인재가 되는 편이 낫다.

"나는 제훈이 섬긴 세 번째 육두관입니다." 미코데즈는 가벼운 투로 말했다. "물론 내 선임자는 내가 등장하기 전까지 겨우 3년 버텼을 뿐이지만요."

"총알? 독? 아니면 뜨개질바늘로 쑤셨습니까?"

제다오는 슈오스 보병대 출신치고도 상상력이 뛰어난 편이 아니었다. "그 남자는 신경쇠약 증세를 보이고 있었습니다. 은퇴 후 조용한 곳에서 얼굴과 성별을 바꾸고 왕관앵무를 키우고 싶다더군요. 지어낸 이야기가 아닙니다. 잘 지내고 있는지 확인하려고 한 번 그녀를 보러 간 적이 있었죠. 왕관앵무는 정말 사랑스러운 새더군요. 때론 거래에서 이득을 본 것은 그녀 쪽이 아닐까 하는 생각도 듭니다. 특히 예산을 분배할 때와, 내 요원들이 온갖 신종 장난감을 가지고 싶다고 징징댈 때에는 말이죠. 어쨌든 그 새 한 마리를 애완동물로 데려오고 싶었는데, 부관의 설득 때문에 포기해버렸지 뭡니까. 제훈은 흥을 깨는 데는 일가견이 있거든요."

제다오는 놀란 얼굴이었다. "슈오스-조, 무례한 질문이라는 것은 압니다만, 대체 왜 육두관이 되기로 마음먹으신 겁니까? 차라리 조경설계사나 호랑이 조련사나 마취과 의사가 되는 편이 낫지 않았겠습니까?"

미코데즈는 그에게 웃어 보였다. "나는 유능하니까요. 업무도 재밌고요. 어느 쪽이 먼저인지는 모르겠지만요. 심지어 켈 중에서도 의무가 즐거울 수 있다는 사실을 깨닫는 친구들이 있지 않습니까. 당신의 마음속에는 모든 일이 고통과 연관되어야 한다고 생각하는 기묘한 응어리가 있군요. 하지만 당신이 절반은 켈이라는 점을 고려하면, 잿불매처럼 반응하는 것도 이상한 일은 아닐 테죠."

제다오는 그 말에 왼손을 들어 자기 장갑을 살펴보았다. "제복의 문제일 뿐입니다, 슈오스-조. 제가 슈오스 사관학교에서 받은 성적표는 가지고 계시겠죠?"

"물론입니다. 게다가 당신이 수학 과목에서 낙제하지 않으려고 얼마나 노력했는지도 알고 있습니다. 농담으로 하는 말이 아닙니다. 당신은 한때 진형 본능을 가졌던 적이 있으니까요." 미코데즈는 제다오의 표정을 찬찬히 살폈다. 두 사람은 쿠젠이 정말 싫어했던 바로 그 대화를, 35년이 지난 지금에 와서 반복하고 있었다. 당시 대화를 마친 후 두 사람은 말다툼을 벌였고, 제훈은 니라이 육두관의 본진인 연구 기지에서 싸움을 벌이다니 대체 무슨 생각이냐고 버럭버럭 소리를 지르며 꾸짖었다. 그래도 수확은 있었다.

제다오는 코웃음을 쳤다. "이상한 말씀을 하시는군요. 저를 가짜 켈로 만들었다면 제가 몰랐을 리가 없습니다. 퇴출 절차를 밟아도 그런 기억을 억제할 수는…" 그는 문득 입을 다물었다. 불확실성을 인지한 그의 눈에 흐린 빛이 떠올랐다.

이번에도 기억하지 못하는 모양이었다. "가짜 켈이 아닙니다. 당신은 첫 실험체였어요. 당신을 통제하려던 시도에서, 모든 켈을 통제하겠다는 발상이 처음 시작된 겁니다."

제다오는 미코데즈와 눈을 마주쳤다. 모든 표정이 사라진 얼굴을 보니 무슨 생각을 하는지는 분명했다. 그는 한참 동안 침묵을 지켰다. "거짓말이 아니로군요."

"애석하군요. 때론 거짓말보다 진실이 더 효과적이라는 사실을 굳이 환기해주고 싶지는 않았는데요."

더 긴 침묵이 이어졌다. "저한테 진형 본능을 주입했다가 구태여 다시 제거한 이유는 뭡니까? 제 목줄을 최대한 단단히 조이고 싶은 줄로만 알았는데 말입니다." 다시 짧은 침묵이 흘렀다. "적어도 그들이 저를… 그대로 죽여버리지 않은 이유는 알겠군요. 그런 일을 할 수 있다고 생각했다면 말입니다. 그런 일을 했다면야." 제다오는 심호흡을 하고 떨리는 감정을 가다듬었다.

"그들이 진형 본능을 제거한 이유는 나도 모릅니다." 이 또한 사실이었지만, 제다오가 그를 믿을 리 없었다. "하지만 그 정보를 가지고 있는 게 누구인지는 당신도 분명히 알겠죠. 찾아낼 수 있다면 말이지만."

켈의 정신 복합체는 신뢰할 수 없다. 세월의 흐름에 따라 추가로 마모되었을 수도 있었다. 그러나 니라이 쿠젠은 그와는 달리 완벽한 기억력의 소유자였다. 미코데즈와 제다오 모두 그 사실을 알고 있었다. 제다오를 움직여 쿠젠을 확보할 가능성은 그리 크지 않았지만, 어차피 미코데즈 쪽에서 시도해서 잃을 것은 없었다.

"추측을 하나 해볼까요. 결과의 신뢰성이 낮았기 때문에 포기했을 수도 있습니다. 당신은 켈로서는 애초에 부적합한 사람이었고, 따라서 최신 기술을 사용해도 통상의 주입 절차로는 부족했을 테죠. 유능한 정신 외과의가 특수한 수술을 집도했을 텐데, 얼마나 시간이 걸렸을지 누가 알겠습니까." 물론 그 정도로 유능한 정신 외과의는 쿠젠뿐이었다.

"제가 켈 사령부를 마뜩잖게 여기는 이유를 굳이 더해주실 필요는 없습니다만." 제다오가 말했다.

"그 때문에 이런 말을 하는 건 아닙니다." 이건 진실이었다.

"그러면…?"

"당신에게도 알 권리가 있기 때문이죠."

제다오는 눈을 크게 뜨더니, 이내 웃음을 터트렸다.

"당신도 내 휘하 사람입니다. 우리 분파 사람들이 잘못된 취급을
받는 모습을 보면 기분이 나빠지더군요. 하지만 당신은 상당히 최근
까지 켈의 관할에 있었으니, 내가 할 수 있는 일도 심각하게 제한되어
있었습니다."

"그렇죠." 제다오의 목소리에 아련한 기색이 서렸다. "키아즈 칠두
관께서 저를 켈 병기창에 넘겼다고 일러주던 때가 기억나는군요. 그
게 왜 그리 충격으로 느껴졌는지 모르겠습니다. 그런 취급을 받아 마
땅하기는 했지만요." 또 침묵이 흘렀다.

"무슨 생각을 하는지는 몰라도, 그냥 질문하는 게 어떻겠습니까."

"당신이 슈오스 생도를 암살했다는 소문이 사실입니까?"

흥미롭군. 제다오가 그의 도덕심을 확인하려 드는 상황이라니. 켈
사령부라도 만장일치로 한심한 상황이라고 결정을 내렸을 것이다. 아
니면 한데 모여 술에 취하려고 전원 자리를 떴을지도 모른다. 실제로
그런 일을 하려나? 그 방면으로는 첩보가 불확실했다. "친애하는 제
다오, 지저분한 이야기를 들려주고 싶은 마음은 간절하지만, 당신은
내가 거짓말을 하는지를 파악하기에는 실력이 부족한 것 같군요."

"시도는 해보시죠." 제다오가 말했다.

"사실입니다. 내 휘하의 생도 두 명을 정확하게 지정했고, 내 요원
들이 제거에 성공했습니다. 부수적인 사상자는 없었죠. 그 생도들은
3급 슈오스 사관학교를 폭파할 계획을 꾸민 이단의 음모에 참여하고

있었습니다. 세세하게 파고들면 지저분한 작전이었죠. 시간도 부족한 데다, 귀찮은 일은 질색이기 때문에, 그들이 술자리 게임을 즐기고 있는 와중에 요원들을 시켜 쏴버렸습니다. 그들의 계획은 성공할 가능성이 높았거든요. 인정하고 싶지는 않았지만."

"상황을 처리한 다음에 진실을 알리지 않은 이유는 뭡니까? 사소한 공황 정도는 사관학교 교장들이 알아서 진정시킬 수 있었을 것 아닙니까."

"그 사건이 언제 일어났는지 물어봐야 하지 않겠습니까." 미코데즈는 쓴웃음을 지었다. "그때 나는 스물일곱 살이었습니다. 육두관 2년 차였고, 딱히 신뢰를 쌓지도 못한 상태였죠. 그런 일을 가볍게 해낼 수 있는 사람이라는 두려움을 심어주는 편이 더 유용하리라고 생각했습니다."

제다오는 비꼬는 투를 섞어 웃음을 터트렸다. "당신 자리가 부럽지는 않군요, 슈오스-조. 그 자리에 오르고 싶다는 유혹을 느껴본 적도 없지만 말입니다."

미코데즈는 그 말을 믿었고, 나름 다행이라 생각했다. 제다오 같은 정신적 장애를 가진 사람이 슈오스를 다스린다니 생각만 해도 끔찍했다. 제다오의 문제 해결 방식이란 의견이 맞지 않는 사람들을 모조리 총으로 쏴버리는 것이었다. 물론 제다오조차도 육두정의 모든 사람을 쏴버릴 수는 없겠지만, 그가 위기 해결 과정에서 막대한 피해를 줄 수 있다는 점은 이미 증명된 바 있었다.

제다오는 함대를 거느리고 있으며, 따라서 샨달 옝의 걱정도 완전히 근거 없는 것은 아니었다. 그러나 미코데즈는, 제다오가 하픈을 상대로 익숙한 전장에서의 시간을 보내고 나면 나름 진정될 수도 있다고 생각했다. 어쨌든 이젠 미코데즈가 공격할 차례였다. "성채에서 내 기판이 벌어지고 있어서 그런데, 한 가지만 알려줄 수 있습니까." 그는 가볍게 물었다. "침대에서 키루에브는 어떻던가요?"

제다오의 얼굴이 창백해졌다.

젠장. 제다오도 생각은 하고 있었다는 뜻이었다. 사실 제다오 생전에는 그렇게까지 심한 금기는 아니었다. 그러나 진형 본능이 등장한 다음에는 오용할 소지가 생겼기 때문에, 켈 사이의 성행위는 곧 처형으로 이어졌다. 심지어 켈 사령부조차도 성행위가 군의 사기에 끼치는 영향을 인지하고 있었다. 성인이 된 이후 거의 대부분 시간을, 이후로도 몇 번에 걸친 인생을 켈에 봉직하며 보낸 제다오는 자신을 잿불매로 간주하고 있었다.

"키아즈가 당신에게 저지른 짓을 생각하면, 당신이 잿불매 쪽으로 기우는 것을 당신 탓으로만 돌릴 수는 없겠죠." 미코데즈가 말했다. 그녀의 희생양들에 관한 모든 기록은 슈오스 육두관의 자료 보관소에 고스란히 남아 있었다. 키아즈 칠두관은 매우 체계적인 포식자였으니까. 키아즈는 젊은 제다오를 자기 집무실로 끌어들인 다음, 켈로 전속되어 나가도록 용인해주었다. 그녀의 학대에서 도망쳤다고 믿게 만들기 위해서였다. 그리고 제다오가 준장으로 진급할 때까지 기다렸다가 새로운 공격을 감행했다.

제다오는 너무 경쾌해서 독을 품은 것처럼 들리는 목소리로 말했다. "슈오스-조, 제가 육두정 최악의 괴물 중 하나라는 점은 딱히 숨길 일이 아니지만, 강간은 하지 않습니다."

"당신이 누구 몸을 가지고 돌아다니고 있는지를 생각하면 그것 참 빌어먹게 우스꽝스러운 선언 아닙니까."

제다오의 얼굴에도 조금씩 혈색이 돌아오고 있었다. "켈 체리스는 이미 죽은 상태였습니다. 그녀의 시신을 마지막까지 유용하게 사용한 다 해서 딱히 해가 될 것은 없어 보였습니다. 죽은 자들이 신경을 쓰는 것도 아니고 말입니다."

"당신이 우리 일원이라는 점은 잘 알겠군요."

"인정해주셔서 참으로 감사합니다만, 부디 요점으로 들어가주시겠습니까, 슈오스-조."

제다오의 성적 취향은 그가 망령인 동안에는 신경 쓸 필요가 없었지만, 이제 육체가 생겼으니 문제가 될 수도 있었다. "그럼 키루에브 쪽은 접어두죠. 하픈을 두들기는 동안 짬이 나면 켈이 아닌 사람과 섹스를 시도해보는 것은 어떻겠습니까. 어떤 사람들은 그쪽이 성취감이 있다고 생각하는 모양이던데요." 이스트라데즈는 미코데즈가 이런 조언을 하는 걸 들을 때마다 웃음을 터트렸다. 제다오가 불편해하는 표정을 볼 수 있다는 것만으로도 이 모든 대화를 할 가치가 있었다. "여성형 육체를 가지는 일에 생리적인 거북함이 없다면 말입니다만."

"슈오스-조." 제다오는 인내심을 발휘하고 있었다. "저는 지난 400년 동안 생리 현상을 겪지 않는 상태로 지냈습니다. 장담하는데 그 문제는 꽤 빠르게 극복했죠."

"인증받은 고급 창부를 그쪽으로 보낼 수 없다는 점이 애석하군요. 물론 당신의 심리적 문제를 해결할 정도로 솜씨 좋은 사람은 내 사비를 전부 퍼부어도 구하기 힘들 것 같습니다만."

"제가 여가를 즐길 시간이 있을 것처럼 말씀하시는군요. 아실지 모르겠지만 이 빌어먹을 함대는 저절로 굴러가는 게 아닙니다."

미코데즈는 짜증 섞인 목소리로 말했다. "그래, 그렇다면 전쟁이 없다면 뭘 하면서 보낼지 내게 말해줄 수 있습니까?"

제다오는 말문이 막혔다. 순간 떠오른 그의 눈빛은 비통할 정도로 어리숙해 보였다. "모르겠군요. 전쟁 외에 다른 일은 어떻게 시작할지도 모르겠습니다."

제다오 본인이 가볍게 인정할 리는 없지만, 그 말은 결국 할 일이 필요하다는 이유만으로도 전쟁을 일으킬 수 있다는 뜻이었다.

"당신을 너무 오래 붙들어둔 것 같군요." 하지만 아직 가장 중요한 일이 하나 남아 있었다. "마지막으로 하나만 묻죠. 므웬-데라는 단어가 혹시 당신에게 뭔가 의미가 있습니까?"

므웬-데라는 므웬 민족의 언어로 고향이라는 뜻이었다. 혈족과 관습으로 한데 묶인, 곳곳에 흩어진 수많은 작은 공동체를 일컫는 단어였다.

제다오는 고개를 한쪽으로 기울였다. "그게 무슨 말입니까? 슈오스-조. 외국어입니까? 육두정의 말입니까?"

"육두관들이 그걸 파괴하려 하더군요."

이번에는 반응이 있으리라 생각했지만, 여전히 아무것도 없었다. "무기입니까? 조각품? 아니면 아주 끔찍한 불량식품이라든가?"

"그럼 그냥 잊으십시오. 혹시 당신이 므웬-데라에 대해 내게 뭔가 알려줄 수 있을지도 모른다고 생각한 것뿐입니다."

"그럼 제가 시험에 통과하지 못한 모양이로군요." 제다오는 유감이라는 투로 말했다. "변명해보자면, 빛이 없는 곳에서는 뭔가를 읽기가 쉽지 않습니다."

"정말로, 별로 중요한 일이 아닙니다." 체리스는 죽었거나, 손이 닿지 않는 곳에 있거나, 아니면 뭐든 빙의당한 사람들이 겪는 일을 겪고 있는 듯했다. 게다가 제다오든 체리스든 육두관들이 결정한 종족 학살에 개입할 수 있을 리도 없었다. 미코데즈 본인도 딱히 제다오의 허락을 받고 대처할 생각도 아니었다. "필요 이상으로 사람을 죽이지 않도록 노력해보십시오."

"기억해두겠습니다. 그럼 이만, 슈오스-조." 그의 영상이 사라지며 생생한 붉은색 바탕 위에 박힌 금빛 톱니바퀴 2번 문양만 그 자리에 남았다. 이윽고 그 또한 사라졌다.

"조금 더 잘할 수도 있었는데." 미코데즈는 파 화분에 이렇게 말을 걸었다. 그러나 4세기에 걸친 잘못된 관리의 영향을 대화 한 번으로 바로잡을 수 있으리라고는 애초에 기대하지 않았다. 시작이라고 생각하면 그리 나쁘지는 않았다.

　총지휘관이면서도 사소한 문제까지 관심을 갖는 제다오의 특성에
는 키루에브도 이미 익숙해져 있었다. 제다오가 보급 문제에 신경 쓰
지 않고 열심히 달려 나가기만 하던 사람이었다면 그 정도의 전과를
올릴 수는 없었을 것이다. 제다오가 켈을 이탈한 이상 보급은 문제가
될 수밖에 없었다. 지금까지는 보급물자가 버텨줬지만, 제다오가 계
획한 전쟁이 얼마나 오래갈지 대체 누가 알겠는가?

　제다오는 참모진과 개별적으로 안면을 트려고 노력했고, 전투 부대
과 정찰 편대의 지휘관들과 주기적으로 회의를 열었으며, 심지어 〈축
제의 위계〉호의 복도를 돌아다니며 승무원들과 잡담을 나누기도 했
다. 제다오가 누구인지, 그가 무슨 짓을 저질렀는지 모르는 사람은 없
었다. 그가 아무리 친근하게 굴어도 곁에서 편하게 지낼 사람이 있을
리가 없었다. 그러나 생각해보면 제다오는 오래전부터 그런 상황에

익숙했을 것이다.

휘몰아치는 동전 요새의 교전으로부터 16일 후에도, 함대는 여전히 하폰을 추격하고 있었다. 제다오와 키루에브는 여느 때처럼 산책을 마치고 돌아왔지만, 이번에는 평소와 달리 키루에브의 선실로 들어갔다. 산책 자체는 딱히 특별한 일이 아니었다. 사실 함대 지휘관은 종종 고위급 장교들을 대동하고 기함을 시찰하곤 했으니까. 키루에브는 준장 시절 묘가 소장을 수행하며 기함의 복도를 거닐던 기억을 떠올렸다. 묘가 소장은 대규모 함대를 운용하는 능력이 뛰어났지만, 안타깝게도 길게 끌리는 부드러운 목소리를 타고난 덕분에 문장이 끝날 때 말끝을 흐리면 아무도 그의 말을 알아듣지 못했다. 정신 복합체를 구성하거나 입속말을 탐지해 전송하는 장치를 이용하면 아무 문제도 안 될 테지만, 기관실을 둘러보다가 질문을 던졌는데 사람들이 제대로 대꾸하지 못하는 상황은 곤란할 수밖에 없었다. 하지만 적어도 제다오는 똑똑히 알아들을 수 있을 정도로 크게 말했고, 흔치 않지만 늘어지는 억양 역시 묘하게도 어렵잖게 알아들을 수 있었다.

제다오는 최대한 집단이 아니라 개인을 상대하는 각개격파 전략을 사용했고, 그 점을 숨기려 애쓰지도 않았다. 어차피 여기에 대응할 수단이 없기도 했다. 키루에브는 아침에 일어날 때마다 자신은 실제로 함대를 도둑맞았으며, 이건 단순히 개인적인 자존심의 문제가 아니라고 되새기곤 했다. 물론 솔직히 털어놓자면 자존심 문제도 없는 건 아니었지만. 그러나 그 정도로는 딱히 달라질 게 없었다. 제다오는 사람을 조종하는 일에 능숙한 개자식이고, 자신은 그 개자식을 섬길 수밖에 없는 신세였다.

제다오는 키루에브와 단둘이 되자 그녀에게 개인적인 질문을 던지기 시작했다. 딱히 놀라운 일은 아니었다. 키루에브 본인의 선실이라고 해서 딱히 유리한 환경인 것도 아니었다. 제다오가 그녀의 암살 시도를 통렬하게 비판한 이후로, 키루에브는 이곳이 제다오가 관계에서 우위를 점했던 공간이라는 사실을 뼈저리게 인지할 수밖에 없었다.

키루에브는 젱자이 카드 한 벌을 섞고 있었다. 카드놀이를 할 예정이라서가 아니라 손을 비우고 싶지 않기 때문이었다. 적어도 그녀는 젱자이를 하고 싶지 않았다. 제다오는 믿을 수 없을 정도로 솜씨가 좋았으니까. 흠집이 난 도마뱀형 서비터 한 대가 언제나처럼 그녀의 작업용 선반 아래에서 부품의 잔해를 치우려는 가망 없는 시도를 반복하고 있었다. 세모형의 다른 서비터 하나는 산책 중에 합류해서 여기 거실까지 따라왔다. 제다오가 음료라도 주문할지 모른다고 생각한 걸까.

제다오가 키루에브를 정면으로 바라보지 않은 채 질문을 던졌다. "대장, 아이에 대해서 어떻게 생각하나?"

제다오가 모든 질문에 독니를 숨기는 사람이란 걸 잘 알고 있던 키루에브도 이 질문에는 말문이 막힐 수밖에 없었다. "아이는 없습니다. 그쪽 방면의 질문이라면 말입니다만." 그녀는 카드를 내려놓고 깔끔하게 정리하면서 대답했다. 분명 그 정도는 검색해도 확인할 수 있을 텐데?

"질문을 바꿔보지. '티에네베드'로… 이런, 실례했네. 법적으로, 표준 언어의 의미로는 아이가 없겠지. 하지만 실제로 어머니가 되어본 적은 있나?"

제다오가 건넨 질문의 의미를 파악하는 데에는 시간이 조금 걸렸다. 제다오는 지금은 육두정에 존재하지 않는 문화집단인 쉬파르족 출신이었다. 육두정 문화에서 태어난 키루에브는 서로의 동의하에 일정 기간 결혼 계약을 유지하며 가정을, 또는 아이가 있을 때에는 혈족을 유지하는 관습에 익숙했다. 이런 계약에서는 두 사람의 아이가 자연 태생인지 포육원 태생인지도 명기한다. 물론 이제는 시대에 뒤떨어진 표현이다. 이제 대부분의 육두정 시민은 포육원에서 태어났으니까. 언어가 현대의 습속을 따라잡지 못한 셈이다. 그러나 제다오는 그런 쪽에 익숙하지 않을 가능성도 있었다.

'티에네베드'는 표준 언어로는 어휘가 존재하지 않는 모순된 개념인 '양육권 없는 부모'를 말하는 것이었다. 아이는 입양할 수도 있고, 가정의 부부 구성원들의 유전물질이나 하나 또는 복수 기증자의 유전물질을 조합하여 만들어낼 수도 있다. 그러나 결혼 계약서에는 아이의 출생 후 양육권을 가질 사람도 명시되어 있으며, 양육권을 가진 사람 또는 사람들만이 부모라 불리게 된다. 제다오는 유전물질 제공자와 부모를 뒤섞어 생각하는 모양이었다. 가정이란 계약으로 성립하는 것이므로, 제공자는 포함하지 않는 개념인데도.

키루에브는 제다오의 진의를 해석하는 일이 조금 성가시다고 생각하며 입을 열었다. "각하께서는 유전적 후계를 가지고 계신 겁니까?" 지나친 완곡어법이었다. 그녀가 사용한 표준 언어의 용법은 동물에게나 어울리는 것이었다. 인간에게 사용하면 모욕으로 여길 만했다. 그러나 적절한 단어가 없으니 어떤 식으로든 자기 생각을 전달해야 했다. 키루에브는 저급 언어를 두 가지 알고 있었지만, 양쪽 모두 표준 언어와 같은 어족에 속해 있어서 부족한 어휘를 보충하기는 힘들었다.

키루에브에게는 다행스럽게도, 제다오는 코웃음을 쳤다. "그럴 리가 없지. 의학적 방법으로 그런 일이 없도록 처치를 했고, 애초부터 여성형 육체를 가진 사람과 잠을 잔 적도 별로 없으니까. 하지만 혹시라도 내 다른…" 여기서 그는 키루에브가 알아듣지 못하는 단어를 사용했다. 기묘하게 높은 모음과 치찰음이 섞인 단어였다. 아마 쉬파르어일 것이다. "다른 형제가 있는지 궁금하기는 했다네. 살아남은 형제 말일세."

제다오의 손이 팔걸이 아래로 늘어져 흔들렸다. 그의 눈길은 보안 등급이 높은 역사가를 제외하면 이제 아무도 볼 수 없는, 신화와 수수께끼와 주석으로만 남은 과거의 그림자를 들여다보고 있었다. "켈 사령부에서 가끔가다 나를 절임 통에서 꺼내줄 때마다, 결박 대상자에게 내 어머니, 내 여동생, 내 형과 그 가족의 근황을 듣곤 했다네." 그래서 암살당하고, 행방불명되고, 지옥나선 요새 사건에서 정확히 1년째 되는 날에 온 가족을 살해하고 자살한 사람들의 이야기를 들었다. "하지만 내 다른 형제자매들에 대해서는 아는 사람이 없더군."

긴 침묵이 흐른 후, 제다오는 말을 이었다. "쉬파르식으로는 나한테도 아버지가 있었다네. 육두정의 방식으로는 없었지만. 그 사람은 지옥나선 요새 이전에 비행정 사고로 사망했지. 그 전까지는 두어 번 만났을 뿐이었다네. 얼굴이 반반한 바이올린 연주자였지. 우리 어머니는 온갖 귀찮음을 무릅쓰고 최고의 남자를 골랐는데도 내가 그 남자의 음악적 재능도 외모도 물려받지 못했다고 투덜대곤 하셨어." 제다오가 자기 어머니를 언급할 때의 정감이 깃든 말투는 불편할 정도로 진실하게 들렸다. "어쨌든 그 사람한테 우리 어머니와 같은 계약으로 다른 자식을 가진 적은 없느냐고 직접 물어보지는 않았다네. 물론 딱히 추적해보지도 않았고. 부적절한 행동 아니겠나? 어쨌든 그 사람이 죽은 지도 4세기가 넘었네. 이제 살아남은 혈족의 존재조차도 영영 알 수 없게 되었지."

"알 수 있다면 기분이 나아지실 것 같습니까?" 키루에브가 물었다.

"그렇지는 않겠지만, 여전히 궁금하기는 하군."

"저는 아이를 가지는 계약에 끌린 적이 없습니다. 아이에게 딱히 애착이 있지도 않고요. 시끄러운 데다 지저분하고…" 어릴 적 자신이 패스트리 기계를 합선시켰을 때 에케스라의 얼굴에 떠오른 표정은 지금까지도 잊을 수가 없었다. "하지만 시끄럽지도 지저분하지도 않다면 그건 아이한테 문제가 있다는 뜻이 되겠죠."

알루가 에케스라에게 불평하던 일도 떠올랐다. 그 아이는 너무 조용하다고. 에케스라는 적어도 문제를 일으키지는 않는 아이라고 대꾸했다.

"켈 사령부에서 내게 시킨 가장 힘든 임무는 아이들을 쏘는 것이었다네." 제다오의 목소리는 나직했다.

키루에브는 그 이야기를 들은 적이 없었다. 사실 생각해보면 역사 속 장군들의 인생사에 대해서는 딱히 관심을 둔 적이 없었다. 그녀의 관심사는 전략과 전술 쪽에 국한되어 있었으니까. "부차적인 사상자 문제는 항상 견디기 힘들죠." 그녀는 중립적인 투로 이렇게 말했다.

"나는 언어학자는 아니네만, 우리가 늘 저지르는 일인데도 표현할 단어가 없다면 뭔가 잘못되어 있다는 생각이 들지 않나?"

그러니까 이런 쪽으로 끌고 가려는 생각이었군. 키루에브는 살짝 신랄한 느낌을 섞어 대꾸했다. "각하, 각하 생전에는 진형 본능이 없었습니다." 제다오는 그 말에 뭔가 떠오른 듯 슬쩍 뒤틀린 미소를 머금었지만, 떠오른 생각을 입 밖으로 내지는 않았다. "게다가 각하는 어차피 슈오스 아닙니까. 왜 직접 항명하지 않으신 겁니까?"

"그거 알고 있나? 나와 근속 기간이 겹치는 슈오스 준장이 한 명 더 있었는데도, 켈은 오로지 나만 구미호 장군이라고 불렀다네. 다른 한 명의 준장은 기밀로 분류되어 아무도 모를 곳에서 참모로 봉직하고 있더군. 그러나 슈오스 쪽에서는 나를 잿불매라고 불렀지."

키루에브는 답변을, 뭔지 모를 교훈을, 제다오가 새로운 속내를 털어놓기를 기다렸다. 그러나 그 대신 제다오는 뉴스 보고와 주석이 가득 붙은 지역 성계도를 불러냈다. "때론 우리의 덩치가 얼마나 커졌는지를 생각하면 감탄이 일어난다네." 제다오는 이렇게 말하며 자비로운 포식자의 웃음을 지었다. "어디 보자, 자네 이 성계에 대해 아는 게 있나?" 그는 성계도를 조작하며 낑낑대다 웨라이오 5번 행성에 초점을 맞추었다.

"수많은 분쟁 지역 중 하나죠." 키루에브는 씁쓸하게 대꾸했다. 키루에브가 그 행성에 관심을 가진 건 사실이지만, 그 행성에 어떤 문제가 있기 때문은 아니었다. 아열대 군도 지역에서 산발적으로 역법 전쟁과 학생 시위가 일어나기는 해도, 비슷한 상황인 행성은 상당히 많았다. 그녀가 그 행성에 주목한 이유는 그곳을 두 번 방문한 적이 있기 때문이었다. 분쟁의 중심지인 군도 지역만 피하면 휴가를 즐기기에 딱 좋은 장소였다. 고향을 떠올리게 하는 온난한 기후는 마음에 들지 않았기 때문에, 그녀는 대신 미이파우시의 패키지 투어에 참가하는 쪽을 택했다. 음악에 취향이 있다면 유명한 오케스트라 때문에 이름을 알 만한 도시였다. 전술 요약에 웨라이오 성계가 등장할 때마다, 그녀는 미이파우의 오케스트라 음악당이 폭격을 받았다는 언급이 있는지 확인했다. 매 순간 사방에서 수많은 사람이 죽어가는데 그런 사소한 것까지 신경을 쓴다니 한심한 일이었다. 그러나 이단에 대적하는 육두정의 전투는 프랙털적인 성격을 지니므로, 불어 오른 숫자에서 의미를 찾기는 불가능한 것이나 다름없었다.

키루에브는 제다오가 자신이 그 행성에 관심을 보인다는 사실을 알아챘을 뿐, 딱히 웨라이오 5번 행성에 신경을 쓰고 있으리라고는 생각지 않았다. 그쪽에서 참혹한 상황이 벌어지고 있다는 이야기를 전해 들었을 수도 있지만. 웨라이오는 딱히 전략적인 요충지도 아니었고, 하픈의 침공이 일어난 지역에서도 제법 거리가 있었다. 키루에브는 이렇게 덧붙이기로 했다. "각하, 저희에게…" 아니, 나에게겠지. "…다음 목표를 말씀해주신다면 더욱 도움이 될 수 있을 겁니다."

휘몰아치는 동전 요새를 지나쳐 하픈 함대를 추격해오는 내내, 제다오는 켈과의 교전 사태를 회피해왔다. 행운 덕분인지, 아니면 키루에브에게 존재를 알리지 않은 다른 첩보망을 동원한 것인지, 아니면 원거리에서 켈 사령부를 압박하고 있기 때문인지는 알 수가 없었지만. 키루에브는 제다오가 동등한 입장에서 전체 전략을 공유해주리라고는 기대하지 않았다. 동시에 제다오도 다른 사람들이 그의 목적을 있는 그대로 받아들이리라고는 기대하지 않을 것이다.

"왜 그러나. 하픈을 두들기는 걸로는 자네에겐 부족한 건가?"

키루에브는 진형 본능으로 떨려 오는 몸을 애써 억눌렀다. 항상 두려운 비도나 어머니가 있는 가정에서 어린 시절을 보낸 덕분에, 그녀는 반응을 숨기는 일에 능숙했다. 숨은 뜻을 생각하지 않으면 된다. 질문은 질문일 뿐이며, 제다오가 자신을 책망하는 것이 아니라고..

"각하께서 하폰에 대해 승리를 거두는 일만 신경 쓰고 계신다면, 산개하는 바늘 요새 사태 이후 켈에 뒤처리를 맡기고 물러나셔도 무방했을 겁니다. 변절한 함대를 이끌고 육두정을 돌아다니는 것은 적에게 우리의 약점을 알리는 행위니까요. 특히 저들이 이미 우리와 교전한 상황에서는 말입니다."

"그렇다면 좋네. 자네는 내가 무엇에 신경을 쓰고 있다고 생각하나? 굳이 이제 와서 그 이야기를 꺼내는 이유가 뭔가?"

"각하를 마주하는 카드 게임의 적수들은 처음 패를 받자마자 모든 것을 내보입니까?" 이를테면 선천적으로 감정을 감추지 못하던 브레잔처럼. 당연하지만 그는 판돈이 큰 젱자이 판에 끼어드는 것을 꺼렸다.

제다오의 웃음이 촛불처럼 그녀를 향해 일렁였다. 키루에브는 그 웃음이 더 오래 이어지기를 원하고 있었다. 키루에브는 마음을 다잡았다. 도박꾼의 마음에 들 만한 표현을 골라서 명확하게 질문했는데도, 제다오는 그대로 대화를 일축해버렸다. "일리 있는 소리군." 제다오는 이렇게 말하고 입을 다물었다. 키루에브는 제다오가 첫 번째 질문에 대답하지 않았다는 사실을 기억해놓았다.

키루에브는 이제 젊다고는 말하기 힘든 나이였기 때문에, 몇 년 동안 가벼운 유흥을 제외하면 결투를 해본 적이 없었다. 그러나 그녀는 이미 반격을 준비하고 있었다. "제게 자율적으로 생각하는 방법을 가르치려고 그렇게 애쓰시는 이유는 뭡니까? 단순한 복종에 비해 각하께 어떤 이득이 있습니까?"

제다오는 의자에 몸을 기대고, 그들 사이에 놓인 탁자에 발을 올리려 하다가 문득 깨닫고 자제했다. 그 동작 모두가 자연스러웠지만, 키루에브는 속지 않았다. "단순한 복종으로는 내가 염두에 둔 목표를 이루기에 부족하니까. 지금은 그쪽에는 신경 쓰지 말게. 내가 진짜로 무얼 꾸미고 있는지 자네가 말해보는 건 어떤가. 아무래도 나는 허풍을 떠는 능력을 잃어버린 모양이니 말일세."

그럴 리가 있나. 그러나 제다오가 눈썹을 치켜든 모습을 보면 진심은 아닌 모양이었다. 어쨌든 키루에브는 생도 역할을 맡을 수밖에 없었다. 제다오 쪽이 경험이 많다는 사실에 이의를 제기할 생각은 없었으니까.

"저로서는 각하께서 육두정과 전쟁을 벌이고 있다고밖에 생각할 수 없습니다. 하픈은 육두정을 상대하기에, 또는 시민 대중에게 영향력을 얻기에 유용하기 때문에 의미가 있는 것이겠죠." 누구라도 같은 결론을 내렸을 것이다. 그러나 오랫동안 켈에 충성을 바쳐온 키루에브는 육두정과의 전쟁을 진심으로 인정해서는 안 된다는 초조한 감각에 사로잡혀 있었다.

"켈 군대의 가장 큰 문제는 내가 잘못을 저질러도 알려주는 사람이 없다는 점이라네." 놀랍게도 제다오는 씁쓸한 말투로 이렇게 말했다.

"이길 수 있으리라고 생각하시는 건 아니겠죠."

제다오는 명백하게 독니를 감춘 미소를 지었다. "재밌군. 촛불전광 전투 직전에 차우 함장도 그런 말을 했는데 말이야."

병력이 8 대 1로 열세였는데도 적을 무찌른 촛불전광 전투가 제다오의 대표적인 업적으로 기억되지 않는 이유는 예의 학살 때문이었다. "육두정은 넓은 곳이라고 각하께서 직접 말씀하시지 않으셨습니까. 8 대 1은 각하께서 지금 마주하신 상황에 비하면 아무것도 아닙니다. '열세'라는 단어만으로는 도저히 표현할 수 없습니다."

"다들 그렇게 말하지. 그 덕분에 육두정이 모두의 목에 올가미를 씌울 수 있는 거고."

키루에브의 마음속에 알 수 없는 희망이 한 가닥 솟아올랐다. 아무리 제다오라도 육두정 전체를 뒤엎을 반란을 계획할 리는 없지 않을까? 이단자들이 계속 반복해서 입증한 대로, 반란을 일으키기는 쉽다. 하지만 제대로 기능하는 후계 정부를 구성하는 일은 다른 문제다. 그녀는 바로 그 마지막 희망에 간절히 매달리고 싶었다. 헛된 희망에 매달리는 걸 보니, 키루에브도 분명 자살매의 일원인 모양이었다.

제다오는 우아하다기보다는 효율적인 동작으로 자리에서 일어나 키루에브 앞에 섰다. 흠잡을 데 없이 균형 잡힌 자세를 보니 그가 생전에 뛰어난 격투가로 명성을 얻은 것도 당연한 일이라는 생각이 들었다. 그는 웃음기 없는 강렬한 눈빛으로 키루에브를 내려다보았다. "내가 뭘 하려는지 어디 한번 말해보게." 지금까지 자기가 대화를 주도하며 열심히 자기 쪽 논거를 늘어놓았으면서, 새삼스러운 소리였다.

키루에브는 심장을 옥죄는 기분이 들었지만, 평소처럼 평온한 투로 말했다. "각하, 제가 감히 그럴 수 있겠습니까."

"실패한 이단자들로 돌아가는 이 체제가 지긋지긋하지 않나?" 그의 목소리가 말하는 바는 명백했다. 그러나 잿불처럼 달콤하고 무자비한 그의 눈은 다른 말을 하고 있었다. 그는 손을 뻗다가, 키루에브의 턱 바로 앞에 와서야 간신히 멈추었다.

키루에브는 지금 이 상황이 어떻게 이어지는지 잘 알고 있었다. 제다오를 향한 실망감이 자신의 욕망만큼이나 부풀어 올랐다. 그래도 제다오가 적당히 모호한 표현을 사용하고 있었기 때문에, 키루에브는 그의 말을 단순한 감상쯤으로 넘길 수 있었다. 따라서 햇병아리 수준의 기억 소거를 받은 켈조차 가질 수 있는 방어 수단은 남은 셈이었다. 그녀는 아무 말 없이 제다오를 바라볼 뿐이었다. 이보다 강하게 밀어붙일지 기다리며 확인할 생각이었다.

키루에브는 평생 모든 관계에서 실패만 거듭해왔다. 30대 전까지는 데이트도 해본 적 없었고, 한 번뿐이었던 결혼 생활도 짧고 끔찍하기만 했다. 어쩌면 그보다 훨씬 전에 시작된 일일지도 모른다. 열네 살 때 좋아하던 양성체에게 바치려고 만들었던, 지나치게 감상적인 연가가 문제였을지도 모른다. 다른 사람 앞에서 연주한 적은 없지만, 그녀는 아직도 곡조를 전부 기억하고 있었다.

돌이켜보면 키루에브의 결혼은 시작부터 재난이었다. 서른일곱 살의 그녀는 아름답고 우아한 가수 도스베이슨 모레사에게 푹 빠져버렸다. 공학 용어를 두 가지 뜻으로 사용하여 말장난을 벌이는 솜씨에도, 선물을 가져다줄 때마다 짓던 눈부신 미소에도. 모레사가 가장 좋아한 선물은 키루에브가 그녀를 위해 수리해준 음악상자였다. 겉에는 화려한 데쿠파주 호랑이 장식이 붙어 있고, 뚜껑을 열면 톱니바퀴 인형들이 끝없이 사냥을 벌였다.

모레사와 키루에브는 몇 개월의 연애 끝에 1년 계약으로 결혼했다.

1년은 결혼 계약치고는 한심할 정도로 짧은 기간이었다. 그들의 관계는 5개월 만에 식어버렸다. 결혼을 시작할 때, 키루에브는 서로 이성적으로 지속 가능한 관계를 수립하는 중이라고 생각했다. 로맨스에 대한 보수적인 접근이 그토록 끔찍한 파국을 맞을 줄 누가 알았겠는가? 서로 깊은 관계가 된 다음에도 장기적 계획에 대해서는 거의 이야기를 나누지 않았다는 사실을 생각하면, 그들의 관계가 아주 기초적인 부분부터 무너져 내리리라는 정도는 예측했어야 마땅했다.

흥미롭게도, 이제 와서 생각해보면 키루에브는 결별의 결정적인 계기가 된 말다툼의 주제조차도 기억할 수가 없었다. 그 주제 또한 숨겨진 감정의 변주에 지나지 않았다. 모레사는 차분한 어조를 유지했지만, 결국 마지막에 그녀의 얼굴은 좌절감으로 뒤틀려버렸다. 당신은 크게 웃을 때조차도 웃고 있지를 않아. 그녀는 마침내 이렇게 소리쳤다.

당신이 무슨 말을 하는지 모르겠어. 키루에브는 그녀만큼 차분하게 대답했다. 이 거짓말이 파국에 쐐기를 박았다. 얼어붙은 침묵이 흐른 후, 모레사는 그녀를 바라보던 시선을 돌리고 그대로 아파트에서 나가버렸다. 모든 의미를 잃어버린 키루에브는 아파트 곳곳에 흩어져 있는 장식물과 보석 장신구의 파편을 그날 밤 내내 바라보고 있었다. 모레사는 결국 돌아오지 않았다. 남은 결혼 생활 동안, 그 이후로 지금까지, 두 사람이 대화를 나눈 것은 단 한 번뿐이었다. 양쪽 모두 신경을 쓰지 않는 공동 재산에 대한 의견 조율 때문이었다. 그때조차도 그들은 직접 만나지 않았다.

키루에브는 두 어머니에게 실패로 끝난 결혼에 대해 언급하지 않았고, 덕분에 상당한 거짓말을 감수해야 했다. 두 사람이라면 그녀가 견딜 수 없을 정도로 그녀를 이해해주거나, 아니면 모레사를 비난하는 더욱 기가 막힌 일을 저질렀을 것이다. 사실 모레사의 유일한 잘못은 진실을 말한 것뿐이었는데도.

그 이후로 키루에브는 일부러 모든 관계를 망치기 시작했다. 자기도 모르게 망치는 것보다는 나으리라 생각하며 의식적으로 부적합한 파트너를 선택했다. 켈에게서 도망쳐 안전한 생업을 가지라고 계속 애원하던 남자를 선택했을 때가 가장 수치스러웠다. 키루에브는 직업을 버릴 생각은 조금도 없었다. 거의 처음부터 자신을 혐오하던 연인을 위해서 그런 일을 벌일 리는 만무했다. 그 남자의 애원은 키루에브의 직업이 고아와 시체와 난민을 만드는 것이라는 사실을 끊임없이 환기해주는 것 외에는 아무 의미도 없었다.

그녀는 자신의 마음을 제대로 통제하고 있다고 믿었다. 자신의 관계가 어떤 식으로 흘러갈지도 알고 있었고, 그건 결국 찾아올 비난과 파국에 체계적으로 대처하는 방법에도 능숙해졌다는 뜻이었다. 그런데 일반적인 의미 이상으로 그녀의 헌신을 요구하며, 켈과 얽힌 혐오스러운 전력이 있고, 켈 사이의 동침에 따르는 처형이라는 운명조차 두려워하지 않는 남자가 눈앞에 등장하다니, 마침내 벌을 받게 된 것일까. 이 남자는 진형 본능을 이용한 거짓 동반자 관계조차 그리워하고 있을지도 모른다.

제다오는 손을 떨고 있었다. "정말로 쉬울 텐데." 그는 혼잣말했다. 그의 엄지가 키루에브의 볼을 스치고 지나갔다. 심장이 그녀 가슴 안에서 수정 결정으로 얼어붙었다.

문득 제다오는 한숨을 쉬며 한 걸음 물러서더니, 그대로 다시 자리에 주저앉았다. "나는 하고 싶은 일과 하지 말아야 할 일을 구별할 줄 아는 사람일세. 하지만 자네가 나쁜 쪽으로 생각했다고 해서 비난하지는 않겠네." 제다오 본인도 그리 확신하는 기색이 아니었다.

다른 생각을 하고 있었다고 해봤자 소용이 없으리라는 정도는 키루에브도 알고 있었다. "저는 어느 쪽이든 상관없습니다만."

"아니, 상관 있네." 제다오의 목소리는 뜨겁고 차가우며 동시에 날카로웠다. "바로 이런 일이야말로 상관 있는 걸세. 해야 하는 일과 하면 안 되는 일을 구분해야 하는 거라네. 그걸 위해 싸우는 거야."

"언젠가 각하를 이해할 수 있었으면 좋겠습니다." 키루에브는 진심을 담아 말했다.

"그랬으면 좋겠군." 제다오가 말했다. 이번에는 그의 미소도 조금 더 길게 이어졌다.

11

매일 아침 미코데즈는 켈의 군납용 보존식 바를 식사 대신 먹었다. 켈에 따르면 그 보존식 바를 자의로 섭취하는 행위는 섭취자의 정신 건강에 대해 여러 가지 흥미로운 점을 시사해준다고 한다. 미코데즈는 독에 대한 저항력과 복용하는 약물의 효력이 증가하는 느낌 때문에 보존식 바를 좋아했다. 식생활 따위로는 독 내성을 키울 수 없으며, 약물의 효력이 증가할 리도 없다는 정도는 알고 있었지만, 그래도 나름 즐거운 상상이었다. 게다가 자신의 소화기관에 쑤셔 넣는 온갖 사탕들에 대한 속죄가 필요하기도 했다.

오늘 아침에는 48분 일찍 회의실에 도착해 거기서 식사를 끝내버렸다. 집무실의, 그것도 모든 집무실의 내부 장식에 질렸기 때문이었다. 이유를 정확히 아는 사람은 아무도 없었지만, 이 성채에는 집무실이 한두 군데가 아니었다. 물론 백안의 성채를 설계한 건축가 중에는 슈오스도 있었으니, 슈오스의 사고방식을 투영한 결과물일 가능성이 컸다. 그가 가장 좋아하는 집무실은 다른 용도로 사용하다가 내부 변동 구조를 시험하려고 집무실로 개조한 공간이었는데, 미코데즈는 그 사실을 떠올릴 때마다 먼 옛날에 사라진 어느 칠두관의 용기에 감탄할 수밖에 없었다. 그 칠두관은 그로부터 얼마 지나지 않아 목숨을 잃었다. 변동 구조나 성채의 보안 문제 때문은 아니었다. 멀리 떨어진 행성의 회합에 참석하던 도중 인위적으로 만들어진 듯한 질병에 걸렸기 때문이었다.

"형의 식사습관이 이 성채에서 제일 한심할 거야." 이스트라데즈가 말했다. "다른 사람이 그랬다가는 건강 검진을 받을 때마다 경고음이 신나게 울려댈걸." 이스트라데즈는 이미 해초국과 쌀밥과 약간의 부추전과 켈의 채소 절임으로 구성된 아침 식사를 끝낸 후였다.

"그래서 요즘 사귀는 여자친구는 좀 어때?" 미코데즈는 얼굴을 찌푸린 채 자기 태블릿을 보고 있었다. 내려다볼 때 목이 아프지 않도록 태블릿은 받침대에 적절한 각도로 세워놓았다. "벌써 그 여자한테 질린 건 아니었으면 좋겠는데. 보안 통행증은 서둘러 찍어낼 수 있는 물건이 아니라고."

"그렇게 자세히 알고 싶은 거야?"

"솔직히 별로."

이스트라데즈는 그를 향해 엉큼한 미소를 지어 보였다. "내가 여길 떠나서 얼른 회의나 할 수 있으면 좋겠다고 생각하는 거지?"

미코데즈의 선임 부관들은 이스트라데즈를 포함한 그의 대역들에 대해 알고 있었고, 심지어 일반 대중도 그가 가끔 대역을 사용한다는 사실을 어느 정도 짐작하고 있었다. 슈오스가 아닌 자를 기용하는 일을 좋게 보지 않는 자문위원도 몇 명 있었지만, 그는 함께 성장한 동생만큼 자신을 잘 아는 사람도 없다는 점을 지적하곤 했다. 이스트라데즈는 그보다 한 살 어렸다. 그들의 부모들은 원래 두 사람이 쌍둥이로 태어날 예정이었지만, 둘이 동시에 태어나면 아무도 감당할 수 없으리라는 사실을 알아채고 일정을 조절한 것이라고 농담을 하곤 했다.

"아니. 너는 내 자리에 앉아 있어." 미코데즈가 말했다. 예전에도 한 적 있는 일이었다. 첩보부와 회계부 부장은 그 둘을 분간할 수 있다고 확신했지만, 그래도 계속 추측하게 해서 나쁠 건 없을 것이다. "네가 회의를 주재하고, 내가 기록을 하는 거야. 나는 지금 눈을 떼기 힘든 일이 몇 가지 있어서 회의에 온전히 집중하기가 힘드니까."

"그럼 애초에 왜 나온 건데?" 이스트라데즈가 물었다.

"둘이 등장하면 그중 하나는 진짜일 거라고 생각할 거 아니야." 미코데즈에게는 대역이 두 사람 더 있었다. 한 명은 최근 임무를 수행하는 동안 벌어진 암살 시도에서 간신히 살아남은 이후 아직 치료를 받는 중이었다. 지금까지는 일선에서 물러나라는 권고를 거절해온 사람이었지만, 미코데즈는 결국 시간문제일 것으로 생각하고 있었다. 다른 한 사람은 회담에 참석 중이었다.

"그럴 거면 그냥 침실에 틀어박혀서 매실주나 홀짝이다가…" 순간 이스트라데즈는 눈을 가늘게 떴다. "마지막으로 잔 게 언제야, 미코데즈 형? 분명 우리 조카하고 놀아주는 것도 까먹었겠지. 말했으면 내가 니아스를 만나고 왔을 텐데. 외로워할 거라고."

미코데즈는 얼마나 되었는지 확인하려고 보조 두뇌에 질문을 던져야 했다. "2일 3시간 됐고 계속 늘어나는 중이군."

이스트라데즈는 신음을 흘리며 손으로 이마를 덮었다. "나는 정말 최악의 동생이야. 당장 침대로 가."

"회의 끝나고 자면 돼."

"정신 나간 거야, 미키? 셰너가 회의마다 1시간이 넘게 질질 끈다는 걸 알고 있잖아." 셰너는 첩보부 부장이었다. "그 이상 걸릴 수도 있고."

슈오스 첩보부 부장은 항상 자신의 시야가 가장 넓다고 믿었다. 나름 근거는 있는 믿음이었다. 일부 첩보부 부장들은 그 믿음을 20분이라는 명목적인 시간제한을 어기고 지루할 정도로 세세하게 상황을 분석해도 된다는 허가증으로 여기긴 했지만.

"그렇지." 미코데즈는 갈망하는 눈으로 쿠키 접시를 바라보았다. 이스트라데즈의 역할 연기용 소도구라 애석하지만 손댈 수는 없었다. "요즘은 셰너한테 대놓고 암시를 던지고 있어. 평소에는 눈치 빠른 여잔데 그럴 때만 놀라울 정도로 둔감하단 말이야."

"둔감하긴 얼어 죽을. 셰너는 자기 목소리에 심취해 있는 거야. 태도를 개선하라고 대놓고 질책해야 먹힐걸. 형이 너무 소심해서 못 하겠으면 그냥 나한테 맡기면 되는데. 형이 소심하다는 것도 웃기는 일이지만."

"글쎄, 그 목소리는 훌륭한 자장가니까. 어젯밤에 그렇게 놀아재긴 네가 한쪽 구석에서 졸고 있다고 딱히 놀랄 사람이나 있겠어."

"그 정도로 놀아재끼지는 않았거든."

"게다가 셰너는 자의식이 꽤 섬세하다고. 덕분에 추가 정신상담을 받으라고 권하기도 힘들 지경이지. 문제는 그녀가 강박증과 피해망상이 있으면서 충성스럽다는 거야. 그 덕분에 지금 자리에 완벽하게 적합한 사람이기는 하지만, 동시에 매우 섬세하게 다뤄야 한다는 거지. 그냥 지금 이대로 내버려두는 편이 나아."

"형이 그렇게 말한다면야." 이스트라데즈는 마음에 안 든다는 투로 말하고선, 구석 자리 쪽을 엄지로 가리켜 보였다. 미코데즈는 그 자리로 가서 앉았고, 이스트라데즈는 평소 육두관이 앉는 자리로 향했다. "지금 무슨 작업을 하는지 물어봐도 될까?"

"모르는 편이 나을걸."

"그렇게 말할까 봐 두려웠어."

"그럼 애초에 왜 물어본 거야?"

이스트라데즈의 표정에는 수심이 어려 있었다. "누군가는 물어봐야 할 테니까." 그는 억지로 몸을 펴고 쿠키 쪽을 힐끔거렸다. "저 망할 쟁반은 좀 작게 만들 수 없는 거야? 살찌지 않으면서 저 위의 물건을 전부 해치우는 게 갈수록 힘들어지고 있다고."

"신진대사는 네가 나보다 활발할 텐데. 차이점은 네가 온갖 약물을 몸에 덜 쑤셔 넣는다는 거지." 미코데즈의 목소리에 동정하는 기색은 조금도 없었다.

"그게 누구 탓일까?"

"아, 이런, 벌써 회의 시간이 다 됐군." 회의까지는 아직 14분이나 남아 있었고 6분 이상 일찍 도착할 만한 사람은 아무도 없었지만, 미코데즈는 순전히 이스트라데즈의 약을 올리려는 의도로 이렇게 말했다.

"셰너가 우리 데이터 처리 방식의 부적절성에 대해 떠들어대는 시간을 이용해서 눈을 좀 붙이지 않는다면, 회계부장한테 추파를 던져서 형의 명성을 엉망으로 만들어버리겠어." 이스트라데즈가 말했다. 회계부장은 이미 배우자가 있는 사람으로, 정확하게 3개월마다 안단의 최신 유행에 맞춰 육체를 개조하는 취향이 있었다. 그의 패션 중 일부는 극도로 눈에 거슬렸다. 예를 들어 고위 외교관 사이에서 목 가죽에 넣는 주름 장식이 유행할 때가 그랬는데, 그 유행은 다행스럽게도 금방 끝나기는 했다. 회계부장은 그 외의 모든 면에서는 따분하고 보수적인 사람이었고, 침대 위에서는 완벽하게 온건한 취향이었다. "내가 실력을 발휘하면 충분히 넘어오게 할 수 있다고."

미코데즈는 대놓고 하품한 다음 슬레이트를 겨드랑이에 낀 채로 의자 위에 쭈그려 앉았다.

8분 후 문이 열렸다. 서비터 한 대가 미코데즈의 쟁반을 치우러 왔을 뿐이었다. 미코데즈는 보존식 바를 절반밖에 먹지 않았지만, 그가 보존식 바를 항상 절반만 먹는다는 점을 알고 있던 서비터는 조금도 망설이지 않고 치워버렸다. 회의 탁자에는 이미 쿠키와 패스트리가 놓여 있었다. 대부분 달콤한 음식을 사양하는 법이 없는 미코데즈를 위한 것이었다. 화려한 금빛 이쑤시개가 꽂힌 잘게 썬 양념 육회, 춘권, 아삭아삭한 과일 조각이 잔뜩 담긴 커다란 쟁반도 두 개나 놓여 있었다. 미코데즈는 속이 비어 있으면 제대로 생각할 수 없다고 믿는 사람이었다. 따라서 회의 전에 식사하는 쪽을 권장하면서도 원한다면 회의석상에서도 배를 채울 수 있도록 준비시켜놓곤 했다.

1분이 지나자 각 부서의 부장들이 하나씩 입실했다. 미코데즈는 눈을 감은 채로 사람들이 인사를 나누는 소리를 들었다. 이스트라데즈

는 모든 참석자에게 개별적으로 미소를 지어주고 있을 것이다. 미코
데즈 본인이 그렇게 하니까.

한동안 미코데즈는 교류하는 사람들의 목소리를 더듬고 있었다. 셰
너의 목소리는 평소보다 날 서 있었다. 그녀는 하픈을 혐오하는 사람
이기는 했지만, 가족이 하픈에 살해당했다거나 하는 이유는 아니었
다. 예전에 만났던 하픈 귀족이 그녀의 하픈어 억양에 대해 경멸 어린
평가를 했기 때문이었다. 셰너는 자신의 언어 능력에 자부심이 강한
사람이었다. 다행스럽게도 회계부장이 길게 이어질 조짐을 보이던 비
난을 적당히 끊어주었다. 예전에는 회의가 끝나고 이스트라데즈의 연
기를 함께 분석하며 자신이라면 다른 행동을 취했을 지점을 지적해
주곤 했다. 요즘은 그럴 필요조차 없었다.

조금도 졸립지는 않았지만 정신은 몽롱했다. 아직 약효가 돌지 않
은 모양이었다. 의무반 직원들은 그가 너무 많은 종류의 약물을 남용
한다고 지적했다. 물론 그 지적은 의무반 직원의 효과 없는 설교가 아
니라, 그가 만나는 고급 창부들의 입을 통해 전해졌다. 주의를 기울이
고 예의를 갖춰서 그의 직무 수행에 기계적인 보조 수단이 필요하다
는 점을 지적해 오는 식이었다. 그 지적 역시 효과는 없었지만 적어도
말다툼할 시간을 아껴주기는 했다. 미코데즈는 섹스에는 딱히 관심이
없었지만, 자신의 분파 사람들은 누구나 정기적으로 화술에 능통한
숙련된 상담사와 대화를 나눌 필요가 있다고 굳게 믿고 있었다. 자기
자신도 예외는 아니었다.

미코데즈는 느긋하게 슬레이트에서 퍼즐 게임을 실행시켰다. 딱히
뭔가를 숨길 의도는 없었다. 퍼즐 게임은 몇 년 전에 한 생도가 사관

학교의 게임 공모전에서 설계한 것으로, 해당 분야에서 최고 등급을 받은 작품이었다. 미코데즈가 그 게임을 좋아하는 이유는 창의적이어서가 아니라 멍해질 수 있어서였다. 패턴 비교와 음악, 적절한 난이도를 유지할 정도의 무작위성이 결합된 게임이었다. 음악이 보조 두뇌를 통해 들려왔기 때문에 플레이 중에는 회의 내용을 따라가기 힘들었다. 게임을 이어가기 힘들 정도로 점수를 내지 못하는 꼴을 보니, 회의를 이스트라데즈의 손에 넘긴 판단은 옳은 모양이었다. 이 게임을 인지능력 평가의 척도로 사용할 수 있을지 의무반에 확인한 적은 없었지만, 지금 자신의 상태가 엉망이라는 점은 분명했다.

제다오를 호의적으로 그린 드라마가 매체 선전에 악영향을 끼치고 있으며, 이게 다 안단이 그 드라마를 검열에서 통과시킨 덕분이라는 선전부의 열정적인 성토가 이어지는 도중에, 약효가 미코데즈를 급습했다. 순간 방 안의 모든 조명이 환하게 타오르는 것처럼 보였다. 이스트라데즈는 아주 잠시 그를 힐끔거렸다. 알아차린 것이다. 이스트라데즈는 미코데즈에게 시선이 쏠리는 것을 막을 생각인지 드라마 방영에 개입하려면 안단에게 대가를 제공해야 한다는 점을 지적했다. 애석하게도 안단도 세상의 다른 모든 사람처럼 이득을 사랑한다. 놈들은 지금 그 드라마로 떼돈을 벌어들이고 있을 것이 분명했다.

미코데즈는 게임을 끄고 이걸 만든 생도가 잘해나가고 있을지 멍하니 생각하다가, 제다오의 개인 이력 파일을 하나 열었다. 추가로 쿠젠의 파일도 하나 열었다. 한쪽은 4세기, 다른 쪽은 9세기에 걸친 기록이었다. 양쪽 모두 짜증 날 정도로 빈 구석이 많았다. 아니, 어차피 기록이란 역사의 흐름에 따라 부식되는 것이니, 제다오의 경우에는 빈 구석이 많은 게 당연했다. 그가 시한폭탄이 될 거라고 처음부터 예상한 사람은 없었다. 반면 쿠젠의 경우에는 너무 오랫동안 자기 정보를 숨기려고 애써왔기 때문에, 미코데즈는 모든 파일을 아예 믿지조차 않았다. 그래도 어디든 시작 지점은 필요한 법이다.

두 번째로 제다오와 직접 통신을 시도하자, 그는 단순한 전문으로 응답했다. '거래를 합시다, 슈오스-조. 당신은 나를 방해하지 않고, 나는 당신을 방해하지 않는 겁니다. 세부 사항은 하픈이 사라진 다음에 의논하도록 하죠.'

그리 나쁜 조건의 거래는 아니었다. 다만 미코데즈와 그의 부관들은 하픈 함대를 아슬아슬하게 살려두는 것이 제다오의 원래 계획이라고 생각하고 있었다. 침략자가 없으면 육두정의 수호자 행세도 할 수 없으니까. 육두정에는 다른 적도 잔뜩 있으니 하픈을 몰아낸다고 해서 딱히 큰 도움이 되지도 않겠지만, 그 과정에서 제다오가 실수를 저지를 수도 있었다. 미코데즈는 그 전문에는 따로 답신을 보내지 않았다. 어차피 제다오도 확언을 기대하지는 않았을 것이다.

그는 쿠젠 쪽에 집중했다. 그의 실종은 미코데즈의 일상에 묘한 상실감을 선사했다. 두 사람은 친구 사이는 아니었다. 쿠젠은 친구라는 개념은 이해해도 다른 인간과 친구가 될 수는 없는 사람이었다. 상어와 다른 물고기가 친구가 될 수 없는 것처럼.

그러나 두 사람은 동료였고, 미코데즈가 육두관이 된 후로는 종종 서로를 상담 대상으로 삼았다. 미코데즈는 위험할 정도로 그가 마음에 들었다. 그가 사라지기 전까지는 깨닫지 못했지만. 미코데즈는 언제나 도전을 좋아했다. 아무리 평온한 상황이라도 결코 안전할 수 없는 쿠젠과의 접촉은 언제나 커다란 도전이었다.

미코데즈는 쿠젠의 연구기지를 지금까지 두 번 방문했다. 쿠젠은 허수아비 육두관에게 분파 경영을 맡기는 쪽이 낫다고 떠들고 다녔지만, 미코데즈는 쿠젠이 자신의 대행자가 벌이는 모든 행위를 주시하고 있다는 증거를 확보한 상태였다. 파이안은 미코데즈가 육두관이 된 지 12년 후에 허수아비 육두관의 자리에 올랐다. 정황을 자세히 들여다보면 파이안의 전임자가 예산을 착복한 일 때문에 쿠젠이 개인적으로 불쾌감을 표한 모양이었다. 그 남자는 훗날 쿠젠의 개인 비서관 중 한 명으로 다시 등장했다. "재능을 낭비할 필요는 없지." 쿠젠은 쾌활하게 말했다. 쿠젠의 손을 거친 남자는 훨씬 아름답고 순종적인 모습이 되어 있었다.

쿠젠은 언제나 아름다움을 탐하는 사람이었다. 주로 남성체를 수집했고 드물게 여성체나 양성체에도 손대기는 했지만, 그의 소유욕은 인간에 국한되지 않았다. 그는 육두정의 여러 풍요로운 세계에서 모아들인 사치품으로 자기 주변을 가득 채웠다. 한동안 미코데즈는 하조렛 쿠젠이라는 어린 난민에 대한 실낱처럼 남은 기록을 전부 긁어모았지만 그가 지난 9세기 동안 이름이 두 번 바뀐 행성에서 간신히 살아남았다는 사실 이상은 파악할 수 없었다. 다만 손으로 짠 양탄자나 유리를 불어 만든 꽃 모양 장신구, 자개와 월장석을 가득 박아 만든 장롱까지 온갖 물건에 대해 보이는 집착에서 어느 정도 유추할 수는 있었다. 쿠젠은 온갖 물건을 모아들이면서도 일단 손에 넣은 다음에는 조금도 관심을 두지 않는 사람이었다. 미코데즈는 그런 사소한 물건을 뇌물로 사용하려는 시도를 애초에 관두었다. 진짜로 그에게

청할 일이 있을 때는 고대의 육분의나 섬세하게 만든 성계의 등, 과학자로서의 쿠젠의 흥미를 끌 물건을 선택했다.

파이안은 마침내 미적지근한 탐색을 멈추고 직접 수하를 파견해 쿠젠의 옛 연구 기지를 점거했다. 미코데즈는 그녀가 단서를 찾아 이후 10년 동안 기지를 샅샅이 훑고 다니겠지만 결국 별 성과를 거두지 못하리라 예측했다. 그녀를 도와줄 생각도 있었지만 파이안이 미코데즈의 도움을 사근사근하게 받아들일 리 없었다. 미코데즈를 신뢰하지 못하기도 할 테고. 그건 당연한 일이었다. 미코데즈는 그런 명성을 얻으려고 수십 년 동안 상당히 노력해왔으니까. 순진하게 넘어간 사람들을 비난할 수는 없었다.

"…미키."

어린 시절의 애칭을 들은 미코데즈는 고개를 들었다. 방 근처에 부서장이 남아 있다면 이스트라데즈가 자신을 그 이름으로 부를 리가 없었다. "응?" 그는 대답하며 눈가를 문질렀다. 허기에 배 속이 울렸다. 마지막으로 식사한 적이 언제였더라?

"자, 쿠키야." 이스트라데즈는 허리춤에 손을 댄 채로 그를 내려다보며 서 있었다. "어차피 다른 걸 먹으라고 해도 말 안 듣겠지. 다 먹고 그대로 침대로 가."

"무슨 헛소리야. 아직 회의에서 무슨 일이 벌어졌는지 보고도 안 했잖아." 미코데즈가 말했다.

이스트라데즈는 한심하다는 눈빛으로 형을 바라보았다. "농담하는 거야? 회의 내내 졸아놓고서. 눈 뜨고 잔 걸지도 모르지만. 평소라면 그 정도로 못 참을 리가 없잖아."

"그렇게 오래 잤을 리가…" 미코데즈는 보조 두뇌를 확인했다. 아무래도 동생의 말이 사실인 모양이었다.

이스트라데즈의 목소리가 부드러워졌다. "뭐, 그래도 그렇게 나쁜 일은 아니잖아. 첩보부와 선전부의 끝내주는 신경전을 놓치기는 했지만. 나중에 전부 알려줄게. 약속할게. 지금은 그냥 내 방에서 좀 자 둬. 형이 제대로 직무를 수행할 수 있을 때까지 내가 대신해줄게."

"좋아. 알았으니까." 자신이 완전히 패배했다는 사실을 깨달으며, 미코데즈는 말했다.

"방까지 데려다줄게." 이스트라데즈가 말했다.

"아니, 그럴 필요 없어."

이스트라데즈는 눈에 띄게 망설이다가, 이내 고개를 끄덕였다. 그는 회의용 탁자로 돌아가서 차가운 춘권을 하나 집더니 미코데즈의 손에 쥐여주었다. "애피타이저 쟁반에서 군것질거리를 슬쩍해 온 꼬맹이처럼 보이겠지만, 나는 안 혼낼 테니까. 먹어." 그는 미코데즈가 진짜로 먹을 때까지 내내 지켜보며 서 있었다. 춘권은 그새 말라버려서 물 반 잔을 들이켜며 억지로 목구멍으로 넘겨야 했다. 그는 나중에 주방에 한 소리 해줘야겠다고 다짐해놓았다.

미코데즈는 일부러 빙 둘러서 이스트라데즈의 아파트로 향했다. 서두를 필요는 없었다. 그는 동생이 흔히 짓는 '내가 형이랑 얼굴이 똑같은 게 뭐가 문젠데' 느낌의 느긋한 비웃음을 연기하며 걸음을 옮겼다. 연기 자체가 직업인 이스트라데즈 쪽이 실력이 더 좋기는 했지만, 미코데즈도 기회가 될 때마다 감을 잃지 않으려 노력했다.

그는 신나게 뛰어다니는 여우들이나 내숭을 떠는 달 토끼가 군데군데 그려진 녹색 벽을 손으로 훑었다. 때론 휴가를 얻어볼까 하는 생각을 하기도 했다. 안타깝게도 미코데즈는 반드시 참석해야 하는 최상위 의식이 열릴 때를 제외하고는 거의 성채를 떠나는 일이 없었다. 어차피 절대 잠들지 않는 슈오스의 본부가 그에게 가장 어울리는 장소이기도 했다.

이스트라데즈의 아파트에 들어온 미코데즈는 순간 소리치며 보안 요원을 부를 뻔했다. 방 안에 이미 누군가 있었던 것이다. 그러나 다음 순간 그녀는 비단이 사락거리는 소리와 목과 손목과 발목에 달린 청동 구슬이 짤랑거리는 소리를 내며 소파에서 일어섰고, 미코데즈는 긴장을 풀었다.

"스피렐." 미코데즈는 그녀의 이름을 중얼거렸고, 두 사람의 뒤편에서 문이 닫혔다.

그녀는 향수의 안개를 몸에 두른 채 사뿐한 걸음으로 곁으로 다가와서 포옹했다. 그리 플라토닉한 의도만은 아닌 포옹이었다. 스피렐과 미코데즈와 이스트라데즈는 잠자리를 함께한 적이 있었다. 스피렐의 제안이었고, 만취한 이스트라데즈는 정말 재밌는 생각이라 여겼으며, 미코데즈는 딱히 거절할 이유도 없어서 받아들였다. 스피렐은 호기심을 채웠는지 이후로는 그런 일을 청하지 않았지만, 미코데즈는 가끔 그녀의 의도가 궁금해지곤 했다.

"당신 맞지." 그녀는 묘하게 냉담한 투로 이렇게 말했다.

"어떻게 항상 맞히는 건지, 정말 짜증이 나는군요." 미코데즈는 그녀의 귓가에 속삭였다.

스피렐은 공허나방 조종사처럼 우아하게 몸을 떼고 그를 향해 웃어 보였다. "그래서 돈을 많이 받는 거잖아?" 그녀는 사관학교에서 고급 창부가 아닌 슈오스 보병대를 전공으로 택했다. 미코데즈는 그녀와 팔씨름을 하면 후회하게 된다는 사실을 경험에서 알고 있었다. 힘 자체는 그가 더 강했지만, 그녀는 절대 규칙을 충실히 따르지 않았다. 애초에 동료 슈오스가 규칙을 따르리라 기대한 것 자체가 잘못이기는 했지만. 그 동료 슈오스가 동생과 오랜 시간을 함께 보낸 연인일지라도.

스피렐도 비난하는 눈빛으로 미코데즈를 바라봤다. 회의실에서 이스트라데즈가 보내던 눈빛과 상당히 비슷한 느낌이었다. 미코데즈는 한숨을 쉬며 얌전히 소파에 누운 후 몸을 뒤척였다. 스피렐은 헛기침 소리를 냈다. 미코데즈는 순순히 신발을 벗었다. 스피렐은 자기 소파에 신발을 신고 오르는 일을 절대 용납하지 않았다. 물론 아파트 자체는 이스트라데즈의 소유였지만, 미코데즈는 보안대의 실내 소장품 목록에도 그 소파가 스피렐의 사유물이라고 확실히 명기해놓았다.

"정말 지쳤습니다." 미코데즈는 문득 이렇게 말하다가 자기 목소리가 얼마나 흐릿하게 들리는지를 깨닫고 한 번 더 놀랐다. 다시 의무반을 방문해야 할지도 모른다. 의무반 직원들이 그가 복용하는 약물 배합을 수시로 바꾸기는 하지만, 배합이 이렇게 엉망으로 실패한 건 제법 오랜만이었다.

"그럼 자." 스피렐은 상쾌할 정도로 명쾌한 투로 이렇게 말했다. 미코데즈는 그녀의 그런 점을 좋아했다. "조금 안으로 붙어볼래."

갈수록 근육을 움직이기가 힘들어지는데도, 그는 그 말에 따랐다. 스피렐은 그의 옆자리로 올라와서 함께 담요 속으로 들어갔다. 그녀의 몸에서 전해져 오는 온기는 그 자체로 살아 있는 생물처럼 느껴졌다. 민트와 시트러스 향기 속에 가볍게 라벤더가 섞여 있었다. 그녀는 미코데즈가 어깨를 베개로 쓰라고 내줄 때까지 계속 그의 품을 파고들었다. 끝내주는군, 일어나보면 한쪽 팔이 마비되어 있겠어. 미코데즈는 잠들기 전에 마지막으로 이런 생각을 했다.

그러나 막상 일어나보니 팔에는 저린 기색도 없었다. 스피렐은 이미 자리에서 일어나 성채의 정원 하나가 내려다보이는 창문 앞에서 스케치를 하고 있었다. 그녀는 잠자리 그리기를 좋아했다. 지금 보이는 정원에는 잠자리가 가득했다.

"날이 좋군요. 이스트라는 어디 있죠?"

"여기 있지." 이스트라데즈가 욕실에서 나오며 대답했다. 아직 물기를 닦는 중이었다. 그는 눈살을 찌푸리며 스피렐이 꺼내놓은 육두관 제복을 바라보고는, 고개를 저으며 옷장 쪽으로 쿵쿵대며 걸어갔다. "아냐, 아냐, 아냐, 아냐… 흠. 이건 한동안 안 입은 옷인데."

"아예 입은 적이 없다는 말이겠지." 복식과 장신구 문제에서는 절대 틀리는 법이 없는 스피렐이 이렇게 말했다.

"그걸 어떻게 알아?" 이스트라데즈가 물었다.

"2주 전에 내가 사준 거니까. 기억이 나시려나?"

미코데즈는 그 표현을 머릿속에서 14일 전으로 번역했다. 스피렐은 7일 단위의 일주일 개념을 사용하는 일을 즐겼다. 불법이라고는 할 수 없지만 육두정 영토 대부분에서 불길한 행위로 여겨지는 행위인데도. 7일 단위의 일주일은 그녀의 출신 민족 전통이었다. 언젠가 그녀는 자기네 민족의 옛 역법이 어땠을지 짐작조차 가지 않는다는 말을 꺼낸 적이 있었다. 주변 상황을 둘러보고 이단으로 쓸려 나가는 것보다는 육두정에 들어가는 게 낫겠다는 결정을 내린 이후로 완벽히 사라졌기 때문이었다. 미코데즈는 일주일 단위처럼 사소한 관습을 간직하기로 정한 이유를 물어보았지만, 그녀는 그저 어깨를 으쓱할 뿐이었다.

이스트라데즈는 다시 마음을 바꾸었는지 희미한 슈오스 느낌의 분홍색과 노란색 로브를 걸쳤다. 그러고는 복장에 딸린 장미 석영과 헬리오트로프와 섬세하게 세공한 반짝이는 아쿠아마린 장신구를 걸치려고 애쓰며 욕설을 내뱉었다. 스피렐은 이스트라데즈의 뒤에서 미코데즈를 향해 얼굴을 찡그려 보이고는 걸쇠 잠그는 일을 도왔다.

"고마워." 이스트라데즈가 말했다.

"진품 보석을 살 만큼은 급료를 준 것 같은데." 미코데즈가 말했다. 그는 이스트라데즈의 수집품을 전부 알고 있었다. 적금실을 늘어트려 만든 장신구며, 음악상자며, 예비용 머리핀에 이르기까지. 미코데즈와 이스트라데즈는 앞머리는 길게 늘어뜨려도 뒷머리는 짧게 깎았지만, 스피렐은 항상 자기 머리핀을 잃어버리는 버릇이 있었다.

이스트라데즈는 한쪽 어깨를 으쓱해 보였다. "어차피 대단한 자리에 가는 것도 아닌데. 알아보고 품평할 사람도 없다고."

미코데즈는 소파에서 몸을 일으킨 후 방을 가로질러 걸음을 옮겨서는, 이스트라데즈의 어깨를 붙들어 자신을 향하게 했다. "내가 아는 사람 중에서 가장 자만심이 강한 사람이 바로 너야." 그는 이렇게 말하며 근처 화장대에서 빗과 무스를 가져와서 이스트라데즈의 머리를 손질했다. "언젠가 그런 사소한 문제 때문에 발목이 잡히겠지."

"내가 잘못 들은 걸까." 스피렐이 말했다. "반짝이 몇 개 때문에 저 사람이 나보다 자만심이 강하다고 말하고 있는 거야? 아무래도 내 노력이 부족한 모양이네." 그녀는 목탄을 내려놓았다. 손과 소맷부리가 검댕으로 가득했다.

이스트라데즈의 동공이 호박색 홍채를 집어삼킬 것처럼 커졌다. "내가 반짝거리는 걸 좋아하는 게 뭐 어때서? 그게 범죄는 아니잖아. 적어도 그걸로 아이들을 암살하지는 않는다고."

스피렐은 과장된 몸짓으로 닥치라는 시늉을 해 보였다.

"좋아." 미코데즈는 예전에 직접 정리해놓았던 성난 고용인을 대하는 방법을 되새겼다. 이스트라데즈는 고용인일 뿐만 아니라 가족이기도 했지만. 일단 조금씩 힘을 뺀다. "이번에는 내가 또 뭘 했는데?"

"딱히 별로." 이스트라데즈가 말했다.

"'딱히 별로'라는 소리가 진심일 리가 없지." 미코데즈는 빗을 얼른 자리에 내려놓았다. 이스트라데즈가 빗을 가로채서 그의 눈에 박아버리기 전에. 동생은 언제나 제법 성미가 급한 편이었다. "그 빌어먹을 회의 내용은 언제 나한테 보고할 생각이야?"

이스트라데즈는 낮은 소리로 으르렁거리더니, 그대로 형에게 몸을 기울여 키스하며 아랫입술을 잘근거렸다. '기울여'는 적절한 표현이라고는 할 수 없었다. 말 그대로 자신의 온몸의 체중을 미코데즈에게 실었으니까. 우리는 쌍둥이가 아니지. 미코데즈는 옷을 풀어헤치며 이런 생각을 했다. 이스트라데즈는 이미 발기해 있었지만 미코데즈 본인은 반쯤 둔한 상태일 뿐이었다. 섹스와는 아무 관계 없는 이유 때문에.

"사랑하는 내 동생. 언제든 부탁만 하면 되는데." 미코데즈의 목소리에는 아무 감정도 실려 있지 않았다.

"나도 항상 그렇게 말해주거든." 물 튀기는 소리를 뚫고 스피렐의 목소리가 들렸다. 그 목소리엔 조금도 동정하는 기색이 없었다. 손가락에 묻은 목탄 가루를 씻어내려 욕실에 갔던 모양이었다. 열심히 씻어도 더 엉망이 되기 일쑤였지만. 그녀는 종종 손톱 아래 들러붙은 목탄 가루를 숨기려고 장갑을 끼곤 했다.

이스트라데즈는 형의 뺨을 때리려고 손을 쳐들었다. 미코데즈는 그 손을 붙들고 입가로 가져와서, 싸구려 반지 위쪽의 손가락 마디에 입을 맞추었다. 이스트라데즈의 흐느낌이 목젖을 따라 흘러갔다. "형한테는 쉽겠지. 좋은 일, 나쁜 일, 옳은 일, 그른 일 전부. 신경을 안 쓰니까. 형은 항상 효율성에만 신경을 쓰잖아."

"내 직무를 수행할 뿐이야. 그렇게 힘들여 이 자리를 얻은 이상, 무책임하게 내팽개칠 수는 없으니까." 그는 계속 입을 맞추며 이스트라데즈를 소파로 데려가서 밀어 넘어뜨렸다. 이스트라데즈는 저항하지 않았다.

미코데즈는 소파 옆에 무릎을 꿇고 이스트라데즈의 허벅지 안쪽으로 손을 넣었다. 좋아. 이번에는 반응이 왔다. "나는 항상 내 할 일을 하겠지. 나는 슈오스의 의지 그 자체니까. 하지만 내가 너를 사랑한다는 사실만은 절대로, 무슨 일이 있어도 의심하지 말아줘."

그 순간 스피렐이 욕실에서 나왔다. 미코데즈는 그녀에게 고개를 끄덕였다. 스피렐은 그에게 살짝 슬픈 미소를 지어 보이고는 그의 손을 붙들어 일으켜주었고, 미코데즈는 그대로 이스트라데즈의 몸을 감싸듯 덮었다. 스피렐은 고양이처럼 편하게 바닥에 웅크리고 앉아 이스트라데즈의 목 한쪽 측면에 입을 맞추며 올라가며, 한쪽 손으로는 미코데즈의 등을 천천히 주물렀다. 그럴 필요는 없었지만 고마운 일이기는 했다. 문득 스피렐이 손에 묻은 목탄 가루를 전부 닦았는지가 궁금해졌다. 이스트라데즈의 크게 뜬 눈은 아직 흐릿했다. 그는 반쯤 헐떡이고 반쯤 신음하며 뭔가를 말하고 있었다.

"쉿. 쉬잇." 미코데즈가 말했다. 그는 이스트라데즈를 즐겁게 해주는 일에 몰두한 채로, 이스트라데즈의 최근 정신감정 결과를 확인해봐야겠다고 머릿속에 새겨놓았다.

12

감방의 대기 공간으로 이어지는 문 너머에서 발소리가 울렸다. 그러나 브레잔은 딱히 상황이 변할 거라 기대하지 않았다. 굶주림이 수반하는 격통에는 이미 익숙해졌고, 입은 항상 메말라 있었다. 간수들이 보조 두뇌를 정지시킨 후로 날짜를 헤아릴 수는 없었지만, 지난 한 주는 충분히 예측 가능한 방향으로 흘러갔다. 이 상황에서 얻을 수 있는 미미한 즐거움은 혼자서 '이럴 줄 알았지'라고 되뇌는 것밖에 없었다. 애석한 일이었다.

슈오스에서 켈로 넘어오는 과정에 대해 기억나는 것이라고는 분파의 화려한 적색과 금색 제복을 입은 말수 적은 사람들의 흐릿한 모습뿐이었다. 짜증 나는 두 의무관이 어떻게 되었는지는 결코 알 수 없을 것이다. 차라리 그쪽이 더 나았다. 스페니와 술 달린 옷을 입은 부하 여성은 알아서 잘하고 있겠지.

켈은 조금도 시간을 낭비하지 않고 그의 신원을 확인한 후 이 감방에 집어넣었다. 벽에 대고 소리를 지르고 싶은 충동을 간신히 억누르며 끝나지 않을 것만 같은 이틀을 보냈다. 이틀 후 대령 한 명이 모습을 드러냈다. "켈 브레잔, 신체 상황을 고려해볼 때 일어날 필요는 없다. 내 말 이해가 되나?" 그녀는 이렇게 말했다.

그래도 그는 자리에서 일어나 그녀에게 경례를 붙이려 했다. 그녀는 고개를 저었다. 그는 최대한 한심하지 않은 앉은 경례 자세를 취하려 애썼다.

"켈 브레잔, 귀관의 추방과 백조매듭 함대의 지휘권 이양을 불러온 사태를 명확히 파악할 때까지, 귀관의 계급은 존재하지 않는 것으로 간주한다."

통상적인 절차였다. 자신을 칭하는 태도에서 충분히 그러리라 예측했다. 켈 심문관들이 그와 대화를 나누러 찾아올 것이 분명했다. 진형 본능을 통해 최적의 결과를 이끌어내려면 계급이 있으면 방해만 될 테니까. "알겠습니다." 그는 헐떡이며 대답했다.

"한 가지 물어보겠다, 병사. 왜 슈오스에게 구원을 요청한 건가?"

그 점이 분명 문제가 될 터였다. 어차피 칭찬받을 행동이 아니라는 것도 잘 알고 있었다. 결정할 때부터 처벌을 받아들일 각오는 했다. 그는 자신의 사고 흐름을 설명했다.

"다른 말로 하자면, 제다오 대장이 진형 본능으로 조종할 수 없는 승무원을 하선시켰는데, 네가 그중 하나였다는 말이로군." 대령이 말했다.

"그렇습니다, 대령님." 자신이 내뱉는 단어가 유리 조각처럼 목을 가르는 것 같았다. "하선한 인원 중에서 상황을 목격한 켈은 저뿐이었습니다." 교리장교에 대해서는 전혀 듣지 못했다. 물론 의료상의 난점 때문에 목숨을 잃었을 가능성도 있었다.

대령의 눈빛은 싸늘했다. "그 대답으로 귀관은 다른 부서에서 처리할 문제가 되었다. 지금 열심히 휴식을 즐겨두도록. 앞으로는 그리 많이 쉴 수 없을 테니까."

"알겠습니다." 브레잔은 느릿하게 대답했다. 그도 켈이 추락매를 어떻게 다루는지는 알고 있었다. 일이 아주 잘 풀린다 해도 최소한 계급을 박탈하고 퇴역 처리를 할 것이며 최악의 경우 처형당할 것이다. 그러나 당시에는 자신의 의무를 수행할 다른 방법이 생각나지 않았다.

브레잔은 그 후로 한참을 홀로 보냈다. 그리드의 생기 없는 목소리가 울릴 때마다 묵상으로 추도 의식을 준수했다. 아마 라할이나 비도나 심문관을 데려오는 중일 것이다. 켈 심문관은 추락매가 역병이라도 되는 것처럼 다가가기조차 꺼리니까. 가끔씩 서비터 한 대가 음식을 가져왔지만, 언제나 식은 밥 한 공기와 물이 전부였다. 그는 기회가 있을 때 슈오스 스페니의 호의를 조금 더 즐겨놓았으면 좋았을 것이라고 후회했다. 브레잔은 놀이 삼아 서비터들을 구별해보려 했다. 그러나 서비터들은 매번 다르게만 보였다. 실제로 각각 다른 서비터거나 꾸준히 외형을 개조하는 것 같았다.

브레잔은 인정하기는 싫어도 내심 비도나 쪽을 원했다. 비도나에 호의를 품고 있기 때문은 아니었다. 그도 그 정도의 분별력은 있었다. 직접적인 육체의 고통은 예전에도 견딘 적이 있었다. 대위 시절, 그가 탑승한 수송선이 이단자 테러범들에게 나포된 적이 있었다. 켈에 해방되기 전까지 그리 오래 붙잡혀 있지는 않았지만, 브레잔은 지금까지도 뜨거운 섬유가 발바닥과 얼굴을 헤집던 순간의 고통과, 뒤이은 회복의 감각을 생생히 떠올릴 수 있었다. 눈알 하나는 새로 만들어내야 했다. 비도나는 그저 고문을 할 뿐이다. 라할은 그의 문장을 읽어내고, 특정 질문에 대한 문장의 반응을 이끌어낼 수도 있다. 소문과는 다르게 거짓말 탐지처럼 직접적인 방식도 아니고 독심술 정도로 효과가 좋은 것도 아니지만, 숙련된 라할이라면 어렵지 않게 진실을 밝혀낼 수 있다.

구류된 지 13일 만에 라할 심문단이 도착하자, 브레잔은 켈이 그의 경고를 진지하게 받아들였다는 사실을 깨달았다. 뒤이어 이런저런 의문이 떠올랐다. 심문관들이 도착했을 때, 그는 방 안을 이리저리 돌아다니고 있었다. 물론 수면 장치의 영향도 아직 남은 데다 느슨하기는 해도 거미형 구속구를 착용하고 있어서 고통스러울 정도로 느린 걸음이기는 했지만. 그래서 그는 라할 심문단의 존재를 바로 깨닫지 못했다. 회색 옷감에 청동색 단이 들어가 있는 평범한 로브를 보면 정체는 분명했다. 늑대들의 완전 정장에 해당하는 복장이었다. 라할은 제복 체계가 거꾸로 되어 있어서, 가장 가벼운 자리에서 가장 화려한 제복을 입는다.

선임 심문관은 곱슬머리에 차분한 표정의 여성이었다. 심문단을 구성하는 여섯 명 모두 눈이 청동색으로 빛나고 있었다. 감지능력을 활성화했다는 뜻이었다. 그들은 표준 언어의 고대 형태로 인사의 말을 중얼거렸다.

목을 막는 두려움 덩어리를 억누른 브레잔은 구속구가 허용하는 한도 내에서 최대로 격식을 차린 인사를 했다. 물론 제대로 될 리가 없었다. 라할은 의전에 까다롭다고 알려졌지만, 동시에 합리적인 대응에 자부심을 느끼는 이들이기도 하다. 어쩔 수 없는 일로 비난을 퍼붓지는 않을 것이다.

선임 심문관은 가벼운 묵례로 브레잔의 인사를 받아들였다. 그의 행동을 무례로 받아들이지 않기로 했다는 뜻이었다. "켈이여. 나는 라할 환 심문관이다. 그대의 주장이 진실한지를 파악하기 위해 여기 왔노라." 그녀는 매우 순수한 형태의 표준 언어로 이렇게 말했다.

"최대한 마음을 열어놓으려 노력하겠습니다, 심문관이시여." 브레잔은 이렇게 말했다. 애초에 여섯 명으로 구성된 최고위 심문단의 힘에 저항할 수 있을 리가 없는데도.

"앉아 있는 편이 좋을 것이다. 시간이 좀 걸릴 터이니." 환이 말했다.

브레잔은 몸을 끌고 벤치로 가서 자리에 앉았다. 다리가 후들거리기는 했지만 절대 들킬 생각은 없었다. 그럴 필요 없는데도 일부러 환과 눈을 마주하려고 마음을 단단히 먹고 고개를 들었으나, 다음 순간 그의 감각은 머릿속 균열 속으로 그대로 가라앉아버렸다.

그의 의식의 일부는 여전히 벤치에 앉아 있었지만, 나머지 의식은 이리사 우주 기지에 있는 부모님의 아파트로 이동했다. 환의 첫 번째 질문이 촉매가 되어 만들어진 꿈속 공간이었다. 그는 그곳이 어떤 모습이었는지 멍하니 생각하다가 문득 벽의 모습에 집중했다. 차갑게 번득이는 총기 부품으로 벽을 말끔하게 도배한 것처럼 보였다. 세 명의 아버지가 왜 저런 짓을 한 걸까?

브레잔은 첫째 누나 케레잔이 평소처럼 메뚜기가 그려진 등잔 옆에서 책을 읽고 있는지를 확인하려 고개를 돌렸다. 그녀도, 그녀의 아이 두 명도 그곳에 없었다. 케레잔은 브레잔과 마음이 맞는 유일한 누나였다. 조카들에게 요리를 대접하는 일도 즐거웠다.

고개를 돌려보니, 쌍둥이 누나 미우잔과 가나잔이 가장 젊은 아버지의 패턴스톤 놀이판을 가지고 게임을 즐기는 모습이 보였다. 머리카락을 뒤로 넘겨 핀으로 고정한 가나잔은 무슨 수를 썼는지 미우잔에게 3점을 깔고 두게 한 모양이었다. 미우잔은 사람들에게 핸디캡을 주는 일을 태생적으로 싫어했다. 브레잔보다 여섯 살이나 많은데도, 어린 시절부터 그녀는 절대 단 한 점도 깔게 허락하지 않았다.

쌍둥이 누나는 군복을 입고 있었다. 가나잔은 수납나방에서 행정병으로 근무했는데, 그녀는 그게 전투함에서 발품을 파는 것보다 나은 보직이라 생각했다. 그녀는 항상 보급 업무를 동경했다. 대령인 미우잔은 이네세르 대장의 참모진에 속해 있었고, 입만 열면 멈출 줄 모르고 그 사실을 자랑해댔다.

브레잔은 입을 열고 뭔가 말을 했지만, 자신이 무슨 말을 했는지도 확신할 수 없었다. 어차피 별 상관은 없었다. 두 사람 모두 들은 티를 내지 않았으니까. 그는 시선을 자신의 손 쪽으로 향했다. 검은 장갑이 없었다. 그러고 보니 제복도 없었다. 칙칙한 갈색의 민간인 옷을 입고 있을 뿐이었다.

다른 틈새가 열리고 그는 다시 그 틈새로 빠져들었다. 바닥이 사방으로 지평선 너머까지 뻗은 넓은 결투장에, 그와 미우잔이 마주 서 있었다. 미우산의 손에는 환히 빛나는 역법검이 들려 있었다. 붉게 달아오른 숫자들이 하얀 불꽃을 튀겼다. 그녀는 항상 결투 솜씨가 뛰어났다. 어릴 적에 브레잔은 그녀가 품세를 연습하는 모습을 지켜보는 것을 즐겼다. 브레잔은 누나가 격렬하게 스스로를 단련하는 모습을 동경했다.

브레잔은 누나에 맞서 인사를 하려고 자기 검을 발동했다. 그의 검은 평소처럼 흐릿한 푸른색이 아니라 붉은 기가 감도는 노란색이었다. 여우잖아, 그는 짜증을 섞어 생각했다. 슈오스 제훈을 비난하고 싶은 마음이 가득했다. 그러나 솔직히 말해, 제훈이 그의 목에 올가미를 씌운 것은 아니었다. 그저 길고 튼튼한 밧줄을 던져주었을 뿐이다.

"어차피 네가 질 텐데, 우리 꼬맹이." 미우잔이 평소처럼 우월한 기색을 드러내며 말했다. "하지만 나아지고 있다는 건 인정해줄게."

브레잔은 종종 미우잔을 칠보 상자에 쑤셔 넣고 그대로 안단에게 배송해서, 잘난 척을 줄이거나 최소한 덜 드러내 보이도록 개조해달라고 요청하는 상상을 하곤 했다. 정작 미우잔은 자기 때문에 동생이 치를 떨고 있다는 사실을 꿈에도 몰랐지만. 브레잔은 그녀에게 인정받기를 애초에 포기했다. 그저 입을 닥치게 하는 정도로 만족해야 했다.

"총 쏘는 솜씨는 내가 낫잖아." 대꾸하는 것 자체가 실수인데도, 그는 이렇게 말했다.

그녀는 꾸짖는 눈으로 동생을 바라보았다. "그래, 남은 평생을 보병대에 처박혀 있을 생각이라면 그게 낫긴 하겠지."

넷을 센 다음, 미우잔은 돌진해 왔다. 브레잔의 방어는 너무 느렸다. 제대로 반응했어도 결과는 똑같았겠지만. 미우잔의 검이 환히 타오르며 불길을 내뿜었다. 불꽃은 즉시 검게 빛나는 날개로 변했다, 검날 본체는 그대로 길게 뻗으며 잿불매의 머리와 물결치는 목의 형상을 이루었다.

브레잔은 욕설을 내뱉으며 공격을 피하려 몸을 숙였다. 날카로운 맹금의 부리를 가진 잿불매는 아무 해도 입히지 않고 그의 몸을 통과했다. 화염이 그의 몸을 감싸고 돌았다. 열기는 조금도 느껴지지 않는데도, 어디선가 살점 타는 악취가 흘러왔다.

미우잔이 붉은빛과 금빛으로 타오르고 있었다. 땋아 올린 머리카락이 풀어져 머리를 감싸듯 휘날렸다. 그슬리고 조각난 피부가 얼굴에서 벗겨져 나오면서 바싹 말라 버석거리는 소리를 냈다. 머리와 손에는 희멀건 뼈가 드러나 보였다. 이런 상황인데도 누나의 목소리는 차분하기만 했다. "아, 브레잔. 너는 이대로라면 절대 진형의 불길이 될 수 없을 거야."

"처음부터 진형에서 몸을 태우려고 켈에 들어가는 사람이 어디 있는데?" 브레잔은 그녀를 향해 소리쳤다. 아무리 짜증 나는 사람이라도 미우잔은 그의 누나였다. 패턴스톤 놀이법과 검술과 가보인 총을 분해하고 재조립하는 방법을, 다른 무엇보다 꿀과 생강이 들어가는 끝내주는 쿠키 만드는 법을 알려준 사람이었다. 그녀가 자살 진형에 포함되거나 적의 총알에 맞거나 계단에서 굴러떨어져 죽는 일은 원하지 않았다. 난 요새 놀이에 어울리고 싶어서 누나들을 졸졸 따라다니던 허약한 여덟 살 꼬맹이가 아니라고. 브레잔은 이렇게 외치고 싶었다.

미우잔이 대꾸했는지는 알 수 없었다. 불길이 울부짖는 소리 때문에 아무것도 들을 수 없었으니까. 그대로 자신도 불타버린다면 그녀를 따라가서 답을 들을 수 있을지도 모른다는 미친 생각이 들었다. 그러나 아무리 애를 써도 불길은 그에게는 달라붙지 않았다. 지금 그는 검은 장갑을 끼고 있었다. 상황을 생각해보면 우스꽝스러운 일이기는 했지만. 장갑 따위로는 아무것도 달라지지 않았다.

라할의 심문능력은 이런 식으로 제법 오래 계속되었다. 벤치로 돌아온 브레잔은 몸을 굽힌 채 몰려오는 굶주림에 몸을 떨었다. 라할이야 단식에 익숙할지도 모르지만, 그는 여전히 제대로 처치받지 못한 채 수면 장치에 들어간 충격에서도 제대로 회복하지 못한 상태였다. 서비터 하나가 그에게 물을 가져다줬다. 그는 헐떡이며 물을 목구멍으로 넘겼다. 숯가루를 잔뜩 탄 맛이 났다.

라할은 느긋하게 즐기며 천천히 제다오 쪽으로 주제를 옮겼다. 브레잔 본인과 마찬가지로, 심문 속의 제다오는 지금의 여성형 육체가 아니었다. 그가 기록 동영상 속에서 본 늘씬하고 조금 키 작은 남자의 모습이었다. 제복은 완전 정장에, 먼 옛날 슈오스에서 배속되어 온 장교를 나타내던 표식인 붉은색과 금색의 어깨술이 달려 있었다. 그 모습 앞에서 브레잔은 자신의 가벼운 제복이 부적절하다는 생각에 사로잡혔다. 하지만 제다오의 비뚤한 미소는 변치 않았다. 그와 브레잔은 패턴스톤을 두는 중이었다. 브레잔은 명령이 아닌 한 앞으로 절대 보드게임에는 손대지 않겠다고 마음속으로 굳게 다짐했다. 브레잔이 눈을 깜빡일 때마다 판 위의 돌들은 위치를 바꾸었다. 차마 뒤를 돌아볼 수는 없었지만, 어딘가 뒤편 멀리서 비명과 흐느낌 소리가 계속 울리고 있었다.

제다오는 왼손에 권총을 들고 있었다. 장갑은 손가락 유무와 관계없이 아예 끼고 있지 않았는데, 브레잔은 그 모습을 제다오가 진지하게 임하고 있다는 뜻으로 받아들였다. 당연히 하수인 브레잔 쪽이 검은 돌을 쥐었다. 그리고 그가 돌을 놓을 때마다 제다오는 그의 손가락을 하나씩 쏴서 날려버렸다. 무슨 수를 썼는지 총알은 판이나 늘어선 돌들에는 아무 영향도 끼치지 못했지만, 브레잔은 튕겨 나오는 총알에 움찔할 수밖에 없었다.

이건 라할의 심문 기술일 뿐이며 현실이 아니라는 사실은 잘 알고 있는데도, 브레잔은 지독한 고통을 느꼈다. 차라리 현실인 편이 나았을 것이다. 그랬다면 기절이라도 했을 테니까.

브레잔은 호흡을 차분히 고르려 애썼다. 이게 추도 의식이라고 생각하는 거야. 그는 이렇게 혼잣말을 했다. 의식에서 희생되는 이단자들에게 그런 생각이 위로가 될까? 눈앞의 빌어먹을 구미호 장군에게 승리해야 하는데, 남은 손가락은 네 개뿐이었다. 그는 돌 하나를 놓았다. 제다오는 반상에서 눈도 떼지 않고 권총을 재장전한 다음 발사했다. 조준 실력은 완벽했다.

손가락 세 개가 남았다. 두 개. 한 개. 브레잔은 남은 손가락과 왼쪽 손바닥을 이용해 돌을 집었다. 마침내 모든 손가락이 사라졌고, 브레잔에게는 피가 철철 흐르는 손바닥만 남았다.

제다오는 한쪽 눈썹을 들어 올리며 물었다. "이젠 어쩔 건가?"

"내 목숨을 바쳐서라도 네놈을 막을 거다." 브레잔은 조금 더 멋들어진 헛된 유언을 남기고 싶다고 생각했다. 특히 방청석에 라할이 앉아 있는 상황이니까.

그는 고개를 숙여 이빨로 마지막 남은 돌을 물었다….

뒤이어 훨씬 지독한 고통이 찾아왔다. 브레잔은 태어나서 이런 고통을 상상조차 해본 적 없었다. 이내 라할 집단은 자리를 떴지만, 한동안 브레잔은 그 사실을 알아차리지 못했다. 그는 누군가 권하는 물을 억지로 목구멍으로 넘겼다. 배 속 깊은 곳에서는 신경을 갉아 먹는 고통이 이어졌지만, 다른 사람이 겪는 것처럼 먹먹하게만 느껴졌다. 지금 상황에서는 아예 다른 사람이 되는 것도 훌륭한 전직 선택지로 보였다.

"나는 켈이야." 브레잔은 주변에 다른 사람이 없다는 사실을 확인한 다음 벽에 대고 속삭였다. 자기 목소리도 제대로 들리지 않을 지경이었다. 단어 하나하나가 그의 목젖을 쓰리게 긁었다.

시간이 흘렀다. 입 속에 가득한 재의 맛도 옅어졌다. 계속 몸이 떨려왔다. 견뎌내야 한다. 켈이 그에게서 얻어야 할 정보가 아직 있을지도 모른다. 정보를 제공하려면 정상적인 상태여야 한다. 운이 좋으면 자신이 내뱉은 정보로 제다오를 막을 수 있을지도 모른다.

브레잔은 제다오가 함대를 장악할 때 사령실의 모든 켈이 자신에게 무기를 겨누던 모습을 떠올렸다. 키루에브 대장과, 그녀를 처음 만났던 순간도 생각했다. 자기가 키루에브의 참모로 발탁되었고 선임자는 희귀한 질병으로 퇴역했다는 소식에, 그는 깜짝 놀라면서도 동시에 어쩐지 불길함을 느꼈다. 키루에브 대장은 관습에 얽매이지 않는 사고의 소유자이며 켈 사령부의 의도를 비웃는 결과에도 개의치 않는다고 알려진 사람이었다. 때에 따라 좋을 수도 나쁠 수도 있는 특성이었다.

첫 참모회의 자리에서, 장군은 그에게 잘 적응하고 있느냐고 물었다. 기꿈은 요령을 부릴 줄도 아는 브레잔은 그 상황에서 단 하나뿐인 요령 있는 대답을 입에 담았다. 키루에브는 그가 전혀 예측하지 못한 답변으로 그 말을 받았다. 자네는 인사장교지. 우리가 사지로 보내는 자들도 사람이라는 사실을 절대 잊지 않도록 나를 도와줬으면 하네. 그녀는 최근 전투의 사상자 목록을 살피고 있었다. 신입에게 털어놓을 만한 말은 아니었지만, 장군의 눈에 깃든 절망을 알아챈 브레잔은 온 힘을 다하겠다고 굳게 다짐했다.

이런 일을 겪고 나면 켈 사령부를 그다지 신뢰할 수 없게 된다. 이성이 있는 사람이라면 그게 당연하다. 그러나 키루에브와 함대의 운명이 브레잔의 정보에 달려 있을 가능성을 무시할 수가 없었다. 어차피 켈 사령부 때문에 잿불매가 되기로 마음먹은 것도 아니었다. 켈 사령부는 도리어 켈이 되기를 주저하게 만들었다. 사관학교에서 슈오스 제훈에게 털어놓은 내용과는 달리 가족 때문도 아니었다. 관련이 아예 없는 것은 아니었지만. 그가 켈이 된 이유는, 지금 육두정이 아무리 최악이더라도, 양심 있는 사람이 복무를 거부한다면 더 끔찍하게 변할 것이기 때문이었다.

육두정을 갈기갈기 찢은 다음 더 나은 체제로 바꾸는 건 불가능하다. 항상 패배하는 이단 세력이 그 점을 증명했다. 브레잔은 차선책을, 남은 유일한 선택을 할 수밖에 없었다. 몸 바쳐 복무하며, 명예롭게 직무를 수행하면 조금이나마 나아질 것이라는 희망을 품는 것이다.

대기실로 통하는 문이 열리자, 비틀거리며 일어난 브레잔은 인사하려고 몸을 추슬렀다. 그곳에는 동요한 얼굴의 켈 상병이 서 있었다. "상병님." 브레잔은 허리를 숙이는 대신 경례를 붙이며 말했다.

상병은 감방문을 열고 구속구를 해제했다. "날 따라오도록, 병사."

그가 말했다.

브레잔은 무슨 일이 벌어지고 있는지 묻고 싶었지만, 동시에 무지라는 축복을 최대한 오래 즐기고 싶기도 했다. 자유롭게 움직일 수 있다는 감각은 기묘하게만 느껴졌고. 뒤처지지 않을 정도로 빠르게 움직일 수 있다는 것 자체가 작은 기적처럼 느껴졌다.

브레잔은 그리 멀리 이동하지는 않았다. 상병이 그를 데려온 곳은 회의실이었다. 지나치게 넓은 공간에 보안 단말 하나만 덩그러니 놓여 있었다. 벽감 공간에 설치한, 켈식의 육중한 보안 단말이었다. "바로 밖에 있겠다, 병사. 일이 다 끝나면 나오도록." 상병이 말했다.

단말에서 반짝이는 불빛을 보니 이야기를 나누고 싶은 사람이 있는 모양이었고, 보조 화면에 떠오른 호출 명령에는 그의 이름이 달려 있었다. 어차피 몸차림을 그 이상 가다듬을 수도 없는 상황이었기 때문에, 그는 그대로 단말에 다가섰다. 금빛 금속에 잠긴 검고 망가진 유령처럼 그의 문장이 떠올랐다. "켈 브레잔, 명령에 따라 보고합니다." 그는 미리 경례를 올리며 말했다. 문득 자신의 제복을 최고 정장으로 바꾸어야 할지도 모른다는 생각이 들었지만, 너무 늦어버렸다.

단말이 환해졌다. "켈 브레잔." 침착하고 명확한 여성의 목소리였다. 주 화면에 떠오른 웃음기 없는 넓적한 얼굴, 켈 트소로 육두관이었다.

브레잔은 육두관이 자신에게 무엇을 원하는지 알 수 없었다. 뜨뜻한 음식을 먹고 하룻밤 푹 쉬라는 명령을 직접 내리려고 모습을 보인 것은 아닐 것이다. "육두관 각하."

"편하게 듣도록. 슈오스 제다오에 대한 귀관의 정보는 확인을 마쳤다. 이제 새로운 지령을 내리겠다."

브레잔은 아무 말도 하지 않았다. 보조 두뇌에 따르면 제다오가 그를 백조매듭 함대에서 쫓아낸 지도 77일이 지나버렸다. 대체 얼마나 많은 관료주의가 개입했기에 경고를 제시간에 전달하지조차 못한 것일까? 그동안 번제의 여우는 얼마나 심각한 피해를 준 것일까?

'지령'을 내린다는 말은 곧 그를 켈에서 추방하지 않겠다는 뜻이었다. 반면 켈에서 내릴 수 있는 끔찍한 지령의 수는 그 목록으로만 행성 하나를 가득 채울 수 있을 정도로 많았다. 그는 문득 솟아오르는 희망의 불꽃을 애써 억눌렀다.

"혼란스러운 모양이니 한 가지 일러두겠다. 중요한 일이니까." 켈트소로는 교관처럼 무미건조한 투로 이렇게 말했다. "귀관은 추락매다, 켈 브레잔."

그는 몸을 움찔했다. "각하⋯."

"검사 결과는 명백하다. 사관학교 시절에 보였던 낮은 수준의 진형 본능조차도 시간이 흐르며 마모되어버렸다. 드물기는 하지만 선례가 없는 것은 아니다. 애초에 제다오에 맞서는 동안 귀관도 깨달았을 것이다."

"저는 켈에 복무하고 싶습니다, 각하. 저는 켈의 삶밖에 모릅니다." 브레잔은 목쉰 소리로 말했다.

"다행스럽게도 추락매가 켈에 남도록 허락을 내린 선례가 있다. 하지만 귀관에게는 한층 힘든 상황이 될 것이다. 앞으로 귀관의 모든 행동은 검열 대상이 될 것이다. 귀관은 끊임없이 충성을 바치겠다는 선택을 내려야 할 것이다. 이제부터는 진형 본능이 귀관을 인도해주지 않을 것이며, 복종하는 습관이 차츰 사라지고 명령 앞에서 망설일 때마다 더욱 힘들어질 것이다. 귀관에게 이런 기회를 주는 것은 귀관이 사령부에 경고하기 위해 많은 위험을 무릅썼고, 우리가 그런 귀관의 행동을 인정했기 때문이다."

"그렇다면 제가 켈로 남게 해주십시오, 각하." 브레잔은 요동치는 심장박동을 느끼며 대답했다.

"그 뜻을 받아들여 지령을 내리겠다. 이번에는 켈과 안단의 합동작전이 될 것이다. 귀관은 비단나방 〈난꽃 그늘〉호의 안단 트세야 요원 휘하에 배속된다."

안단이라고? 게다가 비단나방? 비단나방은 작고 빠른 수송용 나방이다. 비단나방을 만드는 비용이면 소멸나방 반 척을 건조할 수 있다고 들은 적이 있었다. "목표는 무엇입니까, 각하?" 브레잔이 물었다. 켈이 언제부터 안단과 협력 관계였지? 생각해보면 제다오와 하픈을 걱정하느라 분파 간의 정치 관계에는 한참 동안 신경 쓰지 못했다.

"트세야 요원은 기함에 승선해서 제다오를 암살할 것이다." 트소로는 이렇게 말하고 웃음을 지었다. "귀관은 그녀의 명령에 따라 작전에 협조하도록."

나방을 통째로 파괴하지 않고 제다오라는 단일 목표물만 암살하려면 방식에 따라 안단 또는 슈오스의 힘이 필요할 것이므로, 이치에 맞는 말이었다. 그럼에도 브레잔은 솟구치는 혐오를 억누를 수 없었다. 켈에 진형 본능이 있고 라할에 정신 심문 능력이 있는 것처럼, 안단은 일정 거리 안의 상대방을 매료시키는 능력이 있었다. 상대방을 제대로 파악해야 효력을 보인다는 한계가 있지만. 제다오의 성격 구조에 내한 사료는 잔뜩 있으니, 그리 어려운 일은 아닐 것이다. 트세야의 애완동물로 만든 다음 즉시 목숨을 끊어버리면 끝나는 일이다.

트소로는 말을 이었다. "퀠 브레잔, 귀관의 임무는 요원이 암살을 끝낸 다음에 함대의 지휘권을 다시 가져오는 것이다."

이 시나리오에는 문제가 하나 있었다. "각하, 키루에브 대장이나 그 외의 생존한 선임 장교에게 지휘권을 돌려주는 편이 낫지 않겠습니까?" 애써 미뤄온 생각이었지만, 그는 키루에브가 살아 있기를 바라고 있었다. 정말 아쉽게도, 브레잔은 전략에는 재능이 없었다. 하픈이 안 좋은 시기에 공격을 감행할 경우를 대비해서, 함대의 지휘관은 항상 전투 경험이 많은 장교여야 했다.

"제다오에게 남은 속임수가 있어서 요원의 암살 시도를 회피해버린다면, 그가 퀠에 가하는 통제권을 깨트릴 사람이 필요하다. 키루에브는 이미 한 번 제다오의 권위에 굴복한 이상 부적합하다. 제다오의 계급은 이미 박탈했지만, 그동안 제다오와 키루에브가 대화를 나눌 시간은 충분했다. 여우는 궁지에 몰리면 놀라울 정도로 설득력 있는 소리를 지껄이는 습성이 있다. 아니, 대장으로는 부족하다. 상급대장을 파견할 수밖에 없다."

그 말이 무슨 뜻인지 알아차리는 데는 조금 시간이 걸렸다. "새로운 퀠 농담을 가져오신 것 같습니다만, 각하. 별로 재미있지는 않군요." 너무 지치고 화가 난 그는 자신이 누구한테 말하고 있는지도 순간 잊어버리고 말았다.

트소로는 희미한 웃음을 머금었다. "말도 안 되는 소리. 퀠은 절대 농담을 하지 않는다. 게다가 새로운 농담을 개발해내는 일이 얼마나 힘든지 귀관은 짐작조차 못 할 것이다."

브레잔은 혼란스러운 머리를 애써 움직였다. 켈 정신 복합체의 일원이 되느니 차라리 나무 숟가락으로 자살하는 쪽을 택할 것이다. 브레잔은 이 뜻을 완곡하게 표현할 방법이 있을지를 고민해보았다. 그는 자신이 절대 지휘관의 자리까지 올라가지 못할 것이라 확신하고 있었다. 이건 우주의 의지가 벌을 내리는 것이 분명했다. 자신이 참모진 장교로 썩을 거라는, 미래에 대한 합리적인 가정을 했다는 이유로.

트소로의 눈이 즐겁게 반짝였다. "걱정하지 말도록. 귀관을 융합할 시간은 없을뿐더러, 그런 일을 하려면 켈 사령부의 나머지 인원들과 함께 있어야 하니까. 어쨌든 역사를 살펴보면 모든 상급대장이 켈 사령부의 일원이었던 것도 아니다. 켈 사령부는 항상 상급대군들로 구성되어 있지만."

"명예 진급입니까."

"가능하면 명예 진급의 사용은 제한하고 있다. 명예 진급자를 아니꼽게 여기는 켈도 존재하기 때문이지."

켈 사령부의 일원이 될 일은 없을 모양이었다.

"아직 작전을 거절할 기회는 있다."

브레잔은 몸을 떨며 거친 숨을 내쉬었다. "받아들이겠습니다, 각하."

"좋아." 트소로가 말했다. "이 순간 진급한 것으로 간주하도록, 브레잔 상급대장. 서류 작업은 우리가 처리하겠다. 이미 충분히 지체된 상황이다. 실패는 용납하지 않는다. 계급장을 고치는 일을 잊지 말도록. 우선 의무반에 들르기를 권하겠다. 그다음 첫 명령을 내려보는 건 어떻겠나? 제대로 된 음식을 가져오게 한다든지."

브레잔은 그 말을 되받아치려고 입을 열었다. 다행스럽게도 육두관은 즉시 접속을 종료해서 그가 한심한 짓을 벌이지 못하도록 막아주었다.

우주의 의지가 다시 한 번 제다오를 처리할 기회를 주는 것처럼 느껴졌다. 이제 그에게 남은 일은 이 기회를 망치지 않는 것뿐이었다.

13

최후 통첩이 도착했을 때, 키루에브는 회의실에서 켈 나자드 대령
과 열띤 토론을 벌이고 있었다. 나자드가 키루에브의 참모진에 합류
한 이래, 그들은 줄곧 이런 토론을 이어왔다. 이제는 보급 문제의 처
리와는 상관없는 음악학을 논하며 상대방을 거세게 공격하는 일조차
도 서로에게 당연했다.

"…그 예리 체지오의 플루트 협주곡 말입니다." 나자드는 지도를
계속 꾹꾹 찔러대며 말했다. 인터페이스는 나자드가 무엇을 원해서
자신을 찔러대는지 감을 잡지 못하는 모양이었다. 중간 지점을 설정
하라는 건가? 중간 지점을 1번 전술 부대에 할당하라는 건가? 표식의
색을 바꾸라는 건가? 찌른 지점을 중심으로 새로운 지도를 생성하라
는 건가?

"대령, 부디 그런 짓은 그만두게. 리오즈 이후 유파의 초기 작곡가

들은 역사적 맥락을 제대로 반영할 줄 몰랐기 때문에 7악장 조곡을 정당한 양식으로 간주해야 한다는 터무니없는 주장도 받아들여줄 테니까. 일단 지금 자네가 하는 그 짓은 멈추게."

나자드는 그녀를 바라보며 웃었다. "원하신다면 제 비장의 기술을 보여드리죠, 각하." 나자드는 인터페이스를 망가트리거나 그리드를 얼어붙게 하는 일에 천부적인 재능이 있었다. 때론 다음에 슈오스에 부탁할 일이 생기면 그 대가로 이 남자를 임대해야겠다는 생각이 들기도 했다. "살짝 헷갈리게 만들기만 하면…"

키루에브는 나자드의 지도 현황을 바라보며 얼굴을 찌푸렸다. "그런 짓을 하는 방법을 알려달라고 한 적은 없네만. 내가 알고 싶은 것은, 이 구역에서 이렇게 많은 기치나방을 수리할 수 있는 설비를 갖춘 장소 중에서, 아직 우리와 흥정할 만한 곳들이 얼마나 남아 있는지야. 이젠 두통에 시달리는 것도 지쳤으니까."

"아직 니라이가 남아 있었다면 제 엉망진창인 인터페이스 조작을 강제로 감상시키며 그들을 고문할 수 있었을 텐데 말입니다. 우리 경애하는 각하께서 전부 하선시켜버리셨으니, 유감스럽지만 별수 없는 일이죠."

"그자에 대해 품은 원한 목록에 그것도 반드시 적어두지. 다음에 자살하고 싶어지면 제출할 수 있도록 말이야." 키루에브가 대꾸했다.

다행히 나자드는 단말의 발작을 유발하는 찌르기를 멈추었다. "적어도 아직 우리 목을 치지는 않았지 않습니까. 솔직히 말하자면 그쪽이 더 불안하기는…"

그때 그리드가 말했다. "통신반에서 키루에브 대장에게 전문입니다."

제목을 확인한 키루에브는 놀란 기색을 숨겼다. 원래 최고위급 장교에게 먼저 알려야 마땅한 내용을 통신반에서 그녀에게 전달하려 시도하고 있었다. 통신반이 왜 그런 짓을 저질렀지? 몇 가지 이유를 떠올릴 수 있었지만, 그중 납득이 가는 것은 하나도 없었다. "그만 나가 보게, 대령. 나중에 시간이 나면 다시 확인해보지."

나자드는 척, 경례를 붙인 다음, 마지막으로 인터페이스를 한 번 찔러 키루에브를 움찔하게 하고, 그대로 방을 나갔다.

"추가 명령을 내리기 전까지 이 회의실의 보안을 유지하도록. 통신반을 연결해라." 키루에브는 나방 그리드에 명령했다.

통신반은 켈 사령부에서 보낸 전문을 키루에브에게 전송했다. 한 통이 아니라 두 통이었다. 전문을 제다오에게 전달하기를 주저한 이유는 바로 확인할 수 있었다. 어느 쪽 전문이 더 중요한지는 명백했다. 키루에브는 즉시 두 전문의 우선순위를 결정했다.

그녀는 통신반과 연결을 요청했다. "특히, 자나이아 함장에게는 확실히 전달하도록." 자나이아는 지금 비번이었지만, 키루에브는 그녀가 깊이 잠들지 않는다는 걸 알고 있었다. "키루에브 대장이 전 함대에 전한다. 켈 사령부에서 지령을 받았을 수도 있다는 사실은 알고 있다. 전 함대는 진형을 유지하도록. 진형을 깨는 함선은 평소와 같은 처벌을 받을 것이다."

"전송했습니다, 각하." 통신반이 잠시 후 이렇게 대답했다.

"좋아." 그리 시간을 많이 벌 수는 없겠지만, 운이 좋으면 함대가 혼란에 빠지기 전에 상황을 정리할 수 있을지도 모른다.

그녀는 나빙 그리드에 제다오의 현 위치를 묻고 그 질문에 긴급 표시를 붙였다. 그리드는 묘하게 더듬거리면서 제다오의 선실로 가면 그를 만날 수 있으리라고 대답했다. 물론 그곳에 간다고 그를 만날 수 있으리라는 보장은 없었다. 사소한 이유를 대면서 얼마든지 만남을 거절할 수도 있었다. 그러나 지금은 장군이 대화를 나누고 싶어 하리라 믿고 그쪽으로 갈 수밖에 없었다.

키루에브는 회의실을 나와 곧바로 제다오의 선실로 향했다. 선실의 문이 저절로 열리며 그녀를 맞이했다. 제다오는 뒷짐을 진 채로 서서 건너편 벽에 떠오른 커다란 회화 작품 몇 점을 감상하고 있었다. 아마 여러 색깔이 서로 어떻게 조화를 이루는지 이해하려 애쓰다가 포기할 것이다. 이런 무용한 일이 그가 가장 좋아하는 여가 활동 중 하나였다.

"소식 들으셨습니까, 각하?" 키루에브는 방에 들어서며 그대로 물었다.

"무슨 소식 말인가?"

통신장교는 제다오에게 직접 전달할 엄두조차 내지 못했을 것이다. 통신장교를 비난하고 싶지는 않았다. 제다오에게 들키지 않고 전문을 우회 전달하느라 이미 위험을 무릅썼으니까. 이젠 키루에브가 위험을 무릅쓸 차례였다. "두 가지 소식이 있습니다. 일단, 육두정에서 우리에게 최후 통첩을 내렸습니다."

"자네에게 직접 그 소식이 가다니 뭔가 이유가 있겠지." 제다오는 흥미롭다는 눈빛으로 그녀를 쏘아보며 말했다. 그가 손을 흔들자 그림은 사라졌다. "부디 알려주겠나?"

"틀어도 되겠습니까?" 제다오가 고개를 끄덕이자, 키루에브는 주단말에서 전문을 재생했다. 비도나의 독가오리를 보자 먼 옛날 느꼈던 오한이 다시 키루에브를 엄습했다. 제다오의 표정에는 호기심이 깃들어 있었지만, 무례하게 느껴지지는 않았다. 순수한 표준 언어로 말하는 여성의 목소리가 울렸다. 명쾌한 발음에 감정은 조금도 드러나지 않는 목소리였다. "슈오스 제다오. 백조매듭 함대를 화톳불의 달 27번째 날까지 가장 가까운 퀠 기지에 반납하고 육두정 당국에 자수하라. 비도나에서 므웬인 전원을 구금하고 있다. 이 명령에 따르지 않을 시 므웬인들은 전원 학살당할 것이다. 혹시라도 기억을 되새기고 싶다면…"

키루에브는 뒤이어 므웬인이 어떤 사람들인지, 그 수가 얼마나 되는지, 그들이 어디에 사는지를 요약해 설명했다. 약 5만 8,000명의 므웬인이 주로 장작더미 행성에 모여 살고 있었다. 키루에브가 므웬인을 알고 있는 이유는, 브레잔 중령이 체리스의 프로필에서 그 부분을 언급한 적이 있기 때문이었다. 육두정을 구성하는 민족 수는 어마어마하게 많았다. 므웬인은 분파에 봉직하기를 꺼리며 자연분만을 선호하는 등의 여러 독특한 문화를 가지고 있었다. 키루에브와 브레잔은 체리스가 무슨 이유에서 퀠에 들어오기를 고집했는지 생각해보기도 했다. 체리스의 프로필을 보면 보편적인 육두정 문화에 녹아들 필요성을 느꼈을지도 모른다는 생각이 들었다. 평가에서도 그런 내용을 언급하고 있었지만, 지금쯤은 체리스도 생각을 바꿨으리라고 키루에브는 장담할 수 있었다.

"저들이 무슨 이득을 보려 하는 것인지 모르겠군." 제다오는 딱히 개의치 않는 목소리로 말했다. "그러니까 두 달 반 동안 고작 저딴 위협밖에 떠올리지 못했단 말인가? 저런 일을 벌이려고 얼마나 많은 서류 작업을 처리했을지 짐작도 안 가는군. 애초에 절차에 연연하는 비도나의 태도를 그리 높게 평가한 적도 없지만 말일세."

키루에브는 속으로 여섯까지 셌다. 이미 도박판은 나쁜 쪽으로 흘러가고 있었다. 그녀는 자신의 목소리가 떨리지 않을 것이라는 확신이 든 다음에야 입을 열었다. "각하, 조금도 신경이 쓰이지 않으십니까? 므웬인들은 각하께서 이용하기로 마음먹으신 육체 때문에 목숨을 잃는 겁니다." 제다오를 잘못 평가한 걸까? "뭔가 각하께서 하실 수 있는 일이…"

크세로의 어깨에 손을 올리던 에케스라의 모습이 떠올랐다. 시체종이가 접혀서 백조 모양이 되던 모습도. 백조매듭을 이루던 모습도.

"내가 뭘 할 수 있다는 건가, 대장?" 제다오는 가볍게 말했다. "일단 장작더미 행성이 어디 있는지부터 확인해보지." 그는 질문을 입력했다. 육두정의 지도가 휘돌다가 이내 초점이 잡혔다. 함대의 위치는 금색으로, 장작더미 행성의 위치는 청색으로 강조되었다. "자네도 기본적인 병참 관리 이론은 배웠겠지? 잘 보게, 장작더미 행성은 아우서 공역에 있네. 빌어먹게도 육두정의 정반대편이란 말일세. 전투를 피하려면 어마어마하게 돌아가야 할 테고, 켈이 나름의 이유로 자기네 작전 사항을 내게 알려주지 않기 때문에 우리가 자리를 비운 동안 절단 공역을 방어할 함대가 근처에 있는지도 확인할 길이 없지. 도울 수 없는 장소에 있는 6만 명의 사람들을 돕기 위해서, 침략군이 마음대로 이곳을 헤집고 돌아다니는 사태를 용인해야 한다는 건가?"

"각하께서 뭔가 계획을 세우실지도 모른다고 생각했습니다." 키루에브가 쏘아붙였다. "제 어머니 중 한 명이 비도나였습니다. 비도나가 어떤 식으로 숙청을 처리하는지 알고 계십니까? 전 압니다. 숙청은 그분에게 단지 일이었을 뿐이었죠. 어머니는 종종 집으로 돌아와 제게 말해주곤 했죠. 일단 모든 작업을 최대한 세세하게 나눕니다. 지그소 퍼즐처럼요. 표적의 일자리를 제거하고, 특수 신분증을 발부하고, 처리 시설을 재기동하고, 그달의 유행에 따라 총탄이나 단검 또는 독가스 용기를 충분히 확보했는지 확인하고, 순찰을 늘려서 테러를 벌이거나 집단의 다른 사람들을 동요하게 하는 자들을 제거하고, 작은 퍼즐 조각에 집중하면 사람들이 학살당한다는 전체 그림을 볼 수 없게 되는 겁니다."

"나도 자네의 가족사는 알고 있네, 대장. 부친의 죽음이 자네에게 상당한 영향을 끼쳤다는 것도 잘 알겠네. 하지만 반발심은 접어두고 생각을 해보는 게 어떤가. 나한테 초능력 따위는 없다네. 자네도 마찬가지지. 자네도 나도 장작더미 행성의 관료들에게 영향력을 끼칠 순 없고, 설령 이 함대에 영향력 있는 사람이 있더라도 이미 개입하기에는 너무 늦어버린 상황이라네. 그 6만 명을 구한다 한들 어디에 데려다 놓을 생각인가? 우리 함대는 그 정도의 인원을 수용할 수 없네."

"온갖 평계로 무장하시는 모습이 참 보기 좋군요." 이렇게 말하면서도, 키루에브는 자신이 이 정도로 이성을 잃을 수 있다는 점에 놀라워하고 있었다. 대체 뭐가 문제인 걸까? 이 대량 학살자에게서 대체 뭘 기대한 걸까?

"자네는 여전히 반발만 하고 있군. 비도나가 거짓말을 하고 있을지도 모른다는 생각은 안 드나? 6만 명은, 있지도 않은 피난처로 수송하기에는 비겁지만, 육두성의 행정력으로는 가볍게 쏠어버릴 수 있는 수일세. 비도나가 자신들의 철저함을 얼마나 자랑스럽게 여기는지는 다른 누구보다 자네가 더 잘 알고 있겠지. 그 사람들은 비도나의 손에 이미 전부 죽었을지도 모른다는 걸세."

키루에브는 분노가 타오르는 눈으로 그를 노려보았다. 자신은 켈의 육신을 입고 돌아다니는 자를 섬기는 중이었다. 자신 또한 켈 체리스의 동족을 위험하게 만든 공범자다.

"자네가 그렇게 흥분한 것이 나쁜 일만은 아닐세. 나도 켈에 대한 희망이 생기는군." 키루에브는 제다오의 나직한 목소리에 움찔했다. "하지만 대장, 자네는 그 수준에서 판단을 멈출 사람이 아니야. 잘 생각해보게. 어떻게든 기적을 일으켰다고 해보세. 물만 부으면 완성되는 거주용 함선을 잔뜩 이끌고 육두정 반대편으로 순간 이동을 해서 므웬인들을 구해낸다면, 다음에는 무슨 일이 일어나겠나?"

키루에브는 몸에 쌓이는 성마른 에너지를 발산할 방법을 찾지 못한 채 방 안을 서성였다. 제다오는 평소처럼 가장 가까운 내실의 방문을 열어놓고 있었다. 문지방을 넘어서던 키루에브는 탁자 위에 놓인 돌멩이 하나를 발견했다. 새의 형상을 돋을새김한 반들거리는 돌멩이였다. 그가 항상 가지고 다니는 젱자이 카드와 금속 컵을 제외하면, 키루에브가 제다오의 개인 소지품을 명확하게 인식한 것은 지금이 처음이었다. 제다오의 사적 공간을 엿보다니 거북하면서도 묘한 기분이었다.

그녀는 벽에 도달하자마자 바로 뒤돌았다가, 그대로 자리에 붙박였다. 뭔가 할 말이 있었는데, 제다오가 자기 권총을 빼 든 모습을 본 순간 모두 깨끗이 머릿속에서 지워져버렸다. 제다오는 멍하니 벽을 보면서 권총 총구로 턱을 긁고 있었다. 키루에브는 심장이 멎을 것만 같 았다.

"각하. 혹시 화기 안전 교육을 재이수하셔야 하는 겁니까?" 키루에 브는 불안한 목소리로 말했다.

제다오는 얼굴을 찌푸렸다. "뭐라고? 아, 미안하네. 나쁜 습관이야."

키루에브는 그런 '나쁜 습관'을 가진 사람이 자기 휘하 병사였다면 어떻게 대응할지를 언급하려다 간신히 자신을 억눌렀다. 다행히 제다 오는 탁자의 젱자이 카드 옆에 총을 내려놓았다. 그는 자세를 바꾸더 니 잠시 그 자리에 서서 불규칙한 리듬으로 탁자를 두드렸다.

키루에브는 문득 깨달았다. 제다오의 얼굴에는 이 상황에 대한 짜 증만이 가득했지만, 그는 동요하지 않은 척하는 것뿐이었다. 그가 저 렇게 몸을 꿈지럭대는 모습은 거의 본 적이 없었으니까. 묘한 일이지 만, 키루에브는 그런 모습을 보며 기분이 조금 나아졌다.

"어쨌든." 제다오는 이렇게 말하며 방 안을 돌아다녔다. 손에 젱자 이 카드를 든 채로, 방 안에 존재하는 표면마다 전부 카드를 흩뿌려 서, 망쳐진 도박판 형상의 별자리를 만들면서. "잘 생각해보게. 좋아. 마법의 힘을 빌려 므웬인들을 구해냈다 해보세. 그럼 육두정은 다음 으로 어떤 행동을 취하겠나?"

키루에브는 카드 한 장 앞에서 걸음을 멈추었다. 사슬로 묶인 탑이 었다. 톱니바퀴의 에이스는 뒤집어진 카드 아래 슬쩍 숨어 있었지만, 톱니바퀴 2번 카드는 어디에도 보이지 않았다.

"제 부모 중 두 명은 데노진 4번 행성의 카이가 공동체 출신입니 다." 키루에브는 천천히 말을 이어갔다. "카이가인은 그 성계 여기저기에 흩어져 있죠. 자나이아 함장도 있습니다. 그녀는 여러 종족의 혼혈이지만, 가장 좋아하는 할머니를 따라서 자신을 모이오나족으로 여겼죠. 무리스에게도 멀리 거슬러 올라가면 모이오나의 피가 섞여 있습니다. 리오주 대령의 부모 네 명은 시민 봉기가 일어났을 때 안시아오에서 엥-낭으로 건너온 이주민 대열에 섞여 있었습니다. 이런 식으로 찾아보면 끝이 없죠." 브레잔이라면 따로 찾아보지 않고도 훨씬 많은 것을 알려줄 수 있겠지만, 제다오 앞에서 그의 이름을 입에 담고 싶지 않았다. "이 함대에는 많은 사람이 있고, 그만큼 많은 민족이 있습니다."

제다오의 입에 메마른 미소가 어렸다. 그는 키루에브가 자신의 논리를 따라오기를 기다리고 있었다.

"설령 비도나가 아직 승무원에 대한 정보를 확보하지 못했다 하더라도, 켈 사령부를 거치면 쉽게 손에 넣을 수 있을 겁니다. 가장 부담 없는 민족을 골라낸 다음 그들을 인질로 삼아 함대 승무원에게 압박을 가하겠죠." 키루에브는 '부담 없는'이라는 표현을 입에 담을 때 자기 목소리가 평온하다는 사실을 믿을 수 없었다. "대규모 봉기를 유발할 수도 있겠지만, 이미 그 정도는 감수하고 시도해볼 정도로 몰려 있을지도 모릅니다."

"애석하게도 므웬인처럼 아무도 모르는 민족에 신경 쓰지 않는 척해봤자, 저들이 자네가 묘사한 그런 행동을 하지 않으리라는 보장은 조금도 없다네. 자네 말대로 치안 불안정을 유발할 수 있으니 그렇게까지 하지 않기를 바라고 있지만, 솔직히 나는 켈 사령부의 판단력을 그리 신뢰하지 않는 편이라 말일세."

"각하, 다시 묻겠습니다. 이 함대를 무슨 용도로 사용하실 겁니까? 어떤 식으로든 장기적인 목표를 가지고 계실 것 아닙니까."

언젠가 이런 일이 일어날 줄은 알고 있었을 텐데.

"나로선 지금의 육두정 체제를 좋아할 이유가 없긴 하지." 제다오가 입을 열었다. "하지만 평범한 사람들은 이길 방법을 찾기 전까지는 자기네 정부에 맞서 싸우지 않는 법이지. 우리는 그들에게 이길 방법을 제공해줄 걸세."

"제 비도나 어머니는 새로운 비밀병기로 켈과 슈오스에 맞서 싸울 수 있다고 생각했던 이단자들의 이야기를 담은 회보를 집으로 가져오곤 했습니다. 그중에 성공한 것은 단 하나도 없습니다."

"바로 그게 문제였지." 제다오가 대꾸했다. "나도 나름 켈 사령부의 명령에 따라 이단자들을 열심히 죽이고 다닌 사람일세. 이단자들은 항상 기술이 필요하다고 생각하지만, 사실 중요한 건 기술이 아닐세. 반란에 필요한 건 사람이야."

키루에브는 제다오의 얼굴을 찬찬히 살폈다. "이능력 기술은 애초에 신념 체계의 부산물이니, 대중적인 신앙 따위의 이야기를 하시는 것은 아니겠죠." 어느새 그들은 반역을 논하고 있었다.

키루에브는 켈 사령부의 의지를 실현하며 오랜 세월을 보냈다. 그녀가 켈이 되겠다는 선택을 내렸기 때문이었다. 일단 켈이 된 다음에는 선택의 폭이 매우 좁아졌다. 그래도 그녀는 스스로 반역의 꿍꿍이라도 품었어야 하는지를 자문하곤 했다. 그러나 키루에브는 자신을 잘 알았다. 제다오를 만나지 않았다면, 반역은 꿈도 꾸지 못했을 것이다.

제다오는 부인하듯 손을 내저었다. "대장, 자네도 내가 수학 실력이 형편없다는 사실은 눈치채지 않았나. 내가 그걸 고려한 작전을 세울 수 있을 리가 없지. 나는 전투를 벌이는 와중에도 그리드의 도움을 상당히 많이 받는다네."

"하지만 각하라면 분명 해결할 방법이 있겠죠." 키루에브는 호기심을 드러내며 말했다. 그녀가 짐작하는 대로 제다오가 수학 쪽에 문제가 있었다면, 애초에 켈의 장교 후보생이 될 수조차 없었을 것이다. 그러나 제다오는 슈오스로서 장교가 되었으니, 수학 적성 쪽은 알 길이 없었다. 게다가 실력에는 의문의 여지조차 없었다.

"내겐 일종의 난산증이 있다네." 제다오는 이렇게 말하며 시선을 돌렸다. "저들은 내 난산증을 슈오스 사관학교를 다니던 중에야 알아챘지. 나는, 그저… 더 열심히 공부했을 뿐이었다네. 급우들이 화려한 계산을 선보이는 동안, 나는 그런 화려한 계산 없이도 결과를 얻어냈다고 속이는 실력을 키우기 위해서 말이지. 어차피 그때는 수학 능력 없이도 복무할 수 있는 병과로 들어갈 생각이었고. 한동안은 별문제가 되지 않았다네.

하지만 이단자들은 다르지. 이단자들은 숫자에 사로잡혀 있다네. 기후를 조절하기 위해서든, 아니면 역법 변동을 일으켜 켈이 등장했을 때 자기네 신종 대포를 작동시키기 위해서든. 사람들은 총과 대포에 집착하지." 제다오는 아주 살짝 입술을 깨물었다. "하지만 중요한 것은 총포가 아닐세. 육두정 전체를 포화로 뒤덮는 것이 아니라 함께 맞서야 하는 걸세. 충분히 가능한 일이야. 나는 그 분야의 달인에게서 선전 기술을 배웠다네." '기술'이라는 단어에서 그의 목소리가 잠시 높이 솟았다가 가라앉았다. "자네도 곧 알게 될 걸세."

키루에브는 그의 말을 곱씹어보았다. "각하의 시대에는 육두… 아니, 칠두정이 많이 달랐습니까?"

"지금과 같은 점도 있었고 더 나쁜 점도 있었지만, 지금처럼 모든 면에서 최악은 아니었다네." 키루에브는 그의 눈에 깃든 균열을 바라보기 힘들었다. "육두정이 이렇게 된 원인은 내게도 있어. 내가 바로잡아야 해."

키루에브는 제다오가 그 사실을 언제부터 알아차렸는지에 대해 요령 있게 물어볼 수 없었다. 켈 역사가들은 그 문제를 회피하곤 했지만, 대단한 통찰력 없이도 충분히 파악할 수 있었다. 지금 켈 사령부에게 산적한 문제의 절반이 초기 정신 복합체가 가진 제다오에 대한 두려움에서 왔다는 사실을. 세월이 흘러도 두려움은 여전했다. 망령 장군과 정신 복합체는 4세기 동안 춤을 추듯 상대를 경계하며 빙빙 돌기만 했다. 그 춤은 앞으로도 몇 세기 동안 계속 이어지겠지.

"나는 이제 육두관들을 섬기지 않을 걸세." 제다오가 말했다. "내 말을 어떻게 받아들일지는 자네 마음이지만, 나는 이제 검은 요람을 견딜 수도 없고 켈 사령부를 위해 학살할 생각도 없네. 내게 양심이란 사치일지도 모르지. 그래도 마지막 카드 한 판 정도는 어울려주고 떠나지 않으면 태만하다는 소리를 듣지 않겠나." 그의 미소는 왠지 진지해 보였다. "자네는, 자네들 모두에게는 선택권이 없었지. 나도 사령부와 다를 바 없다는 걸 잘 안다네. 하지만 내겐 함대가 필요했어. 덕분에 이렇게 돼버렸지만."

"각하의 계획은 그럼…"

"아무한테도 말할 수 없는 일이니, 당연히 자네에게도 말할 수 없다네. 나는 자네의 신뢰를 원하네. 물론 나는 신뢰를 얻을 만한 행동은 한 적이 없지만 말일세."

"전투에서 항상 승리하셨잖습니까. 앞으로의 전쟁도 충분히 승리로 이끄실 수 있을 겁니다."

"므웬인들을 구할 방법이 있다면 지금 당장에라도 실행에 옮길 걸세. 내 모든 말을 의심해도 좋네만, 그 점 하나만은 진실일세."

키루에브는 유아 살해에 관해 제다오가 했던 말을 떠올리며 한참 그를 바라보다가, 이윽고 고개를 끄덕였다. "들으셔야 하는 전문이 하나 더 있습니다, 각하."

"얼추 내용이 짐작되는군." 제다오는 한쪽 눈썹을 가볍게 들어 보이며 벽에 기댔다.

적어도 유머 감각을 발휘할 여유는 생긴 모양이었다. 키루에브는 두 번째 전문을 재생시켰다. 켈 사령부의 잿불매와 칼의 문장이 떠올랐다. 문장이 사라지자 켈 트소로 육두관의 모습이 드러났다. 최고 정장 차림이었다.

"모든 켈 장병에게 알린다." 트소로의 목소리는 무미건조했다. "사태의 전개에 따라, 슈오스 제다오의 계급은 이 순간을 기해 완전히 박탈되었다. 그의 동향을 확인하면 즉시 육두정 당국에 보고하도록. 이상이다."

어쩐지 결말로서는 실망스러운 느낌의 통보였다. 마지막엔 불타 사라지기라도 했으면 좋을 텐데.

"잘 들었겠지." 제다오는 이렇게 말하고, 의자를 하나 끌어다 거꾸로 앉아서, 등받이에 팔꿈치를 얹고 양손에 턱을 괴었다. "자넨 이제 자유일세."

키루에브가 원한 건 이게 아니었다.

제다오의 얼굴에 거의 따스해 보이는 미소가 떠올랐다. "다른 전문을 먼저 보여준 건 내 속내를 듣고 싶어서였겠지? 자네도 나름 교활한 편이라는 걸 인정해줘야겠군. 그 있잖나, 켈 사령부는 내가 마법을 부려 사람들을 마음대로 조종할 수 있다고 생각한다네. 나를 일종의 상위 안단 같은 존재로 생각하는 모양이야. 자기네 분파 사람들을 좀 더 신뢰해야 할 텐데."

"지금은 제 권한으로 각하 대신 함대의 통제를 유지하고 있습니다." 키루에브는 제다오가 상황의 심각성을 제대로 이해했는지 의문을 품으면서도, 이렇게 말했다. "하지만 머지않아 함대원들도 우리가 처한 상황을 보다 명확하게 알고 싶어 할 겁니다."

"자네가 저지른 실수를 만회할 기회일세. 켈 사령부에게 보여주는 거야. 혹시 나를 선택할 셈인가? 자네라면 그리 어렵지 않게 구멍이 숭숭 뚫린 내 시체를 인도할 수 있을 텐데."

키루에브는 쓴웃음을 지었다. "저는 그 정도로 사격 실력이 좋지 못합니다."

"말 돌리지 말게. 자네들 쪽이 압도적으로 수가 많지 않나. 내가 학살극을 벌이며 이 빌어먹을 소멸나방에서 탈출할 수 있으리라고 진심으로 믿는 건 아니겠지."

"그런 행위는 각하에 대한 배신입니다."

"내가 누군지 잊은 건가, 대장?" 제다오는 더욱 활짝 미소를 짓고는 총을 들어 탄창을 깔끔하게 비운 다음 그대로 건너편 구석으로 던졌다. 슈오스는 총기 안전 규범을 아예 안 가르치나? 키루에브는 얼굴을 찌푸리며 생각했다. "자네 편한 대로 하게. 저항할 생각은 없다네." 제다오가 말했다.

그래, 내가 무력한 목표물만을 노리는 비열한 사람인 것처럼 말하는군. 키루에브는 우울하게 반추했다. 물론 400년 묵은 슈오스가 빈손이라 해서 무력할 리는 없었지만. "각하, 제가 정말 각하께 등을 돌리길 바라십니까? 그렇게 애쓰시는 이유가 뭡니까?"

"자네는 정말 속을 알 수 없는 여자라니까." 제다오는 반어법으로 말했다. "자네 모습을 보게. 누가 보면 켈 사령부의 품에서 도망치려는 줄 알겠군. 자네가 나를 깔끔하게 처리해버리면 그쪽에서는 정말로 기뻐할 텐데."

키루에브는 그를 노려보았다.

제다오의 목소리가 한층 부드러워졌다. "자네 직위로 돌아갈 수 있는 상황 아닌가. 사실 그게 문제겠지? 저들이 훈장을 쌓아주기 시작하자마자 자네는 교관 전속 신청서를 올렸지. 켈은 자네 프로필에 과거 일시적인 의욕 저하를 겪었다고 적어두었네만, 나는 그게 조금도 일시적인 증상이 아니었을 거라 짐작했다네."

키루에브는 차가운 목소리로 말했다. "저를 겁쟁이라고 비난하고 싶으신 거라면, 물론 얼마든지 그러실 권한은…"

원해서 벌이는 말다툼은 아니었다. 물론 모시는 장군이 말다툼을 원한다면, 진형 본능을 가진 그녀 자신도 어느 정도는 원할 수밖에 없지만.

제다오는 그녀의 말을 끊었다. "자네가 정신 복합체 작업을 싫어할 리도 없지. 이 육체는 정신 복합 처리가 되어 있지 않고, 내 생전에는 그런 기술이 없었으니, 나는 정신 복합체에 속하는 기분이 어떤지 짐작조차 못하긴 하다네. 하지만 지금까지 수도 없이 정신 복합체에 포함되어 훌륭하게 직무를 수행하지 않았나. 묘하게도 역법 변동이 국지적인 범주에서만 발생하는 상황이니 하픈과 싸울 때도 정신 복합 기술을 사용할 수 있었겠지만, 내가 등장해서 그걸 방해해버렸지. 자네, 혹시 켈 사령부와 하나가 되는 일이 싫은 건가? 아니면 두려워하고 있다고 말하는 쪽이 정확하려나?"

"여기까지 왔으니 제가 상관들을 그리 좋아하지 않는다고 말해봤자 각하께서는 딱히 놀라지도 않겠죠. 하지만 다른 켈들 중에도 그런 사람은 한둘이 아닙니다. 고위급 장교들도 마찬가지입니다."

"힘을 합칠 사람이 등장했고, 그게 설령 위험한 작자라도 직무를 내던지고 합류하려 마음먹었다는 정도라면 받아들일 수 있네. 정작 자네가 왜 애초에 잿불매가 되려고 했는지는 이해가 안 되지만."

"젊은 시절에는 전장에서 죽고 싶었을 뿐입니다." 키루에브가 대꾸했다. "육두정은 당시에도 지금만큼이나 혼란스러운 상태였으니까요. 각하께서도 죽음을 갈망하는 쪽으로는 일가견이 있으시다고 들었습니다만."

"400년을 지내는 동안 알게 되었다네. 죽음 따위는 한가한 산책처럼 보이게 만드는 운명도 있다는 걸 말이야. 예전에 나는, 자네의 생명을 원하지 죽음을 원하는 것이 아니라고 말했었어. 그 생각은 여전하네. 하지만 이젠 상황이 달라졌어. 켈 사령부가 직접 내린 지령을

243

자네가 어떻게 거부할 수 있는지를 알아야겠네."

"각하께서는 바로 눈앞에 계시고, 켈 사령부는 머나먼 비밀 요새에 틀어박혀 있지 않습니까." 키루에브는 제다오가 아직까지도 눈치채지 못했다는 점이 도리어 당황스러웠다.

"자네의 합리화는 감동적이지만, 말이 안 되는군. 나를 암살하려 시도하는 것만으로도 진형 본능의 효과가 그렇게 격렬하게 느껴진다면, 방금 계급을 박탈당한 작자를 위해 켈 사령부를 배반하는 생각만 해도 뭐든 반응이 와야 하지 않겠나."

"누가 반응이 없다고 했죠?" 키루에브가 말했다. 무릎이 후들거렸다. 그녀는 의자 하나를 끌고 와 자리에 앉았다.

"몰골이 엉망이긴 하군. 그래, 진형 본능을 가진다는 건 어떤 기분인가?"

"너무 오랜 세월이 흘러서, 이젠 진형 본능을 주입받기 전에는 어떤 기분이었는지 기억하기도 힘듭니다." 피할 수 없는 총알이 이미 그녀를 향해 날아오고 있었다. 키루에브는 차라리 그 총알이 도달할 때까지 눈을 감고 기다리고 싶었다. 그러나, 이젠 그녀도 그때처럼 어린아이가 아니었다. 모든 총알이 금속으로 만들어진 것도, 총에서 발사되는 것도 아니라는 정도는 알고 있었다. "저는 각하께 경고를 드려야만 했습니다. 각하를 대신해 함대를 통솔하겠다고 말했죠. 그 말을 실행에 옮길 테지만, 제가 드릴 수 있는 도움에도 한계가 있습니다." 모든 것을 터놓고 말하기는 생각보다 훨씬 힘들었다. "벌써 시한 장치가 작동하기 시작했으니까요."

"시한 장치?" 제다오가 날카롭게 되물었다.

아무래도 제다오는 정말로 모르고 있던 모양이었다. 우스꽝스러운 상황이었다.

"대장, 내가 알아야만 하는 일이 있다면 즉시 털어놓는 게 좋을 걸세. 지금 당장."

"각하, 혹시 브라에 탈라 예외 조항에 대해 알고 계십니까?"

"들어본 적도 없다네."

"그렇다면 브라에 탈라 소장 역시 모르시겠군요."

"아무래도 자네, 말을 좀 돌리고 있는 것 같은데."

키루에브는 쓴웃음을 지었다. 심장 박동이 느려지는 기분이 들었지만, 진형 본능의 효과는 방금 시작되었을 테니 그저 상상일 것이다. "브라에 탈라 소장은 281년 전에 불붙은 잔디 전역에 배정된 장군이었습니다. 전투 도중 통신에 문제가 생겨서, 방어가 견고한 적 요새를 정면 돌파하라는 지령을 마지막으로 통신이 끊겨버렸습니다. 적의 증원군은 곧 도착할 예정이었고, 보급상의 문제 때문에 켈 쪽의 지원 함선은 한 척도 도착하지 않았습니다. 나중에 공식 기록을 한번 확인해 보시기 바랍니다. 켈 역사가들도 유례없이 통렬한 비판을 가하는 사건이니까요."

"그래, 그래서 브라에 탈라가 지독한 열세에 몰려 패배했다는 건가? 전쟁의 역사를 되짚어보면 딱히 새로운 사건도 아닐 텐데."

"브라에 탈라는 훌륭한 장군이었습니다. 저도 기록을 살펴봤죠. 지령을 어기지 않는 한도 내에서 전력을 다했더군요. 진짜 문제는 켈 사령부에게 있었죠. 켈 사령부가 당시 전장의 정확한 정보를 입수했더라면 절대 그런 전략을 세우지 않았을 것입니다."

제다오는 이를 악물었다. "설마 '시한 장치'가 내가 생각하는 그 의미인 건가?"

"그 조항을 입에 담는 일은 별로 없지만, 짐작하신 대로입니다. 브라에 탈라 조항은 장성급 장교에게만 적용됩니다. 지령 때문에 위태로운 상황에 놓이게 되었다는 생각이 들면, 임무 수행을 위해 진형 본능을 억누를 수 있습니다. 물론 대가가 따르죠. 그렇게 간단히 조종권을 포기하거나 예외 조항을 남용하는 사태를 용납할 수는 없으니까요. 예외 조항을 실행하면 해당 장교는 반드시 목숨을 잃습니다. 제게는 앞으로 100일이 남았습니다. 켈에는 '모든 장군이 시계'라는 격언이 있죠. 그 말대로입니다."

"이 빌어먹을 멍청이가! 누가 그딴 걸 요구했다고…"

"어차피 켈 사령부에 각하의 생존 소식이 알려질 것 아니었습니까." 키루에브는 어깨를 단단히 벌리며 말했다. "늦든 빠르든 각하의 계급은 흔적도 없이 쪼개버릴 것이 분명했죠. 하지만 함대에 소속된 모든 장교의 계급을 박탈한다는 무리수를 던질 수는 없었을 겁니다. 이 함대를 언제라도 투입해야 하는 상황이니 더욱 그랬겠죠. 분명 함대를 장악할 새 장군을 파견했을 겁니다. 하지만 그 사람이 여기 도착할 때까지는, 아직 계급을 박탈당하지 않은 제가 각하를 대신해서 명령을 내릴 수 있습니다. 제가 죽어 쓰러진 다음에는 각하께서 알아서 판단하십시오. 각하는 어차피 여우시잖습니까? 분명 뭔가 꾸며내실 수 있을 겁니다."

제다오는 아무런 말도 할 수 없었다.

키루에브가 덧붙였다. "제 목숨을 원하셨죠, 각하. 이게 제가 드릴 수 있는 최선입니다."

"그렇다면 자네는 왜 이전엔 예외 조항을 발동하지 않았나? 암살 시도에서 그때보다 나은 결과를 얻을 수 있지 않았겠나."

키루에브는 그와 눈을 마주했다. "퀠 사령부를 위해 죽고 싶지 않았습니다. 각하를 멈추는 것이 목적이라 해도 말입니다."

제다오는 잠시 머뭇거리다 마침내 입을 열었다. "자네가 이런 짓을 벌이기를 원한 게 아니야…."

"저도 압니다. 그래서 한 겁니다."

한동안 침묵이 이어졌다. 제다오는 고통스러운 얼굴로 키루에브를 내보냈다. 키루에브는 방을 나서다 문득, 제다오가 조금 전 걸어 다니면서 수수께끼의 반짝이는 돌맹이를 손에 쥐었다는 걸 알아챘다. 그녀가 그 행동의 의미를 제대로 되짚어보게 된 것은 한참이 지난 후였다.

14

브레잔은 비단나방의 실제 모습을 딱히 머릿속에 그려본 적은 없었지만, 적어도 그 나방이 '앙증맞을' 거라고는 생각하지 못했다. 물론 안단이 그런 아기자기한 것들에 사족을 못 쓰는 자들이기는 하지만. 그는 지금 비단나방 〈난꽃 그늘〉호와 접선하러 나온 수송선에 타고 있었다. 퀠 사령부에서는 그에게 의장대를 배속해주겠다고 제안했다. 그는 처음에는 농담이라 여겼고, 뒤이어 말싸움을 벌여 간신히 거절하는 데 성공했다. 그를 상대한 정신 복합체는 브레잔의 끈질긴 주장에 당황한 기색이 역력했지만, 브레잔은 저들이 일회성 작전을 위해 억지로 부여한 계급에 도취될 생각은 조금도 없었다.

"거의 다 왔습니다, 각하." 격벽 너머로 조종사의 목소리가 울렸다. "잘 보실 수 있도록 주변을 한 바퀴 돌겠습니다."

"아, 고맙군." 브레잔은 반사적으로 말했다.

비단나방은 여러모로 당황스러운 물건이었다. 켈의 나방전함처럼 쐐기 형태가 아니라는 점은 예상했지만, 그가 지금까지 본 안단의 나방들, 즉 나선형 귀퉁이 처리나 꽃 모양의 음각 따위의 실용성이라고는 조금도 없는 장식으로 가득한 함선들과도 전혀 비슷한 구석이 없었다. 〈난꽃 그늘〉호는 우주 공간에 뻗어 나가는 푸른 은빛 레이스 조각처럼 보였다. 브레잔은 눈을 찌푸리며 레이스의 구멍 사이로 건너편의 별빛이 보이지 않는지 확인해보기까지 했다.

"각하를 모실 양륙정의 준비가 끝났습니다." 잠시 후 조종사는 이렇게 말했다. 브레잔은 비단나방의 모습에 감탄하느라 정신이 없어서 시간이 흐르는 줄도 몰랐다. "화면의 금빛 지시선을 따라가면 바로 그 앞까지 가실 수 있을 겁니다."

브레잔은 안전용 구속구를 풀고 나와 더플백을 들면서 말했다. "수고했어."

짧은 양륙정 비행 동안 별다른 일은 없었다. 비단나방에 착륙하는 과정은 뭔가 다를 거라고 내심 기대하던 그는 자신을 비웃었다. 그러나 해치가 열리는 순간, 브레잔은 실수로 정원에 불시착한 느낌을 받았다. 물론 정원은 일렁이는 물마루나 흩날리는 꽃잎 같은 조명에 휩싸여 있지는 않지만… 규모가 작기는 해도, 저건 폭포 아닌가? 예전에도 안단의 나방을 몇 번 본 적은 있었지만, 이 정도로 사치스러운 물건은 하나도 없었다. 안단은 손님맞이를 즐기며, 때론 육두정 밖에서 온 손님을 접대하는 역할도 맡고 있다는 걸 기억했어야 했다. 권력과 사치를 과시하는 일도 이들에겐 중요할 것이다.

안단 트세야는 우아하게 모양을 낸 야트막한 언덕 위에 서 있었다.

세 대의 새형 서비터들이 그녀 주변을 둘러싸고 있었다. 안단은 항상 높은 곳에 있는 자들이다. 군대와는 인연이 없는 안단조차도 그 전술의 원칙만큼은 확실히 알고 있었다.

트세야는 브레잔만큼 키가 큰 훤칠한 여성이었다. 긴 흑발이 허리까지 물결쳤고, 피부는 백자처럼 창백했다. 사람의 마음을 사로잡을 수 있도록 완벽하게 재단한 얼굴이 눈부셨다. 그러나 그녀는 안단이다. 브레잔은 그녀가 안단이라는 점을 잊지 않고자 했다.

눈동자는 아직 갈색이었다. 브레잔은 그 점을 확인했으면서도, 만약을 대비해서 최대한 빨리 시선을 피했다.

푸른색 비단 블라우스는 그녀의 몸에 완벽하게 맞았다. 균형이 조금이라도 어긋났더라면 뻣뻣하고 불편해 보였을 것이다. 슬랙스는 더 어두운 푸른색이고, 신발은 검은색이었다. 목에 달린 브로치의 푸른 보석 하나가 반짝였다. 브레잔은 저 보석이 사파이어일 것이라 짐작했다.

브레잔은 예절 수업 시간을 떠올리며 깊이 허리를 숙여 인사했다. "요원이시여." 브레잔은 극도로 예의 바른 존칭을 사용했다. 안단의 위계질서는 항상 헷갈리기만 했지만, 아부하는 쪽으로만 행동한다면 실수할 일은 없을 것이다. "켈 사령부의 명령에 따라 그대를 도우러 왔습니다."

"솔직히 말하자면 그자들이 내 전용 상급대장을 파견해주리라고는 생각 못 했는데요." 트세야의 음성은 아이러니하게도 따뜻한 알토였다. 브레잔은 그 목소리만으로도 그녀를 믿고 싶어졌다. "아시다시피, 나는 안단 트세야예요. 터놓고 말해볼까요, 장군. 최근 들어 당신 분파와 우리 분파는 대놓고 서로 불편한 심기를 드러내 보였죠. 이번 임무가 당신에게 불편하지는 않았나요?"

트세야가 그의 몸짓언어에서 무엇을 읽어내기라도 한 걸까? 언젠가 키루에브 대장은 재미있다는 듯 눈을 반짝이며 브레잔에게, "자네는 항상 화가 나 있는 것처럼 보여"라고 말한 적이 있었다. "그 있잖습니까. 켈이 강인하고 충성스럽고 어리석은 분파라고는 해도, 그게 꼭 완고하다는 뜻으로만 해석되지는 않습니다."

"요령 있다는 뜻은 아예 없지만요." 트세야는 갑작스럽게 경쾌한 웃음을 터트렸다. "아무래도 이곳의 장식이 마음에 안 드는 모양이네요. 일단 좀 편한 곳으로 자리를 옮길까요? 당신 더플백은 서비터가 가져다줄 거예요."

브레잔은 가방을 넘기고 싶지 않았지만, 예의를 지키며 거부할 방법이 떠오르지 않았다. 그는 가방을 건넸다. 서비터는 "섬기게 되어 영광입니다"라고 대답했다. 안단의 서비터는 가끔 말도 한다는 사실을 잊고 있었기 때문에, 브레잔은 놀라서 그 자리에서 펄쩍 뛰어오를 뻔했다.

비단나방의 복도는 직선도 아니고 실용적인 형태의 곡선도 아니었다. 그보다는 구불구불 이어지는 오솔길에 가까웠다. 브레잔은 트세야가 가장 풍광이 좋은 경로를 택했다고 확신했다. 이런 소형 전함나방도 최신형 동력 코어를 장착하면 변동성 구조를 사용할 수 있으니 원칙적으로는 가능한 일이었다. 그렇다고는 해도, 내부 경로를 일부러 효율이 떨어지게 구성할 필요가 있을까?

"항해가 시작되면 동력을 절약하기 위해 정원 영역을 통합할 거예요." 트세야는 이렇게 말함으로써 그의 추측을 확신으로 바꾸어주었다. "꽃이나 서예 족자를 감상하는 취미는 없겠죠, 장군?" 그녀는 낮은 나뭇가지에 걸려 있는 예술적인 족자 앞에서 잠시 걸음을 멈추었다. 바람은 조금도 불지 않았지만, 브레잔은 족자가 금방이라도 날아가버릴 것 같다고 생각했다.

공식 회합에서 스쳐 지나가듯 만난 사람이었다면 적당히 거짓말로 상황을 모면하며 그녀를 즐겁게 해주었겠지만, 지금은… "훌륭한 서예 작품이로군요. 하지만 제가 유파까지 알아볼 수 있으리라 생각하셨다면 다른 켈을 찾아보셔야 할 겁니다."

"적어도 당신은 유파라는 게 있다는 정도는 알잖아요." 트세야는 웃으며 말했다. "아마 우리 분파 사람들 대부분은 단검과 이쑤시개를 구별할 줄도 모를걸요."

"아뇨, 그건 우리 쪽이죠. 저는 이쑤시개라는 물건이 뭔지 들어본 적도 없습니다. 장담할 수 있어요." 브레잔은 진지한 얼굴로 대꾸했다.

"우리 서로 잘 맞을 것 같네요, 장군님."

그들은 길모퉁이를 돌았다. 지금까지 본 것 중 가장 큰 잉어가 헤엄치는 맑고 반짝이는 연못이 브레잔의 눈길을 끌었다. 그는 잉어가 환영이기를 빌어먹게 간절히 바랐다. 대체 저 잉어는 여기서 뭘 먹고 사는 거지? 배가 고파지면 무슨 짓을 벌일까? 연못에서 튀어 올라 행인을 습격하기라도 하면 어쩌나?

안단 분파의 문장을 난간에 새긴, 작고 깔끔한 아치형 다리 하나가 연못을 가로지르고 있었다. 트세야는 주변 풍경에 자연스럽게 녹아들며 다리 위로 걸음을 옮겼다. 브레잔은 잠시 머뭇거린 후, 마지막으로 잉어 쪽을 불안하게 바라보고는 그 뒤를 따랐다.

트세야도 그의 반응을 알아차린 모양이었다. 브레잔 또한 딱히 숨길 생각은 없었지만. "안단은 역시 지나치게 사치스럽다고 생각하시는 거겠죠? 개인적으로는 아름다운 것들에 둘러싸인 채로 추도 의식 명상을 하는 쪽이 훨씬 즐겁거든요." 나방 승무원들은 승선 중에는 추도 의식에서 빠질 수 있었지만, 그래도 고집스레 의무를 준수하는 사람들은 어디에나 있기 마련이었다.

브레잔은 그 제안을 곱씹어보았다. "그리드로 뭔가 예쁜 영상을 불러올 수도 있을 것 같군요. 하지만 굳이 그래야 할까요? 너무 정신이 산만해질 텐데요."

"텅 빈 벽은 그렇지 않나요?"

방금 지나친 물새 눈이 사람의 것처럼 보였는데? "텅 빈 벽에는 아무래도 익숙하니까요." 브레잔이 말했다. 그가 어린 시절을 보낸 우주 기지는 온갖 자연물로 초소형 행성인 척하는 곳이 아니었다. 공원 정도는 있었지만 이 정원만큼 호사스럽지는 않았다.

"그러시다면야."

다행히도 두 사람은 곧 브레잔에게 배정된 선실에 도착했다. 화분에 심긴 작은 나무들이 문 양쪽 옆에 서 있었다. 브레잔은 소박하고 마음이 안정되는 작은 구석 골방에 처박히리라 예상하고 있었다. 문제는 그가 안단의 기준에서 '작은 구석 골방'이 어떤 곳인지를 짐작도 하지 못했다는 것뿐이었다.

브레잔에게 배정된 선실은 당연하게도 스위트룸이었다. 〈축제의 위계〉호에서 키루에브 대장이 사용하던, 지금은 제다오 그 개자식이 그녀를 몰아내고 들어앉아 있을 선실과 규모가 비슷했다. 브레잔은 이쪽 스위트룸이 더 크지 않기를 바랐지만, 얼추 가늠해보니 아무래도 헛된 기대인 것만 같았다. 브레잔은 이곳이 나름의 지위가 있는 손님을 위한 객실일 것으로 짐작했다. 트세야는 섬세하게도 발톱으로 화살을 움켜쥐는 잿불매를 그린 수묵화로 응접실을 장식해놓았다. 켈에서 복무하며 뛰어난 업적을 남긴 안단 제 나보 장군은 다른 모든 분야에도 능통했지만, 특히 뛰어난 활쏘기 실력으로 잘 알려졌다. 무엇을 암시하는지는 분명했지만, 브레잔은 딱히 거북하게 여기지는 않았다.

서비터는 공손하게 그의 더플백을 내려놓고 물러났다. 트세야는 서비터 쪽에는 조금도 관심을 보이지 않았다. "1시간 정도 여유를 드릴 테니 숨 좀 돌리세요." 트세야는 산책이 고강도 노동이라도 되는 양 이렇게 말했다. "준비가 끝나면 함께 점심을 들어요. 호출하시면 서비터가 한 대 올 거예요. 서비터가 안 오면 항상 노란색 꽃길을 따라가도록 해요."

"잘 기억해두죠." 정원에 피어 있는 색색의 꽃이 단순한 장식이 아니라, 표지판 대용품이었다니. 꽃 알레르기를 가진 사람은 불편하겠지만, 퍽 아기자기한 발상인 것 같았다.

"아, 느긋하게 긴장을 풀고 싶으시다면 차를 마셔요. 존재하는 모든 종류의 차가 있어요. 농담이 아니라 정말로요. 그리드에 질문하면 찾아줄 거예요. 하지만 알코올을 원하는 거라면 나한테 직접 말해야 해요. 사촌 한 명이 〈난꽃 그늘〉호의 비축품을 채웠는데, 그 아이의 와인 취향은 조금 난해하거든요."

"그 말씀도 잘 기억해두죠." 브레잔은 기본적으로 취하기 위해 마시는 쪽이라 알코올 취향이 난해하든 말든 별로 상관없었다.

트세야는 미심쩍은 눈으로 그를 바라보더니, 적당히 핑계를 대고 자리를 떴다. 문이 닫히자마자 긴장이 풀린 브레잔은 그대로 쓰러졌다. 꼬박 6초 동안 널브러져 있다가 다시 몸을 일으켜, 사치스럽게 드넓은 응접실과 훌륭한 솜씨로 그려진 그림 쪽으로 눈을 돌렸다. 너무 자유롭게 써 내리지도, 너무 절제하지도 않은 붓질이었다. 서예 수업의 경험으로 유추해본바, 이런 붓질은 보기보다 어려운 테크닉이었다. 마음이 쉽게 진정되지 않았다. 언제라도 진짜 장군이 등장해서 그를 이 방에서 쫓아낼 것만 같았다.

브레잔은 자신의 두뇌를 윽박질렀다. 좀 닥치란 말야. 켈 사령부의 행동은 예측 불가이기는 해도 단순히 재미를 위해서 이런 곡예를 하지는 않는다. 냉정해져야 한다. 키루에브 대장과 함대를 제다오의 손아귀에서 구해내야 하니까.

그는 더플백에서 자기 물건을 꺼내 정리하며 12분을 보냈다. 이 넓은 공간을 대체 무엇으로 채워야 하지? 장교 중에는 개인 소지품을 잔뜩 가지고 다니는 사람도 있다. 키루에브 대장은 싸구려 기계장치를 모은다. 자나이아 함장은 왜인지는 모르겠지만 문어 모양 장식을 모은다. 정보 분석 담당의 슈오스 이그라드나 대령은 피리를 모으는데, 대부분 서로 조율이 되어 있지 않았다. 아니, 이그라드나 대령은 세상의 어떤 물건과도 조율이 되지 않은 사람이다. 브레잔은 개인 소지품을 대부분 부모님 집에 놔두었다. 자신의 삶을 둘로 나누고 싶었다. 젊을 때는 공과 사의 영역을 구분하는 게 중요하다고 생각했는데,

이젠 그냥 습관이 되었다.

가장 커다란 탁자 위에는 허전해 보이지 않게 몇 가지 물건을 올려
놓았는데, 어쩐지 헛된 시도로만 느껴졌다. 브레잔은 탁자 위의 물건
들을 우울한 얼굴로 바라보았다. 쌍둥이 누나인 미우잔과 가나잔이
퀠 사관학교 졸업 선물로 준 소형 성계의였다. 은빛과 금빛으로 빛나
는 수많은 원과 그 사이에서 반짝이는 톱니바퀴, 쉼없이 돌아가는 보
석 박힌 행성들을 보고 있노라면 저절로 훌륭한 작품이라는 생각이
들 수밖에 없었다. 오래 바라보고 있으면 노랫소리가 흘러나올 것만
같았다. 깃털 문양으로 뒤덮인 위성들은 잿빛 궤적을 남기며 움직이
고 있었다. 접속 권한이 있는 나방 그리드를 아무리 뒤져도, 이 성계
의와 일치하는 성계는 찾을 수 없었다. 쌍둥이 누나는 자신들도 그쪽
으로는 아는 바가 없다고 인정했고, 그는 그 말을 믿었다. 우울해질때
면, 브레잔은 이 성계의가 아직 부패한 육두정의 손길이 닿지 않은 고
요한 행성과 위성계를 나타낸다고 생각하곤 했다. 깃털 문양의 어둠
이, 잿불매의 정복하려는 손아귀가 닿아 있기는 하지만.

그는 성계의로 손을 뻗다가 멈추고 그대로 놔두었다. 어차피 이 휑
한 공간에서 남은 시간을 죽여야 한다면, 차라리 복장 쪽을 고민해보
는 편이 더 나을 것이다. 브레잔 역시 다른 이들처럼 사관학교에서 의
전 수업을 받기는 했지만 이젠 거의 잊어버렸다. 단기 재교육 수업은
그저 혼란스럽기만 했고.

브레잔은 자신의 민간인 복장을 여러 번 뒤적거리다가 결국 고개를
저었다. 빌어먹을, 그냥 제복이 낫겠네. 최고의 선택은 아니더라도 최
소한 실례를 범하는 건 아닐 테니까. 그 여자가 날 따분한 사람이라

생각한다 해도 그게 무슨 상관인데? 트세야가 제복을 혐오한다 해도 그 빌어먹을 제복을 디자인한 사람은 내가 아니니까. 브레잔은 그렇게 스스로 위안하다가, 너무 딱딱한 사람으로는 보이고 싶지는 않다는 생각에, 충동적으로 반지를 두 개 집어 손가락에 끼웠다.

그는 이내 자리에 앉아서 발을 굴렀다. 이렇게 압도당해선 안 돼. 다른 켈 장교를 상대하는 건 상관없었다. 어떻게 해야 할지 이미 알고 있으니까. 하지만 여기서는 달랐다. 작전 지휘권은 트세야에게 있다. 안단의 화려한 식기들 앞에서 기가 죽었다가는, 트세야에게 미덥지 못한 사람으로 보일 것이다.

그렇게까지 생각할 필요는 없잖아. 그는 또 혼잣말을 중얼거렸다. 지금까지 트세야는 완벽하게 예의를 지켰다. 함께 임무를 수행해야 하는 이상, 그 또한 그녀에게 예의를 지켜야 마땅했다.

브레잔은 여기에서 트세야가 제안한 점심 식사 장소까지 얼마나 걸리는지를 그리드에 물어보았다. 그러고는 만약의 경우를 대비해 그 답변에 18분을 더해 시간을 계산했다. 그는 떠날 시간이 될 때까지 꼼지락거리고 있었다. 문득 길을 잃을 확률이 얼마나 될지가 궁금해졌다. 지도를 그릴 필기구나 종이를 가져오지 않은 것이 아쉬웠다. 아니지, 변동성 구조가 적용되는 함선 내부가 나를 적대하기 시작하면, 지도 따위가 도움이 될 리가… 또 무슨 생각을 하는 거야.

막상 나가보니, 노란 꽃들이 그가 다가올 때마다 친절하게, 가야 할 방향으로, 가시 하나 없는 줄기를 기울이며 길을 안내해주었다. 브레잔은 어딘가의 니라이 실험실이 이런 식물을 만든 대가로 엄청난 보수를 받았을 것이라 생각했다. 목이 긴 새들도 여럿 보였다. 대부분

흰색이었으나 일부는 화려한 원색의 벼슬을 달고 있었다. 새들은 브레잔을 전혀 신경 쓰지 않는 것처럼 보였다. 대다수의 퀠이 사냥을 즐긴다는 사실을 아무도 일러주지 않은 것 같았다. 브레잔은 비위가 약한 편이라 사냥은 해본 적이 없었는데, 어쩌면 저 새들이 그 점을 간파해 겁내지 않는 것일지도 모른다.

나는 진짜로 기지 출신답다니까. 브레잔은 이렇게 생각하며, 갑자기 불안하게 들리는 개구리 울음소리를 무시하고 걸음을 서둘렀다. 잉어 곁을 지나갈 땐 걷는 속도를 높이기도 했다. 트세야를 따라왔던 바로 그 연못이 분명하다는 생각이 들었지만, 확신할 수는 없었다.

눈부신 정원 산책로와 계속 이어지는 노란 꽃을 따라가다보니, 정원에 비해 다소 평범한 복도와 장막만 드리운 채 열려 있는 아치형 문이 나타났다. "들어와요." 안에서 트세야의 목소리가 들렸다.

11분 일찍 도착했으니 그리 나쁘지는 않은 셈이었다. 노란색 꽃들은 이제 길을 가리키는 방향을 바꾸었을까? 브레잔은 확인하려 돌아보고 싶은 충동을 애써 억눌렀다. 방 안에는 놀랍게도 과도한 장식은 하나도 없었다. 눈길이 가는 물건이라고는 구석에 놓인, 그의 허리께까지 오는 청자 꽃병 하나뿐이었다. 앉은뱅이 탁자에 음식이 준비되어 있었고, 트세야는 이미 바닥에 정좌했다. 그녀 맞은편에는 그를 위해 준비한 푸른색 방석이 보였다. 흥미롭게도, 탁자 한가운데에는 이쑤시개가 가득 든 용기가 놓여 있었다. 이게 안단식 유머인가?

"음식이 폭발물이라도 되는 것처럼 쳐다보고 있네요. 아쉽게도 저는 폭파 수업 성적은 평균 정도였어요. 교관들이 정말로 실망하더군요. 그러지 말고 앉아요. 서로 평가하느라 바빠서 굶을 필요는 없잖아요."

"물론입니다, 요원이시여."

"그렇게 딱딱하게 굴 필요 없어요. 나도 이름이 있다고요." 그녀는
눈웃음을 지어 보였다.

그는 그 말에 반사적으로 항의하려다 간신히 멈추고 자리에 앉았다.

"당신 분명 젱자이에 손도 대지 말라는 경고를 들은 적이 있죠."

이미 상대방이 예측한 약점에 대해서 구태여 부정할 필요는 없었
다. "맞아요, 가능하면 피하는 편입니다. 다른 참모들과 함께 키루에
브 대장이 벌인 젱자이 판에 끼어든 적이 있습니다. 그분은 계속 불리
한 패만 받으면서도 우리 모두를 탈탈 털어버리셨죠."

트세야는 먼저 그에게, 다음으로 자신에게 차를 따랐다. 굳이 다도
예법을 지키지는 않았다. 그가 놀라 눈을 깜빡이자 그녀는 부루퉁한
표정을 지어 보였다. "혹시 이런 생각을 해본 적은 없나요, 장군…"

"부디 브레잔이라고 불러주십시오."

"그럼 브레잔이라고 부를게요. 그런 생각 해본 적 없나요? 안단이
라고 해서 모두가 예절을 숭상하지는 않을지도 모른다는 거. 때론 빌
어먹을 차를 후딱 마시고 싶을 때도 있는 거라고요."

공감을 얻어내려는 책략이라면 아주 잘 먹히고 있었다. "유감스럽
게도 그쪽 분파 사람들과 제대로 접촉한 경험은 공식 행사 자리에서
밖에 없습니다." 브레잔이 말했다.

"당신이라면 분명 그 자리에서 완전히 매료되었겠죠." 트세야는 중
얼거리며 검은색 소스에 파묻힌 뭔가를 젓가락으로 집더니 꼭꼭 씹
어 삼켰다. "전부 하나씩 맛봐서 독이 없다고 확인이라도 해드려야

하나요?"

"그럴 필요 없습니다." 어차피 그런 행동만으로는 섣불리 안심할 수도 없었다. 그도 식사를 시작했다. 살짝 단맛이 도는 검은 소스에는 싱그러운 레몬그라스 향기가 섞여 있었다. 어장도 조금 넣은 것 같았다. 고기 쪽은 정체를 파악할 수가 없었지만, 매우 괜찮은 맛이었다. 나중에 조리법을 물어봐야겠다고 생각했다.

"너무 과묵하시네요." 잠시 후 트세야는 이렇게 말했다. 브레잔의 밥공기는 거의 비었지만, 그녀는 아직 반의반 정도 먹었을 뿐이었다. "전우들과 그런 식으로 헤어지게 되다니 힘들었겠어요."

제다오를 불멸의 존재로 만든 켈 사령부의 결정에 대한 자기 생각을 트세야에게 하나하나 설명해주고 싶었지만, 어리석은 짓인 걸 알기에 그만두었다. "그 정도로 끝난 것에 감사하고 있습니다." 전부 거짓말이다. 안단과 단둘이 앉아 있자니 전우들과 함께 공용 식탁에 앉던 시절이 그리워졌다. "적어도 제다오가 함대를 통째로 폭파해버리지 않았다는 정도는 알고 있으니 말입니다." 서둘러 이곳에 파견되는 통에 거의 정신이 없었으나, 지금까지 올라온 보고서 내용을 확인할 정도의 시간은 있었다.

"그는 슈오스니까요. 일반 대중과 관계가 나쁘다는 점만 빼면 안단과 별로 다를 바는 없겠죠."

브레잔은 채소를 삼키다 사레가 들릴 뻔했다. 낡은 농담이었지만 지금 상황에서는 농담으로만 들리지는 않았다.

"함대를 쓸 곳이 있어서 남겨둔 거겠죠. 불운하게도 함대의 용도는 하나뿐이니까요." 그녀는 한숨을 쉬었다. "차라리 우리 쪽 기지를 무차별적으로 파괴하고 있다면 조금 걱정이 덜할 거예요. 그자는 침략에 맞서 싸우고 있죠. 대중의 환심을 사려는 계략이 분명해요."

"대량 학살자가 어떻게 대중의 환심을 삽니까." 브레잔은 항의했다.

"당신은 켈이니까 켈 방식대로 생각하는 게 당연해요. 그에게 원한이 있는 슈오스도 마찬가지고요. 하지만 다른 사람들에게는, 특히 분파에 소속되어 있지 않은 평범한 일반인들에게 그자는, 그냥 전해 내려오는 옛날이야기 속 인물에 불과해요. 지옥나선 요새 사건은 십수 세대 전의 일이잖아요. 이제 관심 없는 사람들도 많다고요. 그러니까, 373년 전에 니라이 하브레카즈 육두관을 날려버린 폭탄 공격을 떠올려봐요. 당신이 그 사건을 알고 있다고 해도…" 브레잔은 모른다고 고개를 저었다. "…그 사건 때문에 동요하게 될 것 같나요?"

브레잔은 그녀의 말을 곱씹어보았다. "딱히 마음에 드는 지적은 아니로군요. 하지만 당신 말이 옳습니다." 그들의 임무가 더욱 중요해질 뿐이었다. 제다오를 막아야 한다. 하픈도 막아야 한다. 덤으로, 제다오가 하픈을 막는 일도 막아야 한다. 그자가 영웅이 되면 곤란하니까.

두 사람은 다시 조용히 식사를 시작했다. 브레잔은 일부러 식사 속도를 늦췄다. 그는 여유롭게 식사를 즐기는 일에 익숙하지 않았다. 한때 켈이었던 가장 나이 많은 아버지는 식사를 앞에 두고 어물쩍거리는 일을 용납하지 않았다. 브레잔의 기억 속 어린 시절에 그분은 이미 퇴역하신 상태였지만, 한 번 몸에 밴 켈의 습관이란 쉽게 사라지지 않는 법이다.

"켈 사령부가 당신을 보낸 이유는 알고 있어요." 서비터 한 대가 조각 케이크를 가져왔을 때, 트세야는 그제야 입을 열었다. 꽃 모양으로 케이크 위에 수놓아진, 연녹색과 주황색, 붉은색의 육감적인 과일 조각이 시선을 끌었다. "당신은 지금 불리한 위치에 있다고 볼 수 있겠죠. 분명 나에 대해서 아무것도 모를 테니까요. 물론 육두정엔 사람이 워낙 많으니 어쩔 수 없지만요."

브레잔은 조각 하나를 살짝 베어물었다. 케이크의 단맛과 과일의 새콤한 맛이 적절한 조화를 이루었다. 브레잔은 그 맛을 너무 즐기지 않으려 애썼다. 머지않아 맛보다는 영양을 중시하는 켈의 음식으로 돌아갈 운명이니까. 분파의 기밀이 아니라면 저 케이크 조리법도 얻어 가야겠다는 생각이 들었다. "제게 명령을 수행할 능력이 있는지 우려하시는 거라면…"

"그저 내가 이 작전에 얼마나 많은 것을 걸고 있는지를 알아준다면 함께 일하기 편할 거라고 말하고 싶었어요. 저들이 왜 하필 나를 선택했는지도 설명할 수 있을 테고요." 트세야의 목소리에는 묘한 기색이 어려 있었다. 쓸쓸함까지는 아니더라도, 어쩐지 그와 비슷한.

"트세야, 저한테 설명할 필요 없습니다." 브레잔은 이 대화가 어디로 이어지는지 짐작하지 못하는 채로 이렇게 말했다.

브레잔이 무슨 일이 일어나는지 알아차리기도 전에, 트세야는 그와 눈을 마주치고 미소 지었다. 따뜻하지도 아름답지도 않은, 비인간적인 미소였다. 그는 순간 두려움에 사로잡혔다. 눈을 돌릴 수가 없었다. 안단의 매혹술 능력이 이런 식으로 작용한다는 점은 이미 알고 있었다. 하지만 특정 목표에 반복적으로 사용하면 효력이 줄어드는 그 능력을 이토록 빨리 사용할 줄은 몰랐다. 너무 순진했군. 그녀의 눈동자는 여전히 검푸른 색도 검붉은 색도 아닌 갈색이었다. 눈동자 색이 변하면, 브레잔은 매혹술 능력이 지속되는 동안은 그녀의 소유물이 될 것이다.

다음 순간, 트세야가 먼저 시선을 돌렸다. 브레잔은 다시 숨을 들이쉬었다. 그는 탁자 아래에서 양손을 맞잡고 떨림을 억누르려 애썼다. 브레잔이 떨고 있다는 것을 트세야가 모를 리는 없지만, 적어도 눈에 보이지는 않을 것이다. 그 정도로 만족할 수밖에 없었다.

"설명할 필요가 없을지도 모르지만, 앞으로 우린 서로 의지해야 할 거예요. 당신은 내가 당신 임무에 반하는 행동을 강제하지 않으리라는 걸 확인해야겠죠. 나로서는 추락매가 명령에 잘 따를지를 확인해야 하고요. 솔직히 내 쪽이 쉽긴 해요. 켈 사령부는 차치하고, 당신이 충성스럽다는 점은 분명하니까요."

브레잔은 이렇게 깔끔하게 자기 존재를 요약당하는 상황이 마음에 들지 않았다. 충격이 가시고 나자 슬슬 분노가 밀고 들어왔다.

"방금 전은, 의미 없는 위협이었어요." 트세야는 찻잔을 감싸 쥔 채로 손을 멈추었다.

"무슨 뜻입니까." 브레잔이 말했다.

"나는 당신을 매료시킬 수 없으니까요."

그녀는 입술이 일직선이 되게끔 꼭 다물었다. 그 사실을 인정하고 싶지 않은 모양이었다. 하지만 왜 군이 결함이 있는 안단을 보낸단 말인가? 켈에 추락매가 존재하는 것과 마찬가지로 능력을 쓰지 못하는 안단이 있다는 것 정도는 알고 있었다. 그런 존재가 분파에 머무를 수 있는 기간 또한 엇비슷하게 짧다는 것도.

"당신이 생각하는 그런 일이 아니에요." 트세야가 다시 입을 열었다. "분파 능력이나 그런 게 문제가 아니니까요. 능력은 문제없이 작동해요. 하지만 내 이름은 예전에는 안단 네제였어요. 나는 불명예 처분을 당한 사람이에요. 당신은 아니지만."

브레잔은 그녀의 말뜻을 쉽게 깨달을 수 있었다. 이름 쪽은 아예 짐작도 안 가는데도. "들어본 적 없는 이름이군요."

그녀의 눈에 자신만 아는 냉소적인 즐거움이 떠올랐다. "그래요, 그거 신선한 상황이네요. 그냥 내가 안단 내부의 권력자 몇 명을 적으로 만들었다고 받아들이면 돼요."

"제다오를 상대할 때는 문제가 없다는 뜻이로군요."

"그렇죠."

진형 본능은 계급을 기준으로 발동한다. 반면 매혹술 능력은 사회적 지위를 기준으로 발동하며, 안단은 먹이 서열에서 자기보다 하위에 있는 사람만 매료할 수 있다. 브레잔이 어렸을 적에 가운데 아버지가 사용한 표현을 빌리자면, '애송이 안단이 싸돌아다니면서 사회적으로 우위에 있는 사람들에게 중요한 투자 사업체를 내놓으라고 강요하지 못하게 하는 일종의 안전장치'인 것이다.

트세야의 입매가 부루퉁해졌다. "그러니까, 생각해봐요. 제다오는 아직 함대를 거느리고는 있지만 이젠 계급 자체가 없어요. 순전히 자신의 악명에 의존해 움직이는 거죠. 그자를 저녁 식사 자리에 초대하면 얼마나 상황이 곤란할지 상상이 가나요. 좌석 배치를 담당하는 우리 분파 사람은 분명 악몽에 시달릴걸요."

브레잔은 무덤덤했다. "그러니까 당신도 소모품이라 여기 있다는 거군요."

"우리 상관들의 눈에 만회하는 모습을 보여야 해서 여기 있는 거죠. 정책 문제에시 조금 극단적으로 다른 의견을 표출했거든요. 상관들 반응은 별로 안 좋았고요."

"저로서는 판단을 내릴 수 없을 것 같군요." 브레잔은 이렇게 답했다. 뒤이은 침묵 속에서 그는 케이크 조각을 마저 먹어치웠다. 그 침묵을 기껍게 여겨야 할지 아직 결정하지 못한 채로.

15

키루에브는 함대를 대동한 작전에서 골동품상과 가졌던 기묘하고도 살가운 관계가 요긴하게 작용하리라고는 생각해본 적도 없었다. 그러나 그녀의 생각과 달리, 그녀는 골동품상의 흥정을 통해 생각보다 훨씬 많은 것을 배웠다. 탕쿠트 1번 기지에서 수리와 보급 문제로 협상을 원한다는 회신을 보낸 덕분에 공용 식탁에도 출석하지 못했다. 키루에브는 지금, 사령실에서 그들의 최신 제안을 검토하고 있었다.

병참반의 나자드 대령은 낙담한 얼굴로 그녀를 노려보았다. 나자드는 엄청난 비용을 지불하고 기지 쪽에 제작을 부탁하는 것보다는 원자재를 들여와 함내에서 직접 부품을 찍어내는 쪽을 선호했다. 키루에브와 나머지 승무원의 자산은 안단에 의해 전부 동결당했지만, 하픈과 벌인 전투 데이터를 암시장이나 소속 없는 드라마 작가, 역사가들에게 팔아서 비용을 충당할 수 있었다. 그러나 기지 지휘관이 켈이 아닌 이상, 키루에브가 끼칠 수 있는 영향력에도 한계가 있었다. 애초에 제다오와 키루에브가 탕쿠드 1번 기지를 고른 이유 역시 그곳의 지휘관이 어느 분파에도 소속되지 않았으며, 암시장 거래로 악명 높은 사람이기 때문이었다.

고른 치열과 바늘 끝처럼 정확하게 목표를 찌르는 미소를 겸비한 여성 지휘관이 키루에브의 답변을 기다리고 있었다. 키루에브는 목록을 몇 군데 수정한 다음 재전송하며 말했다. "마지막 제안입니다. 이걸로 만족할 수 없다면 하픈 쪽 수집품은 개인 수집가에게 직접 팔도록 하죠." 꼭 협박으로 한 소리만은 아니었다. 사실 저 기묘한 엔진 부속이 얼마나 받을 수 있을지 궁금하기도 했으니까. 누군가 하픈 거위들의 관을 입에 올리기는 했지만, 그녀는 즉시 언급을 금지해버렸다.

"거래 감사합니다." 기지 지휘관은 진솔하게 들리는 목소리로 답했다. "지역 규제 사항을 전송했습니다. 우리가 작업하는 동안 승무원들이 이 내용을 엄수해주면 고맙겠습니다."

그리드는 목록을 확인했고, 상식을 벗어나는 규제를 몇 가지밖에 찾아내지 못했다. 키루에브가 보기에도 딱히 문제가 될 만한 내용은 없었다. 지역 주민과의 접촉은 재보급에 필요한 한도 내로 제한하는 편이 좋다는 데엔 제다오도 동의했다. "제 쪽이 기쁘죠. 혹시라도 밀무역이 천직이라는 생각이 들면 이곳을 떠올리겠습니다." 키루에브는 무심하게 대꾸했다.

기지 지휘관은 웃음을 지은 후 통신을 껐다.

키루에브는 나자드의 뚱한 표정을 알아채고 말했다. "왜 그러나? 설마 지금까지 탈수해서 우수 해석이 되는 꿈조차 꿔본 적 없는 건 아니겠지? 지금이 딱 그런 상황이지 않은가."

"드라마에서는 우리처럼 물질 프린터 출력용 자재가 부족한 일이 없던데 말입니다. 하지만 결국 별수 없는 일이겠죠." 나자드가 투덜댔다.

키루에브는 제다오에게 전달할 보고서를 작성하다 손을 멈추었다. "저 기지 입장에서 생각해보게. 파문을 무릅쓰면서까지 우리와 거래하는 거라고." "그렇게 이타적인 동기일 리가 없잖습니까. 근처 슈오스 관료한테서 도청 장치를 반입해달라고 뇌물을 받은 거겠죠. 아니면 하픈으로부터 보호받으려고 누가 됐건 제일 가까운 쪽에 손을 뻗은 것이든가요. 그것도 아니면 우리를 이방인들에게 팔아넘기려는 생각일 수도 있습니다."

"그런 거야 윗선에서 처리할 일이지." 키루에브는 일부러 이렇게 말했다.

나자드의 표정이 순간 굳었다. 거의 눈에 띄지는 않았지만. 키루에브는 그 반응을 기다리고 있었다. 이제 그녀가 브라에 탈라 조항을 발동했다는 사실을, 함대의 모두가 알고 있었다. 그녀가 브라에 탈라의 시한인 100일을 버틸 수 있을지를 놓고 내기판이 벌어지고 있어도 딱히 놀랄 만한 일은 아니었다. 나자드는 대놓고 말을 꺼내지는 않았지만, 돌아가는 상황이 심상치 않다는 점만은 분명해 보였다.

그들은 니라이와 슈오스 승무원이 없어서 벌어지는 보급 문제의 해결책을 놓고 추가로 토의했다. 그러다 제다오가 키루에브를 호출하는 바람에 대화는 끝났다. 제다오는 평소와는 달리 간결한 말투였다. "이리 좀 와보게."

키루에브는 지난 1시간 동안 꼭 필요한 때가 아니면 자신과 눈을 맞추지 않으려 애쓰고 있던 자나이아 함장을 돌아보았다. "기지 놈들이 싸구려 기념품을 강매하려고 귀찮게 굴면 바로 알리게."

"알겠습니다, 각하." 자나이아는 꽤 격식을 갖춰 대답했다.

키루에브는 속으로 한숨을 쉬었다. 자나이아를 비난할 수는 없었다. 키루에브가 함대를 파멸로 이끈 셈이니까. 이렇게 엉망으로 얽힌 상황에서 무사히 살아남는다 해도, 자나이아가 키루에브의 결단에 영향을 끼칠 수 없다는 상황까지 고려해 켈 사령부가 온정적인 처벌을 내릴 가능성은 희박했다. 키루에브는 자나이아가 모든 명령을, 설령 구멍이 보인다 해도 악용하지 않고 충실히 수행하는 사람이라는 점에서 실낱같은 위안을 찾았다. 그녀는 그런 부류의 켈이니까.

제다오는 세 대의 서비터와 함께 낯선 종류의 보드게임을 즐기고 있었다. 경례를 올린 키루에브는 서비터들이 북적대는 것도 아니고, 그저 자리에 있기만 할 뿐인데도 훨씬 생동감이 느껴진다는 사실에 어리둥절했다. 예전에도 평범한 작업을 수행하는 서비터들이 여럿 드나들던 곳이었는데도 말이다. 나방형 서비터 한 대와 도마뱀형 서비터 두 대 이외에도, 단말 주변에는 함대의 보급에 관련된 서류가 가득했다. 깔끔하게 정리된 문서들이 그리드상에서 벽과 바닥에 흐릿한 빛을 드리웠다. 흥미롭게도 한쪽 옆으로는 수학 논문과 관련된 한 편의 영상이 떠올라 있었다.

키루에브는 그 자리에서 기다렸다. 제다오는 잎사귀 장식 매듭이 찍힌 게임말을 바라보며 곰곰이 무언가를 생각하고 있었다. "편히 있게." 그는 그녀를 돌아보지도 않은 채 말하고는, 나방형 서비터에게 말을 걸었다. "이런 젠장, 그 도박 이야기가 농담이 아니었군. 나보다

수학 실력이 뛰어난 친구들 곁에서는 확률 이야기를 떠벌리면 안 되는 건데 말이야."

서비터는 즐겁게 분홍색과 노란색 불빛을 연속으로 깜빡이며 그 말에 대꾸했다.

"아무튼, 잠시 실례해야겠네. 그럼…" 문득 제다오의 단말에서 키루에브가 모르는 부호가 깜빡였다. "또 저건가? 아무래도 이건 좀 봐야겠군." 키루에브는 나가 있어야겠느냐는 뜻으로 턱으로 문쪽을 가리켜 보였지만, 제다오는 "아니, 그대로 있게"라고 말했다.

혼란스러운 잡신호로 시작된 전문은 차츰 한데 뭉쳐 덩어리를 만들더니, 이윽고 긴 머리카락의, 전자펜 끝을 씹는 버릇이 있는 여성 형태를 이루었다. 이내 두 사람은 그녀가 아네르 56-5 기지의 연구원 니라이 마홀라리온이라는 사실을 알게 되었다. 더 흥미로운 점은 그 동영상이 정규 보고서가 아니라 자신의 탐지 데이터를 켈 쪽으로 넘기라고 상관들에게 권유할지를 놓고 고심하며 기록한 내용의 모음집이라는 것이었다. 켈은 항상 고상한 문제에만 몰두하느라 바쁘니, 그런 자료를 기껍게 여길지 알 수 없는데도.

제다오는 이미 그 예비 보고서를 가지고 있었기 때문에, 키루에브는 내용을 상세히 훑어볼 수 있었다. "최근 여러 기지에서 이런 것들이 들어오고 있다네. 기본 탐지 정보는 나도 읽을 수 있네만, 내가 지난 400년 동안 본 탐지 요소와는 매우 다르더군. 혹시 자네는 알아볼 수 있나?"

탐지 데이터보다는 동영상의 마지막 부분이 키루에브의 호기심을 자극했다. 마홀라리온이 별생각 없이 데이터 저장기를 나방형 서비터에게 넘기고 있었던 것이다. 메브루형 저장기는 이제 아무도 쓰지 않는 줄로만 알았는데, 니라이 쪽에서는 과거 장비와 호환성을 유지하기 위해 사용하는 자들이 있는 모양이었다.

"각하의 정보원들은 얼마나 신뢰할 수 있습니까?" 키루에브가 물었다. 그녀는 사령실에 있는 통신반이 이번뿐 아니라 제다오가 받는 별도의 보고에 대해 아예 모르고 있을 거라 생각했다. 애초에 이 정도 수준의 정보원들을 제다오가 무슨 수로 매수한 것일까?

"내가 만족할 만큼은 신뢰할 수 있지." 제다오가 대꾸했다.

그녀도 그 정도 말뜻은 알아들을 수 있었다. 키루에브는 탐지 기록을 살펴보다가, 첨부된 분석 내용을 훑었다. "최상급 잡음 소거 기술이 있다고 해도 애초에 감지할 수 있었다는 것 자체가 감탄스럽군요." 그녀는 보고서에서 관련 부분에 강조 표시를 붙이며 말했다.

제다오는 점잖았지만, 한편으로는 멍해 보였다. "나는 그 첨부 내용을 거의 읽을 수가 없다네." 그는 탐색 결과 하나를 손가락으로 찌르며 말했다.

키루에브가 생각했던 대로의 행동이었다. "지금 보고 계시던 논문에 실려 있는 내용입니다만. 보이십니까?" 그녀는 해당 내용을 금색으로 강조했다. 사실을 말하자면 논문 쪽이 몇 단계는 더 난해해 보였다.

제다오는 쓴웃음을 지었다. "그건 내가 보던 게 아니라네. 서비터들은 게임을 하면서도 자기네들끼리 무슨 이론을 놓고 토의를 하고 있었다네. 놔두면 신경이 분산되어 내가 세심하게 준비한 기습 작전을 알아채지 못할 테니, 나쁠 건 없다고 생각했지. 뭐, 그런 행운은 일어나지 않더군."

나방형 서비터는 파란색과 보라색 불빛을 깜빡이고는, 묘하게 우쭐대는 느낌의 붉은색 불빛을 슬쩍 곁들였다.

"별로 관계없는 새로운 천문학 현상일 수도 있습니다. 하지만 저 연구원은 하픈이 우리 공역을 찢어발겨서 발생한 부산물이라 여기는 모양이더군요."

"나는 탐지 잡음이었으면 좋겠다고 생각한다네. 하지만 별개의 관찰자들이 복수의 보고서에서 논하고 있지 않나? 그렇게 운이 좋을 리는 없다는 뜻이지. 어찌 됐건, 이걸 탐지반과 교리반으로 넘겨서 어떻게 해석하는지 확인해볼 생각일세. 하지만 이것 때문에 자네를 부른 건 아니야. 물어볼 게 있네, 대장. 데베네이 라가스에 대해서 혹시 아는 바가 있나?"

데베네이… 키루에브는 갑자기 걱정이 치솟았다. "설마 켈 라가스 대령 말씀이십니까? 산개하는 바늘 요새 전역에서 각하 휘하에 배속되었다고 들었습니다."

"그렇네. 하지만 내가 뭘 아는지 물은 게 아니야. 자네 두뇌 속에 든 내용을 말해줬으면 좋겠네."

"역사학자로 명성을 얻었고 평판이 좋은 장교죠. 함께 복무하는 영광을 얻지는 못했지만 말입니다."

"흠." 제다오는 그녀의 평가에 이렇게만 반응했다. "그럼 이걸 들어보게."

온종일 듣기만 해야 하는 날인 모양이었다. 제다오의 손짓에 맞춰 동영상 하나가 떠오르며 4번 전투 집단의 사상자 요약을 밀어냈다.

긴 턱에 실눈, 웃음을 머금은 비뚜름한 입매까지 동영상 속의 남자는 분명 라가스였다. 하지만 제복 대신 회갈색 셔츠 위에 고동색 재킷을 걸치고 있었다. 키루에브의 불안은 한층 심해졌다.

"이 전문의 수신자는 체리스 대장이다. 그녀가 만족할 만한 통신 경로를 통해 보낼 예정이다." 라가스가 말했다.

키루에브는 깜짝 놀라 다시 제다오를 훑어보았다. 저 육체는 원래는 제다오의 것이 아니었다. 자신이 반역자의 망령을 품게 되리라고는 아마 상상조차 못 했을 켈 여성의 육체였다.

전문은 계속되었다. 제다오는 생각에 잠긴 냉정한 표정으로 키루에브의 얼굴을 주시했다. 키루에브는 태연한 표정을 유지하며 전문 쪽으로 주의를 돌렸다.

"구미호 장군한테 뭔가 배운 게 있다면, 당신은 지금 내가 어떻게 살아남았으며 이 안에 무슨 함정이 숨어 있을지를 궁금해하고 있을 겁니다. 내가 생존한 것은 유감스럽게도 우연히 일을 몇 번 망쳤기 때문이었습니다. 폭탄이 함대에 내리꽂혔을 때 나는 〈오소리 줄무늬〉호에 타고 있어야 했는데 요새에서 폭동이 일어났고, 결국 양륙정을 놓치고 말았습니다."

키루에브는 제다오의 허락도 없이 영상을 정지했다. 제다오는 눈썹을 들어 올렸다. "각하, 탈영병이 분명합니다." 적어도 추락매라고는 부르지 않았다. "어떻게 저런 일이 가능한지 이해가…"

"마저 듣게." 제다오는 이렇게 말하고 일시정지를 풀었다.

"나는 기회가 생기자마자 요새를 떠났습니다. 켈 사령부에서는 전사자에게는 명령을 내리지 않는 전통이 있죠. 우리 둘 다 그 점을 꽤

편리하게 이용한 셈입니다. 아마 지금 당신은 내가 무슨 도움이 될지 궁금하게 여기고 있을 테죠. 당신이 살아남았다는 사실을 안 이후로, 나도 바로 그 문제로 고심했습니다. 하지만 당신이 내가 짐작하는 대로 행동하는 중이라면, 이 정보 중에서 도움되는 것들이 있을 겁니다. 당신에게 필요한 정보를 추가로 찾으면 다시 보고하죠. 나도 그리 오래 살아남기는 힘들 것 같지만. 데베네이 라가스, 통신 종료."

"저 친구는 해당 공역과 그 근처 지역의 완벽한 전략 개요를 첨부해 보냈다네." 어쩌면 제다오의 정체 모를 정보망이 저 사람일지도 모른다는 생각이 들었다. "하지만 자네는 지금 다른 생각에 빠진 것 같군."

키루에브는 방금 제다오의 말을 그 주제를 꺼내도 좋다는 허락으로 받아들이기로 했다. "각하, 라가스는 각하를 체리스 명예 진급 대장으로 여기는 것으로 보였습니다." 설마… 그래서 라가스가 진형 본능을 깬 것일까? 죽은 여자에게 충성을 바치기 위해서?

"저 친구가 실수한 거지만, 이용은 할 생각일세. 자네가 켈 체리스에 대해서 아는 바가 있는지는 모르겠지만…" 제다오가 그 여자의 이름을 어색하게 발음하는 걸 들으니 오한이 들었다. "…그 여자가 소모품인 보병 대위였다는 점은 명백하지. 폭탄으로 목숨을 잃었을 때 나 역시 애통하기는 했지만, 덕분에 검은 요람에서 벗어날 기회가 닿은 셈일세. 나는 검은 요람 안에서 정말 오랜 시간을 보냈다네, 대장. 그곳으로 돌아가고 싶은 마음은 조금도 없어."

"대령의 신뢰를 얻었다면 단순히 그 정도로 소모해버릴 사람은 아니었을 겁니다." 키루에브가 대꾸했다. "라가스가 받은 훈장 목록을 본 적이 있습니다. 가볍게 이런 결정을 내릴 사람이 아닙니다."

"신뢰일까, 아니면 공동의 원한 때문에 벌인 행동일까? 대답할 필요는 없네."

"라가스는 각하께서 뭘 꾸미고 있다고 생각하는 겁니까?"

제다오는 다시 소파 쿠션에 몸을 편하게 기대앉으며, 키루에브에게도 앉으라고 손짓했다. 그녀는 그의 권유에 따랐다. 이 방은 최근까지 자신이 거주했던 방이었다. 키루에브는 제다오가 들어온 것만으로도 이 방의 분위기가 완전히 바뀌었다는 것에 놀라곤 했다. 서비터들은 게임판을 거의 치운 상태였다. 제다오는 육각형이 새겨진 게임말을 손에 쥐더니 허공으로 가볍게 튕겨 올린 다음 깔끔하게 잡았다.

"아마 라가스는 내가 은하계를 정복한 다음, 한 사람을 제거하려고 함대 전체를 폭탄으로 몰살하는 정부가 없는 곳으로 만들리라 생각하는 듯하네." 제다오는 이렇게 말하며 게임말로 탁자 모서리를 가볍게 두드렸다. "목표치고는 별로 어렵지 않다고 생각하고 싶지만, 우리 정권의 역사를 살펴보면 그렇게 말하기는 힘들지. 그의 이력을 생각하면 라가스 본인도 알고 있을 걸세."

그는 몇 번 게임말을 던지고 받다가 딱 소리를 내며 내려놓았다. "우린 이제 사람들에게 선택권을 줄 걸세." 웃는 얼굴에, 차갑게 날이 서 있었다. "우리 위치는 딱히 비밀도 아니지. 물론 소를 닭으로 위장하기가 힘들기 때문이기도 하지만, 내가 모습을 드러내고 싶기 때문이기도 하다네."

키루에브는 이 말에 딱히 반응하지 않았다. 슈오스가 즐겨 꾸밀 법한 책략이라는 생각도 들었지만, 전장의 사령관이 오래 자리를 유지하려면 책략이 필요한 법이다. 켈은 그 사실을 인정하기 싫어하지만.

"잠시 후에 일반 전문을 육두정 전체를 대상으로 발신할 걸세." 제다오는 말을 이었다. "길게 연설할 생각은 없네. 일반 대중은 이미 신경이 곤두서 있을 테고, 그리 오래 집중하지도 못할 테니까. 그래, 자네는 지금 내가 간결하게 말할 수 있을지 의심하는 것 같네만, 나도 온 정신을 집중하면 어떻게든 해낼 수 있다네."

키루에브는 이 말에 뭐라 반응해야 할지 알 수 없었다.

제다오는 손가락으로 소파 팔걸이를 두드리다가 자기 장갑을 살폈다. "나는 지금까지 우리가 수행한 전투 이력을, 특히 휘몰아치는 동전 요새 사건을 강조해서 언급할 생각일세. 그 자리에서 하픈 함대를 끝장낼 수도 있었어, 대장. 하픈을 불타는 파편 무더기로 만들지 못한 것은 육두정이 개입했기 때문일세. 그런데 반대로 우리가 이런 소란을 불러온 것처럼 취급받고 있어." 그의 눈빛이 험상궂게 변했다. "육두정이 없었다면 우리가 침략에 훨씬 효율적으로 대처할 수 있었으리라고, 단호하게 말하고 싶다네."

"각하, 하픈도 바보가 아닙니다. 각하의 지시에 따라 그런 내용을 암호 없는 전문으로 발신하면, 결국 육두정이 손쉬운 먹잇감이라고 공표하는 꼴이 됩니다. 설마 그게 의도이신 겁니까?"

제다오는 그녀를 보며 웃음을 지었다. "자네 거꾸로 받아들이고 있군."

그녀가 두려워하던 바로 그 사태였다. 침략군의 손을 빌려 육두정을 흔들어놓을 수 있는데, 굳이 제다오가 손을 더럽혀서 평판을 깎을 필요가 있겠는가?

"하픈도 한 대 얻어맞아 코피를 터트렸으니 이대로 돌아가기는 기분 나쁘지 않겠나. 게임판을 떠나지 않을 이유가 필요하겠지. 그래서 내가 이유를 제공해주겠다는 걸세. 만약 하픈이 계속 거추장스럽게 머물러 있어준다면, 육두정부 국민들도 현재 정권이 자기네를 제대로 보호해주는지를 재고해볼 기회가 되지 않겠나. 대안도 고려해볼 테고."

키루에브는 제다오의 가벼운 말투에 속아 넘어가지 않았다. 그는 지금 위험한 수를 던지고 있었다. "제가 현실주의자 역할을 할 때인 것 같군요. 각하께서 보유하신 함대는 하나뿐입니다. 또한, 규모를 막론하고 모든 공동체에는 비도나가 상주하고 있습니다. 혹시 마법으로 모든 비도나를 사라지게 하실 수 있는 건 아니겠죠?"

"가장 큰 문제는 비도나가 아닐세. 직설적으로 말해서, 비도나한테 온갖 장난감이 잔뜩 있기는 해도…" 제다오의 목소리는 냉소적이었다. "…국민이 뭉치면 수로 당해낼 수가 없지. 자네도 알고 있겠지만, 반란자 수뇌부의 의지가 충분히 강하기만 하면 비도나의 눈길 정도는 피해서 결행할 수 있다네. 다들 너무 겁에 질려 시도조차 못 하고 있기는 하지만."

키루에브는 입이 바싹 말랐다. 겁쟁이라고 매도당하는 셈인데도 대꾸할 수 없었다. 그의 말이 사실이니까.

제다오의 비뚤어진 웃음이 그녀를 향해 불꽃처럼 날름거렸다. 답변을 기다리면서.

키루에브는 잠시 머뭇거리다 결국 입을 열었다. "만약 성공한다면 수많은 사람이 목숨을 잃을 겁니다. 그것도 전부 계산에 넣으신 겁니까?"

제다오의 수학 실력을 공격할 생각은 아니었지만, 그는 한 방 먹었다는 듯 손바닥을 들어 보였다.

쾰 사령부는 고리버들 경계 전역에서 게릴라를 조직했다는 이유로 키루에브를 질책했다. 견고한 방어를 갖춘 이단자들을 상대로 시간을 벌 수 있는 전술이라면 정당한 주인에게도 통하리라는 사실을 시민들이 깨닫기를 원치 않았던 것이다. 물론 외부의 침략보다 내부의 불화를 두려워하는 정부에 얼마나 정당성이 남았을지를 묻지 않을 수 없겠지만, 평온한 일상을 동경하는 마음이 남아 있다면 그런 생각은 비도나가 볼 수 없는 두개골 안에만 간직해두는 편이 나을 것이다.

"평소라면 사람들이 숫자에만 너무 얽매여 있다는 사실을 한탄하는 쪽이기는 하네만, 지금은 자네 말이 맞는 것 같네. 하지만 사상자가 나올까 두려워 무작위로 사람들이 죽어나가는 상황을 방치하는 것보다는, 얼마나 많은 사람이 위험해질지 정확하게 아는 상태로 전투에 임하는 편이 낫지 않겠나?"

"반론을 제기할 생각은 없습니다만, 각하의 관점은 여전히 이해할 수 없습니다."

갑자기 제다오는 웃음을 터트렸다. "쾰 장군이 내게서 합리적인 계획을 기대하다니, 이건 꽤나 낙관적으로 볼 요소가 아닌가."

"제가 뭔가 잘못 생각한 겁니까, 각하?"

"어딜 봐도 합리적인 계획은 아니지." 제다오는 다소 지나칠 만큼 호탕하게 인정했다. "하지만 성공 가능성은 충분하다네. 데베네이라면 이렇게 말해줄 걸세. 역사는 승자를 여러 면에서 용서해준다고."

키루에브는 한참을 생각하다 다시 질문을 던졌다. "용서받기를 원하시는 겁니까?"

벽에 붙어서 불빛을 열심히 깜빡이던 나방형과 도마뱀형 서비터들이 순간 대화를 멈추었다. 키루에브는 그들에게는 조금도 관심을 갖지 않았다.

제다오의 눈가에 어둠이 스쳤다. "아니, 내가 다양한 이유로 자기기만을 저지르는 사람이기는 하지만 그런 생각은 해본 적 없다네. 우리는 용서받을 수 있을 단계는 한참 전에 지나쳤어."

16

잔뜩 껴입은 니트 드레스와 외투 때문에, 모로이쉬 니자는 땀이 날 지경이었다. 외투는 어깨 근처가 조금 타이트했다. 평소에는 더 화사한 장미색 외투를 즐겨 입었지만, 오늘은 서두르느라 고를 시간이 없었다. 지금 그녀는 너무 비싸서 살 엄두조차 나지 않는 숄이 가득 들어찬 상점에 발이 묶여 있었다. 저기 술 달린 연록색 숄이 이 외투에 정말 잘 어울리기는 할 텐데.

니자는 장작더미 행성을 떠난 적이 없었다. 그녀의 고향인 공허한 행렬의 도시를 떠난 경험조차 두 번의 수학여행이 전부였다. 처참한 아이러니였다. 계속 꿈꾸던 모험을 찾아 이 행성을 떠나는 양륙정을 탑승하기 직전이었는데, 그 대신 고향으로 돌아와버렸으니까. 누군가 그녀를 알아본다면 그녀가 돌아갈 곳은 그녀가 조금도 공부하지 않은 이산수학 시험을 치고 있을 급우들의 곁도, 아마 목숨을 잃었을 부모님의 곁도 아니었다. 그녀는 즉시 비도나에게 보내질 것이다. 지금껏 다른 므웬인들을 보냈던 것처럼.

그녀는 추도 의식이 시작되기 직전에 이 가게로 피신했다. 바늘헛 바닥 이단의 명상이었다. 어쩌다 의식 시간을 잊은 건지 알 수가 없었다. 지금까지 어른들이 표준 역법의 형식을 항상 엄격하게 준수해야 한다고 강조하는 잔소리를 끝도 없이 들으며 살았는데. 게다가 가게에는 비도나가 한 명 서 있었다. 상냥했던 역사 선생님과 너무 닮은 얼굴이라 니자는 크게 놀랄 뻔했다. 분파의 정규 제복을 걸치고 있지는 않았지만, 녹색과 청동색의 허리띠를 보면 의심할 여지가 없는 비도나였다.

사람들의 숨소리와 쿵쿵거리는 심장 소리가 다른 모든 소리를 뒤덮듯 귓가에 울렸다. 비도나는 방 건너편에서 의식을 집행하고 있었다. 지루해 보였다. 비도나에게 그녀의 심장 소리가 들릴 것만 같았다. 그렇다고 불안한 침묵 속에서 읊조리는 기나긴 기도문에 집중할 수도 없었다. 니자는 그 대신 마음속으로 숄을 품평했다. 그녀의 정면에 있는 레이스 숄은 그녀의 취향이 아니었다. 그러나 그 옆의 숄은 그럭저럭 괜찮아 보였다. 저렇게 반짝이는 숄이라면 데이트 자리에라도 기꺼이 걸치고 나갈 만했다. 저 숄에 어울릴 옷이 있다는 건 아니지만.

마침내 추도 의식이 끝났다. 니자는 가게 안에서 조금 더 얼쩡거리다가, 축축한 흙이 깔린, 향신료 냄새와 비싼 향수 냄새가 가득 풍기는 거리로 나섰다. 가로수들은 정확한 간격으로 늘어서 있었다. 서비터들이 보도에 떨어진 낙엽과 나뭇가지를 바쁘게 치우는 모습도 보였다. 날은 습하고 하늘에는 구름이 가득했지만, 당장 비가 내릴 것 같지는 않았다. 그래도 우산을 하나 사두는 편이 좋겠지. 그녀는 할아버지의 무지막지하게 커다란 파란 줄무늬 우산을 생각하며 이를 악물었다. 비도나는 그것도 다른 모든 물건과 함께 재활용 기계에 던져버렸을 것이다.

순간, 니자는 엄습하는 불쾌감에 회상을 멈추고 현실로 돌아왔다. 갈색 피부의 여성이 자신의 뒤를 따라오고 있었다. 여자는 크림색 로브를 입었고, 그 위엔 어울리지 않는 진주 장신구를 주렁주렁 달고 있었다. 어떻게 대처할지 고민하고 있는데, 갑자기 여자가 빠른 걸음으로 니자에게 다가오더니 몸을 숙이고 헛기침을 했다. "저기, 죄송한데요." 여자는 니자를 부르더니, 허리를 들면서 손수건을 내밀었다. "이거 떨어트린 것 같은데요."

손수건을 보는 순간, 니자는 목구멍 너머로 모든 말을 삼켰다. 로브와 똑같은 우아한 크림색 실크 손수건 위에 순간 문자가 떠올랐다 사라졌다. 그녀의 언어인 므웬-달어였다. '날 따라와.' 문자 아래에는 슈오스의 노란색 눈이 있었다.

도망칠까? 그러나 이미 너무 늦어버렸다. 거리가 북적거리지는 않아도 쇼핑하는 사람들이나 카페 야외 테라스에서 차를 홀짝이는 사람들이나 산책하는 사람들이 꽤 있었다. 소란을 일으킨다면 분명 누군가 알아채고 관리들에게 알릴 것이다. 아니, 어차피 이미 감시당하고 있으려나. 게다가 이 여자가 진짜 슈오스라면, 가볍게 손가락을 튕기기만 해도 니자는 기절할 것이다.

"고맙습니다." 니자는 억지웃음을 지으며 손수건을 받아들었다.

"나는 트렌세 우나라예요." 여자는 이렇게 말하며 니자 옆으로 따라붙었다. "혹시 이 근처에 괜찮은 꽃집이 어디 있는지 알고 있나요?"

그냥 평범한 사람들이 하듯이 찾아보면 되는 거 아닌가? 하지만 오늘 눈에 띄게 사치스러운 꽃집을 하나 지나치기는 했다. 그녀는 슈오스에게 꽃이 필요한 이유를 생각하지 않으려 애썼다. "제가 아는 가까운 꽃집을 알려드릴게요." 니자는 어색한 느낌을 숨기지 못하며 이렇게 말했다.

우나라는 웃음을 지었다. "그렇게 해주면 고맙겠네요."

니자는 설명을 요구하고 싶었다. 왜 이런 광대 짓을? 왜 바로 체포하지 않는데? 슈오스 요원이라면 핑계 따위 댈 필요 없이 그녀를 구속할 수 있을 것이다. 니자는 분파에 속해 있지도 않으며, 자신을 지켜줄 고위직 친구도 없었으니까.

우나라 외에 다른 사람은 보이지 않았다. 마치 좁은 골목을 걷는 것 같은 기분이었다. 화려한 꽃집이 가까워질수록 초조함은 커져만 갔다. 어쩌면 저 꽃꽂이 장식 중 일부는 사람을 암살하거나 약을 먹이는 데 사용하는 물건일지도 모른다.

우나라의 입매가 슬쩍 올라갔다. 니자의 불안을 알아챈 것이 분명했다. 우나라는 아무 말도 하지 않았다. 우나라가 환상적으로 화려한 꽃다발을 고르는 동안 니자는 두통에 시달리며 그대로 서 있었다. 두통이 아니었더라면 니자도 꽃집 주인이 꽃다발을 만드는 모습을 감상할 수 있었을 것이다. 형태나 색상이 서로 상당히 달라서 튀는 꽃들이 제법 있었는데도, 꽃집 주인은 그 안에서 조화를 이루어냈다. 니자는 고개 숙인 구름방울꽃을 레이스처럼 화사하게 주변에 두르는 솜씨가 가장 마음에 들었다.

우나라가 꽃다발이 마음에 들었다고 선언했을 때쯤에는 부양정 한 대가 그들을 기다리고 있었다. 앞좌석 운전사의 모습은 불투명한 칸막이 때문에 보이지 않았다. 니자는 얌전히 뒷좌석에 올랐다. 이미 모든 것을 체념한 상태였다. 우나라가 그녀의 맞은편에 앉았다. 평형기에 꽂은 꽃다발이 상당한 공간을 차지했다. 밀폐된 공간에서 온갖 꽃향기가 뒤섞였다. 니자의 두통은 더욱 심해졌다.

부양정이 이륙하자 우나라는 아까까지의 맹한 느낌과는 달리 분명하고 또렷한 목소리로 말했다.

"나는 슈오스 페이예드 요원이다. 내게 선택권이 있었더라면 바로 널 우리 분파에 채용했을 텐데. 네가 우리 요원들 눈앞에서 도망치는 바람에 부하 세 명한테 시말서를 받아내게 생겼거든."

"죄송합니다." 니자는 거짓말을 하면서도, 이제 우연히 만난 낯선 사람인 척할 필요가 없는 만큼 적절한 존댓말 동사를 사용했다.

"슈오스가 무조건 실패하지 않는다는 말은 아니야. 실패할 수도 있어. 하지만 슈오스의 일원으로서 이건 물어봐야겠는데. 그렇게 군중 속으로 스며드는 기술은 어디서 배운 거지? 네 학교 기록은 어딜 봐도 평범한데. 결석한 적도 없고, 생활기록부도 그럴싸하고."

니자는 얼굴을 붉히며 부양정의 창밖을 내다보았다. 아래쪽 도시의 거리는 차분하고 질서정연하게만 보였고, 다른 부양정들이 스쳐 지나갈 때마다 섬광이 금빛과 은빛으로 반짝였다. 저 고요한 풍경 속에서, 특정 민족 전체가 모조리 사라졌다는 느낌은 전혀 들지 않았다. 탁한 초록색의 공원이 군데군데 박혀 있었다. 굽이쳐 흐르는 강물 위로 햇빛이 반짝였다. "날치기를 했어요." 니자는 중얼거렸다.

"뭐라고?"

"그러니까, 가게에서 물건을 훔치고 다녔다고요." 니자는 얼굴을 붉히며 말을 되풀이했다. 그녀는 함부로 비싼 물건을 노리지 않을 정도로 영리했고, 다른 급우들과 마찬가지로 평범한 보안시스템을 속이는 방법을 알고 있었다. 그녀는 할머니가 병에 걸리신 다음에야 도둑질을 그만뒀다. 마치 훔친 잡동사니에 병균이 묻어 온 것만 같은, 이유 모를 죄책감을 느꼈기 때문이었다.

페이예드가 갑자기 바람 빠지는 소리로 웃음을 터트리자, 니자의 수치심은 한층 심해졌다. "야, 이거 정말 대단한데. 우리 고모님이 항상 말씀하셨는데, 10대 아이들은 절대 무시하면 안 된다니까."

니자는 분을 삭이지 못하고 페이예드를 노려봤다.

"너, 하는 짓은 교활한데 머리는 멍청하구나." 페이예드의 목소리는 차갑게만 들렸다. "네 얼굴을 아는 사람이 없는 조용한 도시로 가지 않고, 하필이면 네 고향 도시로 돌아오다니. 그렇게 수용소에 처박히고 싶니? 너희들이 아직까지 멸족되지 않은 유일한 이유는 비도나가 라할처럼 사소한 서류 업무에 매달리고 있어서 실행이 지지부진하기 때문인데."

"나도 뉴스는 봤어요." 니자는 되살아나는 공포를 숨기려 애썼다. 그녀가 요즘 주로 품는 쓸데없는 환상은, 슈오스 제다오의 기함으로 숨어든 후 그 작자를 발가벗겨 진공 속으로 걷어차버리는 것이었다. 민족에 대한 복수심으로. "그… 처형 장면도 봤고요."

"그래, 그러니 내가 널 따라잡은 게 다행이지. 아까도 말했지만 내가 널 포섭할 수 없다는 게 유감이야. 너의 그 한심한 생각을 조금 머리에서 걷어내주기만 하면 너도 쓸모가 생길 텐데 말이지. 하지만 그런 일을 이 자리에서 주선할 수는 없으니까. 이제 우린 깔끔하고 지루한 막사로 가서 널 양륙정으로 옮겨 태울 거고, 그 양륙정은 너를 깔끔하고 지루한 전함나방에 실어서 이 성계 밖으로 날라다 줄 거야."

니자는 팔짱을 끼고 그녀를 더 험악한 얼굴로 노려봤다. 페이예드에게는 아무 소용도 없었지만. 마침내 니자는 분통을 터트렸다. "당신은 여우잖아요. 대체 이런 일이 당신들한테 무슨 이득인데요?" 이 모든 일이 제다오를 처벌하거나 압박을 가하려고 벌이는 짓일 테지만, 아무 효과도 없을 게 자명했다. 분명 슈오스의 게임이 시작된 거겠지. 그러나 그녀로선 이 게임의 내막을 알 수가 없었다.

슈오스가 멋대로 지나가다 만난 므웬인을 구출하는 것도 지침 위반이 아닐까 하는 위험한 생각이 머릿속을 떠나지 않았다. 불운하게도 그녀에게는 그 사실을 이용할 방도가 없었다. 대체 무얼 할 수 있겠는가. 페이예드를 규율 위반으로 비도나에 넘기기라도 할까? 물론 페이예드가 그녀를 위해 특별히 준비된 끔찍한 처형장으로 데려가는 중이라면 아예 위반에 해당되지도 않겠지만.

페이예드의 답변도 별로 안도가 되지는 못했다. "우리도 바로 그 질문에 대한 답변을 놓고 내기판을 벌이는 중이야. 너희가 딱히 우리에게 도움이 되는 상황도 아니거든. 하지만 우리 육두관은, 그, 좀 충동적인 편이라, 우리도 뭔가 생각하는 게 따로 있겠거니 하고 명령을 따를 뿐이거든."

슈오스 육두관은 자기 생도를 암살한 바로 그 사람이었다. 이 점을 떠올리지 않았더라면 기분이 조금 나아졌을지도 모르겠다.

"어쨌든, 그래서 정식으로 불만을 접수할 건가?" 페이예드가 교활한 눈으로 이렇게 물었다.

니자는 페이예드의 어조에서 격식의 단계가 올라갔음을 눈치챘다. 그녀는 조금 더 조심스럽게 단어를 골랐다. "비도나가… 보헤렘 로니의 가족을 데려갔어요. 전 그 집 아들하고 같은 학교에 다녔어요." 보헤렘의 꼬맹이는 자신의 먹 수집품에 대해 질리지도 않고 떠들어대는 아이였지만, 그게 그 아이가 죽을 이유는 될 수 없었다. "왜 그쪽이 아니라 나를 살린 건가요?"

다른 사람들도 있었을 것이다. 아주 많았을 것이다. 하지만 그녀가 도망쳐 나온 최초의 강제 이주 작업은 침묵 속에서, 다급하게, 온갖 소문만 무성한 채로 이루어졌다. 이제는 생각해도 파편적으로 떠오를 뿐이었다. 퉁명스러운 슈오스 요원들, 신중하게 통제한 행렬, 수송선. 보헤렘 일가의 이야기는 따로 떨어지기 전에 어른 두 명이 수군거리던 소리에서 들었다. 대부분의 므웬인은 슈오스가 그들을 총살대 앞으로 데려가리라 생각했다. 그리고 많은 이들이 슈오스의 총알이 비도나의 고문보다는 훨씬 낫다고 여겼다.

"진실을 알고 싶니, 니자?" 페이예드는 웃음을 머금었다. "우리 육두관이 무슨 생각을 하는지는 알 길이 없지만, 나는 너희 민족이 어떻게 되든 아무 신경도 안 써. 명령일 뿐이고, 명령이란…" 그녀의 웃음에 교활한 기색이 서렸다. "…패션만큼이나 제멋대로인 법이거든. 내가 사람을 구하고 싶었다면 소방관이 되었겠지."

슈오스의 솔직한 뻔뻔함이 차라리 안도가 되었다. 그녀의 환심을 살 필요가 없으니까.

"계획에 대해 말하자면, 우리 상관들은 피난 작업이 쉬운 쪽부터 대상으로 선정했어. 그중에서도 무작위로 골랐지만. 더 많이 구하려 했다가는 들키고 말았을 테니까."

"굳이 그렇게까지 신경 쓸 필요 없었을 텐데." 니자는 경청하는 것조차 신경 쓸 수 없을 정도로 불안에 떨고 있었다. "므웬-데라는…" 그녀는 말을 멈추고 단어를 바꿨다. "우리는 이제 사라질 테니까요. 전통을 이어나갈 수 없을 거예요. 깔끔하게 잿더미만 남을 테니, 딱히 다른 사람들에게 가르칠 수도 없을 테고요."

니자는 자신이 므웬 전통에 대해서 냉담자라고 생각해왔다. 그녀가 므웬의 역법에 따른 성인의 이름을 외운 것은, 신앙심이 대단해서가 아니라 지금은 금지된 전통에 관심을 보이는 척할 때마다 가족들이 매우 기뻐했기 때문이었다. 그녀가 읊을 수 있는 기도문은 까마귀 선지자와 백로 예언가들, 끝없는 숲에 사는 새들의 여왕에 관한 것뿐이었다. 전통 음식, 특히 요구르트 소스를 얹은 양고기를 좋아하기는 했지만, 므웬의 음식 전통은 어차피 그리 허들이 높지 않았다.

그녀는 눈앞의 슈오스가 그런 문제에 대해서도 별생각 없다고 말하리라 확신하고 있었다. 하지만 페이예드는 이렇게 말했다. "조심할 필요가 있는 건 사실이겠지. 하지만 아주 불가능하지는 않을 거야. 문제는 너희가 얼마나 타협할 생각이 있느냐 아닐까? 그러니까, 육두정에서 딱히 너희 전통을 알거나 신경 쓰는 사람이 있는 건 아니잖아. 애초에 전통을 알아보지 못할 테니 너희 쪽에 유리한 일이겠지. 10년 정도 숨죽이고 살다가, 음. 그래, 10년이면 네 나이에서는 영원처럼 느껴질 수도 있는 시간이겠지만. 너희 전통을 받아들일 만한 사람들에게 전파하면 되잖아. 너희는 귀화한 이방인도 일족으로 받아들이잖아?"

니자는 멍하니 그녀를 바라보았다. 페이예드가 그런 므웬 관습을 알고 있을 거라고는 상상조차 하지 못했다. 므웬족이 완전히 소멸하지 않은 이유는 오직 그 때문이라고 말씀하셨던… 그녀는 문득 생각을 억눌렀다. 할아버지는 이미 돌아가셨으니까.

페이예드는 나직하게 웃음을 터뜨렸다. "나도 입양아라서 그런 쪽에 신경을 쓰거든. 게다가 숨은 동기도 하나 있지. 네가 네가 진심으로 하려고 하면 넌 아주 재밌는 슈오스가 될 것 같거든. 내부의 적이나 뭐 그런 측면에서 말이야."

니자는 아버지라면 꾸짖으셨을 만한 말을 내뱉고 싶은 충동을 느꼈다. 애초에 므웬이 파국을 맞게 된 것은 그 체리스라는 망할 여자가 바보같이 분파에 들어가겠다는 결정을 내렸기 때문이었으니까. 하지만 체리스는 이미 자신의 어리석음에 대한 대가를 치렀고, 페이예드의 말은 기분 나쁘게도 충분히 이치에 맞았다. "생각해볼게요." 니자는 결국 이렇게 말했다.

페이예드는 등받이에 몸을 기대며 미소를 지었다.

얼마나 오래 갇혀 있었던 걸까. 아제웬 드제라는 모든 것을 잊고 싶었다. 움직일 때마다 거미형 구속구가 고통스럽게 몸을 옥죄었다. 감방의 하얀 벽은 정확하게 숨 막히는 느낌이 들 만큼만 회색이 섞여 있었다. 네 발짝 떨어져 있는 문은 이제 다른 행성에 있는 것처럼 멀게만 느껴졌다. 문쪽으로 접근할 때마다 피부에서부터 안으로 파고느는 타오르는 감각이 그녀를 습격했다. 어울리지 않게도, 감방에는 라일락과 별꽃 내음이 섞인 싱그러운 향기가 끊이지 않고 감돌았다. 그녀를 담당하는 비도나 조련사 중 하나가 향수를 좋아했기 때문이었다.

벽면에 시계 화면이 하나 떠올라 있었다. 드제라는 그 화면을 보고 싶지 않았지만, 주기적으로 그쪽으로 눈길이 향하는 것을 멈출 수가 없었다. 이틀만 있으면 다시 추도 의식이 열릴 것이다. 비도나가 그전에 자신을 처형해주면 얼마나 좋을까. 평생 위안을 제공해준 금지된 기도문이 달궈진 돌멩이처럼 그녀의 목구멍에 들러붙었다.

탄압이 시작되던 초기에, 저들은 한밤중에 갑자기 찾아와 29년 동안 함께 지낸 동반자를 데려가버렸다. 눈이 아플 정도로 거센 조명이 사방에 가득했다. 비도나의 녹색과 청동색 제복을 입은 집행자들이 작은 정원을 짓밟고 들어왔다. 체리스가 어린 시절, 새들을 보면서 기뻐하던 바로 그 정원을. 데로우는 날 때부터 므웬인이 아니라 결혼해 입적하며 전통에 입문한 사람이었지만, 비도나에게 그런 구분은 아무 의미도 없었다.

또 1분이 지났다. 드제라는 시계 보기를 애써 그만두고, 천천히 조심스럽게 얼굴을 돌렸다. 한쪽 머리 타래가 눈 위로 흘러내렸다. 그녀는 천천히 조심스럽게 손을 들어 머리카락을 쓸어 넘겼다. 이런 일이 벌어질 줄 알았더라면 미리 머리 모양을 바꿨을 텐데. 한번은 이발사가 와서 그녀의 머리를 잘라준 적이 있었다. 그때 그녀는 비로소 죽을 때가 되었기를 간절히 빌었지만, 처형 전의 의식은 아니었던 모양이었다.

드제라는 자주 체리스를 떠올렸다. 그녀의 딸은 까마귀 향연의 도시를 떠나 켈이 되었다. 솔직히 말하자면 체리스는 그 한참 전부터 가족의 품을 벗어나 있던 상태였다. 그러나 체리스가 창백한 얼굴과 다부진 자세로 찾아와 켈의 1급 사관학교에 입학 승인을 받았다고 알리기 전까지, 그녀는 그 사실을 인정하지 않고 스스로를 속이며 살았다.

딸에게 해주지 못한 옛이야기가 너무도 많았다. 언어와 기도문과 시문은 어떻게든 전해주려고 온갖 애를 쓰기는 했다. 자물쇠 없는 상자를 가지고 있던 애꾸눈 성인과, 그 물건을 열 방법을 알아냈을 때 그녀의 연인들이 맞이한 운명 이야기. 세상에서 가장 오래된 도서관에 살던, 꼬리가 반 토막 난 고양이 이야기. 천상을 공격하려고 휘하의 수백만 마리 새들을 희생해서 하늘에 이르는 다리를 만들려고 했던 까마귀 장군의 이야기.

어떤 이야기를 들려줬더라면, 체리스가 자기 민족을 등지고 달아나지 않을 수 있었을까. 그러나 드제라가 아무리 머리를 쥐어짜도, 어떤 이야기가 가장 적당한지 알 수 없었다.

갑자기 그녀의 시선이 향하고 있던 벽면에 동영상 하나가 떠올랐다. 그녀는 자기도 모르게 벌떡 일어났다가, 몸을 옥죄는 구속구 때문에 고통스럽게 흐느꼈다. 지금까지 수도 없이 겪은 고통이지만 도저히 익숙해질 수가 없었다.

동영상에 떠오른 사람을 알아보는 데는 시간이 조금 걸렸다. 고통 때문이기도 했고, 인정하고 싶지 않기 때문이기도 했다. 저들이 그녀에게 입힌 것과 똑같은, 황토색 옷을 입은 남자가 그녀가 앉은 것과 비슷한 의자에 앉아 있었다. 의자 옆에는 청동 쟁반이 놓인 탁자가 보였다. 의자만 봐도 모든 것이 이해가 되었다. 검녹색으로 반짝이는 재질에 청동색 줄무늬가 들어가 있었으니까.

뒤이어 비도나 장교가 방 안으로 들어왔다. 살짝 옅은 녹색 제복에 조금 밝은 청동색 장식과 단추가 달려 있었다. 손에는 숟가락 비슷한 도구가 들려 있었다. 가장자리에 잔뜩 날이 선, 반짝이는 숟가락이었다.

드제라는 무슨 일이 일어날지를 짐작했지만, 눈을 돌리기에는 너무 늦었다. 동영상은 그녀의 시선을 따라 움직였다. 그녀는 차마 눈을 감을 수 없었다. 숟가락이 번쩍였다. 동영상 속 남자가 비명을 질렀다. 붉은 살점이 눈알에 딸려 나왔다. 피와 체액이 뚝뚝 떨어지고, 끈적거리는 신경 한 올이 남자의 얼굴과 여전히 이어져 있었다. 비도나는 눈알을 쟁반 위로 던졌다. 쟁반은 눈알의 크기에 비해 상당히 널찍했다. 드제라는 그 이유도 짐작할 수 있었다.

비도나가 잡아 가둔 모든 브웬인을 이런 식으로 처리할 수는 없을 것이다. 너무 비효율적이니까. 하지만 적어도 드제라만은 평온하게 죽을 수 없을 것이다. 그녀는 체리스의 어머니니까.

이건 견딜 수 없어. 그녀는 생각했다.

의미 없는 행동이라는 것을 알면서도, 그녀는 동영상에서 도망치려 애쓰며 시선을 옆으로 돌렸다. 그녀의 시선이 닿은 곳에서는 이미 또 다른 동영상이 재생되고 있었다. 이번에는 체리스와 비슷한 나이의 젊은 여성이었다. 체리스는 머리를 저렇게 길게 기른 적이 없기는 하지만. 드제라는 저건 절대 체리스가 아닐 거라고, 체리스는 절대 저렇게 얼굴을 찌푸리지 않으리라고 생각하고 싶었다.

숟가락이 다시 번득인 순간, 드제라의 오른쪽 귀가 따끔했다. 그녀는 바짝 긴장했다. 자신의 헐떡이는 숨소리가 목을 거칠게 긁어내리는 것만 같았다.

"반응하지 마요." 젊은 여성의 다음 비명에 맞추어, 가늘고 높은 목소리가 그녀의 귓속에 속삭였다. 므웬어였다. 타이밍도 적절했다. 목소리가 아니었더라도, 어차피 눈앞의 광경에 움찔했을 테니까. "고통스럽지는 않을 겁니다. 당신을 구해낼 방법을 찾으려 애썼지만, 우리가 할 수 있는 건 이게 전부였어요."

따가운 감각이 점차 강해지다가, 순간 열기가 느껴졌다가 사라졌다. 수많은 질문이 그녀의 마음속을 맴돌다 그대로 잦아들었다. 이제 정원을 되살릴 사람은 아무도 없겠지. 구원자의 약물이 모든 것을 침묵 속으로 빠트리기 전, 그녀는 마지막으로 이런 생각을 했다.

17

브레잔은 트세야와 함께 잠자리에 들기 시작한 이유를 도저히 모르겠다고 주장하고 싶었지만, 솔직히 말하자면 아주 잘 알고 있었다. 딱히 켈의 군율에 어긋나지도 않았고, 제다오를 추격하는 데도 시간이 제법 걸리는 상황이라 두 사람 모두 눈 돌릴 일이 필요했다. 브레잔은 트세야와의 관계에 잠자리 이상의 의미를 부여하는, 헛된 생각은 품지 않았다. 그녀 또한 그러리라는 것을 알기에.

트세야는 침대 가장자리에 앉아 머리를 빗고 있었다. 그녀는 매번 놀랍도록 다양한 패션을 선보였는데 오늘은 청회색 슈미즈 위에 천보다 레이스가 더 많은 조끼를 걸치고, 더 어두운 색조의 바지를 입었다. 맨발이 묘하게 어울리지 않았다. 그녀는 항상 신발을 벗을 때마다 양말도 함께 벗곤 했다.

"아무래도 당신한테 도움을 청해야겠네." 트세야는 자신의 머리카락을 감상하는 브레잔의 시선을 받으며 이렇게 말했다. 그도 아름다움은 충분히 감상할 줄 알았다. 아름다움을 가꿔야 하는 사람이 본인만 아니라면 말이다. "가끔은 숨만 쉬어도 그대로 엉켜버린다니까."

브레잔은 화장대 위에서 진주 목걸이 사이에 반쯤 파묻혀 있는 빗을 가져온 후, 미심쩍게 만지작거리며 무게를 가늠해보았다. 무슨 재질인지 알 수 없었다. 아마도 나무겠지만. 이걸 사용하다 부러트리면 어쩌지? 혹시 유품이나 그런 물건일 수도 있잖아?

트세야는 키득거리며 웃었다. "신경 쓰지 마. 이름도 기억 안 나는 도시의 기념품 가게에서 사 온 싸구려 빗이니까. 우리 어머니는 항상 내 취향이 형편없다고 말씀하곤 하셨지. 어쨌든 당신을 무는 물건도 아니고, 부러졌다고 눈물을 흘릴 만큼 대단한 물건도 아니야."

그는 트세야의 등 뒤에 편안히 앉아 머리를 빗겨주었다. 머리 타래를 당기지 않으면서 엉킨 부분을 조심스레 풀어주기도 했다. 어릴 적에 누나들에게 배운 기술이었다. 손의 움직임을 따라 트세야의 향수 냄새가 터져 나오듯 풍겼다. 장미가 아닌, 달콤한 시트러스 향이었다. 그는 그 향기를 더욱 깊이 들이마시고 싶은 충동을 애써 억눌렀다.

그녀는 만족한 듯 콧노래를 불렀다. "당신, 지금 안단은 엄청 게으르다고 생각하고 있겠네."

"아니, 당신만 게으르다고 생각하고 있지." 비단나방에서의 삶에 적응하는 데는 시간이 제법 필요했다. 어마어마한 서류 업무에 파묻혀 있는 게 아닌 이상은, 그녀의 지휘실에서 더 오랜 시간을 보내야만 할 것 같았다. 그러나 트세야는 1인용으로 설계한 나방은 조종사가 없어도 움직일 수 있어야 한다는 사실을 지적했다. 〈난꽃 그늘〉호는 브레잔이 평소 익숙한 함선보다 훨씬 많은 부분을 자동화에 의존하고 있었다.

트세야가 손을 뻗어 그의 허벅지 안쪽을 쓰다듬었다. 브레잔은 애매한 소리를 흘렸지만, 손이 순간 떨린 것은 어쩌할 수 없었다. 그는 계속 빗질을 했다. "가발 쪽이 더 편할 거란 생각은 해본 적 없어? 원하는 대로 바꿔 쓸 수도 있고, 옷에 맞춰 색을 바꾸게 프로그래밍 할 수도 있을 거 아니야."

그녀는 코웃음을 쳤다.

"그냥 제안해본 것뿐이야."

잠시 후 그녀는 입을 열었다. "아무래도 내 매력 정도로는 별로 방해도 안 되는 모양이네."

브레잔은 손을 멈추었다. "나를 보고 있지도 않으면서. 어떻게 아는 거야?"

"사람들은 혀로만 말하지 않아. 손으로도 많은 말을 하거든, 브레잔." 그녀는 정사를 나누는 중에도 애정을 담은 애칭을 사용하지 않았고, 브레잔은 그녀의 그런 점이 마음에 들었다. "조금 더 노력해봐야 하려나?"

"그랬다가는 빗질을 처음부터 다시 해야 할 텐데." 브레잔은 낙담하며 말했다. 매끄러운 검은 머리 타래를 손으로 쓸어내리는 일이 즐겁기는 했지만.

트세야는 몸을 비틀어 그의 뺨에, 뒤이어 그의 턱에 입을 맞추었다. "그대로 헝클어진 채로 귀신인 척하고 다니면 되지."

"이야기 속 귀신들 머리는 왜 항상 길고 헝클어진 걸까?"

그녀는 한 손으로 그를 밀어 넘어트렸고, 그는 저항하지 않았다. 그녀는 천천히 미소를 머금으며 그를 내려다보았다. "모든 켈이 이렇게 쉽사리 딴소리로 빠지는 걸까, 아니면 추락매들이 특수한 걸까?"

그녀의 이런 말은 이제 고통스럽게 느껴지지도 않았다. 특히 그녀가 반대쪽 손으로 무슨 일을 하고 있는지를 생각하면. 그는 그녀를 향해 눈을 가늘게 뜨고 말했다. "대답하라고 명령하는 거야?"

"뭐야, 자발적으로 정보를 내놓을 생각은 없나 보지?"

"켈은 명령하지 않으면 절대 자발적으로 나서지 않는다고. 당신도 알고 있을 줄 알았는데."

그녀의 머리카락이 그의 얼굴을 뒤덮었다. 간지러웠지만 소리 내웃었다가는 입에 머리카락이 들어갈 것이고, 그럼 트세야가 정말로 재밌어할 것이다. 그는 고개를 들었고, 그녀는 고개를 낮추었다. 입을 맞출 수 있도록.

시간이 흘러 일어나보니 그는 혼자였다. 트세야는 잠자리에 머무는 법이 없었다. 대신 침대 옆 탁자에 뜨거운 차를 준비해놓았으며, 그의 옷을 한쪽 의자에 잘 개켜놓아서 그를 기분 좋게 해줬다. 안단 사관학교의 초급 유혹법 수업에서 이런 것도 가르치는지, 아니면 트세야의 개인적인 습관일 뿐인지 알 수는 없었다. 켈 내부에서는 유혹법 수업의 교과 과정에 대해서 의견이 분분했다. 트세야에게 직접 물어보고 싶다는 유혹에 빠진 적도 있었다. 브레잔은 옷을 입고 차를 단숨에 들이켰다. 트세야가 지켜보는 것도 아니니까.

그는 비단나방의 지휘실로 걸음을 옮겼다. 이제 그는 지휘실 안에 있는, 세로 홈이 새겨진 기둥 모양의 수조를 무시하는 기술을 터득했다. 수조에는 해마와 우스꽝스러운 눈과 화려한 색의 세로 줄무늬 물고기들과 고둥과 검녹색의 해조류가 가득했다. 예전의 그는 안단이 경박하다고만 생각했으나, 이제는 안단이 심리학을 동원한 고급 사교술을 사용한다고 생각했다. 트세야는 어느 쪽이 진실인지 말해주지 않았다.

트세야는 이미 지휘실에 도착해 있었다. 그녀가 온갖 특수 훈련을 받았다는 사실은 처음부터 알고 있었다. 특히 이 나방의 탐지실은 어떤 면에서 〈축제의 위계〉호의 장비보다 앞서 있었다. 그 점을 지적하자 트세야는 쓴웃음을 짓고는 지금껏 브레잔이 비단나방에 대해 들었던 소문을 인정했다.

"장점이 있으면 단점도 있는 거야. 은폐할 수도 속도를 낼 수도 멀리 떨어진 것을 감지할 수도 있지만, 한 번에 두 가지 이상을 할 수는 없는 거지. 지금은 걸리지 않고 제다오를 따라잡으려고 속도를 내면서 은폐 중이니까, 탐지 쪽은 성능이 떨어질 수밖에 없어."

"뭔가 흥미로운 거라도 있어?" 브레잔은 자기 자리에 앉으면서 물었다.

완전히 업무 태세로 들어간 트세야는 그를 향해 고개를 끄덕였다. "여기 떠드는 소리 좀 들어봐."

브레잔은 나방 그리드가 기준에 따라 분류해놓은 통신 기록을 훑어보았다. 요요약본의 두 번째 항목을 읽고 있을 때, 붉은색 경고등이 깜빡였다. 그는 신음을 흘렸다. "또 제다오야?"

"또 그 선전이겠지, 아마도." 트세야는 앞으로 몸을 기울이며 말했다. "이번에는 뭐로 즐겁게 해줄 생각인지 확인해볼까나." 그녀는 전문을 재생했다.

전문은 톱니바퀴 2번 카드 문장과 함께 열렸다. 브레잔은 저 문장을 그대로 태우거나 녹여버리고 싶은 마음으로 가득했다. 뒤이어 문장은 2차원 애니메이션으로 변하며, 매끄러운 곡선에 끊임없이 검은색과 흰색의 붓질을 더했다. 종이비행기처럼 생긴 나방 함대가 날아가며 선회하더니 전투를 개시했다. 그 배경은⋯

그 배경은 별들이 아니었다. 카메라가 서로 충돌하고 있는 전함나방을 확대해서 보여준 후에야 확실해지기는 했지만, 전부 등불이었다. 전투가 끝나며 양쪽 모두 잿더미가 되었다. 재는 먹물이 되었다. 붓질이 하나로 엉기며 세로로 쓴 붓글씨를 이루었다. '속죄'. 그러나 해당 부분은 고작 몇 초밖에 걸리지 않았다. 이건 단지 도입부에 불과했다.

"빌어먹을." 선전물이 계속 재생되는 모습을 보며 브레잔은 중얼거렸다. 그러나 그의 심정을 무시하는 것처럼, 비뚜름한 미소를 지은 채 사령실에 서 있는 제다오의 모습이 뒤이어 등장했다.

"저런 식으로 접근할 거라고는 생각 못 했는데." 선전물 재생이 끝나자, 트세야는 이렇게 말했다. 예전의 선동 문건은 휘몰아치는 동전 요새의 사령관이 하픈을 공격하는 제다오를 어떤 수단을 써서 막았는지를 설명하는, 짜증 날 정도로 반박할 여지가 없는 기록물이었다. 그 사령관이 해임된 것은 사실이었지만 내막을 아는 사람은 아무도 없었고, 반박 방송을 하리라 기대했던 슈오스조차 침묵을 지켰다. 제다오는 특정 성계를 지목하며 함대의 작전을 방해하지 말아달라고 대놓고 무박했다. 해낭 성계들은 대무문 그의 무박을 들어주었다. 다른 무엇보다 사리에 맞는 부탁이기 때문이었다.

브레잔이 입을 열었다. "저 방송을 들은 사람들이 그걸 퍼 나르고 있다는 점이 제일 짜증 나는데. 하지만 사람들은 항상 그렇게 행동하기 마련이니까. 내가 알고 싶은 건 이거야. 불안에 사로잡히고 소문을 좋아하는 사람들에게 지옥나선 요새 사건을 새삼 일깨우려 드는 이유가 뭘까? 그게 무슨 도움이 되는 거지?"

트세야의 웃음에는 흥미롭게도 불쾌한 분위기가 돌았다. "브레잔, 저 작자는 이야기를 다시 쓰고 있는 거야. 문서고에서 끄집어내 읽거나 아무도 고증을 기대하지 않는 드라마에서 보는 것하고, 현장을 목격한 사람의 입에서 직접 듣는 것은 차원이 다르잖아."

브레잔은 하려던 말을 씹어 삼키고 지난 2주간의 제다오의 이동 경로를 붉은 선으로 표시한 지도를 살펴보았다. 회색 구름 형태로 표시된 하픈의 이동 경로는 뒤얽힘 공역의 산개하는 바늘 요새를 거쳐 그 옆의 절단 공역까지 이어져 있었다. 휘몰아치는 동전 요새의 전투가 끝난 후로, 제다오와 하픈은 서로 교전을 벌이지 않고 속이는 동작만 반복해왔다. 두 함대는 이제 늑대의 탑이 있는 미낭 성계에 접근하고 있었다. 늑대의 탑은 역법의 봉화이자 항법의 길잡이였다. 육두정이 시간을 계산하는 용도로 사용하는 대시계 중 하나가 장착된 곳이기도 했다.

트세야는 전송 신호를 더 훑어보는 중이었다. "여기 하나 더 있네." 이번에는 비도나의 므웬인 절멸 작전에 관한 내용이었다. 이번에도 텍스트 양은 그리 많지 않았다.

"잠깐 기다려봐." 브레잔은 비명을 지르는 소년과 달아오른 곡선형

철사 도구가 동영상에 등장하기 시작하자 이렇게 말했다. "대체 누가 이런 걸 제다오한테 전달해주는 거야?" 대강 확인해보니 정규 뉴스 서비스에서 배포한 영상도 아니었고, 제다오가 조작한 동영상도 아닌 것 같았다. 동영상 한쪽 구석에 비도나의 인장이 찍혀 있었다. 나방 그리드는 그 인장이 진품임을 확인했다.

트세야는 입술을 깨물었다. "아주 좋은 질문이기는 한데, 우리한테는 알아낼 방법이 별로 없어. 역사서에서는 다들 전술가로서의 제다오에 대해서만 계속 떠벌리지만, 그 작자는 병정놀이에 빠져서 도망치기 전에 제대로 슈오스 사관학교를 졸업했거든. 사관학교에서 정보망을 구축하는 방법도 조금 배웠을지도 모르지. 아니, 내가 알고 싶은 건 이거야. 왜 육두관들이 계속 뜨뜻미지근하게 반응하는 거지?"

"무슨 반응?" 브레잔이 대꾸했다. "가끔 뿌리는 회보를 제외하면 그 작자가 대중의 사기를 열심히 깎고 있는데도 맞대응을 아예 안 하고 있다고." 심지어 그 회보조차도 한심한 물건이었다.

"그래, 바로 그거야." 트세야가 말했다. 그녀는 자기 비녀를 뽑아 들고 만지작거리고 있었다. 머리는 잔뜩 헝클어트린 채로. "정보의 여파에 대응하는 건 슈오스 일이잖아. 미코데즈는 쿨쿨 자고 있기라도 한 걸까?"

브레잔은 그녀가 미묘한 친근함을 담아 미코데즈를 언급했다는 사실에 번뜩 경계심이 일었다. 존칭도 붙이지 않고 이름으로만 부르다니. 대체 불명예 처분을 받기 전에 그녀는 얼마나 높은 직급에 있었던 걸까.

트세야는 비녀로 손바닥 아래쪽을 탁탁 두드렸다. 미코데즈를 당장에라도 붙들어 앉히고 일을 시키고 싶다는 모습이었다. "참 묘한 일이야. 마침내 눈 깜짝할 새 교체되는 일이 없는 슈오스 육두관이 등장했는데, 하필이면 그 작자의 집중 주기가 애완용 담비 수준이란 말이지. 아마 일주일 만에 침략 이야기에 싫증이 나서 커스터드 굽는 법이나 배우러 갔을걸."

보라색 피해망상 훈련 이후로, 브레잔은 슈오스 미코데즈에 대한 생각을 온 힘을 다해 억누르려 했다. 미코데즈의 주의를 끌고 싶지 않았다. 그러나 슈오스 제훈이 미코데즈에 대해서 언급한 말은 그의 뇌리를 떠나지 않았다. 트세야는 전체 그림을 보지 못하고 있다. 슈오스 생도가 서로 적극 협력하려 든다는 소리는 들어본 적이 없다. 미코데즈가 연습에 임하며 급우들을 설득했다는 점과 그가 42년 동안 권좌를 유지했다는 점을 더하면, 담비든 아니든 위험할 정도의 카리스마를 갖춘 인물이라는 사실은 분명했다.

"뭐, 우리가 미코데즈 육두관의 엉덩이를 찔러댈 수도 없는 일이잖아. 당신이 연락이라도 할 생각이 아니라면 말이지만." 브레잔이 말했다.

"할 리가 없잖아." 트세야가 대꾸했다.

"그럼 됐어. 지금 벌어지는 사건 중에서 내가 집중해야 할 것이 또 있을까?"

그는 이 질문에 대한 답이 긍정과 부정 중 어느 쪽이기를 원하는지 확신할 수 없었다. 예를 들어, 그들은 제다오가 13일 전에 탕쿠트 주성 기지에서 재보급을 마쳤다는 사실을 알고 있었다. 그 자체로는 고약한 일이지만, 그렇다고 기지 사람들이 함대에 파괴 공작을 시도했기를 바랄 수는 없었다. 그들의 목적은 함대의 피해를 최소화하며 제다오를 제거하는 것이었기 때문이다. 주변의 여러 성계는 주민의 소요 사태를 겪고 있었다. 초점나방이 파견되었다는 정보도 있었는데, 그 말은 곧 라할 측에서 지금의 소요가 전면적인 이단 사태로 발전하리라고 생각하고 있다는 뜻이었다.

트세야는 요약본을 훑어보았다. "평소와 크게 다른 건 없는 것 같네."

그들은 이후 2시간 73분 동안 최소한의 대화만을 나누었다. 브레잔은 죄책감을 느끼면서도 단순히 지겹다는 이유로 뭔가 사건이 터지기를 기대했다. 바로 그 순간 트세야가 욕설을 웅얼거렸다. "왜 그래?" 그는 물었다.

"이건 곱게 끝나기 힘들겠네." 그녀는 이렇게 말하며 전문을 그의 단말로 넘겼다.

"제발 놀랄 일이 아니었으면 좋겠는데."

"놀랍지는 않을 거야. 애석한 일이기는 하지만."

하픈 함대가 자기네 성계 쪽으로 접근하자 위성도시 하나와 궤도 기지 하나가 톱니바퀴 2번 카드 문장을 전송하기 시작했다는 소식이었다. 붉은 배경이 제다오가 사용한 문장보다 핏빛으로 보이기는 했지만, 아마 브레잔의 착각일 것이다. 그는 주먹으로 단말을 내리친 다음 통증에 욕설을 내뱉었다. 트세야는 그를 보며 얼굴을 찌푸렸다.

"바보들. 저럴 필요까진 없었을 텐데. 진짜로 위험에 처했다면 번제의 여우가 자기 나름의 대단하신 목적을 핑계 삼아 구해줬을 거라고." 주민을 겁에 질리게 할 것이 아니라면, 브레잔은 하픈이 굳이 관여할 이유를 떠올릴 수 없었다. 도시도 기지도 딱히 군사적으로 가치가 있는 곳은 아니었다. "이제 그대로 박멸당할 거 아니야."

"저들의 관점에서 생각해봐. 이방인을 몰아낼 수 있는 유일한 켈 함대가 제다오의 손 안에 있잖아. 시도해볼 가치는 있다고 생각했을 거야." 트세야는 비녀를 내리고 뭔가를 헤아리는 눈빛으로 브레잔을 바라보았다. "문장 얘기가 나와서 말인데, 혹시 당신 거 등록할 시간 이 있었어?"

"내 문장?" 브레잔은 그녀의 말뜻을 알아차리기 전에 무심코 이렇 게 되물었다. 그러고는 얼굴을 붉히며 시선을 돌려 처음에는 수조를, 다음에는 비녀를, 어디든 그녀의 얼굴이 아닌 곳을 애써 바라보았다. "농담하는 거지?"

"뭐야, 그럼 임시 문장을 쓰려고?" 잿불매의 검과 깃털 문장을 가리 키는 말이었다.

브레잔은 억지로 그녀와 눈을 마주했다. "그게 중요한 일인지 모르 겠는데." 안단에게는 정확한 이미지를 투사하는 일이 중요한 걸까? "함대가 제대로 기능하고 있다면 모든 장교를 죽인 건 아니란 이야기 잖아. 아직 함대에 누군가…"

"…대신 지휘를 맡을 사람이 있을 거라고?"

그녀의 어조에 깃든 조롱하는 투가 거슬렸지만, 어쩌면 자신의 상 상일지도 모른다. "저기, 그게 딱히 중요한 건 아니잖아."

트세야는 그를 향해 몸을 기울이며 오른쪽 가슴에 달린 날개와 불 꽃 계급장을 손바닥으로 덮었다. 그는 얼어붙었다.

"지금 이 계급장이 환상이라고 말하려는 거야? 지금 우리 작전의 요지는 제다오가 키루에브 대장을 계급으로 눌러버렸듯이 제다오를 계급으로 눌러버리는 건 줄 알았는데."

브레잔은 그대로 몸을 빼서 지휘실에서 도망치고 싶다고 간절하게 바랐다. 하지만 켈 사령부가 그를 트세야에게 배속시켰기에, 몇 마디 말 때문에 꼬리를 뺄 수는 없었다. "환상이라고 생각한 건 아니야. 그 저… 내 계급은 일시적인 거니까." 어째서 순식간에 대화의 분위기가 적대적으로 흘러가버리게 된 걸까?

"그러모을 수 있는 확신이 고작 그 정도뿐이라면 당신네 분파 사람들을 납득시키기 힘들 텐데."

그는 그녀를 노려보기만 했다. 입을 열면 무슨 말이 나올지 스스로도 확신할 수 없었다.

"생각해봐. 당신 켈 가문 출신이잖아, 그렇지?"

브레잔은 그녀가 대화를 어디로 끌고 나가려 하는지 파악할 수 없었다. 트세야는 기다렸다. 꼼짝도 하지 않은 채.

"그래." 그는 뻣뻣하게 대꾸했다. "애초에 당신도 알면서 굳이 나한테 묻는 이유가 뭐야?"

"켈 누나가 두 명 있잖아. 그중 한 명은 이네세르 대장의 참모고."

브레잔은 속으로 여섯을 센 다음 입을 열었다. "계속해봐. 내 어린 시절 이야기를 전부 지껄여보라고."

그녀의 웃음에는 독니를 숨긴 기색이 전혀 없었다. 차라리 독을 품은 편이 더 나았을 텐데. "누나들한테 훌쩍 진급한 사실을 알릴 수 없다니 정말 유감이겠네."

브레잔은 찌푸려지는 얼굴을 제때 갈무리하지 못했다.

"당신이 추락매라는 사실을 마음 편하게 가족에게 알릴 수 있을 것 같아?"

생각을 가다듬을 수가 없었다. 온갖 기억이 스쳐 지나갔다. 그녀 입속의 열기, 부드러운 목의 곡선, 달콤하고 농밀한 허벅지 살갗. "할 수 없다는 거 당신도 알잖아." 그는 내뱉었다. 보통은 퇴역 처분이나 처형으로 끝나니까.

"그래, 정말 다행이네. 특수한 경우라서 말이야." 그녀는 브레잔이 적절한 말대꾸를 꾸며내기 전에 덧붙였다. "안타까워. 작전이 끝나고 나면 저들이 당신을 어떻게 할지 짐작조차 안 가거든."

브레잔은 이를 악물었다. 안단은 외교적 수사에 능한 자들인 줄 알았는데, 이렇게 직설적으로 나오다니. "나는 켈이야." 단어 하나하나를 발음할 때마다 불꽃과 가시덤불을 뚫고 나아가는 기분이었다. "명령을 받으면 따를 뿐이야. 내게 선택권을 준다고 해서 달라질 건 없어."

트세야의 눈은 그림자에 덮인 구덩이처럼 보였다. "당신은 아직 젊잖아." 이 말을 들은 브레잔은, 정작 자신은 그녀의 나이를 어렴풋이 짐작할 뿐이라는 사실을 깨달았다. "앞으로도 아주 오랫동안 명령을 받들게 될 거야. 하지만 당신이 아무리 완벽하게 명령을 수행해도, 몇 번이고 그렇게 하더라도, 저들은 절대 당신을 진짜 켈로 인정하지 않아."

슈오스 제훈의 말이 기분 나쁠 정도로 선명하게 다시 울렸다. 나는 기꺼이 자네를 슈오스로 맞이하고 싶다. 이 가벼운 말다툼에서조차 패배하는 자신을 왜 그렇게 봤는지는 여전히 알 수 없었지만. 자신이 추락매라고 해서 바로 훌륭한 슈오스가 되는 것은 아니다. 그는 재치 있는 말대꾸는 포기하고, 다음 공격이 이어지기를 기다리며 트세야를 올려다보았다.

트세야는 손을 내렸다.

브레잔은 이를 악물고 때 이른 안도에 몸을 떨지 않으려 애썼다. 계속 트세야를 주시하고 싶지는 않았지만, 그녀에게 눈을 뗄 수가 없었다.

"장군." 트세야가 나직하게 말했다. 조금 전의 조롱하는 투는 완전히 사라졌다.

그는 상황을 이해할 수 없었다.

"장군, 이번 작전의 요점이 무엇인지 이해하고 있나요?"

"나는 슈오스가 아니야. 하지만 제대로 된 켈도 아니지. 네 말의 의도가 뭐야? 쉬운 단어로만, 작대기 인간을 그리면서 친절하게 설명해 달라고."

트세야는 그의 뒤틀린 어조를 무시했지만, 그 또한 별로 상관없는 일이었다. "우리는 제다오와 맞서 싸울 만반의 준비를 해놓아야 해. 운이 나쁘면 총으로 머리를 맞히거나 매혹술이 성공해도 끝나지 않을 테니까. 그자는 보통 군인이 아니야. 음, 당신이 원한다면 전직 군인이라고 말할까. 어쨌든 그자는 세상에서 가장 나이 많은 슈오스고, 미치기는 했지만 어리석지는 않아. 그 말은 당신이 추락매라고 해도 정확하게 그가 원하는 대로 움직이게 조종당할 수도 있다는 거야. 기록에 따르면 그자는 놀랍도록 설득력이 뛰어나서, 언변만으로 사람들을 몰아붙여 항복하거나 자신에게 가담하게 만들었다고 해. 당신도 준비를 하는 게 좋아."

브레잔은 조금도 반박할 수가 없었지만, 반박한다고 해서 기분이 나아질 것 같지도 않았다. "무슨 말인지는 알겠어."

"혹시나 궁금할까 봐 하는 말인데, 나에게도 조심해야 할 부분이 있거든."

감히 그녀의 약점이 무엇인지 물어볼 생각은 들지 않았다. 자신을 믿을 수 없었으므로.

"오래전 일이야." 트세야는 손을 쥐었다 폈다를 반복하며 말했다. "우리 어머니도 안단인데, 함께 지내는 동안, 거의 내내 말다툼만 벌이고 살았거든. 마지막 말다툼은… 별로 좋게 끝나지 않았어."

"유감이군." 브레잔은 이렇게 말했다. 뭐든 지껄여야 할 것 같았다.

"아까도 말했지만, 오래전 일이야. 평소에는 별로 그립지도 않고." 그녀는 그를 향해 묘한 미소를 지었다. "어쨌든 번제의 여우를 제거하는 일은 매우 즐거울 것 같네. 특히 우리 어머니는 내가 성공하지 못할 거라고 확신하니까."

18

"이번에는 또 무슨 일입니까?" 제훈의 널찍한 집무실은 온갖 화려한 고양이 장난감과 그의 여러 손자, 친척 아이들이 그린 붓 그림으로 가득했다. 그는 어정거리며 들어오는 미코데즈를 바라보며 이렇게 물었다. "14분이나 늦었습니다."

미코데즈는 상처받았다는 듯이 제훈을 바라보았다. 그는 가장 편안한 소파로 걸음을 옮기다 무릎을 꿇더니, 고양이 두 마리 중 좀 더 애교가 많은 페네즈를 쓰다듬어주었다. 다른 한 마리는 평소처럼 숨어 있었다. 페네즈는 여전히 누더기가 된 뜨개질 거리와 놀랍도록 흡사한 모양새였다. 미코데즈는 녀석의 털가죽을 긁으면 안 된다는 사실을 끔찍한 대가를 치르고 학습한 바 있었다.

고양이에게 충분히 경의를 바친 미코데즈는 제훈의 맞은편 자리에 앉았다. 두 사람 사이의 탁자에는 정중앙을 관통당한 장미 여러 송이가 그려진 찻주전자가 놓여 있었다. 안단 암살자가 제훈을 제거하기 직전까지 갔던 사건이 일어난 후에, 미코데즈가 선물로 준 것이었다. 쿠키와 설탕을 입힌 꽃을 담은 쟁반도 보였다. 오늘 제훈은 미코데즈가 좋아하는 달콤한 과자로 구슬리려는 시도조차 하지 않았다. 조카와 이야기를 나누고 나면 미코데즈가 항상 우울해진다는 사실을 알고 있었기 때문이었다. 안단의 외교 전문가로 훈련을 받은 니아스는 변방에서 발생한 교전에서의 유일한 생존자가 되어 돌아왔다. 다만, 그 후로 그는 정신이 불안정해졌다. 분파에 소속되지 않았던 니아스의 친부모들이 겁에 질려 그를 다시 받아들이기를 꺼리자, 미코데즈가 보호자 역할을 맡겠다고 나섰다. 매혹술 능력을 제어하지 못하는 안단은 사람의 두뇌를 태워버릴 수도 있었지만, 그보다 지위가 훨씬 높은 미코데즈로선 니아스의 능력을 두려워할 필요가 없었다. 반면, 가짜 지위를 가진 이스트라데즈는 위험을 무릅쓰면서도 니아스를 훌륭히 속여 넘겼다. 미코데즈도, 이스트라데즈도 부모에게 버려진 조카를 홀로 둘 수는 없었다. 어떤 상황에서도 가족은 가족이니까.

미코데즈는 맛보다 식감 쪽에 신경을 쓴 듯한 꽃을 하나 먹은 다음 입을 열었다. "늦어서 미안합니다. 니아스는 괜찮습니다. 평소와 다를 바 없더군요. 여기 오는 길에 긴급한 절차 문제 때문에 그림자나방 함장에게 괜히 붙들려버렸을 뿐입니다."

"일반 절차입니까, 슈오스식 절차입니까?" 제훈은 미코데즈에게 차를 따르며 물었다. 감귤과 로즈힙 향기가 풍겼다. "그건 그렇고, 집무실 인원들 모두 그 아몬드 쿠키가 지독하게 달다고 평가한 상황이니 일단 경고는 드리도록 하죠. 당신마저도 그게 마음에 안 든다고 하시면, 그냥 니아스한테나 보내서 매료된 사람들에게 먹일 수 있는지를 확인해볼 생각입니다."

"재밌는 발상이로군요." 미코데즈는 이스트라데즈와 의무반을 제외한 다른 이들한텐 조카의 상태에 관해 말하기를 꺼렸다. 제훈이 니아스까지 들먹이는 것을 보니 쿠키가 비범할 정도로 형편없는 게 분명했다. 아니면 제훈도 그다지 기분이 좋지 않거나. 현재 상황에서는 모든 사람이 기분 나쁠 수밖에 없었다. 그는 예의를 차리기 위해 쿠키 하나를 입에 넣고는 쓴웃음을 지었다. "전부 버리도록 하죠. 정말 이건 최악인데."

제훈은 쿠키를 향해 코웃음을 쳤다. "흠, 상대가 당신이니, 시도해볼 가치는 있었죠."

"어쨌든, 슈오스식 절차가 문제였습니다." 그 말은 곧 잠복을 풀고 방심 중인 목표물을 타격해 박살 내도 될지를 질문했다는 소리다. 라할 이루자는 미리 서류를 제출하지 않고 그런 행동을 벌이는 것을 아주 싫어한다. 물론 그랬다가는 그림자나방을 파견하는 의미 자체가 없어지겠지만. "그래서 내가 처리했죠." 그는 차를 홀짝인 다음 벌꿀의 향에 살짝 웃음을 짓고는, 쿠키 쟁반의 가장자리를 가볍게 두드리며 말을 이었다. "미리 시나리오를 전부 짜놓은 모양이니, 그대로 이야기를 시작해도 좋습니다."

너무 이른 시기부터 사태를 섣부르게 분석하려다 발목을 잡히지 않기 위해서, 미코데즈와 제훈은 정기적으로 사실과 정반대인 가상 시나리오를 검토하곤 했다. 미코데즈는 제다오와 쿠젠이 활개치고 다니는 지금에야말로 이런 관습을 이어나가야 한다고 생각했다. 오늘의 주제는 쿠젠이 아니라 제다오의 행동이었지만. 선임 부관들을 더 모아놓고 시나리오를 돌려보고 싶기는 했지만, 지금은 일정을 맞추는 일이 평소보다 훨씬 힘들었다.

"좋습니다." 그는 두 가지 젱자이 카드 영상을 불러왔다. 미코데즈는 신음을 억눌렀다. 그도 당연히 젱자이에서 자기 몫 정도는 지킬 수 있는 사람이었지만, 생도 시절 젱자이를 물리도록 즐긴 덕분인지 아직까지도 카드만 보면 한숨부터 나왔다.

첫 번째 영상은 끔찍한 몰골의 익사한 장군 카드였다. 대부분의 삽화가는 휘어진 얼음 못이나 조각난 은록색 조명, 또는 뒤틀린 살점 사이로 밖을 내다보는 허옇게 달뜬 광기 어린 눈알 따위까지 세세하게 묘사하지는 않는다. 미코데즈는 이 화가가 비도나의 추도 의식에서 영감을 받았을 것이라 짐작했다.

두 번째 영상은 전통적인 검은색 바탕에 은빛으로 빛나는 톱니바퀴의 2번 카드였다. 톱니바퀴의 다른 카드들과 마찬가지로, 이 카드는 제다오의 상징이 되기 전에는 니라이와 연관되어 있었다. 스피렐의 설명에 의하면, 대부분의 젱자이 삽화가들은 제다오가 이 카드에 붙인 고정관념을 넘어서려고 온갖 창의력을 쥐어짜낸다고 한다. 원래 제다오가 그 카드를 선택한 이유는 '기계 속의 톱니바퀴'로서 켈 사령부에 대한 충성심을 내비치기 위해서였지만, 미코데즈는 켈 사령부가 지옥나선 요새 사건 전에도 이런 단순한 눈속임에 속지는 않았으리라 생각했다. 이 삽화가는 마모되어가는 톱니바퀴 표면에 '100만'에 해당하는 글자를 새겨 넣는 식으로 카드를 해석했다.

"조금 에둘러 표현하기에는 우리 둘 다 너무 늙어버린 걸까요?" 미코데즈가 물었다.

"나이는 무슨. 충분히 성가신 실제 상황이 코앞에 있는데 가상의 시나리오를 설명할 창의적인 방법이나 구상하고 있자니 짜증이 났을 뿐입니다. 아무튼, 이번 시나리오는 이렇습니다. 슈오스 제다오가 고조음 공역의 슈오스 요인들을 설득해서 지지를 얻어냈다고 해봅시다." 고조음 공역은 절단 공역과 유리칼날 공역 양쪽과 경계를 접하고 있으며, 따라서 한쪽으로는 휘몰아치는 동전 요새와, 다른 쪽으로는 백안의 성채와 불편할 정도로 가까웠다. "엄밀히 말하자면, 그자는 아직 당신의 자리를 노리지는 않았습니다만…"

미코데즈의 주의를 끌려고 한 말이었다면 굳이 그럴 필요까지는 없었다. 게다가 이미 이야기가 흘러가는 방향도 알고 있었다.

"…결국 육두정에서 분리 독립하게 됩니다." 페네즈가 야옹거리며 제훈의 무릎으로 뛰어올라 큰 소리로 갸르릉, 했다. 미코데즈는 고양이가 슈오스보다 배신에 능숙하다는 사실을 잘 알고 있었다. 하지만 제훈은 엉망으로 뒤얽힌 삼색 털가죽 속에 손을 깊숙이 찌르고 만족한 표정을 지었다. "다른 육두관들은 이 문제를 조속히 해결하라고 당신에게 압력을 가하고 있습니다. 쿌은 우리 의견을 따르겠다고 말해왔지만, 어차피 우리 실수를 강조하기 위한 언사일 뿐이고, 저들의 말을 곧이곧대로 받아들였다간 위신이 상당 부분 손상될 겁니다. 도대체 무엇이 잘못되었고, 슈오스가 어쩌다가 이 지점에 이르게 된 걸까요?"

페네즈가 크게 하품을 했다. 두 장의 젱자이 영상에서 나온 빛이 그 눈동자에 맺혀 황록색으로 번득였다. 이내 미코데즈가 입을 열었다.

"이 시나리오에 대해 질문이 하나 있는데요. 여기선 제다오가 독재자 역할을 자임하기라도 한 겁니까?" 너무 재미있는 생각이라 실제로 일어나는 것을 보고 싶을 정도였다. 그런 행동에 내포된 의미는 그리 재미있지 않았지만.

제훈은 그를 향해 웃음을 터트렸다. "당신이 애쓰는 모습을 보기 위해서라도 아니라고 말해야겠군요. 다른 사람을 권좌에 앉혔습니다. 자기는 그 수족이자 전천후 집행관 노릇을 하면서 사방을 휘젓고 다니고 있고요."

"글쎄, 내 친애하는 망령이 아무리 자살 충동으로 가득 찬 작자라도, 주요 목표물이 되기를 꺼릴 정도의 자기방어 개념은 지니고 있으리라 생각하니까요. 게다가 그렇게 하면 자신이 애초부터 권력을 추구한 것이 아니라고 주장할 수도 있겠죠."

"시간 끌지 말고 시작합시다, 미코데즈."

미코데즈는 주어진 조건을 고려해보았다. "이런 가정을 해볼까요. 우리가 제다오의 선동 작전에 너무 부주의하게 대응한 겁니다. 평소라면 퍼져 나가는 헛소문에 사람들이 휩쓸리게 방치하는 것 자체가 실수겠지만, 그건 소문의 근원지를 감시할 더 나은 방법이 있을 때의 얘기죠. 아무래도 우리는 선동의 전파 경로를 결국 추적해내지 못한 모양이로군요. 현실에서도 그쪽 방면으로 뭔가 묘한 일을 꾸미고 있다는 정황증거만 있을 뿐이죠. 덕분에 정보부에 난리가 났다고 이스트라데즈가 말해주더군요. 내가 정말 모르리라 생각한 건지." 그는 지루한 표정의 페네즈를 슬쩍 바라보았다. "시나리오는 제쳐놓고, 통신 분석으로도 괜찮은 정보가 아무것도 나오지 않았다는 점이 짜증 나지 않습니까. 〈축제의 위계〉호에 심어둔 우리 요원이 뭔가 발견했다면 분명 전달해 왔을 텐데 말입니다. 물론 죽거나 회유당하거나 두개골만 남아서 문진이 되어버리지 않았을 경우의 이야기긴 하지만요."

"그건 전부 전파 경로의 문제일 뿐이죠. 선동 효과에 대해서는 생각하지 않았습니다. 일부 성계가 제다오 쪽으로 넘어간 것은 사실이지만, 그건 하푼이 코앞으로 다가오자 반사적으로 한 행동일 뿐입니다. 그러니 일단 시나리오로 돌아가보죠. 시나리오의 제다오는 다른 사람의 개가 되어 얌전히 목줄을 하고 있다는 내용의 방송을 계속하지는 않습니다. 뭐가 달라진 걸까요?"

"암시장에서 세뇌 광선총이라도 샀으려나?" 미코데즈는 쿠젠의 신랄한 발언을 기억하며 이렇게 말했다. 세뇌에서는 쿠젠 이상 가는 전문가를 찾기 힘들었다. 그가 어디로 사라졌는지 아직도 행방을 찾을 수 없으니 안타까운 일이었다.

제훈은 차가운 시선으로 미코데즈를 쏘아보았다. 교관 시절 머리 회전이 느린 생도들을 잡아먹는다는 명성을 얻어낸 그 시선이었다.

"좋아, 성가신 짓거리는 관둡시다." 미코데즈는 진지한 표정으로 이렇게 말했다.

제훈은 "절대 성가실 일은 없죠"로 들리는 말을 중얼거렸다.

"제다오는 선전에 능한 친구가 아닙니다. 기본 정도는 알고 있고, 키아즈에게서 몇 가지 사소한 방법론을 흡수하기는 했지만요. 물론 제다오는 언변으로 사람을 조종하는 일에 능숙하기는 합니다. 하지만 결박 대상자에 묶여 있던 시절에는, 일단 쿠젠의 곁을 떠나기만 하면 아무도 그의 언행을 감시할 수 없었지 않습니까. 켈에서는 신형 본능의 도움을 받을 수도 있긴 하나, 이제 그는 결박 상태가 아니니 자기 입으로 말해야 합니다. 게다가 슈오스는 현대의 켈처럼 가볍게 조종할 수 있을 정도로 순종적인 친구들이 아닙니다.

그 모든 점을 감안해서, 몇 가지 제안해보겠습니다. 하나, 선전 전문가를 한 명이든 여섯 명이든 고용한 겁니다. 하지만 키루에브 대장의 함대에 그런 상상력을 가진 인물이 숨어 있었을 가능성은 별로 없을 것 같군요. 애초에 그런 목적으로 모인 게 아니니까요. 물론 제다오라면 다른 기지에서 언제든 필요한 인원을 끌어들일 수 있겠죠. 솔직히 말하자면, 그 친구도 나를 비롯한 대부분의 슈오스처럼 자아가 끓어 넘친다는 문제를 안고 있지만, 사람을 부리는 법을 몰랐다면 애초에 장군도 될 수 없었겠죠?"

"그 경우에 제다오 본인의 동기는 어떤 것이 있을까요? 제훈이 물었다.

"다른 육두관들은 기본적으로 그 친구가 낡은 복수심에 사로잡혀 있다고 간주하고 있더군요." 미코데즈가 말했다. "저는 그렇게 생각하지 않지만요. 그 친구한테는 단순히, 전쟁이 자기가 아는 세상의 전부인 겁니다. 다만 학살에도 명분이 필요하니까 전쟁을 통해 뭔가를 바로잡는 거라고 자신을 설득하는 거죠."

그러니 만약 육두정으로부터 성공적으로 독립한다면, 그건 애초에 그 친구의 목적이 그것이었거나, 아니면 다른 목표를 위한 디딤돌이겠죠. 아니면 다른 뭔가를 추구하면서 연막으로 사용한 것일 테고요. 그럼 우리가 그가 벌인 행동을 전부 잘못 평가했다고 간주해볼까요. 혹시 이 시나리오에서 제다오가 뭔가 선언문 같은 것을 발표했습니까?"

"나쁘지 않은 생각이지만, 아닙니다." 제훈이 말했다.

"흠, 제다오의 스타일로 가짜 문서를 작성하는 건 어떻니까? 재밌을 것 같지 않습니까?" 미코데즈는 쿠키를 쌓아 요새를 만들었다. 미코데즈의 그런 행동에 익숙해져 있는 제훈은 한숨을 쉬었다. "다른 논리적인 가능성을 찾아보자면, 실제론 다른 것을 원했지만, 분리 독립 정도의 성과를 위로 삼아 받아들였을 수도 있겠군요. 이번 시나리오의 목적은 파국에 이르는 상황을 가정하는 것이었으니, 그렇게 애매하게 끝맺지는 않았겠죠. 제다오가 전력으로 우리를 적대하는 상황을 그렸을 테니까요."

"위로치고는 끔찍하긴 합니다만, 그렇습니다." 제훈은 이렇게 말하며 고양이를 바닥에 내려놓았다. 페네즈는 그대로 달아나는 대신 바닥에 등을 비비며 우스꽝스럽게 몸을 뒤틀었다.

"지금 현실의 제다오는 다시 육두관들의 환심을 사고 싶다는 의도를 넌지시 비치고 있죠. 물론 다들 그 친구가 어린 시절부터 지옥나선 요새 사건 전까지는 정상인처럼 보였다는 걸 알고 있으니, 한두 달 정도 겉으로 얌전히 굴어봤자 판단을 내리기는 힘들 겁니다. 하지만 원래부터 위험한 도박을 즐기던 친구이기도 하죠. 이 시나리오에서는 그가 상징하는 위협을 우리가 잘못 판단한 것 같군요. 만약 그 친구가 갑자기 방향을 선회해서 경계면 탈곡기를 추가로 확보한다면 다들 바싹 경계할 테지만요. 우리는 그 친구가 갑자기 어딘가로 달려가서 추가로 수백만을 학살하는 일을 방지하려 애쓸 수밖에 없습니다. 대량 학살자를 상대할 때는 실제로 그런 위협을 무시할 수 없으니까요. 제다오는 그렇게 우리 손발을 묶어놓은 다음 경력 있는 슈오스들과 바쁘게 협상하고 있던 거겠죠."

제훈은 아주 부드럽게 아, 하고 말하고는, 무릎에 손을 올린 채 기다렸다.

두 개를 제외한 나머지 쿠키들은 전부 성채로 합류했다. "그러고 보니 말입니다, 나는 제다오의 암살자 경력을 볼 때마다 영문을 알 수가 없었습니다. 이후 20년 동안 대체 뭐가 어긋난 것인지 판단을 내릴 수가 없었거든요. 암살자 시절에는 고문이나 유혹 임무에 열성을 보이지 않으면서도, 통제관의 명령은 충실히 따랐죠. 그러다가 켈로 넘어갔고요. 겉보기로는 사교적으로 지냈지만, 친한 친구나 연인은 한 명도 없었습니다. 사람들은 단순히 그 친구가 군인들이 종종 그렇듯이 일에 미쳐 산다고만 생각했고, 그러다 그 일이 일어났죠. 저렇게 자료가 잔뜩 남아 있는데도 퍼즐을 풀 수가 없다니 짜증 나는군요."

제훈은 고개를 저었다. "어떤 조짐이 있었고 그걸 미리 알아챘어야 한다고 생각하시는 모양인데, 우리는 누군가의 등 뒤를 찌르려는 목적으로 우정을 쌓는 사람들을 일부러 포섭하는 분과 아닙니까. 그중에는 위기에 처한 새끼 고양이나 가끔은 인질까지도 구하려 애쓰는 올바르고 친절한 인간도 섞여 있긴 하지만요. 제다오가 엇나간 것은 그저 우리가 운이 없었을 뿐입니다. 우리 분과가 어떤 부류의 개성을 선호하는지를 생각해보면, 그를 비롯해서 불안정한 슈오스가 수없이 많다는 사실은 그리 이상할 것도 없습니다. 물론 제다오는 그중에서도 가장 파괴적인 성향을 보이기는 했지만 말입니다."

"제다오를 이리 끌고 와서 최고의 심문관을 잔뜩 붙이는 것 말고는 그 질문에 답할 방법이 없겠죠. 하지만 요점은 우리가 제다오를 정치

적 위협은 배제한 채 군사적 위협으로만 간주하고 있다는 겁니다. 그런 면에서는 저마다 슈오스나 켈의 관점에만 사로잡혀 있는 셈이죠. 풀려난 장군이 무슨 생각을 할지 짐작도 못 하는 주제에, 아직도 요람에 갇힌 장군만 바라보고 있는 셈 아닙니까." 그는 설탕 입힌 제비꽃을 하나 들더니 그대로 쿠키 요새 위로 짓눌러서 부쉈다. "이런 논리 전개가 싫은 이유는 우리가 바로 그런 식으로 행동하고 있기 때문입니다. 옳은지 여부와는 무관하게요."

"어떤 슈오스를 노려야 할지는 어떻게 알겠습니까?" 제훈이 말했다. "저는 쿠젠의 주장 대부분을 신용하지 않지만, 망령이 검은 요람에 갇혔을 때 시력과 청력을 잃는다는 점은 믿고 있습니다. 그 주제를 꺼낼 때마다, 사실이 아니라고 하기에는 지나치게 기뻐했으니까요. 각설하고, 당신이 설명해야 할 내용이 하나 더 있습니다. 일부 사업가들이 단독으로 제다오와 접촉했을 가능성은 인정한다고 해도, 그 정도로 대규모 분리 독립을 이루기는 힘들 텐데요."

미코데즈는 다른 사람이 이 자리에 있었으면 좋겠다고 생각했다. 그러면 이 쿠키를 어떻게든 사용해서 다른 가능성을 끄집어낼 수 있었을지도 모르는데. 그는 다른 사람의 두뇌를 이용하는 일을 즐겼다. 다른 사람의 쿠키는 물론이고. 그보다도 제훈이 이렇게 많은 쿠키가 필요하다고 생각한 이유는 무엇일까? 애초에 두 사람밖에 없는데. 고양이들이 쿠키 맛을 알 거라고 생각했나?

"미코데즈, 딴생각하고 있군요." 제훈이 말했다.

그는 제훈을 향해 환히 웃어 보였지만, 웃음이 소용없다는 것도 잘 알고 있었다. "선택의 사유랄까요. 제다오는 언제나 자신의 결박 대상자에 대해 선택권이 없었죠. 하지만 슈오스를 포섭하면 어떻게 될까요? 육두정은 넓지 않습니까. 그의 제안이 매력적이라고 여기는 사람이 나올 때까지 계속 시도해볼 수 있고, 자신의 접촉 사실을 상급자에게 보고하지 않을 이유가 있는 사람들로 대상자를 좁힐 수도 있죠. 우리가 무얼 하든 깨끗해질 리는 없으니까요. 요원들로 구성된 정보망 없이 시작하니 힘들기는 하겠지만, 적정 규모의 기지나 항성계와 접촉하게 되면 지역 주민을 압박해서 정보를 빼낼 수 있을 겁니다. 기초 분석가 교육은 이수했으니 뭘 찾아야 하는지는 알고 있을 테고…"

"그리고?" 미코데즈가 말끝을 흐리자 제훈은 재촉하듯 물었다.

"결국에는 계승 문제로 이어지지 않겠습니까? 물론 최종 시나리오로 이르는 다른 단계도 여럿 생각해볼 수 있습니다. 하지만 짜증 나게도 항상 이 분파 전체가 언제 끊어질지 모르는 삭아버린 실낱으로 위태롭게 연결되어 있다는 쪽으로 돌아오게 된단 말이죠. 당신이 항상 경고하는 대로, 내가 제거되는 순간 과거의 혼돈으로 돌아가버릴 테죠. 그리고 무엇보다도 핵심은, 먹이사슬 꼭대기를 차지한 자들이 제다오의 제안에 홀리지 않을 정도로 분파를 결집시킬 수 없다는 겁니다. 그 친구가 집행관 역할을 하고 돌아다니는 시나리오를 꺼냈으니 말인데, 나는 그 친구가 자기를 조종할 수 있다고 생각할 만큼 야망과 자만심을 가진 사람을 권좌에 앉힐 거라 생각합니다. 지금 우리가 사방에서 벌이고 있는 일이기도 하고… 그래요, 제훈. 내가 그쪽 방향으로 쏟는 노력에 대해 당신이 어떻게 생각하는지는 잘 알고 있어요."

"아무 말도 안 했습니다만." 제훈은 어깨를 으쓱했다. "심지어 저는 제다오에게 원거리 치료 상담을 받아보게 하자는 당신 의견조차도 딱히 반대하지 않습니다. 어차피 망하겠지만, 뭐, 다른 온갖 사람들이 지금껏 시도한 다른 작전들보다 딱히 더 망하지는 않을 테니까요."

"어차피 요즘 제다오는 내 호출을 받아주지도 않는데요. 저기, 방금 한 말을 조금 수정해보겠습니다. 생각해보니 제다오라면 권력에 매달리는 사람을 부리지는 않을 것 같군요. 일단 수가 너무 뻔하고, 그랬다가는 계속 권력 다툼을 벌이게 될 테니까요. 장애물이 된다면 기꺼이 머리를 쏴버리는 일을 망설일 친구도 아니고."

미코데즈는 제훈의 무정한 눈을 바라보며 숨을 깊이 내쉬었다. "그 친구라면 이상주의자를 선택할 겁니다. 육두정을 뒤엎겠다는 꿈을 꾸는 자를요. 그런 생각을 품은 채 무사히 사관학교를 졸업하는 자들도 있기는 하지만, 자리를 잡은 후에 그런 생각을 키워나가는 자들도 있죠. 여기서는 후자가 더 위험합니다. 덤으로 매우 커다란 총만 있으면 모든 장애물을 쏴버릴 수 있을 뿐 아니라, 자기 힘으로 제다오마저 교화시킬 수 있다고 생각하는 자를 찾아낸 걸지도 모릅니다. 그쯤이면 제다오는 그냥, 그 환상에 맞춰주기만 하면 될 겁니다."

"좋습니다. 그 정도라면 우리 시나리오의 목적에 들어맞겠군요."

"설마 요즘 제다오가 당신을 회유하려고 시도한 건 아니겠죠?"

"아니, 설마 그자가 당신한테 전달될 위험을 감수하면서 유용한 정보를 일러줄 것 같습니까? 그런 행운은 쉽게 일어나지 않죠." 제훈은 성채 꼭대기의 쿠키를 하나 집어 슬쩍 깨물어보고는 얼굴을 찌푸렸다. "어찌 됐건, 이 시나리오를 고려해서 우리 행동 방침을 바꾼다면 어떻게 해야 하겠습니까?"

"그 빌어먹을 안단에게서 자금을 빼돌릴 기발한 방법을 찾아내지 못한 게 아쉽군요. 우린 거의 파산 상태니 말입니다." 미코데즈는 손가락으로 자기 무릎을 두드렸다. "그래도 제다오가 지나친 지역의 슈오스 조직을 추가로 점검해보는 정도는 할 수 있겠죠. 애초에 그 친구가 딱히 대단한 일을 시도할 시간은 없었을 것 같지만요. 켈 사령부가 장군들한테 떠넘기는 막대한 양의 서류 업무가 없다고 해도, 나름 바쁘지 않겠습니까. 그러고 보니 내 것도 좀 빼먹고 싶은 생각이 간절한데요."

"허튼소리로 변죽만 울리고 있군요." 제훈의 눈이 잠시 가늘어졌다. 제훈은 평소라면 감정 관리에 능숙한 사람이었다. 그렇기에 미코데즈는 그가 무슨 이야기를 꺼낼 생각인지를 알아차렸다. "미코데즈, 이 문제는 결국 슈오스 내부가 안정되지 않으면 해결되지 않습니다. 계승 문제에 대한 장기적 해법이 눈앞에 있다는 사실은 알고 있을 텐데요."

"그 문제는 지금 얘기하고 싶지 않은데요." 그는 매우 경쾌한 목소리로 말했다.

제훈의 표정이 잠시 흔들리다가 이내 수긍하듯 잦아들었다.

미코데즈는 그 문제가 다시 화두에 오르기를 원치 않았다. 그래서 대신 다른 질문을 던졌다. 어쨌든 지금은 이걸로 넘어간 셈이었다. "우리도 비슷한 실패를 제법 겪은 것으로 알고 있는데, 전면적인 독립 전쟁으로 발전한 경우가 얼마나 됩니까?"

"큰 건은 세 번입니다. 하나는 리오즈 헤네즈다 집권 도중에 일어난 안단·라할 반란인데, 리오즈가 놀랍도록 빠른 속도로 진압해버렸습니다. 두 번째는 제대로 발음하기조차 힘든 이름을 가진 켈 장군이었죠. 외부 세력과 동맹을 맺었는데 이후 우리가 야금야금 갉아먹어 버렸습니다. 세 번째도 켈 장군이었군요." 제훈은 냉소를 머금었다. "사람들은 진형 본능이 당연하지 않다는 사실을 자주 잊어버리죠."

"당신은 제다오가 분리 독립을 노리고 있다고 생각하나요?"

"그렇지는 않을 겁니다. 그자는 우리와 같은 부류입니다, 미코데즈. 암살자나 군인은 기습을 선호하죠. 그자가 뭘 노리는지는 몰라도, 분명 우리가 미처 생각하지 못한 쪽에서 기습하려 애쓰고 있을 겁니다. 우리는 어떻게든 그자의 생각을 예측해야 합니다."

"우리 쪽이 수적으로는 우위에 있으니 나쁘지 않다고 말하고는 싶은데, 지옥나선 요새 사건이 마음에 걸리는군요." 미코데즈가 말했다. "나 원, 켈에게 의지해봤자 딱히 도움도 안 되면서 짜증만 열심히 낸단 말이죠. 하지만 누구든 하픈을 몰아내지 않으면 안됩니다. 그림자 나방으로 공격해봤자 마음에 안 드는 이방인들만 고스란히 남아버릴 테니까요. 일단은 정계의 동향을 주시하면서 그쪽에서 무슨 이득을 얻을 수 있을지 살펴보도록 합시다."

제훈은 눈가를 문지르다 문득 자신의 피로를 실감했다. "아직도 그자가 우리를 가지고 놀고 있는 것 같군요."

"그래, 바로 그거죠. 이제 나도 다른 사람들이 나를 어떻게 생각하는지 감이 잡히네요." 미코데즈는 우울하게 말했다.

"너무 자만하지 마십시오." 제훈은 이렇게 말했지만, 두 사람 모두 미소를 머금고 있었다.

19

　하픈이 세 번째로 전투를 회피했을 때, 키루에브 앞으로 자나이아 함장의 면회 요청이 날아들었다. 늑대의 탑이 있는 미낭 성계까지 8일 정도 남은 시점이었다. 키루에브 눈앞의 단말 화면은 명도를 한껏 올려놓은 상태였다. 자신의 단말이 사령실에서 가장 밝게 빛나고 있다는 사실은 키루에브 본인도 뼈저리게 깨닫고 있었다. 주변의 모든 사물이 그림자를 덧입은 것처럼 보였다.

　짜증 나게도 제다오는 또 나방 그리드와 젱자이를 하고 있었다. 키루에브는 점수를 보면서 한 판이라도 지기만을 바랐다. 제다오는 자기 패를 확인하느라 정신이 팔려 있는 것 같았다.

　자나이아는 12분 동안 자기 단말을 열두 번 찌르면서 입 속으로 뭔가를 웅얼거렸다. 하픈이 계속 도주하는 상황에 짜증이 난 것은 그녀뿐만이 아니었다. 모든 켈이 전투를 갈망하고 있었다.

"분명 어디서든 응전 태세를 갖출 겁니다, 각하." 자나이아가 말했다. 그녀는 제다오나 키루에브와는 최소한의 대화만 나누겠다고 다짐했을 테지만, 이 상황에 대한 짜증이 그 각오를 넘어버린 모양이었다. "탑에 있는 대시계 정도면 충분히 군침 도는 목표물이라 생각하지 않으십니까?"

"분명 그쪽을 향해 일직선으로 돌진하는 중이군." 제다오가 말했다. "대시계가 파손되면 안단이 우리 쪽으로 청구서를 내밀겠지. 동시에, 하픈이 대시계를 부수면 역법이 불안정해질 테니 우리에게 이득이 될 일은 없을 걸세. 최종 목표물이 따로 있더라도 지나가면서 폭격 정도는 하지 않겠나."

키루에브는 눈을 찌푸리며 지도를 들여다보고 있었다. 제다오는 군사적 통찰력이 부족한 사람이라도 알아챌 수 있는 사실 하나를 지적하지 않고 넘어갔다. 승무원들 앞에서 제다오를 면박 줄 수는 없으니 입에 올릴 수는 없었지만. 휘몰아치는 동전 요새에서 쫓겨난 직후라면, 하픈 함대는 충분히 국경 쪽으로 퇴각할 수 있었을 것이다. 대신 그들은 끈질기게 이리저리 방향을 틀며 육두정 한복판으로 진격했다.

키루에브는 하픈이 그런 행동을 벌이는 이유를 두 가지밖에 추측할 수 없었다. 하나는 눈앞의 함대가 두 번째 침공군을 위한 미끼라는 것, 그 추측이 사실이라면 제다오는 요새를 다음 공세에 그대로 노출시키고 온 셈이 된다. 물론 하픈이 환영 지형으로 육두정 병력을 공격할 수 있다는 점이 드러나기는 했지만, 다른 잔재주가 있을지도 모른다. 두 번째 추측은 머릿속에서 지워내려고 아무리 애를 써도 선명해졌다. 제다오가 단순히 하픈을 쫓고 다니는 것이 아니라 하픈과 무언가를 공모하고 있을지도 모른다는 예감. 하폰은 제다오가 털어놓은 계획을 수행하기에 너무 편리하게 움직이고 있었다.

하폰 함대가 터셀 81-7178에 있는 켈의 전초기지에 가까워지자, 키루에브는 바싹 긴장한 채로 저들이 속도를 줄이거나 선회하기를 기다렸다. 그러나 아무 일도 없었다.

이후 키루에브는 자기 방으로 돌아가 선반 위에 놓인 기계 부품들을 감상했다. 그녀는 제다오가 감상하던 시계를 손에 들고는, 몸속에서부터 느껴지는, 자신을 갉아먹는 감각에 신경 쓰지 않으려 애썼다. 뼛속까지 떨리다 부서질 것만 같은 감각이었다. 다른 사람들과 함께 있으면 신경을 분산시킬 수 있었지만, 혼자 남으면 감각은 계속 신경을 긁어댔다. 음악을 틀자 구슬픈 가야금 연주가 흘러나왔다. 이쪽도 딱히 도움은 되지 않았다.

자나이아 함장이 면회를 요청해 왔을 때, 나쁜 소식임이 뻔한데도 신경을 돌릴 일이 생겨 다행이라는 생각부터 들었다. 요청서의 어조는 명확했지만 동시에 아무것도 알려주지 않았다. 키루에브는 망가진 시계를 다시 선반에 올려놓은 다음, 12분 후에 만나겠다는 답신을 보냈다.

자나이아는 그녀답지 않게 정시에 도착했다. 키루에브는 불길한 예감이 들었지만, 자나이아가 들어오면 자동으로 맞이하도록 문을 세팅해놓았다. "편히 있게." 키루에브는 그녀를 맞이하러 나오며 이렇게 말했다.

자나이아의 눈가에 희미한 잔주름이 보였다. "부디 자유로운 발언을 허락해주십시오, 각하."

"허락하지. 원한다면 앉아도 좋고." 그녀는 의자 쪽으로 고갯짓을 해 보였다.

그녀는 험악하게 의자를 노려보더니 이내 자리에 앉았다. "여우가 각하의 기계장치를 그대로 놔두다니 놀라운 일이로군요."

"어쩌면 내 실패를 되새기게 하려고 한 걸지도 모르지."

"결국 각하셨던 거군요."

음악상자. 바닥에 널브러진 켈 류와 켈 메리키. 키루에브는 결국 그들을 바늘의 먹잇감으로 삼은 것이나 다름없었다. 그들의 가족에게 보내는, 결코 발송될 일 없는 통보문도 작성했다. 제다오와 함께 통보문에 관해 상의한 적이 있었다. 제다오는 육두정 관료들이 통보문을 받은 유족을 괴롭힐 거라며 그녀의 생각을 일축해버렸다. 키루에브도 그 정도는 알고 있었지만, 마음을 억누를 수가 없었다. "딱히 비밀은 아니라고 생각했는데." 키루에브가 대꾸했다.

"끝난 일이죠." 자나이아는 무심하게 말했다. "하지만 그 이야기를 하려고 온 건 아닙니다. 오늘로 25일째입니다, 각하."

키루에브가 브라에 탈라 예외 조항을 발동시킨 지 25일째라는 말이었다. "그런 문제라면 제다오와 상의하는 편이 낫지 않겠나?"

"각하의 쩽자이 솜씨가 뛰어나다는 건 저도 알고 있습니다만, 저 역시 눈앞의 허세 정도는 판별할 줄 압니다. 물론 그대로 그자에게 갈 수도 있었겠죠. 하지만 그 전에 각하가 무슨 생각을 하고 있는지 먼저 확인해야겠습니다."

"그냥 바로 본론으로 들어가는 게 어떤가, 함장." 장갑 속 손이 식은땀에 젖어들었다.

"제다오는 브라에 탈라 예외 조항에 대해 전혀 모르고 있던 거죠? 처음에는 그자가 각하를 꼬드겨 조항을 발동시킨 거라고 생각했습니다. 하지만 어제 공용 식탁에서 보니 각하의 자리에는 의식용 양초가 없었습니다. 그 여우 편을 들고 싶지는 않지만, 그자는 켈의 전통을 존중합니다. 공용 식탁에서는 항상 잔을 돌리고, 그 악명 높은 장갑도 항상 끼고 다니죠. 사실 우리보다 규율에 대해서는 더 잘 알고 있다고 생각합니다. 물론 우리가 서둘러 제다오를 처형한 이후 등장한 규율은 잘 모르겠지만요."

"지휘부의 결정이었고, 이젠 철회하기에는 조금 늦었다네. 공식적으로 이의를 제기하고 싶은 건가?" 키루에브는 유머를 섞어 말했다. 대체 자기가 뭐라고 선을 넘으려 드는 거지?

자나이아는 의자 팔걸이를 손으로 내리쳤다. "각하, 저는 14년 동안 각하와 함께 복무했습니다." 그녀는 완전히 억양을 죽인 목소리로 말했다. "저는 켈이고, 각하도 켈입니다. 각하와 함께라면 여우의 아가리 속이라도 따라 들어갈 겁니다. 하지만 우리가 뭘 하고 있는지를 설명해주신다면 저는 각하를 지금보다 훨씬 잘 보좌할 수 있을 겁니다." 키루에브가 제다오에게 말할 때와 똑같은 논리를 사용하다니 우스꽝스러운 일이었다. "대체 뭐가 그리 중요해서 목숨을 바치기까지 하시려는 겁니까?"

키루에브는 입을 열었다.

"자살에 관한 농담을 하시려는 생각이라면, 부디 그만두십시오, 각하." 자나이아가 저지했다.

"제다오는 자기가 육두정을 상대로 싸워 이길 수 있다고 생각한다." 키루에브가 말했다.

"그래요, 그렇겠죠. 애초에 그런 망상에 빠져 있어서 검은 요람에 처박히게 된 거니까요. 하지만 그 작자는 미쳐 있기라도 하죠. 각하의 평계는 뭡니까?"

키루에브는 자기 오른 손목의 살갗이 드러날 정도까지만 장갑을 말아 올렸다. 자신이 얼마나 진지한지 자나이아가 이해할 수 있도록. 켈은 자살 임무와 연인을 위해서만 장갑을 벗는다. 키루에브는 제다오의 계획이 자살행위가 아니기를 빌고 있었지만, 어떻게 보면 별로 상관없는 일이었다. 그녀 자신은 이미 몸을 불사르며 동참했으니까.

자나이아는 입을 꾹 다물었다.

그녀가 이해했다는 사실에 만족하며, 키루에브는 다시 장갑을 올려 꼈다. "함장, 라가드의 광주리 때를 기억하리라 생각하네."

켈 사령부는 키루에브에게 라가드의 광주리에서 일어난 이단을 척결하라는 임무를 내렸다. 그러나 진군 도중에 지령이 바뀌었다. 역법 수정을 준비하던 라할에서 사태를 조속히 해결하길 원했던 것이다. 라할의 압력을 받은 켈 사령부는 균사체 폭탄의 사용을 허가했다.

키루에브는 보다 나은 방법을 찾으려 애썼지만, 일정이 너무 빠듯했다. 다른 대안을 찾지 못한 그녀는 결국 폭탄 발사를 승인했다. 뒤이어 피어난 균사체는 생태계를 전부 날려버렸고, 인간에게 가치 있는 모든 것을 깨끗이 지워버렸다. 정화 작업은 1세기까지 걸릴 수 있다고 들었다. 키루에브는 처음으로 날아간 포자가 토착종 바다뱀에 내려앉아 피어나던 광경을 잊을 수 없었다. 비늘을 들추며 스며 나온 봉실봉실한 균사 족수가 적보랏빛 자실체를 피우고, 호박색 눈 안에 균사의 구름이 어리고, 고통에 겨운 입에서 꾸역꾸역 균사체가 흘러 나오던 모습을. 참모장은 그녀가 같은 영상을 반복해 돌려보고 있다는 사실을 깨닫고 개입해 저지했다.

"네. 라가드의 광주리는 기억합니다. 명령을 받았다는 사실도 기억하죠."

"나는 자국의 시민을 학살하라는 명령이 내려오지 않는 사회를 충분히 만들 수 있다고 생각하네." 키루에브가 말했다. 그 행성에 살던 사람은 이단자뿐이 아니었다.

"그런 일은 항상 힘들기 마련이죠." 자나이아의 표정은 조금도 변하지 않았다. "철학적 문제는 각하께 맡기겠습니다. 제 임무는 각하께서 지시하시는 대로 싸우는 것이니까요. 솔직히 말씀해주십시오. 제 다오에게 승산이 있다고 생각하십니까? 모든 일이 끝난 다음 배후를 찌를지도 모른다는 점은 일단 넘어가고 말입니다. 촛불전광 전투조차 8 대 1로 열세일 뿐이었습니다. 지금은 그와 비교할 수조차 없을 정도로 상황이 나쁩니다."

"이런 식으로 생각해보지." 키루에브가 말했다. "400년 동안 그는 켈 사령부가 자신을 죽이지 않을 거라고 확신하고 있었네. 자신을 죽일 이유가 100만 가지는 되는데도 말이지. 켈 사령부는 총을 뽑는 데 주저하는 법이 없는데도 말이야. 그러다 그는 도망쳤네. 승산이 없을지도 모르지만, 지금보다 나은 기회는 다시 없을 것 같군." 키루에브는 자나이아와 눈을 마주했다. "켈 사령부에 충성하지 않는 모습을 보여 미안하네. 분명 내게 실망했겠지."

이렇게 직설적으로 묻지 말걸 그랬다는 생각이 들었지만, 자나이아는 말없이 어깨를 으쓱할 뿐이었다. "솔직히 말하자면 반란을 일으키기에는 정말 최악의 순간이라고 생각합니다."

"육두정을 뭐라고 생각하나, 함장? 적당한 순간 따위는 없어."

"어차피 상황이 어느 쪽으로 흘러가든 사방에서 피가 넘치겠죠. 각하께서는 결말을 볼 수 없겠지만요."

"누군가는 주사위를 던져야 했으니까." 키루에브가 말했다.

자나이아는 퉁명스럽게 고개를 끄덕였다. "적어도 양초에 대해서는 제다오한테 일러주시죠."

키루에브는 부함장이 묘한 쪽으로 신경을 쓴다는 생각이 들었다. "그게 왜 그렇게 자네에게 중요한 거지?"

"저는 각하와 14년을 함께 보냈기 때문입니다. 가서 말하세요. 각하는 정당한 대우를 받아야 합니다."

그 14년 동안 키루에브는 자나이아를 도저히 이해할 수 없으리라고만 생각해왔다. "염두에 두도록 하지. 이만 가보게."

자나이아가 떠난 후, 키루에브는 다시 시계를 감상했다. 그녀는 문득 시계 뒤판을 열어 멈춰버린 부속들을 살폈다. 다시 추위가 엄습했지만, 약간의 오한 정도는 금방 익숙해질 것이다. 어차피 오래가지도 않을 테고.

규칙적인 통상 교전이란 교과서 속에서나 존재하는 것이다. 키루에브는 수십 년 전 중위로 복무하던 시절에 그 사실을 깨달았다. 그렇지만 매번 의식을 치르듯 업무를 처리하다 보면 혼돈도 나름 견딜만해졌다. 더 적확한 표현을 사용하자면, 현실이 눈알을 쑤시려고 넘겨 올

때 자신의 계획이 실제 상황에서 조금이라도 의미가 있다는 안락한 환상을 제공해줬다.

키루에브는 함대가 미냥 성계의 거주 행성에 접근하는 시간에 맞춰 사령실로 향했다. 함대는 순항하는 동안에는 두 개의 방어 진형을 번갈아 사용했는데, 혹시라도 하픈이 예전에 확인한 것보다 빠른 속도로 기동할 경우를 대비하기 위함이었다. 하픈 함대는 켈이 전속력을 내면 따라잡을 수 있는 속도로 움직이고 있었다. 이게 우연일 리는 없다. 그렇다고 추격을 포기할 수도 없었다.

키루에브는 계속 혼란스러워지는 탐색 결과의 요약본을 살펴보고, 하픈의 움직임에 대한 참모진의 분석 보고서를 확인하며 시간을 보냈다. 참모장 스찬이 사석에서 투덜거린 대로, 결국 종합해보면 '저들이 뭘 하려는지 도저히 모르겠음'이라는 뜻을 최대한 순화한 자료밖에 안 될 것이다. 하픈이 미냥에서 맞서 싸울 생각인지, 그대로 협주곡 공역으로 돌진할 생각인지, 아니면 정말 새로운 카드를 꺼내 들지 예측하기에는 아직 너무 일렀다. 다른 무엇보다도, 이제 주변에 거위가 보이지 않았다. 어쩌면 힘을 비축하는 것일지도 모른다.

하픈보다는 도리어 제다오 쪽이 더 걱정이었다. 제다오는 언제부턴가 몸소 왕림하기를 멈추었다. 제다오의 무관심한 태도 때문에 승무원들은 안절부절못하고 있었다. 자나이아는 제다오의 빈자리를 두어 번 바라보다 정신을 차리고 마음을 가다듬었다.

키루에브는 제다오에게 대체 지금 뭘 하는 거냐는 전문을 보낼 핑계를 찾을 수 없었다. 물론 감정을 절제한 전문은 보내긴 했지만. 전투 중이 아닌 이상, 제다오가 카드를 치든 총을 닦든 낮잠을 자든 딱히 규율에 걸릴 일은 없다. 애초에 방랑 함대를 이끄는 전직 장성에게 켈의 규율이 의미가 있는지조차 의문이었다. 전문이야 그렇다 치고, 결국 키루에브가 취할 수 있는 최선의 행동은 모든 것이 정상적으로 돌아가고 있는 것처럼 구는 것뿐이었다. 요즘 들어서는 '정상'도 별 의미 없는 단어가 되기는 했지만.

"각하." 탑까지 4시간이 남았을 때 자나이아가 입을 열었다. 부함장이 그녀를 힐끔 바라보다 고개를 돌렸다. 이젠 무리스마저 이 상황에 영향을 받는 모양이었다.

"왜 그러나, 함장?" 키루에브가 말했다.

"대체 거위들은 전부 어디에 틀어박힌 거라고 생각하십니까?"

그녀가 묻고 싶었던 것은 이게 아닐 것이다. "나도 모르겠군." 그녀는 대답했다.

"차라리 하픈이 예측할 수 있는 행동을 해줬으면 좋겠군요."

"다음에 저들이 나한테 전술 문제로 상담해 오면 그렇게 전달해 주지."

당신 장군이 제정신이기를 바라는 게 좋을 겁니다. 자나이아의 눈빛은 이렇게 말하고 있었다.

키루에브는 그녀에게 힙겹게 미소를 지은 다음, 다시 눈을 찌푸리고 탐지 결과를 읽기 시작했다.

3시간 5분 거리까지 왔을 때, 통신반이 입을 열었다. "미낭 탑에서 제다오 대장에게 통신을 요청하고 있습니다."

"대장 앞으로 연결하도록." 키루에브는 이렇게 말하며 전문의 제목을 확인하고, 늑대의 탑에서 제다오를 이미 박탈당한 계급으로 칭한다는 점이 흥미롭다고 생각했다. 제다오가 사령실로 나올 생각이 없더라도 이 통신은 처리하고 싶을지도 모른다.

6분이 흘렀다. 통신반이 불편한 기색을 내비치며 고개를 들었다.

"내가 맞혀보지. 대장이 응답하지 않아서 탑 쪽에서 요청을 반복한 건가." 키루에브가 말했다.

"정확합니다, 각하."

제다오가 채널 하나를 빼돌려서 나방 그리드에 기록을 남기지 않고 사람들과 대화하고 있을 가능성도 배제할 수는 없었지만, 키루에브는 탑 쪽에서 함대를 상대로 그런 게임을 벌일 것이라고는 생각할 수 없었다. "새로 요청하도록." 키루에브는 험악한 목소리로 명령을 내리며 제다오의 지령이 필요하다는 두 번째 쪽지를 첨부한 후, 만약을 대비해 예비 진형 명령을 짜 맞추기 시작했다.

자나이아의 미소는 평온해 보였다. 함대의 생존 가능성을 의심하고 있다는 뜻이었다. 당장이라도 무기로 사용할 수 있을 정도로 강렬하게.

나도 자네하고 마찬가지일세. 키루에브는 생각했다. 전술반에서는 추격 도중에 미낭 성계를 보호하기 위해 세 가지 독립적인 계획과 상황 변동에 따른 다양한 대응책을 구상해냈다. 제다오는 그중 어느 것도 승인하지 않았다. 키루에브는 궁지에 몰리면 두 번째 정도는 가능성이 있을지도 모른다는 평가를 내렸다.

다시 23분이 흐른 후 미낭 탑에서 전문이 날아들었다. 이번에는 요청이 아니었다. 탐지반에서 하픈이 경로를 바꾸고 있다고 보고한 후 얼마 되지 않아 날아든 것이었다. 동시에 제다오가 은밀히 상황을 처리하고 있을지도 모른다는 키루에브의 희망은 산산조각 났다. 만약 하픈이 새로 바꾼 방향을 유지한다면, 하픈 함대는 거주 행성이 둘 있는 거미줄 성계를 스치고 지나갈 것이다. 그쪽 방면에는 거미줄 성계만 있는 것도 아니었다. 하픈을 멈춰 세우지 않으면 위험 반경에 들어가는 거주지는 엄청난 속도로 불어날 것이다.

"주변 영역에 켈의 보충 병력이 확인된 바는 있나?" 그녀는 '정규 병력'이라는 표현은 굳이 사용하지 않았다. 켈 사령부에서도 분명히 이 문제에 대처하고 있을 것이다. 보급상의 문제가 있기는 하겠지만. 츠렌카 대장 암살 이후 방어를 위해 소집된 함대가 바로 이 함대이며, 켈의 병력은 넓은 범위에 띄엄띄엄 흩어져 있으니까.

"명확하게 검출되는 함대의 탐지 요소는 없습니다." 탐지반이 말했다.

통신반이 덧붙였다. "시스템 통신량을 보면 지역 방위대는 배치를 끝낸 것 같지만, 함대의 존재를 암시하는 내용은 전혀 없습니다."

"그럼 전문을 전달하도록." 키루에브가 말했다.

제다오의 답변이 즉시 도착했다. 간단한 텍스트뿐이었다. 해결하게. 텍스트에는 좌표 하나가 첨부되어 있었다. 이 장소에서 적을 환영할 채비를 갖추어놓도록.

대체 뭘로 환영하라는 거지. 제다오가 교묘하게 내다 버린 경계면 탈곡기라도 사용하라는 건가? 게다가 제다오는 장소만 지시했을 뿐, 시각은 전혀 언급하지 않았다. 켈 함대는 모습을 당당히 드러내고 있으니, 미사일을 발사하겠답시고 얼쩡거리다 보면 타격을 입을 것이다. 적을 좁은 진입로로 몰아넣을 때를 대비해 기뢰는 보유하고 있었지만, 하픈 함대가 내내 역법 농도를 깔끔하게 부셔왔다는 점을 생각하면 그 또한 먹히지 않을 것이다.

"통신." 그녀는 입을 열었다. "키루에브 대장이 모든 전함나방 함장에게 알린다. 다음 지점에 설치해서 원격으로 기폭시킬 수 있는 폭탄의 수를 보고하도록." 그녀는 좌표를 지정하고, 성계의 지도를 참조해 추가 계산을 실행했다. "이 지점으로 향한다." 두 번째 좌표와 경로가 전송되었다. "이상, 키루에브 대장." 그녀는 통신반을 돌아보았다. "좋아. 함장들이 지령을 처리하는 동안 탑에서 보낸 전문을 확인해보지."

전문은 처음에는 육두정의 바큇살 문장을, 뒤이어 라할의 회색 늑대와 청동색 눈의 문장을 띄우며 열렸다. 동영상 속 여성은 정갈하게 쓸어 올린 머리부터 청동색 브로치가 달린 소박한 회색 셔츠까지, 모든 면에서 전형적인 라할 치안판사처럼 보였다. 그러나 왼손에 쥐고 있는 휘어진 전자펜은 라할의 표준 규격이 아니었다. 그녀 앞 책상에 놓여 있는 부러진 전자펜 두 개도 마찬가지였다. 술 장식으로 감싼 단도의 손잡이가 동영상 한쪽 구석에 간신히 걸쳐 있었다.

"미낭 탑의 고위 치안판사 라할 자니인이다." 여자가 말했다. 노래하는 듯한 목소리가 제법 매력적이었다. 딱히 놀라운 일은 아니지만 키루에브가 아는 목소리는 아니었다. "사관학교 시절에 배신자를 부를 때 사용하는 온갖 틀에 박힌 문구를 암기하긴 했는데, 그런 건 전부 생략하고 본론으로 들어가도록 하겠다."

자니인은 전자펜을 부러트린 뒤, 부러진 전자펜을 잠시 쏘아보고는 그대로 한쪽으로 던져버렸다. "지금부터는 슈오스 제다오 대장과 그 휘하의 함대가 경청 중이라고 간주하고 말하겠다. 그쪽의 의도가 뭔지는 나도 모른다. 아마도 5할은 심리 전술이고 1할 정도는 켈을 샌

드백으로 사용하려는 생각이겠지. 시간이 있는 동안 대화를 수락한다면 도움이 되겠지만." 라니인이 말했다. "당신이 구제불능인 모양이니 내 독백이라도 받아주길 바란다."

"상부에서는 나를 이곳의 근수만 많이 나가는 뚱보 시계의 담당자로 앉히기 전에 탐지 요소를 해석하는 방법을 가르쳤다. 탐지 결과는 꽤 모호하다. 하픈은 이쪽으로 향하고 있고…" 그녀가 손가락을 놀리자 화면은 이내 거미줄 성계의 지도로 바뀌었다. "…그쪽 함대는 이리로 올 생각인 듯하군." 이번에는 평범한 늑대와 종 아이콘으로 표시된 미낭 탑이 떠올랐다.

"탑과 그 주변 기지 시설에는 대략 8만 6,000명에 달하는 인원이 거주하고 있다. 거미줄 4번 행성은 총 인구가 40억 명에 달한다. 거미줄 3번은 행성인 척하는 위성에 가깝지만, 그래도 하픈이 그곳을 남겨두리라고 생각하기에는 힘들다." 그녀는 추가로 여러 수치를 첨부했다.

"아까 말했듯이, 나는 그쪽 함대의 목적을 전혀 모른다. 하지만 역법 전쟁을 수행하는 용도로 미낭 탑을 보존하려 한다면…" 자니인의 목소리는 평온했다. "…일단 그쪽 켈에게 물어보도록. 내 말이 옳다고 확인해주는 사람이 있을 것이다. 대시계는 건설하고 조율하는 데 빌어먹을 비용이 엄청나게 들어가며, 시계의 동기화가 풀리면 그쪽도 상황이 상당히 귀찮아지긴 할 것이다. 그러나 시계 하나 정도는 없어도 어떻게든 할 수 있다. 하픈이 다시 이쪽으로 날아온다 해도, 우리 쪽 시설이 파괴당하는 정도로는 별로 지장이 생기지 않을 것이다. 반면 거미줄 성계의 사람은… 그들을 구할 다른 방법이 없다. 부디 수를 헤아려보길 바란다. 부탁한다. 제다오."

키루에브는 전문이 이걸로 끝났다고 생각했지만, 잠시 후 고위 치안판사는 말을 이었다. "물론 당신을 4세기 동안 컴컴한 요람에 가둬 놓은 작자들을 상대로, 고약한 계획을 꾸미는 중이겠지. 선전문을 보니 체제 전체가 부패했다고 생각하거나, 아니면 그렇게 생각하는 척해서 새로운 친구를 사귀려는 모양이더군. 나는 솔직히 전자이기를 바라고 있다."

자니인은 단도를 손에 들고 칼집에서 뽑은 다음 책상을 내리찍었다. "이유가 뭔지 아나? 이 체제는 병신 같기 때문이다. 고문을 전담하는 분파를 만든 이유가 뭐겠는가. 다른 분파들이 그쪽에 신경을 돌리지 못하게 하기 위해서지. 게다가 다른 정치 체제는 더 엿 같다니, 정말 한심한 일이지 않나. 내가 들은 바로는 촛불전광 전투에서 교리반이 현장 긴급 추도 의식을 벌이려고 등롱꾼 하나를 갈기갈기 찢어버리려 드는 걸 그쪽이 막았다고 하더군. 물론 400년이라는 세월과 대학살극 하나를 겪은 다음이니, 그쪽이 기억하고 있을지는 의문이긴 하지만."

자니인은 옆을 슬쩍 바라보더니 얼굴을 찌푸렸다. "하픈은 여전히 거미줄 성계 쪽으로 이동하는 중이다. 누가 알겠나, 저들이 마음을 바꿀 수도 있겠지. 하지만 수많은 인명을 위협하는 침략군을 막을 수 있는 것도 그쪽의 함대뿐이다. 그쪽이 그동안 살아온 불멸의 삶과는 일절 관계도 없는 무고한 사람들 말이다."

자니인의 전문은 계속되었다. "나는 이 대화를 시도한 죄목으로 자수할 생각이다. 그러는 동안 혹시라도 우리가 못 박힌 이 세계에 대한 제대로 된 대안이 있다면, 부디 그 새로운 세상의 법조문을 시체로 써 내려가지 말고, 더 나은 방식으로 우리에게 보여줬으면 한다. 자니인 고위 치안판사, 이상."

불온한 침묵 속에서, 통신반이 입을 열었다. "미낭 탑에서 이 구역의 감청 초소의 탐지 결과를 전부 전송했습니다, 각하."

40억이 넘는 사람들.

키루에브는 조금 전까지 간절하게 원하던 정보를 너무도 쉽게 손에 넣었다. 켈 주이 소장이 이끄는 부서진 구체 함대가 로제타 공역에서 소환되었다. 게다가 켈 사령부는 높은유리 경계에서 켈 이네세르 대장까지 끌고 왔다. 그토록 절박한 모양이었다. 높은유리는 가장 위험한 변경 지역이었고, 이네세르는 육두정에서 가장 경력이 긴 장군일 뿐 아니라 가장 능력 있는 사람이었다. 높은유리 경계에서 그녀의 자리를 이어받은 사람의 실력이 뛰어나기를 기대할 수밖에 없었다.

키루에브는 전술반을 호출했다. "리오주 중령. 이 내용을 검토해보도록."

몇 분 후, 중령은 키루에브의 생각과 일치하는 주석을 붙인 지도를 보내왔다. 부서진 구체 함대는 거미줄 성계를 구할 수 없다. 거리가 너무 멀기 때문이었다.

키루에브는 제다오에게 보낼 전문을 입력했다. 명령을 정확히 내려주시길 바랍니다, 각하.

이번에는 제다오의 반응까지 제법 시간이 걸렸다. 이기고 싶기는 한 건가? 절대로 다시 방해하지 말게. 가능해지면 그리 가겠네.

좋아, 그런데 누굴 상대로 이기는 건데? 키루에브는 생각했다. 상관없는 일이다. 제다오를 만나기 전에도 함대를 계속 지휘해왔으니까. 진절머리가 날 정도로. 한 번만 더 하면 되는 일이다.

"38분 후에 지정한 경유 지점에 도착합니다." 항해반이 무미건조한 목소리로 말했다.

통신반은 전함나방 함장들이 보고한 폭탄 보유량을 취합해 키루에브의 단말 쪽으로 전송했다. 키루에브는 다시 리오주와 짤막한 토의를 거쳤다. "키루에브 대장이 전 함대에." 그녀는 이어 어마어마한 수의 폭탄을 제다오가 지시한 좌표에 발사하고, 키루에브가 지시를 내리면 폭발시키라는 명령을 내렸다. "전 함대, '단도가 우리의 장벽이니' 대진형을 취한다. 함장, 뭐가 날아오는지 확인되기 전까지는 1차 중심축을 비워놓도록."

자나이아는 순간 숨을 들이쉬었다. 그녀라면 두세 가지 방벽 진형으로 바로 변형할 수 있는 상태로 남아 있는 쪽을 택했을 테니까. 그러나 그녀는 필요한 명령을 전달했다.

통신반이 입을 열었다. "다시 미낭 탑입니다, 각하. 최신 탐지 보고서를 전송해 왔습니다."

"아직도 우리와 대화할 생각이 있다니 감탄스럽군." 키루에브가 말했다.

"혼잣말을 지껄이는 쪽에 가깝겠죠." 자나이아가 말했다.

병기반에서 폭탄을 발사했다는 보고가 들어왔다. 뒤이어 탐지반이 확신에 찬 보고를 해 왔다. 하픈이 다시 방향을 틀어 미낭 탑으로 향하기 시작한 것이다.

좋아. 하픈은 켈을 미낭에서 떨어트리려 시도해왔다. 특히 제다오가 생각하는 가상의 목표물을 기습하지 못하게 하려고 애쓰고 있었다. 혹시 이게 제다오가 계속 받아오던 보고서의 탐지 이상과 연관이 있으려나? 만약 그렇다면 제다오가 그 점을 숨기려 드는 이유는 무엇일까?

"저 폭탄 더미로 뛰어들지는 않을 것 같군요." 자나이아가 말했다. "게다가 우리를 향해 전력으로 달려들 생각도 없어 보입니다."

키루에브는 그녀를 향해 미소 지었다. "애초에 부탁한 적도 없으니까." 그녀는 항해반에 하픈의 예상 도착시각을 물었다. 항해반의 답변이 도착했다. 다시 기다려야 했다. 미낭 탑은 계속 최신 탐지 결과를 전송해 왔다.

"하픈 함대가 가속을 시작했습니다." 이내 탐지반은 이렇게 말하고, 새로 계산한 도착시각을 알렸다.

꿩경포 사거리까지 49분이 남은 지점까지 접근했을 때, 혼란이 시작됐다. 탐지반이 소리쳤다. "두 번째 적 함대가 접근해 옵니다!"

'접근'이라는 단어가 과연 적절할까? 텅 빈 공간에서 벼락을 치듯이 수많은 탐지 요소들이 한 번에 모습을 드러냈다. 그 수가 여든이 넘었다. 제다오의 예측이 완벽하게 맞아떨어지지는 않았지만, 매우 가까운 거리였다.

키루에브는 기폭 명령을 내린 다음, 교전을 대비해 함대를 선회시켰다. 폭탄이 희뿌연 화환처럼 전술 화면 위에서 무수히 터져나갔다. 마침내 그들이 갈망하던 전투가 벌어진 것이다. 배후에서 이 모든 것을 지휘한 제다오는 여전히 모습을 드러내지 않았다.

20

니라이 쿠젠의 결박 대상인 니라이 마하르는 호출이 들어왔을 때 잠들어 있었다. 쿠젠은 망령이기 때문에 잠들 수 없었다. 제다오는 망령이 잠들 수 없다는 사실을 싫어했지만 쿠젠은 크게 개의치 않았다. 살아생전 쿠젠은 망령의 삶이 장기적으로 어떤 영향을 끼칠지를 생각해보곤 했다. 겪어보니 한 가지는 분명했다. 목소리만 남은 존재가 되고 대화 상대가 단 한 명의 결박 대상자밖에 없는 상황이, 인내심을 기르는 데 상당히 도움이 된다는 것이었다.

평소 쿠젠은 마하르가 스스로 일어나 뭔가 먹기 전까지는 호출을 무시하곤 했다. 그러나 지금은 상황이 달랐다. 이 비밀 기지에는 쿠젠의 요원 중에서도 일부만이 연락할 수 있었고, 하물며 다른 육두관들은 알지조차 못해야 정상이었다. 그런데 안단 육두관인 샨달 옝의 문장이 떠올라 있었다. 그녀가 자신에게 무슨 할 말이 있는지는 도무지 짐작이 가지 않았다. 그녀는 쿠젠을 싫어했다. 특히 마하르가 그녀의 아들이었던 딸 하나를 유혹한 이후로는 더욱 그랬다. 쿠젠 쪽에서도 그녀를 성가신 존재 정도로 여겼다.

쿠젠은 현재의 관심 대상인 에스파렐 12호 쪽으로 시선을 돌렸다. 지금은 환경 조절 장치를 확인하는 중이었다. 에스파렐 12호는 최초의 니라이 에스파렐이 어떤 사람이었는지 전혀 알지 못했고, 쿠젠의 명령에 따라 그의 외모가 어떻게 개조되었는지도 기억하지 못했다. 12호는 원본의 살짝 흐트러진 머리카락과 웃음기 머금은 입술과 늘씬한 손은 유지하고 있었지만, 원본의 몸짓언어는 전부 잊어버렸다. 쿠젠은 에스파렐 5호 이후로 몸짓언어를 되살리는 일은 완전히 포기해버렸다. 작업량이 너무 많았기 때문이다. 게다가 성행위를 할 기분이 들 때면 반응이 다양한 쪽이 즐겁기도 했고.

호출 알림은 멈추지 않았다. 쿠젠은 한숨을 쉬었다. 아무래도 마하르를 깨워야 할 것 같았다. 쿠젠은 결박 대상자의 꿈속을 살폈다. 마하르는 항상 넉넉히 먹는 사람치고는 놀랍도록 식욕이 넘쳤다. 이번에는 달콤한 소스로 볶은 죽순과 가늘게 썬 고기, 먹을 수 있는 꽃잎을 곁들여 주발에 담은 과일 조각, 향신료 넣은 쌀밥, 재스민 차까지 전부 갖춰져 있었다. 쿠젠은 음식의 맛을 생생하게 기억했다. 망령이 되는 일의 장점 중 하나는 절대 배를 곯을 일이 없다는 것이었다. 다만, 마하르는 쿠젠의 충실한 인형으로서 기능하려면 항상 든든히 먹어야 했지만.

쿠젠은 만찬 식탁 위에 모래시계 영상을 끼워 넣었다. 모래의 색은 항상 바뀌었다. 이번에는 정복색 모래였다. 굳이 원한다면 마하르의 꿈을 세세한 부분까지 조작할 수도 있었지만, 지금은 굳이 그럴 필요까진 없었다. 물론 제다오에게는 결박 대상의 꿈을 세세하게 조작하는 능력을 주지 않았다. 퀠 사령부도 그러는 편이 낫겠다며 동의했다. 그 능력이 없더라도 다루기 힘든 자였으니까.

쿠젠은 마하르가 몸을 뒤척일 때까지 기다렸다. 서두를 정도로 다급한 상황은 아니었다. 샨달 엥의 심기를 거스르는 일은 항상 재미있기도 하고.

마하르는 자리에서 일어나 앉으며 기지개를 켰다. 다리에 침대보가 뒤얽혀 있었다. 그는 침대보에서 천천히 다리를 빼내기 시작했다. "긴급 상황인가요?" 그는 졸음기가 잔뜩 묻은 목소리로 물었다.

"사람들 앞에 나갈 준비나 해. 안단 육두관이나 그 여자가 최근에 맞은 배우자일 테니까."

"샨달 엥은 배우자 따위 안 키워요. 손수 제거하기로 한 사교계 라이벌을 말하는 거겠죠." 마하르가 대꾸했다.

"예순넷밖에 안 됐으면서 벌써 그렇게 냉소적이면 어떻게 해?" 쿠젠은 검은색과 회색이 섞여 군데군데 은빛으로 반짝이는 비단과 벨벳을 몸에 두르고 마노 귀걸이를 다는 마하르에게 말했다.

"당신의 나쁜 습관이 옮은 거죠."

쿠젠은 맞장구를 치듯 웃음을 터트렸다.

쿠젠의 결박 대상자는 '남들 앞에 나설 정도'가 되는 일에 지독하게 집착하곤 했다. 쿠젠도 딱히 방해하진 않았다. 쿠젠은 가능하면 아름답고 수학 능력을 갖춘 남성을 결박 대상으로 선호했다. 영원한 삶을 살아가야 하는 만큼, 기왕이면 눈앞의 미모나 훌륭한 대화 정도의 여흥은 누려야 마땅할 테니까. 그의 결박 대상들은 패션에 보이는 관심 정도가 저마다 상당히 달랐다. 주름 장식과 스카프를 선호하던 이 친구는, 요즘 들어 매듭 장식 쪽으로 취향이 바뀐 모양이었다. 쿠젠은 자신의 첫 번째 직업 덕분에 패션에 상당히 신경을 쓰는 편이었다. 그는 살면서, 수많은 유행이 생겼다가 사라지는 모습을 목격했다. 지금 당장은 샨달 옝을 당황하게 할 수 있다면 뭐든 취향에 맞을 듯했고, 또 가끔은 마하르에게 맞춰주는 것도 괜찮을 것 같았다. 결박으로 연결된 비즈니스 관계에 도움이 될 테니까.

그러는 동안에도 호출 신호는 쿠젠의 국지 역법에 맞춰서 초당 한 번씩 꾸준히 깜빡이고 있었다. 물론 쿠젠은 조금도 초조해하지 않았다. 하지만 마하르가 회선을 열자 화면에 등장한 샨달 옝의 표정은 달리 해석할 여지가 없었다. 일단 웃고 있지 않았으니까. 나쁘지 않군. 샨달 옝은 그저 웃지만 않아도, 훨씬 덜 짜증스러운 사람이었다.

"높은 목깃이 다시 유행을 타다니, 상상도 못한 일이네. 미리 알았다면 재단사에게 부탁해서 하나 마련했을 텐데." 마하르가 말했다.

대부분의 사람들은 마하르를 쿠젠 본인으로 생각했고, 쿠젠과 마하르 모두 그런 환상을 유지하기 위해 상당히 노력했다. 쿠젠의 능력이라면 마하르의 정신을 차지하고 꼭두각시로 부릴 수도 있었지만, 그러려면 상당한 집중력이 필요했고, 무엇보다도 대부분의 일들은 마하르가 알아서 처리할 수 있었기에 그렇게까진 하지 않았다.

이 또한 검은 요람의 능력이지만, 퀠 사령부의 임무를 받아 외출하는 제다오에게는 허락되지 않았다. 사적으로 제다오를 풀어줄 때는 가끔 허용해주기도 했지만. 평범한 슈오스 따위는 자신의 능력만으로도 간단히 허를 찌를 수 있으니, 그런 경우에는 딱히 조심할 필요가 없었다. 장기간 이용하기에 적절한 결박 대상자는 찾아내기도 힘들고, 이후로도 꾸준한 정신 개조와 훈련이 필요하다. 쿠젠은 언제나 일정한 수의 대상자를 확보해두기 위해 신경 쓰고 있었다.

안단 육두관은 수심에 잠긴 눈으로 마하르를 바라보았다. "숨는 솜씨가 아주 훌륭하시던데. 게다가 망명 생활 동안에도 패션에 대한 흥미가 줄어들지 않았다니 정말 다행스러운 일이야. 하지만 지금은 당신 패션 감각에 논하고 싶지는 않거든." 처음 있는 일이었다. 안단은 사람들에게 자기네 외모를 이용하는 일에 자부심을 느끼는 자들인데. "아무도 모르는 불멸 장치가 있다고 들었어. 검은 요람이 아니라 정말 새로운 것 말이야."

쿠젠은 짜증 난 목소리로 마하르에게 말했다. "또 어디서 정보가 새어 나갔는지 확인해봐야겠네, 안 그래?" 이어 쿠젠은 마하르를 통해 샨달 엥에게 말했다. "그쪽으로 이야기를 이어나가기 전에 하나 묻겠는데, 파이안은 어떻게 된 거야? 그 정도면 내 뒤를 이을 훌륭한 연구자를 남기고 온 셈인데. 그 아이는 내가 너희들을 위해 남긴 온갖 기술적 지시를 그대로 따를 정도로는 영리하다고."

흥미롭게도 그녀는 고개를 저었다. "내가 평가를 의뢰한 자들은 전부 잘하고 있다고 말하고 있어. 아주 잘 골랐던데. 하지만 아무래도 교관 노릇을 했던 사람을 직접 만나보는 편이 나을 것 같아서."

"끝내주는군요, 일감 의뢰라니." 마하르는 쿠젠만 들을 수 있도록 입속말로 말했다.

"확신은 못 하겠는데. 저 여자가 절박해 보이다니 꽤 신선한 일이

346

잖아?"

샨달 옝은 몸을 꼿꼿이 세웠다. "당신 내 자식 안단 네제는 만나봤겠지."

쿠젠은 마침내 대화가 어느 쪽으로 흘러가는지를 깨달았다. "나하고 잤던 아이 말이야?" 네제와 샨달 옝의 관계는 항상 폭풍처럼 격렬했다. 샨달 옝은 자신의 둘째 자식인 네제가 라이벌 육두관과 잠자리에 들었던 사실을 용납할 수 없어 했다. 그리고 네제는 자기 어머니가 그리 반응할 것을 알았기에, 쿠젠과 잠자리를 가졌다. 둘은 항상 그런 식이었다. 네제가 평생 꼬리를 흔들며 사는 대신 특수 임무 훈련을 받겠다 했던 것도 마찬가지였다.

"그 아이와 함께 불멸이 되고 싶어. 내 딸을 되찾을 마지막 기회일지도 몰라."

아, 지금은 네제가 여성 육체를 사용하고 있는 모양이었다. 마하르는 샨달 옝을 한동안 지그시 바라보았다. "어디 맞혀볼까. 파이안이 네 부탁을 단호하게 거절한 모양이지."

딱히 놀라운 일은 아니었다. 파이안은 겉보기와는 달리 엄격한 면이 있으니까. "그런데 말이야. 내가 마지막으로 확인했을 때는 너, 살아 있는 아이가 여섯 명은 됐던 것 같은데." 쿠젠이 말했다.

"내가 자제력이 강한 사람이라는 점을 고맙게 생각해야 할 거야." 샨달 옝은 유쾌하게 대꾸했다. "무슨 대가를 치르더라도…"

쿠젠이 입을 열었다. "사람들이 아무리 기괴한 방법으로 자기 목숨을 내던져도 나는 신경 안 써. 하지만 어쩌다 보니, 영원이란 아주 긴 시간이라는 사실을 깨닫게 됐거든. 이제부터 아주 적절한 조언을 하나 해줄 테니, 똑바로 잘 들어. 첫째, 사랑은 뇌물로 살 수 있는 게 아니야." 네제가 진정으로 원하는 것은 어머니의 애정이지 최신 사치품이 아니었다. 그 사치품이 불멸성처럼 훌륭한 것일지라도. "둘째, 원래 계획대로 그냥 혼자만 불멸이 되고 자식들에 대해서는 잊어버리든가… 그래, 나도 심심해지면 도청 정도는 한다고. 아니면 모든 아이한테 불멸을 선사하든지. 네가 자손들에게 둘러싸여 살고 싶다고 말하면 미코데즈도 동의할 거야. 그 친구는 아이들한테, 심지어 다 자란 아이들한테도 약한 면이 있거든. 게다가 이후 벌어질 혼란을 특등석에서 관람할 수 있을 테고. 뭐, 트소로는 가족에 대해서는 항상 고리타분한 사람이니까 문제 없을 거야. 아니면, 너는 안단이니까 그 대단한 설득 능력이라는 걸 발휘해보는 건 어때?

불멸을 한 아이에게만 준다면, 그 아이는 너를 저주할 거야. 형제자매들이 소모품으로 사용될 때마다 다음에는 자기 차례가 오지는 않을까 의심하겠지. 결국, 너를 암살하려 들거나, 운이 좋다면 너를 그냥 떠나버릴 테지."

샨달 옝은 눈을 가늘게 떴다. "당신이 그런 우스꽝스러운 분석을 할 수 있는 이유는 잘 알겠어. 아이들이 쥐꼬리만 한 권력 때문에 저녁 식사 내내 다투는 꼴을 실제로 본 적이 없기 때문이겠지."

쿠젠은 몇 세기 전의 첫 번째 삶에서 두어 명의 아이를 가진 적이 있었지만, 그들의 자손은 고사하고 그들조차 제대로 살아남았는지 알지 못했다. 딱히 그 경험이 부럽지는 않았다. "네가 알고 있을지는 모르겠지만, 안단만 인간 본성을 연구하는 건 아니라서."

"그럴지도 모르지. 하지만 내가 원하는 아이는 네제뿐이야. 나한테는 그 아이가 필요해, 쿠젠. 네제는 온갖 문제를 일으키기는 했지만 가장 총명한 아이였어. 피붙이 없이 쓸쓸한 미래를 맞이하는 일이 어떤 기분인지 당신한테 굳이 설명할 필요는 없겠지."

기나긴 세월 동안, 쿠젠에게 이런 식의 논리를 펼치려 시도한 사람은 놀랄 정도로 많았다. 적어도 시간축의 이쪽 끄트머리에 있는 사람들은 쿠젠이 자기 어머니와 여동생을 죽음으로 몰고 갔다는 사실을 모를 테니, 그의 죄의식에 호소하려는 심산은 아닐 것이다. "내게 선의를 호소해선 곤란한데. 나는 지난 몇 세기 동안 단순히 지루하다는 이유만으로 사람들을 세뇌시키는 걸 즐기던 사람이라서, 그쪽으로는 능력이나 조언을 제공할 생각이 없거든."

"방금까지 가족 문제로 아낌없이 조언해준 주제에 웃기는군. 당신, 수학자치고는 논리력이 심하게 부족한 거 아니야?"

"이기심으로 요약할 수 있는 문제를 비이성적인 자비 탓으로 돌리면 안 되는 법이지." 쿠젠은 경쾌하게 말했다. "네가 가져온 손님 목록을 그대로 받아들이는 게 무슨 의미인지는 알지? 나는 너뿐 아니라 그 사람들과도 함께 영생을 보내게 되는 거라고. 물론 나 역시 네게서 험담을 듣고 싶지는 않으니까, 충고를 하나 해줄게. 영원에 대해서는 내 말을 믿어. 네 아이들이 너나 자기네들끼리 정확히 어떤 부분을 혐오하는지는 몰라도, 그 문제를 개선해보는 것은 어떨까? 아이들 전부를 네 따분한 영생 속으로 끌어들이고 싶은 거라면, 분명 다른 육두관들의 지지도 얻어낼 수 있을 거야." 고지식한 파이안을 설득하는 일만은 운에 맡길 수밖에 없었지만, 어차피 그가 신경 쓸 문제는 아니었다.

"내가 네제만 원한다고 밀고 나간다면?"

"그럼 나로서도 딱히 도움을 줄 수는 없을 것 같네."

"좋아, 쿠젠. 당신이야 동반자 같은 사소한 것들이 필요하지 않을지도 모르지만…"

"그건 또 모르지, 청중은 항상 있는 편이 좋던데." 쿠젠은 마하르에게 말했다.

"조용히 좀 해요. 쓸 만한 제안을 할지도 모르잖아요. 들어보고 싶다고요." 마하르는 입속말로 쿠젠에게 속삭였다.

"…하지만 보수에 대해 말한 건 진심이야. 퀠에게 매달려 살아가는 것도 지겹지 않아? 당신 자산의 일부는 여전히 그쪽이랑 엮여 있는 것 같던데."

샨달 옝의 분석가들은 자금 추적 쪽으로는 능력이 없는 모양이었다. 다행스러운 소식이었다.

"나도 네 자산 가치 정도는 직접 찾아볼 수 있어. 굳이 찾아볼 생각이 없어서 그렇지." 이번에는 마하르가 앞서 말했다. "내가 그 일을 맡으면 보상으로는, 명작으로 가득한 미술관 몇 개 정도는 넘겨줘야할 텐데?" 마하르는 쿠젠보다 훨씬 순수예술에 관심이 많았다. 덕분에 내부 인테리어는 항상 그의 몫이었다.

"그쪽으로 새로운 취향이 생긴 거라면, 내가 몸소 당신의 관심을 끌 만한 작품들 쪽으로 인도해주겠어."

"정말 아쉬운데." 쿠젠은 자신이 퀠과 동맹을 유지하고 있다는 착각을 이용하기로 마음먹었다. 퀠은 상당한 대가를 치르고서라도 지금 쿠젠의 위치를 알고 싶어 할 테니까. 동맹이라고 부르기는 애매한 상황이었지만. "나는 커다란 총 쪽에 더 흥미가 있어. 혹시라도 잊고 있었을지 모르니까 말해두겠는데, 물건에 구멍을 뚫는 분야에서는 켈이 최고의 선택이라는 점은 변하지 않거든."

"폭력보다는 돈이 훨씬 나은 방어 수단이야."

"돈이 다 떨어지면 남는 건 폭력뿐이지." 쿠젠은 나직하게 말했다. 물론 자신은 그쪽으로는 재능이 없었다. 폭력은 제다오 같은 자들에게나 유용한 것이었다.

"나를 적으로 삼고 싶지는 않을 텐데, 쿠젠."

쿠젠은 결국 위협이 등장하리라는 사실을 예상하고 있었다. "본인 등을 찌르지 않고 나를 제거할 자신이 있다면, 어디 한번 진행해봐. 또 파이안을 귀찮게 만들지 말고. 내가 좋아하는 그 아이의 장점 중 하나는 강한 의지력이니까. 스스로 방정식을 풀어볼 생각이라면 기꺼이 교과서 몇 권 정도는 보내주지. 그럼 다시는 연락하지 마. 나는 여기에도, 다른 어디에도 없을 테니까. 끔찍하게 비윤리적인 소일거리에 매진하느라 바쁘거든."

샨달 옝의 얼굴에 냉담한 표정이 떠올랐다. 그녀는 통신을 끊었다.

"설마 저 여자가 우리와 함께 불멸을 꿈꿀 줄이야." 쿠젠이 말했다.

마하르는 하품을 한 다음, 스카프를 풀어 자기 손목에 둘둘 감았다. "하겠다고 대답하시지 그랬어요. 몇 세기 동안은 매수해놓을 수 있었을 텐데."

"그러면 하겠다고 대답했다는 이유로 나를 혐오할 구실을 마련했겠지. 어떻게 해도 이길 수 없는 상대도 있는 법이야." 쿠젠은 상황을 헤아려보았다. "혹시 너도 불멸을 원하는 거냐? 지금 가지고 있는 이런 게 아니라 진짜 불멸을?" 그는 혹시라도 답이 변할지도 모른다는 생각에 종종 이런 질문을 던지곤 했다.

마하르는 코웃음을 쳤다. "저는 몇몇 사람들과는 달리 수학을 잘 알거든요. 당신을 모욕하려는 건 아니지만, 빌어먹을 시제품의 실험체 노릇은 사양하고 싶다고요. 쿠젠, 당신 설계의 세부 사항을 계속 검토해 봤는데, 물론 저들의 말이 옳을지도 모르지만, 우리 쪽에서도 뭔가를 간과하고 있다는 느낌을 떨칠 수가 없어요. 게다가 나는 에스파렐과 제다오에 대해서도 알고 있잖아요. 쓸 만한 불멸의 존재가 셋 중에 하나밖에 안 된다니, 성공률이 지나치게 낮은 거 아니에요?"

"에스파렐은 연약했으니까." 쿠젠은 가볍게 대꾸했다. "물론 침대에서는 끝내주는 아이였지만. 그리고 제다오는 도착했을 때부터 머리에 문제가 있었잖아. 적절한 통계 대상이 아니지. 무엇보다도 그건 전부 검은 요람의 문제지, 새로운 불멸 장치의 문제는 아니야."

"그렇게 말씀하신다면야." 마하르는 스카프를 풀어서 한쪽으로 치운 다음 서비터에게 아침 식사를 가져오라 지시했다. 도착한 아침 식사는 평범한 켈식 음식이었다. 쌀밥, 채소 절임, 깻잎, 잘게 자른 장조림까지. 그는 몇 조각을 입에 넣다가 눈을 깜빡이더니 음식을 살폈다. "이걸 주문할 생각이 아니었는데. 당신 아직도 제다오 생각을 하는 거죠?"

인격이 흘러들어 간 모양이었다. "제다오는 아주 훌륭한 연구 과제였지. 항상 고칠 부분이 있었으니까. 부숴버려야 할 부분이라고 말해도 되고."

"아, 천상의 별들이시여. 그 작자는 풀려났잖아요. 반짝이는 신형 대포나 좋은 위스키 한 병에 사과 편지를 곁들여서 선물로 보내라고 요. 그럼 양쪽 모두 기분이 조금 나아질 테니까. 어쩌면 자신을 검은 요람에 처박은 일까지 용서할지도 모르죠. 그런 다음에 둘이 힘을 합쳐 은하계를 정복하면 되겠네요."

마하르는 수학적 지식은 있어도 특정 부류의 무기에 대해서는 자세히 살펴보지도 않은 모양이었다. 육두관들과 마찬가지로, 그 또한 '제다오'가 지금 어떤 상태인지 제대로 이해하지 못하고 있었다. "언젠가는 그 조언을 따르도록 할게. 하지만 아직은 안 돼."

쿠젠은 397년 전 켈이 처음으로 슈오스 제다오 대장을 검은 요람 시설로 이송해 왔을 때를 떠올렸다. 켈의 검은색과 금색 제복을 걸친 험악한 군인들이 잔뜩 따라왔다. 제다오는 앞면이 투명한 평범한 금속 관에 들어 있었다. "진정 수면 상태입니다, 니라이-조." 켈 상병은 굳이 뻔한 설명을 했다. "자해할 위험이 있습니다."

"그래 보이네." 당시 그의 결박 대상자였던 리옝은 관으로 다가가서 상태 기록을 살폈다. 쿠젠은 이미 확인을 마친 후였다. 제다오는 그 안에서 살아 있었다. 불멸을 얻기 위해, 그렇게 모두의 이목을 끄는 한 수를 둔 주제에.

"니라이-조." 다른 목소리가 들렸다. 호리호리한 몸매에 백발이 섞인 머리의 여성, 켈 아니엔 상급대장이었다. 그녀는 안절부절못한 채 계속 카드 한 벌을 섞고 또 섞는 중이었다. "사령부에서 필요한 모든 질문에 답변하라고 저를 보냈습니다."

"잘됐네." 쿠젠은 퉁명스럽게 대답했다. 여기서는 자기가 맡은 역할을 연기해야 하니까. "보고서가 워낙 엉망진창이라, 라할 심판관들이 제다오 대장에게서 뭘 얻어냈는지 아예 찾아볼 수도 없던데. 제대로 된 보안 허가를 얻으려면 누굴 해부해야 하나?"

아니엔은 카드 한 장을 뒤집더니 얼굴을 찌푸리고 다시 다른 카드 속에 섞었다. 그녀는 마침내 리엥 쪽을 바라보았다. "그 심문 광경을 직접 보셨어야 합니다, 니라이-조. 난장판이 벌어져서 그렇지 정말 재미있는 상황이었으니까요. 라할-조가 파견한 늑대들은 아무것도 끄집어내지 못했습니다. 그러다 한쪽에서 슈오스-조를 끌어들여 정신 감지를 방해하는 특정 슈오스 기술이 부적합하다며 슈오스 사관학교의 강좌에서 배제해야 한다고 설전이 시작됐죠. 강렬한 대재앙에서 회복하는 동안의 소일거리로는 딱 좋더군요. 입에 거품을 무는 늑대 감상이라니."

쿠젠은 항상 아니엔의 쉽사리 질리는 성미가 그녀 자신에게도 도움이 된다고 생각했다. 상황이 대충 짐작이 갔다. "아무것도 못 얻어냈다는 건가?" 혹시라도 제다오가 두 사람의 동맹에 대해 암시했는지를 확인할 필요가 있었기 때문에, 그는 이렇게 되물었다. 저들이 보내온 정규 심문의 발췌 동영상은 이미 확인했다. 제다오는 계속해서 그냥 총살해달라고만 말했다. "자극에 반응해서 문장을 떠올릴 수 있다면 완전한 뇌사상태는 아니지 않나. 끔찍하게 진부한 문장이긴 해도."

"제다오는 정신 감지에 대해 특이한 반응을 보였습니다." 아니엔은 진지하게 대꾸했다. 무슨 질문을 던져도 같은 영상만 떠올렸던 것이다.

"어디 맞혀볼까? 번제의 여우겠지." 상황을 생각해보면 뻔한 선택이었다. 정신 감지를 막기 위해 자신의 문장을 두른 것이었다.

"정확합니다."

쿠젠은 명령을 기다리고만 있는 켈 병사들을 애처롭게 여기며 리엥에게 지시를 내렸다. "24번 기술자를 따라가라." 리엥은 이렇게 말하며 친절하게 한쪽을 가리켰다. "대장을 보관해둘 장소를 알려줄 거다." 아니엔은 고개를 끄덕여 그 명령을 승인했다. 켈들은 관과 함께 자리를 떴다.

두 사람만 남자, 아니엔은 다시 입을 열었다. "사령부에서 보낸 심문 파일에는 빠진 부분이 있습니다. 그걸 외부로 유출하지 않으려고 꽤나 애를 쓰더군요."

"말해봐." 쿠젠이 말했다.

"동영상으로 보여드릴 수는 없습니다. 다른 자들에게 언급하시면, 저는 그런 말을 했다는 사실을 단호하게 부인할 겁니다, 니라이-조. 하지만 제다오는 처음에는 총살해달라고 애걸하지 않았습니다. 아예 무슨 일이 벌어졌는지 이해하지 못하는 것처럼 보였습니다. 그는… 그는 계속 자기 병사들에게 무슨 일이 일어났는지를 물었습니다. 그들이 괜찮은 거냐고 물었습니다. 자기가 무슨 일을 저질렀는지 이해한 후에야 애걸하기 시작한 겁니다."

말하는 동안 내내 그녀는 카드를 섞는 손을 멈추지 않았다.

"너, 그자를 걱정하는 거구나." 제다오의 내장을 후벼 파내서 꿈틀거리는 육편으로 잘라내고 싶어 하는 수많은 켈이나, 등롱꾼 이단이 세뇌 광선을 개발했다고 생각하는 음모론자들만 마주하던 터라 자못 신선한 경험이었다. 세뇌에 관해서라면, 쿠젠은 그런 손쉬운 지름길 따위는 없다는 사실을 누구보다 잘 아는 사람이었다.

"책임을 전가하는 자들은 무시해주십시오, 니라이-조." 아니엔이 말했다. "우리는 제다오를 너무 빨리 진급시켰고, 너무 격하게 몰아붙였습니다. 그래서 그 친구가 망가진 겁니다." 그녀의 입가가 뒤틀렸다. "그는 아주 훌륭한 자살매였습니다. 진짜하고 구분할 수 없을 정도로요."

그새 생각이 다른 방향으로 흘러가는 모양이었다. 원하는 바를 이루려면 그녀를 설득해야 했다. "검은 요람 말인데, 정말로 하고 싶은 거야? 그 정도로 망가진 사람을 성공적으로 수리할 수 있다고 보장할 수는 없어."

아니엔은 생각에 잠긴 눈으로 리옝을 바라보았다. "전술에 대해서 얼마나 아십니까, 니라이-조?"

"완벽하게 논리적으로 행동하는 게임 이론이 아니라 진짜 전술을 말하는 거겠지? 솔직히 아는 게 별로 없긴 해." 쿠젠은 이렇게 말했다. 쿠젠이 아무리 그의 난산증을 지적하며 약 올려도, 제다오는 그 분야에서는 짜증이 치밀 정도로 깔끔하게 대응했다. "나는 총의 문제가 아니라 수식을 푸는 사람이야."

"그는 이런 실험을 시도해볼 만한 가치가 있을 정도로 뛰어난 사람입니다." 그녀는 단호하게 말했다. "혹시 모르지 않습니까? 다시 쓸모 있는 무기로 돌아올지."

"지옥나선 요새 전에는 한두 번 잡담이나 나눈 정도 사이여서 묻는 건데." 물론 거짓말이었다. "제다오는 정신이 나가기 전에 어떤 사람이었어?"

"여우처럼 게임을 좋아하고 매처럼 총을 좋아하는 것은 빼고 말하자면, 수다스러웠죠. 용맹스럽고. 종종 유쾌했습니다. 병사들의 사랑을 받았죠. 그러니까 그 사건 전까지는 말입니다."

그녀는 섞던 카드를 둘로 나누어 맨 위의 카드를 보여주었다. 톱니바퀴 2번 카드였다. "한심한 속임수 마술이죠." 쿠젠은 제다오의 속임수 대부분을 직접 구경했다는 말은 하지 않았다. "몇 년 전에 그가 직접 가르쳐준 마술입니다. 니라이-조, 솔직히 말하자면 무엇을 찾아달라고 부탁해야 하는지도 모르겠습니다. 이런 일이 벌어질 줄은 아무도 몰랐습니다. 반역자가 될 가능성이라면 그보다는 차라리 제 쪽이 크다고 여기고 있었습니다."

쿠젠은 그녀가 입에 담지 않은 말을 알아들었다. "그 친구를 위해 온 힘을 다해볼게, 아니엔."

아니엔이 방해될 것 같았다면, 쿠젠은 그녀를 그대로 제거해버렸을 것이다. 그러나 이 정도로 충분했고, 또한 이러는 편이 한결 간편했다. 제다오를 분해할 생각을 하니 뛰는 가슴을 억누를 수가 없었다.

켈 시앙 상급대장이 새로운 연락책으로 배정된 이후 쿠젠의 삶은 다양한 면에서 불편해졌다. 아니엔 상급대장은 희귀 암으로 죽어가는 와중에, 쿠젠에게 자신이 수집한 카드 소장품을 남겼다. 손이 없는 사람에게 그런 물건을 남기다니, 유품치고는 괴상했다.

시앙은 황갈색 피부와 큼직한 골격을 가진 키 큰 여자였다. 매사에 힘차게 몸을 움직이는 모습을 보면 그녀 주변부터 시작해서 기지가 통째로 굉음을 울리며 무너져 내릴 것 같다는 생각이 들었다. 쿠젠의 현재 결박 대상자인 우오라는 이름의 키 작은 남성은 그녀의 행동에 기가 죽었다. 비난할 수는 없겠지만 종종 그 때문에 귀찮은 일이 생기곤 했다.

우오는 제다오가 보존된 연구실로 시앙을 데려왔다. 1분에 하나씩 화사한 색의 꽃 사진이 재생되는 한쪽 벽을 제외하면, 방 안은 무미건조하기만 했다. 개나리, 코스모스, 진달래, 그 외의 수많은 꽃 사진은 위험 없이 제다오에게 색채를 보여주기 위한 것이었다. 물론 문을 작동시켜 바깥세상을 향한 작은 창문을 열어줄 때만 가능한 일이었지만.

"이 안에 있는 겁니까, 니라이-조?" 시앙은 온갖 그래프와 출력 화면이 떠오른 단말들을 보면서 말했다. 그중 하나는 카드 게임의 화면을 띄우고 있었다.

"엄밀하게 말하자면 그렇지는 않아." 쿠젠이 대꾸했다. "하지만 저 친구에게 허용한 접속 지점은 여기뿐이긴 해. 켈 사령부의 승인 없이 결박 대상자를 제공하는 일은 어리석은 것 같아서 말이야."

"그 결론을 내릴 권한은 내게 있습니다."

"물론 그렇겠지." 쿠젠은 어물거리며 대답했다. "대화를 해보고 싶은 거야?"

시앙은 그를 슬쩍 보며 대꾸했다. "보고서는 읽었지만, 안정된 상태이긴 한 겁니까?"

육체도 없는 제다오가 뭘 할 수 있다고, 눈에 대못을 박기라도 할 것처럼 구는 거지? "평범한 사람들만큼은 안정된 상태지. 굳이 여기까지 왔으니 직접 확인해보는 게 어떤가. 시간 창문은 역법 역학에 의존하지. 관련 방정식은 5번 부록에 적어놓았어. 지금 시작하면 23분

동안 유지될 거라는 점은 미리 말해둘게."

"그럼 해보죠."

우오가 스위치를 올렸다. 종소리가 울렸다. 방 안에 그림자가 일렁였다. 검은 어둠 속의 은빛 틈새에서 아홉 개의 촛불처럼 노란 눈동자가 그들을 주시했다. 다음 순간 그림자와 함께 눈들도 사라져버렸다.

"제다오?" 이런 현상에 조금도 동요하지 않은 채, 시앙이 물었다.

"경례를 올릴 수 없는 상황에 사과드립니다, 각하." 끄는 억양이 있는 부드러운 바리톤의 음색은 여전했다. 방 안에서 그들을 마주하고 서 있는 느낌이었다. 물론 목소리가 들리는 장소에는 아무도 없었지만. "제게 무엇을 원하십니까?"

"자네의 회복 상황을 점검하러 왔다. 니라이-조의 말씀으로는 지옥 나선 요새에서의 행동에 대해 아무 설명도 하지 않았다고 하더군."

"입이 열 개라도 할 말이 없습니다. 각하."

"무슨 일이 일어났는지는 기억하나?" 그녀는 우오를 보며 얼굴을 찌푸리고 있었다. 마치 쿠젠의 결박 대상자가 답을 내놓아야 한다고 생각하는 것처럼.

제다오는 머뭇거렸다. "언뜻언뜻 기억이 납니다, 각하. 시간 순서대로는 아닙니다만, 동영상을 보기는 했습니다. 그 안에서…" 그의 목소리가 떨렸다. "…제가 기제드 대령을 쏘고 있더군요. 저는… 저는 대체 왜 그런 짓을 저질렀는지 도저히 이해할 수가 없습니다. 그녀가 죽었다니 믿을 수가 없습니다."

"지금이라도 라할의 힘으로 뭔가를 빼낼 수는 없습니까?" 시앙은 쿠젠에게 물었다.

"아쉽지만 그건 불가능해." 쿠젠이 말했다. 사실 그건 검은 요람의 기초 설계 요건 중 하나였다. 어차피 시앙에게 그 사실을 털어놓을 일은 없겠지만. "우리 둘 다 잠을 잘 수가 없거든. 늑대의 정신 감지가 들어갈 틈이 없지."

시앙은 욕설을 중얼거린 다음 내뱉었다. "내가 뭘 원해서 여기 온 거로 생각하나, 제다오?"

"판결을 전달하러 오셨다고 생각합니다, 각하. 하지만 왜 제가 망령으로 구속되어 있는지는 이해가 가지 않습니다. 분명 군사재판이 열렸을 텐데도 아무것도 기억할 수가 없습니다. 제가 휘하 병사들을 포함해서 엄청난 수의 사람들을 죽였다는 사실은 알고 있습니다. 판결을 받아들일 준비는 되어 있습니다."

"우리가 자네를 살려둔 이유는…" 시앙은 콧바람을 내뿜었다. "…켈 사령부에 자네와 비슷한 수준의 전술가가 필요하기 때문이지. 실험적인 방식이지만 자네는 여전히 '봉사'할 수 있으며, 칠두정은 계속 수많은 위협에 대처해야 하기 때문이다."

우오는 헛기침을 했다. "그 문제 말인데." 시앙이 자기 말대로 보고서를 제대로 읽고 왔더라면 상황이 훨씬 편했을 텐데.

시앙은 우오를 노려보며 말했다. "뭔가 하실 말씀이 있으십니까, 니라이-조?"

쿠젠은 보다 육체적으로 위압감 있는 결박 대상을 찾아야겠다는 결론을 내렸다. 우오는 다른 모든 면에서는 훌륭했다. 아침 식사 자리에서 위상동형적 추측에 대해 떠드는 끝내주는 대화는 분명 즐거웠다. 그러나 쿠젠의 인격이 흘러들어도 우오의 내성적인 면은 극복할 수 없었다.

제다오의 목소리가 들렸다. "각하, 저, 저를 그런 목적으로 사용하는 일은… 재고해주십시오. 지금은 전술 시뮬레이션에서도 실수를 저지릅니다. 전장에 나간다고 해서 더 나아질 거라고는 생각하지 않습니다."

"자네의 과거 전적을 고려하면 참으로 겸손하게 인정하는군." 시앙이 말했다.

제다오는 영문을 모르겠다는 목소리였다. "저도 켈에 봉사하고 싶습니다만, 제 상태를 정확하게 아는 일이 중요하지 않겠습니까?"

"그럼 내가 자네의 완전한 죽음이 켈에 대한 최고의 봉사라는 판단을 내린다면?"

"그럼 기꺼이 죽겠습니다, 각하."

"죽고 싶나, 제다오?"

"켈에 봉사하고 싶습니다, 각하. 각하의 명령에 불복할 생각은 없습니다."

"그 안에서 행복한가?"

"켈에 봉사할 때를 기다리고 있을 뿐입니다, 각하. 중요한 것은 그뿐입니다."

시앙은 직접 스위치를 내려 제다오를 사라지게 했다. 쿠젠은 외부인이 자기 장비를 건드리는 일을 싫어했다. 우오는 뭔가 말을 하려 했지만, 쿠젠이 제지했다. 더 중요한 일이 눈앞에 있는데 굳이 이런 일로 싸움을 벌이고 싶지는 않았다.

시앙은 코웃음을 쳤다. "공손하고, 순종적이고, 겸손하기까지 하군.

나선흥수 전투에서 10퍼센트 미만의 사상자로 승리를 거둘 수 있다고 장담하고 7퍼센트 미만으로 승리해버린 그 자신만만한 개자식으로는 전혀 보이지 않는데? 축하드립니다, 니라이-조. 순한 양으로 바꿔버리셨군요. 예전의 제다오 장군은 조금도 남지 않았군."

쿠젠은 웃고 싶었다. 일부러 제다오를 엉망으로 망가트린 것이었으니까. "완벽한 장난감 병정을 원한 것 아니었어? 그래서 제공해준 거야. 이게 내 최선이야. 아무리 거칠게 다루어도 충직하게 임무를 수행하지 않겠어? 그것도 안정적으로 말이야."

"그쪽 보고서에 적힌 전술 능력 검사 결과를 보니 우리가 제공한 네 가지 시뮬레이터에서 모두 37퍼센트 이하의 성적을 거뒀더군요. 다람쥐한테 구슬 그릇을 쥐여줘도 그보다는 결과가 나을 겁니다. 단 한 번도 패배한 적이 없다는 말이 무슨 뜻인지 알고는 있습니까? 그냥 재미 삼아 손쉬운 전투마다 파견했다는 뜻이 아닙니다. 켈 사령부는 저 작자를 대부분 승산이 없는 전투에만 내보냈어요. 제다오는 그 자리에서 죽었어야 했다고요. 소모품으로 사용할 때는 언제나 슈오스 장교가 우리 쪽 장교보다 적합했으니까요. 저 작자는 매번 영리한 선택을 내리며 사지에서 살아남았어요. 죽지 않는 법을 깨우친 셈이죠. 켈 사령부에서 저 자를 8 대 1로 병력이 열세인 촛불전광 전투로 보냈을 때는 목숨을 잃기를 내심 기대했는데, 단순히 이긴 정도가 아니라 적을 박살 내버린 겁니다. 저 지경으로 써먹지 못하게 되면 이 실험은 아무 의미도 없어요."

"타협할 수밖에 없었어." 쿠젠이 말했다. 이 부분을 납득시키는 점이 중요했다. "사람은 단순한 찰흙 덩어리가 아니야. 이미 존재하는 재료를 가지고 작업할 수밖에 없다고. 제다오의 경우에는 완벽한 복종과 저 친구 머릿속 마법 상자 중에서 하나를 선택할 수밖에 없는 거지. 적의 생각을 알려주고 그대로 손발을 묶어버리는 마법이 나오는 상자 말이야. 저 상태에서 그 작은 상자를 설치해달라는 부탁은 하지 말아줘. 나는 못 해. 전술가 경력이 있는 정신 조작 의사를 데려오든가." 그 부분은 사실이었다. "그런 사람을 혹시라도 발견하면 내 쪽으로 보내줘. 우리 분야에 대해서 이야기를 좀 나누고 싶으니까. 대체 나한테 정확히 뭘 바라는 거야, 상급대장?"

쿠젠은 시앙의 미소를 보면 불안한 기분이 들었다. 생전의 자신도 저런 미소를 짓곤 했으니까.

시앙이 입을 열었다. "아주 평온해 보이는 모습이더군요. 내 조카 한 명이 저 작자 휘하에서 복무했다는 건 알고 있습니까? 아주 간단하게 설명해드리지. 더 낫게 만들 수 없다면 완전히 망가뜨리십시오. 철저하게 부숴서 불구로 만들란 말입니다. 저 작자는 빌어먹을 반역자입니다, 니라이-조. 저런 식으로라도 살려둘 가치가 없는 자란 말이에요. 고통을 주라고요."

쿠젠은 믿을 수 없다는 듯 웃음을 터트렸다. "우리 귀염둥이 아가씨." 다른 세상 사람들과 마찬가지로, 켈도 낮춰 부르는 애칭을 지독하게 싫어했다. "지금 말하는 개조 방향이 서로 모순된다는 점은 알고 있어? 지금 원하는 게 고문용 장난감이야, 아니면 쓸모 있는 지휘관이야?"

"불세출의 천재라더니 고작 이 정도인가요? 니라이-조." 시앙이 대꾸했다. "니라이들은 다들 당신을 천재라고 말하던데, 아무래도 당신이 그렇게 말하라고 프로그래밍 해놓은 게 아닌가 싶군. 다른 사람들에게 당신의 천재성을 직접 증명해 보이는 건 어때요? 방법을 찾아봐요. 제다오를 다시 전술의 천재로 되돌려놓으라고요. 켈을 섬기면서 고통을 겪게 만드세요."

"내가 너를 혐오하는 걸 다행으로 여겨, 상급대장. 너를 당장 내 시설에서 몰아내고 싶어서 견딜 수 없을 지경이라는 것도 말이야. 제다오에게 할 수 있는 일이라면, 너한테도 할 수 있거든. 너도 알고 있겠지만, 제다오가 자네보다는 훨씬 복잡한 실험체라서 말이야."

"그게 좋은 일이란 듯이 말씀하시는군. 뭐든 시도만 하면 독아나방 함대가 당신의 소중한 설비를 방사능 파편 무더기로 만들어버릴 겁니다. 우리 켈이 물건을 부수는 데 능숙하다는 점은 잘 알고 있겠죠? 어쨌든 켈 사령부의 요구 사항은 명확하게 전달한 것 같군요, 니라이-조. 아니면 같은 말을 또 반복해야 하려나?"

"아니, 완벽하게 이해했어." 원하던 것을 손에 넣은 쿠젠이 대답했다.

"니라이-조. 무슨 걱정이라도 있으십니까?" 젱자이를 여덟 번 친 후, 제다오가 물었다.

제다오가 결박 대상 없이 게임을 할 수 있게 만드는 데는 엄청난 양의 설비가 필요했지만, 쿠젠은 제다오가 게임을 얼마나 좋아했는지를 기억하고 있었기에 기꺼이 베풀어주었다. 당연한 일이지만 제다오 머릿속의 작은 상자는 도박 능력에도 영향을 미쳤다. 지금 그의 게임 실력은 형편없었다. 쿠젠 또한 젱자이 실력이 제법 괜찮은 편이었지만, 온전한 제다오가 상대라면 이렇게 쉽게 연승을 거둘 수는 없을 터였다. 쿠젠의 결박 대상자는 자기 차례가 아닌 동안에는 논리 퍼즐을 풀고 있었다. 망령끼리는 서로 대화를 나눌 수 있기 때문이었다.

"지금 기분이 어때, 제다오?" 쿠젠이 물었다.

말문이 막힌 듯한 침묵이 이어졌다. "혹시 제가 잘못 알고 있다면 지적해주시기 바랍니다만, 니라이-조, 지금 제 기분을 저 자신보다 잘 아는 온갖 계측 장치들 위에 앉아 계신 것 아닙니까? 장치의 이름도 말씀드리고 싶지만, 도저히 제대로 발음할 수가 없더군요."

"헛소리 마. 네 기억력이 얼마나 좋은지는 나도 알고 있으니까." 보안을 위해 잠가버린 기억만 제외하면. 아직 취약한 상태인 제다오가 켈에게 정보를 흘리기라도 하면 곤란했다. "최신 장비의 이름도 전부 기억하고 있잖아."

"수학 쪽은 여전히 엉망이지만 말입니다." 제다오가 경쾌하게 대꾸했다.

그 말은 사실이었다. 제다오는 기하학이나 공간지각 쪽으로는 뛰어났지만, 역법 역학의 대수학적 기초 쪽은 간신히 이해하는 정도였다. 쿠젠은 그의 난산증을 고쳐줄까 고려해보기도 했지만, 결국 방치하는 쪽이 유용하리라는 결론을 내렸다.

쿠젠은 메인 화면을 살폈다. 그는 라할이 모르는 장비 몇 가지를 가지고 있었다. 제다오의 개인 문장인, 사방에 눈을 두른 구미호는 변하지 않았다. 그 말은 제다오가 단순히 겉보기보다 정상일 뿐 아니라 전체 상황을 통제하고 있다는 뜻이었다. 쿠젠은 지금까지는 그 사실을 언급하며 제다오를 추궁하지는 않았다.

하위 문장의 복잡한 연결망을 살피려면 더 많은 작업이 필요했다.

쿠젠은 문제가 되는 동기부여 축의 번제의 여우 문장을 보다 길들이기 쉬운, 순종적인 자를 뜻하는 장미 성배로 바꾸려고 상당한 애를 썼다. 쿠젠이 입을 열었다. "제다오, 자네를 해체해야겠네. 고통스러울 거야."

쿠젠은 시앙 상급대장이 원하던 것의 절반은 할 수 있었다. 제다오를 정상이자 제대로 기능하는 정신 상태로 만들고, 생전에 갖췄던 능력을 돌려주는 쪽 말이다. 제다오의 능력은 마음대로 조작할 만큼 잘 아는 것이 아니라서 건드리지 않고 우회할 수밖에 없겠지만, 어쨌든 가능한 일이었다. 모든 걸 불태우는 죄책감을 속죄를 향한 갈망으로 바꾸기만 하면 되는 일이다. 제다오에게 새로운 규모의 감각을 부여하는 일은 조금 더 힘들었다. 이 남자는 행성 규모로 도덕적 판단을 내리는 성향이 있으니까.

물론 이는 시앙이 원한 바의 절반에 지나지 않았다. 켈 사령부에 쿠젠이 자기네와 운명 공동체라는 인상을 주고 싶다면, 그들의 욕망을 충실히 이행해주는 척이라도 해야 했다.

"니라이-조. 저는 봉사해야 하는 몸입니다. 그런 식으로 봉사해야 하는 상황이라면 아무리 고통스러워도 개의치 않습니다."

이 꼴이 된 제다오는 슬프게도 즐거운 대화 상대로서의 능력까지 잃어버리는 부작용을 겪었다. 머지않아 끝날 것이라 다행이었다. "자네 그 '봉사'에 대해서는 좀 닥쳐줬으면 하는데." 쿠젠이 말했다.

잠시 침묵이 흘렀다. "그럼 무슨 주제로 대화하고 싶으십니까?"

"내가 자네를 해체하는 이유도 묻지 않을 생각인가?"

"제게 말씀해주고 싶으신 것이 아니라면 상관없는 일입니다, 니라이-조. 분명 그러실 만한 이유가 있겠죠."

쿠젠이 잘못 판단한 게 아니라면, 지금 제다오는 그를 위로하려 시도하는 중이었다.

"내가 자네를 위해 해줄 수 있는 일이 하나 있어." 쿠젠은 이렇게 운을 떠웠다. 작업 대상이 차분한 편이 일 처리가 쉬우며, 특정 지점을 넘어가면 제다오는 자신이 속았다는 사실조차 깨닫지 못할 테니까. "지금 자네는 인형과 다를 바가 없지. 그러니 내가 무슨 말을 하는지 제대로 이해할 수 없겠지만, 자네의 자살 충동도 완전히 사라진 것은 아니야. 지금 이 순간의 기억을 없애줄 수 있어. 자네가 망가지기는 하겠지만, 부서졌다 새로 기워낸 다음에는 기억하지 못할 거야. 그쪽이 훨씬 고통이 덜하겠지."

"그쪽이 마음에 드신다면야, 니라이-조…"

예전의 제다오는 이런 방향의 생각이 매우 위험하다는 사실을 이해하고 있었다. "자네가 어느 쪽을 선호할지를 묻는 거네."

"기억하고 싶군요." 갑자기 제다오의 목소리가 단호해졌다.

즉, 제다오도 고통이나 자부심이나 비열한 거래라는 개념을 완전히 잊지는 않았다는 뜻이었다. 다행이었다. "잘 알겠네. 그럼 시작하지."

그는 스위치를 내려서 제다오를 검은 요람 속에 가두었다. 제다오는 그 속에서 모든 감각을 잃어버렸다.

그다음 일주일 동안, 쿠젠은 자신의 말은 제다오에게 들리지 않지만 제다오의 말은 들을 수 있도록 설정을 조작해놓았다. 제다오는 에스파렐과는 달리 혼잣말을 절제하는 일에 익숙해진 모양이었다. 측정 장치가 아니었더라면 쿠젠은 제다오가 그 안에서 죽었다고 생각했을 것이다.

그는 제다오를 안정시키려고 구축해놓은 구조체를 분해했다. 죽음에 대한 갈망을 다시 심을 수 있도록.

완벽한 격리 상태에서 7개월 3일이 흐른 후, 제다오가 마침내 침묵을 깼다. "니라이-조? 거기 계십니까? 제발…" 떨리는 목소리였다.

쿠젠은 대답하지 않았다. 제다오가 부서졌으며, 또한 그의 기억을 추가로 억누르느라 바빴기 때문이다. 영원을 함께 보낼 사람이니, 함께 지내기에 즐겁게 만든다면 더 좋겠지. 에스파렐은 검은 요람 안에서 미쳐버렸지만, 쿠젠도 그 이후로 기술을 갈고닦았다. 애초에 제다오가 에스파렐보다 더 강인했기에 이 정도까지 버틸 수 있었기도 했고.

제다오가 입을 연 시점에서 16일이 지나자, 쿠젠은 그가 몸부림을 치고 있다는 사실을 깨달았다. 측정 장비는 잡아내지 못했지만, 망령끼리는 그 몸부림을 느낄 수 있었다. 쿠젠은 제다오의 몸부림을 느꼈다. 에스파렐도 갓 망령이 되어 자살할 방법을 알아내려 애쓸 때는 저런 반응을 보였다.

그로부터 83일 후, 쿠젠이 다음 단계로 나아갈 수 있겠다고 생각했을 때, 다시 제다오가 입을 열었다. 매우 나직한 목소리였다. "쿠젠, 제발… 당신이 그립습니다. 너무 어두워요. 당신… 당신 거기 있습니까?"

공포가 아니었다.

외로움이었다.

괴물에게도 동료가 필요하다. 쿠젠도 그걸 잘 알고 있었다. 동료가 아니라면 청중이라도. "닥쳐." 갑자기 몰아친 짜증을 이기지 못하고,

그는 이렇게 중얼거렸다. 애초에 그들이 이런 상황에 부닥친 것 자체가 제다오의 터무니없는 전략 때문이었다. "닥쳐, 닥쳐, 닥치라고."

어차피 제다오는 그의 목소리를 들을 수 없었다. 아니, 아무것도 들을 수 없었다.

쿠젠은 작업을 재개했다.

쿠젠은 마하르를 떠올렸다. 그는 총명한 젊은 생도를 데려다 완전히 망가트렸지만, 동시에 누구도 베풀 수 없는 친절을 베풀었다. 그의 육체를 사용하는 대가로 온갖 사치와 권력, 거기에 형제의 목숨까지 약속했으니까. 그러나 결박된 후에도, 마하르는 나름 절제된 생활을 계속했다. 뭐가 됐건 마하르가 알아서 할 일이었다.

쿠젠은 조건을 명확하게 제시했다. 망령이 된 초기에 파악한 대로, 이런 문제는 터놓고 정면에서 접근하는 편이 나았다. 이 우주에 정의가 존재한다면, 쿠젠은 자기 슬하의 사람들에게 기생하며 살아가는 것이 아니라 잿더미가 되어 쓸쓸히 어느 바위 아래 잠들어 있어야 마땅할 것이다. 그러나 쿠젠은 여러모로 정의와는 거리가 먼 사람이었다.

아주 먼 옛날, 스승 중 한 명이 그가 기술 분야에서 보이는 놀라운 다재다능함을 이용해 어떤 선을 행할 수 있는지 일러준 적이 있었다. 난민과 퇴역병을 대상으로 한 회복용 정신 조작술, 개선된 나방 추진체, 대수적 위상수학에 대한 뛰어난 논문. 쿠젠은 그 모든 것을 할 수 있었고, 실제로 모든 것을 해냈다. 그러나 그 모든 업적으로도 언젠가 자신이 죽으리라는 사실을 바꿀 수는 없었다.

훗날 쿠젠은 역법을 고치면 죽음을 피할 수 있다는 사실을 깨달았다. 쿠젠은 라할보다도 역법을 자유자재로 수정할 줄 아는 사람이었다. 물론 그런 행위에는 대가가 따른다. 오늘날의 역법은 쿠젠의 어린 시절보다 훨씬 광범위한 추도 의식을 필요로 한다. 그가 수정한 역법을 유지하기 위해서.

불멸성이 사람을 괴물로 만드는 것은 아니다. 그저 원래부터 사람이 지니고 있던 괴물의 모습을 드러내 보일 뿐이다. 동료 육두관들에게 몸소 알려줄 수도 있겠지. 하지만 아무래도 자신들이 직접 깨닫는 모습을 지켜보는 쪽이 훨씬 즐거울 것이다.

21

키루에브는 사령실의 출입구 쪽으로 시선을 돌리고 싶은 욕망을 애써 억눌렀다. 교전이 일어나는 동안 제다오는 여전히 자리를 비우고 있었다. 키루에브가 여기서 멈추면 훨씬 난감한 일이 벌어질 것이다. 제다오는 아무 설명도 없이 지시를 내렸으므로, 그를 따르려면 어쩔 수 없이 그를 전적으로 신뢰해야 했다. 대신 명령 자체는 모호한 구석이 조금도 없었다.

전술 인터페이스는 기존의 하픈 병력에 제1하픈 함대라는 꼬리표를 붙였다. 제1하픈 함대는 여전히 거미줄 성계 방면에서 켈 쪽으로 이동하고 있었다. 도중에 미낭 탑 쪽으로 방향을 틀 수도 있을 것이다. 공간을 뚫고 나타난 제2하픈 함대는 전진 방향을 기준으로 좌측 후방에서 터진 폭탄에 타격을 입은 이후 아직 혼란에서 회복하지 못하고 있었지만 조만간 재정비를 마칠 것이다.

미낭도 늑대의 탑의 표준 방어 설비는 모두 보유하고 있었다. 다행히 현재 함대는 육두정 영역 안에 있어 역법 지형 측면에서 유리했다. 하픈은 성가시게도 육두정 내에서 자기네 이능력을 사용할 수 있었다. 그러나 표준 역법에서 작동하는 미낭 탑의 방어 수단까지 막을 수는 없을 터였다. 다만, 해당 방어 수단은 오래 지속되도록 설계되지 않았다는 게 문제였다. 변방의 공역이기는 하지만, 침략군이 육두정 영역 한복판까지 들어오리라 생각한 사람은 그동안 아무도 없었기 때문이다.

"교전을 개시할 겁니까, 각하?" 자나이아가 물었다.

"전 함대, 톱니바퀴 2번 카드 문장을 올린다." 키루에브는 무심한 목소리로 말했다. "1번 중심축을 가동하고 거리를 좁힌다. 주의하도록." 키루에브는 정확한 수치를 일러주었다. 대부분의 방어막 진형과 마찬가지로, '단도가 우리의 장벽이니'도 짧은 시간 동안만 방어 능력을 발휘한다. 그래도 하픈이 마음대로 함대를 두들기도록 내버려두는 것보다는 나았다. "탐지반, 저 너머에서는 무슨 일이 벌어지고 있는 건가?"

"하픈 함대 82척 중에서 30척 가량이 격침 또는 손상된 것으로 보입니다. 네 종류의 나방 추진체를 확인했는데, 두 종류는 처음 보는 것입니다." 본 적 있는 추진체는 라일락급과 목련급일 것이다. "전투함의 후방에 충분히 거리를 두고 배치된 것으로 보아 지원함의 일종인 것 같습니다."

평소에는 과묵한 병기반이 갑자기 목소리를 높였다. "각하, 뭔가 더 올 겁니다. 저들이 공간을 확보하면서 재집결하는 모습을 보십시오."

키루에브도 같은 생각이었다. 제2하픈 함대가 지금 취하는 진형은 눈에 익은 접시와 깔때기 형태가 아니었다. 움직임이 느린 비전투함들이 가운데로 모이고, 전투함들이 절반을 감싸는 껍질처럼 늘어섰다.

〈축제의 위계〉호는 진형의 중심축에 도달했다. 동시에 진형의 보호막 효과가 발동되었다. 인간의 눈에는 진형의 방어막이 보이지 않는다. 키루에브도 젊은 시절에는 그 때문에 초조함을 느끼곤 했지만, 탐지 영상을 확인해보니 효과는 제대로 발동되고 있었다. 하픈도 분명 보호막을 탐지할 수 있을 것이다. 처음 퍼부은 미사일이 여기저기서 별처럼 터져나가며 공역을 밝히자, 하픈은 바로 사격을 중지했다.

"각하, 도착했습니다!" 탐지반이 소리쳤다.

제2하픈 함대 근처에 더 많은 하픈 나방들이 모습을 드러냈다. 한 척은 불운하게도 조금 전 손상을 입은 나방과 그대로 겹치는 위치에 등장했다. 순식간에 두 척은 함께 불길에 휩싸였고, 근처의 두 척을 추가로 길동무로 데려갔다.

켈 함대의 전함나방은 105척이다. 전투에 참여한 하픈의 나방은 이제 150척을 훌쩍 넘었고, 그조차도 서둘러 이쪽으로 접근해 오는 71척의 제1하픈 함대는 포함하지 않은 숫자였다. 저들이 일반적인 이능력 병기를 사용한다는 전제하에, 현재 속도로 움직인다면 앞으로 24분 후에 켈 함대를 타격할 수 있는 거리에 들어올 것이다.

사령실 전체가 붉은빛과 금빛, 금빛과 붉은빛의 조명에 휩싸였다. 마치 사령실이 타오르는 듯한 이런 모습을 볼 때마다, 키루에브는 화장용 장작더미를 태울 촛불조차 없는 암흑 속에서 죽음을 맞이하는 장면이 모든 켈의 보편적 공포로 주입된 것은 아닐지 의문을 품곤 했다.

제다오는 키루에브에게 상황을 타개하라고 말했다. 그 말은 곧, 만약 이 상황을 심각하게 위험도가 높은 훈련으로 간주할 경우, 제다오는 키루에브가 문제를 해결하는 데 필요한 지식과 자원이 있다고 생각한다는 뜻이었다. 평소의 키루에브는 이런 식으로 의도를 대입해 현실을 분석하는 일을 꺼렸다. 그러나 제다오는 모든 일을 게임에 연관 지어 생각하는 사람이니, 이런 추측도 나름 의미가 있을 것이다.

키루에브는 제다오가 나타나지 않는 이유를 알 수는 없었지만 하폰을 어떻게 처리해야 할지는 잘 알고 있었다. 하폰의 제1함대는 켈을 제2함대의 도착 지점에서 최대한 멀리 유인하기 위해 전력을 기울였고, 그녀는 그런 유인이 허세라고는 생각하지 않았다. 하폰은 켈 함대가 속지 않는다는 사실을 확신한 다음에야 기수를 돌렸다. 제2함대가 단순한 증원일 리는 없었다. 제2함대가 하폰에게 매우 중요한 뭔가를 가지고 있는 것이 분명했다. 키루에브는 얌전히 양보할 생각이 조금도 없었다.

이제 방어막의 지속 시간은 6분밖에 남지 않았다. 키루에브는 새로운 경로를 설정한 뒤 자나이아와 항해반에 넘겼다. "통신. 게리온 함장을 연결하도록." 2번 전술 부대였다.

게리온은 즉시 응답했다. "각하." 걱정이 가득한 얼굴이었다.

나도 여우가 무슨 짓을 꾸미는지는 짐작도 안 되는걸. 키루에브는 생각했다. 자신도 모르는 것에 대해 설명할 수는 없었다. 그녀가 나설 자리가 아니었다. "함장. 2번 전술 부대를 진형에서 분리할 것이다. 제2하폰 함대가 호위하고 있는 듯한 비전투함 무리에 표식을 붙여놓았다. 귀관의 목표는 저들에 압박을 가하는 것이다. 빈틈이 보이면 그대로 화력을 쏟아 잿더미로 만들도록. 표식이 붙은 함선은 보조 함선인 것 같지만, 그쪽으로 접근하면 적의 화력이 집중될 것이 분명하다. 필요한 행동은 뭐든 해도 좋으며, 다시 불러들이기 전까지는 본대의 움직임에 신경 쓸 필요 없다."

게리온은 경례를 붙였다. "명령 받들겠습니다, 각하."

"그럼 수행하도록." 적들이 끔찍한 깜짝파티를 준비하고 있다면 2번 전술 부대가 가장 먼저 말려들게 되리라는 사실은 키루에브도 똑똑히 알고 있었다. 그러나 결국 누군가는 선봉을 맡아야 하는 법이다.

병기반이 다시 입을 열었다. "각하, 방어막이 앞으로 3분 후에 소멸됩니다." 함대를 둘러싼 우주 공간에 은청색 레이스처럼 타원체 형태의 실금이 생기는 모습이 육안으로도 뚜렷이 보였다. 방어막이 마모되고 있었다.

하픈도 놀고 있던 것만은 아니었다. 탐지반이 집중적인 투사체 공격을 보고해 왔다. 충격을 받은 지점에서 방어막이 부풀어 올랐다. 육중한 금속 탄환이 방어막에 부딪혀 뜨겁게 달아올라 동전처럼 납작해져서는 그대로 튕겨 나갔다. 제2하픈 함대는 얇게 퍼지는 진형을 취했다. 키루에브는 저 형태가 무엇을 의미하는지 알지 못했고, 교리반에서도 딱히 명쾌하게 설명하지 못했다.

키루에브가 말했다. "모든 전술 부대에 알린다." 게리온은 이제 2번 전술 부대가 이 명령의 대상이 아니라는 사실을 알고 있을 것이다. "'산은 결코 속삭이지 않으니' 진형으로 재정비한다. 2번 전술 부대가 통과할 수 있도록 시차를 두고 변경하도록."

2번 전술 부대가 진형에서 이탈했다. 나머지 켈 나방들이 그에 대응하듯 자리를 바꿨다. 선발 요소가 피라미드형인 것을 확인한 키루에브는 게리온이 '겨울의 눈' 진형으로 적들 사이를 꿰뚫고 들어갈 것이라고 짐작했다.

"우리 차례로군." 키루에브가 말했다.

"위로 갈까요, 아래로 갈까요?" 자나이아가 물었다.

어느 쪽이든 함정이 있을 테니 그대로 전진할 수는 없었다. 이미 계산은 해보았다. 정면으로 돌진했다가는 나방을 파열시키던 공격이 날아와 함대를 둘로 쪼개버릴 것이다.

"아래쪽으로 간다." 키루에브가 말했다. 다시 수많은 경로 지점이 지도상에 떠올랐다. 자나이아는 수정안을 제안했다. 그녀는 그 안을 받아들였다.

안타깝게도 제2하픈 함대는 소멸나방이 자기네 함대의 수평면보다 아래쪽으로 기수를 내리는 모습을 확인하자마자 즉시 대응에 나섰다. 하픈의 나방들이 우아한 기동으로 양쪽 대각선으로 움직이더니, 뾰족한 뿔을 앞세운 두 개의 격자를 형성했다. 두 개의 뿔에서 직선을 그으면 정확하게 〈축제의 위계〉호의 정면에서 교차할 것으로 보였다.

"중지! 함대 방향을 돌린다…" 키루에브는 정확한 좌표를 계산해낼 시간이 없었다. 그녀는 그 대신 전술 화면에 대고 곡선을 그렸다. 자나이아가 이 지시를 적절한 회피 기동으로 해석해서 각 함선에 전달했다. 화면에 나방 함장들의 확인 신호등이 깜빡였다. "교리반, 저게 무슨 효과가 있는지 직접 당하면서 확인하기 전에 먼저 수식을 유도해보도록." 키루에브가 덧붙였다.

교리반은 어쩔 줄 모르는 표정이었다. "알겠습니다, 각하." 그녀는 단말에서 고개도 들지 않고 이렇게 말했다.

2번 전술 부대는 안전하게 분리되어 나갔다. 키루에브는 마음속으로 그들의 행운을 빌어주었지만, 지금 신경 쓸 곳은 그쪽이 아니었다.

제1하픈 함대는 말 그대로 미낭 탑의 목덜미를 물어뜯기 직전이었다. 탐지반에서 탑이 방어막을 가동했다는 사실을 알려 왔다. 이제는 방어막의 연료를 걱정할 때가 아니었다. 공격을 저렇게 받으면 방어막이 순식간에 마모될 테니까. 키루에브의 보조 화면 중 하나에는 미낭 탑이 계속 탐지 결과를 보내고 있다는 알림이 떠올라 있었다. 물론 교전 중인 상황에서 크게 중요한 정보는 아니었고, 탑의 치안판사가 도움을 청하는 것도 아니었지만, 지금까지의 치안판사의 언사를 고려해보면 일관성 있는 행동이었다. 키루에브는 그녀가 전투 도중에 주의를 흩트리는 행동을 벌이지 않는 것만으로도 감사하고 있었다. 어차피 미낭이 심각한 위험에 처해 있다고는 생각하기 힘들었다. 하픈의 제1함대는 미낭 옆을 지나가며 일제사격을 할 것이다. 켈의 주의를 제2함대에서 돌리려는 최후의 시도겠지. 그것마저 소용이 없으면, 결국 포기하고 진짜로 공격해 들어올 것이다.

함대가 선회하는 도중, 키루에브는, 문득 자신이 하픈 지휘관의 의도대로 행동해버렸다는 불길한 느낌에 휩싸였다. 그렇다고 적 함대의 뿔이 가리키는 방향에 그대로 있을 수도 없었다. 하픈은 교과서적인 전술로 켈 함대의 행동을 통제했다. 여기서 어떻게 움직이든 어리석은 선택이 될 것이다.

훗날 전투 기록을 검토해본 그녀는, 당시 덫에 완벽히 걸려들고서도 9초 동안이나 그 사실을 깨닫지 못 했다는 것을 알게 되었다.

"진형이 붕괴했습니다." 탐지반의 날카로운 목소리가 울렸다. 동시에 통신반도 3번과 5번 전술 부대의 지휘관으로부터 같은 보고가 들어왔다고 알렸다.

키루에브도 진형 효과가 갑자기 사라진 모습에서 예상하고 있었다. 그제야 교리반의 사후 보고가 들어왔다. 보고는 아무 쓸모도 없었다.

"다음 전함나방이 명령에 반응하지 않습니다…" 탐지반은 목록을 읊었다. 키루에브는 그 수를 헤아려보았다. 전술 화면을 보니 14척의 기치나방에 추락매의 부호가 박혀 반짝이고 있었다. 훈련장에서도 저렇게 많은 수의 나방이 동시에 추락매가 되는 모습은 본 적이 없었다.

저 나방들이 하픈의 공격에 격추되고, 인터페이스가 오작동을 일으킨 것이라면 문제가 달랐을 것이다. 그러나 해당 나방들은 이제 기수를 돌려 그대로 〈축제의 위계〉호 쪽으로 접근해 왔다. 추락매 나방들은 켈의 진형이 아닌 하픈의 함대와 유사한 구성으로 정렬하고 있었다.

키루에브는 통신반에서 보낸 목록을 그대로 재전송하며 명령했다. "전 함대, 이상의 나방을 적으로 간주한다. 5번 전술 부대는 해당 나방의 격멸을 우선하도록." 이제 진형은 간신히 뼈대밖에 남지 않았다. 여기서 추가로 전함나방을 잃으면 핵심 구성 요소의 수가 적은 진형 구성으로 단계를 낮출 수밖에 없었다. "다른 나방들은 기회가 되는 대로 5번 전술 부대를 지원한다."

5번 전술 부대가 추락매 무리와 기함 사이를 가로막고 포격을 시작했다.

열네 명의 켈 함장이 이탈해버린 심각한 상황이었다. 그럼에도 키루에브는 믿을 수 없을 정도로 침착했다. 그래서는 안 되는 일인데도. 자신은 어차피 죽을 목숨이다. 초연하게 죽음을 맞이할 준비를 마쳤다 해도, 적어도 함대를 위해서는 무언가를 해야만 했다.

그때 자나이아가 손을 쥐었다 폈다 하면서 뻣뻣하게 고개를 들고 있는 모습이 눈에 들어왔다. 예상하지 못한 자나이아의 모습에 키루에브는 당혹스러웠다. 평소의 자나이아는 지독할 정도로 평정심을 유지하는 사람이니까. "함장." 키루에브는 나직하게 그녀를 불렀다. 반응이 없자 키루에브는 조금 목소리를 높였다. "함장!"

자나이아는 키루에브와 눈을 마주치지 못했다. "저런 일이 또 일어난다면… 어떻게 해야 하죠, 각하?" 자나이아의 목소리는 잔뜩 겁에 질려 있었다.

키루에브는 악문 이 사이로 비집고 나오는 욕설을 간신히 삼켰다. 누구나 같은 생각을 하고 있을 테고, 저 공격을 피할 방법을 반드시 강구해야 하지만, 자신의 두려움을 입 밖에 내면 안 된다. 자나이아쯤 되는 사람이 그러면 곤란하다. 일반 병사라도 그보다는 판단력이 나을 것이다. 소멸나방급 함장의 정신이 무너져 내린다면 더없이 최악의 순간을 맞이할 것이다.

"정신 차리게, 함장." 키루에브가 말했다. 자나이아를 빨리 진정시키기만 하면…

"각하. 놈들이 다시 우리를 노릴 겁니다. 아무도 도망칠 수 없어요…" 그녀의 목소리가 조금씩 격앙되었다.

소용없는 일이었다. 그녀를 잘못 판단한 키루에브의 책임이었다. 항상 겉도 있고 완벽힌 젤이니민큼 징신이 무니저 내릴 가능싱도 가장 높았는데. "자나이아 함장." 키루에브는 탐지와 전술 자료를 향해야 하는 눈길을 억지로 자나이아 쪽으로 돌리고 말했다. "귀관의 직위를 해제한다. 무리스 대령, 함장 직위를 대행하도록."

적막이 흘렀다. 자나이아는 그대로 얼어붙어 있었다. 자나이아를 데리고 나가라고 키루에브가 명령을 내리려던 순간, 자나이아는 자리에서 일어나서 경례를 올리고는, 창백한 얼굴로 사령실을 빠져나갔다.

키루에브는 이제 그쪽에 신경을 돌릴 여유가 없었다. 그녀의 장교 적합성을 다시 평가해야겠지만, 일단 이 상황을 벗어난 다음의 이야기다. 오랫동안 함께 복무해온 자나이아는 늘 키루에브에게 의지가 되는 사람이었다. 무리스가 자나이아의 자리를 이어받는 동안, 키루에브는 2번 전술 부대의 위치를 분석했다.

"각하." 게리온이 '검은 렌즈' 진형으로 무엇을 하려는지 추측하던 키루에브에게 탐지반이 말을 걸었다. "추락매들의 탐지 요소를 확인해보셔야 할 것 같습니다. 비교 내용을 보시면…"

두 번 일러줄 필요는 없었다. 그녀는 퀠 사관학교에서 가장 철저하면서 동시에 가장 지루하기로 악명 높은 교관에게서 탐지 해독을 배웠고, 퀠의 군용 나방 추진체의 탐지 요소가 보통 어떤 모습인지도 충분히 알고 있었으니까. 추락매들의 탐지 요소는 변해버렸다. 탐지 화면상에서는 묘하게도 하픈의 추진체와 비슷해 보이기까지 했다.

"5번 전술 부대 쪽에서 확보한 영상이 있나?" 그녀는 즉시 물었다.

5번 전술 부대에서 응답이 왔다. 30초 후 수집한 동영상들이 도착했다. 전술 부대 지휘관의 탐지장교는 더 충격적인 자료를 첨부해놓았다. 기치나방에서 발사한 근거리 정찰용 드론이 확보한 영상이었다.

원래대로라면 기치나방 〈폭풍의 초읽기〉호는 검은색으로 칠해진 위쪽 중심축을 따라, 함명과 켈의 불꽃과 새 문장이 금빛으로 그려져 있어야 했다. 그러나 지금 보이는 길게 뻗은 날개의 표면은 마치 독을 품은 진주처럼 광택이 나는 녹색으로 변해 있었다. 그 녹색 영역 위로 반투명한 핏줄이 자라나 있었다. 동영상에는 맥이 뛰는 모습까지 선명하게 보였다. 키루에브는 새와 꽃과 하나로 봉합되어 있던 소년의 모습을, 관에 연결된 투명한 핏줄 속에서 기어 다니던 끝없는 붉은 거미들의 행렬을 떠올렸다. 감염된 나방의 핏줄 속에도 붉은 뭔가가 기어 다니고 있는지는 확인할 수가 없었다. 이런 상황이라면, 지휘부 우선제어 명령을 통해 배반한 나방들의 그리드를 〈축제의 위계〉호의 그리드에 종속시키려 시간을 낭비하지 않은 것이 차라리 다행이었다. 지금 상황에서는 헛된 시도일 뿐이었다.

키루에브는 보조 진형 목록에 수록된 진형을 취하라고 함대에 명령을 내렸다. 예상대로, 진형을 변경하는 과정은 거칠고 서툴렀다. 그녀는 무심한 표정을 유지했다. 내부에 적성 함선을 품은 채로 진형을 변경하는 것은 당연히 위태로운 일이었다.

정보 갱신 알림 등이 깜빡이며 키루에브의 주의를 끌었다. 키루에브는 4번 전술 부대의 지휘관인 게멧 함장이 보내온 전투 보고서와 첨부된 파괴 함선 목록에 온 신경을 집중했다. 〈잠자리 번개〉, 〈휘도는 톱니바퀴 셋〉, 〈그슬린 돌의 노래〉, 〈수사슴의 피〉.

그녀는 추가 명령을 입력하고는, 평소보다 그리드의 지원량을 늘려서 함대의 진형 구성을 유지했다. 평소 명령의 빈 부분을 채우는 일은 자나이아가 전담했기 때문에, 무리스와는 호흡을 맞출 기회가 별로 없었다. 오류를 수정하는 데에 필요한 그리드 자원량을 남겨두고 싶었다.

"각하, 이걸 좀 보십시오." 간신히 소강상태가 찾아온 순간, 교리반이 입을 열었다. 크게 울리는 목소리가 망치처럼 느껴졌다. "하픈 함대의 배치 구성 요소를 판별해낸 것 같습니다."

방정식과 움직이는 도표가 이어졌다. 하픈 함대의 구성은 켈의 진형처럼 명확하게 분리하기가 힘들다. 그러나 키루에브는 이제 교리반이 명명한 '배신자의 창'이 튀어나온 뿔의 어디에 숨어 있었는지를 식별할 수 있었다. 저 무기를 언제든 다시 사용하리라 간주하고 함대를 움직여야 했다.

제1하픈 함대는 이제 켈의 장사정 병기 사거리에 들어왔다. 키루에브가 예측한 대로 미낭 탑에는 그냥 지나가면서 포격을 퍼부었을 뿐이었다. 켈 함대는 두 개의 적 함대 사이에 붙들리는 상황을 피하고자 선회를 시작했다. 5번 전술 부대는 추락매 격멸에 그럭저럭 성공해서 14척 중에서 6척을 격침했다. 키루에브는 그 나방들의 승무원이 어떻게 되었을지를 생각하다가 정신을 다잡았다. 전투가 끝난 후에 생각해도 되는 일이다.

게리온이 지휘하는 2번 전술 부대는 두 척의 나방을 잃었다. 〈부서지는 해골의 기둥〉호와 〈폭풍의 고랑〉호였다. 키루에브는 얼굴을 찌푸렸다. 게리온이 지금 그녀가 생각하는 바로 그 일을 하려는 것일까? 그녀는 소중한 시간을 쪼개 게리온의 전투 보고를 되짚어나갔다.

이내 키루에브는 원하던 것을 발견했다. 격침된 두 척은 손실이 아니었다. 제물이었다.

게리온에게 행동할 재량을 허용한 사람은 키루에브였으니 그를 비난할 수는 없었다. 그가 사용하고 있는 '키오라의 일격'은 유연하지만 불안정한 진형이었다. 게리온은 이미 그 진형이 생성하는 나락 일격을 발사해 다섯 척의 하픈 함선을 파괴했지만, 그를 위해 휘하의 기치나방들을 불사르고 있었다. 이대로 계속하면, 전체 진형의 안정성이 사라져서 집단의 전 함선이 도중에 증발해버릴 가능성도 얼마든지 있었다.

하픈은 '키오라의 일격'을 알아보거나, 즉석에서 그 파괴력을 의식하게 된 모양이었다. 2번 전술 부대는 키루에부가 지정한 목표물로 접근하는 중이었는데, 하픈이 이를 방해하고자 안간힘을 쓰고 있었기 때문이다. 다행히 2번 전술 부대에 '배신자의 창'을 사용할 낌새는 아직 보이지 않았다.

제자리 선회를 해서 제1하픈 함대를 마주하라는 명령을 내리고 나서, 키루에브는 순간 사령실이 쥐죽은 듯 조용해졌다는 사실을 깨달았다. 어깨 너머로 시선을 돌리자 닫히고 있는 문 앞에 제다오가 서 있었다. 제다오의 얼굴에는 웃음기 따위는 조금도 없었다. 다른 사람들과 마찬가지로.

키루에브는 너무 빠르지 않게 자리에서 일어나 경례했다. "각하." 의도한 것보다 훨씬 차가운 목소리가 나왔지만, 그 냉기는 실제 감정의 절반도 드러내지 못했다. "부디 명령을."

화 안 났어. 화 안 났다고. 그녀는 열심히 되뇌었다. 머릿속에서 계속 반복해 생각하면 진짜처럼 느껴질지도 모르니까.

"잘했네, 대장." 제다오는 이렇게 말하며 경례를 받았다. 키루에브는 그제야 제다오의 눈이 시뻘겋게 충혈되어 있다는 사실을 깨달았다. 제다오는 자리에 앉았다. "이제 배반하는 나방이 생길까 걱정할 필요는 없네." 그는 어떻게 그 사실을 알았는지는 언급하지 않고, 이렇게 덧붙였다. "분명 다른 목표물에 사용하려고 아껴두던 공격일 걸세. 그런데 자네가 당황하게 한 덕분에 너무 빨리 사용해버렸지."

무리스 함장은 진형에서 발생한 간극을 메우는 문제를 놓고 나직한 목소리로 통신반과 대화를 나누고 있었다. 6번 전술 부대의 기치나방 세 척이 방어막의 틈새로 들어온 미사일을 회피하느라 진형 축을 벗어나버렸기 때문이었다. 무리스는 말을 멈추고 제다오를 바라보았다. 제다오는 키루에브를 향해 한쪽 눈썹을 들어 보였고, 키루에브는 나직하게 "자나이아 함장에게 문제가 생겼습니다, 각하"라고 대답했다. 제다오는 무리스에게 계속해도 된다고 손짓해 보였다.

"게리온 함장이 제2하픈 함대를 수세로 몰았습니다." 키루에브는 말을 이었다. "하지만 이대로 가면 2번 전술 부대는 지정한 목표에 이르기 전에 소모되어 사라질 겁니다. 정체성을 파괴하는 이능력 공격을 받아칠 수단이 없는 이상, 후속 공격을 감행했다가는 심각한 피해를 입을 수도 있습니다. 그 과정에서 전력이 소모된다면 성공할 확률도 그리 높지 않을 겁니다."

"다른 방법이 있다네." 제다오가 대답했다. "자네를 비난하는 건 아닐세. 자네가 알 수 없는 일이었으니까. 통신, 부디 나방 함장들을 호출해주겠나?" 통신반은 회선이 열렸다는 신호를 보냈다. "제다오가 전 함대에 알린다. 지금 제2하픈 함대의 속셈을 알려주겠다. 놈들이 공간 도약을 사용하는 모습은 봤겠지. 놈들은 지금 우리가 제거해버리기 전에 저 보조 부대를 다시 공간 도약으로 이동시키려고 안달이 나 있는 상태다. 저들이 지키고 있는 물건은 육두정에 막대한 피해를 입힐 수 있다. 우리 국경 안에 저들의 전초기지를 세우게 해주는 물건이니까. 하픈의 공간 도약은 함대의 구성을 특정 형태로 바꾸어야 작동한다. 일종의 방아쇠라고 생각하면 된다. 게다가 공간 도약은 효과를 보이기까지 일정 시간이 소요된다. 저들은 지금 그 사실을 숨기려고 거짓 기동을 하는 중이다. 하지만 이걸 보도록…"

키루에브의 화면에 논문이 하나 떠올랐다. 교리반에도 같은 내용이 전송되었다. 사용된 도표는 명징했지만, 첨부된 방정식은 파도의 거품으로 쓴 것처럼 난해했다. 키루에브는 먼 옛날 켈 사령부에서 설명한 내용과 연관 지어서 하픈의 중심 정수가 무엇인지를 간신히 짐작할 수 있을 뿐이었다. 그녀는 제다오가 대체 어디서 고분고분한 나라이 한 무리를 섭외했는지 의문을 품으며 그의 눈을 바라보았다. 그러나 지금은 그런 질문을 할 때가 아니었다.

어차피 제다오는 그녀를 보고 있지도 않았다. 그는 계속해서 전 함대에 말했다. "타이밍만 맞추면 공간 도약 자체를 요격하는 것도 가능하다. 정찰나방의 추진체는 위력이 부족하므로, 이 작전에는 기치나방 16척이 필요하다. 여기서 '요격'이라는 표현을 쓴 이유는 하픈의 공간 도약이 자기네 전함을 신호 형태로 변환하여 우리 차원과 약하게 연결된 다른 차원을 통해 이동하는 것이기 때문이다."

키루에브는 탐지에 잡힌 불확정 요소를 떠올렸다.

"그 신호를 교란시켜 우리 차원으로 돌아오는 순간의 재구축을 막을 수 있다. 하픈의 오차 수정 한계가 어느 정도인지는 우리도 이미 파악하고 있지." 제다오는 자기 단말 위로 손가락을 경쾌하게 튕겼다. 논문에서 관련 부분이 강조되었다.

"기치나방 16척을 투입하겠지만, 이건 최후의 수단이다. 지금 바로 실행 명령을 내리지는 않을 것이다. 자원자를 받겠다." 제다오는 여유로운 목소리에 웃는 얼굴이었지만, 그 안의 눈빛은 어두웠다. "작전이 성공하면 아무도 다시 나올 수 없기 때문이다. 16척의 전함나방도, 하픈도 마찬가지다. 자원할 함선은 결정을 내리고 항행에 불필요한 승무원을 퇴함시키도록. 12분을 주겠다. 그 후에는 키루에브 대장에게 부탁해서 무작위로 선별하겠다."

키루에브는 제다오에게 개인 전문을 보냈다. '각하, 우리는 켈입니다. 켈로서 사용하십시오.' 이게 모의 훈련이라면 아예 낙제 처리될 행동이었다.

제다오는 교실 뒤쪽에서 잡담하는 생도들처럼 전문으로 대답했다. '자네들은 켈 이전에 인간일세. 선택할 권리가 있어.'

키루에브는 그런 원칙에 의해 돌아가는 군대를 상상조차 할 수 없었다. 육두정의 최선임 군인이 어떻게 그런 말도 안 되는 생각을 품게 되었는지는 더더욱 이해할 수 없었다.

23초가 흘렀다. 무리스는 놀랍도록 효율적인 솜씨로 함대의 기동을 지휘하고 있었다. 양쪽 하픈 함대는 합류를 마쳤다. 게리온의 나방 두 척이 추가로 불타올랐다.

"귀관들은 나를 신뢰할 이유가 조금도 없었다." 제다오는 그동안의 침묵을 무시하고 태연하게 말을 이었다. "지금도 나를 신뢰하지 않겠지. 그래야 마땅한 일이다. 그러나 나는 한 가지는 약속할 수 있다. 나는 승리하는 법을 안다. 지금 내가 육두정에 할 수 있는 헌신은 그게 전부다. 우린 여기서 반드시 싸워야 한다. 하픈은 단순히 영역을 확장하러 이곳에 온 것이 아니다. 저들은 행성을 파괴하러, 우리가 육두정에 바치는 헌신을 박살 내러 온 것이다. 우리가 저들을 막을 수 있는 기회는 지금뿐이다. 어떤 선택을 내려도 상관없지만, 서두르도록."

키루에브는 이미 추첨으로 16척의 기치나방을 골라놓았다.

통신에서 제다오에게 두 개의 회선을 연결했다. 다음에는 다섯. 12분이 종료되었을 때는 열한 개가 되었다.

키루에브는 자신의 목록에서 뒤쪽 11척을 제거한 다음 나머지를 제다오에게 넘겼다.

제다오는 이미 이동 명령을 준비해놓고 있었다. 키루에브는 제다오가 요구하는 진형을 본 적이 없었다. 기억력에 문제가 있는 건 아니었다. 그녀는 군이 질문하지 않았다. 제다오는 키루에브의 표정을 알아채고 불쌍히 여겼는지, 훨씬 많은 고등수학이 들어찬 논문을 추가로 건넸다.

수식을 어떻게 유도한 건지 확인하고 있을 시간이 없어. 키루에브는 자신에게 짜증이 치밀었다. 그녀는 교리반에도 같은 문서가 넘어갔는지를 확인하고 가능하면 빨리 검토해줄 것을 주문했다.

하픈은 낯선 진형을 접하자 당황하는 기색을 보였다. 그러나 지금껏 하던 수수께끼의 기동을 멈출 생각은 조금도 없어 보였다. 얼음과 강철처럼 서늘한 빛줄기가 서로 얽혀 격자를 이루며 보조 함대를 둘러쌌다. 선견대 하나가 2번 전술 부대 쪽으로 떨어져 나왔다.

게리온도 제다오의 말을 듣고 있었던 모양이다. 지정된 16척의 기치나방이 거미줄을 향해 돌진해 오자, 2번 전술 부대는 불타오르는 기둥이 되어 그대로 거미줄을 찢어내며 돌파구를 열었다. 덕분에 16척의 나방이 돌입하며 거미줄이 환히 빛나는 순간, 거미줄이 횡으로 흔들리는 예기치 못한 효과가 발생했다.

"있을 수 없는 상황입니다, 각하." 탐지반은 화면을 이리저리 누르더니 이렇게 말했다. "화면에는 저 거미줄과 나방들이 모두 석상처럼 굳어버린 모습이 똑똑히 보입니다만, 탐지 요소가 잡히지 않습니다. 마치 유령 같은 느낌입니다."

"유령과는 정반대라고 할 수 있지만, 결과적으로는 비슷하지." 제다오는 매우 부드러운 목소리로 말했다.

2번 전술 부대가 있던 자리에는 이제 붉은 기운을 띤 황동색 빛살만이 남아 빠르게 사라지고 있을 뿐이었다.

"하픈의 제2함대가 제1함대를 포기한 모양이로군요." 키루에브는 두 함대가 갈라지는 모양을 보며 말했다. 흥미로운 일이었다. 제1함대의 움직임은 조심스럽고 둔중해졌다. 제2함대는 바로 도주하기 시작했다.

"그래, 그런 모양이로군." 제다오가 말했다. "통신, 다하리트 함장을 연결해주게. 6번 전술 부대를 파견해 제1함대를 처리할 생각이다. 귀관이라면 수월하게 끝낼 수 있으리라 생각한다. 혹시 나포할 만한 함선이 있다면 분석용으로 확보하도록. 남은 함대는 '용의 밀물' 진형으로 응축한다. 제2함대가 달아나지 못하게 만들어야겠다."

제2함대는 별다른 반격 없이 처리되었다. 본대가 6번 전술 부대와 재합류한 후 키루에브는 제다오와 대화를 나눌 수 있었다. 그녀가 대면을 요청한 것은 아니었다. 그럴 필요는 없었다. 제다오가 그녀를 자기 선실로 소환했으니까. 탁자 위에는 젱자이 카드 한 벌이 놓여 있었다.

"할 말이 잔뜩 있을 텐데. 얼른 말해보게." 제다오가 말했다.

"교전 중에는 함대에 모든 주의를 기울이셔야 마땅하지 않습니까, 각하." 키루에브가 말했다.

"함대에 집중하고 있었네. 전체 전장을 염두에 두고 계획을 진행하고 있었을 뿐이야." 그는 자리에 앉아서 발가락으로 카드 몇 장을 덜어냈다. 두 장이 팔락이며 바닥으로 떨어졌다. 그는 개의치 않고 탁자 위에 발을 올렸다.

"각하께서는 함대를 위기에 처하게 하셨습니다."

"자네 능력이 부족하다고 말하는 건가?"

"각하의 능력이 저보다 뛰어나다고 말하는 겁니다."

제다오는 아주 잠깐 눈꺼풀을 내렸다. 키루에브는 그가 화를 내는 것인지 판단할 수가 없었다. "자네를 탓할 생각은 없네만, 사실 자네는 진정한 전장 근처에도 가본 적이 없다네."

키루에브는 주먹을 움켜쥐려다 간신히 자제했다. "제게 모든 것을 알려주시기를 기대하는 것은 아닙니다만, 지금 상황에서는 제가 각하께 별로 도움이 될 수 없을 겁니다." 제다오가 계속 차분한 눈길로 그녀를 바라보기만 하자, 키루에브는 이렇게 덧붙였다. "자나이아 함장은 어떻게 처리할 생각이십니까."

"기록은 검토해봤네. 나도 자네 판단에 동의하네. 자나이아는 훌륭한 켈이라서 무너진 거야. 자네에게 그런 일이 벌어지지 않은 이유는, 이렇게 말해 미안하네만, 자네가 그 정도로 틀에 박힌 켈이 아니기 때문이라네."

"저도 압니다." 자나이아는 다른 무엇보다 충성과 진형 본능을 신봉하는 사람이었다. 추락매가 될지도 모른다는 공포는 견딜 수 없었을 것이다. "하지만 그녀가 아직 취약한 상태라는 점이 문제입니다."

제다오는 자기 무릎을 두드렸다. "조금 숨 돌릴 여유가 생기면 내가 직접 함장과 대화를 해보겠네만, 일단은 무리스를 함장 대행으로 삼아 지휘를 맡기세. 자나이아는 의무반으로 보내 진단과 상담을 병행하도록 하겠네."

제다오가 사령실에 있었다면 자나이아 문제를 직접 해결할 수 있었으리라는 생각이 들었지만, 키루에브는 굳이 그 생각을 입에 올리지 않았다. "수학 쪽으로 도움을 준 사람은 누구입니까? 진형과 하픈의 이동 방법에 대한 분석은 누가 제공한 겁니까?"

"그걸 자네들에게 알리고 싶지 않았기 때문에 여기 틀어박혀 있던 거라네." 제다오가 말했다.

키루에브는 제다오를 재촉해봤자 대답을 듣기 힘들리라는 결론을 내렸다. "자원자를 받으셨죠." 그녀는 말을 이었다.

"그래. 그 자리에는 우리 둘 다 있었잖나."

"각하께서는 처음부터 강압적으로 이 함대를 손에 넣으셨습니다. 그 자리에도 우리 둘 다 있었죠. 이제와서 굳이 선택권을 주시는 이유가 뭡니까?"

"선택하는 법을 배우는 게 그렇게 나쁜 일인가, 대장?" 제다오가 되물었다.

키루에브는 바닥에 떨어진 카드를, 뒤이어 냉정함을 잃지 않는 제다오의 얼굴을 바라보았다. "우리가 켈이기를 원치 않으십니까? 각하, 대체 왜…?"

"자네들은 이미 켈 역사에서 가장 신뢰할 수 없는 장군에게 신뢰를 바치고 있잖나. 이 사태가 흘러가는 모습을 조금 더 구경한다고 해도 딱히 문제 될 건 없을 걸세."

"명령을 따르겠습니다, 각하." 키루에브는 순간 제다오의 눈빛에 슬픔이 깃든 이유를 이해할 수 없었다.

22

〈난꽃 그늘〉호가 켈 함대에 접근하는 동안, 브레잔은 트세야와 함께 새에게 모이를 주고 있었다. 트세야는 켈 함대를 계속 톱니바퀴 2번 함대라고 불렀다. 맞는 표현이기는 하지만, 브레잔은 머릿속으로 계속 백조매듭 함대라고 호칭을 정정했다. 행동으로 옮기진 못할지언정 머릿속에서만이라도 현실에 저항하고 싶었다. 이제 안단의 현황 정보도 받을 수 없었다. 위치가 노출될 가능성이 있기 때문이다. 자체 탐지 장비에 의하면, 제다오와 하픈은 서로 꼬리를 물면서 맴도는 중이었다. 브레잔과 트세야는 켈 함대의 지근거리에서 대기해야 했지만, 지나치게 가까이 접근할 생각은 없었다. 다른 함선의 폭발에 휘말릴 수도 있으니까.

브레잔이 또 모이를 잘못 던지자, 세 마리의 새 중 하나가 경고하듯 달각거리는 소리를 내며 머리를 거의 직각이 되도록 한쪽으로 꺾었다. 브레잔은 목이 아무리 길고 가늘고 우아해도 저딴 식으로 꺾여서는 안 된다고 생각했다. "농담이 아니라, 우리 진짜로 상황을 직접 주시해야 하는 게 아닐까." 새의 부리가 투창과 닮았다는 생각을 애써 억누르면서, 그는 트세야에게 말했다.

트세야는 얕은 개울에서 맨발을 찰랑거리고 있었다. 발가락을 물어뜯길 걱정은 조금도 하지 않는 모양이었다. 오늘 그녀는 길게 땋은 머리카락을 뜨개질한 실크 숄 위로 늘어뜨리고 있었다. "사관학교에서 켈의 전투기록을 몇 편 강제로 읽은 적이 있거든." 평온한 목소리였다. "그중에는 영원히 계속될 것만 같은 우리의 저녁 만찬보다도 길게 이어지는 전투들도 있었어. 저 두 함대는 아직 깃발도 서로 올리지 않았잖아. 벌써부터 잔뜩 긴장하고 있을 필요는 없을 것 같은데. 물론, 내가 봤을 때 당신은 언제나 잔뜩 긴장하고 있지만."

브레잔은 그녀를 노려보았다. 새는 눈앞의 더 얌전한 목표물을 무시하고 슬픈 얼굴로 계속 브레잔만 바라보고 있었다. 죄 없는 켈을 괴롭히도록 훈련된 것이 분명했다. 그는 용기에서 모이를 하나 꺼내 그쪽으로 조심스럽게 내밀었다. 새는 섬세한 움직임으로 그의 손에서 모이를 잡아채 그대로 삼켰다.

"당신 제다오보다 애완용 두루미 쪽을 더 두려워하는 것 같은데, 위험 순위를 잘못 매긴 거 아니야?" 트세야가 말했다.

브레잔은 슬쩍 그녀 쪽을 바라봤지만, 트세야의 얼굴에는 순수한 의문만 가득했다. "잘 알고 있는 적이 그나마 나으니까? 물론 켈 사관학교에서 제다오에 대해 가르치지 않은 내용이 이렇게 많을 줄은 미처 몰랐지만."

트세야는 여기까지 여행하는 동안 성실하게 자신의 목표를 연구해왔다. 그들은 함께 다양한 기록을 살폈다. 브레잔도 제다오의 악명 높은 일화들에 대해서는 켈 사관학교 시절에 충분히 배웠다. 예를 들어 지옥나선 요새나, 슈오스 키아즈 칠두관이 제다오를 저버리고 켈 사령부에 팔아넘긴 일 따위 말이다. 제다오가 상당히 허둥대면서 훈장을 받는 모습을 찍은 동영상도 보았다. 학살극으로부터 거의 10년 전에 벌어진 일이라고 했다.

그러나 트세야와 함께 자료를 살피면서, 브레잔은 지금까지 본 기록이 제다오에 관한 자료 중에서 극히 일부분에 지나지 않는다는 사실을 깨닫게 되었다. 예를 들어, 트세야가 찾아낸 자료 중에는, 제다오의 여동생이 쓴 시를 혹평한 리오즈 시인 옆에 제다오를 앉게 만들었던 상황을 찍은 동영상도 있었다. 만찬 행사를 주관하는 안단이 고의로 저지른 일이었다. 브레잔은 그의 여동생이 시인이었다는 사실을, 아니 여동생이 존재했다는 사실조차 모르고 있었다. 브레잔은 엉뚱하게도 미우잔이 자신을 괴롭히는 것만큼 제다오의 여동생 역시 제다오를 괴롭혔을지가 궁금해졌다. 트세야는 제다오가 자신의 연인 중 하나였던 치안판사에게 보낸 편지도 발굴해냈다. 특정 키 카드의 행방을 언급하는 간단하고 정중한 내용의 편지였다. 브레잔은 문장이 얼어붙을 듯 차갑다고 생각했지만, 트세야가 당시에는 그런 문장이 예의 바른 것으로 여겨졌다고 설명해주었다. 그렇다고는 해도, 브레잔은 제다오를 살아 있는 사람으로 여기고 싶지 않았다. 제다오는 지나치게 강한 게임말 그 이상도 이하도 아니었다. 제대로 된 인간이 그 모든 일을 자의로 저질러왔다고 생각하면 견딜 수 없을 것 같았다.

트세야는 생각에 잠긴 얼굴이었다. "번제의 여우에 대한 기록은 정말 많지만 아마도 켈 장교가 필수적으로 배우는 내용은 얼마 되지 않겠지. 가장 중요한 조각이 없다는 게 유감이지만."

가장 중요한 조각이란 제다오의 광기를 불러온 이유를 말하는 것이었다. "나는 그 작자가 애초에 미친 게 맞는지조차 의심스러워." 브레잔은 훔친 육신을 입고서도 편안하고 느긋하게 서 있던 제다오의 모습을 떠올리며 말했다.

"글쎄, 내가 직접 알아내보겠다고 말해주고는 싶은데, 빌어먹을 슈오스 놈들이 그 당시에 아무것도 알아내지 못했다면 나도 별로 다를 건 없을 거야."

브레잔은 두 번째 새에게 먹이를 주었다. 고개를 까닥거리는 모습이 인사하는 것처럼 보였다. "당신 애완동물들은 살이 찌지도 않나 보지?" 브레잔은 조금도 식욕이 줄어들지 않는 새들을 보며 물었다.

트세야는 힘없이 웃었다. "당신 정말 구제불능이네. 긴장을 풀어주려는 내 계획이 완전히 실패한 모양이니, 다른 걸 시도해보는 건 어떨까? 사령실에 들어앉아서 제다오의 과거 결투 동영상을 틀어놓고, 우리 적수를 가늠하며 한껏 우울해하는 거야."

"좋은데, 상처를 후벼 파보자고." 브레잔이 대꾸했다. 순간 브레잔은, 결투에서 자신이 항상 미우잔에게 압도당했다는 사실을 트세야에게 털어놓은 자기 자신을 원망했다. 긍정적으로 생각하자면, 사령실에 앉아 있는 쪽이 이곳의 비정상적으로 길쭉한 새들에게 시달리는 것보다는 나았다. "당신이 제안한 거니까 기꺼이 받아줘야지."

트세야는 예술적으로 서로 뒤엉킨 두 그루의 분재 쪽으로 마지막

먹이를 던졌다. 새들은 성큼성큼 그쪽으로 걸음을 옮겼다. "가자."

브레잔은 트세야가 어디든 맨발로 다니는 게 불안했다. 마치 자신이 안단임을 증명하는 의무가 끝났으니 이제 외모에 신경 쓸 필요가 없다고 여기는 듯했다. 그가 이런 생각을 입에 올리자 그녀는 웃으며 이렇게 말했다. "의례의 목적은 상대방의 마음을 움직이는 거잖아. 다시 말해, 안 지키는 쪽이 유효할 때도 있는 거거든. 어쩌면 당신이 거짓 안정감에 사로잡히도록 유도하는 걸지도 모르잖아?"

그녀의 말을 들은 브레잔은 뒤에서 찔릴 걱정을 하거나, 음모에 휘말리거나, 이런저런 이유로 위협당하는 사람들은 슈오스만 두려워하지 않는다는 사실을 떠올렸다. 영리한 사람이라면 안단 또한 경계하기 마련이다. "싸구려 게임말을 원하는 거라면 경고해두겠는데, 나는 세상에서 제일 쓸모없는 켈 장군이거든. 지루해서 그러는 거라면, 글쎄, 벌써 나를 침대로 끌고 들어가긴 했잖아." 브레잔은 이렇게 대꾸했다.

트세야는 코웃음을 칠 뿐 그의 가벼운 공격에 별다른 반응을 보이지 않았다.

두 사람은 예의 수족관이 딸린 사령실로 함께 들어갔다. 단말마다 상황 보고가 가득 떠올라 반짝이고 있었다. 트세야는 자리에 앉으며 가벼운 투로 말했다. "당신, 꼭 필요한 상황이 온다면, 나 정도는 간단히 죽일 수 있겠지."

브레잔은 순간 얼어붙었다. "헛소리 그만둬. 재미없으니까."

트세야는 다시 입술을 달싹거리다, 그의 얼굴을 보고는 그대로 말을 삼키고선 엉뚱한 질문을 던졌다. "당신 가족은 어떤 사람들이야,

브레잔?"

"내 뭐?" 그는 상황 보고를 슬쩍 넘겨보며 말했다. 전쟁이야말로 자신이 이해할 수 있는 분야였고, 지금이 바로 그런 것이 필요한 때였다. 불운하게도 보고서에는 양쪽 함대의 기동 외에는 아무것도 드러나 있지 않았다. 백조매듭 함대는 하픈을 추격할 마음이 없어 보였지만, 제다오가 무슨 원대한 계획을 수행하고 있는지 그 누가 알겠는가. 그로서는 추적을 끝낼 수 있다면 어떤 상황이든 환영할 수 있었다.

"당신 가족 말이야." 트세야는 무릎 위에 손을 포개고 살짝 앞으로 몸을 기울였다.

그 이야기가 트세야와 무슨 상관이 있을까? 나는 이런 임무에 어울릴 정도로 영악한 사람이 아니라고, 브레잔은 생각했다. "우리 가족 이야기야 지루하기만 할 텐데." 특히 재미있는 부분은 이미 전부 불어버린 상황이니까. "가장 나이 많은 아버지는 내가 사리를 분별할 나이가 되었을 즈음에는 이미 은퇴하신 후였어. 어차피 부모 역할은 젊은 아버지 두 분이 거의 다 하셨지만 말이야. 한 분은 골동품 총기를 수리하는 일을 하셨어. 그래서 켈과 종종 함께 일하셨지. 다른 분은 아동용 서적에 수록된 종이 공작 삽화를 만드셨고. 그분의 가장 좋은 가위를 망가트려서 단단히 야단을 맞은 적도 있어."

누나들에 대해서는 이미 말한 적이 있었지만, 그녀는 여전히 기대하는 눈빛으로 그를 바라보고 있었다. "첫째 누나 이름은 케레잔이야. 요즘은 거의 얼굴도 못 보고, 어릴 적에도 그리 자주는 보지 못했어. 제법 나이를 먹었고 아이가 둘 있지. 셋째를 가질 계획이 있을 거야. 쌍둥이 누나 둘 중, 미우잔은 뭐든 가만히 놔두지 못하는 사람이지. 가나잔은 꽤 태평한 성격이라 우리 둘만 있었다면 나름 어울릴 수 있었을 테지만, 처음부터 항상 미우잔 편만 들었고."

트세야는 계속 아무 말도 하지 않았다. 브레잔은 구석으로 몰리는 느낌을 받으며 다시 입을 열었다. "우리 남매는 총을 누가 닦을지, 함께 볼 드라마를 누가 고를지 따위의 사소한 일을 놓고 끊임없이 다퉜어. 가장 나이 많은 아버지가 모두 함께 드라마를 시청해야 한다고 생각하는 분이셨거든. 왜 그런 생각을 하셨을까? 솔직히 말하자면 우리 가족은 상당히 평범했어. 그냥 내가 오점일 뿐이지. 누가 추락매가 될지 예측할 수 있었다면 나는… 나는 애초에 켈 사관학교에 들어가지도 못했을 거야."

그러고 보니 켈 사령부에서 부모님들에게 무슨 통지를 보냈을지는 짐작도 가지 않았다. 물어볼 엄두도 낼 수 없었다. 운이 좋다면 아무 말도 하지 않았을 것이다. 그의 가족은 아마 그가 죽었거나 제다오의 조종을 받고 있다고 간주했을 것이다. 진상도 그보다 별로 나을 것이 없지만.

"당신 가족은 우리 가족과는 상당히 달라 보이는데." 트세야가 입을 열었다. "안단 가족이 나눌 수 있는 게 독극물이나 격식 차린 대화일 뿐이라고는 생각하지 말아줘. 그런 사람도 있고 아닌 사람도 있으니까."

설마 자기 가족사를 털어놓을 생각일까. 그러나 트세야는 그대로 입을 다물었고, 브레잔은 자신이 그 점을 다행이라 여기는지 걱정하는지조차 확신할 수 없었다. "결투나 좀 볼까?" 그는 상황 보고를 힐긋거리며 이렇게 권했다. 딱히 도움이 될 만한 내용은 없었다.

"그래, 무작위로 하나 골라봐." 트세야는 조금 기운을 차린 듯 이렇게 말했다.

그리드는 기꺼이 하나를 선택해주었다. 전술 부대 지휘관 시절의 제다오가 긴 머리를 채찍처럼 묶은 슈오스를 상대하는 영상이었다. 사소한 예절 문제로 모욕을 받은 모양이었는데, 트세야는 물론 이해했겠지만 브레잔은 뭐가 문제가 됐는지 짐작조차 할 수 없었다. 원래 육신의 제다오를 보고 있자니 이질감이 들었다. 웃음을 머금기 전까지는 평범해 보이는 늘씬한 남자 모습이었다. 그러나 브레잔은 체리스의 몸을 가진 제다오가 백조매듭 함대를 탈취할 때 보였던 몸동작을 명확히 알아볼 수 있었다. 예의 미소까지 포함해서. 제다오가 장군의 날개 계급장이 아니라 전술 부대 지휘관의 별과 불꽃 계급장을 달고 있는 모습도 어색해 보였다. 브레잔은 켈 사령부가 마침내 제다오의 계급을 박탈했다는 사실을 다시 한 번 되새겼다.

제다오와 그 적수인 슈오스 마그라흐는 마치 형제처럼 흡사한 동작으로 상대방을 가늠하고 있었다. 브레잔이 그 사실을 지적하자 트세야는 이렇게 대답했다. "마그라흐는 암살자였으니까, 비슷한 훈련을 받았을 거야. 개인적인 이유 때문에 제다오에게 상처를 입히거나 죽이려 했다는 추측이 있어."

제다오의 생애에 대해 제법 알고 있다고 생각했던 브레잔에게 이건 새로운 내용이었다. "저 때는 아직 사람들이 제다오를 좋아하던 시절 아니었나?"

트세야는 어깨를 으쓱했다. "그건 좀 복잡한 문제야. 함께 복무한 켈 대부분 그를 좋아했지만, 다른 이들은 그냥 운이 좋았을 뿐이라 생각하고 고속 진급을 질투했지. 슈오스는 그를 괴짜라 생각했어. 슈오스 입장에서 생각해봐. 사관학교에서 나오자마자 그대로 고속 진급해서 칠두관의 집무실까지 들어갔고, 암살자로서 거둔 초기 실적도 훌륭했고, 소규모 부대 지휘관으로서 보인 능력은 그것을 뛰어넘을 지경이었지. 그런 상황에서, 적어도 사람들이 보기에는, 군대가 아주 마음에 들어서 모든 것을 버리고 켈에 붙어먹기 시작한 거잖아. 이해가 안 되는 일이지만 키아즈 칠두관도 순순히 보내주었고. 어쩌면 그가 별로 도움이 안 된다고 생각한 걸지도 모르겠네. 제다오가 슈오스에 얌전히 정착할 때까지 엉덩이로 깔고 뭉개줬으면 이런 온갖 문제도 일어나지 않았을 텐데."

결투는 7판 4선승제로 진행되고 있었다. 브레잔의 동체 시력으로는 동영상을 느린 속도로 돌려야 간신히 무슨 일이 일어났는지 파악할 수 있었다. 제다오의 뛰어난 반사 신경에 대해서는 이미 잘 알고 있었지만, 마그라흐도 비슷한 수준으로 빨랐다. "지금 내가 얼마나 무능해진 기분인지 당신은 짐작도 안 갈 거야." 브레잔이 말했다.

트세야는 그의 정강이를 걷어찼다. "당신이 암살자의 삶을 즐길 것 같지는 않은걸."

"나한테 암살자의 능력이 있었다면 제다오가 여기까지 오기 전에 총으로 쏴버렸겠지."

"인생의 문제를 전부 총으로 쏴서 해결할 수 있는 건 아니야. 이번에 잘하면 되는 거잖아. 제다오는 때려 부수는 실력은 아주 훌륭하지만, 그런 것치고는 약점이 정말 많거든. 솔직히 제다오가 내 매혹술에 저항할까 걱정하지는 않아. 매혹술이 통하는 거리까지 접근할 수 있을지가 걱정이지."

"그게 우리의 장기적인 생존에 도움이 되는 관점일지 확신을 못 하겠는데."

그녀는 한쪽 입꼬리를 슬쩍 올리며 웃음을 머금었다. "둘 중 하나 정도는 낙천적이어야 하지 않겠어?"

나방 그리드가 알림음을 울리며 그들의 대화에 끼어들었다. 제다오의 함대가 톱니바퀴 2번 문장 깃발을 올렸다.

"준비하는 게 좋겠네." 트세야가 말했다.

브레잔은 결투 영상을 종료하다 문득 점수가 2 대 2라는 것을 깨달았다. 제다오가 일부러 그런 점수를 만들었으리라는 생각이 드는 것도 자신의 피해망상이 아닐까? 그는 이내 고개를 돌렸다. 지금은 다른 무엇보다도 눈앞의 전투에 뛰어들고 싶었다. 함께 싸우고 싶었다.

"브레잔." 트세야의 목소리가 들렸다. "브레잔. 우리도 나름의 방식으로 싸우고 있는 거야."

켈은 나름의 방식으로 싸우지 않는다고, 보라색 53번 연습에서처럼 싸우지 않는다고 설명해봤자 아무 소용도 없을 것이다. 물론 자신도 추락매니 트세야에게 켈의 교리에 대해 설교할 위치는 아니었다. 그는 단지 이렇게만 말했다. "내 임무는 제대로 수행할 거야." 누구도 반박할 수 없는 말이었다.

트세야는 이번 임무를 위해 모조 켈 제복을 마련해놓았다. 브레잔은 그녀가 제복을 입는 동안 도저히 견딜 수 없어서 눈을 돌려야만 했다. 다른 복장으로는 켈 나방에서 확실히 눈에 띌 테니 어쩔 수 없는 일이었다. 특히 제다오가 모든 타 분과 소속 승무원을 추방해버리기까지 했으니까. 두 사람은 아무 말 없이 우주복을 입었다. 브레잔은 안단이 우주복처럼 실용적인 물건에서도 아름다움을 추구한다는 사실을 잘 알고 있었지만, 막상 직접 입자니 거부감이 들었다. 어차피 올해 들어 일이 흘러가는 꼴을 보면 우아한 당초무늬 우주복 따위는 아주 사소한 문제에 지나지 않을 테지만.

트세야의 조종 실력이 브레잔보다 나았다. 단순히 그녀가 비단나방에 익숙하기 때문에 조종을 잘하는 것만은 아니었다. 브레잔은 트세야와 오랜 시간 함께 있었으므로 그것을 알 수 있었다. 다행스럽게도 그녀는 아군이었다. 적어도 지금 이 순간에는 적보다는 아군에 가까웠다.

비단나방이 제다오의 기함에 가까워지자, 브레잔은 목소리를 낮춰야 할 것만 같은 초조함에 사로잡혔다. 진공 건너편에 있는 함대의 켈까지 목소리가 들릴 리도 없는데. 조종에 집중하고 있는 트세야는 그런 충동은 조금도 느끼지 못하는 듯했다. 발끝으로 단말의 한쪽 측면을 두드리면서 큰 소리를 내고 있었으니까.

비단나방에 타고 있다고 해도 기다림의 고통은 조금도 줄어들지 않았다. 브레잔은 탐지 화면의 켈과 하픈 함대를 지켜보다가, 새로운 하픈 함대가 허공에서 등장하는 모습에 입술을 깨물었다. 공간 도약 외에는 달리 설명할 단어도 없었고, 이방인의 탐지 요소가 오류를 일으킨 것이라고 해도 저렇게 많은 수의 탐지 이상이 동시에 일어날 리도 없었다. "트세야…"

"나도 보여." 트세야가 말했다. 그녀는 접근 경로를 수정하지 않았다. 제다오의 본대가 새로 등장한 함대에 바로 공격을 퍼부었기 때문이었다. 하픈이 등장할 위치를 제다오가 도대체 어떻게 알아낸 걸까?

제다오가 탐지 장비에서 추가 정보를 얻어낼 수 있다는 기록은 본 적이 없었지만, 그런 재주가 있다고 해도 전혀 놀랄 일은 아니라고, 브레잔은 생각했다.

브레잔은 화면에서 밝게 강조된 삼각형을 뚫어지게 바라보았다. 〈축제의 위계〉호였다. 당신들을 번제의 여우로부터 해방시켜주겠어. 그는 키루에브 대장의 생사 여부는 생각하지 않으려 애쓰며 이를 악물었다. 그다음에 제다오를 내 손으로 산산조각 낼 거야. 화장할 살점조차 남지 않을 정도로 철저하게.

조향사였던 예전 연인 한 명이 폭력적인 그의 직업에 어떤 매력이 있는지를 물었던 적이 있었다. 물론 그는 참모라서 직접 폭력을 행사할 일이 없다는 사실은 전혀 염두에 두지 않은 질문이기는 했다. 브레잔은 인정하고 싶지 않았지만, 사실 장애물을 힘으로 무너트리며 전진하는 일에는 나름의 만족감을 느끼고 있었다.

집중해야지. 그는 마음을 다잡았다. 아직 목표에 도달한 것은 아니었고, 제다오는 여전히 위협 요소였다. 그는 트세야 쪽을 힐끔 바라보았다. 트세야는 자기 임무에 몰두하느라 그에게는 신경 쓰지 못하는 모양이었다.

전투는 상당히 기묘한 양상으로 진행되고 있었다. 하폰은 무슨 수를 썼는지 켈 기치나방 14척의 제어권을 손에 넣어버렸다. 제다오는 브레잔보다 먼저 그 사실을 알아채고, 대진형을 아슬아슬하게 응축하며 전술 부대 하나를 분리해 추락매 나방들을 처리하도록 지시했다. 함대의 켈이 다시 강제로 배신자가 될 수 있다는 생각을 하니 구역질이 치밀었다. 브레잔은 속을 다스리려 천천히 숨을 내쉬었다. 반역자가 되는 느낌은 이미 질리도록 맛봤을 텐데…

아니, 그게 문제가 아니었다. 브레잔은 키루에브 대장과 자나이아 함장의 진심으로 복종하던 눈빛을 떠올렸다. 브레잔이 공포에 사로잡힌 이유는 세상이 문제없이 돌아간다는 확신을 줄 진형 본능이 없기 때문이었다. 켈 육두관이 경고한 대로였다. 그는 앞으로 이런 일을 수도 없이 겪게 될 것이다. 그때는 그 경고가 무슨 뜻인지 진정으로 이해하지 못했던 것이다.

"분리된 함대 말이야, 불타고 있는 거 아니야?"

브레잔은 트세야가 자신에게 말하고 있다는 사실을 깨닫고 전술 화면을 들여다보았다. "맞아." 그는 무미건조한 목소리로 대답했다. 제다오가 어떤 불운한 함장을 희생시킨 것일까? 엄밀히 말해 모든 지휘관은 부하를 사지로 내모는 셈이다. 그러나 그는 자신의 감정을 다스릴 수가 없었다. "저 전술 부대는 하폰이 보호하려 하는 함선들에 압박을 가하려는 것 같은데."

"그렇구나." 트세야가 말했다. 비단나방은 이제 불꽃놀이 영역의 안쪽으로 들어왔다.

전투 때문에 일이 복잡해질 수 있으므로, 두 사람은 어떻게 작전을 수행할지 미리 의논해놓았다. 이런 교전 한복판에서 제다오를 제거하면 함대의 생존 가능성만 떨어질 것이다. 제다오가 하폰을 상대하는 동안에는 전투를 끝마치도록 놔두는 편이 나았다. 키루에브 대장 휘하에서 충분히 오래 복무한 브레잔은 그녀의 능력을 신뢰하고 있었다. 정작 문제는 키루에브의 생존 여부였다. 브레잔은 저런 규모의 전투를 지휘하는 훈련을 받은 적이 없었다.

두 사람은 전투가 끝난 후 기함 나방에 승선해서, 제다오가 휴식을 취하러 선실로 향할 때 기습할 생각이었다. 자기 것이 아니더라도 육체가 있는 이상 그 개자식도 잠은 자야겠지. 제다오가 경계 태세를 늦춘 그때야말로 기회다. 아주 작더라도 틈을 보일 수밖에 없을 것이다.

켈이 된 이후 절반의 시간을 나방 승무원으로 보내왔는데도, 브레잔은 우주전을 싫어했다. 우주전을 치를 때마다 함선 사령실이 전장과 격리되어 있다는 환각에 빠졌다. 공허한 어둠이 자신을 보호해주는 장막 같았고, 간헐적인 정적은 적이 그대로 빗겨 지나갈 것이라는 암시처럼 느껴졌다. 그러나 우주는 켈이 지나치게 거만해질 때마다 능숙하게 형벌을 내리곤 했다. 처음으로 기치나방에 배속되어 타우라 그의 약탈자들과 전투를 벌일 때, 막 꺼져가는 진형의 방어막을 꿰뚫고 전함나방의 외벽을 관통한 레일건의 탄환이, 그의 옆에 서 있던 여성을 그대로 두 토막으로 갈라버린 일이 있었다.

"잘했어." 트세야가 노래하듯 말했다. 브레잔은 깜짝 놀랐지만, 그녀는 자기 나방에 말을 걸고 있을 뿐이었다. 그들은 이제 전투의 한복판에 들어와 있었다. 트세야는 브레잔의 생각보다 진형 역학을 잘 알고 있는 것이 분명했다. 접근하다 침몰하지 않으려면 제다오의 의도를 읽어낼 수 있어야 할 테니, 생각해보면 당연한 일이었다. 그녀는 이미 진형을 조율하느라 발생한 틈새와 비단나방의 놀라운 가속력을 이용해서 방어막 안쪽으로 진입해 있었다.

브레잔은 육안 관측용 보조 화면을 확대했다. 이렇게 먼 거리에서는 주변의 우주 공간과 소멸나방을 거의 구별할 수조차 없었다. 보호막 효과와 포화의 섬광에 가끔 번득이는 금빛 색채로 알아볼 수 있을 뿐이었다.

"이제 조금만 있으면 이쪽 나방을 저쪽에 갖다 붙일 거야. 준비됐어? 느낌이 안 좋을 수도 있거든. 나는 항상 그러니까."

두 사람은 안전장치를 다시 확인했다. 브레잔은 고개를 끄덕였다. 마침내 뭔가 일어날 순간이 되었다는 것만으로도 기분이 좋았다. 잠시 후, 기분이 바닥으로 처박히리라는 것을 알고 있으면서도.

트세야의 말이 옳았다. 그녀의 조종 실력은 매우 능숙했지만, 갖다 붙이는 기동 자체의 진동이 뼛속까지 울렸고, 브레잔은 살점이 분리되어 나가는 것만 같았다. 비단나방은 무수한 실을 뿜어 동체를 고정한 후, 계속 움찔거리며 천천히 〈축제의 위계〉호의 지정된 침투 지점으로 접근했다. 비단나방이 낳은 무수한 알이 깨어나며 금속 실로 된 다리를 형성했고, 굴삭충 하나가 소멸나방의 동체를 파먹어 들어갔다.

굴삭충은 자신과 침투 지점 사이의 공간을 얇은 막으로 감싸고 작업을 시작했다. 두 사람은 침묵 속에서 기다렸다. 브레잔은 진행률 표시줄을 후려치고 싶은 비이성적인 충동에 휩싸였다. 반면 트세야는 전혀 조급한 기색이 없었다. "지금으로선 이게 최선이야." 마침내 그녀는 이렇게 말했고, 그도 동의했다. "그럼 움직여볼까."

비단나방을 수놓은 수많은 새와 불길한 물고기와 우아한 나무들을 본 후라서 그런지, 오로지 실용성만 중시하는 에어록의 모습이 어쩐지 실망스러웠다. 브레잔의 표정을 본 트세야의 입매가 살짝 올라갔지만, 굳이 말을 덧붙이지는 않았다. 〈난꽃 그늘〉호에서 〈축제의 위계〉호까지는 그리 멀지 않았지만 여전히 위험했다. 고정되어 있기는 해도, 발을 잘못 디디면 위태롭게 얽힌 금속 실 사이의 공간에 발이 걸릴 수도 있다. 그러나 브레잔은 비슷한 위험을 예전에도 마주해본 적이 있었다. 그는 재빨리 건너 금속 거품의 막 위에 안착했다.

트세야는 한참을 머뭇거렸고, 브레잔은 혹시 그녀가 문제를 발견한 것은 아닌지 걱정했다. 그러다 그녀도 연결 부위를 건너왔다. 막이 열리고, 두 사람은 함께 안으로 들어섰다. 구멍이 좁아서 서로 몸을 붙일 수밖에 없었다. 그들의 뒤편에서 막이 닫혔고, 뒤이어 복도에 난 틈새가 벌어지며 그들을 맞아들였다.

두 사람은 복도로 들어섰다. 브레잔은 날카로운 눈으로 양쪽을 살폈지만 오가는 사람은 없었다. 순간 자신이 외부인이 된 듯한 살을 저미는 감정이 밀려들었다. 이거 말고 다른 감정도 찾아올 줄 알았는데. "내 그리드 접속은 금지해놨군." 그는 낮은 목소리로 말했다. 사실 예상대로였다. 혹시라도 제다오가 부주의했다면 적어도 나방의 현재 구조 정도는 파악할 수 있었겠지만.

트세야는 뻣뻣하게 굳은 채 고개를 끄덕일 뿐이었다. 이제 보니 가파르게 숨을 몰아쉬고 있었다. 얼굴이 너무 창백했다.

"트세야?"

"괜찮아." 그녀는 가녀린 목소리로 대답했다.

트세야에게 작전에 영향을 끼치는 특정 공포증이 있는지 미리 확인했어야 했다. 지금껏 인사장교로서 장군을 대신해 그런 질환의 존재 여부를 확인하는 게 일이었는데. 이 작전을 위해 트세야를 선택한 사람은 브레잔이 아니었다. 게다가 그녀의 프로필을 살펴볼 권한은 받은 적도 없었다. 그녀는 분명 자신의 프로필을 봤을 텐데도. 사실 원직적으로는 브레잔이 그녀 휘하에서 복무하는 상황이기도 했다.

"계속 움직여야 해." 다행히 트세야는 조금 기운을 차린 듯했다. 뻥 뚫린 넓은 공간이나 진공 공포증이 있으면 좀 어떤가. 어쨌든 무사히 건너왔고, 처리할 대반역자는 아직 남아 있는데.

그들은 우주복을 벗어 틈새에 쑤셔 넣었다. 어차피 제다오를 발견하기 전에 틈새가 발견된다면 그걸로 작전은 끝장이었다. 켈 제복을 입은 트세야의 모습은 여전히 마주보기 힘들었다. 가슴팍에 달린 빌어먹을 상급대장의 계급장이 자기 위치를 소멸나방 전체에 알리고 있는 느낌도 들었다.

두 사람은 브레잔의 계획에 따라 제다오의 선실로 향했다. 똑같이 생긴 통로가 끝없이 연이어 등장하는 모습이 신경을 갉아 먹는 것만 같았다. 모든 곳에 존재하는 잿불매의 그림이 계속 자신들을 비웃는 것처럼 보였다. 나한테 나방의 내부 장식을 맡긴다면 전부 지겹도록 똑같은 색으로 칠해버리겠어. 브레잔은 속으로 이런 생각을 했다. 사실 진짜 문제는 다른 쪽이었다. 그는 전함나방에 복무하는 내내 변동성 내부 구조를 당연한 것으로 여겼다. 그러나 그리드의 전체 지도에 접속할 수 없으면, 변동성 구조를 통해 빠르게 이동할 수도 없다. 바로 그 점이 이유 모를 불쾌함을 불러왔다.

덜컹거리는 소리가 울렸다. 두 사람은 순간 긴장했다. 그러나 등장한 것은 공구함을 들고 있는 서비터 한 대뿐이었다. 인간 기술자의 확인이 필요 없는 정기 보수 작업을 하는 중일 것이다. 세모형 서비터는 두 사람에게는 조금도 신경을 쓰지 않았다. 브레잔이 바닥 타일에 신경 쓰지 않는 것과 마찬가지였다. 트세야는 생각에 잠긴 눈치였지만, 그가 계속 움직이자고 손짓하자 아무 말 없이 그를 따라왔다. 그녀는 우주 공간을 건너올 때를 제외하고는 아주 훌륭하게 움직이고 있었다. 브레잔은 자신도 그녀만큼 스스로를 통제할 수 있기만을 빌었다.

두 사람이 처음으로 켈을 마주친 것은 결투장으로 짐작되는 공간의 바로 바깥에서였다. 브레잔이 결투장임을 알 수 있었던 건, 제다오가 결투장을 상징하는 칼을 쥔 잿불매의 문장을 굳이 다른 것으로 대체하지 않았기 때문이었다. 두 명의 켈, 이병과 상병은 졸음에 겨운 게슴츠레한 표정을 띠고 있었다. 두 사람은 브레잔과 트세야와 부딪칠 뻔했다.

"다들 정신이 빠진 모양이군." 브레잔은 가벼운 투로 말했다. 아는 얼굴, 켈 오사라와 메레즈 상병이었다. 두 사람 다 딱히 위험한 인물은 아니었다. 적어도 메레즈에게 술 마시기 승부를 건다면 모를까. 병장 한 명이 메레즈의 술에 약을 타지 않고서는 그를 취하게 하는 건 불가능하다고 호언장담했었지.

두 사람은 상당히 당황한 모양이었다. 머리가 잘 돌아가는 쪽인 오사라는 순간 모든 표정을 지운 얼굴로 깍듯이 경례를 붙였다. 매우 켈다운 행동이자, 또한 자기방어를 위한 최선의 행동이기도 했다. 브레잔이 여기 있다는 것만으로도 뭔가 상당히 잘못되었다는 것을 깨달았을 것이다. 그가 달고 있는 계급장은 두말할 나위도 없고. 그러나 브레잔이 생각하라는 명령을 내리지 않는 한, 그녀는 그 사실을 곱씹지 않을 것이다.

반면 메레즈는 상황을 파악하려 애쓰고 있었다. 그는 날개와 불꽃의 계급장을 멍하니 바라보다가 훨씬 천천히 경례를 올렸다.

메레즈가 제대로 된 질문을 떠올리기 전에, 브레잔이 날카롭게 물었다. "키루에브 대장은 아직 살아 있나?"

"예, 각하." 두 켈이 대답했다.

이 대답에 마음 놓고 기뻐하고 싶었지만, 그것만으로는 장군의 상태를 섣불리 확신할 수가 없었다. "상태는 괜찮은가?"

두 사람은 머뭇거렸다. "살아는 있습니다, 각하." 상병이 대답했다.

젠장, 끝내주는군. 조금 더 캐묻고 싶었지만 여우 사냥이 먼저였다. "제다오는?"

이번에는 조금도 망설이지 않았다. "살아 있습니다, 각하."

빌어먹을. "제다오가 틀어박혀 있는 곳을 알려주도록. 장군의 현재 위치도."

메레즈가 위치를 말했다. 아무래도 제다오가 키루에브에게 바로 옆 선실을 제공한 모양이었다. 브레잔은 그 의미를 떠올리고 몸서리쳤다.

"좋아. 바로 숙소로 가서 그곳에서 대기하도록. 내가 별도로 명령을 내리기 전에는 아무에게도 입을 열지 않는다. 이상."

두 켈은 뻣뻣하게 걸어갔다. 순간 오사라가 영문을 모르겠다는 듯 눈빛을 반짝였다. 켈이 모퉁이를 돌아 사라지자 트세야는 나지막하게 중얼거렸다. "저 사람들, 가는 길에 아무도 마주치지 않았으면 좋겠는데."

"그건 우리가 어쩔 수 있는 일이 아니니까." 브레잔이 대꾸했다.

두 사람은 무사히 제다오의 선실에 도착했다. 잔뜩 지친 기분이었다. 브레잔은 복도 멀리 떨어져 있는 키루에브의 선실 문을 힐긋 바라보았다. 마치 장군이 그 문을 나와 자신들을 환영해주기라도 할 것처럼. 물론 그럴 일은 없었다. 그는 트세야에게 고개를 끄덕였다.

온전히 기능하는 정규 나방 그리드에 침투하면 무슨 문제가 일어날지 모른다. 그것도 슈오스가 감시하고 있다. 두 사람이 지금까지 해킹을 시도하지 않은 이유도 그 때문이었다. 그러나 이제 시도해야만 한다. 그리드 침투 경험이 있는 트세야가 반지와 비슷하게 생긴 해킹 도구를 꺼냈다. 터무니없이 큼지막한 반지는 위쪽이 볼록하고 매끄러운 카보숑 형태로 다듬어져 있었다. 가운데에 박힌 오팔 주변을 다이아몬드가 감싸고 있었다. 예전에 그녀는 이 반지를 보면서 '우리 어머니는 이런 걸 고급 취향이라 여기신다니까'라고 말하며 한쪽으로 고개를 갸웃거린 적이 있었다. 자신만 들을 수 있는 목소리에 귀를 기울이는 것처럼.

브레잔은 복도 양쪽 끝에서 누군가 등장하지 않을까 잔뜩 긴장하며 기다렸지만, 이내 문은 슉 소리를 내며 열렸다. 트세야는 허리를 펴면서 그를 향해 고개를 끄덕였다. 브레잔은 이미 총을 뽑아 들고 있었다. 그는 자기 자리에서 문 안쪽을 확인한 다음, 그대로 뛰어들어가 왼쪽으로 붙으며 다시 방 안을 훑었다. 탁자 위의 젱자이 카드 한 벌과 토큰 몇 개 빼고는 흥미로운 물건은 하나도 없었다. "이상 없음." 그는 낮은 소리로 말했다.

그러나 애석하게도 그의 잠입 실력으로는 부족했던 모양이었다. "난 여기 있네." 귀에 익은 목소리가 울렸다. 응접실 반대편의 문이 열렸다. 문가에 제다오의 모습이 슬쩍 드러나 있었다. 예의 미소조차도 반쯤만 드러나 있었다.

브레잔은 흥분을 억누를 수 없었다. 그는 권총을 소준하고 바로 세

발을 발사했다. 총알이 빗나가 사방에 튕기는 소리가 신음처럼 울렸다. 반대편 방에서 뭔가 깨지는 소리가 들렸다. 제다오는 이미 거울 속 환영처럼 재빨리 방 안으로 피신해버렸다.

"진지하게 나를 죽일 생각이었다면 이 함대를 통째로 날려버렸어야지. 저 빌어먹을 켈 사령부가 다른 소멸나방에 한 것처럼 말일세. 자네 총알도 내 시간도 굳이 낭비할 필요는 없지 않겠나. 문명인답게 대화로 해결하도록 하지."

제다오의 제안이 그들에게 유리하게 작용할 리는 없었다. 연막이 분명했다. 그래도 트세야에게 제다오를 노릴 시간만 벌어준다면…

"내 안전을 보장해줬으면 하네." 제다오는 어느새 조건을 협상하기 시작했다. "내 권총은 여기 놓고 가겠네. 자네 쪽 무기는 뭐든 그대로 가지고 있어도 되네, 브레잔."

브레잔은 저쪽 방으로 차마 뛰어들지 못하고 어찌할 바를 모른 채 머뭇거리기만 했다. 저릿한 손을 움켜쥐던 기억이 떠올랐다. 그 기억은 제다오가 브레잔보다 살인에 훨씬 능숙하다는 사실을 되새겨주었다. 트세야는 아무 말도 없었다. 아마도 복도에서 안전하게 진입할 순간을 기다리고 있을 것이다. 따라서 그는 원래 계획을 따르기로 마음먹었다. "받아들이겠다. 자, 나오시지." 그는 명예롭게 행동하겠다는 자살행위에 가까운 충동에 휩쓸려 그대로 권총을 총집에 넣었다.

총을 쏘지 않겠다고 보장했을 뿐, 다른 무기에 대해서는 아무 말도 하지 않았다. 제다오는 이런 허술한 구멍을 알아채지 못할 정도로 바보는 아니었다. 그러나 저쪽은 슈오스니, 다른 이들도 자신과 똑같이 거짓말을 일삼으리라 예상하고 있을 것이다. 양쪽 모두 상대방을 속이려 하는 상황이었다. 문제는 누가 더 먼저 행동하느냐였다.

브레잔은 살아남지 못할지도 모른다. 그러나 그가 받은 지령은 트세야에게 기회를 주는 것이었다. 이번만은 반드시 빌어먹을 명령을 끝까지 완수할 생각이었다.

제다오가 느긋하게 방에서 걸어 나왔다. 저 빌어먹을 비뚤어진 미소. 브레잔은 왼쪽 주먹을 꽉 쥐면서 눈앞의 여우 면상을 힘껏 후려갈기고 싶다는 생각을 했다. 제다오의 시선이 브레잔의 계급장에 닿았다. 그는 눈을 크게 뜨더니, 부드럽게 웃음을 터트렸다. "이런데도 사람들은 내 진급이 너무 빨랐다고 투덜댄단 말이지. 어쨌든, 축하하네. 자네 계급에 따라오는 특권이 마음에 들던가, 장군?"

다음 순간 제다오가 눈을 가늘게 뜨고 브레잔의 어깨 너머를 바라보았다. 브레잔은 처음에는 고개를 돌리지 않았지만, 다음 순간 트세야의 발소리가 들려왔다. 그녀는 원한다면 얼마든지 소리를 죽여 걸을 수 있었다. 발소리를 낸다는 것은 그만큼 자신감이 있다는 뜻이었다.

그녀의 몸에서 흘러나오는 열기가 목깃을 스쳐 지나갔다. 순간 부끄럽게도 그녀가 가까이 있다는 사실에 목덜미가 화끈 달아올랐다. 정작 그녀는 다른 남자를 주시하고 있는데도. 제다오만을 주시하겠다는 원래 다짐과는 달리, 브레잔은 결국 천천히 고개를 돌려 그녀를 바라보고 말았다. 은빛 핀이 풀리며 흩날리는 머리카락을 쓸어내리고 싶은 생각이 간절했다. 장밋빛이 은은히 어린, 깊은 바다색으로 변한 그녀의 눈동자에 감탄하며, 그 시선을 제다오가 아닌 자신 쪽으로 돌리고 싶었다. 그 눈동자에 어떤 독을 품고 있는지 잘 알면서도.

그러다 그는 시선을 떼지 말았어야 하는 대상인 제다오를 돌아보왔다. 제다오는 눈꺼풀을 반쯤 닫고 속눈썹 사이로 트세야를 바라보고 있었다. 브레잔은 자못 냉소적으로, 제다오가 살인과 관계없는 인간관계를 맺은 것이 정말 오랜만일 거라고 생각했다. 제다오의 눈에 깃든 격렬함이 브레잔을 불안하게 만들었다. 그러나 트세야는 조금도 거리낌 없는 모습이었다.

제다오는 천천히 트세야를 향해, 품위 있게 걸음을 옮겼다. 브레잔 쪽으로는 전혀 시선을 돌리지 않은 채로. 그는 브레잔이 알아듣지 못하는 언어로 트세야에게 몇 마디 부드러운 말을 건넸다. 트세야는 같은 언어로 응답했다. 브레잔은 긴장을 풀고 자리를 잡았다. 매혹술이 간단히 풀리지 않는다는 것을 알면서도, 너무 빨리 움직이지 않으려고 조심하면서.

그러나 브레잔이 달려든 순간 제다오는 이미 사라져버렸다. 어느새 브레잔을 피해 뒤로 돌아가 트세야의 뒷덜미를 때린 것이다. 싸움은 지나치게 간단히 끝나버렸다. 브레잔이 제대로 반응하기도 전에 트세야는 제다오의 품 안으로 쓰러졌다.

브레잔은 자기 손에 권총이 들려 있다는 사실을 깨달았다. 물론 큰 도움이 될 리는 없었다. 지난번의 싸움에서 뭔가 교훈을 얻었다면 말이지만.

"쏘지 마." 제다오의 목소리에서 매료된 기색은 조금도 느껴지지 않았다. "이 여자는 아직 살아 있어. 의료반에 데려가야 할지도 모르지만. 꼭 필요한 상황이 아니라면 죽이고 싶지 않아. 특히 한심한 총기 사고 따위는 정말 싫거든."

브레잔은 멍하니 제다오를, 트세야를, 다시 제다오를 바라보았다.

안단의 매혹술이 통하지 않을 리가 없었다. 한 가지 경우만 제외하면.

제다오가 제다오가 아닐 경우만 제외하면.

두 사람은 처음부터 놀아난 것이다.

제다오보다 위험한 작자의 손아귀에 제 발로 걸어 들어온 것이다.

23

체리스는 트세야를 아무렇게나 바닥에 내려놓으며 동시에 움직였다. 짜증스럽게도, 그녀는 여전히 생전의 제다오의 결투 영상 속에서처럼 신속하게 몸을 놀리고 있었다. 브레잔은 맞서 싸우려 했지만, 그녀의 손은 이미 브레잔의 목을 죄고 있었다. 어둠 속으로 빠져들며 브레잔은 생각했다. 끝내주는군. 보병대 켈을 건드리면 이런 꼴이 되는 거지.

정신이 든 브레잔은 거미형 구속구로 솜씨 좋게 결박되어 있었다. 이런 상황이 아니었다면 끔찍하게 호사스럽다고 할 만한 의자에 앉은 채였다. 다행스럽게도 키루에브 대장의 골동품 의자는 아니었다. 키루에브에겐 스크루드라이버로 팔걸이를 찔러 돌리는 습관이 있었으므로, 그녀의 의자였다면 바로 알아볼 수 있었을 테니까. 만약에라도 그녀의 의자였다면 도저히 견딜 수 없을 것이다.

체리스는 등받이를 브레잔 쪽으로 향한 채 다른 의자에 느슨한 자세로 앉아 있었다. "밤새 깨어나지 못하는 건 아닌가 걱정되더군." 그녀는 말했다. "도와달라고 소리쳐봤자 소용없어. 아무도 듣지 못할 테니까. 진형 본능이 발동하는 승무원이 나올지도 모르잖아. 아직은 그런 위험을 감수할 수는 없거든."

그녀는 여전히 제다오의 억양으로 말하고 있었다. 브레잔은 최대한 평온을 가장해서 말했지만 목쉰 소리만이 흘러나왔다. "당신이 누군지는 이제 잘 알았어. 흉내는 그만둬도 될 텐데."

"그게, 상황이 조금 복잡해서. 어쨌든 자네, 아무래도 누가 누굴 심문하는 중인지 헷갈리는 모양인데. 왜 나를 죽이려 한 거지?"

입을 다물고 있어야 했는데. 이런 후회도 이제 버릇이 될 지경이었다. 하지만 그리 대답하기 어려운 질문은 아니었다. "이유야 뻔하잖아. 당신은 슈오스 제다오인 척하고 내가 모시는 장군의 함대를 강탈했으니까. 혹시라도 당신이 역사 시간에 졸았을지도 모르니 알려주는 건데, 그 슈오스 제다오라는 친구는 사람들을 폭발로 날려버린 전력이 있거든. 미치지 않았다면 당신을 그 자리에 앉혀두고 싶을 리가 없잖아."

브레잔을 바라보는 체리스의 얼굴에 제다오의 웃음이 떠올랐다. "책략에는 재능이 없어도 완전히 바보는 아닌 모양이군. 자네 말대로 내가 제다오가 아니라는 건 이제 나도 알고 자네도 알지. 내가 제다오였다면 자네 안단 동료의 시도가 성공했을 테니까."

"트세야를 어떻게 했지?" 브레잔은 이번에도 자신을 억제하지 못했다.

체리스는 한쪽 눈썹을 들어 보였다. "제다오라면 그 여자를 죽였겠지만, 아직 목숨은 붙어 있지. 그 이상은 알려줄 생각이 없고."

살아 있다는 말은 믿을 수 있었지만, 트세야의 상태는 짐작할 수 없었다. "제다오를 흉내 내는 일에 아주 공을 많이 들인 것 같은데." 브레잔은 이 모든 일이 어떻게 시작되었는지를 떠올리며 말했다. 어쩌면 뭐든 계속 말하게 하는 편이 나을지도 모른다. 뭔가 단서를 흘릴 수도 있으니까.

"믿든 안 믿든, 지금 내 상황은 켈 사령부가 나한테 저지른 일의 부작용일 뿐이야. 그럼 다시 물어보지. 자넨 왜 나를 죽이려 한 거지?"

체리스는 묘하게도 암살 시도 자체에 대해서는 별로 개의치 않는 것처럼 보였다. 진짜로 그의 동기를 캐묻고 있는 것이었다. 대체 왜? 그게 무슨 상관이기에? 생각해보면 체리스는 아주 간단하게 브레잔을 죽일 수 있었다. 처음 브레잔을 구속했을 때도 마찬가지였다. 곱씹을수록 짜증이 치솟았다. 체리스는 끈기 있게 그를 바라보고 있었다.

"네놈이 자기가 누구라고 주장하든 상관없어. 네놈은 내가 모시는 장군의 함대를 강탈했어. 젠장, 난 내가 할 일을 했을 뿐이야. 당신이 얌전히 함대를 끌고 우아하게 멀어져가는 모습을 전송해주기라도 바랐나?"

체리스는 의자 등받이를 톡톡 두드렸다. "그래서 그 함대가 원래 뭘 할 예정이었지?"

"네놈도 답을 원하는 게 아니잖아. 애초에 왜 이딴 질문이나 하는 거지?"

"장군이란 친구들은 죄다 대답도 똑바로 못 하나? 별로 어려운 질문도 아닐 텐데." 체리스의 말투에 신랄한 기색이 섞였다.

"하폰과 싸우라는 명령을 받았지." 브레잔은 아무 소용도 없다는 것을 알면서도 체리스에게 달려들고 싶은 욕구가 끓어올랐지만, 간신히 자신을 억눌렀다. "네놈이 끼어들지 않았더라도 아무 문제 없이 성공했을 테고."

"일리 있는 말이기는 하지만, 한 가지 지적할 게 있어. 그 과정에서 함대원이 대부분 목숨을 잃었으리라는 거지. 아니, 그런 이야기는 관두지. 기함에 승선했다는 말은 지금껏 함대의 움직임을 추적해왔다는 뜻일 테니, 작전 행동도 눈으로 확인했겠지. 그렇다면 내가 지금까지 무작위로 우군 전함나방을 포격해 격침하거나, 그대로 도시에 들이박거나, 독가스로 선내를 가득 채우는 모습도 똑똑히 관찰하고 있었을 테고."

"비꼬는 소리 정말 고맙군. 지금까지 당신이 어느 정도의 성과를 거뒀는지는 나도 잘 알고 있어." 이렇게 비꼬면서도, 브레잔은 그 성공이, 부분적으로 최근까지 보병대 대위였던 사람의 공적이라는 점은 외면하고 싶었다. "게다가 당신이 켈 사령부에서 목줄을 쥐고 있던 시절처럼 순종적으로 하폰과 싸워왔다는 사실도 알고 있어. 하지만 당신이 육두정을 위해 그런 일을 벌였다고는 절대 믿을 수 없어."

"그래, 육두정을 위해 싸운다는 점이 자네한테는 매우 중요한 모양이로군." 체리스는 별 내색 없이 이렇게 말하며 손을 풀었다.

브레잔은 그녀의 손이 아니라 어조에 신경을 쓰고 있었다. 대체 뭘 깨달은 것처럼 지껄이고 있는 거야? 자신이 정부에 대해 위험할 정도로 이단적인 생각을 품고 있다는 사실은, 굳이 그녀가 알려주지 않아도 잘 알고 있었다.

"자네는 거짓말 솜씨가 형편없군." 그가 아무 말도 하지 않았는데도, 그녀는 이렇게 덧붙였다. 심장이 차갑게 식는 느낌이 들었다. "자네가 신경 쓰는 대상은 이 함대 자체겠지. 훌륭한 일이야. 내가 이 함대의 켈을 켈 사령부보다 잘 보살폈다는 사실은 곧 알게 될 테지만."

"자살 진형으로 싸우라고 전술 부대 하나를 던져 넣는 식으로 말인가." 브레잔은 이렇게 대꾸했다. 체리스를 도발하면 위험하다는 사실을 잘 알고 있으면서도.

"게리온 함장이었지." 체리스가 말했다.

브레잔은 튀어나오는 욕설을 삼켰다. 그는 게리온을 좋아했다. 언젠가 그를 저녁 식사에 초대했을 때, 브레잔이 대접했던 소를 채운 꿩 구이를 칭찬하기도 했지만, 그 외에도 호감이 가는 사람이었다.

"훌륭하게 자기 임무를 수행했지." 체리스의 목소리에서는 조금도 비꼬는 투를 찾아볼 수 없었다. "누군가는 싸워야 하는 법이야, 브레잔. 그걸 피할 방법은 없어. 자살 진형은 게리온 본인이 임무를 완수하려고 선택한 거야. 그가 직접 '키오라의 일격'을 선택했고, 그가 원하는 효과를 냈지. 그럼 다시 한 번 들어볼까. 자넨 왜 나를 죽이려 한 거지?"

브레잔은 그녀를 노려보았다. 태연해 보이는 능력이 지독하게 뛰어난 여자였다. 자신에게 우세한 상황 때문이기도 하겠지만. "나는 켈이다." 그는 이를 악물고 말했다. 의기양양한 잿불매의 모습이, 연기를 휘감은 날개가, 뜨겁게 자신을 지켜보던 금빛 눈이 떠올랐다. "켈로서, 명령을 받았다."

체리스는 소리 없이 웃음을 머금었다. "우린 추락매야. 자네가 명령을 따른 건 자네가 그러고 싶었기 때문이지. 계속 질문이 돌고 도는데 말이야. 왜 나를 죽이려 한 거지?"

브레잔은 이제 주먹에 힘도 들어가지 않았다. 안이한 답변도 이제 바닥나버렸다. "나도 몰라." 날 선 것처럼 들리는 자기 목소리를 혐오하며, 그는 말했다. "모른다고. 이제 됐어? 이 말을 듣고 싶었던 건가?"

"나도 한때는 자네처럼 켈 사령부를 추종했지. 하지만 더 나은 방법이 있어. 제다오가 알려주기 전까지는 나도 깨닫지 못했지만." 브레잔은 입을 벌린 채 멍하니 체리스를 바라보았다. "제다오는 사악한 자였지만 그렇다고 그가 틀린 말만을 하는 건 아니야." 그녀는 자리에서 일어나서 브레잔의 구속구를 해제하기 시작했다. "지금부터 내가 뭘 할지 알려주지. 자네에게 함대의 통제권을 넘길 테니, 직접 동료들과 이야기를 나눠봐. 분명 다들 자네를 걱정하고 있을 테니까. 그동안 내가 함대를 어떻게 운영해왔고 사람들은 어떤 대우를 받았는지 직접 물어보라고. 진형 본능이 있으니 다들 정직하게 대답해줄 테지." 구속구의 마지막 잠금쇠가 찰칵 소리와 함께 풀렸다. "그런 다음, 다시 이리로 돌아와서, 내 면전에서 직접 말해. 왜 나를 죽이고 싶은지. 자네에게 함대의 통제권을 넘기면, 나는 이제 자네한테 위협이 되지도 않을 테니까."

구속구는 해제되었지만 브레잔은 움직일 엄두를 내지 못했다. 몰래 근육을 꿈틀거려보니 완전히 풀려난 것은 분명했다. "다들 당신이 누군지는 모르는 거겠지?"

"자네라면 그 점도 알아차릴 것 같더군." 체리스는 가볍게 대꾸했다. "나는 어디든 원하는 곳에 감금해놔도 돼. 생각해야 할 일이 좀 있으니까. 어쨌든 이 자리에서 나를 죽일 생각이었다면 벌써 뭘 해도 했을 테고."

브레잔은 입을 열다가, 자신이 아무런 구속도 당하지 않은 상태에서 그녀가 계속 말하도록 놔두었다는 사실을 깨닫고, 다시 입을 다물었다. "내가 돌아올 때까지 이 선실에 얌전히 있겠다고 맹세해." 브레잔은 대신 이렇게 말했다.

브레잔이 방금 한 말을 켈 사령부가 알게 된다면 일단 그의 몸을 박살 낸 다음, 남은 살점 조각을 장식용으로 벽마다 널어놓을 것이다. 그가 명령을 자의적으로 해석하리라는 정도는 알고 있었을 것이다. 그러나 지금 그의 행동은 그렇게 정당화할 수 있는 한계를 넘은 것이었다.

"맹세하지." 체리스가 말했다. 그녀는 지금 차고 있지 않은 역법검의 손잡이에 손을 올리는 시늉을 했다. 켈이 오랫동안 사용하지 않은 예법이었다. "자네의 친애하는 장군부터 시작하는 건 어떨까. 아마 방에서 쉬고 있을 텐데."

"나방 그리드 접속권을 내놔." 브레잔이 말했다.

"물론 그래야지." 체리스는 이렇게 말하고 그가 모르는 언어로 암호를 중얼거렸다. 어차피 저 암호는 다시 사용할 일이 없을 것이다.

나방 그리드가 다시 자신의 보조 두뇌에 말하기 시작하자, 그는 눈을 깜빡였다. 순식간에 함내 전체 지도와 현재 근무 중인 승무원 목록이 단말에서 그의 머릿속으로 넘어왔다. "이게 전부 네 슈오스식 도박의 일부라면, 네놈을 잘게 다져서 켈 사령부로 전송해버리겠어."

체리스는 그의 위협에 별로 신경 쓰지 않는 듯했다. 지금까지 그녀
가 한 행동을 생각해보면 나름 당연한 일이긴 했다.

브레잔은 자리에서 일어섰다. 근육이 삐걱거렸지만, 어차피 그리
오래 묶여 있던 것도 아니었다. 그는 소파에 편하게 앉은 체리스 쪽을
힐끔거렸다. 그녀는 동영상을 불러오는 중이었다. 설마 결투 드라마
인가? 댄서들이 등장하는? 묻지 않는 편이 나아 보였다.

방에서 나오는 순간 이단 켈이 급습해 올 것이라 반쯤 기대하고 있
었지만, 복도는 무심한 정적으로 그를 도발했다. 정적과, 조금도 달라
지지 않은 거만한 잿불매의 그림으로.

이제 브레잔에게는 두 가지 선택지가 있었다. 체리스가 제안한 대
로 키루에브 대장을 찾아가보거나, 그리드가 그를 속이려 들지 않으
리라 가정하고 트세야를 찾아가보는 것이었다. 트세야는 체리스와 대
화를 나눈 것조차 잘못된 행동이라 말할 것이다. 그래도 그녀라면 이
상황에서 뭘 해야 할지 알고 있을 것 같았다. 반면 체리스의 주장에
일말의 진실이라도 담겨 있는지를 확인해야만 한다는 의무감도 들
었다.

될 대로 되라지. 조사라는 건 원래 기회가 있을 때마다 해야 한다
고. 그는 복도를 따라 걸음을 옮겨 대장의 선실 문앞에 도착했다. 별
로 먼 거리도 아니었다. "키루에브 대장에게 면회를 요청한다." 그는
말했다.

한참 침묵이 이어졌다. 브레잔이 다시 요청하려는 순간 문이 쓱 하
고 열렸다. 그는 안으로 들어선 이후에야 자신이 새 계급을 언급하는

것을 잊었다는 사실을 깨달았다.

"브레잔." 키루에브는 이렇게 말하고는, 날개와 불꽃 계급장으로 시선을 향한 다음 덧붙였다. "각하." 선반마다 끝없이 가득한 잡동사니 기계들을 정리하는 중이었던 모양이다. 그녀는 브레잔을 정면으로 향하며 정식으로 경례를 올렸다.

브레잔의 시선을 끈 것은 기계들도 경례도 아니었다. 키루에브의 머리카락에 보이던 희끗한 띠가 더 널찍해져 있었다. 몸도 마르고 창백해 보였다. 브레잔은 분노의 신음을 억눌렀다.

키루에브는 입가에 웃음을 머금었다. "각하께서 여기 도착하셨다는 말은, 켈 사령부가 어떻게든 각하를 여기까지 모셔왔고 제다오는 제거됐다는 뜻이겠군요." 키루에브는 권총으로 손을 뻗으려 했지만 팔이 말을 듣지 않았고, 이내 손이 떨리기 시작했다.

설마 제다오 때문에 나를 죽이려는 건가? 브레잔은 믿을 수 없다는 눈으로 키루에브가 총을 향해 손을 뻗는 모습을 바라보았다. "물러서십… 물러서도록, 대장." 브레잔의 말에 키루에브는 얼어붙었다. 총을 내놓으라고 명령했어야 했겠지만, 그녀의 자긍심을 완전히 무너뜨릴 엄두가 나지 않았다. "대체 무슨 일이 일어난 거지?"

"부디 명확하게 말씀해주십시오, 각하." 키루에브가 차가운 목소리로 말했다.

그래, 그런 식으로 나오시겠다면야… "꼭 중독된 것 같은 모습이잖아. 무슨 일이 있던 건가?"

"켈 사령부가 제다오의 계급을 박탈했을 때, 그를 위해서 브라에탈라 조항을 발동했습니다."

"저 작자가 당신한테 뭘 시켰다고?" 키루에브가 병색이 완연한 이유를 브레잔은 그제야 알았다. 실제로 아픈 상태였기 때문이다. 키루에브는 죽어가고 있었다.

"아무도 강요하지 않았습니다, 각하. 자원해서 한 겁니다. 원하신다면 저를 이 자리에서 총살하셔도 좋습니다. 이제 아무 의미도 없으니까요."

브레잔은 키루에브의 눈빛에 깃든 비통한 절망에 상처를 입었다. "질문을 잘못 선택했군. 자원해서 그런 선택을 한 이유가 뭐지?"

침묵이 흘렀다.

정말 끝내주는 상황이었다. 모든 면에서 자신의 상관이어야 마땅한 여성을, 이젠 계급으로 찍어 눌러야 할 모양이었다. "질문에 답하라, 대장."

키루에브는 날카롭게 숨을 들이쉬고는 고개를 끄덕였다. "그가 섬길 가치가 있는 지휘관이기 때문입니다. 저는 잠동사니로 만든 조악한 기계장치로 그를 암살하려고 시도했고…"

브레잔은 놀라움을 숨기려 시도했다.

"…거기서 실패했습니다. 류와 메리키가 목숨을 잃었습니다."

"그런 일이." 브레잔이 말했다. 모든 게 비현실적이었다. 류는 살짝 도박에 몰두하는 경향이 있었고, 메리키는 자식이 수도 없이 많았다.

키루에브는 브레잔이 아무 말도 하지 않은 것처럼 말을 이었다. "이후 제다오 대장이 저를 따로 불렀습니다. 제가 범인이라는 사실을 알고 있던 제다오 대장은 제가 무고한 사람의 목숨을 빼앗았다고, 그런 실수를 다시 저지르지 말라고 경고하고는 제 도움을 요청했습니다. 저는 그를 도와주었습니다. 역사 수업 시간에 가르치는 내용은 알고 있습니다. 제다오가 무슨 일을 저질렀는지도 압니다. 하지만 이 함대를 지휘하는 동안, 그는 평소의 켈 사령부보다 훨씬 명예롭게 우리 켈을 대했습니다." 키루에브의 명한 시선이 브레잔을 향했다. 진형 본능이 그녀의 저항을 녹여버리고 있었다. "그를 처리하셨으리라 생각합니다. 아니면 여기 계실 수 없겠죠. 그대로 임무를 끝내주십시오, 각하." 그녀의 목소리가 부드러워졌다. "상황이 어떻게 흘러가든, 각하께서 살아남으셔서 기쁩니다."

순간 브레잔은 키루에브가 죽음을 원한다는 사실을 깨달았다. 브라에 탈라 조항에 소문대로 그런 부작용이 있는지 묻고 싶은 마음은 간절했지만, 차마 물어볼 수 없었다. 다른 무엇보다, 그 답이 마음에 들지 않으리라는 생각이 들었으니까. 대신 브레잔은 이렇게 물었다. "귀관들이 내내 속고 있었다면 어떨 것 같나? 귀관들이 따르던 사람이 슈오스 제다오가 아니라면?"

키루에브는 순간 입을 다물었다가, 다시 대답했다. "체리스 대위가 그 정도 수준의 명사수가 아니라고 지적하신 분은 각하셨습니다. 아니면 짧은 시간 동안 그렇게 실력을 키웠으니, 엄청난 행운을 잡은 거겠죠. 그렇게 생각하신다면 말입니다만."

"켈 사령부가 필요할 때마다 제다오를 되살리는 방법에 대해서는 아는 게 없는데. 혹시 귀관은 아는 게 있나?"

"저도 그쪽 정보의 열람이 허용된 적이 없습니다, 각하."

키루에브가 서서히 의심을 품고 있었다. "나는 혼자 온 것이 아니다." 이 말에는 별 반응이 없었다. 키루에브도 당연히 짐작했을 테니까. "나는 안단 요원의 보조로서 여기 온 거다." 그녀의 눈빛이 흔들렸다. "안단 요원은 체리스의 움직임을 둔하게 만들 수조차 없었다."

"제다오가 미쳤기 때문이거나, 체리스에 빙의하느라 광기가 심해졌기 때문일 가능성은 없습니까?"

"나는 이 나방에 타고 있지 않았으니 판단할 수가 없다." 브레잔은 체리스와 나눈 명료한 대화를 떠올리며 대답했다. 슈오스가 일부 요원에게 매혹술에 저항하는 비결을 가르친다는 소문은 들었지만, 트세야는 그 정도가 문제가 될 것이라고는 여기지 않았다. "귀관이 말해보도록. 귀관이 섬기던 바로 그 사람이, 광기를 내비치는 행동을 했나?"

키루에브는 갈라질 듯 메마른 목소리로 대꾸했다. "글쎄요, 켈의 삶에서는 명예로운 행동이야말로 광기겠죠. 하지만 각하의 말뜻은 알겠습니다. 이제는 아무 의미도 없겠지만요."

그 말에 브레잔은 깜짝 놀랐다. "무슨 뜻인가?"

키루에브는 입을 앙다물었다. "제다오는 죽었습니까?"

"아니." 브레잔은 이렇게 말하고, 키루에브의 눈에 조금이나마 희망이 돌아오는 기색에 거북한 기쁨을 느꼈다. "그는 나를 구속했지만, 자기 선실에서 나를 다시 풀어줬다. 함대의 상태를 보고 자신의 행동을 평가하는 것이 어떻겠냐고 나를 설득하더군."

"흥미로운 수로군요. 제가 각하를 따를 수밖에 없다는 점을 생각하면 말입니다. 그 여자를 믿을 수 있다고 확신하십니까?"

진형 본능이 키루에브를 장악한 것이 분명했다. 그녀의 충성 대상이 눈앞에서 바뀌고 있었다. 이건 내가 원한 게 아니에요, 하고 브레잔은 소리치고 싶었다. 그러지 않는 편이 낫다는 사실은 잘 알고 있으

427

면서도. "어쩌면 귀관에게 했던 것처럼, 내가 직접 자신을 평가해주기를 원한 걸지도 모르지."

"각하를 살해하는 대신 풀어주었군요." 브레잔에게 새삼 되새기려는 것처럼, 키루에브가 말했다. "제 경우와 유사하게."

"아직 〈축제의 위계〉호를 제대로 둘러보지도 못했다. 혼란을 최소화하기 위해 귀관과 동행하고 싶다."

"명령만 내리시면 됩니다, 각하."

브레잔은 키루에브로서는 어찌할 수 없는 행동에 트집을 잡지 않겠다고 마음먹었다. "체리스가 자신의 최종 목적에 대해서 암시한 적이 있나?"

"각하께서도 짐작하시겠지만 제가 아는 건 체리스가 하픈과 전투할 생각이었다는 것과, 그보다 장대한 전략이 있을지도 모른다는 것뿐입니다. 그 이상의 세부적인 계획은 전혀 듣지 못했습니다."

"세세한 계획은 몰라도, 뭐든, 뭐든 좋으니까…" 브레잔은 당황스럽게도, 어느새 체리스가 여우로서 뭐든 계획을 세워놓았기를 바라고 있었다. "대함대기는 해도, 우리 함대 하나로 육두정과 전면전을 벌일 생각이었을 리는 없잖아."

"한번은 제가 제대로 전장을 파악하지 못하고 있다고 말했습니다. 하지만 그조차도 주의를 돌리려는 시도였을 수도 있겠죠."

"속임수였다고 생각하나?"

"아닙니다." 키루에브는 조금도 망설이지 않고 대답했다. "그렇게 생각하지는 않습니다."

브레잔은 잠시 생각을 가다듬었다. "우선 참모진과 각 부서의 수장,

아, 자나이아 함장을 만나봐야겠다."

"각하, 함장이 지금 직위 해제 상태라는 사실을 미리 알려드리겠습니다. 지금은 무리스가 함장 대행을 맡고 있습니다. 자나이아를 다시 함장으로 복귀시킬까요?"

간신히 상황이 감이 잡히는 것 같았는데. "무슨 일이 있었지?"

"자나이아의 정신이 무너졌습니다." 키루에브는 간결하게 대답했다.

"그 문제는 나중에 따로 확인하겠다." 브레잔은 우울하게 말했다. 일단은 함대의 상황부터 파악해야 했다. "그럼 무리스 함장을 만나보지."

"각하께서 원하시는 대로. 준비해놓겠습니다."

키루에브는 분명 브레잔이 현재 상황에 전혀 대비하지 못했다는 사실을 깨달았을 테지만, 그 점을 굳이 지적하지는 않았다. 무례한 행동이기 때문일 것이다. 브레잔은 무력한 분노에 휩싸인 채로 키루에브가 호출 명령을 내리는 모습을 지켜보았다. 이 분노가 어디로 향하는 것인지 알 수 없었다. 아마도 자기 자신을 향한 분노일 것이다.

두 사람은 먼저 가 있는 편이 나을 것이라는 생각에 일찍 회의실로 떠났다. 브레잔은 키루에브의 걸음걸이에 계속 흠칫거렸다. 거동이 불편해 보여서는 아니었다. 어딘가 그런 느낌이 있으리라는 생각을 멈출 수 없어서였다. 브레잔이 반사적으로 탁자 측면의 인사장교 자리에 앉자, 키루에브는 헛기침을 했다. 브레잔은 얼굴을 붉히며 그대로 서 있기로 마음먹었다. 키루에브는 최상석 바로 옆의 의자에 천천히 몸을 묻었다.

가상 먼서 도착한 사람은 무리스 함장이있다. 그는 조금도 망설이지 않고 경례를 올린 다음, 브레잔이 고개를 끄덕이자 키루에브의 맞은편 자리에 앉았다. 이어서 대부분의 참모진 장교들이 입장했다. 가장 늦게 도착한 의무반 장교는 대놓고 의심하는 눈으로 브레잔을 바라보았다.

전원이 착석한 후 브레잔은 입을 열었다. "말도 안 되는 상황이라는 건 잘 알고 있지만, 내 요구 사항은 매우 단순하다. 제다오가 함대를 탈취한 후 함대를 어떻게 다루었는지 솔직하게 평가해주기 바란다." 자신이 이곳에 있는 이유나 그런 정보를 원하는 이유 따위는 설명하지 않았다. 키루에브 대장이 대놓고 복종하고 있다는 점만으로도 정당성은 충분했으니까. "함장부터 시작해서 시계 방향으로 진행하겠다. 키루에브 대장의 보고는 이미 개인적으로 접수했다."

"알겠습니다." 무리스가 그대로 보고를 시작했다. 명쾌한 어조는 조금도 변하지 않았고, 브레잔은 그의 침착한 태도에 감탄할 수밖에 없었다. 전체 회의가 녹음되고 있는데도 브레잔은 굳이 내용을 받아 적었다. 그렇게라도 하지 않으면 무리스의 말에 집중하지 못할 것 같았기 때문이다.

회의석상의 장교들은 불만스러운 기색을 숨기지 않았다. 그러나 모두 명령을 따를 것이다. 이 방에 들어와서 브레잔을 본 순간, 그의 명령에 저항할 능력을 완전히 상실했으니까. 무리스가 하픈과 벌인 첫 번째 교전을 설명하는 동안, 브레잔은 자신을 향하는, 장교들의 충성심이 끓어오르는 눈길에 중독될 것 같다는 생각을 했다. 아마도 상급 대장이나 부자연스러운 방법으로 400년이라는 근속기간을 확보한 대장만이 느낄 수 있는 감각일 것이다. 정규 복무 중에는 비슷한 상황조차 본 적이 없었으니까.

켈 체리스도 함대에 이 정도의 권력을 행사할 수 있었다. 그러나 오로지 자신의 논지를 입증하려는 도박수 때문에 그 권력을 포기했다. 대체 그녀의 정체는 무엇이고, 어떤 게임을 펼치고 있는 것일까?

이 질문에 대한 답을 알아내려면 그녀에게 돌아가야 할 것이다. 그것만은 분명한 사실이었다.

24

키루에브는 브레잔 상급대장이 주재하는 회의에 제대로 집중하기가 힘들었다. 브레잔을 제외한 다른 사람들과 마찬가지로 함대가 지금껏 겪은 일을 잘 알기 때문이기도 했지만, 다른 무엇보다 전신을 짓누르는 피로감을 버틸 수가 없었다. 브라에 탈라의 첫 4분의 1을 조금 넘겼을 뿐인데 이 정도로 힘들다니. 대체 100일을 살아서 버티려면 뭘 해야 하는 걸까? 사람들과 교류하는 동안에는 조금 기분이 나아졌지만, 회의실에 앉아 있으면, 자신이 천천히 벽이나 공기나 조명 속에서 일렁이는 보풀처럼 생명이 없는 존재로 졸아드는 것만 같았다.

그녀가 정신을 차린 것은 브레잔이 체리스와 관련된 명령을 내렸을 때뿐이었다. 요약하자면 '명령을 깨고 선내를 돌아다니는 제다오를 발견하면 즉시 발포하라'라는 명령이었다. 흥미롭게도 브레잔은 체리스의 정체를 밝히지 않았다. 믿을 수 없도록 허황한 이야기라는 이유도 있을 것이다. 이내 브레잔은 회의를 끝마치고 모두를 내보낸 다음, 조바심 가득한 얼굴로 키루에브를 바라보았다. 브레잔은 항상 감정이 얼굴에 그대로 드러나는 사람이었다.

"대장, 나방 내부를 돌아보고 싶다. 지금 상황에서 현명하지 못한 행동이라 생각한다면 재고해보겠지만."

교묘하게 꽁무니를 뺄 여지를 남기기는 했지만, 키루에브는 받아줄 생각이 없었다. 선실로 돌아가봤자 할 일이라고는 뼈와 코일 무더기와 무심한 곡선에 대한 백일몽에 빠지는 것뿐이었으니까. "굳이 시간을 늦춰야 할 이유는 없다고 생각합니다, 각하. 제대로 된 호위가 필요하다고 생각지 않으십니까?"

키루에브의 예측대로 브레잔은 움찔했지만, 절차상 확인해야 하는 일이었다. "내가 위험할 수 있다고 생각하나?" 그가 물었다.

"켈이 위협을 가할 일은 없겠죠." 키루에브가 말했다. 물론 체리스가 아직 켈의 범주에 포함될지는 논란의 여지가 있었지만.

브레잔은 대꾸하지 않았지만, 데려온 안단의 존재가 마음에 걸리는 것이 분명해 보였다. "그럼 우선 사령실로 가지." 그는 문을 향해 두어 발짝을 내딛다가 문득 걸음을 멈추었다. "왜 그랬나?"

저런 모호한 질문으로는 온전한 대답을 얻을 수 없다는 걸 알고 있는 거겠지? 하급 장교의 기초 교육 과정에서는, 반항적인 일반병도 동기만 충분하면 명령의 구멍을 파고들어 장교의 발을 묶을 수 있다는 점을 가르친다. 키루에브는 솔직하게 대답했다. "질문을 이해할 수 없습니다, 각하."

브레잔은 그녀를 돌아보았다. 눈을 가늘게 뜨고, 콧구멍을 벌름거리면서. 화낼 대상을 찾고 있는 것이 분명했다. 원하기만 하면 함대의 모든 승무원을 분노의 제물로 삼을 수 있는데도, 정작 본인은 아직 깨닫지 못한 모양이었다. 브레잔다운 일이었다. "정말 모르겠나? 나도 진형 본능이 뭔지는 알고 있어. 풀려난 다음에도 자진해서 체리스의 노리개로 남았던 이유가 이해가 안 된단 말이야."

"각하께서도 체리스에게 같은 일을 당하고 싶으신 것처럼 들립니다. 제 이야기는 이미 모두 들으셨습니다. 지금 각하께서 언급하시는 추락매 체리스는 탈주해서 내키는 대로 행동해온 자일 뿐입니다. 그 점은 이미 알고 계시리라 생각합니다만."

"켈 사령부에서 제다오의 계급을 박탈했을 때 그대로 머리를 쏴버릴 수도 있었잖아." 브레잔은 목소리를 높였다. "그랬다면 우리도 지금 이렇게…" 그는 입을 다물었다.

"각하께서 가신 다음 제가 무슨 일을 겪었을 것 같습니까?" 키루에브는 지친 투로 말했다. "저도 인간입니다, 각하. 인간은 의지가 꺾일 수 있습니다. 때론 제대로 된 동기조차 필요하지 않습니다. 그래서 실망하셨다면 죄송합니다. 원하시는 대로 어떤 처분을 내리셔도 달게 받겠습니다. 하지만 저는 제게 가장 중요한 원칙에 따라 행동한 겁니다." 그녀는 말을 멈추고 한때 존재했던 온갖 이유를 다시 짜 맞추려 시도했다. 벌써 기억하기조차 힘들어졌다. "체리스가 육두정을 상대로 가망 없는 전투를 벌여도 상관없었습니다. 그저 지금보다 더 나은 세계를, 그 가치를 위해 투쟁하는 사람이 존재한다는 것을 확인한 후에 죽고 싶었습니다."

브레잔은 속내를 읽을 수 없는 얼굴로 그녀를 바라보다가, 이윽고 말했다. "가자, 대장."

키루에브는 브레잔의 옆으로 따라붙었다. 두 사람은 아무 말 없이 소멸나방의 복도를 걸어갔다. 브레잔은 내내 그림 쪽만 바라봤다. 갑자기 미술에 관심이 생겼거나, 수묵화에서 어딘가 불편한 부분이 있는 모양이었다. 그러나 키루에브가 신경 쓸 필요는 없었다. 브레잔이 그림에 대한 의견을 물은 것은 아니었으니까. 진형 본능에 아무리 이런저런 문제가 있다고는 해도, 행동의 결정권이 다른 사람에게 넘어가면 분명 마음이 편안해지기는 했다. 애초에 너무 높은 자리까지 진급한 것이 문제였을 뿐이었다.

무리스 함장은 그들 앞에서 문이 열리기 바로 직전부터 브레잔에게 경례를 붙이고 있었다. 그리드가 그들이 접근하고 있다는 사실을 알려준 것이 분명했다. 무리스는 키루에브에게 시선을 주지 않으려 애썼다. 영리한 행동이었다. 무리스의 눈에는 키루에브를 반역죄로 처형하기 전에 본보기 삼아 데리고 다니는 것처럼 보일 테니까. 키루에브도 딱히 항변할 방도가 없었다.

전 함대는 대기 상태였지만, 브레잔은 전후 수리와 사상자 보고를 살펴보는 무리스의 모습과 때때로 들어오는 나방 함장들의 통신을 살펴볼 수 있었다. 교리반과 기술반은 열심히 회수한 잔해를 분해하며 하픈 함대가 보호하던 보조 부대의 정체를 파악하려 애쓰고 있었다. 장교들은 다들 숨죽인 목소리로 임무를 속행했다. 브레잔은 38분 동안 사령실에 머물렀고, 그러는 동안 그의 표정은 계속 공허해졌다. 마침내 그는 무리스에게 깍듯이 묵례하여 훌륭한 임무 수행에 감사를 표하고, 그대로 사령실을 나섰다.

두 사람은 주요 부서를 하나씩 훑었다. 브레잔은 의무반에서 조금 더 오래 머물렀다. 지난 전투에서 〈축제의 위계〉호는 거의 부상자가 없었고, 병실의 환자 중 하나는 평범한 박테리아 감염 때문에 온 것이었다. 이어 브레잔이 결투장에 들르자, 키루에브는 혹시 브레잔이 자신에게 도전하려 하는 것일까 하는 의문을 품었다. 당연하지만 브레잔이 이길 것이다. 키루에브의 스포츠 실력은 건강하던 시절에도 장군 직함에 걸맞은 수준을 간신히 유지할 정도였다. 반면 브레잔은 진심으로 스포츠를 즐기는 부류였다. 브레잔은 손을 내저어 승무원들의 경례를 중지시킨 다음, 다른 관객들과 거리를 두고 관객석 뒤편에 걸터앉을 뿐이었다. 키루에브는 흥미로운 얼굴로 그를 바라보았다. 브레잔은 초조한 기색으로 얼른 옆자리에 앉으라고 손짓했다. 준비 운동을 하는 병사들이 조금 있을 뿐, 실제로 대련을 하는 병사는 한 쌍뿐이었다. 기교보다 투지가 앞서는 이들이었다.

"제다오가 결투하는 영상을 본 적 있나, 대장?" 브레잔이 물었다.

키루에브는 브레잔이 자신을 꾸준히 계급으로 부르는 모습이 살짝 감동스러웠다. 마치 그 호칭만으로 그들의 업무 관계를 예전처럼 돌릴 수 있다고 생각하는 것만 같았다. "한두 번 정도 봤습니다, 각하. 솜씨가 뛰어나다는 사실은 기억나지만 그게 전부입니다. 혹시 제다오와 결투하실 생각이십니까?" 그녀는 브레잔이 지적하기 전까지는 제다오라는 가짜 호칭을 사용하기로 마음먹었다.

"제다오의 결박자는 결투 솜씨가 끔찍하게 평범하다고 기록되어 있더군." 결박자란 체리스를 말하는 것이었다. "결투 솜씨가 평범하다고 취미로 삼지 못할 이유는 없지만, 제다오는 아예 수준이 다른 사람이었어."

키루에브는 여기에 반응하면 안 된다는 사실을 감지하고 침묵을 지켰다. 퀠 사령부에서 체리스에게 무슨 짓을 했는지는 몰라도, 분명 지금은 그런 짓을 했던 것을 후회하고 있을 것이다.

"귀관을 처형했어야 하는 거겠지." 브레잔이 갑작스럽게 말했다.

"철저한 심문 후에 하셔도 됩니다. 아직 늦지 않았습니다." 브레잔의 내부에서 격렬한 충동이 다시금 머리를 쳐들고 있었다. 충동이야말로 브레잔을 끈질기게 따라다니는 결점이었다. 추가로 목표를 제시하면 경주마처럼 모든 시야를 가리고 한 길로만 달린다는 문제도 있었다. 전체 전략을 보는 눈이라고는 조금도 없는 친구였다. 브레잔이 전투 경험이 많은 장교였다면, 키루에브는 그를 '취급주의' 퀠로 분류했을 것이다. 창의적인 사고력 때문에 특수 임무에서 두각을 나타내고, 세심하게 감독하면 전술 부대의 지휘자로서도 유용하겠지만, 절대 그 이상으로 진급시켜서는 안 되는 사람이었다. 그렇다고 퀠 사령부가 실수한 것은 아니었다. 이번 특수 임무에서는 작전의 열쇠가 바로 계급이었으니까. 다시 하픈 함대가 등장하더라도, 전략반에 완전히 맡길 수만 있다면 브레잔도 무난히 해낼 수 있을 것이다.

"퀠 사령부에서 나까지 처형해버려도 상관없어." 잠시 후 브레잔은 다시 입을 열었다. 물론 단순한 처형이야말로 자비로운 보상이라는 사실을 두 사람 모두 잘 알고 있었다. "나는 그저 옳은 행동을 하고 싶었을 뿐인데… 단순해 보였는데. 대체 어떻게 하면 '함대를 탈취한 대량 학살자를 제거하는' 작전을 망칠 수 있는 거지?" 그는 역법검이 부딪칠 때마다 나부끼는 검불과 섬광을 멍하니 바라보고 있었다. "나는 함대 전술에서 지휘관의 특성을 읽어낼 정도의 지식은 없어. 당신이 보기에는 제다오가 예전과 같은 식으로 싸우는 것 같나?"

"복잡한 문제로군요." 키루에브가 대답했다. "검은 요람의 세부 사항은 기밀로 분류되어 있고, 켈 사령부에서 어떤 식으로 재갈을 물렸는지 전혀 알 수가 없으니까요. 하지만 모든 사람이 동요했다는 점만은 분명합니다. 각하, 그 이상의 정보를 원하신다면 누구한테 물어야 하는지는 알고 계시리라 생각합니다. 제다오가 진실을 말하기만을 바랄 수밖에 없습니다. 마음만 먹으면 상당히 유창하게 거짓말을 해내는 자니까요."

"그렇지. 당신 말이 맞아." 브레잔은 이렇게 말하면서도 다른 두 쌍이 대련을 시작할 때까지 추가로 9분을 더 미적거렸다. "그럼 가볼까."

브레잔은 도중에 라운지 단말 앞에서 걸음을 멈추고 체리스가 아직 자기 선실에 있는지를 확인했다. "제다오가 그리드에 속임수를 썼을 수도 있지만, 애초에 그런 가능성을 배제하고 협상을 받아들인 거니까."

"혹시 모르니 제가 먼저 들어가겠습니다." 키루에브가 말했다.

브레잔은 신음을 흘렸다. "당신, 조금 전까지는 제다오를 신뢰하고 있었을 텐데."

키루에브는 그게 무슨 상관인지 알 수가 없었다. "각하의 안전이 우선입니다."

"잠깐. 저 작자가 우리를 해칠 생각이라면, 우리를 하나씩 쏴 죽이는 게 아니라 이 나방을 아예 통째로 날려버리지 않겠어?"

"그곳에 고성능 폭발물을 남겨두고 오셨습니까?" 키루에브가 물었다.

"아니. 하지만…"

"그자에게 굳이 초자연적인 능력을 부여하려 하실 필요 없습니다, 각하. 합리적인 예방책을 피할 이유도 없고요."

브레잔은 쓴웃음을 지었다. "일이 돌아가는 꼴을 보니 모든 가능성을 배제하면 안 될 것 같긴 하군." 그는 경쾌하게 체리스의 문 앞까지 걸음을 옮긴 다음 입실을 요청했다. 손은 권총 근처에도 두지 않았다. 이 모든 일이 어떻게 시작되었는지를 돌이켜보면 충분히 이해할 수 있었다.

잠시 시간이 흐르고 문이 열렸다. 브레잔은 망설임 없이 들어갔다. 체리스는 그를 맞이하러 자리에서 일어났지만, 경례를 올리지는 않았다. 그새 옷을 갈아입은 모양이었다. 화려한 라벤더색 드레스에 까마귀 모양의 펜던트를 달고 있었다. 예상하지 못한 옷차림이었다. 까마귀 펜던트는 그녀가 총을 위험하게 만지작거릴 때 본 적이 있었다. 분명 그녀에게 뭔가 의미가 있는 물건이겠지만, 지금은 질문할 때가 아니었다. 켈의 제복을 입은 체리스의 모습에 너무 익숙해져 있던 키루에브는, 체리스의 얼굴 골격이나 몸의 윤곽 자체가 바뀐 것 같다고 생각했다. 마치 처음 보는 사람처럼.

"결정은 내렸나?" 체리스는 브레잔을 보고 말했다.

"하나 더 확인해야겠어." 브레잔이 말했다. 그는… 엄밀하게 말해 웃고 있지는 않았지만, 입매가 냉소적으로 뒤틀려 있었다.

"말해봐." 그녀가 말했다.

브레잔은 키루에브에게 고개를 끄덕여 보였다. "대장, 귀관도 이 침입자에게 물어볼 말이 있으리라 생각한다. 내가 여기 없다고 생각하고 그 질문을 지금 하도록."

키루에브는 명령을 복창하지도 못한 채 떨리는 숨을 내쉬었다.

"잔인해지는 법을 배운 모양이로군, 자네." 체리스는 브레잔에게 말했다.

키루에브는 체리스를 바라보며 물었다. "제다오?"

그녀는 여전히 제다오의 미소를 짓고 있었지만, 이번에는 슬퍼 보였다. "그랬으면 정말 좋았을 텐데."

"아주 조금이라도… 진실이 있었던 건가요?"

"충분히 진실이었지. 나는 슈오스 제다오의 남은 부분이니까. 켈 사령부에서 그의 유령을 나한테 결박시켰어. 그게 불러오는 부작용은 당신 상상에 맡기지. 그는 죽음을 맞이하면서 자신의 기억을 내게 전달해줬어. 육두관들이 우려하는 것도 당연한 일이었고."

키루에브는 생각을 정리할 수가 없었다. 체리스는 차분한 얼굴로 키루에브가 다음 질문을 떠올리기를 기다렸다. 조금 전까지만 해도 체리스의 명령에 따르고 있었는데, 벌써 그 충성심은 실낱처럼 가늘게 남아 있을 뿐이었다. 머지않아 충성심은 그림자만 남기고 완전히 사라져버릴 것이다. 존재했던 이유조차 떠올릴 수 없도록. "애초에 육두정을 무너트릴 수는 있었던 겁니까?" 그녀는 이렇게 물었다. 브레잔도 이 문제에서는 모호한 태도를 취했기 때문에, 키루에브로서는 어떤 답을 원하는지 확신할 수 없었다.

"브레잔, 키루에브에게 이런 짓을 시키지 말고 자네가 직접 묻는 게 어떤가? 누가 질문하든 자네에게 필요한 답변을 제공할 이유는 충분하지 않은가."

"당신이 상처를 입힌 사람이 이분이기 때문이야. 당신이 애초에 설명조차 하지 않은 대의명분 때문에 목숨을 잃을 사람이 이분이기 때문이라고."

"브레잔…"

"이런 짓을 해놓고, 설명할 책임이 있다는 생각은 안 드나?"

"내가 시킨 게…"

"직접 하셨지. 그대로 죽어 쓰러지기 전에 최소한 그 빌어먹을 이유라도 알려줘야겠다는 생각은 안 드나?"

"브레잔." 체리스는 지독하게 냉정한 목소리로 말했다. "키루에브를 똑바로 봐. 자네는 켈이야. 부하 앞에서 분노를 터트리면 안 된다는 것 정도는 잘 알고 있을 텐데."

키루에브는 숨이 가빠왔다. 이유는 설명할 수 없었다. 브레잔 상급대장을 똑바로 바라보는 것조차 힘들었다. 불길이 몸을 휩싸고, 온몸의 분자 사이에 죽음이 가득 들어찬 느낌이었다.

브레잔은 원래 하려던 말을 다시 입 속으로 밀어 넣었다. "좋아. 이 함대를 화형의 장작더미로 만들지 않았다는 것 정도는 인정해주지. 침략군을 격퇴했다는 것도. 하지만 그 정도로는 사람을 게임말로 쓰는 일을 정당화할 수 없어. 빌어먹을 그 계획이 뭔지를 알려달라고. 당신의 터무니없는 장기 외출에 무슨 가치가 있는지 말해주지 않으면, 당신을 그대로 성난 안단에게 먹이로 던져줄 거야. 물론 내 머리도 함께 뜯어 가겠지만, 당신을 제거할 수 있다면 그 정도 대가는 치를 수 있지. 그러니까 당장 말해. 제대로 된 이유를 말하는 편이 좋을 거야."

"우선 이걸 생각해봐." 체리스가 말했다. "조금도 신뢰하지 않는 체제에 그토록 열정을 불태우다니. 진심으로 신뢰하는 체제를 섬긴다면 자네는 어떤 사람이 될 수 있을까."

브레잔은 체리스를 후려치고 싶은 충동을 참으려고 온 힘을 다했다.

"우리한테 필요한 건 새로운 역법이야." 체리스가 말했다.

브레잔과 키루에브는 무의식적으로 눈빛을 교환했다. 브레잔이 입을 열었다. "육두정은 거의 1,000년 동안 이단을 분쇄해왔어. 이단 중에는 특정 지역에서 주민의 상당한 호응을 얻은 자들도 있었고. 젠장, 애초에 등롱꾼도 이단이었잖아?"

"엄밀하게 말하면 속국일 뿐, 육두정의 일부는 아니었지. 역사가들은 그 부분을 계속 틀리더라고."

"요점은 그게 아니잖아. 뭔가 변화를 만들려면 새로운 역법을 육두정 전체에 적용해야 한다고. 게다가…" 브레잔은 순간 얼굴이 창백해지며 말을 멈추었다.

"각하?" 키루에브가 말했다. 체리스는 매우 희미한 웃음을 머금었다. 불길한 징조였다.

"그러니까 빌어먹을, 그게 목적이었던 거로군?" 브레잔은 체리스에게 이렇게 말한 다음, 키루에브를 돌아보았다. "저 여자의 빌어먹을 프로필에 전부 들어 있었는데. 전부 거기 있었다고. 저 여자는 수학자야. 그것도 놀랍도록 뛰어난, 니라이가 탐낼 정도로 뛰어난 수학자라고. 사관학교에서 적성 과목으로 수학을 선택할 정도였어."

"그래. 제다오로 지내는 게 유용하기도 하다는 점을 부정하지는 않겠지만, 사실은 시선을 돌리려는 목적이었어. 제다오는 수학 능력이 전무하니, 대신 컴퓨터를 돌리고 수치를 짜 맞춰줄 사람이 없으면 역법 전쟁은 꿈도 꿀 수 없었지. 그가 등장하면 사람들은 다음 학살이 언제 일어날지 전전긍긍할 뿐, 수학적인 속임수에는 신경도 안 쓰는 거야. 솔직히 털어놓겠어, 브레잔. 자네가 나한테 무슨 짓을 하든 15일 후에는 역법 초기화가 일어날 거야."

브레잔은 훨씬 미심쩍은 표정을 지었다. "끝내주는군. 당신 머릿속에 피에 굶주린 대량 학살자의 파편을 넣은 채 돌아다닌다고 조금 전에 인정했잖아. 그런데 이제는 대량 학살자와 다를 바 없는 당신의 그 역법이 지금보다 나을 거라고 나를 설득하려는 건가? 나는… 그래, 육두정이, 추도 의식이, 자살 진형이, 세대를 거칠 때마다 더욱 광기에 빠지는 켈 사령부가 전부 최악이기는 하지. 하지만 만약 이보다 더 나빠진다면? 우리 기술의 근간이 되는 역법을 파괴하면 얼마나 지독한 혼란이 펼쳐질지 알고는 있나?"

"새 역법은 현존하는 대부분의 기술을 사용할 수 있도록 구상했어. 특히 통신과 나방 추진체 분야에서는."

브레잔은 얼굴을 찌푸리고 그녀를 노려보았다. "내가 라할이나 니라이 수준의 수학자는 아니지만, 그러려면 사회 구조가 지금과는 비슷하게 유지되어야 한다는 정도는 알아. 그걸 진보라 부를 수는 없을 텐데."

"자네는 내가 끌어낸 이론을 아직 못 봤으니까." 체리스는 지친 목소리로 대꾸했다. "그래, 자네 말이 맞아. 새 역법으로 모든 비도나를 한순간에 사라지게 할 수는 없지. 추도 의식을 잊게 할 수도 없을 테고, 의식용 고문을 즐거운 구경거리로 여기는 사람들의 마음을 돌릴 수도 없을 거야. 육두관들을 함께 어울리고 싶은 사람으로 바꿔놓지도 못할 테고. 바뀌는 점은 단 하나뿐이야. 누구나 자신에게 적용되는 이능력 효과를 선택할 수 있게 되는 거지. 그게 전부야."

키루에브는 그 말의 의미를 반추한 다음, 브레잔을 보고 입을 열었다. "각하, 저자를 막아야 합니다. 그런 일이 가능하다면 켈은 무너질 겁니다. 진형 본능이 없어지면…"

"켈은 진형 본능이 생기기 전에도 엘리트 군사조직이었어." 체리스가 말했다. "똑똑히 기억하고 있지. 켈이 그 정도는 감수할 수 있다고 마음만 먹으면 다시 그렇게 될 수 있어."

키루에브는 브레잔이 체리스를 격한 눈빛으로 노려보고 있다는 사실을 깨닫고 절망에 빠졌다. "방금 한 말에 조금이라도 거짓이 섞여 있으면, 네놈을 절대 용서하지 않을 거야."

"각하…" 키루에브는 항변했다.

브레잔의 턱 근육이 움찔거리는 모습이 보였다. "키루에브. 저 여자의 계급이 박탈당했을 때, 당신을 계급으로 누를 수 없게 되었을 때, 켈 사령부와 저 여자 사이에서 선택해야 했을 때, 당신은 저 여자를 선택했어. 브라에 탈라를 발동시켰잖아. 그때 당신은 그녀에게서 뭔가를 봤던 거야. 그게 뭔지 기억할 수 있어?"

키루에브는 사방이 안개로 만든 렌즈를 통해서 보는 것처럼 흐릿해지는 것을 느꼈다. "저는 켈입니다. 지금 이곳에 계시는 각하께 충성을 바칩니다. 제가 잘못 생각했습니다. 각하께서 요구하시는 어떤 처벌이라도 달게 받겠습니다."

브레잔은 시선을 돌렸다. "내가 무슨 명령을 내리든 당신은 그대로 따르겠지, 이 상황이 뭐가 잘못되었는지도 깨닫지 못한 채로!"목소리가 격해졌다.

"명령을 내려주십시오." 키루에브는 이렇게 말했다. 그게 자신이 할 수 있는 가장 합당한 반응이었다.

브레잔은 격렬하게 자기 눈을 문질렀지만, 그녀의 말에 대답하지는 않았다. "체리스. 당신은 어떤 식으로 역법 변동을 일으키려는 거지? 당신이 생각하는 그게 역법 변동이 맞다면 말이야. 뭔가 큰 사건이 벌어져야 할 텐데."

"라할도 다른 분파와 마찬가지로 서비터를 부려서 정비 작업을 수행하지. 대시계의 정비도 포함해서 말이야." 체리스는 이렇게만 말하고 입을 다물었다.

"한 줌밖에 안 되는 라할 불평분자를 설득하겠다는 소리는 아니겠…" 브레잔은 다시 창백해졌다. 그는 시선을 서비터의 눈높이에 맞추고 방 안을 둘러보았다. "서비터를? 하지만 저들을…" 그는 침을 꿀꺽 삼켰다. "신뢰할 수 있는 건가?"

체리스는 팔짱을 꼈다. "브레잔, 서비터 때문에 피해를 본 사람이 있나? 당신이 아는 사람 중에서?"

잠시 침묵이 흐른 후, 그는 다시 입을 열었다. "좋아. 그 점은 인정하지. 하지만 왜? 서비터들은 대체 뭘 원하는 거야?"

"저들도 독립된 개체야. 내가 그 모두를 대변하는 척할 수는 없지." 그녀는 비꼬듯 대꾸했다.

키루에브는 체리스가 제다오일 때 함께 선실에서 어울리던 서비터들을 떠올렸다. 그녀는 서비터들이 그곳에 있는 이유에 대해 의문조차 품지 않았다. 사람들은 벽지 색깔만큼도 서비터에 관심이 없다. 인간이 잠든 사이에 서비터가 대학살을 저지를 마음이 있었더라면 한참 전에 저질렀을 것이다. 그건 서비터가 인간보다 낫다는 증거나 다름없었다.

그러나 브레잔은 체리스에게 던질 질문이 남은 모양이었다. "역법 수치는 그렇게 한다고 치고. 그래도 전면적인 역법 초기화를 일으키려면 상당히 극적인 사건을 일으켜야 할 텐데. 무슨 짓을 할 생각이지? 육두관 전원에게 고문 광선을 쏘기라도 할 건가?"

체리스는 그를 슬쩍 바라보며 말했다. "고문은 아니야. 하지만 켈 사령부는 사라져줘야겠어."

키루에브는 총을 뽑아 들었다.

"총 내려." 브레잔이 이를 악문 채 말했다.

키루에브는 자신의 의지에 반해 총을 총집에 돌렸다. "이건 반역입니다."

"어차피 지금 상황 자체가 반역이야." 딱히 도움이 되지 않는 말이었다. "아직 이야기가 끝나지 않았어."

"그래서 자네는 내가 실제로 해낼 수 있는지 알고 싶은 거로군." 체리스는 브레잔에게 말했다.

"내가 믿지도 않는 자들에게 충성을 바치는 건 이제 질렸어. 젠장, 아까 15일이라고 했지? 정확한 시각을 알려줘. 나 말고 다른 사람이 검토해볼 수 있게 당신 계산도 내놓고. 아무 일도 안 일어나면, 아무것도 변하지 않으면, 그대로 당신을 뼛속까지 구워서 켈 사령부로 끌고 가겠어. 만약 저들이 당신 시체 옆에 내 시체도 걸어놓지 않으면,

이 빌어먹을 남은 복무 기간을 저들이 하라는 대로 모든 반란을 박살 내면서 보내겠어."

"그럼 그 안단 요원은? 어떻게 하지?" 체리스가 물었다.

"감금 상태로 남겨둬야지." 그의 목소리에 아련한 느낌이 서렸다. "자기 말로는 불명예로 지위를 잃었다고 하지만, 내 경계심을 풀려고 거짓말을 했을 수도 있으니까." 브레잔은 문득 얼굴을 붉혔고 키루에 브는 그들이 어떤 관계였는지를 깨달았다. "그 뭐랄까, 인간이라면 누구든 그녀와 같은 방에 있으면 위험할 거야. 때를 봐서 어딘가 내려줘 야겠지."

"보고 예정 시각은 언제지?"

"내가 아니라 그녀의 보고를 기다리고 있겠지. 그녀를 아군으로 만들 순 없을 거야. 내가 아는 한도 내에서는 그녀는 충성스러운 사람이니까. 나는… 나를 위해 그녀가 마음을 돌리지도 않을 거고." 브레잔은 우울하게 말했다. "그녀의 비단나방이 〈축제의 위계〉호에 붙어 있어. 뭐든 행동에 옮기기 전에 내가 가서 그쪽부터 처리해야겠군."

"우리가 하픈을 몰아냈다는 건 장담할 수 있어." 체리스가 말했다. "저쪽에 예비대가 남아 있을 가능성도 있지만, 교리반에서 보낸 분석 내용을 확인하니 감이 잡히더군. 그 관 모양의 비행체를 엄청나게 가지고 있던 모양인데, 그래도 소모 속도가 너무 빨랐어. 하픈의 역법을 역산해서 정체를 알아냈지. 새와 꽃을 꿰매놓은 그 사람들이 바로 동력원이었던 거야. 그들을 소모해서 자기네 고유의 이능력을 표준 역법의 영역에서 사용할 수 있던 거지. 다행스럽게도 그 자원은 고갈되기 직전이었던 데다 보급 함대와 접선하는 일에도 실패했으니까." 예의 수수께끼의 보급 부대를 말하는 것이었다.

"인간을 동력원으로 사용한다고?" 브레잔은 혐오에 몸서리치며 말했다. 그가 주재한 회의 석상에서 그 관의 모습은 이미 확인한 후였다.

"우리도 마찬가진데." 체리스가 대꾸했다. "우리는 그걸 자살 진형이라 부를 뿐이지."

"그건 달라."

체리스는 브레잔이 이해할 때까지 입을 다물고 있었다.

"어쨌든." 브레잔은 그녀와 눈을 맞추지 못하고 말을 이었다. "국경이 뺑 뚫려 있는 상황이니 순찰을 한다고 나쁠 건 없겠지. 적어도 싸우고 싶어서 안달하는 추락매가 아닌 쿀이 등장할 때까지는 말이야."

키루에브는 두 명의 추락매가 전략을 논의하는 모습을 지켜보다가, 문득 자신의 세계가 이보다 더 뒤집힐 수 있을지 궁금해졌다. 어차피 15일 후면 알게 되겠지만.

25

백안의 성채의 가장 중요한 특성 중 하나는, 곧 요새의 가장 큰 단점이기도 하다. 바로 요새의 모든 곳에 철저한 보안이 적용된다는 것이다. 3시 67분, 슈오스 미코데즈는 경호원을 따돌리고 문서고의 제한 구역으로 들어갈 수 있을지를 진지하게 고민하고 있었다. 과거 칠두관 한 명이 이단 역법의 성애물 모음집을 어딘가 숨겨놓았다는 소문은 예전부터 지금까지 꾸준히 돌았다. 추상대수학으로 성애물을 만드는 방법을 알아내는 일은 애석하게도 다음 슈오스 육두관에게 맡겨야 할 모양이었다. 육엽차를 기가 막히게 잘 끓이는 경호 요원의 성질을 건드리지 않고 보안 지점을 지나칠 방법을 떠올릴 수 없었기 때문이다. 뭐, 별수 없는 일이었다. 늦은 시간인 데다 지난 75시간을 통틀어 5시간도 자지 못했기 때문에 그런 시답잖은 모험을 괜찮은 여흥이라고 착각한 걸 수도 있었다.

그때, 세 개의 붉은 불빛이 삼각형을 이루며 반짝였다. 그리드에서는 "우선등급 최우선순위 해당 전문입니다"라는 안내가 흘러나왔다. 한심한 문구지만 아무도 수정할 수가 없는 모양이었고, 애초에 대부분 가짜 경고기도 했다. 이번에도 직원들의 정신을 차리게 하려는 가짜 경고기를 바랐지만, 그런 행운은 일어나지 않았다.

다른 불빛이 반짝였다. "미코데즈, 얼른 일어나십시오." 슈오스 제훈의 짜증 섞인 목소리가 울렸다. "우리가 톱니바퀴 2번 함대에 심은 도청 장치에서 붉은색 9번 경고가 돌발 전송되었습니다. 미코데즈…"

"통신 연결." 미코데즈가 말했다. "이미 깨 있습니다. 당신, 지금 제가 얼마나 말짱하게 깨어 있는지 알기나 합니까?"

"젠장, 미코데즈. 또 보통 사람들이 자고 있을 시간에 음모나 꾸미면서 밤을 새운 겁니까? 이제 열여덟 살 꼬맹이도 아니면서."

통신이 연결되자마자 저렇게 악담을 퍼붓다니 대체 얼마나 성가신 일이 벌어진 걸까? "그냥 그 빌어먹을 전문이나 전송해주시죠."

"미코데즈, 계속 이런 식으로 나오면 이스트라데즈를 시켜서 몰래 수면제를 먹일 겁니다."

미코데즈가 대꾸도 하기 전에 전문이 들어왔다. 탕쿠트 주성 기지에서 체류하는 동안 〈축제의 위계〉호에 심은 도청 장치 중 하나가 마침내 결실을 거둔 모양이었다. 보고에 따르면 켈 브레잔 상급대장이 함대를 장악했다고 했다. 브레잔은 얼마 전에 제훈에게 연락하려 시도했던 추락매였다. 그새 그렇게 신세가 달라지다니. 그러나 그 자체만으로는 큰 의미가 없는 정보였다. 슈오스도 이미 켈과 안단의 공조작전에 대해 알고 있었고, 안단 쪽이 전면에 나서지 않는 건 딱히 이상한 일은 아니었으니까.

더 중요한 부분은 그 상급대장의 발언이었다. 브레잔은 머지않아 역법 변동이 발생할 예정이며, 그 역법 변동의 핵심은 진형 본능을 자발적으로 선택하게 하는 것이라고 회의석상에서 언급했다. 보고 내용에는 관련된 수학 계산도 일부 포함되어 있었다. 게다가 그 역법 변동을 일으키려고 켈 사령부에 공격을 감행할 것이라 했다. 미코데즈는 브레잔 덕분에 곳곳에 존재하는 양심적인 추락매들이 힘든 세월을 겪게 되리라 생각했다.

"제훈, 아직 있습니까?" 미코데즈가 말했다.

응답하듯 회선이 다시 연결되며 이번에는 영상도 떠올랐다. 이른 시각인데도 제훈은 제복을 깔끔하게 차려입은 빈틈없는 모습이었다. "성채에서 당신보다 시간관념이 없는 사람이 저뿐이라는 것 정도는 알고 있지 않습니까." 제훈이 말했다. "미리 말해두자면, 제가 아는 한, 이 보고서는 제 직통으로 도착했습니다. 이걸 가로채서 해독할 수 있는 사람이 있다면 중대한 위급 사태가 벌어진 것이니 어차피 추가로 긴급회의를 열어야 할 겁니다."

"우리가 속았군요." 미코데즈는 보고서 요약 내용을 훑어본 다음 이렇게 말했다. "아제웬 체리스는 이런 규모의 역법 변동을 충분히 일으킬 수 있습니다. 제다오 혼자서는 절대 이런 걸 구축해내지 못했을 테고, 쿠젠이 그와 접촉해서 제안한 것이라면 우리가 미리 알았을 테니까요."

제훈은 수심에 잠긴 표정이었다. "육두정은 체리스가 충성심을 잃을 이유를 꾸준히 제공해왔죠. 산개하는 바늘 요새에서 함대와 함께 확실히 목숨을 끊었어야 합니다."

"그렇죠. 하지만 쿠젠은 계속 그 여자를 회수하자고 주장했고, 중요한 암호 해석 자료 검토를 그 사람이 맡아준 이상 우리 쪽에서 성질을 건드리면 곤란하다고 생각했거든요. 그 사람이 수 세기 만에 휴가를 떠날 줄은 전혀 몰랐고 말이죠. 아무튼 이제 현재 상황을 그대로 받아들이고 대응책을 결정해볼까요."

"그림자나방들은 준비를 마친 상태고 저쪽 함대의 정보도 충분히 확보했습니다. 우리 전력 대부분을 잃을 각오를 한다면 〈축제의 위계〉호를 제거할 수 있습니다. 켈 사령부에 대해서는, 보고서를 요약한 내용을 아무리 살펴봐도 체리스가, 물론 주장대로 체리스 본인이라면 말이지만, 수 세기 동안 쌓인 켈의 피해망상을 뚫고 타격을 입히기는 힘들리라 생각합니다만…"

슈오스가 켈을 피해망상이라 부르다니. 이른 시간부터 끝내주는 날이었다.

"…하지만 켈 사령부에 알리면 우리가 모르는 허점을 발견할지도 모릅니다." 제훈의 말투에 비난하는 기색이 실렸다. "웃기는 일은 그쪽의 공격이 성공한다 해도 켈 육두관은 살아남으리라는 겁니다."

미코데즈를 제외한 모든 육두관은 마비 514-11번 연구기지로 이동할 것이다. 파이안이 불멸 장치를 만들어놓은 곳이었다. 미코데즈는 이미 대역을 보낼 계획을 세워놓았다. 불멸 따위는 그에게는 아무 의미도 없었지만, 대놓고 거절하면 너무 수상쩍어 보일 것이기 때문이었다.

미코데즈가 입을 열었다. "저기, 그것도 한 가지 방법이기는 하지만, 유일한 방법이라고는 할 수 없지 않을까요.”

제훈은 입을 굳게 다물었다가, 마침내 입을 열었다. “이건 혹시 제가 처음 듣는 슈오스 농담인가요? 좋습니다, 처음 들었다고 인정하죠. 하지만 정말 끔찍한 생각이군요. 당신 아무래도 조금 자는 편이 낫겠습니다.”

“농담이 아닌데요. 물론 우리에게 남은 기회가 별로 없긴 하지만요. 그 역법 변동에 대해 아는 바가 별로 없다는 것은 알고 있지만, 일단 우리 수학자들을 전원 그 문제에 배정해서 실제 변동이 일어나면 무슨 사태가 벌어질지 직접 확인해보죠. 진형 본능의 문제로 끝날 리가 없습니다. 제다오가 켈에 집착하는 친구기는 해도 그것만 염두에 두고 이런 수를 썼을 리가 없으니까요. 게다가 체리스가 단순히 죽은 사람 흉내를 잘 내는 것뿐이라고 해도, 그녀가 동시에 여러 층위의 게임판에서 수를 쓸 수 있다는 정도는 이미 확인되지 않았습니까. 조금 더 상황을 전체적으로 조망할 수 있어야 합당한 결정이 가능할 겁니다.”

“당신은 주기적으로 저를 겁에 질리게 하지만, 이건 차원이 다른 문제로군요.” 제훈이 낮은 소리로 대꾸했다.

미코데즈는 한쪽 눈썹을 들어 보였다. “나를 열여덟 살 때 죽이지 않고 살려둔 건 당신 아닙니까.”

열여덟 살의 미코데즈는 슈오스 사관학교의 2년 차 생도였다. 지옥 나선 요새 이후로, 슈오스 사관학교는 제다오의 문장인 사방에 눈을 두른 구미호를 가진 영재들을 받아들이기를 중단했다. 훗날 그 문장이 발현된 슈오스는 숙청당했다. 그 전까지 사방에 눈을 두른 구미호들이 반역이나 대학살과는 아무 관계 없는 삶을 살아왔다는 섬은 소금도 생각하지 않고서 말이다.

미코데즈는 입학할 때 웃음 짓는 구미호의 문장을 가지고 있었다. 그러나 정기 측정에서 그가 가변 문장을 가지고 있다는 사실이 밝혀졌다. 슈오스나 안단 사이에서는 드물기는 해도 가능하다고 알려진 현상이었다. 어느 정도까지는 수련으로 습득해서 잠입 임무에 유용하게 써먹을 수도 있었다. 그러나 불행하게도 측정 결과는 그의 문장이 짧은 기간 동안 사방에 눈을 두른 구미호로 변한다는 것이었다. 선임 교관이었던 제훈은 미코데즈를 제거하러 파견된 암살자 부대와 동행하게 되었다.

"과거의 내 판단 실수에 마침내 적절한 처벌이 내려질 모양이로군요." 제훈은 이렇게 말하고 웃음기 없는 얼굴로 미코데즈를 바라보았다. "슈오스는 40년 동안 안정을 누렸습니다. 그 전까지 슈오스의 삶이 어땠는지 당신은 짐작조차 못 하겠죠. 아예 불가능할 겁니다. 그런 당신이 지금 육두정 전체를 뒤엎으려 하다니요. 그런 생각을 하면 조금이라도 거북한 느낌이 들지 않습니까?"

"그건 체리스가 실패할 경우의 이야기죠. 내 지시대로 수학자들에게 명령을 내렸습니까?"

"그런 질문을 받다니 당황스럽군요. 당연히 내렸습니다. 게다가 아침 식사로는 뭐든 원하는 메뉴를 제공하라고 주선하기도 했고요. 중요한 정치적 결정을 내릴 때는 불만 가득한 수학자들에게 의존하면 안 되는 법이니까요."

"당신 덕분에 내가 굳이 상식을 가질 필요가 없다니까요."

제훈은 코웃음을 쳤다.

"좋아요, 수학자들은 계속 지켜봐주십시오. 처음부터 만드는 것보다는 다른 사람의 작업을 검토하는 일이 쉽다고는 들었지만, 애초에 내 분야가 아니니까요." 생도 시절 배운 기초 역법 수학만으로는 체리스의 역법을 검토할 수 있을 리 없었다. "그동안 나는 동료분들의 계획을 확인하고 마지막 순간에 일정이 변경되어 알아둬야 하는 부분은 없는지 확인해보도록 하죠."

"그보다는 좀 자두는 게 어떻습니까."

미코데즈는 날카로운 눈으로 제훈을 바라보았다. "제훈-예." 그는 교관을 칭하는 존칭을 붙여 제훈을 불렀다. "우리는 지금 대반역과 지옥나선 요새 직후에 벌어진 것만큼이나 어마어마한 역법 변동을 눈앞에 두고 있습니다. 이런 상황에서 내가 잠들 수 있을 것 같습니까?"

제훈은 한숨을 쉬었다. "좋습니다. 그럼 가능할 때 쉬시죠. 새로운 사건이 벌어지면 바로 알려드리겠습니다. 그냥 두면 식사도 거를 것 같으니 아침 식사도 올려 보내죠."

"8년 전 일인데요." 미코데즈는 항변했다. "이스트라데즈가 물고 늘어지는 것만으로도 매우 괴로운데, 당신만이라도 날 좀 그냥 내버려두면 안 됩니까?"

"닥치고 일이나 하십시오."

미코데즈는 제훈을 향해 웃음을 머금었다. "당신 목소리가 동기부여에는 최고라니까요." 그는 제훈이 대꾸하기 전에 얼른 통신을 껐다. 제훈이 싫어한다는 것을 잘 알고 있으므로, 특별한 경우에만 하는 행동이었다. "아, 그러고 보니, 우리 성부와 삶의 방식이 14일 후에는 전부 끝장날지도 모릅니다"를 인삿말로 쓸 상황보다 특별한 경우는 상상조차 할 수 없었다.

즉시 아침 식사가 올라왔다. 식사를 가져온 경비병은 조금도 웃음기 없는 얼굴의 여성으로, 미코데즈가 쟁반 위의 감맛 사탕을 권하자 단호하게 거부했다. 다른 때라면 경비병이 그걸 받아 들도록 술수를 꾸미면서 즐겼을 테고, 결국 제훈에게 들켜서 직원들을 괴롭히지 말라고 혼났을 것이다. 하지만 이번엔 그냥 넘어갈까나. 어차피 좋아하는 맛 사탕이니까 아쉬울 것도 없었고.

그는 쟁반 전체의 3분의 1 정도의 음식만 간신히 해치웠다. 제훈은 미코데즈에게 필요한 연료의 양을 실제보다 훨씬 넉넉하게 잡는 경향이 있었다. 일전에 미코데즈가 제훈에게 휴가라도 내서 손자들의 어리광을 받아주는 게 어떻겠느냐고 제안했을 때, 제훈은 그의 중요도 낮은 개인 그리드의 인터페이스를 엉망으로 만드는 식으로 보복했다. 적절한 징벌이었다. 드라마 속 등장인물은 항상 슈오스 암살자와 공작원만 피하려 애쓰지만, 진짜 주의해야 하는 자들은 다름 아닌 관료다.

미코데즈는 식사하면서 그리드에 검색을 지시해놓았다. 그는 결과를 검토하며 찻잔에 유자차를 채우고, 때때로 검색 조건을 덧붙이기도 했다. 딱히 도움이 되지는 않았고, 라할 쪽에는 새로운 내용이 없었지만, 미코데즈는 그쪽부터 빨리 훑어보고 치워버리곤 했다. 물론 라할이 놀라운 일을 벌일 가능성도 있기는 했다. 언젠가 어떤 라할 치안판사가 아무도 모르는 부차적 역법 명제를 끌고 들어와서 모든 요리법을 그 명제의 기준에 맞춰 통제하려 시도한 적이 있었다. 다만 그

실험은 그리 오래가지 못했다.

　다음 차례는 슈오스였다. 슈오스의 가장 큰 적은 자기 자신이라는 통념은 어느 정도 진실이었다. 미코데즈는 평소 처리하는 진급이며 좌천이며 가끔 보이는 암살 승인은 그대로 방치했다. 나중에 처리해도 될 일이니까. 흥미롭게도 3급 슈오스 사관학교의 학장은 아직도 육두관의 자리에 도전할지를 놓고 망설이는 중이었다. 미코데즈는 그 남자가 얼른 결단을 내리기를 바라고 있었다. 충성스럽든 아니든 유능한 지휘관을 찾는 일은 쉬운 것이 아니니까. 그래도 딱히 다급한 문제는 없었다.

　안단 쪽은 조금 더 흥미로웠다. 수하의 선임 분석가 한 명은 샨달 옝이 그들의 도청 장치 중 일부를 발견해서 가짜 정보를 흘리고 있다고 생각했다. 샨달 옝은 여러 자식이나 현재의 배우자를 대동하고 화려한 만찬을 즐기는 일에 상당한 공을 들였다. 미코데즈는 몇 년 전에 니라이 쿠젠과 함께 그런 만찬에 참석했던 기억을 떠올렸다. 대화의 중심 주제는 박물관 전시물이었고, 미코데즈는 그런 전시물을 훔쳐낼 방법을 생각하며 혼자 즐겼다. 아름다운 건축물에는 놀라울 정도의 정열을 보이지만 그 안의 내용물에는 전혀 신경 쓰지 않는 쿠젠은 샨달 옝의 아들 중 하나인 네제를 유혹하며 시간을 보냈다. 쿠젠의 결박 대상자의 의견은 알 도리가 없었다. 하지만 샨달 옝이 불멸성의 문제로 쿠젠을 꼬드기고 있다는 점은 빤히 보였다. 두 사람이 밤늦은 시간에 나눈 대화를 엿들을 수 없었다는 점이 애석했다. 이후 두 사람이 서로 대하던 꼴을 보면 상당히 말다툼이 격렬했던 모양이니까.

　안난이 흔히 그렇듯이, 온갖 일이 진행 중이지만 붉은색 9번 경고의 수준에 달하는 사건은 하나도 없었다. 미코데즈는 이어 다음 분파인 니라이로 넘어갔다. 허수아비 육두관은 조금도 걱정되지 않았다. 파이안은 대하기 거북할 정도로 솔직한 사람이었고, 불멸의 삶을 손에 넣든 넣지 못하든 분명 그 성향 때문에 파멸을 맞이할 것이다. 애석하게도 니라이 쿠젠은 완벽하게 실종된 나머지, 미코데즈의 요원들조차도 아직 그의 소재를 알아내지 못하고 있었고, 누군가 온화포를 휘두르다 실수로 쿠젠의 날개를 잘라주기를 바라기는 힘들 것이다. 미코데즈는 슈오스 육두관답게 피해망상에 빠지는 능력을 넉넉히 갖추고 있었지만, 그가 진심으로 두려워하는 사람은 육두정 전체를 통틀어도 그리 많지 않았다. 쿠젠은 그 몇 안 되는 사람 중 하나였다. 그러나 정보를 더 얻기 전에는 취할 수 있는 행동도 딱히 없었다. 그래도 체리스와 쿠젠이 동맹 관계는 아니라고 생각하니 조금이나마 기분이 편했다. 양쪽의 성향을 생각해볼 때, 그들 사이의 타협이 오래갈 것이라고는 상상조차 할 수 없었다.

켈과 비도나는 평소나 다름없는 모습이었다. 미코데즈가 보기에 켈은 보급 문제에만 몰두하고 있었다. 비도나는 부정하게 선포되었을 가능성이 있는 추도 의식의 해석에 관한 문제로 내부 갈등을 겪고 있었다. 다들 라할 이루자의 관심을 끌기 전에 문제를 처리하고 싶은 모양이었다. 그런 쪽 이야기를 좋아한다면 자기 전에 읽을 만한 흥밋거리로 충분했다.

제훈의 말이 옳았다. 그날의 남은 시간은 조용히 흘러갔다. 미코데즈는 이어진 닷새를 약물에 의존하며 보냈다. 더 정확히 말하자면, 수면제에.

화분의 파는 쑥쑥 자라났다. 미코데즈가 물을 열심히 주었기 때문이다.

닷새째 되는 날 저녁, 샤워 중인 미코데즈에게 6번 회선으로 호출이 들어왔다. 추도 의식의 명상 시간인데 그쪽 회선으로 통신이 들어오다니, 정말 놀라운 일이었다. "이젠 신경 쓰는 척도 안 하나? 3분 후에 받을 테니 조금 기다리라고 전해요." 그는 그리드에 대고 말했다.

그를 끔찍하게 싫어하는 제복 단추 하나가 반항을 하는 바람에 5분이 지나버렸다. 아무래도 켈이 집착하는 프로그래밍 가능한 의복이 아니라 과거의 한심한 직물 제복으로 돌아가야 할 모양이었다.

"좋아. 연결해봐요." 미코데즈는 최소한의 몸가짐을 갖춘 다음 이렇게 말했다. 바로 다음 순간 다섯 명의 육두관이 그를 노려보는 모습으로 등장했다.

라할 이루자는 잠시 그를 훑어본 후 말했다. "미코데즈, 머리카락에서 물이 떨어지고 있는데?"

그녀라면 마땅찮게 여길 것이라 생각했다. 자신의 아버지 중 한 명과 놀라울 정도로 닮은 말투였지만, 그에게도 그런 말을 입에 담지 않을 정도의 분별은 있었다. "그게 말입니다, 아무래도 제 옷이나 헤어드라이어 중 한쪽이 문제인 것 같습니다. 굳이 다른 문제를 짚어내기를 원하시는 건 아니겠죠?"

"백안의 성채는 죄다 그런 식으로 운영되나?"

"육두관이여, 부디 이성적으로 생각해주시기를. 저와 비슷한 근무지는 최대한 고용하지 않으려고 신경을 썼습니다. 안 그러면 아무것도 돌아가지 않을 테니까요."

"그 이야기는 나중에 하지." 이루자의 이 말에 미코데즈는 속으로 신음을 흘렸다. 그녀는 기억력이 아주 뛰어난 사람이었기 때문이다. "트소로 육두관이 계획 변경을 통보해 왔다."

"늦은 통보에 사죄한다." 켈 트소로가 말했다. 이 말에 깜짝 놀란 사람은 미코데즈뿐만이 아니었고, 그 덕분에 놀란 것을 숨길 필요도 없었다. 수 세기 동안 켈의 정신 복합체는 고어의 복수형 1인칭 인칭 대명사를 사용해왔으나, 트소로는 방금 고어의 단수형 1인칭 인칭대 명사를 사용했다. 따라서 지금 트소로는 평소처럼 켈 사령부의 총의가 아니라 개인의 의견을 피력한 것이었다. 트소로의 입가에 떠오른 냉소를 보니 자신의 단어 선택이 불러온 효과를 잘 알고 있는 모양이었다. "시간을 들여 숙고해야 하는 일이었고 서두를 수도 없었다. 모든 켈을 대변하는 입장에서, 나는 불멸성을 거부하기로 했다."

니라이 파이안은 순간 따귀를 맞은 듯한 표정을 지었다. 하지만 파이안은 애초에 불멸성이 현 권력 위계를 공고히 굳히거나 전쟁을 촉발하는 것이 아니라 인도주의적 방면에서 도움이 될 수 있다고 생각하는 사람이었다.

"설명해보도록." 이루자가 냉정하게 말했다.

"라할 육두관이여. 나는 켈의 의지이기는 하지만 동시에 한 명의 켈이다. 켈은 봉사하도록 만들어진 이들이다. 그 봉사에는 죽음 또한 포함된다. 나 자신이 영원을 살게 된다면 병사들에게 목숨을 바치라는 명령을 내릴 수가 없다. 게다가 내 휘하 장교들이 갖고 있는 진급 욕망을 앗아 가고 싶지도 않다."

비도나 프사는 경탄과 불신 중에서 어느 쪽을 택할지 갈피를 잡지 못하는 표정이었다. "트소로, 매우 고결한 결단이네만, 육두관은 고사하고 장군이 되는 켈조차 그리 많지 않을 텐데. 자네 지금은 그렇게 생각할지도 모르지만, 수십 년이 흘러서 죽음이 목전에 다가오면…"

트소로는 단어 하나하나를 똑똑히 끊어 발음하며 대꾸했다. "죽음이라. 죽음에 대해 그대가 뭘 알고 있나, 비도나 육두관이여. 나는 전장에서 심장을 아슬아슬하게 빗겨 나간 총알에 맞은 적이 있다. 당시나는 소위였고, 목숨을 잃을 뻔하지 않았다면 이름조차 기억하지 못했을 사소한 전투에 참가하고 있었다. 흉터는 사라졌지만, 그런 오래된 일조차 내게는 생생하게 기억이 난다. 이대로 살아간다면 잊기 전에 죽을 것이다. 하지만 영원히 살게 된다면 분명 잊어버리겠지. 죽음이 무엇인지를."

이루자는 조금도 감동하지 않은 듯 이렇게만 말했다. "당신 자리에 대신 보내고 싶은 사람이 있나? 부하라든가?"

"켈을 대표해서 거절한다." 트소로가 말했다.

트소로가 암시한 논쟁이 그렇게 오래 걸린 것도 당연한 일이었다. 정신 복합체 안에서 반기를 드는 자들을 하나하나 굴복시켜야 했을 테니까. 아무리 진형 본능이 존재한다 한들, 정신 복합체의 부속에 불과한 자에게도 불멸성이라는 전망은 엄청난 이득으로 비쳤을 것이다. 그러나 그녀는 승리를 거두었고, 이제 켈의 위계질서와 정신 복합체의 극단적인 보수성은 그녀에게 유리한 쪽으로 작용하고 있었다.

물론 체리스의 암살 작전이 실제로 이루어진다면 그 덕분에 켈의 머리가 남김없이 잘려 나가게 될 것이다. 지금 트소로에게 경고를 해줄 수도 있었지만, 아직 시간이 조금 남았기 때문에, 미코데즈는 가능하다면 수학자들의 보고를 듣고 나서 행동하기로 마음먹었다. 체리스의 계획을 망치고 싶다면 언제든 다시 회의를 소집하면 되는 일이다. 이번에는 머리도 제대로 말리고.

안단 샨달 엥이 처음으로 입을 열었다. "화톳불로 뛰어드는 셈이네, 트소르. 하지만 당신 결정이니 명예를 지켜줘야지."

트소르의 눈빛에 어린 경멸은 희미했지만, 그래도 알아볼 수 있을 정도였다. "명예의 문제가 아니다. 의무의 문제다."

"장치 조정을 시작하라고 파이안을 보내기 전에, 깜짝 발표가 남은 사람은 또 없나?" 이루자는 이렇게 말하면서 미코데즈 쪽으로 슬쩍 눈길을 돌렸다. "애초에 왜 추도 의식에 태만하게 임한 거지?"

잊어버렸으리라 기대하는 것은 애초에 너무 지나친 희망이었다. 켈 트소로가 이루자에게 무슨 변명을 했는지 듣지 못한 것이 애석했다. 참고해볼 수도 있었을 텐데. "누님이 수제 비누를 보내줘서 꼭 써 보고 싶었죠. 조금 보내드릴까요? 매화 알레르기가 없다면 말이죠."

"나중에 늑대의 전당에 비누 부족 사태가 발생할 때를 대비해 기억해두겠네." 이루자는 차가운 목소리로 말했다. "다시 걸리지 않도록 주의하게. 좋아. 다른 문제가 있나?" 침묵이 흘렀다. "그럼 이제 마땅히 행해야 하는 의무로 돌아가도록 하지."

비도나 프사는 미코데즈를 보고 히죽거렸지만, 그게 전부였다. 회의는 끝났다.

7번 회선이 깜빡거리기 시작했다. 어차피 받지 않으면 제훈이 강제로 연결해버릴 것이다. "연결해요." 그는 이렇게 말하고, 보조 화면에 제훈의 얼굴이 떠오르자 덧붙였다. "전부 듣고 있었다고 간주해도 되겠죠?"

제훈은 무심하게 대꾸했다. "첩보의 대상이 되는 삶이 마음에 안 든다면 호퍼 수리공이나 패스트리 제빵사처럼 안온한 삶을 택했어야죠."

"당신은 내 스크루드라이버 다루는 솜씨를 본 적이 없으니까 그런 소리를 하는 겁니다. 주걱도 마찬가지고. 농담은 관두죠. 이번에는 무슨 일입니까? 제발 체리스의 그 빌어먹을 방정식에서 뭔가 확실한 내용을 추출했다고 말해주시죠."

제훈은 고개를 저었다. "자오 연구원이 뭔가 발견했다고 보고하기는 했는데, 다른 자들은 그녀가 잘못 짚었다고 생각하고 있습니다." 그는 문득 말을 멈추며 얼굴을 찌푸렸다.

미코데즈의 손은 카메라의 시야 밖으로 나가 있었다. 그는 벌써 만약을 대비해 특정 암호를 입력하고 있었다. "그대로 말해요."

"수학자들이 중요한 게 아닙니다." 제훈의 얼굴은 차분했다. "지금까지 논쟁을 미뤄오기는 했지만, 이젠 한계입니다. 대역을 보내려는 계획은 포기하십시오. 트소로처럼 굴면 안 됩니다. 당신은 불멸성을 받아들여야 합니다."

"당신이 왜 그 문제에 강경하게 나오는지 모르겠군요." 미코데즈는 차분했다. 깨지기 쉬운 가느다란 선이 외부 세계와 내면을 갈라놓고 있는 듯한, 아슬아슬한 차분함이었다. 여태껏 제훈의 조력을 당연하게 여겨온 대가를 치를 때일지도 모른다. 처음에는 체리스, 다음에는 이 문제라니. 너무 안일했던 모양이었다.

세훈은 날 선 웃음을 지었다. 입가와 눈꼬리에 희미한 주름이 그려졌다. 미코데즈는 문득 그의 나이를 새삼 되새겼다. 제훈은 입을 열었다. "미코데즈. 예전에 말한 걸 기억하십시오. 슈오스는 40년 동안 안정을 누렸습니다. 그런 업적을 이룩한 슈오스 육두관은 거의 없습니다."

"계승 문제가 별거 아니라고 말하는 것은 아닙니다." 미코데즈가 말했다. "하지만 그런 식으로 해결하면 안 돼요. 60년 동안 권좌를 유지한 키아즈 칠두관을 기억하십니까. 재앙으로 이어진 결단을 수없이 내린 자였죠."

문제는 제훈이 그의 결정에 배신할 정도로 강하게 반발하느냐였다. 미코데즈가 육두관의 자리에 오를 때 그의 지원은 결정적인 역할을 했다. 제훈은 미코데즈의 파멸을 불러오기에 더없이 적절한 자리에 있는 사람이었다. 다른 무엇보다 새로운 후보를 추천할 수 있으니까. 가능한 후보는 목록으로 정리해두고 있었다. 충분히 할 수 있을 것이다.

"당신을 키아즈의 재림으로 생각했다면 애초에 당신을 추천하지도 않았을 겁니다. 조금 더 믿어주는 게 어떻습니까. 제발 재고해주십시오, 미코데즈. 슈오스가 강한 목소리를 낼 수 없게 되면 누가 안단과 라할의 균형을 맞추겠습니까?"

"제훈-셰이." 미코데즈는 이번에는 선생의 존칭이 아니라 연인 사이의 존칭을 사용했다. 두 사람은 서로 그런 관계였던 적이 한 번도 없었지만. "내 말 들어요. 검은 요람에 들어간 세 사람이 어떻게 되었는지 모르는 것도 아니잖습니까. 정확한 상황을 알아 올 수는 없었지만, 니라이 에스파렐은 유령으로 사는 일을 견디지 못하고 함께 죽자고 자기 결박 대상자를 설득했어요."

"반면 니라이 쿠젠은…" 미코데즈는 말을 조심스레 골랐다. "쿠젠은 기생체가 되는 일이 너무 즐거워서 우주의 마지막 원자가 사라질 때까지 머무를 사람입니다. 우리에게 추도 의식과 함께 나방 추진체도 선사했죠. 진형 본능도 건네줬고. 그는 더 많은 선물을 가지고 다시 등장하겠죠. 나는 육두정 전체를 통틀어서 진심으로 그를 좋아하는 몇 안 되는 사람 중 하나지만, 우린 이제 그의 선물을 감당할 수가 없어요."

"그리고 또, 제다오가 있죠. 제다오가 어느 시점에서 인간이기를 그만뒀는지는 알 수가 없지만, 그 친구가 자신이 총이라는 결정을 내리고 나니 다른 모든 사람은 과녁으로 변해버렸죠." 미코데즈는 쓴웃음을 지었다. "그런 식으로 불멸의 삶을 살면 곤란하다는 세 가지 예시라 할 수 있지 않습니까."

제훈은 손에 턱을 괴었다. "당신 주장의 허점은 그게 검은 요람이라는 겁니다. 쿠젠이 안정 효과에 대해 뭐라고 하든, 고립 상태가 길어지면 누구든 미칠 수밖에 없죠. 파이안의 방법을 사용하면 그런 문제는 없을 겁니다. 관련 수학도 맞아떨어지는 것 같더군요. 영원한 젊음과 끝나지 않는 삶이라니, 그런 것을 원치 않는 사람이 있겠습니까?"

"나 대신 당신을 보내야 할까요? 진심으로 하는 소립니다. 당신이 이 요새의 결속력이라는 사실을 모르는 사람은 없잖습니까. 나는 지루한 암살자들을 위한 표적일 뿐이죠."

"그렇게 생각하는 사람은 당신뿐입니다." 제훈이 대꾸했다. "사양하겠습니다. 비도나 프사 같은 사람들과 영생을 같이 누린다니, 그런 일은 정신적으로 충분히 무장한 사람들에게 맡기고 싶군요. 그 사람은 항상 서류 제출이 늦는다던데."

미코데즈는 손가락으로 책상을 두드리다가 명령어 몇 개를 입력했다. 명령어 자체는 간단했다. 고통스러울 정도로 복잡한 쪽은 그 명령어가 작동하게 하는 일련의 권한 강제 작업이었다. 일부러 그런 식으로 설계한 것이었다.

"미코데즈, 지금 무슨…"제훈은 순간 숨을 멈추었다. "이런 빌어먹을, 미코데즈, 그런 짓은 하지 말라고 가르쳤을…"

미코데즈는 제훈을 암살하는 일과 관련된 모든 긴급 지령의 권한을 제훈 본인에게 넘기고는 평온한 목소리로 말했다. "이게 전부인 것 같군요. 하지만 혹시라도 뭔가 빠트렸을 수도 있죠. 게다가 분명 부하 중에서도 단순히 재미를 위해 여기다 창의적인 작업을 덧붙인 자가 있을 테니까요. 부디 일부는 보안을 뚫어서 이미 알고 있던 내용이라고 말해주십시오."

"일부는 그렇지만." 제훈이 말했다. "전부는 아닙니다. 오늘 당신 뭐가 문제인 겁니까? 누구든 완전히 믿어선 안 됩니다. 다른 누구보다도 특히 나는! 지금 내 '자살'을 명하고 싶은 거라면…"

"제훈!" 뒤이어 고통이 찾아오기 전까지, 미코데즈는 자신이 책상을 세게 내리쳤다는 사실도 깨닫지 못하고 있었다. 그 책상 속에 무기가 가득하다는 것을 생각하면 자살 충동에 시달리는 쪽은 자신이라고 해도 과언이 아니었다. "당신 이런 짓을 영원토록 계속하고 싶습니까? 눈을 흘기기라도 하면 즉시 누구든 죽여버릴 수 있는 사람의 다스림을 받고 싶나요? 당연하게도 결국 그렇게 될 겁니다."

"4시간 전에 보안 팀에서 당신을 향한 암살 시도를 무력화했습니다."제훈이 지적했다. "당신에게 경고가 가지 않은 이유는 우리가 그보다 급한 위기에 대응하고 있기 때문입니다. 이게 우리가 살아가는 현실입니다."

"정책을 놓고 논쟁을 하다가 당신을 죽이고? 그것도 우리가 사는 현실의 일부겠죠?"

"당신은 언제나 사람을 적이 아니라 자원으로 간주하는 쪽을 선호하지만 모두가 그런 방식을 지지하는 것은 아닙니다."

미코데즈는 제훈이 자신을 포기하지는 않았는지 얼굴을 찬찬히 뜯어보며 확인했다. 그는 생각을 읽는 실력이 아주 뛰어났지만, 제훈은 생각을 숨기는 실력이 아주 뛰어났고, 보통 쟁자이에서 이기는 쪽은 제훈이었다. 따라서 쓸모없는 일일 뿐이었다. 미코데즈는 다시 입을 열었다. "제훈. 검은 요람의 고립 상태는 어차피 부수적인 요소일 뿐입니다. 자신이 없으면 우주가 제대로 돌아가지 않는다는 쿠젠의 자아도취적 신념 덕분에, 우리는 죽음을 물리칠 수 있는 기술을 손에 넣게 됐죠. 그래요, 시간의 경과에 따라 마모된다는 육체의 불운한 속성은 분명 해결된 셈이죠. 내가 개인적으로 분노하는 것은 모든 사람이 문제를 잘못 파악한 채로 해결책에 매달려 있다는 겁니다. 그래요, 쿠젠은 애초에 정신이 이상하니 딱히 기대할 것도 없겠지만, 사람의 마음에 생기는 주름살을 펼 방법도 없이 불멸이 되어봤자 무슨 의미가 있습니까?"

"미코데즈…"

"닥쳐오는 위기 상황의 본질을 외면한 채로 사소한 문제에만 분노하는 이루자를 영원토록 마주해야 할 겁니다. 아이들의 사랑을 돈으로 살 수 없다는 사실을 보상하려고 화려한 비단으로 몸을 감싸는 샨달 엥을 영원토록 상대해야 할 테고요. 눈앞에 방정식을 던져대면 모든 문제가 해결될 거라고 생각하는 니라이 파이안도. 전체 역법체계를 무너트리기 직전까지 다가오는 이단자들을 상대하면서, 더 가혹하게 처벌하면 의지가 꺾이리라 생각하며 더욱 정교한 추도 의식을 개발하는 일에만 매진하는 비도나 프사도. 자신만큼이나 피해망상이 심한 분파를 다스리는 일 외에는 어디에도 집중할 수 없어서 만나는 사람마다 단도를 찔러 넣고 다니는 나, 미코데즈도 영원히 겪게 될 겁니다. 온갖 약을 복용하는데도 이젠 집중력이 오래가지 못한다는 사실을 내가 모르는 줄 압니까? 적어도 켈은 물러날 정도의 상식을 가지고 있더군요. 어쩌면 체제를 통째로 날려버리는 것보다는 광기에 빠진 불멸자들의 지배를 받는 쪽이 나을지도 모르지만, 그런 불멸자 중 하나가 되는 일은 단호하게 거부하겠습니다."

"당신을 배신할 생각은 없습니다." 제훈이 묻지도 않았는데도 나지막한 소리로 말했다.

"나도 끔찍한 짓은 충분히 저질렀죠. 대안이 더 끔찍했기 때문에요. 피해망상에 빠진 괴물이 되는 쪽이 상황에 도움이 되리라고 생각했다면, 나도 조금도 망설이지 않고 동참했을 겁니다. 하지만 그런 생각이 들지 않으니, 이야기는 끝냅시다."

"좋습니다. 당신 방식대로 하죠. 당신의 판단이 맞기만을 빌겠습니다."

"나도 마찬가지입니다." 미코데즈가 말했다.

"제가 수학자들 쪽을 확인해보죠."

"알겠습니다."

제훈이 통신을 끊자, 미코데즈는 책상을 열고 그 안의 온갖 무기들을 정리하기 시작했다. 언제부터 무기의 개수를 세지 않게 되었는지 떠올려보면서.

26

서비터는 미코데즈의 아침 식사를 집무실이 아니라 '총의 방'으로 날랐다. 정식 명칭이 따로 있는 보관실이었지만, 아무도 그 이름은 사용하지 않았다. 심지어 이런 문제에는 항상 까다로운 제훈조차도. 가장 최근에 그 문제를 캐물었을 때, 그는 불운에 대해 어물거리면서 말꼬리를 흐렸다. 제훈은 대부분의 미신을 믿지 않았지만, 이 경우에는 그럴 법하다고 생각할 수밖에 없었다.

육두관 경력이 20년을 넘었을 때, 미코데즈는 휘하 보병대에 제다오의 개인 총기 수집품을 훔쳐 오라는 지시를 내렸다. 생전의 제다오는 켈의 제식 총기보다 개인 장비를 사용하는 쪽을 선호했다. 켈은 보급의 어려움에도 슈오스에 대한 예우 차원에서 용인했다. 제다오는 전직 암살자다운 열정으로 총기를 모아들였지만, 그 대부분은 무기고 안에서 잠들어 있었다. 제다오는 전장에서 전장으로 떠도는 신세니 개인 무기고를 끌고 다니기는 상당히 힘들었을 것이다.

지옥나선 요새 이후 제다오가 구속되자, 켈은 단서를 찾으려고 그의 모든 개인 소지품을 압수해 철저히 뒤졌다. 미코데즈도 먼 옛날의 슬픈 이야기는 잘 알고 있었다. 제다오는 갑자기 미치기 전까지 그 어떤 문제도 일으키지 않은 모범적인 장교였다. 그저 결투에 진심으로 빠져 있었달 뿐. 그리고 그가 군인인 걸 생각하면 총기를 모으는 취미도 그리 이상한 게 아니었고, 술을, 특히 위스키를 즐기기도 했지만, 그 또한 군인이든 아니든 흔히 찾아볼 수 있는 특성일 뿐이었다. 미코데즈는 여러 소식통으로부터 연구실 기술자들이 제다오의 위스키를 전부 처리해버렸다는 사실을 확인했다. 전부 검사에 소모해버리지 않고 일부라도 마셨기를 바랄 수밖에 없었다. 수집한 보드게임과 카드게임도 제법 많았다. 확보한 수집품 일부는 박물관에 전시해도 될 만큼 괜찮은 물건이었다.

트소로가 켈 육두관이 되기 8년 전, 미코데즈는 트소로 이전의 켈 육두관에게 자신의 능력을 증명하려고 상당히 고생을 했다. 130살이 넘은 사람이 자신을 존중해주지 않는다고 애를 끓이는 대신, 미코데즈는 켈 바우라가 자신을 진지하게 받아들이게 할 사건을 저지르기로 마음먹었다. 물론 이유가 그것만은 아니었다. 자신의 분파 또한 그를 진지하게 받아들이게 해야 했다. 특수 작전반은 많은 사람이 불가능하다고 생각한 그 작전에 온 힘을 기울였다. 미코데즈가 실패할 경우 부서를 완전히 뒤엎어놓겠다는 강한 의지를 피력했기 때문이었다.

"나는 당신이 친구를 만들고 싶어 하는 줄 알았는데요." 당시 제훈은 이렇게 말했다

"때론 공포가 더 훌륭한 동기가 되죠. 어디 한 번 시연해 보일까요?" 미코데즈는 이렇게 되쏘았다. 당시에는 그도 성정이 훨씬 격했다. 주의력을 향상시키는 약물이 성미를 다스리는 데도 도움을 주었다.

백안의 성채는 묘하게도 슈오스의 색으로 치장되어 있지는 않았다. 사람들이 암살자와 어울리는 일에는 긴장하지 않더라도 붉은색에는 긴장할 수 있다는 이유에서였다. 미코데즈는 드라마 속의 암살자가 종종 붉은색 옷을 걸치고 등장하는 모습에 감탄하곤 했다. 평범하고 추레한 외투를 걸치고 지역 주민에 섞이는 것이 아니라, 모습을 드러내 보이려고 애쓰다니. 미코데즈는 제복을 입지 않을 때면 차분한 녹색 계통의 옷을 선호했다.

그러나 총의 방은 선명한 붉은색에 금빛 강조 무늬가 들어가 있었다. 다른 어떤 색도 어울리지 않았을 것이다. 붉은 벽에 걸린 더 진한 붉은색의 태피스트리가 총신 위에 어른거리며, 금속 위에 불길하게 녹슨 빛깔을 덧입혔다.

미코데즈는 방 안을 천천히 거닐다 자신이 가장 좋아하는 수집품 앞에서 걸음을 멈췄다. 제다오가 애용하던 권총인 패터너 52였다. 항상 가지고 다니는 물건이었고, 지옥나선에서는 자기 기함에서 자기 참모진을 학살하는 데 사용했다. 그 권총을 장식장에서 꺼내서 가지고 놀지 않을 정도의 분별력은 미코데즈에게도 있었다. 대신 그는 악명 높은 톱니바퀴 2번 카드 문장을 새긴 손잡이를 찬찬히 살폈다.

그리드가 종소리를 울렸다. "정말 악취미라니까." 문간에서 이스트라데즈의 목소리가 들렸다. 그는 미코데즈 쪽으로 걸어오더니 패터너 52를 보며 얼굴을 찌푸렸다. "그건 제다오한테 선물로 보냈어야지.

혹시라도 형의 원격 상담 요법에 지금보다 온건한 태도를 보일지도 모르잖아. 솔직히 말해서, 골동품 권총 하나 추가한다고 제다오가 딱히 더 위험해지는 것도 아니고."

"글쎄, 심리적 효과라는 것도 있으니까." 미코데즈가 말했다. "게다가 수집품은 전체를 한데 보관하는 쪽이 더 가치가 있거든."

이스트라데즈는 코웃음을 쳤다. "팔 생각도 없으면서."

"농담하는 거지? 우린 항상 파산 직전이라고." 안단의 짜증 나는 점 하나는 온갖 것들을 사들일 정도로 부유하다는 것이었다. 휘하의 금융 분야 첩보원들의 말을 믿는다면 말이지만. 미코데즈는 성공적으로 육두관의 직무를 수행하면서도 예산 쪽에서는 항상 아슬아슬한 상태를 벗어나지 못하고 있었다.

"재정 쪽에 나를 더 많이 대역으로 세우지 않는 게 신기할 지경이라니까."

"유혹하지 마. 손을 떼기에는 너무 중요한 일이라고." 미코데즈가 말했다.

이스트라데즈는 그를 향해 비뚤어진 미소를 지었다. "당연히 그렇겠지." 그는 크게 하품을 하고 몸을 양쪽으로 쭉 뻗으며 기지개를 켰다. "훌륭한 수집품이라는 건 인정하겠어. 내가 알아볼 수 있는 건 절반도 안 되지만 말이야. 여기까지 들어와서 이걸 감상할 수 있는 보안 등급이 되는 사람이 거의 없다는 게 참 애석한 일이지."

"너라면 내가 보지 못하는 걸 볼 수 있을지도 모른다고 생각해서 허가한 거야." 미코데즈가 말했다.

"뭐야, 소총과 권총들을 찻잎으로 간주해서 점이라도 쳐볼까? 그런 건 무리야. 게다가." 이스트라데즈는 가볍게 패터너의 장식장 측면에 손을 올려서 정보 화면을 불러왔다. "나는 지난 수십 년 동안 형처럼 생각하는 법을 학습해왔는걸. 그걸 떨치기가 얼마나 힘든데."

미코데즈는 이스트라데즈의 어깨에서 미묘한 긴장을 감지했다. 그는 조용히, 하지만 소리를 죽이지는 않고, 동생의 뒤로 돌아가 어깨를 주물러줬다. 이스트라데즈는 미코데즈의 손길 아래에서 한숨을 쉬며 천천히 긴장을 풀었다.

"저녁 먹으러 나가면서 그 고약한 기억능력 테스트를 하려는 건 아니겠지." 이스트라데즈가 중얼거렸다. 미코데즈는 동생의 몸에서 전달되는 떨림을 느낄 수 있었다. "아니, 내 일은 충실히 해왔다고. 지금은 부탁할 게 있어서 온 거야."

"애인이 더 필요해?" 미코데즈가 말했다. 요새에는 다양한 특기를 가진 고급 창부들이 잔뜩 근무하고 있었다. 이스트라데즈는 임무 사이에 짬을 내서 그쪽 방면을 탐닉하곤 했다. 미코데즈로 활동하는 동안 그러다가 누군가에게 불일치점을 들킨 것일지도 모른다. "지루해서 그러는 거라면, 나도 이제 자금 여유가…"

"그런 거 아니야." 이스트라데즈는 완벽하게 장중한 동작으로 미코데즈의 손 아래에서 몸을 빼서 서로 마주 보는 위치에 선 다음, 그대로 고개를 조아리며 무릎을 꿇었다. "육두관이시여."

육두관에게 정중하게 충성을 바치는 모습이 너무도 어울리지 않아서, 미코데즈는 짧게 숨을 들이쉬었다. "이스트라…"

이스트라데즈는 고개를 들지 않았다. "임무에 저를 기용해주시기를 간절히 청합니다. 저는 슈오스는 아니지만, 외부 요원을 기용한 선례가 존재한다는 것은 알고 있습니다."

미코데즈는 대화가 흘러가는 방향이 불안하게만 느껴졌다. "일어나." 생각보다 거친 목소리가 나왔다. "네가 무릎 꿇고 그럴 필요 없어."

"제 무릎 상태를 염려해주시다니 정말 친절하시군요." 이스트라데즈가 너무 진지한 얼굴로 말하는 바람에, 미코데즈는 그가 지금 조롱하는 것인지조차 판별할 수 없었다. "하지만 진심입니다. 저를 예비로 남겨두실 생각이라는 것은 알고 있지만, 이번 임무는, 오로지 저만이 해낼 수 있습니다."

"그래서 그 임무란 대체 뭘 말하는 거지?" 이스트라데즈가 직접 대답하게 하다니 잔인한 일이었다. 그러나 확인할 필요가 있었다.

미코데즈는 이스트라데즈가 자세를 무너트리면서, 자신과 똑같으면서도 긴장이 풀린 얼굴로, 눈에 익은 비꼬는 웃음을 지을 것이라고 기대하고 있었다. 그러나 그런 일은 벌어지지 않았다. 이스트라데즈는 속눈썹을 내리깔았다. 오른쪽 무릎 위에 올린 주먹에 살짝 힘이 들어갔다. "육두관들을 암살하는 계획이 진행 중이라고 들었습니다."

얼어붙은 한순간이 지난 후, 미코데즈가 입을 열었다. "네게는 승인되지 않은 정보인데."

"육두관님의 직원을 유혹했죠. 우리처럼 훌륭한 외모를 가진 잠자리 상대를 원하는 사람들이 가끔 등장하니까요. 자신이 무엇을 누설했는지도 모르리라 생각합니다."

'직원'이란 한 명 이상일 수도 있다. 나중에 처리해야 할 문제다. "아주 흥미로운 제안인데." 이 부분은 진심이었다. "하지만 답변은 '안 돼'야."

"육두관이시여." 이스트라데즈는 가능한 한 가장 격식을 차린 투로 말했다. "자살 임무라는 사실은 잘 알고 있습니다."

"이미 답은 들었을 텐데."

이스트라데즈는 떨리는 목소리로 말을 이었다. "육두관님, 이제 제 쓸모는 점점 다하고 있습니다. 은혜를 베풀어 마지막 임무를…"

"안 돼, 이스트라데즈."

"스피렐에게 지시한 평가 내용은 이미 확인했어." 이스트라데즈의 목소리는 묘하게도 평온했다. "어차피 나를 직무에서 은퇴시킬 생각이었잖아. 그럼 내가 뭘 할 수 있겠어? 남은 평생을 이 요새 안에서 굴러다니라고? 그러고 싶지는 않아. 날 보내줘, 미키."

미코데즈는 무릎을 꿇고 앉으며 이스트라데즈의 어깨를 붙들었다. "'자살 임무'라는 게 어떻게 해도 영원히 귀환할 수 없는 임무라는 건 알고 있는 거야?"

"그래서 어쩔 생각이었는데? 다른 사람을 보낼 거였어? 내가 최고의 적임자라는 건 형도 알고 있잖아. 제발, 미키."

낯익은 눈에서 타오르는 신념이 그를 흔들었다.

"나는 네 총이야, 미키."

대답이 저절로 터져나왔다. "하지 마. 제발, 그런 말은 하지 마. 너는 켈이 아니잖아." 미코데즈는 속삭였다.

"켈보다 낫지. 생각해보겠다고 약속해줘."

"생각해볼게." 마침내 미코데즈가 대답했다. 하지만 그가 어떤 결정을 내릴지는, 두 사람 모두 이미 알고 있었다.

휘하의 수학자들이 뱉어낸 보고서를 읽기를 마친 다음, 미코데즈는 3시간 이르게 미리 파 화분에 물을 주었다. 앞으로 남은 시간이 어떻게 흘러갈지 뻔하니, 잊어버리고 싶지 않았다.

체리스는 제다오와 접촉하는 과정에서 이능력 효과가 원하는 사람에게만 적용되는 역법을 찾아야겠다고 결론을 내렸을 것이다. 그래도 켈의 규율은 유지할 수 있겠지만, 안단은 매혹술 능력을 잃고 싶지 않을 것이다. 상식이 있는 안단이라면 매혹술은 실행보다는 위협으로서 유용하다는 사실을 알고 있을 테지. 반면 슈오스는 분파 고유의 이능력이 없는 유일한 분파였다. 딱히 큰 의미는 없더라도, 나름대로 장점이 될지도 모른다. 슈오스는 크게 변할 이유가 없을 것이다.

다음으로 미코데즈는 켈 사령부를 호출해서, 트소로와 직접 대화를 나누고 싶다고 강조했다. 대기 시간은 평소보다 길었다. 트소로는 성실하게 헤어드라이어를 사용하며 몸가짐을 갖추는 중인지도 모른다. 마침내 그녀가 통화에 응답했다. "슈오스 육두관이여." 공손했지만 호의는 조금도 보이지 않는 목소리였다. "급박한 문제겠지?"

"개인적으로 그쪽에 보낼 경고가 있어서 말입니다." 미코데즈는 이렇게 말하고 데이터를 전송했다. "이쪽 분석가들은 하픈이 맹금의 둥지에 중심 타격을 가할 것이라는 결론을 내렸습니다. 필요하신 대로 세부 사항을 확인하시고 그에 맞춰 준비하면 될 겁니다."

슈오스의 백안의 성채에는 여러 척의 그림자나방이 배치되어 있고 방어용 병기도 설치되어 있지만, 그 위치 자체는 공공연하게 알려졌다. 반면 켈의 본거지인 맹금의 둥지의 방어 체계는 부분적으로 기밀성에 의존하고 있다. 켈의 병력은 상당히 넓은 지역에 퍼져 있기 때문에, 본거지 방어에 충분한 병력을 할애할 수 없다.

"그쪽의 정보를 얼마나 믿을 수 있는지부터 확인해봐야 한다." 트소로가 말했다.

미코데즈는 그녀를 향해 눈을 가늘게 떴다. "세상이 지루한 나머지 사람의 머리를 들쑤시며 즐기고 싶은 거라면 그냥 슈오스 꼬맹이들 먹이나 따면서 놀겠죠. 그쪽은 꾸준히 공급되기도 하고. 아니, 이건 정확한 정보입니다. 하픈은 이미 톱니바퀴 2번 함대를 상대로 골치 아픈 공간 도약 이능력을 시연해 보였습니다. 그걸 맹금의 둥지에 대해 사용한다고 해도 딱히 놀랍지는 않군요. 내가 그렇다면 당신도 그럴 테고."

그가 직접 위조한 내용은 아니었다. 휘하의 부서 중 하나에서 위조한 내용이었지만, 정신 복합체의 검열 정도는 버텨낼 것이다. 트소로는 미코데즈를 좋아하지는 않았지만, 그가 기본적으로 유능한 사람이라고는 믿고 있었다. "그 부근에 방위 함대가 있다면 안심이 되겠군요." 그는 이렇게 덧붙였다.

"있는 것이 당연하지 않은가?" 트소로는 날카롭게 물었다. "맹금의 둥지가 함락당하는 사태는 용납할 수 없다. 경고 고맙군."

"훌륭하군요." 미코데즈는 트소로가 눈엣가시로 여기는 경쾌한 태도로 대꾸했다. 그쪽에서도 미코데즈가 그러기를 기대하고 있을 테니까. "그렇다면 골치 아픈 전략 계산 문제는 그쪽에 맡기기로 하죠." 그는 통신을 껐다.

체리스의 작전에는 문제가 하나 있었다. 모든 사람이 일정대로 움직인다면, 미코데즈가 나머지 육두관들을 처치하기 전에 켈 사령부가 날아가버릴 테니, 그의 계획이 수포로 돌아가리라는 것이었다. 물론 지금 미코데즈의 행동은 다른 여러 장점도 고려한 것이었다. 첫째, 켈 사령부를 날려서 역법 초기화를 시키는 것이 목적이라면, 동시에 다른 육두관들도 제거해버리는 쪽이 훨씬 효과적이다. 둘째, 육두관들을 암살할 생각이라면 한곳에 모일 때를 노리는 편이 훨씬 수월하다. 다행스럽게도 니라이 파이안의 불멸 설비가 미끼 역할을 맡아주었다. 셋째, 체리스의 계획에 맞춰 네 명의 육두관의 일정을 바꾸는 것보다, 모든 말이 제자리를 찾아갈 때까지 체리스가 계획을 지연시키도록 하는 쪽이 훨씬 쉬울 것이다. 넷째, 체리스에게 연락해서 자신의 의도를 설명하는 방식은 분명 마음이 끌리는 간결한 해결책이기는 하지만 먹히지 않을 것이다. 그 여자가 슈오스와 사귄 적이 있기는 해도 슈오스 방식에 쉽사리 속을 것이라는 단서는 전혀 없었고, 무엇보다도 두개골 안에 제다오가 똬리를 틀고 있지 않은가. 따라서 그녀가 깨닫지 못하게 영향력을 행사해야 했다.

다섯째, 체리스가 어떤 방식으로 맹금의 둥지를 파괴할 작정인지 아는 사람은 아무도 없다. 〈축제의 위계〉호에 심어놓은 도청기가 단서를 제공해줬더라면 정말 좋았을 테지만, 그런 행운은 일어나지 않았다. 지금 미코데즈는 체리스가 미치지 않았으며, 이 작전 또한 허풍이 아니고, 뭐든 방법이 존재하리라는 쪽에 운을 걸고 있었다. 추락매 상급대장이 그녀를 신뢰하고 있다는 사실은 정황증거에 지나지 않지만, 하찮은 증거라도 아예 없는 것보다는 나았다.

여섯째, 지금까지 체리스의 행동을 살펴보면 분명히 그녀는 어떤 정보망을 가지고 있었다. 그녀가 도중에 라가스 대령과 접촉한 사실은 확인했지만, 세부적인 내용까지 확인하지는 못했다. 여기서 미코데즈는 또 하나의 도박수를 던졌다. 체리스의 정보원이 켈 함대의 이동 역시 보고하여, 그녀 쪽의 시간표를 재고하게 하리라는 것이었다. 적어도 그는 체리스가 맹금의 둥지와 복수의 방위 함대를 정면으로 상대해서 자신의 함대를 위험에 처하게 하지는 않으리라고 확신하고 있었다. 가능하다면 기다리는 쪽을 선택할 것이다.

난 이렇게 사려 깊은 사람인데, 사람들은 생도 두 명을 죽인 정도로 신뢰할 수 없는 위험한 사람이라 판단한단 말이지. 미코데즈는 이렇게 생각하며 냉소했다. 하지만 그게 목적이었다. 그는 특정한 방식에 집착하지 않으려 의식적으로 애써왔다. 더 나은 해결책이 존재한다면 그는 언제나 적극적으로 방향을 전환하는 편을 택했다.

그리드에서는 긴급 통화 요청자의 수가 쌓여가고 있다는 정보를 알렸다. 그는 책상의 두 번째 서랍을 뒤적거려서 두 달 전에 뜨다 관뒀던 적갈색 나뭇잎 문양 레이스 스카프를 꺼냈다. 모든 것이 완벽했다. 사람들이 총을 든 슈오스보다 싫어하는 모습은 뜨개바늘을 든 슈오스뿐이다. 제정신인 슈오스 암살자라면 백이면 백 모두 뜨개바늘을 찔러 넣기보다는 은신 장비를 갖춘 발코니에서 고출력 라이플로 저격하는 쪽을 택할 것이 분명한데도.

"좋아. 첫 번째 사람부터 연결하도록."

체리스와 브레잔은 체리스 쪽 선실의 응접실에서 육두정의 지도를 이리저리 회전시켜서 보는 중이었다. 키루에브는 반짝이는 첨부 내용과 장성들의 문장이 찍힌 켈의 함대에 집중하려 애쓰고 있었지만, 띠

엄띄엄 정신을 차리는 정도가 고작이었다. 체리스와 브레잔은 그녀가 전략이나 보급 문제에 도움이 될 거라고 기대하고 동석시킨 것이 아니었다. 키루에브를 홀로 놔두면 그대로 쓰러져 죽을지도 모른다고 브레잔이 내내 걱정했기 때문이었다.

체리스가 입을 열었다. "정규 함대가 여섯인가. 꽤나 겁을 먹은 모양이로군."

키루에브는 켈 함대들의 이동 경로가 별다른 특이점이 없는 공역으로 향하고 있다는 사실을 깨달았다. 그러나 체리스는 바로 그곳이 맹금의 둥지 위치라고 주장하고 있었고, 브레잔 또한 그 말을 믿었다. 키루에브는 여섯 장군의 문장 중에서도 이네세르 대장의 '세 마리의 황조롱이와 세 개의 태양'에 계속 눈길을 주고 있었다.

토의에 참여하는 자들은 체리스와 브레잔뿐이 아니었다. 네 대의 서비터도 있었다. 세모형 세 대와 새형 한 대였다. 세모형들은 계속해서 서로에게 빠르게 불빛을 깜빡이고 있었다. 육안으로 볼 수 있는 불빛을 사용하는 것은 인간들에 대한 예의가 분명했다. 키루에브는 서비터들이 예절에 지독하게 신경을 쓴다는 사실을 깨달았고, 브레잔이 딱히 금지하지 않았으므로 그에 따라 자신의 행동을 교정하려 노력했다. 새형은 그런 노력을 인정했거나, 아니면 죽어가는 장군을 좋은 구경거리라 여긴 모양이었다. 어느 쪽이든 그 서비터는 키루에브를 호위하듯 주변을 떠돌면서, 체리스와 브레잔이 완전히 무시하고 있는 찻주전자를 가져다 그녀의 잔을 계속 채워주었다.

"내가 제대로 이해하고 있는 거라면, 서비터들은 자기네 소행이라고 깨달을 만한 관찰자가 주변에 많으면 행동하기를 꺼리는 것 아닌가?" 브레잔이 말했다.

키루에브는 브레잔이 서비터를 언급할 때마다, 또는 서비터에게 직접 말을 걸어야 할 때조차 텅 빈 벽을 바라보며 말한다는 사실을 본인이 깨닫고 있을지 궁금해졌다.

너무 지쳤기 때문에 2번과 3번이라 부르기로 마음먹은 두 대의 세모형이 서로 격렬하게 불빛과 불협화음을 교환했다. 그러다 3번이 체리스를 향해 매우 붉은 불빛으로 뭐라 지껄였다.

체리스는 얼굴을 찌푸리더니 입을 열었다. "기본적으로는 그렇지. 이미 최대한 많은 수의 서비터를 퇴각시키기는 했지만, 그렇다고는 해도…"

브레잔은 입술을 깨물었다. "체리스. 만약 그 방위 함대에도 서비터들이 있다면…" 그는 말을 끝맺지 못했다.

"그대로 말해도 돼." 체리스가 말했다.

"서비터들이 켈 사령부를 방사성 잿더미로 만들 수 있다면, 분명 나방 한 무리 정도는…"

체리스는 손을 꾹 쥐었다 다시 폈다. "브레잔, 그 나방 무리가 몇 척이나 될지 생각해봤나. 전부 합치면 승무원의 수가 30만은 될 텐데. 그 여섯 명의 장군이 돌이킬 수 없을 정도로 부패했더라도 승무원들까지 학살할 필요는 없지. 물론 부패의 증거조차도 없지만 말이야. 나는 최소한의 희생자만 내고 이 상황을 끝내고 싶어. 게다가 저 정도면 소규모 함대라고는 할 수 없고, 육두정의 적은 아직 사라지지 않았지. 정말로 육두정의 군사력을 그렇게 뭉텅이로 깎아내고 싶나? 고위 장성들도 포함해서?"

"육두정을 찢어발기려고 단단히 마음먹은 사람치고는 흥미로운 주장을 하는군."

"나는 완전한 제다오는 아니야." 체리스는 이렇게 말했지만, 키루에브는 때로 그에 동의하기 힘들었다. "이번 작전의 목적은 최대한 많은 사상자를 내는 것이 아니야. 평범한 사람들에게도 기회를 주기 위한 것이지. 물론 사상자는 나올 거야. 그것도 아주 많이. 하지만 굳이 더 많은 사람을 죽이려고 기를 쓸 필요는 없어."

"대량 학살자를 한가득 흡입한 상황에서 어떻게 그런 결론에 이르게 됐는지 정말 궁금하군."

"그자가 부순 것을 고치려 하고 있을 뿐이야. 부순 기억이 남아 있으니까." 체리스가 말했다.

브레잔은 어깨를 축 늘어트렸다. "그래서 그냥 기다리자고? 그대로 가세해서 켈 사령부를 하픈으로부터 구하고 싶은 충동은 생기지 않고?"

키루에브는 간신히 정신을 차리고 끼어들었다. "각하, 저들이 우리에게 감사할 리도 없고, 어차피 이네세르 대장 정도면 충분히 처리할 수 있을 겁니다."

"'감사할 리 없다'라는 말은, 곧 우리를 처리하려고 자기네 함대를 자폭시킬 거라는 뜻이겠지." 체리스가 비꼬듯 덧붙였다. "게다가 전면 공격을 피하라고 가르쳐준 것이 저들 아니었나?"

브레잔은 신음을 흘렸다. 분명 400여 개의 켈 농담 중 하나를 떠올리고 있는 모양이었다. "좋아, 더 나은 기회가 찾아올 때까지 기다리자 이거지. 그런데 그 기회가 안 찾아오면 어쩌게?"

"그럼 다시 생각해봐야지. 지금 걱정되는 건 하픈의 접근 벡터를 확인할 수가 없다는 거야. 탐지기와 감청 초소가 모든 공역을 확인하고 있는 것은 아니니까, 일단 기다리며 지켜볼 수밖에."

브레잔과 체리스는 엔진에 문제가 생긴 기치나방 쪽으로 화제를 돌렸다. 키루에브는 세부 사항을 제대로 이해할 수 없었지만, 이 상황이 거북하기는 해도 그리 놀랍지는 않았다. 몸을 좀먹어 오는 한기 때문에 집중하기가 힘들었다. 새형 서비터가 그녀를 향해 지저귀는 모습을 보니, 차를 만능의 영약으로 여기는 것은 아니라도 몸을 데우면 도움이 되리라고는 생각하는 모양이었다. 그녀는 서비터를 향해 힘겹게 미소를 지은 다음 한 모금을 홀짝였다.

키루에브는 서비터를 향해 입을 열었다. "너희를 이해한다고 말하지는 못하겠지만, 너희가 얼마나 오래 복무해왔는지를 생각하면 이걸로 뭔가 얻어 갈 수 있었으면 좋겠구나. 너희 언어를 배우지 못해서 정말 미안하다."

새형은 기운을 북돋우려는 것처럼 가까운 벽을 두드렸다. 체리스는 슬쩍 고개를 들더니, 다시 브레잔과 함께 추진체 조화 분석 결과를 점검하기 시작했다. 새형은 계속 벽을 두드렸고, 키루에브는 이내 그게 켈의 암호 부호라는 사실을 깨달았다. 당신은 죽을 필요 없어요.

키루에브는 눈을 깜빡였다.

죽지 않겠다고 선택하면 돼요.

이제는 자신이 브라에 탈라를 발동한 이유조차도 잘 떠오르지 않았다. 아버지의 육신이 종이로 말라붙으며 죽음을 맞이하던 모습, 정신없이 딸랑거리던 종소리, 눈앞의 광경을 보지 않으려 애쓰며 얼어붙은 자신의 옆에서 서로를 부둥켜안던 어머니들. 전투에서 살아남을 때마다 가슴을 도려내던 실망감. 숨기는 법은 배웠지만, 어느 것도 결국 완전히 증발해버리지는 않았다.

"나는 켈이야." 키루에브는 고통을 억누르며 말했다. "이 모든 것이 제대로 먹혀든다 해도, 브라에 탈라에서 벗어나기 위해서는 모든 진형 본능을 벗어던져야 해. 그 조항도 전체 중 일부일 뿐이니까."

새형은 그 말을 곱씹어보는 듯했다. 우리 종족은 진형 본능 없이도 켈에 복무해왔어요. 그렇다면 우리의 복무는 가치 없는 건가요?

"그 결정은 내가 내릴 수 있는 게 아니지." 키루에브가 대답했다.

당신이 섬기는 장군이 당신의 복무를 거부할까요?

브레잔이 키루에브가 브라에 탈라를 직접 선택했다고, 안개처럼 흐릿한 뭔가를 설명하려 애쓰던 것이 겨우 며칠 전이었다. 키루에브를 켈로 만드는 본질을 포기하는 것이, 브레잔이 원하는 바일까?

진형 본능이 없어도 간신히 켈로 남을 수는 있다. 어쨌든 브레잔이 추락매라는 사실은 너무 뻔했으니까. 그러나 이런 문제는 결국 켈로 남는 것이 바람직한 행동이냐는 질문으로 이어질 수밖에 없었다.

"상급대장께서 원하신다면 나는 선택하는 법을 배우겠어." 키루에브는 이렇게 대답했다.

서비터의 지저귀는 소리는 한숨처럼 들렸다. 그는 갈고리 달린 다리 하나로 찻잔 쪽을 가리켰다. 키루에브는 고분고분하게 한 모금을 더 마셨다. 온기는 그리 오래가지 않겠지만, 어차피 오래갈 필요도 없을 것이다.

켈의 여섯 함대는 맹금의 둥지에 노착해서 싯발을 올틸 순간만을 기다렸다.

체리스와 브레잔은 이후 켈이 어떻게 될지를 놓고 말다툼을 벌였다. 그러다 체리스가 수뇌부 제거 작전이 성공하면 브레잔이 최선임 켈 장성이 된다는 점을 지적하자 논쟁은 더욱 격렬해졌다.

"퇴임하겠어." 브레잔이 말했다.

"그럼 켈에는 지도자가 아예 안 남을 텐데. 그걸 원하는 건가?"

"당신은 입을 열 때마다 마음에 안 든다니까. 당신이 하는 말은 상황을 악화시킬 뿐이라고."

키루에브는 서비터들과 카드게임을 시작했다. 이제 그녀가 제 역할을 하리라 기대하는 사람은 아무도 없을 것 같았다. 보통 이기는 쪽은 서비터들이었다. 키루에브는 서비터들이 자신의 기분을 염려해 일부러 져주지 않는다는 사실에 감사했다.

슈오스 미코데즈는 스카프 뜨개질을 끝마쳤다. 스카프를 처음 받은 두 사람은 그게 당장에라도 살아나 자기 목을 조를지도 모른다는 걱정을 숨기지 못했다. 현대의 섬유 기술을 생각하면 충분히 가능한 일이었다.

라할과 안단과 비도나의 세 육두관은 마비 514-11의 니라이 기지를 향해 떠났다. 니라이 파이안은 이미 그곳에 가 있었다.

미코데즈가 하픈의 침공이 가까워져 온다고 켈 트소로에게 경고한 지 38일이 지났을 때, 네 군데의 대형 나방 조선소 근처에 있는 켈의 감청 초소에서 하픈 함선의 탐지 요소가 접근해 온다는 보고를 올렸다. 해당 조선소들은 그로부터 얼마 후에 폭발해버렸다. 켈 사령부에서는 조선소가 하픈의 진짜 목표물이라는 결론을 내렸다. 특히 공격

받은 시설 중에 소멸나방 건조가 가능한 조선소가 두 곳 포함되어 있었기 때문이다. 사령부는 침략군을 격퇴하기 위해 네 개의 방위 함대를 파견했다. 하지만 당황스럽게도, 감청 초소는 탐지 요소를 완전히 놓쳐버렸다.

체리스와 브레잔은 켈의 추가 이동 소식을 접하자마자 긴급회의를 열고 지금이 공격의 적기라는 판단을 내렸다. 키루에브는 회의에 참석하지 않았다. 이틀 전에, 즉 브라에 탈라를 발동한 지 79일 만에 쓰러져서 의무실로 이송되었기 때문이었다.

바우한 이스트라데즈는 종종 한 가지 장난을 떠올리곤 했다. 슈오스 사관학교 중 하나에 들러서 순진한 꼬맹이 생도들을 혼이 빠질 정도로 놀래키는 것이다. 그가 똑같이 생긴 둘째 형처럼 한심한 장난질을 즐기지 않는 사람이라 생도들에게는 다행이었다. 게다가 언제나 임무 때문에 바쁘기도 했다. 미코데즈의 육체적 습관을 따라 하는 것은 그리 힘든 부분이 아니었다. 문제는 미코데즈가 담비처럼 쉴 틈을 모르고 돌아다닌다는 것이었다. 온갖 취미가 끝없이 늘어난다는 점도 힘들기는 마찬가지였다. 이스트라데즈는 제발 누군가 뜨개질을 강요하지 않기만을 간절히 빌었다. 자신은 바늘 코를 빠트리는 데 천부적인 재능을 가지고 있으니까.

이스트라데즈는 〈찔리지 않은 눈〉이라는, 전형적인 경쾌한 슈오스 이름을 가진 그림자나방에 승선해 있었다. 승무원들에게 목적지를 숨길 방법은 없었지만, 그의 진짜 신원을 아는 사람은 아무도 없었다. 제대로 검사 절차를 거치면 물론 들키겠지만, 함상이 신원 확인을 요구할 리는 없었다. 육두관들이야 확인해야겠다는 생각을 할 시간도 없을 것이다. 들킨다 해도 미코데즈의 악명 높은 괴팍함이 유리한 방향으로 작용해줄 것이다.

지금 이 순간, 그는 침실에 앉아 쟁반 위의 벌꿀 쿠키를 이쑤시개로 쑤시는 중이었다. 이 빌어먹을 쿠키를 먹는 것보다는 차라리 쑤시는 게 나았기 때문이다. 미코데즈의 성격에 어울리지 않는다는 점을 무릅쓰고 그대로 버려버릴까 생각하고 있을 때, 그리드에서 곧 마비 514-11 기지에 도착할 예정이라고 알려 왔다. 아무래도 양말만 신고 있는 건 문제가 있을 테니 신발을 다시 신어야 할 모양이었다. 어차피 보이지는 않겠지만.

이내 나방의 함장으로부터 통신이 들어왔다. "뭡니까?" 그는 왼발을 몰래 남은 신발에 밀어 넣으면서 물었다.

"육두관이시여. 기지의 진입 궤도에 들어서면 알려달라고 말씀하셨습니다. 규약에 따르면 여기서 은신 상태를 해제하고 검문 반경에 들어섰다고 보고해야 합니다." 마지막 부분이 꼭 필요하다는 투는 아니었다. 이번 항해가 평범한 방문인지, 아니면 여우식 속임수인지를 알고 싶어서 던진 질문일 것이다.

"그럼 어디 보자, 탐지에 무엇이 잡히는지 말해주겠습니까?" 그는 느릿하게 말했다.

함장은 탐지 결과를 전송해줬지만, 별 도움이 되지 못했다. 비활성 상태나 최소 작동 상태인 나방 추진체에서는 당연하게도 별달리 읽어낼 수 있는 내용이 없기 때문이었다. 그럼 결국 번거로운 방식을 선택할 수밖에 없었다.

"좋아요." 이스트라데즈는 가장 가까이 있는 벌꿀 쿠키에 이쑤시개를 하나 더 찌른 다음 말했다. "은신을 풀고 우리가 도착했다고 알리십시오. 내가 따로 연락하겠습니다. 혹시 쿠키 하나 보내면 받아줄 생각 있습니까?" 이 쿠키들을 처리할 수 있다면 뭐든 상관없었다.

"정말 친절하시군요. 하지만 저게 제가 생각하는 바로 그 쿠키라면, 잇새에 잣이 끼면 빼기가 힘들어서 말입니다." 함장은 약삭빠르게 권유를 회피했다.

나도 마찬가지라고. 이스트라데즈는 속으로 투덜거렸다. "됐어요, 당신 손해지 뭐."

잠시 침묵이 흐른 후 함장이 다시 입을 열었다. "나방의 은신을 해제했습니다. 저들이 섣부른 판단을 내리지 않도록 위치를 유지하고 있습니다."

슈오스가 누군가를 초조하게 만들어서야 되겠는가. 절대 안 되지. 이스트라데즈는 기지에 통신을 보내 파이안 육두관을 연결해달라고 청했다. 그녀는 즉시 응답했다. "내가 얼마나 늦은 겁니까?" 이스트라데즈는 조금도 뉘우치는 기색 없이 이렇게 물었다. 그는 일부러 늦으려 했지만, 가능하면 가장 늦고 싶었지만, 파이안에게 그 사실을 알리고 싶지는 않았다. 그는 이미 일련의 명령을 입력하는 중이었다. 다른 이들을 놓친다 해도 파이안만 제거하는 것만으로도 나름의 가치는 있을 것이다.

"당신이 마지막입니다, 미코데즈." 파이안은 눈살을 찌푸리며 말했다.

끝내주는군. 그는 파이안을 향해 형의 미소를 지어 보였다. 미코데즈는 먹히지 않을 거라고 말하기는 했지만. "그렇군요, 그럼 더 지체하면 곤란하겠군요. 곧 뵙겠습니다."

"기대하고 있겠습니다." 파이안은 기계적으로 예의를 차리며 말했다.

이스트라데즈는 최종 제어권 확보를 시작했다.

사람들은 종종 육두정의 공역에 그림자나방이 빽빽하게 들어차 있어서, 슈오스가 콧구멍을 후비는 것까지도 감시하고 있을 거라고 생각하곤 한다. 그러나 진실을 말하자면 우주는 너무 광대하고 저 빌어먹을 우주선은 슈오스가 마음 내키는 대로 사용하기에는 너무 비싸다. 강력하지만 재충전이 느린 단검포 같은 이능력 무기를 사용하려면 은신 장치의 동력 공급을 중단해야 한다. 거기에 덧붙여 일단 동력을 끊으면 은신 장치를 재가동하는 데는 상당히 오랜 시간이 걸린다. 종합해보자면, 〈찔리지 않은 눈〉은 첫 일격을 가할 수는 있으나 무사히 살아나갈 확률은 제로나 다름없다는 뜻이 된다.

자살 임무에 지원하지 않은 그림자나방의 승무원들에게는 안타까운 일이기는 했다. 그러나 저들에게 실제 임무를 알려줄 경우 발생할 문제는 이스트라데즈도 짐작할 수 있었다. 게다가 자신은 켈이 아닌데도 자살 임무에 자원했다. 그걸로 봐달라고 할 수밖에.

내가 맡기로 했으니까 묻는 건데, 이번 작전이 어떻게 도움이 되는 거야? 그는 미코데즈가 동의한 다음에 이렇게 물었다. 시야의 한쪽 구석으로 제다오의 악명 높은 패터너 52 권총이 장식장 안에서 번득이는 모습이 보였지만, 제대로 고개를 돌려 똑바로 바라볼 엄두는 낼수 없었다.

슈오스가 세 수는 앞서 나가게 되겠지. 미코데즈는 평소의 끔찍하게 경쾌한 태도로 돌아와서 이렇게 대꾸했다. 너 지금 제대로 생각해 보지도 않고 자원했다고 말하는 거야?

그래도 하고 싶어. 다만 형한테 무언가를 한 가지 받고 싶을 뿐이야. 이스트라데즈는 이렇게 말했다.

미코데즈는 웃음기 없는 얼굴로 그를 바라보았다. 내가 줄 수 있는 것이어야 할 텐데.

솔직한 답을 줘. 내 정신 상태를 고려한 답 말고, 이번만은 진실을 말해줘. 형이 아직 누군가에게 마음을 줄 수 있기는 한 거야? 아직 인간이기는 해? 이제 전부 게임과 장난질과 전략밖에 남지 않은 건 아니야? 형의 약점을 말해달라는 게 아니야. 그냥… 그냥 알고 싶을 뿐이야.

미코데즈가 자리에서 일어선 순간 이스트라데즈는 피가 얼어붙는 듯했다. 독침이나 교살용 밧줄이나 총을 다루는 솜씨를 겨루게 된다면, 지금까지 받은 호신술 강좌는 조금도 도움이 되지 않을 테니까. 그러나 미코데즈는 그대로 눈앞에서 무릎을 꿇고 앉아 동생의 손을 붙들었다. 이스트라데즈는 자신의 손바닥에 격렬하게 키스를 퍼붓는 형의 모습에 숨이 멎을 것만 같았다.

예전에도 말한 것처럼, 나는 직무를 수행할 뿐이야. 최적의 방법이라는 생각이 들면 빌어먹을 동생을 사지로 보내기까지 하면서. 목소리가 갈라졌다가 곧 원래대로 돌아왔다. 하지만 절대로, 절대로 내가 널 사랑하지 않는다고는 생각하지 마. 가지 마, 이스트라데즈. 아직 늦지 않았으니까…

이미 너무 늦었어… 이스트라데스는 말했나.

외곽 고리, 레이스처럼 뻗어 나온 감지 장비와 엔진, 바퀴 속 바퀴처럼 보이는 중핵과, 회전하는 기계장치를 두르고 있는 니라이 기지를 향해, 〈찔리지 않은 눈〉이 천천히 접근하기 시작했다. 함장은 전 승무원의 제어 장치 접근 권한이 박탈되었다는 사실을 발견했는지, 비상 통신망을 이용해 이스트라데즈를 호출하려 애썼다. 당연하게도 이스트라데즈는 응답하지 않았다.

기지 도킹 예정 시간을 몇 분 남겨놓고, 〈찔리지 않은 눈〉호는 단검포를 발사해서 기지를 거의 두 쪽으로 갈라버렸다. 중심 동력 핵까지 깔끔하게 포함되었다. 바로 다음 순간 그림자나방의 자가 침몰 장치가 발동했다. 안전 절차도, 시한 장치도, 아무것도 없이.

마지막 순간, 이스트라데즈는 자폭까지는 조금 지나쳤던 것이 아닐까 생각했다. 그래도 멜로드라마가 켈의 전유물이 아니라는 사실을 온 육두정에 알리고 죽을 수 있으니 나쁘지는 않았다. 세계가 열기와 잡음 속으로 녹아들 때까지, 그의 멍한 눈은 자기 손바닥만 바라보고 있었다.

육두정의 시계를 초기화할 순간이 찾아왔을 때, 맹금의 둥지에는 48대의 서비터가 머물러 있었다. 켈 정신 복합체는 서비터에는 별로 신경을 쓰지 않지만, 그래도 기지가 제대로 돌아간다는 환상을 유지하려면 일부는 자리를 지켜야 했다. 공격이 계획대로 성공했는지를 확인할 서비터도 필요할 테고.

48대 중 하나인 서비터 $sinx^2$은 파괴 공작을 위해 남은 것이 아니었다. 평소에는 의무반에서 근무했으니 기계공학이나 폭발물이 전문

분야인 것도 아니었다. 다른 서비터들은 기회가 있을 때 이곳을 떠나라고 권했다. 맹금의 둥지도 보급은 필요한 곳이다. 서비터들은 상자나 금속 용기나 나방의 어둑한 틈새에 숨어들어 빠져나가고 있었다.

$\sin x^2$은 이렇게 말했다. 저들도 우리 켈이야. 저들은 알지도 이해하지도 못해도, 마지막까지 함께 있어줄 존재가 필요하지 않겠어? 그 말에 다른 서비터들도 그를 설득할 수 없다는 사실을 깨닫고 그대로 남기고 떠났다.

$\sin x^2$은 복합체의 일부가 된 켈들이 서비터를 유용하거나 때로는 불필요한 잡무 수행 도구 이상으로 여기지 않는다는 점을 잘 알고 있었다. 정신 복합체가 세월이 흘러갈 때마다 제정신을 잃어간다는 사실도 알고 있었다. 그렇다 해도 그는 자신을 켈이라 생각했다. 동족 중 누군가는 켈 사령부의 죽음을 기려야 했다.

지금 $\sin x^2$은 요새의 악기를 광이 나도록 닦고 있었다. 누구도 원하지 않기 때문에 자원한 괴상한 업무 중 하나였다. 이곳의 악기 중 일부는 아우렐 상급대장이 직접 가져온 물건이었다. 맹금의 둥지에 도착하고 얼마 지나지 않았을 때, 그녀는 종종 악기를 연습하러 이곳에 들르곤 했다. 마지막으로 들른 것은 31년 전이었다. 그녀는 합주곡을 한 소절씩 연주했다. $\sin x^2$은 비올을 특히 세심하게 닦았다. 그녀가 가장 좋아하는 악기였기 때문이다.

서비터 $\tanh x$가 정비 회선을 통해 작전 6분 전이라는 경고를 보냈다.

$\sin x^2$은 아우렐 상급대장이 8번 정신 복합 지휘체의 일부가 되었다는 사실을 알고 있었다. $\sin x^2$은 그녀에게 가서 닿을 수 있도록 서둘러 복노를 따라 날아갔다. 언제나 그렇듯 문은 열려 있었다. $\sin x2$은

493

단순한 형태의 금속 유리 의자에 앉아 있는 아우렐 쪽으로 몸을 띄웠다. 자세는 우아했고 손에는 예전의 근력이 조금이나마 남아 있었다. 그러나 희뿌연 갈색 눈은 방 안의 그 무엇도 제대로 담지 못했다. 아마도 빛과 그림자의 경계 정도를 제외하면.

1분 8초 후, 맹금의 둥지는 불길과, 매캐한 증기와, 새로운 역법의 0시를 향해 거꾸로 돌아가는 무수한 숫자를 뿜으며 격침되었다.

27

제훈은 놀랍게도 미코데즈의 주 집무실로 통하는 문을 살아서 통과했다. 고개를 든 미코데즈는 처음에는 그가 누구인지 알아보지 못했다. 늘씬한 몸매, 진지한 눈, 붉은색 롱코트가 전부 낯설었기 때문이다. 머리를 뒤로 넘긴 제훈은 처음 만났을 당시를 떠올리게 하는 모습이었다. 당시 그는 조용한 사람이었으나, 그 머릿속에는 슈오스를 다스리는 방법에 대한 온갖 불온한 생각을 품고 있었다. "당장 나가요." 미코데즈의 목소리는 누군가 갈퀴로 훑고 지나간 것처럼 거칠었다.

제훈은 눈을 가늘게 뜨더니 안으로 들어섰다. 뒤편에서 문이 닫혔다. "이스트라데즈에게 안 된다고 말했어야 합니다." 제훈이 말했다.

"첫째로, 그건 당신이 상관할 일이 아닙니다." 미코데즈가 대꾸했지만, 그의 말은 틀렸다. 그의 행동은 뭐든 부관인 제훈의 문제기도 했으니까. "둘째로, 일단 이스트라네스가 사원한 이상 수락할 수밖에 없었어요. 남은 평생 내가 어떻게 행동할 수 있었겠습니까? 다른 요원들을 사지로 보내면서 그 아이만 얼러주었어야 할까요? 그게 사기에 어떤 영향을 끼칠지 생각해봐요. 육두관으로서 최악의 선택 아닙니까."

"당신 동생이었습니다, 미코데즈." 제훈은 뭔가를 말하려다가 이내 마음을 고쳐먹었다. "당신에게도 개인적인 집착 정도는 허용됩니다. 개인적인 집착이 전혀 없는 사람이야말로 우리가 나머지 모두를 위해 암살해야만 하는 사람이죠."

"이 자리에 앉을 때 감상적일 수 있는 권리는 포기했습니다." 미코데즈가 대꾸했다. "이젠 슈오스가 내 가족입니다. 그게 나쁜 거래였다고는 말하지 말아줘요. 좋은 거래였다고도. 아무 말도 하지 말아요. 지금은 도저히 견딜 수가 없으니까."

"어쨌든 그것 때문에 여기까지 온 건 아닙니다." 제훈은 이렇게 말했지만, 미코데즈는 그가 나중에 다시 이 주제를 꺼내리라는 사실을 잘 알고 있었다. "제 호출에 응답하지 않으셨기 때문에 온 거죠."

"그래, 뭐가 그리 급한 겁니까?" 미코데즈가 비꼬듯 물었다.

제훈은 그의 단말 위로 몸을 기울여 명령어 하나를 입력했다. "당신이 들어야 하는 내용입니다." 요약 내용이 단말에 떠올랐다. 수백만 개의 발신원에서, 빛의 폭풍우처럼, 공개 전문이 사방으로 발신되었다는 내용이었다. 체리스가 자신의 역법과 방정식, 그 목적을 발표하는 선언문을 공개한 것이었다. 라할은 격노하여 해당 정보를 통제하고 역법 변동을 억제하려 애쓰고 있었지만, 이미 때는 너무 늦어버렸다.

"그렇군요." 미코데즈는 발신원을 표시하는 반짝이는 얼룩으로 가득한 지도가 얼마나 쓸모가 없는지에 감탄하고 있었다. 너무 많아서 육안으로는 패턴을 잡아내기가 불가능했고, 그리드의 분석 결과도 딱히 그보다 나을 것이 없었으니까. "뻔한 수였죠. 때론 뻔한 수야말로 최상의 수니까. 이 정도로 철저할 줄은 몰랐을 뿐입니다."

"당신도 선택을 내렸군요, 미코데즈." 제훈이 말했다. "이제 이 세계는 계속해서 전진할 겁니다. 우린 이 위기를 처리해야 합니다. 어쩌면 사태가 진정된 다음에는 보드게임이나 손에 들고 어디든 틀어박혀서 코가 비뚤어지게 취할 수도 있겠지만, 지금은 당신이 처리해야 할 일이 가득합니다."

"그렇죠. 당신은 당신 일을 했고. 그럼 당장 꺼지면서, 나가는 김에 그 므웬인 계집애나 들여보내주십시오. 당신이 주변을 맴돌고 있으면 집중할 수가 없단 말입니다."

"고작 이 정도 맴돈 걸로 우는 소리를 내다니 정말 재미있군요." 제훈은 다섯 명의 아이를 키운 부모의 입장에서 부모가 된 적이 없는 미코데즈를 어르듯 말하면서도, 순순히 나가기는 했다.

미코데즈는 파 화분에 물이나 주면서 시간을 끌고 싶은 욕망을 애써 억제했다. 물을 지금보다 더 주면 뿌리가 썩기만 할 것이다. "〈축제의 위계〉호의 슈오스 제다오에게 통신 요청을 보내줘요." 이번에는 받을지도 모른다. 그는 요즘 그쪽 함대가 무슨 깃발을 올리고 있을지가 궁금해졌다. 아직도 톱니바퀴 2번 카드려나? 백조매듭이려나? 신임 장군들이 사용하는 따분한 임시 문장이려나? 추락매에 어울리는 세련된 문장이려니?

그는 기다리며 모과 사탕 하나를 입에 물었다. 책상 서랍 속의 보급품도 다 떨어져가고 있었다. 어떻게든 보좌진을 구슬려서 재고를 확충해야 했다. 보좌진은 그의 당분 섭취를 제한해야 한다고 주장했다. 이유는 알 수 없었지만.

톱니바퀴 2번 카드가 그를 보고 반짝였다. 미코데즈의 입매에는 웃음이 떠올랐다. 그러니까 이렇게 하고 싶다는 거군. 체리스가 통신에 응답하자 문장의 자리에는 그녀의 의문을 품은 얼굴이 떠올랐다. "슈오스-조, 꼭 지금 연락해야 하는 겁니까? 피차 상당한 위기를 겪고 있는 상황일 텐데요. 어느 쪽이 더 심각하다고는 말하지 못 하겠지만요."

"잘 있었습니까, 체리스." 미코데즈는 그녀의 표정이 조금도 흔들리지 않았다는 사실에 감탄하며 말을 이었다. "당신 지금 나하고 하고 싶은 이야기가 있지 않나요?"

"그런 상황이라면, 슈오스-조, 우리 둘 다 죽은 사람인데 이렇게 대화를 나누고 있다는 자체만으로도 기적이나 다름없지 않나요. 당신을 비롯한 모든 육두관이 회의에 참석했다가 전원 암살당했다는 믿을 만한 소식을 들었는데 말이죠. 당신들 모두를 한데 모으다니 상당히 끝내주는 파티였던 모양입니다. 좋은 위스키는 있던가요?"

미코데즈는 체리스가 제다오의 독주 선호 성향을 공유하지 않는다고 생각했다. "그 공격은 내가 지시한 겁니다." 그는 매우 차분하게 이렇게 말했다.

"니라이-조는 '작동 불량'이 일어나기 전에 기지에 접근하는 당신과 대화를 나누었다고 확신하고 있었더군요. 애초에 그림자나방을 나포해 사용하는 일이 가능하기는 한 걸까요?"

대체 체리스의 정보원은 누구인 걸까? 슈오스의 전체 정보반이 한심해 보일 지경이었다.

"대역이었으려나요?" 그녀는 다 안다는 듯한 미소를 흘렸다. "당신이 자주 대역을 사용한다는 건 잘 알고 있죠. 특히 키아즈의 대역을 제 쪽으로 파견한 이후로는 말입니다. 그러지 않으셨어도 슈오스 육두관은 알아서 피해 다녔을 텐데, 굳이 이유를 추가해주셨죠."

"체리스. 이제 끝입니다. 당신이 이겼어요. 꼭 알아야겠다면 말이지만, 자살 공격을 수행한 대역은 내 동생이었습니다." 젠장, 자기 보좌하고도 대화를 피했으면서 하필이면 저 여자 앞에서 털어놓고 있다니. 하지만 언제나 그랬듯이, 그는 상황을 확실하게 파악하고 있었다. 아무리 원치 않는다 해도. 체리스가 자신을 신뢰하게 만들어야 했다. 그러려면 일부러라도 체리스에게 자신의 약점을 드러내야 한다. 이스트라데즈의 희생을 이용해야 할지라도. 저열하기 짝이 없는 방식이었지만, 그만둘 수는 없었다.

그녀의 눈 속에서 뭔가 일렁였다. 슬쩍 지나가는 그림자, 조용히 어리는 색채처럼. "그건 몰랐습니다. 죄송합니다." 그녀는 이렇게 말하고 뭔가 대답을 기다리다가, 그가 계속 입을 다물고 있자 먼저 물었다. "왜 나머지 육두관들을 배신한 겁니까?"

"두 가지 이유가 있죠. 첫째, 그쪽 계획을 발견하고 생각해보니 당신 쪽 패가 낫더군요. 둘째, 당신에게 슈오스와의 동맹을 제안하고 싶어서입니다." 그는 힘겹게 미소를 지었다. "내 동료들의 죽음을 당신에게 보내는 선물로 생각해주시겠습니까. 내 진심을 알리는 증거로 말입니다."

"그렇다면 퀠 사령부의 방위 함대를 이리저리 움직인 사람도 당신이로군요. 일정을 맞추기 위해서요."

"그렇죠."

"그렇다면 조선소를 파괴한 것도 하폰이 아니었겠군요." 체리스의 목소리에는 앙심이 서려 있었다. 미코데즈는 그 분노가 그녀의 것인지 제다오의 것인지를 확신할 수가 없었다. 제다오는 반역자 주제에 항상 남을 판단하기를 좋아하는 작자였으니까.

"그 또한 맞습니다. 내 휘하의 공작원들이 작전을 수행했죠. 사망자가 나오기는 했지만 언제라도 다시 그런 일을 저지를 수 있다고 미리 말해두겠습니다. 당신 혁명도 이미 사방에서 사망자가 나오고 있어요. 우리가 이미 계엄하에 살고 있지 않았더라면 대부분의 성계에 계엄령이 내려졌을 겁니다. 이제 저들은 비도나의 집중 감시를 받고 있습니다. 사상자를 얼마나 용인할지는 항상 논란의 여지가 있는 문제죠."

"슈오스의 도움의 대가는 슈오스의 도움이다, 하는 격언이 있었죠?"

미코데즈는 고개를 끄덕였다.

"여기서 동의하는 것보다 더 후회할 일은 동의하지 않는 것뿐일 듯하군요."

"애초에 그게 목적이었으니까요." 미코데즈는 겸허하게 대꾸했다. "그건 그렇고, 제다오인 척하고 돌아다니는 건 아주 훌륭한 연막이었습니다. 축하합니다. 하지만 그 속임수는 두 번 다시 먹히지 않을 겁니다."

"한 번으로 충분하니까요." 체리스가 말했다.

미코데즈는 손을 흔들어 자신의 패배를 인정했다. "조금만 기다리시죠. 당신에게 건넬 선물이 하나 더 있거든요. 그리 훌륭한 선물이라고는 하지 못하겠지만 말입니다." 제훈은 또 어딜 간 걸까? 제훈을 호출했지만 응답은 없었다. "어차피 당신을 회선에 조금 더 붙잡아둘 생각이었으니까요. 다음에는 어디를 날려버릴 계획입니까?"

"육두정의 모든 괴물을 처리하려고 했다가는 저 또한 괴물이 되고 말 겁니다."

미코데즈는 턱을 괸 채 웃음을 지었다. "그걸 이해한다면 당신은 제다오보다 한참 앞서 나간 셈이로군요. 그러면 이 동맹도 승리할 가능성이 있는 셈이고… 아, 이제 도착했군요."

제훈이 10대 소녀를 대동하고 돌아왔다. 소녀는 살짝 누렇게 뜬 상아색 피부에, 머리에는 에나멜 머리핀을 꽂고 있었다. 옷은 녹색과 노란색이 배합된 강렬한 색조기는 해도, 별 의미도 없는 실용성만 돋보이는 물건이었다. 미코데즈는 소녀가 대체 어디로 도망칠 생각이기에 움직이기 편한 슬랙스와 부츠를 선택했는지 짐작조차 할 수 없었다. 백안의 성채는 우주 기지다. 그리 오래 달아날 수는 없을 것이다.

미코데즈는 입을 열었다. "체리스, 이쪽은 모로이쉬 니자입니다. 서로 아는 사이는 아니겠지만…" 체리스는 이미 고개를 젓고 있었다. "…그녀는 우리가 피난시키는 데 성공한 5,000명의 므웬인 중 한 명입니다. 비참할 정도로 적은 수고, 뿔뿔이 흩어진 이상 공동체 회복은 요원하겠지만, 슈오스의 개입 여부를 다른 분파에 들키면 안 되는 이상 이게 한계였습니다."

"잠깐요." 니사가 입을 열었다. 그녀는 미코데즈가 아니라 체리스의 얼굴을 보고 있었다. "저 여자예요? 아제윈 체리스예요?"

"그래, 내가 체리스야." 체리스가 말했다.

니자는 빠르고 격렬하게 말을 퍼붓기 시작했고, 그리드는 그 언어가 므웬-달어라고 판별했다. 미코데즈는 보조 화면에 떠오르는 자동 번역을 슬쩍 훑어보았다. 니자는 므웬-달어 실력은 어눌한 편이면서도 욕설 다루는 솜씨만은 끝내주는 모양이었다.

니자가 숨이 차서 헐떡이자, 체리스는 므웬-달어로 짤막하게 내뱉고는 뒤이어 표준 언어로 덧붙였다. "변명할 말이 없군."

"아까도 말했지만, 변변찮은 선물일 뿐이죠." 미코데즈가 말했다.

"그 당시부터 이 모든 것을 계획해둔 겁니까?" 체리스가 물었다.

"아니. 그저 가능성을 열어두고 싶었을 뿐입니다. 게다가 어쩌다 보니 인종 청소가 좋지 못한 정책이라 생각하게 되어서요. 개인적인 감정은 없습니다."

"우리 민족 한 명을 당신 수하에 두고 뭘 꾸미려는 겁니까?"

니자가 앞서 입을 열었고, 미코데즈는 조금 놀랐다. "이분이 나한테 일자리를 권해주셨어. 나는 받아들였고. 당신이 끔찍한 선택을 해 준 덕분에 나한테는 별로 선택지가 남지 않았거든."

체리스는 마땅치 않다는 표정이었다. "직접 인재 선발도 하는 겁니까, 슈오스-조?"

"보증이 있다면 가끔 하죠." 미코데즈가 부드럽게 말했다. "생각해 봐요. 므웬인은 당신이라는 인재를 배출하지 않았습니까. 어쩌면 나도 운이 좋을지도 모르죠."

니자는 이런 생각의 흐름이 조금도 마음에 들지 않는 모양이었다.

"그러니까 휘하에 전직 날치기가 부족해서 나까지 끌어들일 정도로 다급했다는 거죠."

제훈이 소녀의 뒤편에서 손짓 언어로 덧붙였다. 온 육두정을 통틀어 유일하게 당신을 두려워하지 않는 아이를 찾아낸 셈이로군요.

미코데즈도 손짓 언어로 대답했다. 비슷한 아이를 더 찾아내면 알려주시죠.

이내 체리스는 입술을 깨물며 말했다. "우리 부모님의 처형 장면이 방송되는 걸 봤습니다."

놀랍게도 니자는 침묵을 지켰다.

"개입할까 고려는 했습니다." 미코데즈가 말했다. 딱히 달래줄 말이 없었다. 정황상 체리스가 그에게 원한을 품을 가능성은 없었지만. 지금 미코데즈는 차라리 원한을 품어줬으면 하는 심정이었다. "중요한 사람이라서 비도나의 보안 수준이 너무 높더군요. 위험을 무릅쓸 수는 없다고 결정했습니다."

"솔직하게 말씀해주셔서 감사합니다. 하지만 제가 보답으로 뭘 드려야 할까요? 저는 일개 함대를 간신히 장악하고 있을 뿐이고, 각하쪽에도 수학자는 잔뜩 있을 텐데요."

그녀 수준의 수학자는 한 명도 없었지만, 아직 알아차리지 못했다면 구태여 알려줄 필요는 없었다. "제훈, 부디 니자를 점심 식사 자리든 정원 손질이든 개인화기 수업이든 서로 마음이 맞는 곳으로 데려가주십시오. 니자, 내게 시간을 써줘서 고맙습니다. 나중에 따로 얘기하죠."

제훈은 소녀를 데리고 나갔다. 니자는 아마 학교로 다시 돌아가야 한다고 생각하는 모양이었다. 백안의 성채에서 '위장'이나 '살인'이 들어가는 슈오스의 단기 재교육 강좌 외에 일반 수업을 개설했던 적이 있었던가? 제훈은 '이제 10대 꼬맹이를 키우는 일은 끝난 줄 알았는데'라는 표정을 짓고 있었다.

"나는 당신의 사회 실험에 참여하고 싶습니다. 하지만 그 외에도, 오직 당신만이 답을 줄 수 있는 것도 하나 있는 것 같군요. 이 문제에 대해선 당신의 의견을 듣고 싶습니다. 내게도 이득이 있겠지만 분명 당신에게도 도움이 되리라 생각하거든요."

"그렇게 말씀하시니 걱정이 되는군요." 체리스가 말했다.

"당신은 지금 살아 있는 그 누구보다 제다오에 대해 많은 것을 알고 있죠. 대체 그 친구가 선을 넘게 한 것이 뭡니까?"

체리스는 아주 나직하게 중얼거렸다. "아, 그겁니까?"

"사관학교의 평가로는 그 친구는 완벽한 슈오스였습니다. 그런 게 완벽함이라면 나는 이제 완벽함을 원치 않습니다. 그 사건 이후로, 우리는 제2의 제다오를 만들어내지 않으려 온 정성을 쏟아왔습니다. 나 역시 사방에 눈을 두른 구미호 문장을 발현했다는 이유로 숙청당할 뻔했죠. 하지만 빌어먹을 방아쇠가 뭔지를 발견하지 못하면 아무리 노력해봤자 무슨 소용이겠습니까?"

순간 미코데즈는 체리스의 눈동자 속에서 자신을 바라보는, 영원한 어둠에 붙들린 제다오를 목격했다. 이어 체리스는 제다오의 억양으로 대답했다. "육두정이 방아쇠였습니다, 슈오스-조. 육두정의 모든 것이요. 이 썩어빠진 체제 전체 말입니다. 그는 미쳤던 적이 없습니다. 아니, 적어도 사람들이 생각하는 방식으로 미치지는 않았습니다. 나중에 더 자세한 내용을 정리해서 보내드리죠. 딱히 다른 이들에게 해가 되지는 않을 테니까요. 아니, 각하께서 말씀하신 대로 나름 도움이 될지도 모르죠."

"고맙습니다." 미코데즈는 허리까지 깊숙이 고개를 숙여 절했다. 제다오라면 먼 옛날 칠두관끼리 정식으로 인사를 나눌 때 사용하던 방식을 기억하고 있을 것이다. 그녀는 눈살을 찌푸렸다. 나쁘지는 않았다. 그녀도 슬슬 자기가 빠진 수렁의 정체를 자각할 필요가 있으니까. "신세를 졌습니다. 자, 그럼 서로 처리할 긴급 상황이 있는 모양이니."

"그 정도였으면 좋겠군요. 나중에 뵙죠, 슈오스-조."

미코데즈는 그녀가 톱니바퀴 2번 카드 문장을 띄우며 통신을 종료했다는 사실을 놓치지 않았다.

브레잔은 이 대화를 너무 오래 미루고 있었다. 하지만 중요한 문제가 산적해 있다고 자신에게 변명하는 일도 이제 한계였다. 솔직히 말하자면 그가 할 일은 별로 없었다. 행정 업무는 참모장 쪽이 그보다 나았고, 통상적인 긴급 상황은 체리스가 어느 정도 대처할 수 있었다. 문제를 일으키는 데에 일가견이 있는 사람이라 긴급 상황에도 익숙해진 거겠지.

세상에 정의라는 것이 존재한다면 이 빌어먹을 상급대장 제복이 알아서 불타 없어졌을 텐데. 그러면 이런 상황도 피할 수 있었을 테고. 그러나 지금은 어른답게 자신의 배신이 불러온 결과를 처리해야 했다. 반역을 저지른 다음 인생을 어떻게 꾸려가야 하는지 제다오에게 상담하고 싶은 마음마저 들 지경이었다. 체리스에게 물어볼 수도 있겠지만, 그런 것까지 물어보기엔 사이가 조금 어색했다.

브레잔은 심호흡을 한 다음 감방으로 향했다. 켈을 마주칠 때마다 등줄기가 근질거렸다. 이제는 진형 본능이 존재하지 않았고, 그렇기에 주변의 켈이 자신을 거북하게 여긴다는 게 확실히 느껴졌다. 자신에게 딱 맞는 처벌이었다.

그러나 체리스가 역법을 초기화해준 덕분에, 브레잔은 이제 매혹술을 당할 염려가 없었다. 사실 그런 염려는 트세야를 피하려는 한심한 핑계에 불과했다. 역법이 바뀌기 이전에도, 어느 때든 얼마든지 대화를 할 수 있었으니까. 매혹술은 근거리에서만 작동하기 때문에, 거리만 유지한다면 아무 문제 없었다.

트세야는 켈 함선의 표준 감방에 구금되어 있었지만, 그녀가 앉아 있으니 그조차도 독특하게 보였다. 그녀에게 시냇물과 목이 긴 새들과 물고기로 가득한 반짝이는 수조를 건네주고 싶었다. 애석하게도 그들의 관계는 이미 사과 정도로 해결될 단계를 한참 지나버렸다.

트세야는 감방 안의 벤치에 차분히 앉아 있었다. 칙칙한 갈색 옷은 조금도 어울리지 않았다. 서비터가 그녀의 머리를 깎아준 모양이었다. 자신의 손가락을 따라 흘러내리던 검은 머리카락의 물결을, 엉킨 부분을 빗으로 풀어내던 기억을 떠올리자 가슴이 쓰라렸다.

트세야라면 자신이 시선에 들어오는 순간 매혹술을 시도할 거라고 생각하고 있었다. 그러나 그녀는 고개를 들고, 아무 말 없이 긍지 넘치는 모습으로 그를 바라보기만 했다. 어쩌면 트세야는 이미 그대로 그의 목을 꺾어버리는 쪽이 낫다고 결정을 내렸을지도 모른다. 그로서는 그 정도로 다가갈 마음은 조금도 없었지만.

잠시 불편한 침묵이 흐른 후, 브레잔은 매우 정중하게 그녀에게 깊이 고개를 숙였다. 물론 그녀는 이 행동을 조롱으로 받아들일지도 모른다. 브레잔에게는 그런 의도는 조금도 없었지만. "트세야. 당신을 이렇게 만들어서 미안해. 분명 당신이라면 내가 배신하기로 마음먹었다는 사실을 오래전에 알아챘을 거야. 당신이 지금 세상에서 가장 말을 나누고 싶지 않은 사람이 나일지도 몰라. 그래도 당신한테 알려줄 이야기가 몇 가지 있어."

놀랍게도 그녀의 눈은 유머를 담고 반짝였다. "걱정하지 마, 내가 지금 당신한테 해를 끼칠 수는 없으니까. 임무가 완전히 실패했다는 점은 분명하네. 이젠 우리 둘 다 처음부터 제다오가 체리스였다는 걸 알고 있고, 나도 정의의 분노를 끝없이 태우는 일에는 익숙하지 않거든. 물론 당신에게는 나를 믿을 여유 따위는 없겠지만 말이야. 그래서 어떻게 된 거야? 당신은 무엇 때문에 굴복한 거지?"

그는 억지로 그녀와 눈을 마주쳤다. "체리스가 더 나은 세계를 약속했어. 더 나은 역법도. 그러려면 역법 변동이 필요했지. 모든 육두관이 목숨을 잃었어. 슈오스만 빼고. 그 작자가 다른 이들을 팔아넘겼든가 뭔가 한 모양인데, 나는 세부 사항까지는 몰라. 우리가 다음에 뭘 하게 될지는 모르겠지만, 당신은 일단 하선시킬 생각이야. 아마도… 트세야?"

트세야는 창백한 얼굴로 그를 바라보고 있었다. "슈오스를 제외한 육두관 전부라고?"

"내가 인간으로서 어딘가 부족한 사람이라든가, 내가 진급 때문에 우쭐해져서 가담한 거라고 말할 생각이라면, 전부 쏟아내봐. 당신에겐 날 비난할 자격이 있어."

그녀의 몸에서 힘이 빠지는 모습이 보였다. "아무래도 당신 정말로 그게 최선이라 생각한 모양이네. 내 귀에는 믿을 수 없을 정도의 혼돈처럼 들리지만. 하지만 내가… 내가 이러는 이유는 그게 아니야. 당신이 아직도 알아채지 못했다니 놀랍기는 한데. 아마 내 뒷조사까지 하기에는 당신이 너무 예의 바른 사람이라서 그렇겠지. 안단의 육두관은… 우리 어머니였어."

"뭐라고?" 브레잔은 순간 놀랐지만, 이내 솔직하게 진심을 담아 말했다. "미안해. 나는… 짐작도 못 했어."

"뭐, 그렇겠지." 트세야는 조금이나마 기운을 차리며 말을 이었다. "끔찍한 어머니긴 했어. 그래도 어머니이기를 포기한 적은 한 번도 없었지. 무슨 뜻인지 당신이 알려나." 트세야의 숨결은 여전히 떨리고 있었다. "있잖아, 어릴 적에는 미코데즈가 우리 삼촌이라 생각했어. 주머니 속에 항상 맛있는 사탕을 가지고 다니던 사람이었지. 나이를 먹고 나서야 붉은색과 검은색의 외투가 무슨 뜻인지 알게 됐어."

브레잔은 트세야가 자신이 아니라 슈오스 미코데즈에게 분노하고 있다는 사실을 조금씩 깨달았다. 사실 안단 샨달 옝을 제거한 사람이 미코데즈기는 했지만, 브레잔은 자신이 비난을 피하게 되었다는 점이 거북하게만 느껴졌다. 그는 욕설을 중얼거리고는 감방으로 들어가 구속구를 해제하기 시작했다. "딴생각하기 전에 말해두는데, 당신이 석방 조건에 동의해주면 좋겠어. 어딘가 안전한 곳에 내려줄 생각이야. 하지만 이제 매혹술이 통하지 않는다고 해도…"

"역법 초기화의 효과가 그거야?"

"그건 좀 달라." 그는 최대한 간략하게 상황을 설명했다.

잠시 후 트세야는 손목을 문지르며 말했다. "있잖아, 이 안에 들어오기 전에 먼저 협상을 끝냈어야 하지 않을까."

그는 어깨를 으쓱했다. "다들 비판만 해대는군. 그래서 뭐 잘못됐어?"

"왜 이런 일을 하는 거야?"

그는 그녀를 만지지도, 손을 붙들지도 않았다. 진지한 표정으로 바라보기만 할 뿐이었다. "이런 곳에서 어머니를 애도하면 안 되니까."

트세야의 입꼬리가 아래를 향했다. "석방 조건에 동의할게. 당신은 정말 돌이킬 수 없는 잘못을 저질렀고, 아마 그에 대한 대가를 치르게 될 거야. 하지만 당신 살가죽 속에서 그 대가를 뽑아낼 사람이 나는 아닐 테지."

"따라와." 대꾸할 말이 생각나지 않았기 때문에, 브레잔은 이렇게 말했다. "혼자 있을 만한 장소를 마련해줄게."

"고마워." 그녀가 대답했다. 이 정도로 두 사람의 관계를 바로잡을 수는 없겠지만, 그 또한 애초에 그런 기대는 하지도 않았다.

키루에브가 진형 본능을 벗어던지게 된 계기는 원칙도 충성심도 기억도 아니었다. 의무반의 개인 병실에 갇혀 지내는 생활이 문제였다. 의무반 작자들은 드라마 시청 이상의 힘든 행동을 허락하지 않았다. 드라마가 보기 싫다면, 멍하니 벽이나 보고 있던가 해야 했다. 키루에브는 벽과 나누는 대화가 차라리 낫다는 결론을 내리기에 이르렀다.

키루에브가 개별 서비터를 식별할 수 있게 된 무렵, 그녀와 친해진 새형 서비터가 종종 문병을 왔다. 키루에브는 축약형 기계 공용어를 두드려 그를 맞이했다. 그리드의 기계어 학습과정이 허술해서 아직 어휘가 부족하기는 했지만, 나아지려면 연습하는 수밖에 없었다.

새형 서비터는 분홍색과 금색의 불빛을 열심히 깜빡였다. 그러다가 매우 느리게, '몸은 좀 어때요?'라고 물었다. 서비터는 같은 말을 켈의 군용 암호로 반복했다.

"'지루해'는 어떻게 말하지?" 키루에브가 물었다. 그리드의 학습장치는 사용자가 '독성 곰팡이'나 '사상자' 따위의 단어를 원한다고 간주하는 경향이 있었다.

새형은 불빛을 깜빡여 단어를 한 번, 두 번 반복했다. 서비터는 대화를 계속하며 키루에브의 생각을 알아냈다. 브레잔은 키루에브에게 휴식을 취하라고 말했지만, 정작 그녀는 뼈에 성에가 끼고 심장에 서리가 내린 기분이 들어도 뭐든 다른 집중할 것이 필요하다고 생각하고 있었다. 기계장치를 마저 수리하는 것도 나쁘지 않을 것이다. 손이 이렇게 떨리니 망가트려버리기는 하겠지만. 하지만 여기까지 와서 굳이 신경 쓸 필요가 있을까?

당신 공구와 부속을 가져다줄 수 있어요. 새형이 말했다.

난 휴식을 취하기로 되어 있어. 키루에브는 자동적으로 이렇게 대답한 후 자기 손을 내려다보았다. 손이 다시 떨리기 시작했다. 숨어있던 기묘한 완고함이 마음속에 차올랐다. 크게 문제 될 일은 아니잖아?

상급대장은 자신이 휴식을 취하기를 원한다.

그래도 굳이 상급대장에게 알릴 일은 아니지 않을까.

새형 서비터는 지저귀며 동의를 표하고 자리를 떴다.

얼마 지나지 않아 몇 대의 서비터가 키루에브의 공구와 세심하게 선택한 망가진 기계장치와 그 모든 것을 올려놓을 조립식 테이블을 들고 줄줄이 들어왔다. 저런 물건을 의무병에게 들키지 않고 어떻게 들여온 것일지는 알 수 없었지만, 그녀는 결국 묻지 않기로 결정했다. 그녀는 자신이 잘못된 문법을 사용하고 있다고 확신하면서도 고맙다고 말했다. 그리드가 알고 있는 서비터 언어는 아주 기본적이고 조잡한 형태뿐이었기 때문이다.

서비터들은 불빛을 깜빡여 살갑게 감사를 받아들이고는 우르르 몰려 나갔다. 곁에는 새형 서비터만 남았다. 새형은 아무래도 그녀가 재미있다고 생각하는 모양이었다. 글쎄, 적어도 옆에 있어주면 조언이라도 청할 수 있을 테니까.

문득 키루에브의 눈길이 먼 옛날에 제다오가, 아니 체리스가 감상했던 적금색 시계에 머물렀다. 떨리는 손으로 여러 번 시도한 끝에 시계를 집을 수 있었다. "이걸로 할래." 충동적이기는 해도, 그녀는 자신이 하고 싶은 일이 무엇인지 이제 잘 알고 있었다.

서비터의 도움이 필요했다. 주 스프링이 망가진 물건이니, 적어도 어떻게 수리해야 하는지는 알고 있었다. 분명 이렇게 오래 방치해놓은 이유가 있을 것이다. 기억은 전혀 나지 않지만. 상관없었다. 이제는 고칠 수 있으니까.

주 스프링의 수리를 끝냈을 때까지도 그녀의 손에는 여전히 잔떨림이 남아 있었다. 그러나 키루에브는 온몸을 조여드는 추위가 물러나기 시작했으며, 생각이 조금 명확해졌다는 사실을 깨닫고 찜찍 놀랐다.

체리스는 브레잔과 함께 폭동과 반란과 불탄 도시들과 박살 난 함대 따위를 점검한 후, 끔찍한 두통을 겪었다. 데베네이 라가스는 어딘가 있는 행성에서 군대를 조직한 모양이었다. 그가 어떻게 병력을 일으켰는지 편지로 알려줬으면 하는 생각이 간절했다. 앞으로는 그 정보가 반드시 필요할 것이다. 제다오는 온갖 군사적 재능을 한몸에 갖춘 사람이지만, 군대는 항상 주는 대로 받기만 했다. 병사 모집부터 시작했던 적은 한 번도 없었다.

그녀는 침대로 기어들어 어둠을 응시하고 있을 생각이었지만, 새형 서비터 한 대가 선실로 향하는 그녀를 붙들었다. 서비터는 진통제를 건네주며 한참 전에 복용했어야 했다고 덧붙였다.

"네 말이 맞아." 체리스는 한숨을 쉬며 말했다. "가끔 이럴 때가 있다니까. 망령은 두통에 시달리지 않으니까. 때론 내가 살아 있다는 걸 잊어버리는 거야."

대장을 만나러 가봐. 서비터는 이렇게 말했다. 대장은 키루에브를 가리키는 말이었다. 체리스는 그 서비터가 키루에브에게 호감을 품고 있다는 사실을 알고 있었다.

키루에브가 의무반으로 이송된 다음 한 번 방문한 적이 있었다. 그때 키루에브는 졸고 있었다. 체리스는 그녀를 깨우고 싶지 않았다. 당장이라도 그림자 속으로 분해되어 사라질 것처럼 보였으니까. 하지만 지금은… "깨어난 거야?"

응.

"같이 가자." 둘은 사이좋게 의무반 구역으로 걸어갔다. 뱀과 뒤엉킨 잿불매의 그림이 구역의 입구를 알렸다.

켈 의무병은 꼭 필요한 정도만 체리스에게 경의를 표했다. 한 명은 키루에브를 지치게 하지 말라고 주의를 시키기도 했다. 그녀는 조심하겠다고 약속했다. 키루에브의 상태가 얼마나 나빠졌기에? 브레잔은 이제 브라에 탈라를 유지할 필요가 없다고 여러 번 그녀를 설득했지만, 그녀 쪽에서 반응을 보이지 않았다고 말했다. 물론 브레잔은 그런 설득에 능숙하지 못한 사람이기는 했다.

병실에 들어서자 체리스가 전혀 예상하지 못한 풍경이 펼쳐졌다. 스크루드라이버와 온갖 크기의 망치와 기묘한 금속 코일과 작은 셸락 병이 늘어서 있는 탁자가 놓여 있었던 것이다. 게다가 키루에브는 얼굴은 핼쑥해도 아침 햇살처럼 맑은 눈빛으로 일어나 앉아 있었다. "대장…?" 체리스가 말했다.

"이제부터 내가 당신을 뭐라고 부르면 좋을까요?" 키루에브가 목쉰 소리로 말했다.

"나는 아제웬 체리스이자, 동시에 제다오의 남은 부분이야. 난 처음부터 당신을 속였지."

키루에브는 짤막하게 웃음을 터트렸다. "그래서 아예 거짓은 아니었던 셈이라는 거죠?" 키루에브는 손으로 뭔가를 만지작거리고 있었는데, 그녀의 손가락으로 감싸인 물건은 체리스 쪽에서는 제대로 보이지 않았다.

"전부는 아니지. 제다오였던 기억이 나니까. 400년 동안의 기억이 남아 있어. 때론 그 기억에 익사하지 않으려 발버둥치는 것만으로도 힘겹지. 하지만 당신하고는 달리 내게는 선택할 기회가 있었어. 이렇게 된 것을 후회해?"

"아직도 종종 제대로 생각하기가 힘들긴 합니다. 그래도 이건 확신할 수 있어요. 과거로 돌아가더라도 똑같은 일을 할 겁니다. 처음부터 전부." 그녀는 손을 펴고 체리스에게 시계를 보여줬다. 섬세한 장식이 달린 골동품이었다. "당신을 위해 수리하는 겁니다. 아직 끝나지 않았어요. 고칠 부분이 남았거든요."

"넉넉잡아도 몇 세기는 묵은 물건일 텐데. 당신이 가지는 건 어때?"

"당신도 몇 세기는 묵은 사람 아닙니까." 키루에브는 웃음을 머금고 있었다. 웃음 때문에 눈빛이 젊어 보였다. 그녀는 가까운 탁자 위에 시계를 내려놓았다. "처음부터 게임판이 세 개였던 셈이죠? 제다오는 하픈과 싸웠지만 그건 진짜 전장이 아니었어요. 육두관들은 제다오가 하픈을 이용해서 자기들에게 반란을 일으키려 한다고, 대중 여론을 통해 전쟁을 일으킨다고 생각했죠. 하지만 그 역시 진짜 전장은 아니었어요. 진짜 전쟁은 처음부터 당신의 목적이었던 역법 변동에 있었던 거예요. 그게 진짜였죠. 결국 성공했고, 육두관들을 전부 제거했어요. 슈오스는 아니지만요. 어쨌든 당신은 전쟁에 승리했죠."

체리스는 므웬의 문화와 역법이 육두정에 탄압받지 않았더라면 그녀에게 어떤 이름이 붙었을지를 생각해보았다. 수많은 일들이 머릿속을 스쳐 지나갔다. 한 쌍의 백조로 무너져 내린 키루에브의 아버지. 처형된 부모님과 학살당한 동족들. 폭동이 일어날 때마다 기하급수적으로 늘어나는 사상자. 수백 년 동안 침묵을 지키고 있던 서비터들. 등롱꾼 아이들을 향한 발포 명령. 산개하는 바늘 요새에서 시체 폭탄에 목숨을 잃은 자신의 함대.

이것조차도 그녀가 두 번의 삶을 살아오는 동안 육두정이 저지른 온갖 죄악에 비하면 일부에 지나지 않았다. 다행히도 육두정의 국민들은 인간이기를 포기하지 않았다. 선택을 포기하지 않았다.

그녀는 이제 싸움을 함께 치를 총을 찾았다. 그 총을 올바르게 사용할 수 있는, 의지력을 충분히 갖춘 동료가 존재할지는 지금부터 확인해야 할 문제였다.

"아니야. 전쟁이란 끝나는 법이 없거든." 체리스는 말했다.

나인폭스 갬빗 2

초판 1쇄 찍은날 2020년 11월 23일
초판 1쇄 펴낸날 2020년 11월 30일
지은이 이윤하
옮긴이 조호근
펴낸이 한성봉
편집 하명성 · 신종우 · 최창문 · 이동현 · 김학제 · 신소윤 · 조연주
콘텐츠제작 안상준
디자인 전혜진 · 김현중
마케팅 박신용 · 오주형 · 강은혜 · 박민지
경영지원 국지연 · 강지선
펴낸곳 허블
등록 2017년 4월 24일 제2017-000050호
주소 서울시 중구 퇴계로30길 15-8 [필동1가 26]
페이스북 www.facebook.com/dongasiabooks
인스타그램 www.instagram.com/dongasiabook
블로그 blog.naver.com/dongasiabook
전자우편 dongasiabook@naver.com
트위터 twitter.com/in_hubble
전화 02) 757-9724, 5
팩스 02) 757-9726
ISBN 979-11-90090-29-2   03840

이 도서의 국립중앙도서관 출판예정도서목록(CIP)은
서지정보유통지원시스템 홈페이지(http://seoji.nl.go.kr)와
국가자료공동목록시스템(http://www.nl.go.kr/kolisnet)에서
이용하실 수 있습니다.(CIP제어번호: CIP2020048427)

허블은 동아시아 출판사의 SF 브랜드입니다.

※ 잘못된 책은 구입하신 서점에서 바꿔드립니다.

만든 사람들

편집 김학제 · 신소윤
크로스교열 안상준
디자인 전혜진
일러스트 요이한